Deutsche Gesellschaft für Verhaltenstherapie (Hrsg.)

# Verhaltenstherapie

## – Theorien und Methoden –

Mit Beiträgen von:

**Thomas Heyden**
**Hans Reinecker**
**Dietmar Schulte**
**Hardo Sorgatz**

Forum für Verhaltenstherapie und psychosoziale Praxis · 11 · dgvt

Lektorat: Redaktionskommission der DGVT
Franz-Josef Strzalka

**CIP-Kurztitelaufnahme der Deutschen Bibliothek**

**Verhaltenstherapie, Theorien und Methoden**
Dt. Ges. für Verhaltenstherapie (Hrsg.).
Mit Beitr. von Thomas Heyden ... – Tübingen:
DGVT, 1986.
(Forum für Verhaltenstherapie und
psychosoziale Praxis; 11)
ISBN 3-922686-76-1

NE: Heyden, Thomas [Mitverf.]; Deutsche
Gesellschaft für Verhaltenstherapie; GT

Forum für Verhaltenstherapie und psychosoziale Praxis, Bd. 11

Herausgeber, Vertrieb und ©:
Deutsche Gesellschaft für Verhaltenstherapie (DGVT)
Postfach 1343, 7400 Tübingen

Herstellung: Steinbauer & Rau, München
Printed in Germany, 5. Auflage 1993
ISBN 3-922686-76-1

# Vorwort der DGVT

Das vorliegende Buch – *Forum 11* – löst das seit 1980 in 11 Auflagen erschienene *Forum 1:* „Theorien und Methoden der Verhaltenstherapie" von Baade, Borck, Koebe und Zumvenne ab.
*Forum 1* ist zwar noch immer ein Bestseller, aber wir sahen uns durch die fortschreitende Entwicklung der Verhaltenstherapie verpflichtet, *Forum 1* überarbeiten zu lassen.
Wir freuen uns, daß wir Dr. Thomas Heyden (Münster), Prof. Hans Reinecker (Bamberg), Prof. Dietmar Schulte (Bochum) und Prof. Hardo Sorgatz (Darmstadt) dafür gewinnen konnten, mit *Forum 11* den neuesten Stand der verhaltenstherapeutischen Theorien und Methoden darzustellen.

Aus dem Überarbeitungsauftrag ist ein weitgehend neu geschriebenes Lehrbuch über Verhaltenstherapie geworden, das in Inhalt, Form und Preis einzigartig auf dem deutschen Fachbuchmarkt ist.
Lediglich in den Kapiteln 5 und 6 finden sich überarbeitete Passagen aus *Forum 1.* Neben inhaltlichen Erweiterungen ist die nun vorliegende Neuerscheinung ergänzt worden durch Angaben weiterführender Literatur zu den einzelnen Kapiteln und durch ein englisch–deutsches Fachwörterbuch.

Die gute und großzügige Gliederung erlaubt die themenzentrierte Einarbeitung in die einzelnen Bereiche aus dem komplexen Gebiet der Verhaltenstherapie.

Wir hoffen, daß das Verhaltenstherapie-Lehrbuch – *Forum 11* – wiederum weite Verbreitung findet und insbesondere in der Aus- und Fortbildung wertvolle Unterstützung bieten kann, eine Unterstützung, die die DGVT als ihren Auftrag sieht.

Wir danken Herrn Dipl.-Psych. Franz-Josef Strzalka aus Bochum für seine Mitarbeit bei der inhaltlichen Ausgestaltung und im Lektorat von *Forum 11.*

Zur fortlaufenden Information über den neuesten Stand der Verhaltenstherapie empfehlen wir unter anderem den regelmäßig von der DGVT veröffentlichten „Jahresüberblick der Verhaltenstherapie". die Übersetzung des in den USA erscheinenden „Annual Review of Behavior Therapy" von C.M. Franks, G.T. Wilson u.a.

Redaktionskommission der DGVT:

Irmtraud Beerlage, Franz Caspar,
Gabi Elke, Steffen Fliegel
Alexa Franke, Ingrid Jost

# Gliederungsübersicht

# INHALTSVERZEICHNIS

## Kapitel 1: Einführung
*Redaktionskommission der DGVT*



## Kapitel 2: Verhaltenstherapeutische Diagnostik
*Dietmar Schulte*



## Kapitel 3: Grundlagen verhaltenstherapeutischer Methoden
*Hans Reinecker*

## Kapitel 4: Methoden der Verhaltenstherapie
***Hans Reinecker***

# Kapitel 1

# Einführung

*Redaktionskommission der DGVT*

## 1.1. Verhaltenstherapie heute

Die Verhaltenstherapie nimmt heute einen festen Platz innerhalb der klinischen und medizinischen Psychologie ein. Ihre Geschichte ist relativ kurz, dennoch hat sie ein breites Entwicklungsspektrum.
Die Anfangsphase der Verhaltenstherapie war durch die Bemühungen geprägt, sich in der psychotherapeutischen Praxis zu etablieren. Heute stehen eher die internen Auseinandersetzungen um die verhaltenstherapeutischen Grundannahmen und die Sorge um die schwindende Identität der psychotherapeutischen Richtung „Verhaltenstherapie" im Vordergrund. War die Verhaltenstherapie ursprünglich auf Vorgehensweisen beschränkt, die das klassische und operante Konditionieren zur Grundlage hatten, so stellt sie heute eine Therapierichtung dar, die sich durch den Pluralismus der ihr zugehörigen Ansätze auszeichnet.
Charakteristisch für die Verhaltenstherapie ist mehr ihr prinzipieller methodischer Standpunkt als der Rückgriff auf spezielle theoretische Konzepte oder Techniken. Ihre Basis ist heute die gesamte experimentelle/empirische Psychologie mit ihren Nachbardisziplinen.

Der *Verhaltensbegriff* wird entsprechend dem neueren Verständnis von Verhaltenstherapie recht weit gefaßt und bezieht sich nicht mehr nur auf äußerlich beobachtbares Verhalten, sondern er schließt physiologische, emotional-subjektive, motivational-affektive, kognitive und verbal-kognitive Manifestationen ein (Braun-Tittelbach, 1978). Verhalten gilt dabei als erworben und veränderbar.

Auch die *Vorstellung vom Menschen* ist inzwischen anders als in der früheren Verhaltenstherapie. Die Beschäftigung mit Selbststeuerung, Selbstkontrolle und Selbstbehandlung (Kanfer, 1971, 1977; Sommer, 1977; Reinecker, 1978; Karoly & Kanfer, 1982) läßt den einzelnen nicht mehr als „Objekt" der Behandlung und der Wissenschaft, sondern als reflexives und aktives Subjekt betrachten (vgl. Mahoney, 1977; Groeben & Scheele, 1977).

Konzepte wie zum Beispiel individuelle Schemata, Selbst, Pläne, motivationale Strukturen und Prozesse, Verarbeitungs- und Bewältigungsprozesse wurden aufgegriffen und moderne Theorien der Persönlichkeitspsychologie einbezogen (Bastine, 1984).
Besondere Aufmerksamkeit wird der sozialen und materiellen *Umwelt* sowie dem gesamten Lebensumfeld im Hinblick auf die Entstehung, Aufrechterhaltung und Veränderung psychischer Probleme gewidmet. Wurde die Umwelt ursprünglich in erster Linie als (auslösender) Reiz oder (verstärkende) Konsequenz konzeptualisiert, steht die heutige Betrachtungsweise – neben den Anregungen aus verhaltenstherapeutischer For-

schung und Praxis (vgl. Davison & Neale, 1977) – in Einklang mit Ansätzen gemeindepsychologischer Forschung (vgl. Fliegel & Röhrle, 1983). Beispielsweise sind die Analyse interpersonaler Beziehungen (Familie, Partnerschaft usw.) und die Beschäftigung mit der Rolle kritischer Lebensereignisse Ausdruck dieses veränderten Verständnisses von Umwelt.

Die Komplexität der Verhaltenstherapie und das Fehlen einer umfassenden Theorie für diesen Ansatz veranlassen Franks & Wilson (1979) zur auch heute noch zutreffenden Aussage,

„daß es keine universell akzeptierte Definition für die Verhaltenstherapie gibt, keinen Konsens hinsichtlich der Ziele, Konzepte oder der zugrundeliegenden philosophischen Ansätze, keine zentrale Technik, keinen gemeinsamen Begründer und kein Modell, das in allen Richtungen der Verhaltenstherapie Anwendung findet" (Franks & Wilson, 1979, S. 21).

Während frühere *Definitionen* von Verhaltenstherapie sehr eng gefaßt waren, besteht heute die Gefahr, daß andere Bestimmungen, die der Breite des Begriffs Verhaltenstherapie gerecht werden wollen, Gefahr laufen, zu allgemein und damit inhaltsleer zu werden (Groeger, 1982).
Als Beispiel für eine solche, sehr weit gefaßte Definition kann folgende Formulierung von Kanfer & Phillips (1975) dienen, mit der versucht wurde, über die Lerntheorien hinaus die Anwendung von Erkenntnissen der experimentellen und allgemeinen Psychologie einzubeziehen:

„Der Standpunkt, den wir hier vertreten ..., ist der, daß sich die Verhaltenstherapie nicht nur die Entdeckungen auf dem Gebiet des Lernens und Konditionierens, sondern alle Erkenntnisse der experimentellen Psychologie zunutze machen soll" (Kanfer & Phillips, 1975, S. 33).

Eine dagegen engere Definition ist von der American Association of Behavior Therapy (AABT) vorgeschlagen worden:

„Die Verhaltenstherapie beinhaltet primär die Anwendung von Prinzipien, die in der Forschung der Experimental- und Sozialpsychologie entwickelt wurden; sie soll menschliches Leiden und die Einschränkung menschlicher Handlungsfähigkeit vermindern. Die Verhaltenstherapie legt Wert auf eine systematische Evaluation der Effektivität der Anwendung solcher Prinzipien. Die Verhaltenstherapie beinhaltet Veränderungen der Umwelt und der sozialen Interaktion und weniger eine direkte Veränderung körperlicher Prozesse durch biologische Vorgänge. Das Ziel ist hauptsächlich die Ausbildung und Förderung von Fähigkeiten. Die Techniken ermöglichen eine verbesserte Selbstkontrolle (Zit. n. Franks & Wilson, 1978, S. 11.)

Das heißt: Zur Veränderung von Verhalten, von Erleben und von Kognitionen werden durch verhaltenstherapeutische Interventionen (soziale/physikalische) Umgebungsvariablen, aber auch Variablen im Inneren des Organismus beeinflußt, die Interventionen können aber auch am Verhalten selbst ansetzen.

Braun & Schermer kommen in diesem Zusammenhang zu dem Schluß,

„daß die logisch-operationale Struktur der Verhaltenstherapie und ihre Offenheit für Grundlagenforschung es erlauben, alle empirisch verifizierbaren Mittel und Konzepte im Sinne der bei einer Störung postulierten Zusammenhänge und Änderungsziele einzusetzen. Es erscheint allerdings wünschenswert, Integration nicht auf dem Wege eines methodischen Eklektizismus voranzutreiben, sondern stärker die Frage der differentiellen Indikation und unterschiedlicher Behandlungssettings aufzuklären" (Braun & Schermer, 1985, S. 35).

Die verschiedenen Definitionen lassen für den derzeitigen Stand der Verhaltenstherapie zwei Schlußfolgerungen zu:

- Einerseits sind strenge, methodisch anspruchsvolle Interventionen auf der Basis eines verhaltenstheoretischen Ansatzes den Anforderungen der heutigen Gesellschaft anzupassen,
- andererseits ist die Orientierung an einer therapeutischen Schule zugunsten eines pluralistischen Ansatzes der Veränderung psychischer Probleme aufzugeben und interdisziplinäre Ansätze über die Grenzen der Psychologie hinaus zu verwirklichen.

## 1.2. Historischer Überblick

Im Jahre 1953 erschien in den Vereinigten Staaten eine Veröffentlichung von Lindsley, Skinner & Salomon, in der zum ersten Mal der Begriff „behavior therapy" auftauchte. Unabhängig davon entstanden zwischen 1950 und 1960 Zentren verhaltenstherapeutischer Forschung in Südafrika, verbunden mit den Namen Wolpe, Lazarus, Rachman und in England vertreten durch Shapiro, Yates, Eysenck.
Obwohl die frühen Vertreter der Verhaltenstherapie auf die gleichen Prinzipien des Lernens von Verhalten zurückgriffen, handelte es sich doch um sehr unterschiedliche Ansätze. Krasner identifizierte 1971 etwa 15 verschiedene Strömungen innerhalb der Psychologie und verwandter Disziplinen, die sich in den 50er und 60er Jahren zu dem verbanden, was allgemein als Verhaltenstherapie bekannt ist (Franks, 1983).
Die Heterogenität verhaltenstherapeutischer Ansätze ist ein Merkmal, das bis heute kennzeichnend für diese Richtung ist.

Die Entwicklung der Verhaltenstherapie im deutschsprachigen Raum hat nicht zuletzt ihre Wurzeln in den Bemühungen von Teilen der akademischen Psychologie, sich unabhängig von der Philosophie als anwendungsbezogene Disziplin an den Hochschulen zu etablieren. Bereits im letzten Jahrhundert wurden in Anlehnung an naturwissenschaftliche Modelle der Erkenntnisgewinnung Experimente durchgeführt, allerdings gegen den lang anhaltenden Widerstand der geisteswissenschaftlichen Psychologie. Erst zu Beginn der 50er Jahre setzte sich das Paradigma der naturwissenschaftlich-experimentellen, exakten Wissenschaft durch, als junge deutsche Naturwissenschaftler im Rahmen des kulturellen Austausches mit den USA mit quantitativen Methoden und methodisch-statistischen und experimentellen Techniken vertraut wurden und bald darauf die Stellen emeritierter Professoren einnahmen. Damit war die Grundlage für die lang verwehrte Akzeptanz des amerikanischen Behaviorismus geschaffen – das Beobachtbare und Kontrollierbare wurde vermehrt zum Gegenstand psychologischer Forschung gemacht und hielt Einzug in die Hochschulen.
Gleichzeitig mußte aber auch die entsprechende Professionalisierung vorangetrieben werden, indem in einer Reihe von gesellschaftlichen Teilbereichen die Notwendigkeit der bezahlten Anwendung dieses Wissens nachgewiesen wurde. Dies führte einerseits zur Kritik an der in der klinischen Praxis, nicht jedoch akademisch dominierenden Psychoanalyse hinsichtlich der Überprüfbarkeit der Annahmen und des Behandlungsmodells. Andererseits wurde eine psychologisch und sozialwissenschaftlich begründete Kritik am medizinischen Krankheitsmodell laut. Diese Kritiken und die Zunahme der Bedeutung verhaltenstheoretischer Konzepte sind somit nicht nur als ideengeschichtliche Weiterentwicklungen innerhalb der Psychologie anzunehmen, sondern auch als Instrumente interdisziplinärer Konkurrenz in Hochschule und Praxis (vgl. Geuter, 1984; Maikowski u.a., 1976; Lück u.a., 1984).

Möglicherweise erklärt dies, daß sich zunächst eine eng an den Lerntheorien orientierte, positivistisch-empiristische und fast dogmatisch zu nennende Verhaltenstherapie als Alternative zu bestehenden Paradigmen etablieren konnte.

In der Bundesrepublik Deutschland fand die Verhaltenstherapie etwa Mitte der 60er Jahre im Zuge der Professionalisierung der Klinischen Psychologie größere Aufmerksamkeit und schließlich rasche Verbreitung. Heute ist sie neben der Psychoanalyse die bekannteste und insgesamt die am häufigsten angewendete Therapieform in der psychosozialen Versorgung der BRD (vgl. Kap. 7).

Die Grundpfeiler der Verhaltenstherapie bildeten in ihrer Anfangsphase die sogenannten Lerntheorien, deren Ursprünge bis zum Ende des 19. Jahrhunderts zurückreichen. Eine große Anzahl von Laborexperimenten wurde durchgeführt, und es wurden Theorien formuliert, wobei sich die Forschungsbemühungen zunächst um zwei Arten des Lernens drehten: das klassische Konditionieren und das instrumentelle Konditionieren (auch operantes Konditionieren oder Lernen am Erfolg).
Das *klassische Konditionieren* geht auf die empirischen und theoretischen Arbeiten des russischen Physiologen und Nobelpreisträgers Iwan Petrowitsch Pawlow (1849 – 1936) zurück. Grundlegend für die Theorie des klassischen Konditionierens waren Pawlows tierexperimentelle Beobachtungen von den bedingten Reflexen (vgl. Kap. 3.1).
Pawlow konnte anhand des Verdauungsreflexes von Hunden nachweisen, daß ungelernte reflexauslösende Reize (unkonditionierte angeborene Stimuli) durch erlernte (konditionierte) Reize ersetzt werden können.
Pawlows Studien wurden schon 1906 durch eine Vortragsreise in den USA bekannt. Pawlow lehnte die introspektive Methode ab, mit deren Hilfe die Strukturalisten des frühen 20. Jahrhunderts die Seele in ihre kleinsten Bestandteile zergliedern wollten. Er war wie einige seiner amerikanischen Kollegen an funktionalen Zusammenhängen interessiert.
Pawlows Reflexlehre wurde in den Vereinigten Staaten von John B. Watson (1878 – 1958) aufgegriffen, der zum wichtigsten Begründer und propagandistischen Wortführer des „amerikanischen Behaviorismus" wurde. Watson übertrug Pawlows Erkenntnisse auf den Humanbereich und machte sie zur Grundlage seiner theoretischen und praktischen Überlegungen hinsichtlich des Erwerbs und der Behandlung psychischer Störungen. Klassisch geworden ist das Experiment von Watson & Rayner (1920) mit dem kleinen Albert, bei dem dem elf Monate alten Jungen über das klassische Konditionieren eine Angstreaktion antrainiert wurde. Nach Hilgard & Marquis (1940) war es aber nicht möglich, in späteren Studien Watsons & Rayners Experiment zu replizieren. Watson und seine Anhänger versuchten, Behandlungsmethoden auf spezifisch lerntheoretischer Grundlage zu finden. Diese von Grundlagenforschern durchgeführte Untersuchungen können als Vorläufer der Verhaltenstherapie betrachtet werden. Wegen der ethischen Fragwürdigkeit ihres Vorgehens riefen diese Vorläufer viele Kritiker auf den Plan. Halder-Sinn (1985) meint deshalb, daß mit gutem Grund der Beginn der Verhaltenstherapie nicht in den ersten Therapieversuchen der 30er Jahre gesehen wurde, sondern erst in die Mitte der 50er Jahre verlegt worden ist. Die Verhaltenstherapie der darauffolgenden Jahre wurde mehr oder wenig durch Watsons behavioristische Sichtweise geprägt.

Watson unterschied zwei Unterformen des Behaviorismus – den metaphysischen und den methodischen Behaviorismus. Diese sollten nach seiner Meinung zur Richtschnur psychologischer Forschung werden und die Psychologie zum Teil der reinen objektiven Naturwissenschaften machen (Watson, 1913).

Der *metaphysische Behaviorismus* läßt sich nach Mahoney (1977) durch folgende Postulate über den Gegenstand psychologischer Forschung charakterisieren:

„1. Das Vorkommen einer ‚Seele' und ‚psychischer Zustände' wird abgelehnt.
2. Alle Erfahrung kann auf Drüsensekretionen und Muskelbewegungen reduziert werden.
3. Menschliches Verhalten wird fast ausschließlich von Umwelt-(Lern-)Einflüssen bestimmt (vorwiegend nach Prinzipien des klassischen Konditionierens), weniger durch erbliche oder biologische Faktoren, und
4. Bewußtseinsprozesse (verdeckte Phänomene), wenn sie überhaupt existieren, stehen außerhalb wissenschaftlicher Forschung"
(Mahoney, 1977, S. 21).

Der *methodische Behaviorismus* bezieht sich nicht so sehr auf den Gegenstand, sondern auf die Verfahrensweise psychologischer Forschung:

„Watson empfahl ausdrücklich, daß die Psychologen ihre Theorien und Forschungen auf beobachtbare Ereignisse beschränken sollten – auf Umweltreize und offenes Verhalten" (Mahoney, 1977, S. 26).

Das instrumentelle oder *operante Konditionieren* geht auf tierexperimentelle Arbeiten von Edward Thorndike (1874–1949) zurück. Auch bei dieser Lernform handelt es sich um eine Reiz-Reaktions-Assoziation, mit dem Unterschied, daß im Gegensatz zum klassischen Konditionieren nicht reaktionsauslösende Reize durch andere, vormals neutrale ersetzt werden, sondern daß Reaktionen durch andere, erfolgreichere (instrumentelle) ausgetauscht werden. Wichtig ist in diesem Zusammenhang Thorndikes Gesetz der Wirkung (law of effect), nach dem Verhalten wiederholt wird, auf das Konsequenzen folgen, die für den Organismus Befriedigung darstellen, während Verhalten abnehmen wird, auf das unangenehme oder nachteilige Konsequenzen folgen.
Diese grundlegenden Gedanken wurden von Burrhus F. Skinner (geb. 1904) aufgegriffen und auf verschiedene Gesichtspunkte menschlichen Verhaltens angewandt.

1953 tauchte schließlich erstmals der Begriff „behavior therapy" als Bezeichnung des von Skinner entwickelten Ansatzes des operanten Konditionierens auf (Lindsley, Skinner & Salomon, 1953). Nach Skinner wird sich die Reaktionshäufigkeit eines operanten Verhaltens dann erhöhen, wenn es vorher belohnt wurde, das heißt, wenn diesem Verhalten ein positiver Verstärker oder der Fortfall einer Bestrafung folgt (vgl. Kap. 3.1). Wie schon Watson geht es Skinner und den Skinnerianern in erster Linie um die Kontrolle und Vorhersagbarkeit von Verhalten. Sie beschränken sich dabei auf unmittelbar beobachtbare Sachverhalte; abstrakte Begriffe und Konzepte werden nicht in Anspruch genommen. Die Existenz und verhaltensbeeinflussende Wirkung innerer psychischer Zustände wird zwar nicht bestritten, es wird aber betont, daß ihre Berücksichtigung nicht zu einer größeren Präzision bei der Erklärung, Vorhersage und Kontrolle des Verhaltens führt. Außerdem müßten diese inneren Ereignisse erst mittelbar erschlossen werden und blieben so notwendigerweise spekulativ. Skinner interessiert sich nicht für die inhaltliche Beschaffenheit seiner Variablen, da sich nach seiner Auffassung beim Lernen lediglich die Wahrscheinlichkeit verändert, mit der (operantes) Verhalten auftritt. Da Verhalten individuell gelernt wird, verwendet Skinner die Methode der funktionellen Verhaltensanalyse, nach der anhand der Analyse eines Lernprozesses herauszufinden ist, welche Reize (Stimuli) als Verstärker bzw. als Bestrafung dienen. Reize haben dabei die funktionelle Qualität eines Verstärkers, wenn sie die Reaktionshäufigkeit erhöhen; bei der Bestrafung ist das Gegenteil der Fall. Diese Reiz-Reaktions-Modelle der Verhaltenserklärung wird von Mahoney (1974) als nichtvermittelnd bezeichnet, da nach dieser Vorstellung der Organismus lediglich als „black box" aufgefaßt wird, über den keine objektiven Informationen möglich, aber auch nicht nötig sind.

Wenngleich manche Verhaltenstheoretiker „Lernen" streng im Sinne des Skinnerianischen Behaviorismus untersuchten, gingen einige Lerntheoretiker dazu über, *„innere Zustände"* in ihre Forschungsprogramme aufzunehmen, um die Realität angemessener widerzuspiegeln. Getreu ihrer behavioristischen Herkunft stellten sie die Hypothese auf, daß die von ihnen untersuchten inneren Vorgänge den gleichen Gesetzmäßigkeiten folgen wie direkt beobachtbares Verhalten.
Häufig wird in diesem Zusammenhang auch von einem vermittelnden Verhaltensmodell oder von Mediatortheorien gesprochen. Die „inner events" (oder Mediatoren) werden als verdeckte Reaktionen auf äußere Reize betrachtet, die ihrerseits als verdeckte Stimuli offene Reaktionen auslösen. Bei den untersuchten vermittelnden inneren Ereignissen handelt es sich in erster Linie um *Kognitionen* (Gedanken, Vorstellungen usw.), da von der Annahme auszugehen ist, daß kognitive Prozesse anderen denkbaren Vermittlungsprozessen (z.B. emotionalen oder motivationalen Prozessen) vorgeordnet sind. Mahoney (1974) bespricht diese behavioristische Sichtweise unter dem Begriff der „Kontinuitätsannahme".

Ende der 60er und Anfang der 70er Jahre hatten die Vermittlungsmodelle einen großen Einfluß auf Theorie und Praxis, nicht zuletzt auch, weil sich die ausschließliche Anwendung nichtvermittelnder Verfahren als praktisch unzulänglich erwiesen hatte. Unter dem Oberbegriff des „verdeckten Konditionierens" wurden mehrere Techniken entwikkelt und verbreitet, die vor allem der Selbstkontrolle problematischen Verhaltens dienen sollten. Das „covert-conditioning" von Cautela (1966), die Methode der „coverant-control" von Homme (1965) und das Arbeitsmodell der „Selbstregulation" von Kanfer (1971) sind in diesem Zusammenhang besonders hervorzuheben. Das verdeckte Konditionieren leitete bereits den als *„kognitive Wende"* bezeichneten Paradigmenwechsel in der Verhaltenstherapie ein. Die Kontinuitätsannahme ist jedoch theoretisch problematisch, da mit ihr versucht wird, die Verhaltenstheorie unverändert auf den kognitiven Bereich zu übertragen, statt kognitive Theorien heranzuziehen oder solche zu entwikkeln (vgl. Fliegel u.a., 1981).

In den 60er Jahren gewann eine andere Art des Lernens das Interesse: *das soziale Lernen.* Die sozialen Lerntheorien griffen nicht auf tierexperimentelle Studien zurück, sondern gingen von spezifisch menschlichen Fähigkeiten und Lebensumständen in der sozialen Umwelt aus. Im Vordergrund stand dabei das sogenannte Lernen am Modell, bei dessen Erforschung Albert Bandura Pionierarbeit leistete. Beim Modellernen handelt es sich ebenso wie beim Konzept des verdeckten Konditionierens um einen vermittlungsorientierten Ansatz, also ein Ansatz, der die Prozesse zwischen Reiz und Reaktion beschreibt.
Bandura (1965; 1968) konnte zeigen, daß die bloße Beobachtung des Verhaltens eines Vorbildes (Modells) ausreicht, um schlagartig ganz neue Reaktionen in das Verhaltensrepertoire aufzunehmen, ohne daß der Beobachtende Selbstbekräftigung erfährt. Entscheidend ist, daß die vom Modell ausgehenden Stimuli vom Beobachter intern kodiert und gespeichert werden. Bei der späteren Ausführung des Verhaltens können diese gespeicherten Informationen dann als Mediatoren dienen. Ferner können durch die Beobachtung eines Modells beim Beobachter schon vorhandene Verhaltensweisen gestärkt oder geschwächt werden, je nachdem, ob die beobachteten Konsequenzen positiven oder negativen Charakter haben (Bandura, 1976).

Inzwischen hat Bandura (1969b; 1971b; 1977b) seine Analyse des sozialen Lernens zu einem theoretischen Rahmenmodell weiterentwickelt, das unter der Bezeichnung „self-efficacy-theory“ steht (vgl. Kap. 5.1) und die Einseitigkeit vieler anderer Theorien bei der Bevorzugung entweder offener oder verdeckter Sachverhalte überwinden soll (Bandura, 1977a; 1978).

Der eigentliche Paradigmenwechsel in der Verhaltenstherapie vollzog sich jedoch in der Entwicklung von Ansätzen, die sich deutlich vom Reiz-Reaktions-Modell entfernen und Kognitionen nicht mehr als vermittelnde Ereignisse betrachten, sondern sie als strukturierende und steuernde Komponenten für emotionale, motivationale, physiologische und motorische Vorgänge verstehen. Vor allem Albert Ellis (1962; 1970; 1973) und Aaron T. Beck (1967, 1970, 1976) lieferten wichtige Beiträge im Hinblick auf die Bedeutung kognitiver Prozesse bei der Entstehung, Aufrechterhaltung und Behandlung psychischer Störungen. Ihre Ansätze sind als Alternativen zu der das therapeutische Geschehen lange beherrschenden Psychoanalyse entstanden, der beide selbst ursprünglich verpflichtet waren (vgl. Kap. 5.1).

Hinter dem als „Rational-emotive Therapie“ bezeichneten Verfahren von Ellis steht die Grundthese, daß immer wiederkehrende emotionale Probleme auf irrationale Glaubenssätze und daraus abgeleitete negative Selbstsuggestionen zurückzuführen sind.
Die weitgehend unabhängig davon entwickelte „kognitive Therapie“ von Beck war zunächst ein Verfahren speziell zur Behandlung depressiver Störungen. Inzwischen findet dieses Verfahren aber auch in anderen Problembereichen Anwendung.
Während Ellis das Gewicht auf irrationale Überzeugungen legt, sieht Beck charakteristische logische Denkfehler als bedeutend für psychische Störungen an.
Die Therapieansätze von Ellis und Beck zeichnen sich dadurch aus, daß ausdrücklich kognitive und Verhaltenselemente miteinander verbunden werden, wobei aber kognitive Aspekte dominieren. Beide Forscher bezeichnen ihre Ansätze als verhaltenstherapeutische Modelle.

Der Versuch einer *Integration* kognitiver und behavioristischer Methoden beschäftigte auch Meichenbaum und seine Mitarbeiter. Meichenbaum griff auf Arbeiten von Luria (1959; 1961) und Wygotski (1934) zurück, in denen die Bedeutung des inneren Sprechens thematisiert wird. Er entwickelte zwischen 1971 und 1975 mehrere therapeutische Methoden, die als Selbstverbalisationsverfahren (Selbstinstruktionstraining, Streß-Impfungstraining) bekannt wurden.
Meichenbaum veröffentlichte 1974 ein Buch, das den Titel „Cognitive Behavior-Modification“ trägt. Im gleichen Jahr erschien Mahoneys inzwischen zum Klassiker gewordenes Übersichtswerk „Cognition and Behavior Modification“, das ebenfalls schon in seinem Titel auf die Bemühungen einer Integration innerer Ereignisse und offenen Verhaltens hinweist.

Mahoney (1974; 1978) gilt als einer der vehementesten Verfechter einer Integration kognitiver und behavioristischer Ansätze. Er faßt die grundlegenden Annahmen der kognitiven Verhaltenstherapie folgendermaßen zusammen:

„1. Der menschliche Organismus reagiert vor allem auf die kognitive (‚innere‘) Repräsentation, also die Darstellung oder Abbildung seiner Umgebung und nicht auf die Umgebung selbst.
2. Die kognitiven Repräsentationen sind funktional mit den Lernprozessen verbunden.
3. Menschliches Lernen ist zum großen Teil kognitiv vermittelt.
4. Gedanken, Gefühle und Verhalten sind interaktiv, und sie bedingen einander.

Aus diesen allgemeinen Aussagen lassen sich bestimmte Voraussagen ableiten. Wenn diese Annahmen stimmen, dann müßten kognitive Phänomene wie Überzeugungen oder Erwartungen bessere Vorhersagen für menschliches Verhalten liefern als externe Variablen. Wenn es beispielsweise eine Diskrepanz zwischen Kognitionen eines Menschen und der ihn umgebenden Realität gibt, dann beeinflussen die Kognitionen die Gefühle und das Verhalten stärker als die externe Realität" (Mahoney, 1978, S. 70f.).

Auf die Wichtigkeit der Beachtung kognitiver Prozesse wurde auch von den verhaltenstherapeutischen Autoren D'Zurilla und Goldfried (1971) hingewiesen. Ausgehend von Erkenntnissen aus Theorien und Forschungen schlugen sie vor, Therapie als Training von Problemlösestrategien aufzufassen, und sie entwickelten auch entsprechende Interventionsverfahren, zum Beispiel das sogenannte „Problemlösetraining".
Die Bedeutung des Problemlöseansatzes ist gekennzeichnet durch das übergreifende Ziel in der Verhaltenstherapie: Der Klient löst nicht nur sein gerade anliegendes Problem, sondern wird durch die Therapie insgesamt zur besseren Problemlösung befähigt. Die therapeutische Aufgabe in der Verhaltenstherapie besteht darin, dem Klienten zu helfen, nicht nur Einsicht in die Zusammenhänge seiner Probleme zu bekommen, sondern auch seine Problemlösefähigkeit zu stärken und ihn schließlich zur möglichst selbständigen Problemlösung anzuleiten. Dies schließt durchaus einen vor allem zu Beginn aktiven und zum Teil auch direktiven Therapeuten ein. Der Therapeut ist Fachperson, vor allem bei der Erarbeitung der Problemzusammenhänge sowie bei konkreten Angeboten zur Problembewältigung. Wichtig ist, schon frühzeitig das Selbsthilfepotential der Klienten zu erkennen und aufzugreifen bzw. sie zur eigenen Problemlösung *anzuleiten*.
Bergold u.a. (1973) postulieren, daß der Klient durch die Therapie auch Einsicht in die gesamtgesellschaftlichen Zusammenhänge gewinnen muß, die bedeutsamen Einfluß auf seine unmittelbaren Umweltbedingungen haben, um diese dann emanzipatorisch verändern zu können.
Nach Mischel (1977) zeichnet sich ein Mensch, der aktiv seine Probleme löst, dadurch aus, daß er

- die Fähigkeit besitzt, aus weitreichender Erfahrung und kognitiver Kapazität Nutzen zu ziehen,
- seine psychologische Welt aktiv gestaltet,
- seine Umwelt aktiv gestaltet, aber auch von ihr beeinflußt wird.

Damit wurde der Problemlöseansatz neben der Einführung als Interventionsmethode für die Therapie auch als Meta-Modell für den Therapieprozeß nutzbar und somit zum Orientierungsrahmen für das gesamte diagnostisch-therapeutische Vorgehen. Ein einheitliches, überzeugendes kognitives „Modell" steht aber nach wie vor aus.

Die Übersicht über die Entwicklung der Verhaltenstherapie soll aber nicht beendet werden, ohne auf die wichtigsten *Kritikpunkte* einzugehen, mit denen sich dieser therapeutische Ansatz auseinanderzusetzen hatte, und die ihn auch zum Teil heute noch herausfordern:
Halder-Sinn (1985) stellt fest, daß sich die Verhaltenstherapie besonders in ihren Anfängen heftiger und teilweise polemischer Kritik ausgesetzt sah. Die Kritik hat aber in den letzten Jahren abgenommen, da Vertreter der Verhaltenstherapie einerseits Ansprüche und Behauptungen aufgegeben haben, die auf Vertreter anderer Therapieschulen provozierend gewirkt haben, andererseits hat sich die Verhaltenstherapie aber auch nicht in einem solchen Maße phänomenal wirkungsvoll erwiesen, daß sie Angst und Gegenwehr zur Folge hätte haben müssen.

Das planende, rationale und vor allem transparente Vorgehen im Sinne von Spezifität und Funktionalität bei Diagnose, Therapiezielbestimmung, Interventionsfestlegung und Therapiedurchführung sowie die verwendete Terminologie („Reiz“, „Verstärker“, „Löschung“, „Modifikation“) der Verhaltenstherapie reizen jedoch eher zur Kritik. Der Verhaltenstherapie ist besonders von psychoanalytischer Seite vorgehalten worden, ihre Behandlung führe zur *Symptomverschiebung,* da sie nur an den Symptomen arbeite, während die zugrundeliegenden Ursachen nicht angegangen werden. Der harten und teilweise sehr polemisch geführten Diskussion um das Problem der Symptomverschiebung wäre sicherlich viel Grundlage entzogen worden, hätte die Verhaltenstherapie sich nicht einfach der Sprache des tiefenpsychologischen Ansatzes bedient (z.B. Symptom, Ursache). Viele Mißverständnisse sind durch unterschiedliche inhaltliche Belegung der Begriffe (insbesondere „Symptom“) entstanden (vgl. Reinecker, 1983; Perrez, 1978). Während die Psychoanalyse davon ausgeht, daß das direkt erfaßbare Symptom nur Ausdruck einer tieferliegenden Störung (z.B. unbewußter Konflikt) ist, bezeichnet die Verhaltenstherapie mit „Symptom“ die psychische Störung selbst (vgl. Kap. 2 und 5).

In einer Zeit, als die Diskussion über Symptomverschiebung auf dem Höhepunkt war, kam Grossberg (1964) nach Durchsicht der entsprechenden Literatur zu dem Schluß, daß die durch verhaltenstherapeutische Behandlung erzielten Veränderungen durchaus stabil sind und Langzeitstudien keine Hinweise auf Symptomverschiebungen zeigen. Im Gegenteil: Die erfolgreiche Behandlung spezifischer Probleme bewirkt häufig – insbesondere bei konsequenter Verfolgung des Problemlöseansatzes – eine positive Veränderung anderer Probleme und präventive Aspekte bei der Verhinderung neuer Probleme.

*Ethisch-moralische Fragen* drängen sich besonders im Zusammenhang mit Aversions- bzw. Bestrafungstechniken auf. Aversive Verfahren bzw. Bestrafungsmethoden in der Verhaltenstherapie sind unseres Erachtens ethisch nicht vertretbar. Allerdings sind sie auch in der verhaltenstherapeutischen Praxis kaum mehr von Bedeutung, wenngleich sie in manchen Kliniken noch zur Therapie bei alkoholabhängigen Menschen oder Menschen mit sogenannten sexuellen Abweichungen eingesetzt werden.

Kritisiert wurde auch, daß in der Verhaltenstherapie der *Beziehung zwischen Klient und Therapeut* bisher nicht genügend Aufmerksamkeit geschenkt wurde. Neuere Veröffentlichungen zeigen jedoch die ausführliche Beschäftigung mit diesem Thema in Praxis, Forschung und Theorie der Verhaltenstherapie (vgl. z.B. Grawe & Dziewas, 1978; Seiderer-Hartig, 1980; Zimmer, 1978; 1983; vgl. auch Kap. 3.2.2).
Vor allem die Verwendung operanter Behandlungsverfahren setzt die Verhaltenstherapie dem Vorwurf der Manipulationen und Anpassung aus. Der verhaltenstherapeutische Prozeß, der in enger Zusammenarbeit zwischen Klient und Therapeut abläuft, deren Schritte dem Klienten offen und transparent sind und in dessen Verlauf Klienten so früh wie möglich zur Eigenkontrolle angeleitet werden, paßt nicht per se an die Bedingungen an und verhindert auch nicht, daß überkommene Normen in Frage gestellt werden. Viel stärker als jede andere Therapierichtung hat die Verhaltenstherapie durch ihre Konzepte der sorgfältigen Problemanalyse die Möglichkeit, auch die sozial und materiell vermittelten Bedingungen der psychischen Probleme aufzudecken und aufzuzeigen. Welche Konsequenzen der Klient aber aus diesen Einsichten zieht, ist letztlich seine alleinige Entscheidung. Und seine Entscheidungen werden sich auch in den Zielen der Therapie niederschlagen. Wie emanzipatorisch die therapeutischen Konsequenzen sind, das hängt sicherlich zumindest in zweiter Linie auch mit den Einstellungen des

Therapeuten zusammen. Aber dies kann als therapieschulenübergreifend angesehen werden.

Nicht zuletzt wird Kritik auch im Zusammenhang mit den *kognitiven Ansätzen* geübt. Es wird zu Recht darauf hingewiesen, daß es im Zuge der kognitiven Wende zu einer Überbetonung der Kognitionen bei psychischen Problemen gekommen ist und daß die Gefahr besteht, eine Betrachtungsweise einzunehmen, die genauso einseitig ist wie diejenige des kognitionsfreien frühen Behaviorismus. Weiterhin müssen sich die Vertreter der kognitiven Ansätze die Kritik gefallen lassen, Gefühle, die ein wesentlicher Bestandteil des menschlichen Lebens sind, nicht als eigenständige Prozesse aufzufassen, sondern sie eher als kontrolliert anstatt als erlebt zu betrachten. Zimmer (1983a) stellt dazu fest, daß die kognitiven Therapien gerade durch ihre subjektive Sicht ein Defizit der Verhaltenstherapie auffüllen konnten. Dennoch sind die kognitiven Therapien ebenso wie die frühen behavioristischen Ansätze in ihren Aussagen begrenzt, und dies gilt insbesondere auch für die Emotionstheorien und Emotionen bearbeitende Verfahren. Die weitere Forschung wird Alternativen finden müssen, die der Analyse und Veränderung psychischer Störungen von Menschen auf allen Erlebens- und Verhaltensebenen gerecht werden.

## 1.3. Aktuelle Trends

Die Verhaltenstherapie hat seit ihren Anfängen ihr Erscheinungsbild grundlegend verändert. Das ist nicht zuletzt eine Folge der empirischen, gegen Dogmatik gerichteten Grundeinstellung. Neben die Reiz-Reaktions-Modelle sind die sozialen und kognitiven Lerntheorien getreten und haben eine dominierende Rolle eingenommen. Die Berücksichtigung innerer Prozesse führte zu verminderter methodischer Stringenz auf der einen Seite, auf der anderen Seite bedeutete sie aber eine Vergrößerung des Spektrums der theoretischen Konzepte und der Interventionsstrategien.
Zur Erweiterung des verhaltenstherapeutischen Ansatzes wurde in den letzten zehn Jahren zurückgegriffen auf Konzepte der kognitiven Psychologie, der Handlungstheorie, der Informationsverarbeitung, der Kommunikationstheorien und der Systemtheorien. Dadurch, daß sich die Verhaltenstherapie als vergleichsweise offen und undogmatisch erweist, wird für viele Anhänger eine Identitätsbildung erschwert.

Franks u.a. (1985) weisen darauf hin, daß sich zwei eng miteinander verbundene Themen in der Verhaltenstherapie verfolgen lassen. Zum einen gibt es die Neigung zu strengeren und methodisch anspruchsvolleren Interventionen, zum anderen läßt sich eine Bewegung hin zu umfassenderen, multimodalen, interdisziplinären Interventionen über die Grenzen der Psychologie, Soziologie, Wirtschaftswissenschaften, Politik und selbst der Philosophie hinaus beobachten.
Nach Franks u.a. wird erst die Zukunft zeigen, ob die Verhaltenstherapie unter diesen Umständen ihre konzeptuelle Integrität wahren wird (vgl. auch Franks, 1981).
Eine damit verbundene Entwicklung ist die Aufgabe der reduktionistischen Sichtweise, die für den Beginn der Verhaltenstherapie mit ihrer Akzentuierung der S-R-Lerntheorien typisch war. Peele (1981) weist auf die irreführende Vorstellung des verhaltenstheoretischen Reduktionismus hin, daß menschliches Verhalten sinnvoll in seine biologischen Bestandteile zergliedert werden kann. Ohne die Beachtung individueller Determinanten wie Persönlichkeitsstruktur, subjektive Bedürfnisse und situationale sowie

kulturelle Einflußgrößen ist wahrscheinlich jede psychologische Intervention unvollständig.

Wenngleich verhaltenstherapeutische Forschung absolut gesehen die zahlenmäßige Spitzenposition einnimmt, stellen Franks u.a. (1985) eine Lücke zwischen klinischer *Grundlagenforschung* und *Praxis* in der Verhaltenstherapie fest. Ein Hauptgrund für die Diskrepanz sah Rausch (1974) darin, daß die Methoden der Forscher dem Bedarf der Praktiker nicht gerecht werden. Franks u.a. weisen mit Recht darauf hin, daß der Praktiker daran interessiert ist, daß es seinem Klienten so schnell wie möglich besser geht, während zumindest der quantitativ arbeitende Wissenschaftler hauptsächlich danach Ausschau hält, ob eine Intervention im Gruppendurchschnitt zu Veränderungen führt. Ein Verfahren, daß im Gruppendurchschnitt zu Veränderungen führt, muß aber nicht klinisch sinnvoll oder für einen bestimmten Klienten zweckmäßig sein.
Nach Franks u.a. gibt es in der verhaltenstherapeutischen Forschung zu wenig Untersuchungen, die sich mit der Generalisierung und Aufrechterhaltung von Therapieerfolgen, mit Follow-up-Untersuchungen, mit der Verbreitung von Forschungsergebnissen unter Praktikern und der Überprüfung der Wirksamkeit von Therapien in der konkreten klinischen Praxis beschäftigen.

Wenngleich die Verhaltenstherapie hinsichtlich der Frage der Prävention psychischen Leidens in der Vergangenheit wenig Lösungen angeboten haben mag, so sind inzwischen Schritte in diese Richtung gemacht worden. Trends in der präventiv orientierten Psychologie haben dazu geführt, daß eine Reihe von verhaltenstherapeutisch orientierten gemeindepsychologischen Ansätzen vorliegen (Jason & Glenwick, 1980; Jason, 1981; Winett, 1979). Durch ihre Analysemöglichkeiten kann Verhaltenstherapie schädigende Bedingungen in der engeren und weiteren Umwelt von Menschen aufzeigen und Vorschläge zu deren Veränderung unterbreiten (vgl. Kap. 7).
Sie kann aber auch zur *Prävention* psychischer Störungen auf individueller Ebene beitragen, indem sie Menschen in die Lage versetzt, mit dem alltäglichen Leben fertig zu werden und dadurch das Auftreten psychischer Probleme zu verhindern. Sie kann Menschen auf Perioden übermäßiger Belastung vorbereiten, also zu einer Stärkung der persönlichen Kompetenzen beitragen. Zum Bereich der Prävention gehört auch die Arbeit mit Mediatoren: Lehrer, Berater, Sozialarbeiter, Jugendfürsorger, Krankenpflegepersonal u.a. können durch die Prinzipien der Verhaltenstherapie zu einer effektiveren Arbeit mit ihrer sozialen Gruppe finden. Allerdings verlangen die Fragen nach den Kriterien der Evaluation, die Probleme der Kosteneffektivität, der gegenwärtige Mangel an langfristigen Kontrolluntersuchungen, methodische Schwierigkeiten der Übertragung begrenzter Erfahrungen auf soziale Netzwerke und die gesamte Gemeinde noch nach gemeindeorientierten Lösungsansätzen. In der Praxis ist es nötig, sich mit institutionellen und bürokratischen Hindernissen, mit politischem, wirtschaftlichem und bürokratischem Druck, dem Fehlen einer gemeinsamen Sprache zwischen den verschiedenen Berufsgruppen und ethischen sowie praktischen Fragen bei der Auswahl der Verfahren, der Zielgruppen und von Entscheidungsträgern auseinanderzusetzen (vgl. Franks u.a., 1985). Hinter dem in diesem Zusammenhang populär gewordenen Schlagwort der „*Verhaltensökologie*" steht das Bestreben, die menschliche Entwicklung durch Vermittlung von Bewältigungsstrategien zu fördern, das subjektive Kompetenzgefühl und das Selbstwertgefühl zu steigern sowie die Kräfte der Gemeinde und Organisationen zu mobilisieren und aufeinander abzustimmen, um die Lebensqualität zu verbessern (McClure u.a., 1980).

Zunehmend setzen sich verhaltenstherapeutische Autoren mit *ethischen Problemen* auseinander. Wie sehr in diesem Bereich um Antworten gerungen wird, läßt sich am Beispiel der Jahrbücher zur Verhaltenstherapie (Annual Review of Behavioral Therapy) von Franks & Wilson zeigen:

1973 waren die Autoren der Auffassung, daß die Verhaltenstherapie ein von der Ethik unabhängiges konzeptuelles System sei (Franks & Wilson, 1973).
1975 stellten sie sich auf den Standpunkt, „daß man sich nicht mehr hinter dem Klischee verstecken könne, die Techniken der Verhaltensmodifikation seien ethisch neutral" (Franks & Wilson, 1975; zit. n. Franks u.a., 1985, S. 12).
1983 schließlich verlangten sie in Weiterentwicklung dieser Position, „Werturteile zu fällen und zu vertreten, ob einem dies nun gefällt oder nicht" (Franks u.a., 1985, S. 12).

Ethische Überlegungen spielen eine Rolle besonders im Zusammenhang mit der Anwendung aversiver Techniken, der Zielbestimmung in der Therapie und der Forderung nach informierter Zustimmung von seiten des Klienten (s.o.).
Von der AABT (Association for Advancement of Behavior Therapy) wurde 1979 ein Fragenkatalog zu ethischen Fragen und Problemen in der verhaltenstherapeutischen Praxis herausgegeben. Die ausgewählten Fragen sollen für alle Interventionsarten Gültigkeit haben, nicht nur für die klinische Anwendung der Verhaltenstherapie. Seit kurzem wird innerhalb der Verhaltenstherapie eine Kontroverse darüber geführt, wie sich Werturteile, die das therapeutische Vorgehen betreffen, begründen lassen. Kitchener (1980a; 1980b; 1980c) wirft der Verhaltenstherapie einen ethischen Relativismus vor (gut ist, was positiv verstärkt), der eine rationale Begründung von Werturteilen ausschließt. Er meint, daß Verhaltenstherapeuten von ihrem Werterelativismus nur dann abrücken können, wenn sie andere Ansichten aufgeben, wie beispielsweise, daß Werte nichts anderes als positive Verstärker sind, daß Werte individuelle subjektive Vorlieben sind und daß Werturteile nicht vertreten werden können und müssen. Für Kitchener hat nur eine rationale Begründung Gültigkeit. Ward (1980) hält Kitcheners Einwand für nicht angebracht und meint, daß verhaltenstherapeutisch Tätige keinen philosophischen Standpunkt einnehmen, der eine rationale Begründung ethischer Werte verhindert. Ward meint, daß ein ethischer Skeptizismus, nach dem es nicht möglich ist, objektiv festzulegen, welche Werturteile besser als andere sind, die logisch notwendige Position ist. In einer Zeit der erhöhten Sensibilisierung für Fragen der Verantwortlichkeit innerhalb der Wissenschaften wird sich auch die Verhaltenstherapie der Werteproblematik mit ihren philosophischen Implikationen nicht entziehen können.

## 1.4. Verständnis von psychischen Störungen

Der verhaltenstherapeutische Ansatz hat sich als Alternative zu den auf dem medizinischen Krankheitsmodell aufbauenden Behandlungsweisen etabliert. Was unterscheidet das medizinische Krankheitsmodell vom sozialwissenschaftlichen Modell psychischer Störungen, das der Verhaltenstherapie zugrunde liegt?

Die Untersuchung von „abnormem" Verhaltens oder psychischen Störungen ist historisch eng mit der Medizin verknüpft. In der Vergangenheit und in der Gegenwart wird daher häufig das medizinische Krankheitsmodell als Grundlage der Definition psychischer Krankheit bzw. von „abnormem" Verhalten herangezogen. Nach Keupp (1974) handelt es sich dabei um einen Ansatz, „nach dem Verhaltensstörungen in Analogie zu organmedizinischen Pathologievorstellungen gesehen und erklärt werden" (S. 122). Ein

bestimmtes Verhalten wird als Symptom innerer Krankheitsursachen angenommen, die je nach theoretischer Orientierung als entweder organischer oder psychischer Natur betrachtet werden. Daraus ergibt sich, daß die Behandlung nicht bei den beobachtbaren Symptomen ansetzt, sondern auf die Veränderung der zugrundeliegenden, angenommenen Krankheitsbedingungen abzielt.
Die Übertragung dieses Krankheitsmodells auf Verhaltensprobleme ist jedoch aus mehreren Gründen unzulässig. Auf dem Gebiet der physischen Erkrankungen ist es häufig möglich, die Symptome und die Faktoren, die sie verursachen, unabhängig voneinander festzustellen. Die Verbindung zwischen der Symptomatik und den verursachenden pathologischen Prozessen wird aufgrund des vorhandenen medizinischen Wissens hergestellt. Die endgültige Diagnose entspricht der Kennzeichnung der Krankheitsursachen. Bei der Anwendung des medizinischen Modells auf psychische Probleme ist man dagegen häufig nicht in der Lage, die Symptomatik und die zugrundeliegenden Ursachen unabhängig voneinander zu bestimmen. Bestimmte auffällige Verhaltensweisen werden über dieses Modell mit einem Etikett belegt, das dann als Ursache für eben diese Verhaltensweisen aufgefaßt wird. Es handelt sich somit um einen Zirkelschluß.
Ein weiterer wichtiger Einwand gegen die Anwendung des medizinischen Modells auf psychische Störungen betrifft die Vernachlässigung der Bedeutung sozialer Gegebenheiten, sowohl bei der Analyse und Definition als auch bei der Verursachung psychischer Störungen.
Der medizinische Ansatz mag sich bei der Unterscheidung zwischen physischem Krankheitszustand und physischem Normalzustand in vielen Fällen möglicherweise als unproblematisch erweisen, bei der Übertragung auf den psychischen Bereich stellt sich jedoch die Frage, was unter den Begriff des „normalen" psychischen Funktionierens fällt. Hierbei wird erkennbar, daß die Definition von Gesundheit und Krankheit bzw. normalem und abnormem Verhalten nicht von dem sozialen und kulturellen Kontext zu trennen ist.

Ein weiteres Problem entsteht dadurch, daß die aus dem somatischen Modell abgeleiteten Behandlungsverfahren meist unangemessen oder sogar untauglich sind, die jeweilige Störung zu beseitigen. Ferner verstärken die Etikettierung (Labeling) und der damit im allgemeinen verbundene Hinweis auf Abnormität die Störung oft noch, indem sie häufig Sanktionen im familiären, sozialen und beruflichen Bereich nach sich ziehen.

So meint Szasz (1960), einer der vehementesten Kritiker des medizinischen Krankheitsmodells, daß das Konzept der Geisteskrankheit anfänglich erlaubte, gestörte und sich ungewöhnlich verhaltende Personen als krank anstatt moralisch schuldig zu betrachten. Aber während der einzelne zwar der gesellschaftlichen Kritik entzogen wird, beraubt ihn das Konzept der Geisteskrankheit gleichzeitig seiner Privilegien und seiner Entscheidungsfreiheit, die zu den gewöhnlichen Bürgerrechten gehören und Ausdruck von Verantwortlichkeit sind. Szasz behauptet, daß die als „geisteskrank" klassifizierte Person grundlegende Freiheiten verliert und somit eher zum Opfer der Gesellschaft als zum Opfer der Krankheit wird. Szasz betrachtet Geisteskrankheit als einen Mythos, der den Menschen von seiner Last der moralischen Verantwortung in menschlichen Beziehungen befreien soll (Szasz, 1960; 1970).

Nach dem sozialwissenschaftlichen Modell werden psychische Störungen aufgefaßt als „Faktoren, die durch Umwelteinflüsse hervorgerufen, manipuliert und bekräftigt werden" (Halder-Sinn, 1985, S. 29). Die Grenze zwischen normalem und abnormem Verhalten wird verwischt, da davon ausgegangen wird, daß Verhaltensstörungen nach den gleichen Lernprinzipien erworben werden wie „normales" Verhalten und daß die Einstufung eines Verhaltens als abnorm mit dem jeweiligen sozialen und kulturellen Kontext verbunden ist.

„Es ist einsichtig geworden, daß psychische Störungen und Normalität keine naturgeschichtlichen Produkte sind, sondern nur eingebettet in die gesellschaftliche Lebenspraxis verstanden werden können.
Es gibt deshalb auch keine universellen Kriterien für Normalität und für Störung. Was jeweils als angemessenes Handlungssystem, als sinnvolle Lebensperspektive und -praxis oder deren Störung betrachtet wird, ist nur zu verstehen, wenn man den gesellschaftlichen Lebenszusammenhang kennt, in dem ein Individuum steht und seine Identität entwickelt" (Keupp, 1979, S. 8).

Ganz allgemein führt eine ganzheitlichere Sicht in letzter Zeit – unter anderem von handlungstheoretischen Konzepten angeregt – zu einem wesentlich komplexeren Problemverständnis in der Verhaltenstherapie.

Eine Verhaltenstherapie, die in Anlehnung an das sozialwissenschaftliche Modell die Bedeutung äußerer Lebensbedingungen für die Entstehung und Aufrechterhaltung psychischer Störungen betont, schaut auch über den Bereich der Intervention auf individueller Ebene hinaus und bezieht soziale und kulturelle Faktoren in die Analyse und Intervention ein; bei gemeindeorientierter Arbeit werden benachbarte Disziplinen wie Ökonomie, Ökologie, Sozialwissenschaften, Politikwissenschaften usw. einbezogen.

## 1.5. Zum vorliegenden Buch

Das vorliegende *Lehrbuch über Theorien und Methoden der Verhaltenstherapie* gliedert sich neben der Einführung (Teil 1) in sechs Teile.

*Teil 2 „Verhaltenstherapeutische Diagnostik"* beschreibt den therapeutisch-diagnostischen Prozeß. Anhand der Unterschiede zur traditionellen Diagnostik wird auf die Besonderheiten des verhaltensorientierten Ansatzes hingewiesen. Ferner werden die einzelnen Teilschritte im verhaltenstheoretischen Modell des diagnostisch-therapeutischen Prozesses beschrieben. Schließlich werden Funktion und Strategie diagnostischer Erhebung thematisiert und die verschiedenen Methoden der Informationsgewinnung in der Verhaltenstherapie vorgestellt.

*Teil 3 „Grundlagen verhaltenstherapeutischer Methoden"* setzt sich zunächst mit verschiedenen theoretischen Ansätzen auseinander, die der verhaltenstherapeutischen Intervention zugrunde liegen. Es folgt eine ausführliche Analyse des bereits in diesem Kapitel angesprochenen Problemlöseansatzes, der die verhaltenstherapeutische Intervention kennzeichnet. Es folgen abschließend die methodologischen Grundlagen der Verhaltenstherapie sowie die Möglichkeiten und Probleme der Evaluation.

*Kapitel 4 „Verhaltenstherapeutische Methoden"*, das umfangreichste Kapitel dieses Lehrbuchs, stellt die verschiedensten verhaltenstherapeutischen Interventionsmethoden und Veränderungstechniken vor.
Den Anwendungsverfahren zum Abbau von Ängsten (4.2) wird ein Theorieabschnitt über die verhaltenstherapeutische Sichtweise von Ängsten vorangestellt.

Das *Kapitel 5 „Theorien zur Erklärung psychischer Störungen"* ist verschiedenen Theorien innerhalb der Verhaltenstherapie gewidmet, die zur Erklärung von Problemverhalten beitragen. Bestimmt für die Auswahl waren nicht Wahrheits-Wahrscheinlichkeiten, sondern die historische und derzeitige Bedeutung der einzelnen Ansätze. Der Übersichtlichkeit halber wurde eine Einteilung in störungsunspezifische und störungsspezifische Ansätze vorgenommen. Überdies werden vorwiegend verhaltensorientierte Theorien getrennt von solchen Konzepten besprochen, bei denen das subjektive Erleben, kognitiv und/oder emotional im Vordergrund steht.

*Kapitel 6 „Psychophysiologie und Verhaltensmedizin"* gibt nach einer kurzen Einführung in die wissenschaftstheoretische Position der Psychophysiologie eine Übersicht über deren Konzepte. Es folgt eine Darstellung der psychophysiologischen Methodik, wobei unter der Überschrift „Biofeedback" eines der bedeutendsten Anwendungsgebiete der Psychophysiologie innerhalb der Verhaltenstherapie beschrieben und kritisch diskutiert wird. Das Kapitel schließt mit einer Stellungnahme zum zur Zeit verstärkt in Erscheinung tretenden Gebiet der „Verhaltensmedizin".

*Kapitel 7 „Verhaltenstherapie in der psychosozialen Versorgung"* führt zunächst in Prinzipien einer gemeindenahen psychosozialen Versorgung ein und überprüft Möglichkeiten verhaltenstherapeutischer Anwendung in diesem Kontext. Darüber hinaus wird Verhaltenstherapie in verschiedenen ambulanten und stationären Tätigkeitsfeldern beschrieben und in diesem Zusammenhang mit anderen therapeutischen Richtungen verglichen. Die rechtliche Situation hinsichtlich der Ausübung von Verhaltenstherapie mit Stichjahr 1986 rundet den Textteil dieses Lehrbuches über Verhaltenstherapie ab.

Neben dem *Gesamtliteraturverzeichnis* für alle Kapitel findet sich in Kapitel 8 *weiterführende Literatur* zur Vertiefung der einzelnen inhaltlichen Teile des Lehrbuchs.
Zum Abschluß findet sich schließlich noch ein umfassendes *Stichwortverzeichnis* (Sachregister) sowie ein *Autorenregister.*

# Kapitel 2

# Verhaltenstherapeutische Diagnostik

*Dietmar Schulte*

## 2.1. Verhaltensdiagnostik

### 2.1.1. Verhaltensmessung und Verhaltensanalyse

Verhaltenstherapie war von Anfang an ein Sammelbegriff für eine Vielzahl von unterschiedlichen therapeutischen Verfahren (Eysenck & Rachmann, 1971). Gemeinsame Basis dieser Methode sollte die Orientierung an den Lerntheorien sein. Inwieweit das wirklich zutraf, ist schon früh in Frage gestellt worden (zusammengestellt in Westmeyer & Hoffmann, 1977). Doch etwas war und ist diesen Methoden tatsächlich gemeinsam: Es sind Verfahren, durch die nicht die „Persönlichkeit", sondern jeweils spezifische Verhaltensweisen aufgebaut, reduziert oder modifiziert werden.

Daß Verhaltensweisen modifiziert werden können, hat die lernpsychologische Forschung eindrucksvoll demonstriert. Um ihre Effektivität auch im klinischen Bereich nachzuweisen, war es notwendig, spezifische Meßverfahren zu entwickeln, die Veränderungen konkreter Verhaltensweisen erfassen können, etwa von Angstreaktionen, sexuellen Reaktionen, selbstsicherem Sozialverhalten oder aggressiven Verhaltensweisen. Als naheliegende Methode bot sich die direkte, systematische Verhaltensbeobachtung an, doch auch psychophysiologische Messungen und Selbstbeurteilungsskalen wurden entwickelt und angewendet.

Vor allem in den siebziger Jahren sind eine Vielzahl solcher spezifischer Meßverfahren entwickelt und in einer Reihe von Handbüchern und Sammelwerken zusammengestellt worden (Hersen & Bellack, 1976; Mash & Terdal, 1976; 1981; Ciminero, Calhoun & Adams, 1977; Cone & Hawkins, 1977; Haynes, 1978). Zwei Fachzeitschriften sind auf Verhaltensmessung spezialisiert: Behavioral Assessment and Journal of (Psychopathology and) Behavioral Assessment.

Bei der herkömmlichen psychologischen Diagnostik stand die Messung möglichst zeit- und situationsübergreifender Persönlichkeitseigenschaften im Vordergrund, die von der differentiellen Psychologie vorgegeben und vor allem zur Prognose längerfristiger Entwicklungen des Menschen benutzt wurden. Von dieser Art der Persönlichkeitsdiagnostik und der Persönlichkeitspsychologie als ihrem Hintergrund setzte sich die neue Entwicklung der Verhaltensmessung (behavioral assessment) ab (Mischel, 1968). Ihr ging es nicht mehr um die Erfassung von Eigenschaften als theoretisch zu erschließenden Konstrukten, sondern um die Erfassung von direkt beobachtbaren Verhaltensweisen einschließlich der sie steuernden Umgebungsbedingungen.

Die Entwicklung neuer diagnostischer Techniken war nur ein Aspekt einer „alternativen" Diagnostik. Es gab eine zweite Entwicklung, und zwar in Hinblick auf die Ziele des Diagnostizierens. Da die Verhaltenstherapie viele unterschiedliche therapeutische Methoden und Prinzipien entwickelt hatte, wurde die Therapieplanung im Einzelfall zu einer wichtigen Aufgabe:

- Welche Methoden sollten entsprechend den Gegebenheiten des Einzelfalls ausgewählt und wie zusammengestellt werden?
- Was sind die Ursachen oder Bedingungen des Problemverhaltens, die zu verändern sind oder deren Wirksamkeit zu reduzieren ist?

Dieser Aspekt der Verhaltensdiagnostik ist vornehmlich unter dem Begriff *Verhaltensanalyse* (behavioral analysis) behandelt worden. Wurde bei der „Verhaltensmessung" der Unterschied zur traditionellen Persönlichkeitsdiagnostik betont, so wurde bei der „Verhaltensanalyse" der Unterschied zur traditionellen psychiatrischen Diagnostik hervorgehoben (Kanfer & Saslow, 1969, dt. 1974). Psychiatrische Diagnostik dient der Klassifikation, der Zuordnung eines Patienten zu einer diagnostischen Kategorie, zum Beispiel zur Kategorie Zwangsneurose. Solche diagnostischen Zuordnungen erwiesen sich nicht nur als wenig objektiv und reliabel, sondern vor allem auch als wenig brauchbar für die Planung einer Psychotherapie. Die Verhaltensanalyse ist als Alternative zu dieser psychiatrischen Diagnostik zu verstehen.

### 2.1.2. Beschwerden als Verhaltensprobleme

Wenn Methoden der Verhaltensmodifikation als therapeutische Techniken bei Personen mit psychischen Problemen oder psychischen Krankheiten genutzt werden, dann impliziert das eine andere Konzeption von psychischen Störungen als in der Psychiatrie üblich: Es muß sich bei psychischen Störungen ebenfalls um Verhaltensweisen handeln, nur eben um unerwünschte (Ullman & Krasner, 1969).

In der Psychiatrie werden die Beschwerden, Schwierigkeiten und Auffälligkeiten einer Person als Symptome verstanden, und diese Symptome sind – aus diagnostischer Perspektive gesehen – Hinweise auf eine typische Störung oder Krankheit. Die Störung oder Krankheit ist die eigentliche Ursache für die Symptome und damit für die Beschwerden des Klienten (vgl. Abb. 2.1). Dieses Grundmodell gilt auch für die Psychoanalyse: Symptome sind Symbole für jeweils bestimmte psychische Störungen, die auf spezifische Konflikte und spezifische Strategien der Konfliktbewältigung oder Abwehr zurückzuführen sind.

Verhaltenstherapeutisches Arbeiten heißt – pointiert formuliert –, mit psychologischen Mitteln Probleme von Personen zu lösen oder lösen zu helfen. Der Therapeut hat primär nicht den Anspruch zu heilen (das gilt nicht im juristischen Sinn), er hat auch nicht die Zielsetzung allgemeiner Persönlichkeitsentwicklung oder Selbstentfaltung, sondern er wird dort tätig, wo konkrete Probleme zu lösen sind. Die Beschwerden werden daher nicht als Symptome verstanden, sondern als Probleme, mit denen sich ein Klient an einen Fachmann wendet. Sie werden formuliert auf der Ebene konkreter Verhaltensweisen, wobei der Begriff „Verhalten" auch Kognitionen, Emotionen und körperliche Reaktionen einschließt.

Daß Beschwerden als zu lösende Probleme aufgefaßt werden, gilt auch für einige andere Therapierichtungen, etwa für die kognitiven Therapien oder für die meisten Familien-

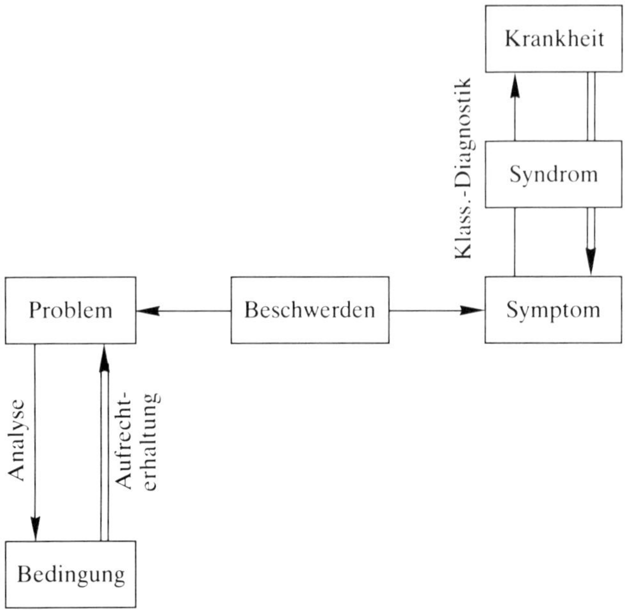


**Abbildung 2.1.:** Konzeptualisierung von Beschwerden und Auffälligkeiten des Klienten als Probleme versus als Symptome einer spezifischen Krankheit oder Störung.

therapien. Nur werden dabei die Probleme weniger durch Verhaltensweisen als vielmehr durch Kognitionen oder durch Systemeigenschaften gekennzeichnet.

Die Beschreibung der Beschwerden als Verhaltensprobleme ist in vielen Fällen kaum zu unterscheiden von der Beschreibung als Symptome: Stottern, Angstreaktionen, Zwangsverhalten u.a. In anderen Fällen führt der Wechsel der Perspektive allerdings zu deutlich unterschiedlichen Ergebnissen. Bei Depressionen werden von der Psychiatrie Symptome beschrieben wie „Lähmung des Antriebs" oder „Blockierung des Gefühlslebens". Dagegen kennzeichnet Ferster (1973) aus verhaltenstherapeutischer Sicht depressive Personen durch ihr Verhalten: Bestimmte Verhaltensweisen treten häufiger auf, nämlich Klagen, Hilfesuchen, Jammern, pessimistische Äußerungen usw. Bei einer anderen Klasse von Verhaltensweisen ist eine deutliche Reduktion der Auftretenshäufigkeit festzustellen: bei aktivem Verhalten in der Auseinandersetzung mit der Umwelt, bei instrumentellem Verhalten (vgl. Kap. 3).

Der Unterschied ist jedoch noch grundsätzlicher. Beschwerden als Symptome aufzufassen, impliziert zweierlei:

1. die *Bewertung als abnorm,* als abweichend vom „normalen Funktionieren";
2. die *Interpretation als pathologisch,* also als Folge irgendwelcher Krankheitsprozesse innerhalb des Individuums.

Werden die Beschwerden eines Klienten als zu lösende Probleme verstanden, so impliziert das ebenfalls eine Wertung und eine Interpretation, aber unterschiedlicher Art. Die Beschwerden werden nicht unbedingt als abnorm bewertet, sondern als hinderlich, als dysfunktional für die Wünsche und Ziele des Klienten. Der Therapeut ist gezwungen, in jedem Einzelfall Stellung zu nehmen, ob die gewünschten Zielzustände des Klienten für ihn akzeptabel sind. Der normalerweise implizit ablaufende Bewertungsprozeß – Symptome gelten von vornherein als abweichend – wird damit offenkundig.

Auch die Interpretation der Beschwerden ist unterschiedlich. Sie sind nicht Ergebnis eines pathologischen Prozesses, sondern eines „normalen" Lernprozesses, der jedoch aufgrund ungünstiger externer oder interner Bedingungen dieses dysfunktionale Resultat erbracht hat.

### 2.1.3. Diagnostik als Problemanalyse

Nach der Idee der für die Psychiatrie üblichen nosologischen Diagnostik impliziert die Zuordnung des Klienten zu einer Krankheitskategorie im Prinzip bereits die Entscheidung für eine Therapie. Denn jeder diagnostischen Kategorie sind grundsätzlich eine oder mehrere Behandlungsmöglichkeiten zugeordnet – zumindest ist das der Anspruch des Modells.

Demgegenüber geht die Verhaltenstherapie davon aus, daß *für jeden Einzelfall eine spezifische Therapie zu planen ist.* Denn jede Therapie sollte möglichst an den „Ursachen" ansetzen und nicht an den „Symptomen" oder Beschwerden. Die psychiatrischen Krankheitskategorien sind aber – zumindest in dem hier besonders relevanten Bereich der Neurosen und Persönlichkeitsstörungen – nicht als ätiologische Kategorien anzusehen. Die Unterscheidung der verschiedenen Kategorien erfolgt nach der Symptomatik und eventuell nach dem Verlauf, nicht nach den Ursachen. Soweit ursächliche Faktoren berücksichtigt werden, sind es von tiefenpsychologischen Theorien postulierte Ursachen für die *Entstehung* der Störungen; ein kontrollierter empirischer Nachweis dieser Ursachen fehlt weitgehend.

In der Verhaltenstherapie werden zwei Arten von „Ursachen" unterschieden: historisch-genetische Bedingungen, die zur Entstehung eines Problems geführt haben, und Bedingungen, die das Problem derzeit aufrechterhalten. Beide müssen nicht identisch sein. Frühere Ursachen können zurückgetreten und neuen Bedingungen Platz gemacht haben. Auch die Verhaltenstherapie behandelt nicht nur die „Symptome", sondern deren „Ursachen", nur eben Ursachen im Sinne von *aufrechterhaltenden Bedingungen.* Die werden jedoch bei der psychiatrischen Klassifikation (bislang) nicht berücksichtigt, zumal vermutlich ein weites Spektrum unterschiedlicher Bedingungskonstellationen gleiche Verhaltensstörungen aufrechterhalten kann.

Solange es keine angemessene ätiologische Klassifikation gibt, muß in jedem Einzelfall nach den aufrechterhaltenden Bedingungen gesucht werden. Dazu wurde von Autoren, die durch die Skinnersche Lerntheorie beeinflußt waren, die funktionale Verhaltensanalyse vorgeschlagen (Lindsley, 1964; Ferster, 1967; und vor allem Kanfer & Saslow, 1965; 1969, dt. 1974). „Dieser Ansatz gibt die taxonomischen Ziele der herkömmlichen Diagnostik auf zugunsten größerer Spezifität und größerer Bedeutung von Beobachtungen für den direkten Gebrauch bei der therapeutischen Intervention" (Kanfer & Saslow, 1974, S. 34). Da in der Verhaltenstherapie die Modifikation des Verhaltens vor allem durch Modifikation der das Verhalten steuernden Stimuli erfolgte, war es notwendig, im Einzelfall zunächst die Stimuli (Reize) zu identifizieren, die momentan das Verhalten kontrollieren und aufrechterhalten. Für diese Analyse schlug Lindsley (1964) vor, das

Verhalten R in Abhängigkeit von den vorausgehenden Stimuli S, den nachfolgenden verstärkenden oder bestrafenden Konsequenzen C und der Kontingenz K, mit der diese Konsequenzen dem Verhalten folgen, zu betrachten. Kanfer & Saslow erweiterten diese Analyse noch um die Variable Organismus O, mit der biologische Bedingungen des Verhaltens gemeint waren (vgl. Kap. 3).

Diese sogenannte Verhaltensgleichung S–O–R–K–C hat die Verhaltensanalyse wesentlich geprägt. Auf Alternativen, Erweiterungen und Modifikationen wird später (Abschnitt 2.3) eingegangen.

Die Verhaltensanalyse ist ein Spezialfall, nämlich die Analyse der Problembedingungen aus der Sicht einer bestimmten Theorie, der Skinnerschen Lerntheorie. Allgemeiner kann dieser Prozeß als Problemanalyse bezeichnet werden: Werden die Beschwerden des Klienten als Problem formuliert, dann ist die Therapie als ein Problemlöseprozeß zu verstehen (Schulte, 1973; Kanfer & Busemeyer, 1982; Evans, 1985; Kratochwill, 1985). Problemanalyse ist ein Teil dieses Problemlöseprozesses, nämlich die kognitive Seite klinisch-psychologischer, therapeutischer Tätigkeit, also das Zustandekommen von Urteilen und Entscheidungen.

Als idealtypische Rahmenbedingungen werden bei dieser Konzeption vorausgesetzt: psychotherapeutische Einzelbehandlung, Klient sucht Hilfe für sich selber, Klient kommt aus eigenem Entschluß, es liegt keine Psychose vor. Es ist damit nicht ausgeschlossen, daß die Modellvorstellungen über den Problemlöseprozeß auch auf andere Bedingungen übertragbar sind, nur müßte das gesondert überprüft werden.

Kanfer & Saslow (1969) hatten drei Fragen gestellt, die durch eine diagnostische Analyse zu beantworten sind:

1. Welche Verhaltensweisen sollen verändert werden?
2. Wodurch wird dieses Verhalten momentan bedingt?
3. Durch welche Maßnahmen kann die angestrebte Veränderung am besten bewirkt werden?

Diese drei Fragen entsprechen den drei Teilschritten der Problemanalyse: *Problemstrukturierung, Bedingungsanalyse* und *Therapieplanung;* sie sollen im folgenden dargestellt werden.

## 2.2. Problemstrukturierung

In vielen Darstellungen verhaltenstherapeutischer Behandlungen wird die Frage ausgeklammert, was im vorliegenden Fall eigentlich das Problem ist und an welchem Verhalten die Therapie unmittelbar ansetzen soll. Der Bericht beginnt mit der Darstellung der Grundkurve (Auftrittshäufigkeit vor Beginn der Therapie) des „target behavior“, also des Verhaltens, an dem die Therapie unmittelbar ansetzt. In der Regel wird unreflektiert dazu das Verhalten gewählt, das der Klient besonders hervorhebt.

Vermutlich tragen aber eine Vielzahl von Variablen dazu bei, daß der Klient bestimmte Beschwerden betont, zum Beispiel:

- der Grad der Beeinträchtigung: Je größer die Beeinträchtigung alltäglicher Lebensvollzüge, desto größeres Gewicht bei der Darstellung;
- die Erfahrungen, Erwartungen und das Vorwissen über die aufgesuchte Institution: Nennung vor allem solcher Beschwerden, für die die Stelle vermutlich zuständig ist;

– Gewichtungs- und Etikettierungsprozesse der Umwelt: Betonung solcher Aspekte, auf die andere Personen besonders reagiert haben.

Daß tatsächlich im Verlauf der Behandlung andere oder zusätzliche Beschwerden genannt werden als zu Beginn, die möglicherweise für die Beurteilung des Gesamtzustandes sogar gewichtiger sind, haben Sorenson, Gorsuch & Mintz (1985) exemplarisch nachgewiesen. Die anfängliche Gewichtung der Beschwerden durch den Klienten einfach zu übernehmen, wäre voreilig.

Möglicherweise bevorzugen Therapeuten aber auch solche Beschwerden als „target response" (therapeutische Ansatzpunkte), für deren Modifikation sie sich besonders kompetent halten (Fensterheim, 1983). Tatsächlich scheint die Übereinstimmung verschiedener Therapeuten in der Auswahl der „target responses" nicht sonderlich hoch zu sein (Wilson & Evans, 1983).

Dieser implizit ablaufende Entscheidungsprozeß muß strukturiert und differenziert werden, wenn möglichst rational begründete Entscheidungen resultieren sollen. Verbunden ist damit auch eine Differenzierung des Begriffs „target behavior". Vier Teilschritte dieses Entscheidungsprozesses werden unterschieden und damit fünf Begriffe:

1. Von den *Beschwerden* zu *Verhaltensproblemen*
2. Von den Verhaltensproblemen zu *Problembedingungen*
3. Von den Problembedingungen zu *Änderungspunkten*
4. Von den Änderungspunkten zu *therapeutischen Ansatzpunkten*

### 2.2.1. Verhaltensprobleme

Der erste Schritt ist die Umformulierung der alltagssprachlich formulierten Beschwerden des Klienten in Probleme. Probleme sind Sachverhalte, für die *festgestellt* wird, daß zwischen ihrem gegebenen Ist-Zustand und einem angezielten Soll-Zustand Abweichungen bestehen, ohne daß unmittelbar Möglichkeiten zur Überführung des Ist-Zustandes in den Soll-Zustand zur Verfügung stehen. Ein Sachverhalt, etwa die von dem Klienten genannten Beschwerden oder etwas, das dem Therapeuten im Verlauf der Therapie auffällt, wird dadurch „zum Problem gemacht" (problematisiert), daß er in einer bestimmten Form beschrieben wird: als Diskrepanz zwischen einem Ist- und einem Soll-Zustand. Zur Beschreibung der Probleme des Klienten gehört also notwendigerweise auch die Angabe der *Therapieziele.* Pointiert formuliert: Das Problem sind nicht die Beschwerden, sondern das Fehlen der erwünschten Zielzustände.

Diese Umformulierung impliziert eine Bewertung: Der Ist-Zustand wird negativ bewertet, der Zielzustand positiv. Kann sich der Therapeut dieser Wertung nicht anschließen (z.B. wenn das Ziel „Abbau" von homosexuellem Verhalten ist), so sind gegebenenfalls von Klient und Therapeut andere Problemformulierungen zu suchen (z.B. Reduktion der Angst vor homosexuellem und heterosexuellem Kontakt).

Daß die erwünschten Zielzustände nicht gegeben sind, liegt formal gesehen am Vorhandensein irgendwelcher *Barrieren.* Diese Barrieren können in der *Person* liegen (dieses Ziel ist speziell für diese Person nicht erreichbar) oder in der *Umgebung.*

In diesem letzten Fall sind die momentanen Lebensbedingungen des Klienten derart, daß das Ziel für ihn nicht oder nur mit Mühe erreichbar ist, obwohl er selber die persönlichen Voraussetzungen mitbringt. Auch für andere Personen wäre das Ziel genauso schwer zu erreichen, wenn sie die gleichen Umstände vorfänden. (Beispiel: Abbau von

Schlafstörungen bei einem Schichtarbeiter mit unregelmäßiger Nachtschicht). Der Anteil der Umgebung an den Bedingungen des Problems ist zu überprüfen (vgl. unten); in solchen Fällen liegt kein oder nicht ausschließlich ein psychologisches Problem oder Verhaltensproblem vor, eher ein „*Situationsproblem*". Entsprechend wird nicht das Verhalten des Klienten, sondern die Umgebung zu verändern sein.

Im zweiten Fall liegen die Barrieren auf seiten der Person: Die äußeren Umstände sind günstig, und trotzdem erreicht dieser spezielle Klient nicht den Zielzustand.

Zumindest zwei Arten personaler Barrieren lassen sich unterscheiden: körperliche Barrieren (Krankheiten, Behinderungen) und psychologische Barrieren.[1] Mangelt es (momentan) an den für die Zielerreichung notwendigen körperlichen Voraussetzungen, so liegt ein *medizinisches Problem* vor (z.B. Schlafstörungen in Folge einer Hormonstörung oder einer Medikamentenvergiftung). Zeigt der Klient nicht die notwendigen Verhaltensweisen trotz Vorliegen der körperlichen Voraussetzungen, so ist das Problem als *Verhaltensproblem* beschreibbar. Die Verhaltensweisen, die entscheidend dafür sind, daß die momentanen Beschwerden und Auffälligkeiten bestehen und nicht das Ziel erreicht wird, werden als *Problemverhalten* (R−) bezeichnet, und die Verhaltensweisen, die für den erwünschten Zielzustand notwendig wären, als *Zielverhalten* (R+). Ein Problem als Verhaltensproblem zu formulieren bedeutet also, Problemverhalten und Zielverhalten anzugeben.

Bevor jedoch ein Problem als Verhaltensproblem formuliert wird, sollte der Therapeut sorgfältig prüfen, ob nicht auch oder nur ein Situationsproblem oder ein medizinisches Problem vorliegt.

### 2.2.2. Problembedingung, Änderungspunkt, therapeutischer Ansatzpunkt

Für jedes der Probleme ist im nächsten Schritt nach aufrechterhaltenden Bedingungen mittels der Verhaltensanalyse oder allgemeiner der Bedingungsanalyse zu suchen. Ein Sachverhalt kann dann als Bedingung eines Problems angesehen werden, wenn er – aus der Sicht einer bestimmten Theorie – das Vorliegen der Diskrepanz zwischen Ist-Zustand und Soll-Zustand begründet oder zu erklären erlaubt (problemrelevanter Sachverhalt).

Aus der lerntheoretischen Sicht der klassischen Verhaltensanalyse werden auslösende, diskriminierende oder verstärkende Stimuli als diejenigen Bedingungen genannt, die Problemverhalten aufrechterhalten (vgl. Kap. 3). Ein Therapieerfolg ließe sich dann erzielen, wenn diese Stimuli verändert oder beseitigt würden oder wenn ihre Funktion für das Verhalten verändert würde (zum Beispiel der Stimulus ist nicht länger als positiver Verstärker oder nicht länger als aversiver Stimulus wirksam). Oder das Problemverhalten wird indirekt durch Aufbau eines Alternativverhaltens in seiner Auftrittswahrscheinlichkeit reduziert.

Als Resultat der Bedingungsanalyse kommt es zu einer Verlagerung der Therapie: Nicht

---

1) Eine weitere Barriere könnte in unzureichender Kapazität des Individuums gesehen werden. Kapazitätsmängel im Sinne einer körperlich begründeten Behinderung oder eines gegenwärtig unzureichenden Verhaltensrepertoires lassen sich den beiden genannten Barrieren zuordnen. Inwieweit darüber hinaus nicht oder nicht mehr veränderbare Kapazitätsgrenzen (z.B. Intelligenz?) anzunehmen sind, wird hier nicht weiter diskutiert.

das Problemverhalten, sondern ein anderes Verhalten, möglicherweise sogar das Verhalten einer anderen Person, die das Problemverhalten bedingt, kann zum unmittelbaren Ansatzpunkt für die Therapie werden.

Selbst die Bedingungen müssen nicht in jedem Fall der günstigste therapeutische Ansatzpunkt sein. Entscheidend ist letztlich eine Veränderung solcher Variablen, die zu einer Lösung des Problems führen *(Änderungspunkte)*. Das müssen nicht immer die Bedingungsvariablen sein. So ist zum Beispiel bei komplexen Systemen wechselseitiger Abhängigkeiten eine einzelne Bedingungsvariable gar nicht auszumachen; Veränderungen einer Systemvariablen werden Veränderungen des gesamten Systems bewirken (vgl. Kanfer, 1985; Evans, 1985). Genaugenommen kommt es darauf an, Änderungspunkte zu finden, gleichgültig ob es sich dabei um Bedingungsvariablen handelt oder nicht.

Trotzdem ist die Suche nach Bedingungsvariablen als potentiellen Änderungspunkten als heuristische Strategie beizubehalten. Geprüft werden muß jedoch, ob die gefundenen Bedingungsvariablen tatsächlich als Änderungspunkte gelten können: Ist die Veränderung der Bedingung instrumentell für das Therapieziel? Ist die Bedingung des Problemverhaltens, der „problemrelevante Sachverhalt", gleichzeitig ein „lösungsrelevanter Sachverhalt" (Änderungspunkt)? Nicht jeder problemrelevante Sachverhalt muß lösungsrelevant sein (Veränderungen bestimmter Bedingungen können zu neuen oder verlagerten Problemen führen), und nicht jeder lösungsrelevante Sachverhalt muß problemrelevant, also eine Bedingung des Problems sein (Kompetenztraining eines Funktionsbereichs kann eventuell die Einschränkung eines anderen Funktionsbereichs ausgleichen).

Ein Änderungspunkt, also ein Sachverhalt, dessen Veränderung für die Problemlösung relevant wäre, kann schließlich dann tatsächlich als *therapeutischer Ansatzpunkt* angesehen werden, wenn seine Veränderung unter den gegebenen Umständen prinzipiell machbar ist und wenn entsprechende Methoden zur Verfügung stehen. Das Kriterium praktischer Machbarkeit (vgl. Bellack & Schwartz, 1976) spielt eine Rolle, aber es sollte erst der letzte Schritt der Entscheidungskette sein. Ob ein bestimmter therapeutischer Ansatzpunkt bei der Behandlung tatsächlich aufgegriffen wird, ist endgültig bei der Therapieplanung zu entscheiden.

### 2.2.3. Prozeßmodell der Problemstrukturierung

Die Problemstrukturierung, also der Weg von den Beschwerden des Klienten zu den möglichen unmittelbaren Ansatzpunkten für die Therapie, hat sich als ein komplexer kognitiver Prozeß erwiesen (vgl. Abb. 2.2).

Durch eine bestimmte Beschreibung, nämlich als Diskrepanz eines gegebenen Zustandes zu einem erwünschten Zustand, werden – meist mehrere – Beschwerden oder andere Auffälligkeiten durch den Therapeuten vorläufig problematisiert. Diese Problematisierung impliziert eine Wertaussage, nämlich daß ein bestimmter Zustand als Ziel wünschenswert ist. Für jedes der Probleme ist im nächsten Schritt mittels der Verhaltensanalyse oder allgemeiner der Bedingungsanalyse nach aufrechterhaltenden Bedingungen zu suchen. Sofern die Prognose möglich ist, daß deren Veränderung voraussichtlich den Zielzustand herbeiführen oder ihn näherbringen wird, können sie als lösungsrelevante Sachverhalte bzw. als Änderungspunkte bezeichnet werden. Stehen außerdem prinzi-

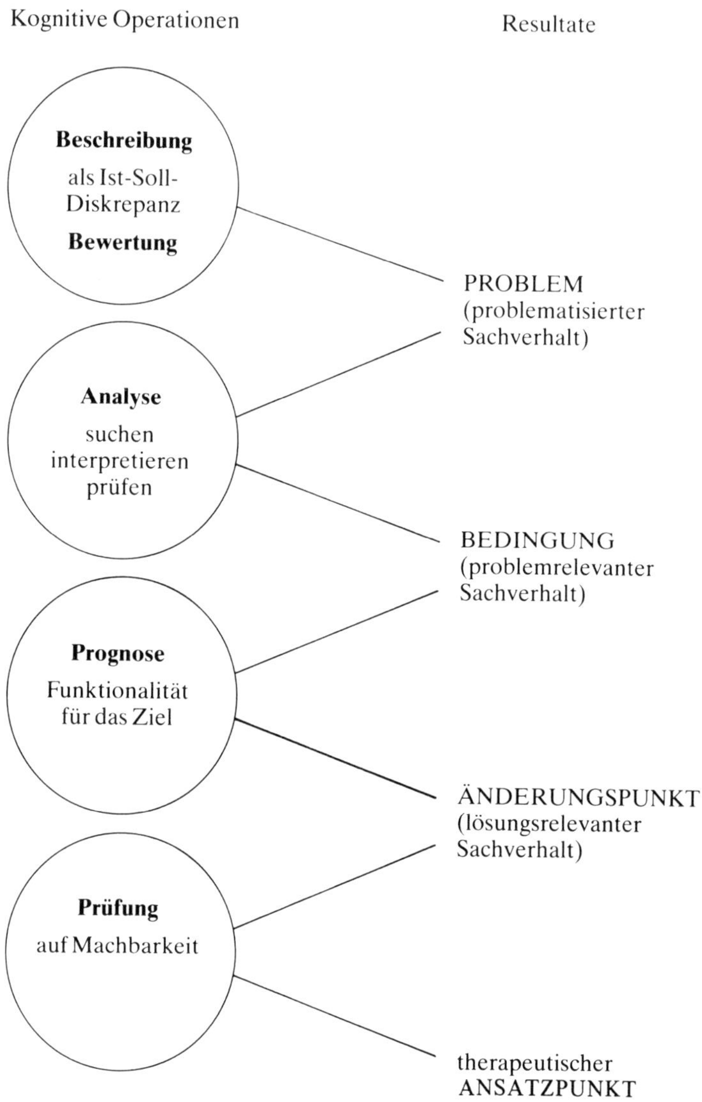


**Abbildung 2.2.:** Stufen der Problemstrukturierung

piell Methoden zur Veränderung dieser Sachverhalte zur Verfügung und sind die notwendigen Rahmenbedingungen gegeben, so können die Änderungspunkte als therapeutische Ansatzpunkte ausgewählt werden.

Dieser komplexe Prozeß zur Auswahl von Ansatzpunkten für die Therapie ist zu Beginn der Behandlung nicht abgeschlossen, sondern muß fortlaufend auch während der Therapie korrigiert und wiederholt werden. Denn neue Aspekte und bisherige Teilresultate der Therapie können dem Klienten und dem Therapeuten auffallen; sie sind zu problematisieren und können eventuell ebenfalls zum Gegenstand einer Änderungsmaßnahme werden oder die bisherige Planung zu ändern zwingen.

Ein solcher komplexer Prozeß enthält notwendigerweise viele Möglichkeiten für voreilige, unbegründete und spekulative Entscheidungen. Mash (1985) sieht daher die alte Diskussion über die Überlegenheit statistischer oder klinischer Urteilsbildung wieder aufleben. Er wünscht sich ein System von Regeln, das in jedem Einzelfall eine eindeutige Entscheidung erlaubt, welcher therapeutische Ansatzpunkt bei welchen Beschwerden auszuwählen ist. Bei den vielfältigen Bedingungen, die zu Problemen führen können und die im Einzelfall jeweils noch unterschiedlich ausfallen können, ist die Erstellung eines solchen allgemeinen Regelsystems nur schwer vorstellbar. Doch möglicherweise ist es gar nicht notwendig, so genau die jeweils spezifischen Bedingungen des Einzelfalls zu berücksichtigen; die Erfolge von standardisierten Therapieverfahren sprechen dafür. Eine Beantwortung dieser Frage, wie genau die Besonderheiten des Einzelfalls zu berücksichtigen sind, setzt eine empirische Überprüfung voraus, doch diese steht bislang noch aus.

Zumindest solange ein entsprechend umfassendes Regelsystem fehlt, das die Auswahl von therapeutischen Ansatzpunkten festschreibt, ist auf die Problemanalyse als ein System heuristischer Regeln (Suchregeln) nicht zu verzichten. Durch diese Problemanalyse werden Entscheidungen selber nicht vorgegeben, aber der Prozeß wird geregelt, nach dem die Entscheidungen in jedem Einzelfall durch den Therapeuten nach Rücksprache mit dem Klienten getroffen werden.

### 2.2.4. Zusammenhang von Problemen

In der Regel berichten Klienten nicht nur über einzelne Beschwerden, sondern über mehrere, und eventuell sind für einzelne Beschwerden mehrere unterschiedliche Problemverhaltensweisen verantwortlich.

Die verschiedenen Verhaltensweisen sind oftmals nicht unabhängig voneinander. Die Psychiatrie beschreibt Syndrome als Muster regelmäßig oder gehäuft gemeinsam vorkommender Symptome. Auch Symptomverschiebungen nach einer scheinbar erfolgreichen Therapie auf der einen Seite und Generalisierungen positiver Therapieeffekte auf der anderen Seite weisen auf Zusammenhänge zwischen verschiedenen Problemverhaltensweisen hin.

Kazdin (1982) bezeichnet diese Zusammenhänge rein deskriptiv als „response covariation“ und schlägt vor, in jedem Einzelfall durch eine Faktorenanalyse relevante Verhaltenscluster zu identifizieren – ein in der Praxis kaum durchführbares Unterfangen.

Trotzdem sollten Zusammenhänge zwischen Problemen bei der Therapieplanung berücksichtigt werden. Die Bedingungsanalyse der verschiedenen Probleme kann helfen, solche Zusammenhänge zu identifizieren. Ein funktionaler Zusammenhang zwischen zwei Problemen liegt dann vor, wenn durch ein Problem Bedingungen für ein weiteres Problemverhalten bzw. Fehlen eines Zielverhaltens geschaffen oder zumindest begünstigt werden (Stottern kann beispielsweise sozialen Rückzug begünstigen, ein Defizit im Sozialverhalten kann soziale Ängste bedingen).

Die verschiedenen vom Klienten genannten Beschwerden können zunächst als getrennte Probleme analysiert werden. Diese Unterscheidung ist vorläufig; die Ergebnisse der Bedingungsanalyse erzwingen gegebenenfalls Korrekturen. Möglicherweise zeigt sich, daß verschiedene Problemreaktionen Resultat gleicher Bedingungen sind, zum Beispiel durch gleiche Verstärker aufrechterhalten werden (gleiches operant). Solche Verhaltensweisen können als *ein* Problemverhalten zusammengefaßt werden. Umgekehrt kann – wie besprochen – die Bedingungsanalyse bei einem zunächst als nur ein Problem konzipierten Sachverhalt mehrere Bedingungen und damit auch gegebenenfalls mehrere Änderungspunkte identifiziert haben.

Durch diesen bedingungsanalytischen Zugang zur Bestimmung von Problemzusammenhängen können sicherlich nicht alle Beziehungen zwischen den Problemverhaltensweisen entdeckt werden. Da die Therapie sich aber nicht auf einzelne therapeutische Ansatzpunkte beschränken, sondern im Prinzip alle (nacheinander) berücksichtigen sollte, ist dieser Mangel nicht gravierend. Gegebenenfalls wird sich herausstellen, daß durch die Veränderung eines Ansatzpunktes auch andere sich verändern oder ganz entfallen.

## 2.3. Bedingungsanalyse

### 2.3.1. Funktionale Verhaltensanalyse

Zentraler Bestandteil der Problemanalyse ist die *Bedingungsanalyse*, die Suche nach Variablen, die das Problemverhalten aufrechterhalten oder das Zielverhalten verhindern oder erschweren. Diese Analyse ist als eine *funktionale Analyse* konzipiert. Ganz im Sinne des Skinnerschen Ansatzes (vgl. die als Grundlagenliteratur zu empfehlende Darstellung von Scheerer, 1983) wird nach Variablen gesucht, die in einem funktionalen Zusammenhang mit dem Problemverhalten stehen, deren Änderung also mit einer entsprechenden Änderung des Problemverhaltens einhergeht.

Bei der funktionalen *Verhaltensanalyse* beschränkt sich die Suche auf solche Variablen, die unmittelbar beobachtbar und damit prinzipiell auch veränderbar sind: auf Reize oder *Stimuli*. Sofern für Stimuli ein funktionaler Zusammenhang mit dem interessierenden Verhalten nachgewiesen werden kann und sie diesem unmittelbar folgen, sind sie per definitionem als verstärkende Stimuli anzusehen. Es handelt sich um *positive Verstärker*, sofern ihre reaktionskontingente Darbietung die Reaktionsrate steigert oder aufrechterhält und ihre Entfernung die Reaktionsrate sinken läßt (vgl. Kap. 3.1.1). *Negative Verstärker* liegen vor, wenn ihre reaktionskontingente Entfernung (oder Abschwächung) die Reaktionswahrscheinlichkeit steigert oder aufrechterhält und ihre reaktionskontingente Darbietung (in der Regel) die Reaktionsrate sinken läßt. Ein so kontrolliertes Verhalten ist ein *operantes Verhalten*, und zwar ein operantes *Annäherungsverhalten* bei positiver Verstärkung und ein operantes *Flucht-* oder *Vermeidungsverhalten* bei negativer Verstärkung. Dem Verhalten vorausgehende Stimuli können als *diskriminative Stimuli* die Auftretenswahrscheinlichkeit operanten Verhaltens ebenfalls beeinflüssen; sie kündigen gewissermaßen das reaktionskontingente Eintreten oder Ausbleiben eines Verstärkers an.

*Respondentes Verhalten* hingegen wird nicht durch nachfolgende, sondern vorausgehende Stimuli kontrolliert: Vorausgehende unkonditionierte oder konditionierte Stimuli lösen die Reaktion reflexhaft aus.

In der diagnostischen Verhaltensanalyse wird im wesentlichen nach verstärkenden, diskriminativen oder auslösenden Stimuli gesucht, indem gefragt wird, welche Aspekte der Umgebung, in die das Verhalten räumlich und zeitlich eingebettet ist, die Auftrittswahrscheinlichkeit beeinflussen (inhaltliche Bestimmung der Stimuli) und wie sie das tun (funktionale Kennzeichnung der Stimuli). Welcher Aspekt einer Situation als Stimulus hervorgehoben und beschrieben wird, muß in jedem Einzelfall auf der Grundlage seiner verhaltenssteuernden Wirkung entschieden werden. Je nach gefundenem Zusammenhang wird das analysierte (Problem-)Verhalten als respondentes Verhalten oder als operantes Verhalten zu bezeichnen sein.

### 2.3.2. Erweiterungen und Alternativen

Die Analyse der funktionalen Beziehungen zwischen Verhalten und Stimuli ist als Grundlage für die Therapieplanung in der Verhaltenstherapie allgemein akzeptiert. Verschiedene Handlungsanweisungen (Diagnoseschemata) wurden vorgestellt, um die einzelnen Schritte des Therapeuten bei der funktionalen Verhaltensanalyse zu steuern (u.a. Kanfer & Saslow, 1965; 1969; Stuart, 1970; Goldfried & Sprafkin, 1974; Meyer & Turkat, 1979; im deutschsprachigen Raum Schulte, 1974b, 1981; Bartling u.a., 1980).

Mit der Weiterentwicklung der Verhaltenstherapie wurde das Spektrum der bei der Analyse zu berücksichtigenden potentiellen Bedingungsvariablen erweitert. Die Gründe dafür waren recht unterschiedlich.

Lazarus (1971) verläßt explizit die alleinige Orientierung an der Lerntheorie. Er schlägt einen „technologischen Eklektizismus" vor, nach dem auch Methoden anderer Therapierichtungen berücksichtigt werden sollen. Seine „multimodale Verhaltenstherapie" soll auf unterschiedlichen Modalitätsebenen ansetzen, und entsprechend sollen die Probleme auf den verschiedenen Ebenen beschrieben werden: **b**ehavior (Verhalten), **a**ffect (Affekt), **s**ensation (Empfindung), **i**magery (Vorstellungen), **c**ognition (Kognition), **in**terpersonal (soziale Beziehungen) und **d**rugs (Medikamente) – abgekürzt zu dem Akronym BASIC-ID (Lazarus, 1973).

Ein weiterer Grund für die Erweiterung der Bedingungsanalyse ist die Entwicklung neuer verhaltenstherapeutischer Methoden. Diese Methoden versuchen nicht mehr eine Veränderung der Stimuli oder ihrer funktionalen Qualität, sondern anderer Variablen, die entsprechend bei der Bedingungsanalyse berücksichtigt werden sollten. Das gilt vor allem für Variablen aus dem Bereich der Selbstkontrolle und Selbstregulation (z.B. Kanfer & Grimm, 1977) und für kognitive Variablen (z.B. Meichenbaum, 1976).

Ein dritter Anlaß war die Suche nach alternativen theoretischen Fundierungen der Verhaltenstherapie, die vor allem im deutschsprachigen Raum in handlungstheoretischen Ansätzen gesucht wurden. „Regeln" und „Pläne" wurden als zentrale Bedingungsvariablen aufgeführt (Bartling u.a., 1980; Fiedler, 1979; Grawe, 1980; Schulte, 1980).

Das Spektrum der vorgeschlagenen Variablen ist kaum überschaubar; die nachfolgende Auflistung ist keineswegs erschöpfend.

(Die meisten Variablen werden von verschiedenen Autoren genannt; im folgenden wird nur eine Quelle, möglichst die älteste, angegeben.)

| | |
|---|---|
| **Organismus:** | Krankheiten, biologische Bedingungen (Kanfer & Saslow, 1969)<br>Medikamente (Lazarus, 1973)<br>Behinderungen, vorübergehende körperliche Zustände (Schulte, 1974)<br>(Attraktivität (Goldstein & Stein, 1980)) |
| **Umwelt:** | Verstärkungsmöglichkeiten (Lanyon & Lanyon, 1976)<br>Einschränkungen (Kanfer & Grimm, 1977)<br>Stressoren (Schulte, 1981) |
| **Soziale Bedingungen:** | Soziale Schicht, Milieu, Rasse, Geschlecht, Alter (als implizite Kriterien; Goldstein & Stein, 1980)<br>Modelle (Bandura, 1969)<br>Normen (Kanfer & Saslow, 1969)<br>Soziale Beziehungen (Lazarus, 1973)<br>Verhaltensspielraum anderer (Schulte, 1974)<br>System-Regeln (Bartling u.a., 1980) |
| **Defizite:** | Kognitive Defizite (Kanfer & Grimm, 1977)<br>Soziale Defizite (Kanfer & Saslow, 1969)<br>Mangelnde Vorstellungsfähigkeit (Lanyon & Lanyon, 1976) |
| **Emotionen:** | Affekte (Lazarus, 1973)<br>Konditionierte emotionale Reaktionen (Kanfer & Grimm, 1977)<br>Autonome Reaktionen (Meyer & Turkat, 1979) |
| **Selbstregulation:** | des speziellen Verhaltens (Kanfer & Saslow, 1969)<br>Allgemeine Kompetenz (Lanyon & Lanyon, 1976)<br>Selbstbeobachtung, Selbstverstärkung, Selbstkontrolle bei Konflikten, selbsterzeugte Stimuli, Selbstregulation (Kanfer & Grimm, 1977)<br>Standards (Bartling u.a., 1980)<br>Selbstbewertung (Schulte, 1981) |
| **Kognitionen:** | Einsicht (Bandura, 1969)<br>Vorstellungen (Lazarus, 1973)<br>Selbstverbalisierungen (Meichenbaum, 1976)<br>Automatische Gedanken (Beck u.a., 1981)<br>Irrationale Überzeugungen (Ellis, 1977)<br>Verdeckte/symbolische Aktivitäten, unangemessene Selbstbeschreibungen, Wissensmängel (Kanfer & Grimm, 1977)<br>Attribuierungen (Sachse, 1979)<br>Erwartungen, Bewertungen (Fiedler, 1979)<br>Regeln, Pläne (Grawe & Dziewas, 1978)<br>Verhaltensziele (Schulte, 1981) |
| **Therapiemotivation:** | „Willingness to permit control“ (Lanyon & Lanyon, 1976)<br>Veränderungsbereitschaft (Fiedler, 1979) |

Bei Abhandlungen über Verhaltensdiagnostik von speziellen Störungen werden darüber hinaus noch eine Vielzahl weiterer Variablen genannt. „Die Verhaltenstherapie“ orientiert sich inzwischen offensichtlich am gesamten Spektrum psychologischer Forschung und Theorienbildung. Diese Öffnung ist begrüßenswert, doch sie bringt auch neue Probleme. Die Auflistung der potentiellen Bedingungsvariablen läßt den Eindruck der Beliebigkeit entstehen. Alle Variablen sind in der Praxis nicht zu berücksichtigen, so daß eine beliebige Auswahl von Variablen möglich erscheint, die sehr unterschiedlichem theoretischem Hintergrund entstammen. Diese Auswahl bestimmt aber im wesentlichen, welche Variablen überhaupt in Frage kommen, als therapeutischer Ansatzpunkt ausgewählt zu werden.

### 2.3.3. Kombination funktionaler Bedingungsanalysen

*Das Gemeinsame der verschiedenen Analyse-Schemata ist der funktionale Ansatz.* Funktionale Analyse ist ein Terminus, der in unterschiedlichen Wisssenschaftsdisziplinen zum Teil unterschiedlich benutzt wird (Wilson, 1971; Jones, 1983). Eine Quelle dieses Begriffs liegt in der Mathematik (funktionale Analysis als Weiterentwicklung der Analysis).

Funktionale Analyse bedeutet in der Psychologie, daß die Relevanz einer (unabhängigen) Variablen lediglich bestimmt wird durch den Nachweis ihrer Funktion für eine andere (abhängige) Variable: Variablen sind funktional relevant, wenn sich ihr Wert mit dem Wert der anderen Variable systematisch verändert. Durch eine funktionale Analyse können Relationen zwischen Variablen aus unterschiedlichen Bereichen hergestellt werden, die auf den ersten Blick nichts miteinander zu tun haben; eine einheitliche theoretische Orientierung ist keine Voraussetzung.

„For example a single case study can be said to contain elements of different orientations, side by side in the same formulation where elements of each may realistically be seen as contributing factors to the problem“ (Jones, 1983, S. 237).

Doch die verschiedenen Variablen stehen nicht nur zu dem interessierenden Verhalten in Beziehung, sondern auch untereinander. Genaugenommen ist die Relevanz einzelner Variablen ohne Berücksichtigung dieser Zusammenhänge nicht abzuschätzen. Die Variablen überlappen sich, sie bezeichnen zum Teil gleiche Sachverhalte, nur aus unterschiedlicher theoretischer Warte betrachtet.

Ein *Beispiel:* Die Variablen „Reaktions-Ergebnis-Erwartung“ und zum Teil auch „Ergebnis-Folge-Erwartung“ bezeichnen aus einer kognitiv-phänomenologischen Sicht den gleichen Sachverhalt wie Skinners Konzept des diskriminativen Stimulus.

Inwieweit die zuvor geschilderte Berücksichtigung zusätzlicher potentieller Bedingungsvariablen bei der Verhaltensanalyse tatsächlich eine Erweiterung der Analysemöglichkeiten bringt, bleibt ohne Berücksichtigung der Wechselwirkungen unklar. Die theoretische Vermengung dient außerdem nicht gerade der Präzisierung des Vorgehens.

Weder ist eine empirische Bestimmung des Beziehungsgefüges der verschiedenen Variablen untereinander machbar – vor allem nicht in jedem Einzelfall –, noch ist eine theoretische Strukturierung erkennbar. Genau das wäre an sich wünschenswert: eine umfassende Theorie menschlichen Erlebens und Verhaltens, die den Orientierungsrahmen für praktische Entscheidungen liefern könnte. Die psychologische Grundlagenforschung liefert jedoch heute mehr als früher eine Vielzahl von Teiltheorien zu begrenzten, sich überlappenden Gegenstandsbereichen. Eine Integration ist bislang nicht erkennbar.

Wenn weder ein beliebiges Nebeneinander verschiedener Variablen noch ein empirisch oder theoretisch strukturiertes Gesamtsystem möglich ist, so bleibt nur, die verschiedenen theoretischen Ansätze getrennt zu berücksichtigen (Schulte, 1983). Die Bedingungsanalyse sollte nacheinander aus verschiedenen theoretischen Blickwinkeln durchgeführt werden, wobei zum Teil gleiche Sachverhalte aus unterschiedlicher theoretischer Sicht betrachtet werden, zum Teil auch zusätzliche Sachverhalte in das Blickfeld geraten (ein ähnliches Vorgehen befürworten Levine & Sandeen, 1985, unter dem Namen „models approach“).

Auch bei diesem Vorgehen ergibt sich die Frage der Integration: Wie können die E nisse der verschiedenen Analysen zusammengebracht werden? Der Versuch, die verschiedenen Ergebnisse zu einem einheitlichen Bedingungsmodell der Probleme des Klienten zusammenzufassen, würde erneut eine theoretische Integration erfordern, diesmal auf der Ebene eines singulären, nur eine Person betreffenden Modells.

Statt dessen sollen auf der Grundlage jeder einzelnen Bedingungsanalyse therapeutische Ansatzpunkte erarbeitet und mögliche therapeutische Methoden zugeordnet werden. Erst auf der Ebene der Therapieplanung erfolgt, soweit notwendig, die Integration. Aus den eventuell heterogenen Verfahrensvorschlägen wird ein Therapieplan zusammengestellt. Bewertungskriterium für die „Integration" ist auf dieser Ebene jedoch nicht mehr die theoretische oder metatheoretische Vereinbarkeit, sondern das pragmatische Kriterium der praktischen Durchführbarkeit. Auch Methoden mit unterschiedlicher theoretischer Begründung können, sofern praktisch machbar, kombiniert werden. Nicht Erklärung ist Ziel der Analyse, sondern Ingangsetzung von Veränderungen (Gewirtz, 1969).

### 2.3.4. Formales Schema funktionaler Bedingungsanalysen

Nach diesem Prinzip paralleler Analysen lassen sich unterschiedliche Bedingungsanalysen entwickeln und kombinieren. Voraussetzung ist, daß es funktionale Analysen jeweils des gleichen Sachverhalts, des gleichen Problems oder Problemverhaltens sind. Sie alle können nach einem gleichen formalen Schema konzipiert werden: 1. Suchen, 2. Überprüfen, 3. Darstellen.

1. *Suchen:* In jedem Einzelfall sind konkrete Sachverhalte zu suchen, die für dieses Problem relevant sein könnten. Hinweise auf *mögliche Relevanz* sind unterschiedlich:
   a) Durch Wissen des Therapeuten (Forschungsresultate, Theorien, Erfahrungen, Alltagswissen) ist eine Klasse von Sachverhalten als vermutlich relevant vordefiniert (theoretischer Relevanzhinweis).
   b) Der Klient bezeichnet einen Sachverhalt als relevant (subjektiver Relevanzhinweis).
   c) Eine Kovarianz zwischen Auftreten, Intensität, Erscheinungsform oder Dauer des Problemverhaltens und einer Variable fällt dem Therapeuten auf (empirischer Relevanzhinweis).
   d) Ein Sachverhalt fällt als „ungewöhnlich" auf (wertender Relevanzhinweis).
2. *Überprüfen:* Ein vermuteter Zusammenhang ist zu überprüfen.
   a) Die herkömmliche diagnostische Strategie beschränkt sich darauf *festzustellen,* ob die vermuteten (Bedingungs-)Variablen tatsächlich bei dem Klienten in der entsprechenden Ausprägung vorliegen. Methoden der Verhaltensmessung sind dazu geeignet (vgl. Abschnitt 2.5).
   b) Ob zwischen diesen Variablen und dem Problemverhalten tatsächlich die unterstellte funktionale Beziehung besteht, ist auch dann noch ungeprüft. Ein Schritt in diese Richtung wäre der *Nachweis einer Kovarianz* zwischen Problemvariable und Bedingungsvariable. Korrelationsberechnung oder die Berechnung von Übergangswahrscheinlichkeiten oder bedingten Wahrscheinlichkeiten bis hin zu Markowketten bieten dazu Möglichkeiten (vgl. Petermann, 1978).

c) Ob tatsächlich die theoretisch postulierte Beziehung vorliegt, ist selbst bei einem Nachweis der Kovarianz noch offen; es könnten andere verdeckte Variablen wirksam gewesen sein. Notwendig wäre eine *systematische Bedingungsvariation,* ein Einzelfallexperiment (Hersen & Barlow, 1976).

Die Therapie selber könnte ein solches Experiment sein. Sofern die Veränderung der therapeutischen Ansatzpunkte die erwarteten unmittelbaren oder mittelbaren Resultate bewirkt, ist das eine Bestätigung der idiographischen Bedingungshypothesen. Allerdings ist eine Therapie ein solch komplexes Geschehen mit sehr vielen potentiell wirksamen Variablen, daß nur unter besonders kontrollierten Bedingungen ein solcher Rückschluß gerechtfertigt erscheint (vgl. Petermann, 1982).

Wünschenswert wäre eine Überprüfung bereits vor Beginn der eigentlichen Intervention, doch aufwendige diagnostische Experimente sind in der Praxis meist nicht zu rechtfertigen (zumindest nicht in Hinblick auf die Bedeutung, die der einzelnen diagnostischen Entscheidung letztlich tatsächlich zukommt).

Eine Annäherung an die experimentelle Prüfstrategie stellt eine *„quasi-experimentelle Befragung"* dar: Die Bedingungsvariation wird nicht tatsächlich vorgenommen und die Resultate nicht direkt beobachtet, sondern der Klient oder Personen seiner Umwelt werden befragt, ob entsprechende Bedingungsvariationen „natürlich" vorgekommen sind und mit welchem Resultat. Bei einer um *Verifikation* bemühten Strategie wird nach weiteren Beispielen gefragt, die auf Vorliegen des vermuteten Zusammenhangs überprüft werden. Bei einer *Falsifikationsstrategie* werden aus den Hypothesen Schlußfolgerungen gezogen, deren Zutreffen erfragt wird.

Wird beispielsweise angenommen, daß Zuwendung der Mutter das Problemverhalten verstärkt, so ist auf dem Hintergrund der Lerntheorie vorherzusagen, daß aufgrund von Diskriminationslernen die Mutter zu einem Teil des diskriminativen Stimulus für das Problemverhalten geworden ist. Gefragt werden könnte, ob das Problemverhalten genauso häufig bei Abwesenheit der Mutter auftritt. Falls ja, kann die Hypothese in dieser Form nicht aufrechterhalten werden.

Auch die Analyse der Entstehungsbedingungen *(Genese)* kann gegebenenfalls helfen, die Hypothesen über die heute wirksamen Bedingungszusammenhänge zu *überprüfen;* diese müssen zumindest ein mögliches Resultat des bisherigen Entwicklungsprozesses sein. Weiterhin können Informationen über die Entwicklung des Problems zu einer *Präzisierung* der Bedingungshypothesen verhelfen. Um etwa die wesentliche Komponente eines verhaltenssteuernden Stimulus (z.B. Autofahren als Angstauslöser) zu abstrahieren, können Informationen über die ersten Konditionierungsbedingungen wichtige Hinweise geben (z.B. Unfall bei Baustelle; Einengung, mangelnde Ausweichmöglichkeit als konditionierter Stimulus).

3. *Darstellen:* Bedingungsanalysen werden in der Regel während der Exploration, Untersuchung oder Beobachtung des Klienten fortlaufend vom Therapeuten vorgenommen: Hypothesen werden aufgestellt, überprüft und wieder verworfen, neue Zusammenhänge entwickelt usw. Umfang und Ausführlichkeit der schriftlichen Darstellung der Bedingungsanalysen bzw. der gesamten Problemanalyse hängen vom jeweiligen Zweck ab. Auf jeden Fall sind die (vorläufig) endgültigen Bedingungsvariablen und

ihr Zusammenhang zu dem Problem darzustellen. Sie können verstanden werden als *Bedingungsdiagnosen.*

Aufgrund der Ergebnisse der Bedingungsanalysen wird – wie berichtet – gegebenenfalls die bisherige Aufteilung der Beschwerden des Klienten in verschiedene Probleme revidiert. Die Gesamtdarstellung der Beschwerden des Klienten oder anders ausgedrückt die Gesamtdiagnose läßt sich nun als zweidimensionale Matrix darstellen: eine deskriptive Dimension, auf der unterschiedliche Probleme beschrieben werden, und eine ätiologische Dimension, auf der unterschiedliche Bedingungsdiagnosen aufgeführt werden. Für jedes der Probleme werden die jeweils gefundenen Bedingungsdiagnosen angegeben.

Für die alltägliche Aktenführung reicht es aus, wenn neben den Bedingungsdiagnosen (1.) die abgeleiteten therapeutischen Ansatzpunkte (2.) aufgeführt werden. Möglicherweise ergeben sich auch noch zusätzliche Hinweise für die Gestaltung der Therapie (z.B. Klient möglichst immer selber Vorschläge machen lassen), die als *therapeutische Rahmenbedingungen* ebenfalls notiert werden sollten.

Zu Übungszwecken ist eine ausführlichere Ausarbeitung empfehlenswert: Die *Zwischenschritte* bei der Hypothesenbildung, die *Genese* und die *Begründung* der Hypothesen sollten ebenfalls ausgeführt werden.

## 2.3.5. Beispiele unterschiedlicher Analysen

Unzufriedenheit mit der klassischen funktionalen Verhaltensanalyse ergab sich häufig aus der Unzufriedenheit mit der zugrundeliegenden Lerntheorie. Es gibt Theorien, die mit weniger widersprüchlichen Befunden belastet sind und die genauere Erklärungen erlauben. Doch Erklärung ist nicht das eigentliche Ziel der Problemanalyse, sondern letztlich „Ingangsetzung von Veränderungen". Der Wert einer Bedingungsanalyse wird gemessen an der Nützlichkeit der Informationen für die Planung und Gestaltung von Interventionsprogrammen, letztlich an der Effektivität des so gestalteten Therapieprogramms.

Die Notwendigkeit der Erweiterung der Bedingungsanalyse ergibt sich vor allem aus der Weiterentwicklung therapeutischer Methoden. So führen etwa Meichenbaums (1977) kognitiv-verhaltenstherapeutische Methoden unmittelbar zu einer Veränderung von Selbstverbalisationen. Ihr Einsatz kann nur dann rational begründet werden, wenn unangemessene Selbstverbalisationen bei der Problemanalyse als potentielle therapeutische Ansatzpunkte resultieren, und folglich muß bei der Bedingungsanalyse nach unangemessenen bzw. problemfördernden Selbstverbalisationen gesucht werden.

Entsprechend der Weiterentwicklung verhaltenstherapeutischer Methoden in den letzten Jahren erscheinen derzeit die folgenden fünf Bedingungsanalysen mit jeweils mehreren potentiellen Bedingungsdiagnosen sinnvoll (vgl. Schulte, in Vorbereitung):

1. **Analyse der Rahmenbedingungen**
   a) Äußere Rahmenbedingungen
      - Problemrelevante Lebensumstände
      - Belastende Lebensbedingungen (Stressoren)

   b) Körperliche Rahmenbedingungen
      - Problemrelevante körperliche Zustände (körperlich/geistige Behinderungen, Krankheiten, Abweichungen und vorübergehende körperliche Zustände)

2. **Verhaltensanalyse**
Die klassische funktionale Verhaltensanalyse ergibt folgende Bedingungsdiagnosen:
- respondente Verhaltensauslösung
- operante positive Verstärkung
- operante negative Verstärkung
- fehlendes Alternativverhalten in dieser Situation (für diesen diskriminativen Stimulus des Problemverhaltens)
- fehlendes Alternativverhalten für diese Verstärker des Problemverhaltens

3. **Kognitionsanalyse**
Analyse der Vorstellungen und Gedanken, die das Problemverhalten begleiten oder zu unerwünschten emotionalen Reaktionen führen:
- Dysfunktionale Kognitionen (der Zielerreichung abträglich)
- Unlogische Kognitionen (in sich widersprüchlich, einseitig oder übertrieben)
- Mangel an Bewältigungskognitionen

4. **Motivationsanalyse**
Die Motivationsanalyse fragt nicht nach unmittelbaren Konsequenzen des Verhaltens wie die Verhaltensanalyse, sondern nach langfristigen, mittelbaren, eventuell vom Klienten nicht erkannten oder verkannten Folgen, die direkt oder indirekt als Ziele das Handeln beeinflussen. Die Entwicklung von Selbstkontrollverfahren und kognitiven Therapiemethoden wie die Rational-emotive Therapie von Ellis und das Problemlösetraining (vgl. Fliegel u.a., 1981) legen eine solche Analyse nahe. Die möglichen Bedingungsdiagnosen sind nur bei ausführlicherer Darstellung verständlich; sie werden hier aber der Vollständigkeit halber genannt:
- Dysfunktionale mittelbare Folgen
- Dysfunktionale Verhaltenseinschätzung
- Dysfunktionale Verhaltensziele
- Übermächtige Verhaltensziele
- Zielkonflikte

5. **Beziehungsanalyse**
Gefragt ist nach den Auswirkungen und der Funktion der Beschwerden des Klienten für seinen sozialen Lebensraum und nach den Auswirkungen einer Veränderung seiner Beschwerden:
- Eingeengter/erweiterter Verhaltensspielraum (des Klienten oder anderer)
- Veränderte Beziehungs-/Machtstruktur des sozialen Systems (Familie, Arbeitsgruppe)
- Verändertes Erscheinungsbild (der Familie, der Arbeitsgruppe usw. nach außen).

Andere Bedingungsanalysen auf anderem theoretischen Hintergrund sind denkbar und lassen sich ergänzen, sofern sie zur Identifikation potentieller therapeutischer Ansatzpunkte für entsprechende therapeutische Verfahren führen.

Der Nutzen einer Analyse sollte nachgewiesen werden; ihre Durchführung muß letztlich zu einer Verbesserung des Therapieerfolgs bei vergleichbaren Klienten führen. Nelson (1983) hat dafür den Begriff der „Treatment-Validität“ vorgeschlagen.

## 2.4. Therapieplanung

### 2.4.1. Therapeutische Regeln

Die Frage, welches therapeutische Vorgehen im Einzelfall Erfolg erwarten läßt und daher zur Anwendung kommen sollte, ist durch die Benennung der Änderungspunkte bereits zu einem großen Teil beantwortet. Die Änderungspunkte nennen die Sachverhalte, die modifiziert werden sollten, um das Therapieziel zu erreichen.

Benötigt wird jedoch noch Wissen über das dazu notwendige Handeln, also Handlungsanweisungen oder therapeutische Regeln, die angeben, wie dieser Änderungspunkt zu modifizieren ist. Verfügt der Therapeut über dieses Wissen, kann er den Änderungspunkt als einen Ansatzpunkt für seine Therapie festhalten.

Für die Veränderung vieler Sachverhalte reicht unser Alltagswissen aus. Wie eine Person zu loben ist oder wie ein Zeitplan aufgestellt werden kann, muß nicht erst durch empirische psychologische Forschung begründet werden, obwohl das Geschick bei solchen Tätigkeiten beträchtlich variieren kann. Bei einer Bedingungsanalyse auf der Grundlage der Skinnerschen Verhaltenstheorie werden als Bedingungen und damit gegebenenfalls als Änderungspunkte äußere Stimuli identifizert. Diese Stimuli sind unmittelbar beobachtbar und im Prinzip ohne Rückgriff auf weiteres psychologisches Wissen veränderbar.

Reicht das Alltagswissen nicht aus, so braucht der Therapeut spezielle Handlungsanweisungen. Die verschiedenen therapeutischen Schulen bzw. einzelne therapeutische Methoden nennen solche Handlungsanweisungen: Es wird in Regeln festgehalten, welche Ausgangszustände durch welche Maßnahmen in welche Endzustände verändert werden können (vgl. Perrez, 1982).

Ob im Einzelfall erfolgreich behandelt werden kann, hängt von dreierlei ab:

a) *Effektivität* der Methode: Mit welcher Wahrscheinlichkeit führt diese Methode zum gewünschten Ziel?
b) *Gültigkeit* der therapeutischen Regel und des ihr zugeordneten Effektivitätswertes: Wie sicher ist die Aussage, daß durch diese Methode dieser Erfolg mit der angegebenen Wahrscheinlichkeit zu erzielen ist?
c) *Übertragbarkeit* der therapeutischen Regel auf den vorliegenden Einzelfall: Liegt tatsächlich das gleiche Problem vor wie in der Regel genannt?

Zunächst zur Frage der *Gültigkeit* und der *Effektivität* (zur Übertragbarkeit vgl. 2.4.2). Wurde eine therapeutische Regel angemessen empirisch überprüft, so kann auf der Grundlage dieser Ergebnisse die Erfolgswahrscheinlichkeit im Einzelfall abgeschätzt werden. Die Gültigkeit einer solchen Regel ist *empirisch begründet.*

Auch empirisch bislang nicht hinreichend begründete Regeln können gegebenenfalls zur Therapieplanung herangezogen werden, selbst wenn sich ihre Effektivität dann nur subjektiv schätzen läßt (vgl. Westmeyer, 1984). Daß eine Maßnahme unter den gegebenen Bedingungen erfolgreich sein wird, läßt sich eventuell aus einer Theorie schlußfolgern. Sofern diese Theorie empirisch begründet ist und sofern nicht andere, besser begründete Therapieregeln ein anderes Vorgehen nahelegen, ist auch eine solche *theoretische Begründung* gerechtfertigt.

Bei der Anwendung einer Regel, gleichgültig ob ihre Gültigkeit empirisch oder theoretisch begründet ist, sind Konkretisierungen notwendig, denn sowohl die (Rahmen-)Bedingungen als auch die Handlungsanweisungen können in der Regel nur abstrakt formuliert sein. Durch Training und Supervision wird zu erreichen versucht, daß der einzelne Therapeut die Regel lege artis befolgt. Doch gewisse Modifikationen sind möglich und als Anpassung an den jeweiligen Einzelfall erforderlich. Bei zunehmender Praxiserfahrung können Therapeuten zu Modifikationen oder Ergänzungen kommen, die nach ihrer Erfahrung bei *ihnen* zu besseren Resultaten führen. Denn der Therapeut selbst mit seinen einzigartigen Merkmalen ist notwendigerweise Bestandteil der Therapie. Sofern seine Erfahrungen objektiviert sind, also durch möglichst objektive Rückmeldungen über die erzielten Resultate gestützt werden, sind auch solche *durch Erfahrung begründete* Regeln als gerechtfertigt anzusehen. Das gilt allerdings nur für den einzelnen Therapeuten; die Übertragung der subjektiven Erfahrungen auf andere Therapeuten ist ohne empirische Überprüfung nicht gerechtfertigt.

Die Anleitung zum Handeln erhält der Therapeut demnach aus therapeutischen Regeln, deren Gültigkeit begründet sein kann durch:
- empirische Effektivitätsuntersuchungen,
- überprüfte theoretische Annahmen,
- subjektives Erfahrungswissen,
- Alltagswissen und Alltagserfahrung.

All diese Begründungen können gegebenenfalls als rational gelten, wenn auch die empirische Absicherung eindeutig die beste Absicherung liefert und zu bevorzugen ist.

### 2.4.2. Äquivalenzproblem

Therapeutische Regeln nennen außer der Vorgehensweise zumindest implizit auch den Ausgangszustand und den zu erreichenden Endzustand, gegebenenfalls noch weitere Rahmenbedingungen, die gegeben sein müssen. Ob ein Vorgehen im Einzelfall Erfolg zeigt, hängt also nicht nur von der Gültigkeit der Regel und der Effektivität der Methode ab, sondern nicht zuletzt auch davon, ob diese Regel auf den vorliegenden Fall überhaupt anzuwenden ist. Kaminski (1970) hat das als Äquivalenzproblem bezeichnet und darin das zentrale Problem praktischen Handelns gesehen. Entspricht der in der Regel genannte Ausgangspunkt dem Problem oder konkreter einem Änderungspunkt dieses Klienten, und entspricht der in der Regel genannte Endzustand dem Therapieziel oder einem Zwischenziel?

Eine prinzipiell denkbare Möglichkeit für die Beantwortung dieser Frage wäre der Versuch, ein einheitliches Beschreibungssystem in Form eines Kategoriensystems für alle möglichen Problemstellungen zu entwickeln und außerdem die einzelnen Probleme zu operationalisieren, also objektive diagnostische Methoden zur Feststellung der einzelnen Problemeinheiten anzugeben. Psychotherapieforschung könnte sich an diesem Klassifikationssystem orientieren und für jedes Problem die Methoden feststellen, die in unterschiedlichem Grad effektive Lösungen ermöglichen. Im Einzelfall reichte es dann, das vorliegende Problem zu diagnostizieren und zwischen den effektiven Methoden die beste auszuwählen.

Genau dies ist die Modellvorstellung von Therapieplanung, die in Anlehnung an die Medizin als *Indikationsstellung* bezeichnet wird (Überblick bei Grawe, 1978; Baumann, 1981). Empirisch begründete Indikationsregeln nennen für die verschiedenen Probleme (und Klienten) die unterschiedlich effektiven Methoden (und Therapeuten). Das gilt therapieschulen- und damit theorieübergreifend. Für die theorieübergreifende Beschreibung verschiedener Probleme dient in der Regel das psychiatrische Klassifikationssystem psychischer Störungen. Für jede dieser Störungseinheiten sind die Effektivitätswerte der verschiedenen Therapiemethoden durch vergleichende Therapieforschung zu bestimmen, um auf dieser Grundlage Indikationsregeln aufstellen zu können.

Die vor allem von Kiesler (1977) begründete Hoffnung, auf diesem Weg das Indikationsproblem grundsätzlich zu lösen, muß wohl begraben werden. Alle denkbaren Entschei-

dungsalternativen sind weder praktisch noch prinzipiell empirisch zu überprüfen, so daß ein vollständiges System von Regeln nicht möglich ist (Schulte, 1976; Westmeyer, 1981).
Darüber hinaus wird eine solche Forschungsstrategie den verschiedenen psychotherapeutischen Methoden nicht gerecht. Denn jede psychotherapeutische Richtung kennzeichnet die Probleme, die sie zu behandeln vorgibt, unterschiedlich, auch wenn es sich um die gleichen Klienten handelt. Die Problembeschreibung ist nicht theoriefrei. Verhaltenstherapeutische Methoden sind Methoden zur Veränderung konkreter Verhaltensweisen, und ihre Effektivität sollte sinnvollerweise durch den Nachweis solcher konkreter Veränderungen begründet werden (Schulte, 1985). Die Systematische Desensibilisierung ist keine Neurotikertherapie oder Methode zur Behandlung von Phobikern, sondern eine Methode, um situationsspezifische Ängste (und ähnliche emotionale Reaktionen) zu reduzieren.

Die unterschiedliche Problemkonzeption durch verschiedene Methoden ist kein Hindernis für die Entscheidung, welche der Methoden im vorliegenden Fall angezeigt sind; diese unterschiedliche Problemkonzeption kann vielmehr als Entscheidungskriterium dienen. *Eine Methode ist im Einzelfall dann prinzipiell „indiziert", wenn sich die Beschwerden zumindest teilweise als solch ein Problem verstehen lassen, für das die Methode nachweislich effektiv ist.* Diagnostische Aufgabe ist es zu überprüfen, ob diese Problemkonzeption möglich und gerechtfertigt ist. Sind verschiedene Problemkonzeptionen möglich, können auch unterschiedliche Methoden angemessen sein.

Diese Strategie der Indikationsentscheidung aufgrund der Angemessenheit jeweils unterschiedlicher Problemkonzeptionen entspricht der hier geschilderten Problemanalyse. Denn die Therapieplanung erfolgt nicht durch Zuordnung therapeutischer Methoden zu den eventuell komplexen Problemen, sondern über den „Umweg" der Differenzierung des Problems in verschiedene, auch unterschiedlich formulierte Teilprobleme, denen dann jeweils spezifische therapeutische Methoden prinzipiell zugeordnet werden können (vgl. Abb. 2.3). Die Unterscheidung verschiedener Teilprobleme bzw. verschiedener Bedingungen des Problems ist Resultat von Bedingungsanalysen aus unterschiedlicher theoretischer Perspektive, und die verschiedenen theoretischen Perspektiven entsprechen jeweils unterschiedlichen therapeutischen Ansätzen. Die durch die Bedingungsanalysen gefundenen problemrelevanten Sachverhalte haben daher große Chance, einer Problembeschreibung in einer der therapeutischen Regeln zu entsprechen. Sofern das gilt, kann der Sachverhalt als therapeutischer Ansatzpunkt gelten und die Methode prinzipiell zugeordnet werden.

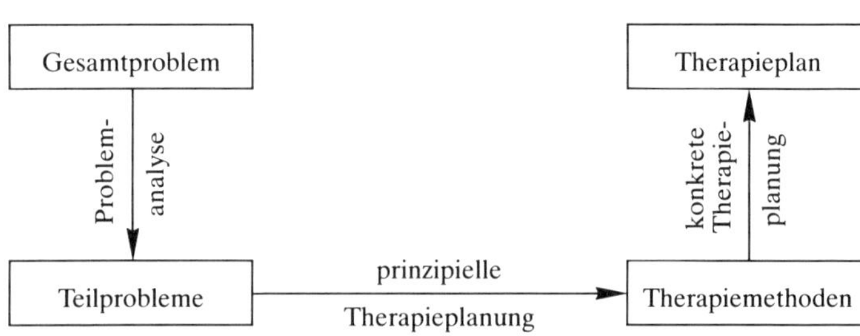


**Abbildung 2.3.:** Prinzipielle und konkrete Therapieplanung

Unterschiedliche Konzeptionen psychischer Störungen sind durchaus legitim, denn eine „natürliche“, zum Beispiel ätiologisch begründete Systematik psychischer Störungen liegt – zumindest in dem hier interessierenden Bereich – nicht vor. Der ICD-Schlüssel[2] oder das DSM-III[3] unterscheiden „Problemeinheiten“, die durch Übereinkunft zur besseren Orientierung gebildet wurden; sie sind von der Sache her nicht zwingend. Erst eine ätiologisch begründete Abgrenzung von Störungseinheiten würde eine verbindliche Problembeschreibung rechtfertigen. Der hier geschilderte Weg der Beschreibung von Störungen auf der Grundlage von Bedingungsanalysen ist vermutlich ätiologischen Einheiten näher als die Beschreibung nach globalen, vor allem deskriptiven Klassifikationseinheiten.

Der entscheidende Schritt für die Therapieplanung ist also das Aufspüren von Bedingungen bzw. Änderungspunkten, die den Problembeschreibungen der therapeutischen Regeln äquivalent sind. Je gesicherter und überprüfter diese Diagnosestellungen sind, desto gerechtfertigter ist die Heranziehung der entsprechenden therapeutischen Regel. Der Therapie(-teil-)erfolg hängt dann von der Gültigkeit der Regel und der Effektivität der Methode ab.

## 2.4.3. Kombination therapeutischer Methoden

Durch die Problemanalyse werden gegebenenfalls bei einem Klienten eine Vielzahl therapeutischer Ansatzpunkte identifiziert, denen jeweils eine oder mehrere Methoden zugeordnet werden können. Welche dieser Methoden sollen nun tatsächlich zur Anwendung kommen?

Durch die Wahl bestimmter Bedingungsanalysen – also der theoretischen Perspektiven, unter denen das Problem betrachtet wird – ist vorentschieden, welche Methoden eine Chance erhalten, gegebenenfalls berücksichtigt zu werden. Doch welche tatsächlich gewählt werden, ist dadurch nicht vorentschieden.

Die theoretische Orientierung des Therapeuten entscheidet weitgehend über die von ihm bevorzugte Therapie, und Fortbildung in einer neuen Methode läßt für einen Therapeuten plötzlich fast alle Klienten als Kandidaten gerade für diese neue Therapie erscheinen. Das frühere Vorgehen ist nicht mehr angemessen. Bis gegebenenfalls wieder eine neue Therapie von sich reden macht, und der Therapeut einen solchen Fortbildungskurs besucht ...

Auch die unterschiedlichen Effektivitätswerte der verschiedenen Methoden können bei dieser Entscheidung zwischen den Methoden nur begrenzt helfen, nämlich nur dann, wenn in den Regeln die gleichen Probleme genannt werden. Regeln für jeweils unterschiedliche Teilprobleme oder unterschiedlich konzipierte Teilprobleme lassen sich nicht unmittelbar vergleichen. Die Entscheidung zwischen verschiedenen prinzipiell anwendbaren Methoden muß demnach im Einzelfall erfolgen und begründet werden.

Als allgemeine heuristische Regel kann gelten, soweit möglich und notwendig alle therapeutischen Ansatzpunkte bei der Therapie zu berücksichtigen. Meistens wird allerdings ein hinreichender Therapieerfolg bereits erzielt sein, bevor tatsächlich alle Ansatzpunkte behandelt wurden, denn die Ansatzpunkte sind nicht unabhängig voneinander. In welcher Reihenfolge sollen dann die Methoden zur Anwendung kommen?

Für die *Bestimmung der Reihenfolge* läßt sich ein weiteres heuristisches Prinzip empfehlen: Die Planung der Gesamttherapie sollte von den Therapiezielen, also den für die ver-

2) International Classification of Deseases der WHO

3) Diagnostic and Statistical Manual of Mental Disorders der American Psychiatric Association

schiedenen Probleme genannten Zielzuständen geleitet werden. Die verschiedenen Ziele des Klienten, eventuell ergänzt um weitere Ziele, die vom Therapeuten aufgrund der Bedingungsanalysen vorgeschlagen werden, können vom Klienten nach ihrer Wichtigkeit grob gewichtet werden. Unter Berücksichtigung der Zusammenhänge zwischen den verschiedenen Problemen (vgl. oben) und damit der gegenseitigen Abhängigkeit verschiedener Ziele ist eine grobe *Hierarchie der Ziele* und damit der Teilprobleme möglich.

Auf dieser Grundlage läßt sich eine *Rangreihe der therapeutischen Ansatzpunkte* bilden: Therapeutische Ansatzpunkte von wichtigen Problemen sollten eher berücksichtigt werden als weniger gewichtige. Die Bereitschaft des Klienten zur Modifikation einzelner Ansatzpunkte kann zu Abweichungen von der geplanten Reihenfolge zwingen. Widerstände des Klienten sind zu berücksichtigen und zu problematisieren. Oft ist die Beschränkung auf das zunächst Machbare der einzig mögliche Einstieg in die Behandlung.

Erst beim dritten Schritt – nach Hierarchisierung der Ziele und Rangordnung der therapeutischen Ansatzpunkte – werden die therapeutischen Methoden und Strategien berücksichtigt, die für die verschiedenen Ansatzpunkte in Frage kommen. Ob eine bestimmte Methode zum Einsatz kommt und gegebenenfalls welche, hängt von der *praktischen Kombinierbarkeit* mit den anderen zur Wahl stehenden Methoden ab. Alle durch die Problemanalyse gefundenen Methoden sind zwar für diesen Fall im Prinzip indiziert, aber in der Praxis (oder aus Zeit- und Kostengründen) nicht unbedingt miteinander kombinierbar bzw. sukzessiv durchführbar. Die aus der Gewichtung der Ansatzpunkte vorgegebene Reihenfolge muß gegebenenfalls aus solchen praktischen Gesichtspunkten modifiziert werden. Bei mehreren Methoden für den gleichen therapeutischen Ansatzpunkt sind dann außerdem die unterschiedlichen Effektivitätswerte entscheidend.

Zu Beginn einer Behandlung kann die Therapie nur grob geplant werden. Denn während der Therapie werden neue Sachverhalte dem Klienten und dem Therapeuten auffallen und zu problematisieren sein, und der Verlauf der Therapie liefert selber Informationen, die neue Gewichtungen erzwingen. Von entscheidender Bedeutung ist daher eine fortlaufende, möglichst objektive Erfassung der erzielten Veränderungen. Selbst wenn für alle therapeutischen Methoden empirisch ermittelte Effektivitätswerte vorlägen, ist für die jeweils individuelle Kombination der Methoden der Erfolg nicht eindeutig vorhersagbar. Außerdem ist die Angemessenheit dieser Methoden für diesen Fall ja nicht mit Sicherheit festzustellen – die Methoden können nur mehr oder weniger gut begründet und gerechtfertigt sein. Wenn aber nicht Regeln vorab das Verhalten eindeutig steuern, so ist eine Steuerung und Kontrolle anhand von Rückmeldungen über die Effekte und Auswirkungen unumgänglich – wie bei jeglichem Handeln. Benötigt werden darum diagnostische Verfahren, die möglichst unmittelbar die therapeutischen Ansatzpunkte bzw. das Problem- oder Zielverhalten objektiv und zuverlässig erfassen – benötigt werden Methoden der Verhaltensmessung.

## 2.5. Methoden der Verhaltensmessung

### 2.5.1. Funktion und Strategie diagnostischer Erhebungen

Problemanalyse meint den Prozeß der Verarbeitung von Informationen über den Klienten und seine Probleme. Woher diese Informationen stammen und wie sie gewonnen werden, ist nicht festgelegt. Festgelegt ist lediglich, wozu Informationen benötigt werden, denn das ergibt sich aus den anstehenden Fragen und der Strategie zu ihrer Beantwortung.

Im Rahmen der Problemanalyse dient die Informationserhebung unterschiedlichen Prozeßzielen:
- der *Beschreibung* von vergangenen und gegenwärtigen Sachverhalten,
- der *Erklärung,* also der Bildung und Überprüfung von Hypothesen über Bedingungszusammenhänge und
- der *Kontrolle* der erzielten Veränderungen.

Für all diese Ziele ist die entscheidende diagnostische Aufgabe festzustellen, ob ein bestimmter Sachverhalt vorliegt, unter welchen Bedingungen er vorliegt und in welcher Ausprägung hinsichtlich Häufigkeit, Intensität und Dauer.

Bei der *Erklärung* ist zunächst zu erkunden, ob die theoretisch postulierten (Rand-)Bedingungen vorliegen. Darüber hinaus sollte festgestellt werden, ob der theoretisch unterstellte Zusammenhang (z.B. positive Verstärkung) zwischen dem zu erklärenden Sachverhalt (z.B. einem Verhalten) und seinen Bedingungen (z.B. reaktionskontingentes Auftreten eines Stimulus) im Einzelfall nachzuweisen ist. Diese diagnostische Aufgabe – der Nachweis der funktionalen Qualität eines Sachverhalts – geht über das traditionelle Verständnis von Diagnostik hinaus.

Bei der *Kontrolle* geht es um den Nachweis und die quantitative Schätzung der *Veränderungen* eines Sachverhalts in Hinblick auf Häufigkeit, Intensität, Dauer, aber auch Auftrittsbedingungen oder funktionale Qualität.

Für die verschiedenen diagnostischen Ziele sind unterschiedlich komplexe *diagnostische Strategien* erforderlich. Lediglich für die Messung der Intensität oder Ausprägung eines Merkmals reicht gegebenenfalls eine einzelne Testung, die übliche diagnostische Strategie. Die *Schätzung von Veränderungen* bedarf in der Regel wiederholter Messung. Soll darüber hinaus die Veränderung auf bestimmte, zeitlich verteilte Ereignisse attribuiert werden, zum Beispiel auf die Durchführung einer bestimmten therapeutischen Methode, sind komplexe Erhebungsdesigns (z.B. Revisionspläne) oder komplexe Methoden der Datenanalyse (z.B. Zeitreihenanalyse) notwendig (Petermann, 1978).

In der täglichen Routinepraxis werden diese aufwendigen Strategien der Erhebung und statistischen Absicherung kaum angewandt – zum Kummer der Forscher und Methodiker. Doch die Zielsetzung des Praktikers ist nicht Forschung, Präzision der Messung oder Übertragbarkeit der Daten, sondern Ziel ist Hilfe im jeweiligen Einzelfall. Ausschließlich an diesem Kriterium ist Notwendigkeit und Nutzen nicht nur therapeutischer, sondern auch diagnostischer Strategien zu messen. Entscheidendes Kriterium ist die „Treatment-Validität", der empirisch nachgewiesene therapeutische Nutzen.

Bislang fehlen solche Beweise, und somit ist die Nützlichkeit weniger aufwendiger Strategien nicht zu widerlegen. Für die Abschätzung von Veränderungen und damit für die Kontrolle des eigenen therapeutischen Vorgehens ist auf jeden Fall eine wiederholte Datenerhebung notwendig, beginnend mit Erhebungen bereits vor Behandlungsbeginn (bezeichnet als Grundkurve oder „baseline"). Die Deutung der Relevanz registrierter Veränderungen kann „zur Not" nach Augenschein vorgenommen werden.

Eine alternative Strategie besteht in der direkten Erfassung der Veränderung durch entsprechende Befragung des Klienten (Zielke & Kopf-Mehnert, 1978; Plessen, 1981). Allerdings besteht hier die Gefahr, daß lediglich der Eindruck oder die Intention des Klienten erfaßt werden.

Die *Testung von Hypothesen* über Wirkzusammenhänge, also die Erfassung funktionaler Qualitäten bedarf an sich der experimentellen Überprüfung – auch im Einzelfall. Auf weniger aufwendige Annäherungen an diese Strategie wurde hingewiesen (vgl. 2.3.4).

Welche Variablen tatsächlich erfaßt werden, ist durch die angewandten diagnostischen Instrumente festgelegt; durch Wahl der Instrumente ist eine Entscheidung über die zu diagnostizierenden Variablen möglich. Vielfach wird eine möglichst breite und umfangreiche Diagnostik empfohlen (Plaum, 1982; Seidenstücker & Baumann, 1978), wobei die anzuwendenden Verfahren meist im voraus für alle vergleichbaren Fälle festgelegt werden. Eine solche *Breitbanddiagnostik* hilft bei der Entdeckung unterschiedlicher Aspekte, allerdings nach dem empiristischen Prinzip der „Schleppnetztechnik": Neben vielem Unrelevanten findet sich eventuell auch etwas Relevantes.

Die Informationserhebung im Rahmen der Problemanalyse ist demgegenüber theorie- oder *hypothesengeleitet.* Durch den theoretischen Hintergrund der Bedingungsanalysen ist vorgegeben, wonach gesucht wird. Das Vorgehen im einzelnen wird durch die Zwischenresultate gesteuert: Erste Hinweise auf relevante Sachverhalte führen zu einer Intensivierung der Suche; widersprüchliche Befunde führen schließlich zu einem Perspektivenwechsel. Um allerdings nicht bei der „erstbesten" Diagnose stehenzubleiben, sind mehrere unterschiedliche Analysen vorgesehen.

## 2.5.2. Methoden der Informationsgewinnung

Welche Variablen im Rahmen der Problemanalyse diagnostiziert werden, wurde bereits dargestellt (2.3.2 und 2.3.5); offen sind die Methoden zu ihrer Erfassung.

Die zentrale Variablengruppe bilden die Verhaltensweisen des Klienten, und diese sind direkt beobachtbar. *Verhaltensbeobachtung* ist für die Verhaltenstherapie zum wichtigsten diagnostischen Instrument geworden. Vor allem für die Forschung sind Zeichen- und Kategoriensysteme für eine systematische, durch genaue Regeln gesteuerte Verhaltensbeobachtung entwickelt worden (Schulte & Kemmler, 1974). In der Praxis spielt die freie Beobachtung eine große Rolle. Das Problemverhalten oder Annäherungen an das Zielverhalten sollten möglichst direkt beobachtet werden. Auch die Zusammenhänge des Verhaltens mit Situationsaspekten können aus Veränderungen der Reaktionsrate in Abhängigkeit von solchen Stimuli erschlossen werden.

Bei *Verhaltenstests* erfolgt eine systematische Verhaltensbeobachtung eines spezifizierten Verhaltens: Inwieweit gelingt das gewünschte Zielverhalten (z.B. Annäherung an ein phobisches, angstauslösendes Objekt) vor, während und nach der Therapie? Für bestimmte Problembereiche sind standardisierte Verhaltenstests vorgeschlagen worden, etwa für selbstsicheres Sozialverhalten (Hersen & Bellack, 1977).

Um die Kompetenz, das Verhaltensspektrum oder den Entwicklungsstand einer Person abschätzen zu können, sind standardisierte *Verhaltens-Checklisten* entwickelt worden, bei denen auf der Grundlage direkter Verhaltensbeobachtung angekreuzt wird, welche der vorgegebenen Abstufungen für verschiedene Verhaltensweisen von der Person gezeigt wurden. Solche Checklisten werden vor allem bei Kindern oder bei Behinderten eingesetzt (Überblick bei Walls, Werner, Bacon & Zane, 1977).

Therapeut und Klient suchen gegebenenfalls gemeinsam kritische Situationen auf, um das Verhalten unter natürlichen Bedingungen beobachten zu können. Falls das nicht möglich ist, kann eine Simulierung der realen Situation versucht werden, etwa durch *Rollenspiele* (Hersen & Bellack, 1977).

Ein Spezialfall der Verhaltensbeobachtung ist die *Selbstbeobachtung*. Die Instruktion an den Klienten, bestimmte Verhaltensweisen unter spezifizierten Bedingungen in einer bestimmten Art und Weise zu registrieren und aufzuzeichnen, ist oftmals die einzige Möglichkeit, die entsprechenden Informationen zu erhalten. Gegenüber der Fremdbeobachtung sind Daten aus Selbstbeobachtungen zwangsläufig weniger objektiv und zuverlässig, vor allem weil das Bemühen, sich selbst zu beobachten, reaktiv ist, also den Verhaltensablauf beeinflußt. Die Selbstbeobachtung des Klienten wird gefördert und damit Selbstregulationsprozesse angeregt (vgl. Kap. 3.9). Selbstbeobachtung ist daher auch eine therapeutische Maßnahme (Überblick bei Ciminero, Nelson & Lipinski, 1977).

Von der Selbstbeobachtung ist der Weg nicht weit zu *Selbstberichten* (self-report). Der Klient wird gebeten, in strukturierter Form anhand von *Fragebögen* Auskunft über sein eigenes Verhalten zu geben. Gegebenenfalls wird nach dem Verhalten in einer vorgegebenen Situation gefragt, zum Beispiel in einer Angstsituation. Doch der Klient muß nicht die Situation aufsuchen oder herstellen, um dann sein Verhalten zu beobachten, sondern er soll angeben, wie er sich seiner Erinnerung nach normalerweise in der Situation verhält. Erfaßt wird damit zwangsläufig der subjektive Eindruck des Befragten. Inwieweit dieser mit der objektiven Realität übereinstimmt, ist fraglich (Bellack & Hersen, 1977).

In vielen Fällen ist allerdings der subjektive Eindruck genau das, was erfaßt werden soll. Vornehmlich aus Untersuchungen über Angst resultiert die Forderung, Verhalten, vor allem emotionale Reaktionen, auf drei Ebenen zu erfassen: der motorischen Ebene offenen Verhaltens, der subjektiv-verbalen Ebene und der körperlich-physiologischen Ebene. Angstmaße auf diesen drei Ebenen unterscheiden sich in Intensität und Verlauf; parallele Messungen sind daher wünschenswert. (*Psychophysiologische Meßverfahren* werden in Kap. 6 dargestellt.)

Auch für die Messung anderer kognitiver Variablen wie beispielsweise Selbstinstruktionen und Selbstbewertungen sind Fragebögen eingesetzt worden (Meichenbaum, 1976). Weiterhin gibt es Fragebögen, die nicht Verhaltensweisen des Individuums erfragen, sondern die Relevanz bzw. die verhaltenssteuernde Funktion von Stimuli. Beispiele dafür sind Verstärkerlisten, auf denen anzukreuzen ist, inwieweit Sachverhalte für das Individuum angenehm und damit vermutlich verstärkend sind. Auf anderen Skalen werden Stimulusbedingungen für vorgegebene Verhaltensweisen erfaßt, zum Beispiel Angst-Reiz-Listen zur Erfassung angstauslösender Stimuli.

Um den Besonderheiten des Einzelfalls gerecht werden zu können, sind Instrumente entwickelt worden, die teilweise standardisiert sind, teilweise jedoch Spezifikationen für den einzelnen Klienten erlauben. In der Regel werden bei diesen Fragebögen in standardisierter Form die Reaktionen des Individuums abgefragt, zum Beispiel Art und Intensität der Angst, während die Stimuli, zum Beispiel die angstauslösende Situation, vom Therapeuten frei eingesetzt werden können (z.B. Situations-Beurteilungs-Skala von Ullrich de Muynck & Ullrich, 1976). Weitere Verfahren nennen Schaller & Schmidtke (1983, S. 570ff.).

Mit der teststatistischen Prüfung ihrer Fragebögen haben sich verhaltenstherapeutische Forscher schwer getan. Die grundlegende Annahme der Teststatistik, daß von einem Antwortmuster oder einem Summenscore auf ein bestimmtes Personmerkmal zurückgeschlossen werden soll, wurde zurückgewiesen. Die Antworten sind nicht Zeichen für nur erschließbare Konstrukte, sondern Bericht über prinzipiell Beobachtbares (Goldfried & Kent, 1972). Aussagen wären dann auf Itemebene möglich – Objektivität vorausgesetzt.

Doch oft wird auch bei Instrumenten der Verhaltensmessung zurückgeschlossen auf nicht direkt beobachtbare oder nicht direkt erfragte Sachverhalte, etwa auf den Verstärkungswert eines Stimulus oder seine Funktion als Angstauslöser. In anderen Fällen muß zumindest die Repräsentativität der erhobenen Daten für die Grundgesamtheit gewährleistet sein. Die Frage nach Reliabilität und Validität stellt sich somit auch bei Methoden der Verhaltensmessung.

Das für die Praxis wichtigste diagnostische Verfahren ist das Interview, die *Exploration* (Fiedler, 1974; Morgenstern, 1976; Linehan, 1977; Lutz, 1978; Meyer, Liddell & Lyons, 1977). Auch bei diesen Verfahren wird davon ausgegangen, daß die verbalen Aussagen des Klienten zu einem großen Teil als Bericht über in der Regel auch anderweitig zu erhebende Sachverhalte anzusehen sind, zum Teil aber auch als diagnostischer Zugang zu subjektiven Variablen wie zum Beispiel Bewertungen oder Einstellungen des Klienten. Je nach Art der erhobenen Informationen ist die Zuverlässigkeit und Güte der Daten unterschiedlich (Kemmler & Echelmeyer, 1978).

Funktion und Inhalt der Exploration entsprechen im wesentlichen Funktion und Inhalt der hier dargestellten Problemanalyse: Die Exploration dient der Erfassung der Probleme, ihrer Strukturierung, der Analyse ihrer Bedingungen und damit der Erarbeitung der Grundlagen für die Therapieplanung. Der Einsatz anderer diagnostischer Methoden ist in der Regel von Ergebnissen der Exploration abhängig. Denn die Exploration ermöglicht den Überblick und läßt einzelne Sachverhalte hervortreten, die durch spezielle diagnostische Verfahren weiter abgesichert werden können.

Doch das Schema für die Problemanalyse ist nicht als Leitfaden für die Gesprächsführung bei Explorationen mißzuverstehen. Die vorgegebenen Inhalte sollten zwar erfragt oder erschlossen werden, aber was wann, wo, in welcher Form angesprochen wird, ist weitgehend vom Gesprächsverhalten des Klienten abhängig. Denn die Exploration hat – wie alle diagnostischen Verfahren im Ansatz auch – nicht nur eine diagnostische Funktion (Fiedler, 1974). Sie kann den Klienten motivieren, an der Therapie aktiv mitzuwirken, und sie ist bereits Therapie: Sie kann Einsicht vermitteln und die eigenen Probleme und ihre Bedingungen im neuen Licht erscheinen lassen, also zur kognitiven Umstrukturierung führen, und sie kann die Grundlage für eine Selbstkontrolle des Klienten liefern: Problemanalyse ist der erste und entscheidende Schritt der Problemlösung. Das gilt für den Klienten genauso wie für den Therapeuten.

# Kapitel 3

# Grundlagen verhaltenstherapeutischer Methoden

*Hans Reinecker*

Die historische Entwicklung der Verhaltenstherapie, ihre Entstehung und Etablierung aufgrund unterschiedlicher Bedingungen wurde von Kazdin (1978) und im deutschen Sprachraum von Schorr (1984) behandelt; die sozialen, soziologischen und wissenschaftsgeschichtlichen Vernetzungen, die zur Entstehung der Verhaltenstherapie geführt haben, wurden vor allem von Krasner (1982) herausgearbeitet. Eine Beschäftigung mit diesen historischen Wurzeln macht viele Entwicklungen verständlicher (vgl. dazu Kap. 1).

Besonders bedeutsam für die Verhaltenstherapie ist der Bezug zur Grundlagenforschung in der Psychologie: Diese Orientierung an der Psychologie ist deshalb bedeutsam, weil damit eine prinzipielle theoretische, methodologische und empirische Fundierung möglich wird. Dies bedeutet auch eine Abgrenzung von sogenannten „Therapieschulen" (vgl. Corsini, 1983), für die eine theoretische und empirische Fundierung in der Psychologie nicht vorliegt.

Einen Kernbereich für die psychologische Orientierung der Verhaltenstherapie bilden seit jeher die *Lerntheorien;* dies ist deshalb sinnvoll, weil Veränderungen von Verhalten (im weitesten Sinne des Wortes) über einen bestimmten Zeitraum hinweg als *Lernprozeß* aufgefaßt werden können. Daß zur Beschreibung und Erklärung dieses Prozesses zusätzlich eine Reihe anderer psychologischer Variablen herangezogen werden können und müssen (Sozialpsychologie, Entwicklungspsychologie, Psychophysiologie, Persönlichkeitspsychologie, Allgemeine Psychologie) bedeutet eine Erweiterung auf Theorien und Modelle der gesamten Psychologie. In den folgenden Abschnitten werden einige wichtige Grundlagen für die Anwendung der Methoden der Verhaltenstherapie angesprochen; darüber hinaus ist allerdings eine differenzierte Beschäftigung mit psychologischen Theorien und Methoden unumgänglich.

## 3.1. Therapie als Lernprozeß

Das Verhalten von Menschen verläuft kontinuierlich. Dies gilt auch für die Interaktion zwischen einem Therapeuten und einem Klienten. Um diesen Verlauf einer Analyse zugänglich zu machen, müssen einzelne Elemente (Ereignisse) unterschieden werden; diese Unterscheidung einzelner Elemente soll den Verlauf nicht „zerhacken", sondern ihn unter einem theoretischen Gesichtspunkt sinnvoll erkennen lassen. Von einem *Prozeß* spricht man dann, wenn sich die einzelnen Ereignisse aufeinander beziehen lassen: Verschiedene Elemente werden als zusammengehörig betrachtet. Abhängig vom Auflösungsgrad der Analyse kann man die einzelnen Elemente und ihre Beziehungen einer theoretischen Betrachtung zugänglich machen.

Eine für die Verhaltenstherapie gängige Unterscheidung versucht *Reaktionen* (R) einerseits und *Stimulus-* (S) sowie *Konsequenzbedingungen* (C) andererseits zu unterscheiden (vgl. Kanfer & Phillips, 1970). Die Analyse hat zum Ziel, Verhalten (R) als abhängig von Stimulus- und Konsequenzbedingungen zu beschreiben (vgl. Kap. 2).

### 3.1.1. Konditionierungsmodelle

Innerhalb der Konditionierungsmodelle lassen sich die Prinzipien des klassischen (respondenten) und des operanten (instrumentellen) Lernens unterscheiden (vgl. Skinner, 1953; Kimble, 1961).

**Klassisches Konditionieren**

Das Prinzip des klassischen Konditionierens (vgl. Pawlow, 1927) beruht auf dem Modell der sogenannten Stimulussubstitution: Durch eine mehrfache (zufällige) Koppelung eines vorher für den Organismus neutralen Reizes mit einem unkonditionierten Stimulus gewinnt der neutrale Reiz eine bedingte Auslösefunktion für die ursprüngliche unkonditionierte Reaktion. Dies läßt sich an folgendem Schema verdeutlichen:

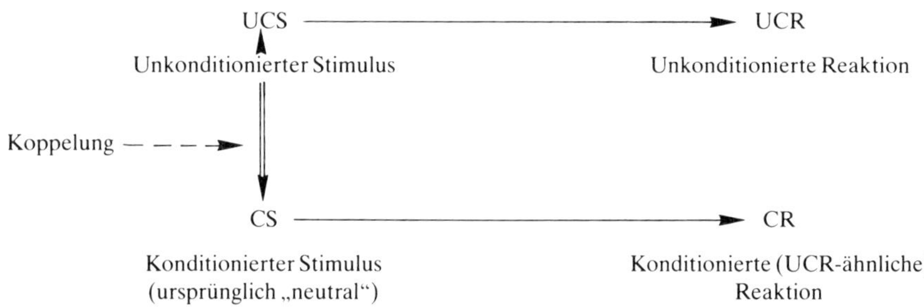


*Klärung der Grundbegriffe:*

*UCS:* Ein für den Organismus unbedingter Reiz, der eine Reaktion in jedem Falle hervorruft. Beispiel: Eine drastische Änderung der Umweltsituation (etwa ein lautes Geräusch) löst zumindest eine Orientierungsreaktion (Zusammenzucken des Organismus ...)aus.

UCR: Eine unbedingte Reaktion des Organismus auf einen unbedingten Reiz. Im obigen Beispiel wäre das Zusammenzucken des Organismus, eine spezielle Richtung der Aufmerksamkeit ... als unbedingte Reaktion anzusehen.

CS: Ein Stimulus, der zunächst hinsichtlich der Auslösung der unbedingten Reaktion (UCR) *neutral* insofern ist, als seine alleinige Darbietung die UCR üblicherweise *nicht* auslöst.

CR: Die konditionierte Reaktion ist der unbedingten Reaktion (UCR) ähnlich; sie kann nach (mehrfacher) Koppelung von CS und UCS durch die Darbietung des CS (konditionierter Stimulus) allein ausgelöst werden.

Der grundlegende Mechanismus des klassischen Konditionierens wurde von Guthrie (1952) auch als „Kontiguitätsprinzip“ bezeichnet; durch Assoziation, durch eine mehrfache zeitliche und räumliche Koppelung (= Kontiguität) erwirbt der vorher neutrale Reiz Auslöser- bzw. Signalfunktion für eine Veränderung des Verhaltens.

Die Bedeutung des klassischen Konditionierens läßt sich anhand einer Reihe von Merkmalen psychischer Störungen zeigen. Bei vielen phobischen (Angst-)Störungen sowie bei psychophysiologischen Störungen (z.B. Asthma, Migräne ...) lassen sich nach genauer Analyse in der Umwelt des Klienten Situationen finden, die als ursprünglich „neutrale" Reize im Laufe eines problematischen Lernprozesses Auslöserfunktion für bestimmte Komponenten der Problematik gewonnen haben (vgl. Kap. 5).

Basler u.a. (1979) führen einige Untersuchungen an, in denen ein Asthmaanfall nicht nur durch Allergene, sondern durch zuvor neutrale Reize ausgelöst wurde: Die Patienten atmeten über ein Glasmundstück die Allergene ein, die als unkonditionierte Reize den Anfall auslösten. Nach einigen Koppelungen des CS (Glasmundstück) mit dem UCS (Allergene) konnte der Anfall bereits durch das Glasmundstück ausgelöst werden, das nicht einmal mit dem Allergenbehälter verbunden war. In anderen Fällen reagierten Patienten mit asthmatischen Anfällen auf Reize, bei denen die Bedingungen der Konditionierung im Nachhinein nicht mehr rekonstruiert werden konnten (z.B. Reaktionen auf Goldfische, auf das Bild eines springenden Pferdes, Geruch eines Parfüms usw.).

Der Begriff „neutral" wurde oben deshalb in Anführungsstriche gesetzt, weil sich bei näherer Betrachtung herausgestellt hat, daß keineswegs alle Stimuli die Eigenschaft besitzen, bei Koppelung mit einem unkonditionierten Stimulus selbst die Auslöserfunktion zu übernehmen. Seligman (1970) bezeichnete die Klasse derjenigen Situationen, die sich hierfür als geeignet erweisen, als „prepared"; Menschen entwickeln offensichtlich nicht vor beliebigen Situationen Angst- bzw. Vermeidungsreaktionen, sondern die Angst vor Situationen ist selektiv. Situationen, die biologisch-evolutionäre Bedeutung für den Organismus besitzen, können als „prepared" (in etwa: prädisponiert) für die Übernahme von bedingten Auslöserfunktionen angesehen werden (vgl. Kap. 5).

Diese Überlegungen zur Problematik der Selektivität von Situationen im klassischen Konditionieren zeigen, daß eine Reihe von Differenzierungen vorzunehmen sind. Dazu gehören psychobiologische und systemtheoretische Grundlagen, die in der Verhaltenstherapie als wichtige Bereiche angesehen werden (vgl. z.B. Schwartz, 1982; vgl. Kap. 6).

Den zweiten Hauptbereich innerhalb der Konditionierungsmodelle machen die theoretischen Überlegungen und Untersuchungen zum sogenannten *operanten Konditionieren* aus (vgl. Skinner, 1938; 1953; 1969; Honig & Staddon, 1977). Innerhalb einer Verhaltenskette lassen sich Reaktionen unterscheiden, die offensichtlich von ihren Konsequenzen determiniert sind. Ein erneutes Auftreten einer Reaktion hängt davon ab, ob die vorherige Reaktion derselben operanten Klasse verstärkt wird (vgl. Kap. 5).

**Grundbegriffe des operanten Konditionierens**

*Verstärker:* Unter einem Verstärker versteht man einen *verhaltenskontingenten Stimulus,* der die zukünftige Auftrittswahrscheinlichkeit der ihm vorausgehenden Reaktionsklasse erhöht.

*Verstärkung:* Unter Verstärkung versteht man den *Prozeß* der Darbietung bzw. Entfernung eines Reizes nach dem Auftreten einer speziellen Reaktion.

*Kontingenz:* Unter Kontingenz versteht man die Tatsache, daß einem bestimmten Verhalten eine bestimmte Konsequenz folgt, ohne daß dies eine notwendige Folge des Verhaltens ist.

Die verschiedenen Möglichkeiten der Darbietung bzw. Entfernung von Reizen als Konsequenz auf ein Verhalten und die damit zusammenhängenden Prozesse sind in folgender Tabelle aufgeführt:

**Tabelle 3.1.:** Beziehungen zwischen Reaktionen (Verhalten) und nachfolgenden Konsequenzen

| | | Darbietung | Entfernung |
|---|---|---|---|
| **Verstärker:** | Positiver (= angenehmer) Stimulus $C^{+}$ | $C^{+}$ Positive Verstärkung Folge: R↑ | $\not{C}^{+}$ indirekte Bestrafung/ Löschung Folge: R↓ |
| | Aversiver (= unangenehmer) Stimulus $C^{-}$ | $C^{-}$ direkte Bestrafung Folge: R↓ | $\not{C}^{-}$ Negative Verstärkung Folge: R↑ |

*Erklärung der Symbole:* R↑ bedeutet eine Erhöhung der Auftrittswahrscheinlichkeit von Verhalten derselben operanten Klasse, R↓ eine Senkung.

Der Grund, warum nicht vereinfacht von „Zunahme des Verhaltens", sondern etwas umständlicher von einer „Erhöhung der Auftrittswahrscheinlichkeit von Verhalten derselben operanten Klasse" gesprochen wird, ist folgender: Es ist *nicht* korrekt, von der „Verstärkung von Verhalten" zu sprechen, denn Verhalten, das aufgetreten ist, kann in seiner Auftrittswahrscheinlichkeit nicht mehr verändert werden (es hat die Wahrscheinlichkeit 1). Verstärkt (= erhöht) werden kann lediglich die Wahrscheinlichkeit, daß „ähnliches" Verhalten, präziser eben „Verhalten derselben operanten Klasse" wieder auftritt.

Die *klassische* Form der sogenannten Verhaltensgleichung (Kanfer & Phillips, 1970) berücksichtigt die Zusammenhänge in folgender Form:

S —— O —— R —— KV —— C

S: Stimulus — O: Organismusvariable — R: Reaktion — KV: Kontingenzverhältnis — C: Konsequenzen

wobei S als diskriminativer Hinweisreiz sein kann:

$S^{D}$ als Hinweis auf Verstärkung
$S^{\Delta}$ als Hinweis auf Bestrafung

wobei C folgende mögliche Konsequenzen beinhalten kann:

$C^{+}$ positive Verstärkung
$\not{C}^{-}$ negative Verstärkung
$C^{-}$ direkte Bestrafung
$\not{C}^{+}$ indirekte Bestrafung

Zur Präzisierung weiterer wichtiger Grundbegriffe wird auf die grundlegende Literatur verwiesen: Skinner (1953; 1969); Holland & Skinner (1961; dt. 1971); Karoly (1975; dt. 1977); Honig & Staddon (1977) sowie Reinecker (1987, im Druck); vgl. auch Kap. 2.

In der Verhaltenstherapie geht man davon aus, daß die Gesetze für den Erwerb und für die Aufrechterhaltung sogenannten normalen und sogenannten problematischen Verhaltens universelle Gültigkeit besitzen. Aus diesem Grunde sind beim Vorliegen einer Störung diejenigen Bedingungen zu analysieren, die man als *operante Faktoren* bezeichnen kann, weil sie als Verhaltenskonsequenzen die zukünftige Auftrittswahrscheinlichkeit von Verhalten derselben operanten Klasse beeinflussen.

Bei der Betrachtung menschlichen Verhaltens lassen sich kaum Fälle angeben, in denen eines der beiden Lernprinzipien zur Beschreibung und Erklärung hinreichend wäre. Selbst im einfachsten Fall der klassischen Konditionierung ist der Prozeß nicht mit der konditionierten Reaktion beendet, sondern auf diese Reaktion folgen bestimmte *Konsequenzen,* die für die zukünftige Auftrittswahrscheinlichkeit bedeutsam sein können. Obgleich man beim operanten Konditionieren lediglich die Konsequenz-(Verstärker-) Bedingungen als relevant für die zukünftige Verhaltensrate erachtet, erfolgt eine bestimmte Reaktion immer in einer bestimmten *Situation,* die bedeutsamen Hinweischarakter besitzen kann.

Während man sich also in der Praxis (bei der Analyse problematischen Verhaltens) üblicherweise auf beide Lernmodelle bzw. eine Interaktion derselben stützt, gibt es um die Eigenständigkeit des klassischen bzw. operanten Konditionierens eine lange Kontroverse (vgl. z.B. Kimble, 1961; Hearst, 1975). Zur Unterscheidung der beiden Lernprozesse wurden unterschiedliche Gesichtspunkte vorgebracht; das einzig haltbare Kriterium scheint jedoch zeitlicher Natur zu sein (vgl. Hearst, 1975): Von klassischer Konditionierung spricht man demzufolge dann, wenn die unabhängigen Variablen (= Situationen, auslösende Stimuli) *vor* dem Auftreten der jeweiligen Reaktion zu identifizieren sind; operante Konditionierung liegt hingegen dann vor, wenn die unabhängigen Variablen (= Situationen, verstärkende Stimuli) *nach* der jeweiligen Reaktion auftreten.

Sowohl im Bereich des klassischen als auch des operanten Konditionierens gibt es eine Reihe von Differenzierungen, die als Grundlagen des verhaltenstherapeutischen Vorgehens bedeutsam sind. Für diese Aspekte muß auf die einschlägige Literatur verwiesen werden (z.B. Skinner, 1953; Kimble, 1961; Holland & Skinner, 1961; Estes, 1975; Scheerer, 1983).

### 3.1.2. Kognitive Lernmodelle

Kognitive Lernmodelle haben eine ähnlich lange Tradition wie die sogenannten Konditionierungstheorien. Nach Tolman (1932) lernen Organismen nicht S-R-Verbindungen (bzw. R-C-Verbindungen beim operanten Konditionieren), sondern sie bilden *Erwartungen* über Zusammenhänge von Umweltbedingungen mit ihrem eigenen Verhalten. Dabei bilden Prozesse der selektiven Wahrnehmung, der Filterung von Erfahrungen, spezifische Gedächtnis- und Informationsverarbeitungsmechanismen eine entscheidende Rolle; einer inzwischen üblichen Sprachregelung zufolge (vgl. Wimmer & Perner, 1979) werden diese Vorgänge unter den Sammelbegriff der *Kognitionen* zusammengefaßt.

Im Rahmen von kognitiven Lernmodellen findet eine Abwendung vor allem von der Annahme automatischer S-R- und R-C-Verknüpfungen statt; Lernen wird als „komplexe Informationsverarbeitung" (Eelen, 1982) analysiert. Gerade kognitive Lernmodelle verdeutlichen, daß Lernen einen Prozeß darstellt, dem man nur durch eine Analyse auf mehreren Ebenen gerecht werden kann. Wichtige kognitive Komponenten sind

a) *Präferenzen* zwischen erwarteten Ergebnissen eines Verhaltens (ein angenehmer Zustand wird einem unangenehmen vorgezogen) und
b) *Erwartungen* über Folgen eines Verhaltens in einer bestimmten Situation (aufgrund früherer Erfahrungen) (vgl. dazu Seligman & Johnston, 1975; Bandura, 1977).

Eine wichtige Ergänzung für diese kognitiven Komponenten bilden die *emotionalen Zustände* des Individuums: Ein Klient, der unter schweren Angstzuständen leidet, kann sich kognitiv zwar das richtige Urteil über die Ungefährlichkeit einer Situation biiden; seine emotionalen Reaktionen werden dadurch aber kaum beeinflußt – sie besitzen eine Art Autonomie. Die emotionalen Reaktionen sind allerdings auch durch Lernprozesse veränderbar, dazu muß der Klient aber die konkrete *Erfahrung* machen, daß er die Situation bewältigen kann.

Gemäß dem Systemansatz menschlichen Erlebens und Verhaltens (Lang, 1971; 1977) sollte man drei Ebenen unterscheiden: eine subjektiv-kognitive Ebene, eine physiologisch-somatische Ebene und eine Verhaltensebene. Die drei Ebenen stehen zwar in enger Interaktion, sie verlaufen allerdings nicht synchron; dies verlangt eine Analyse und Behandlung von psychischen Störungen auf allen genannten Ebenen.

Kognitive Prozeßmodelle müssen dazu herangezogen werden, den Erwerb, die Aufrechterhaltung und die Veränderung kognitiver Muster bei psychischen Störungen zu beschreiben und zu erklären. Die Bedeutung von Modellen der Informationsverarbeitung für die praktische klinische Tätigkeit wurde u.a. von Kanfer (1985b) sowie Kanfer & Hagerman (1984) betont.

Als ein zentraler kognitiver Faktor für die Veränderung von Verhalten wurde von Bandura (1977) die „self-efficacy“ angesehen. Nach dieser Theorie der Selbst-Effizienz bilden Personen zwei Typen von Erwartungen: Angesichts einer Situation bildet eine Person eine Erwartung darüber, ob und inwiefern sie in der Lage sein wird, mit einem schwierigen Problem umzugehen (Erwartung einer Selbst-Effizienz); wenn ein bestimmtes Verhalten gezeigt wird, so bildet die Person Erwartungen darüber, welche (positiven) Effekte dieses Verhalten haben wird (Verhaltens-Effektivitäts-Erwartung). Dies läßt sich an folgendem Schema verdeutlichen:

SITUATION ——— VERHALTEN ——— ERGEBNIS

↑ Erwartung der Selbst-Effizienz (zwischen SITUATION und VERHALTEN)

↑ Erwartung der Verhaltens-Effektivität (zwischen VERHALTEN und ERGEBNIS)

Bandura (1977) ging davon aus, daß die Erwartung der Selbst-Effizienz für eine mögliche Verhaltensänderung von großer Bedeutung ist: Die Erwartung, daß man in einer (problematischen) Situation überhaupt in der Lage ist, effizientes Verhalten zu zeigen, bildet einen wichtigen kognitiven und motivationalen Mediator für solches Verhalten. Wenn ein Klient der Auffassung ist, er könne zur Lösung eines Problems nichts beitragen (vgl. Attribution, Kap. 3.1.3) und sein Verhalten habe keine entsprechenden Effekte, so ist es zunächst Aufgabe des Therapeuten, diese kognitive Variable zu beeinflussen. Häufig wird dazu auf Beispiele anderer Klienten zurückgegriffen, die eine Veränderbarkeit der ausweglos scheinenden Situation belegen können; in kleinen Schritten zur Veränderung konkreter Verhaltensweisen kann sich der Klient selbst vor Augen führen, daß Situationen durch sein Verhalten in erwünschter Weise zu beeinflussen sind.

Die kognitive Komponente der Selbst-Effizienz spielt in allen Stadien des therapeutischen Prozesses eine entscheidende Rolle; Bandura (1977) meinte sogar, daß die Selbst-Effizienz einen der besten Prädiktoren für eine tatsächliche Verhaltensänderung darstellt.

Ansätze der Selbstkontrolle (vgl. Kap. 4.8) für Abhängigkeiten (vgl. Marlatt & Parks, 1982; Marlatt & Gordon, 1985) beziehen sich zur Erklärung der Aufrechterhaltung eines therapeutischen Erfolges ebenfalls explizit auf das Modell der Selbst-Effizienz: Das Ziel therapeutischer Ansätze besteht darin, die Selbst-Effizienz des Klienten für die Selbstkontrolle in Risikosituationen zu erhöhen. Solche Situationen können vorher explizit geübt werden, so daß der Klient mehrfach die Erfahrung macht, daß er diesen Situationen nicht hilflos ausgeliefert ist, sondern daß er aktiv damit umgehen kann.

### 3.1.3. Sozialpsychologische Aspekte

Eine therapeutische Intervention findet in einem sozialen Kontext statt, dessen Rahmenbedingungen zu berücksichtigen sind. Neben lerntheoretischen und kognitionspsychologischen Aspekten wurden diese schon früh thematisiert (vgl. Goldstein, Heller & Sechrest, 1966; Goldstein & Simonson, 1971).

Welche Bereiche als sozialpsychologische Variablen anzusehen sind, ist deshalb nicht ganz klar, weil sich enge Verbindungen zu anderen psychologischen Disziplinen ergeben: Man bezieht sich häufig auf die Theorie der kognitiven Dissonanz, auf die Attributionstheorien, die Reaktanztheorie und gelegentlich auch auf verschiedene Bereiche der Einstellungsforschung (vgl. Brehm, 1980). Sozialpsychologische Variablen sollen im therapeutischen Kontext etwas enger als diejenigen Bedingungen betrachtet werden, in denen eine menschliche Interaktion (von zumindest zwei Personen) stattfindet.

Mit dem Eingehen einer therapeutischen Interaktion (vgl. auch das Prozeßmodell von Kanfer & Grimm, 1981) werden einige Einflußvariablen sozialer Art wirksam: Zum ersten kann davon ausgegangen werden, daß der Klient dem Therapeuten *Einfluß* einräumt; er soll dem Klienten dabei helfen, mit Problemen besser umzugehen und bestimmte Ziele zu erreichen. Diese Einflußmöglichkeit macht den Therapeuten zur Quelle differentieller sozialer Verstärkung: Bestimmte Denkmuster, Verhaltensweisen und Problemlösestrategien beim Klienten werden vom Therapeuten in Gang gesetzt, der Klient wird dazu ermutigt, neue Erfahrungen zu machen, und die therapeutische Situation bildet einen sozialen Rahmen zum Erproben neuen Verhaltens.

In der sozialpsychologischen Literatur wird darauf hingewiesen, daß eine Veränderung von Gewohnheiten und Einstellungen mit Aufwand verbunden ist; auch der Therapeut macht die Erfahrung, daß Klienten an eingefahrenen Verhaltensweisen und Strategien festhalten und daß es ihnen häufig schwerfällt, neue Möglichkeiten der Problemlösung zu akzeptieren und auszuprobieren. Der Widerstand, der dem therapeutischen Einfluß in Richtung auf ein (gemeinsam erstelltes) therapeutisches Ziel entgegengebracht wird, wird als *Reaktanz* (Brehm, 1980) bezeichnet. Vom Therapeuten ist das Kontinuum von „Compliance" (vgl. DiMatteo & DiNiccola, 1982; Weary & Mirels, 1982), also dem bereitwilligen Befolgen von therapeutischen Anweisungen, bis hin zur Reaktanz sehr sensibel zu verfolgen und in Betracht zu ziehen.

Therapie als helfende soziale Situation birgt einige Implikationen (vgl. Feldman, 1976; Weary & Mirels, 1982): Der vom Klienten bzw. Therapeuten geleistete Aufwand erfordert eine *Rechtfertigung,* die im Falle einer Zielerreichung zumindest prinzipiell gegeben ist. Ein Mißerfolg ruft beim Klienten und Therapeuten gleichermaßen eine *kognitive Dissonanz* hervor: Von beiden Seiten wurde ein hoher Aufwand geleistet, der durch das Ergebnis in keiner Weise gerechtfertigt wird. Über den Umgang mit kognitiver Dissonanz gibt es in der sozialpsychologischen Forschung eine lange Tradition (vgl. Brehm, 1980). In der Verhaltenstherapie sind die Überlegungen zu sozialpsychologischen Determinanten zu berücksichtigen, damit man nicht diesen wichtigen sozialen Gesichtspunkt der Interaktion von Therapeut und Klient vernachlässigt.

Neben diesem Bereich der sozialen Interaktion von Klient und Therapeut muß darauf hingewiesen werden, daß beide Personen üblicherweise in ein soziales Netzwerk eingebunden sind: Für den Klienten bedeutet dies, daß in Diagnostik und Therapie das soziale Stützsystem (positiv und negativ) nicht vernachlässigt werden darf. Einflüsse der sozialen Umgebung (Arbeitsplatz, Familie usw.) bilden Bedingungen für die Problematik des Klienten; andererseits stellt das Stützsystem auch eine Art „Filter" für die (Selbst-) Wahrnehmung einer Person als „Klient" dar. Der Weg einer Person zur Therapie, die Übernahme einer neuen Rolle wird in hohem Maße durch soziale Faktoren determiniert. Die Einbindung des Therapeuten in das soziale Therapiesystem stellt ebenfalls eine Realität für das therapeutische Setting dar (z.B. Ausbildung, Wertsystem, Rolle in der Institution usw.).

### 3.1.4. Persönlichkeitstheorie

Traditionelle Persönlichkeitskonzepte nehmen eine Beschreibung, Erklärung und Vorhersage menschlichen Verhaltens durch das Erfassen von Persönlichkeitsmerkmalen vor (Trait-Konzepte). In der Verhaltenstherapie wird demgegenüber die Situationsspezifität von Verhalten betont (vgl. Mischel, 1968): Verhalten und Erleben des Menschen werden in seiner aktuellen Umwelt erfaßt, die ihn beeinflußt und kontrolliert.

Lange Zeit verstand man in der Verhaltenstherapie unter „Persönlichkeit" ein komplexes System von *Verhaltensweisen in spezifischen Situationen*. Dies führte bei konsequenter Umsetzung zu dem Problem, daß man eine Klassifikation durch „Traits" durch eine Klassifikation durch „Situationen" ersetzte. Da aber ein solcher Situationismus zu ähnlichen Schwierigkeiten führt wie die Annahme von Persönlichkeitsmerkmalen, versuchte man neuere Modelle zu erarbeiten.

Differentielle Reaktionen verschiedener Personen in der gleichen Situation werden durch die unterschiedliche Lerngeschichte erklärt; im Laufe dieser Lerngeschichte werden auch bestimmte Muster der Wahrnehmung, der Situationsverarbeitung und der Fähigkeit zur Ausübung bestimmter Reaktionen erworben. Das Individuum besitzt somit nicht nur die Fähigkeit, in jeder Situation neu zu reagieren, sondern es bilden sich auch individuelle Kompetenzen heraus. Unterschiedliches Verhalten von Personen in der gleichen Situation kann demzufolge als eine Interaktion zwischen Charakteristika der spezifischen Situation mit individuellen Kompetenzen begriffen werden.

Diese *interaktionistische Sichtweise* scheint sich in der Persönlichkeitstheorie insgesamt durchzusetzen (vgl. Laux, 1983; Lantermann, 1980; Pervin, 1981). Lazarus (1981) verwendet dafür den Begriff der Transaktion. In einem interaktionistischen Modell müssen sowohl die Situationsspezifität von Verhalten als auch die Fähigkeiten zur Ausformung bestimmter Kompetenzen berücksichtigt werden (z.B. subjektive Selektion von Stimuli, Bildung von Präferenzen usw.). Nach Mischel (1973) handelt es sich allerdings bei diesen *Kompetenzen* keineswegs um stabile Merkmale, sondern um kognitive Konstrukte, die zur Beschreibung und Erklärung der Verhaltensvariabilität herangezogen werden.

Die Beschreibung von Verhalten als abhängig von situationalen Bedingungen stellt eine Vereinfachung der Realität dar; für eine präzisere und adäquatere Beschreibung (als Grundlage für eine Erklärung) müssen neben lerntheoretischen Prinzipien eine Reihe anderer theoretischer Perspektiven herangezogen werden.

## 3.2. Verhaltenstherapie als Problemlöseprozeß

In der Verhaltenstherapie wird häufig auf das Metamodell des *Problemlösens* Bezug genommen; demnach sind psychische Probleme durch drei Komponenten zu kennzeichnen, die der Analogie zum Problemlösen entliehen sind (vgl. Dörner, 1976; König, 1979): Zu unterscheiden ist zunächst ein *Ausgangszustand*, der vom Klienten mehr oder weniger präzise beschrieben werden kann, der von ihm allerdings als problematisch/belastend erlebt wird. Eine therapeutische Intervention beabsichtigt eine Überführung in einen *Zielzustand*, der vom Klienten zunächst eher als Abwesenheit der Beschwerden charakterisiert wird. Therapie sollte drittens die *Mittel* (Methoden) zur Verfügung stellen, die eine Überführung der Probleme des Klienten in einen erwünschten Zielzustand erlauben.

Diese Charakterisierung psychischer Probleme und therapeutischer Interventionen wird häufig als Rahmen für die Beschreibung von psychotherapeutischen Verfahren herangezogen (vgl. Urban & Ford, 1971; Murray & Jacobson, 1978). In der Verhaltenstherapie haben D'Zurilla & Goldfried (1971) Therapie als Problemlöseprozeß verstanden. Ihrer Auffassung nach – und diese Meinung hat sich inzwischen auch durchgesetzt – sollten in der Therapie nicht nur spezifische Probleme behandelt werden; der Klient soll unter der fachkundigen Anleitung durch den Therapeuten auch lernen, daß die jeweilige Methode zur Behandlung seiner Probleme eine allgemeine *Strategie* darstellt, mit deren Hilfe er ähnliche, aber auch andere Probleme analysieren und bewältigen kann. Eine solche Sichtweise und ihre konkrete Realisierung in der therapeutischen Praxis bieten Vorteile für die Aufrechterhaltung des therapeutischen Fortschrittes, sie hilft Rückfälle zu vermeiden und macht den Klienten bei neu auftauchenden Problemen selbständiger und kompetenter.

Das Modell des Problemlösens verlangt allerdings eine Motivation und aktive Beteiligung von seiten des Klienten; besonders deutlich wird dies im Modell des *Selbstmanagement* (vgl. Karoly & Kanfer, 1982), in dem der Klient von Beginn der Intervention an am Problemlöseprozeß aktiv beteiligt wird (vgl. Kap. 4.8).

### 3.2.1. Ein Prozeßmodell für die Verhaltenstherapie

Das von F.H. Kanfer zusammen mit Grimm entwickelte Prozeßmodell unterscheidet verschiedene Stufen, die allerdings nicht scharf voneinander abzugrenzen sind (vgl. Kanfer & Grimm, 1981). Das Modell zeichnet sich auch durch eine hohe Flexibilität aus: Wenn in einem Stadium Schwierigkeiten auftauchen, so legt das Modell nahe, einen Schritt zu einer der vorherigen Stufen zurückzugehen. Das Konzept verdeutlich auch sehr klar den Stellenwert spezifischer Methoden in der Verhaltenstherapie: Die spezifischen verhaltenstherapeutischen Verfahren kommen üblicherweise erst relativ spät zum Einsatz, obwohl diese Methoden im Problemlöseprozeß natürlich eine ganz wichtige Rolle spielen.

| **Phase** | | **Hauptziel** |
|---|---|---|
| 1. | Rollenstrukturierung und Aufbau einer therapeutischen Gemeinschaft | 1. Erleichterung für die Person, die Rolle eines Klienten zu übernehmen<br>2. Formung eines Arbeitsbündnisses<br>3. Schaffung der Motivation, mit dem Therapeuten zu arbeiten |
| 2. | Verpflichtung zu einer Veränderung<br>Motivation und Vereinbarung einer Veränderung | 1. Motivierung des Klienten, sich positive Konsequenzen einer Veränderung zu überlegen<br>2. Aktivierung des Klienten zu einer Veränderung des Status quo<br>3. Verringerung der Hoffnungslosigkeit |
| 3. | Verhaltensanalyse | 1. Präzisierung der Problemdefinition des Klienten<br>2. Identifikation relevanter funktionaler Beziehungen<br>3. Motivierung des Klienten für spezifische Veränderungen |
| 4. | Vereinbarung von Behandlungsinhalten | 1. Übereinstimmung der Zielbereiche<br>2. Setzen von Prioritäten für ein Veränderungsprogramm und Beginn spezifischer Verfahren<br>3. Akzeptieren der Verantwortung für die Mitarbeit an dem geplanten Therapieprogramm |
| 5. | Durchführung der Behandlung und Aufrechterhalten der Motivation | 1. Durchführung des Veränderungsprogramms<br>2. Feststellen von Nebeneffekten und ausstrahlenden Effekten einer Veränderung der Zielverhaltensweisen<br>3. Einschätzung und nötigenfalls Verbesserung der Motivation sowie Erfüllen der Behandlungserfordernisse |
| 6. | Registrieren und Bewerten des Fortschritts | 1. Feststellen der Verhaltensänderung<br>2. Feststellen der Anwendung allgemeiner Bewältigungsstrategien durch den Klienten<br>3. Einführen neuer Therapieinhalte, bei Bedarf<br>4. Motivation zur Beendigung des Programms |
| 7. | Generalisierung und Beendigung des Treatments | 1. Einschätzen und Fördern von Selbst-Management-Fähigkeiten zur Begegnung zukünftiger Probleme<br>2. Ausblendung des Kontaktes mit dem Klienten |

**Abbildung 3.1.:** Prozeßmodell der Therapie (7-Stufen-Modell);
aus: Kanfer & Grimm, 1981, S. 131

Das Modell von Kanfer & Grimm (1981) wurde von Schmelzer (1985; 1986) überarbeitet, erweitert und ausdifferenziert.

Zum Verständnis des Prozeßmodells ist es wichtig, einige *Voraussetzungen* der Autoren zu berücksichtigen: Therapie bedeutet nach Kanfer & Grimm (1981) einen zeitlich begrenzten Prozeß; in dieser Zeit soll der Klient neues Verhalten, neue Problemlösestrategien erlernen, um sie nach der Therapie umzusetzen. Eine weitere Voraussetzung ist, daß der Klient die Inhalte der Behandlung akzeptieren sollte; eine therapeutische Veränderung kann nicht unter Zwang, Einschränkung oder Druck erfolgen. Letztlich sollte die Behandlung dazu verhelfen, daß der Klient auf der Grundlage dieser kurzen Phase der Intervention lernt, besser mit seinen Problemen umzugehen.

Zum besseren Verständnis sollen die einzelnen *Phasen des Prozeßmodells* kurz besprochen werden:

1. *Rollenstrukturierung und Aufbau einer therapeutischen Gemeinschaft*
   Das Ziel dieser ersten Phase besteht in einer Klärung der Erwartung des Klienten; bereits von der erste Stunde an (Erstkontakt) sollte ihm klar werden, daß er selbst aktiv werden und Verantwortung übernehmen muß. Im Laufe dieser ersten Phase sollte ein Arbeitsbündnis geschaffen werden, wobei der Therapeut die Rolle des professionellen Helfers übernimmt; diese Rolle sollte für den Klienten möglichst bald klar werden. Die Motivierung des Klienten erfolgt in dieser Phase durch Rollenspiele, durch Sammlung von Informationen über die Problematik (Hausaufgaben) und durch aktive Beteiligung an der Analyse und eventuellen Veränderung erster Probleme. Wesentlich für diese Phase ist die Herstellung einer guten Beziehung und Interaktion zwischen Therapeut und Klient (vgl. auch Kap. 3.2.2). Nach dieser ersten Phase sollte der Klient im Therapeuten eine Person sehen, mit der er an die Bearbeitung seiner Probleme gehen kann.
2. *Motivation und Vereinbarung einer Veränderung*
   In dieser Phase sollte die aktive Bereitschaft zu einer Veränderung abgeklärt werden; eine solche Veränderung besteht zumeist nicht nur in einer Beendigung des bisherigen (unangenehmen) Zustandes (z.B. ... die Angst sollte weg sein ...), sondern in einer Vorbereitung auf eine neue, wünschenswertere Lebenssituation. In dieser Phase sollten Hinweise auf mögliche Veränderungen von Teilbereichen des Verhaltens beim Klienten das Vertrauen in eine Änderbarkeit seiner Probleme herbeiführen. Er sollte an kleinen Beispielen erleben und erfahren, daß er selbst zu einer solchen Veränderung beitragen und eigene Fähigkeiten einsetzen kann. Die in dieser Phase aufzubauende Zuversicht in Änderungsmöglichkeiten sollte dem Klienten die positiven Perspektien einer Therapie vor Augen führen. Die Motivation sollte sich allerdings nicht auf verbale Zusicherungen beschränken, sondern in ersten zielgerichteten Schritten offenbar werden.
3. *Verhaltensanalyse*
   In der Verhaltensanalyse oder Problemanalyse ist das Problem auf verschiedenen Ebenen präzise zu beschreiben, außerdem sollten die Ziele der Veränderung herausgearbeitet werden und ein erster Plan für therapeutische Ansatzpunkte erarbeitet werden (vgl. Kanfer & Saslow, 1969). Es gibt in der Zwischenzeit eine Reihe von verhaltensanalytischen Schemata, auf die man sich bei der Verhaltensanalyse stützen kann (vgl. Kanfer & Grimm, 1977; Goldfried, 1976; Schulte, 1974; Bartling u.a., 1980; vgl. dazu ausführlich Kap. 2).
4. *Vereinbarung von Behandlungsinhalten*
   Hier sollten Therapeut und Klient vereinbaren, welche Behandlungsziele vorrangig angestrebt werden; diese Vereinbarung der Ziele ergibt sich keineswegs automatisch aus der Analyse des Problemverhaltens, weil für die Formulierung von Zielen normative Gesichtspunkte herangezogen werden müssen. Zur weiteren Motivierung des Klienten stellt sich die Aufgliederung therapeutischer Endziele in einzelne Teilschritte häufig als günstig heraus. Es sollten allerdings auch Kriterien für die Erreichung bzw. Nichterreichung der jeweiligen Ziele festgelegt werden. Wenn diese Vereinbarung über die Behandlungsinhalte erfolgt ist, sollte ohne Verzögerung auf die Phase der konkreten Intervention übergegangen werden, damit erste Veränderungen in Richtung auf das therapeutische Ziel für den Klienten (und Therapeuten) weiterhin motivierend bleiben.

5. *Durchführung der Behandlung und Aufrechterhalten der Motivation*
In der Phase der Durchführung eines Behandlungsschrittes (Treatments) kommen die später besprochenen spezifischen verhaltenstherapeutischen Verfahren zur Anwendung. Der Therapeut hat darauf zu achten, daß die gewählte Methode korrekt durchgeführt wird; Probleme bei der Durchführung oder eine Stagnation im Fortschritt machen es manchmal notwendig, auf einzelne Inhalte aus früheren Phasen zurückzugreifen (z.B. Motivierung, Verhaltensanalyse, ...). Die Anfangsphase der Durchführung einer Therapie verlangt vom Klienten häufig große Mühe und Anstrengung; deshalb sollte der Therapeut in dieser Phase für ihn eine Quelle der Ermutigung, Unterstützung und Verstärkung sein. Mit dem therapeutischen Fortschritt sollte diese Beteiligung des Therapeuten schrittweise ausgeblendet werden. Probleme können in der Therapiesituation dadurch abgefangen werden, daß der Klient über eventuell auftauchende Schwierigkeiten informiert wird und sie so antizipiert. Solche Schwierigkeiten tauchen zumeist bei der Übertragung des neu gelernten Verhaltens in die natürliche Lebenssituation des Klienten auf (Beispiel: Üben von selbstsicheren Verhaltensweisen macht im Rollenspiel mit dem Therapeuten kaum Schwierigkeiten, dieses Verhalten ist aber in der realen Lebenssituation mit Problemen und Risiken verbunden.) Die Durchführung einer Behandlung sollte durch spezifische Verfahren (z.B. Selbstbeobachtung) registriert werden, damit eine adäquate Beurteilung erfolgen kann (vgl. Phase 6).
6. *Registrieren und Bewerten des Fortschritts*
Für die korrekte Durchführung einer Therapie ist ein Registrieren von Veränderungen des Verhaltens (auf mehreren Ebenen) und von situationalen Bedingungen notwendig. Ein sensibles Registrieren des therapeutischen Fortschrittes ist sowohl für die Steuerung innerhalb der Therapie als auch für die Evaluation notwendig. Die Aufzeichnungen sollen Hinweise darauf geben, welche Interventionen zu welchen Veränderungen geführt haben. Dabei sind externe Veränderungen in der Lebenssituation des Klienten ebenso zu berücksichtigen (z.B. kritische Lebensereignisse, vgl. Katschnig, 1980; Filipp, 1981) wie die Veränderungen, die durch das neue Verhalten des Klienten eingetreten sind (z.B. Veränderungen in der Partnerschaft, in den sozialen Beziehungen, im Verhaltensspielraum usw.). Die genaue Registrierung und Bewertung des Fortschritts gibt auch Hinweise auf Fehler, die im Verlaufe der Intervention vorgekommen sein können; in einem solchen Falle muß zu einer entsprechenden Stufe des therapeutischen Prozesses zurückgegangen werden.
7. *Generalisierung und Beendigung des Treatments*
Unter der Perspektive des Problemlösens sollte der Klient nach einer zeitlich begrenzten Intervention diese gelernten Fertigkeiten zur selbständigen Lösung seiner Probleme einsetzen. Die Generalisierung des therapeutischen Fortschrittes (in zeitlicher und räumlicher Hinsicht) sollte sorgfältig geplant und keineswegs dem Zufall überlassen werden. Bereits während der therapeutischen Intervention kann diese Generalisierung geplant werden: Die Eigenbeteiligung und Aktivität des Klienten, der Übergang zur Selbstkontrolle bzw. zum Selbstmanagement und die Verlagerung der Intervention in die natürliche Umgebung tragen dazu bei, daß die Beendigung der Therapie für den Klienten keinen Bruch darstellt. Gegen Ende der Intervention könnten unter anderem die Behandlungsschritte weitgehend dem Klienten überlassen werden, eine zeitliche Ausdehnung der Intervalle zwischen den Sitzungen trägt zu verminderter therapeutischer und vergrößerter Selbstkontrolle der Klienten bei. Nicht vergessen bzw. nicht vernachlässigt werden sollten allerdings Messungen des Zustandes eines Klienten in einem gewissen zeitlichen Abstand nach der Therapie (Follow-up). Der Zeitraum für diese Nachkontrolle richtet sich nach der jeweiligen Problematik und nach technisch-praktischen Möglichkeiten.

Kanfer & Grimm (1981) verstehen ihr Modell explizit als heuristischen Rahmen, der für Therapeut und Klient eine Orientierungshilfe darstellen sollte. Bei flexibler und sensibler Handhabung der einzelnen Anregungen bildet das Modell einen wichtigen Rahmen für die therapeutische Praxis.

### 3.2.2. Aspekte der therapeutischen Beziehung

Die Auffassung, in der Verhaltenstherapie sei die *Bedeutung* einer guten Beziehung zwischen Klient und Therapeut gegenüber der Realisierung konkreter Techniken vernachlässigt worden oder lange Zeit kein Thema gewesen, gehört in den Bereich der langlebigen Mythen. In einem der ersten „Klassiker" der verhaltenstherapeutischen Literatur (Wolpe & Lazarus, 1966) wird ganz explizit darauf hingewiesen, daß die Herstellung einer warmen, freundlichen und akzeptierenden Interaktion eine unabdingbare Voraussetzung für das Gelingen einer therapeutischen Intervention darstellt.

Es trifft allerdings zu, daß man den Faktor einer therapeutischen Beziehung lange Zeit als *unspezifisch* betrachtet hat; dabei stellt sich die Unterscheidung zwischen sogenannten spezifischen und sogenannten unspezifischen Faktoren als gar nicht einfach heraus.

Frank (1973, dt. 1985) etwa hatte die *gemeinsamen* Faktoren therapeutischer Ansätze als „unspezifische Faktoren" bezeichnet. Die Frage, ob man einen Faktor als spezifisch oder unspezifisch betrachtet, läßt sich allerdings nur beantworten, wenn man neben dem *Ergebnis* einer Intervention auch das damit verbundene *theoretische System* als Hintergrund heranzieht. Ein und derselbe Faktor kann vor dem Hintergrund unterschiedlicher Theorien einmal als „spezifisch" und einmal als „unspezifisch" angesehen werden.

Kognitive Faktoren (vgl. Kap. 3.1.2) oder Aspekte der therapeutischen Beziehung wurden in der Verhaltenstherapie immer als bedeutsam angesehen, man wies ihnen allerdings lange Zeit den Status unspezifischer Faktoren zu. Dies war sinnvoll, solange man dafür kein theoretisches Bezugssystem geltend machen konnte; die wissenschaftliche Entwicklung zeigt jedoch, daß man sowohl „spezifische" als auch „unspezifische" Faktoren theoretisch einordnen kann. (vgl. Wilson, 1980). Für die therapeutische Beziehung etwa werden sozialpsychologische Modelle (vgl. Kap. 3.1.3) und interaktionistische Konzepte (vgl. Cashdan, 1973; 1982; Anchin & Kiesler, 1982) als theoretischer Hintergrund herangezogen.

Die Herstellung einer guten therapeutischen Interaktion spielt im Prozeßmodell von Kanfer & Grimm (1981) eine entscheidende Rolle. Beim Aufbau einer therapeutischen Gemeinschaft (Stufe 1) sollte der Therapeut das Ziel der gemeinsamen Arbeit möglichst bald klären; dazu ist es erforderlich, dem Klienten konzentriert und aktiv zuzuhören, seine Aussagen zu besprechen und seine Erwartungen mit den realistischen Möglichkeiten einer therapeutischen Intervention in Einklang zu bringen. In der ersten Phase einer Therapie sollte der Klient bereits sehen, daß der Therapeut an seinem Problem interessiert ist und daß er kompetent und in der Lage ist, ihm bei der Lösung seiner Schwierigkeiten zu helfen. Der konkrete Nachweis dieser Kompetenz erfolgt mit den ersten Schritten, in denen der Klient die *Erfahrung* macht, daß die zeitlich begrenzte Interaktion für ihn von Vorteil ist, auch wenn dafür von ihm einiges an Aufwand (Eigenaktivität, Zeit oder eventuell Geld, Bereitschaft zur Veränderung ...) verlangt wird.

Die therapeutische Beziehung ist keine zusätzliche Technik, die sich die Verhaltenstherapie zunutze macht. Es wäre ein kategorialer Fehler zu meinen, man sollte zuerst eine therapeutische Beziehung herstellen und dann eine Reihe spezifischer Techniken realisieren. Die Qualität einer Beziehung zeigt sich nur *in* der Umsetzung und konkreten therapeutischen Arbeit. Wilson (1985) hat dies folgendermaßen ausgedrückt:

„Die wiederkehrende, doch weitgehend unbegründete Behauptung, daß die therapeutische Beziehung unabhängig von der jeweiligen Störung oder der verwendeten Technik einen überragenden

Einfluß hat, gehört noch immer zu den zentralen irreleitenden Fehlinterpretationen von empirischen Therapieerfolgsstudien" (Wilson, 1985, S. 314).

Eine *therapeutische* Beziehung verlangt immer eine gewisse (zumindest vorläufige) Zielorientierung (vgl. Baumann u.a., 1984). In dieser Zielorientierung wird versucht, die Relation zwischen Klient und Therapeut so zu gestalten, daß eine Lösung der anstehenden Probleme möglich (oder wahrscheinlich) wird. Ohne eine solche Zielorientierung kann man zwar eventuell von einer *Beziehung* sprechen, es fehlt jedoch das grundlegende Charakteristikum der Therapie.

Während man sich in der Verhaltenstherapie mit den verschiedenen Facetten der therapeutischen Beziehung *implizit* schon immer auseinandergesetzt hat (vgl. Wolpe & Lazarus, 1966; Wolpe, 1969; O'Leary & Wilson, 1975; Goldfried & Davison, 1976 u.v.a.m.), sind *explizite* Bearbeitungen der Thematik erst jüngeren Datums (vgl. Wilson & Evans, 1977; DeVoge & Beck, 1978; Sweet, 1984). Für den deutschen Sprachraum wird auf zwei bedeutende Monographien zum Thema der therapeutischen Beziehung verwiesen, nämlich Seiderer-Hartig (1980) und Zimmer (1983).

Gerade vom Gesichtspunkt einer differenzierten Erforschung verschiedener Aspekte des therapeutischen Geschehens her ist das Interesse an der Untersuchung der Beziehungsfaktoren sehr zu begrüßen (vgl. z.B. Schindler & Hohenberger-Sieber, 1985; Zimmer, 1983), da es notwendig ist, differenziertere Modelle der Klient-Therapeut-Beziehung auf dem theoretischen Kontext der Verhaltenstherapie auszuarbeiten.

## 3.2.3. Health-Belief-Model

Die Berücksichtigung sozialpsychologischer und lerntheoretischer Aspekte psychischer Störungen (vgl. Ullmann & Krasner, 1969) zeigt, daß die Annahmen und Erklärungen des Klienten über bzw. für seine Störung große Bedeutung für die Therapie besitzen. Diese Annahmen wurden als „Health-Belief-Model" (HBM) bezeichnet (vgl. Becker, 1974; Rosenstock, 1974). Die bei Klienten mit psychischen Störungen anzutreffenden Erklärungsmodelle können auf einem Kontinuum von einem rein medizinischen zu einem sozialen Lernmodell eingeordnet werden.

So vage, heterogen und unstrukturiert die Health-Belief-Models auch sein mögen, es wird daraus klar, daß etwa das Festhalten des Klienten an einer rein medizinischen oder biologischen Erklärung für ein psychologisches Interventionsverfahren problematisch werden kann; in einem verhaltenstherapeutischen Ansatz werden Eigenaktivitäten verlangt, von denen der Klient manchmal nicht zu sehen vermag, wie sie zu einer Veränderung seiner Problematik beitragen sollen. Über die Richtigkeit oder Falschheit des HBM eines Klienten ist damit allerdings noch nichts gesagt. Wenn sich aber herausstellt – und die Überlegungen von Farina & Fisher (1982) weisen in diese Richtung –, daß bestimmte Modellvorstellungen problematische Konsequenzen für die Therapie haben, so ergibt sich daraus indirekt eine Bewertung des Modells. So zeigt sich etwa, daß Klienten, die ein HBM in Richtung eines sozialen Lernmodells aufweisen, von vornherein mehr persönliche Kontroll- und Änderungsmöglichkeiten wahrnehmen als Klienten, die einem medizinischen Modell anhängen. Letztere fühlen sich eher abhängig und unternehmen kaum Aktivitäten zur Veränderung ihrer problematischen Situation.

Die verschiedenen Modellvorstellungen über psychische Störungen kann man auch unter dem Gesichtspunkt der Attribution betrachten: Klienten suchen Ursachen für ihre Probleme und knüpfen diese an verschiedene Quellen (vgl. Debler, 1984; Försterling, 1986). Die Bedeutung von Attributionen für klinische Änderungsprozesse wird unter einem sozialpsychologischen Gesichtspunkt immer wieder betont (vgl. Strong, 1978; 1982). Innerhalb des HBM lassen sich verschiedene Faktoren unterscheiden, die es speziell im Anfangsstadium einer Intervention zu erfassen gilt (vgl. DiMatteo & DiNiccola, 1982):

1. das Wissen des Klienten um die *Anfälligkeit* für eine Störung und Annahmen über die Gefahr einer Krankheit;
2. der Glaube („belief") an die *Effektivität* einer Behandlung;
3. eine wahrgenommene eigene *Fähigkeit* („self-efficacy"), mit dem Problem umzugehen;
4. die Einschätzung des *Aufwandes* einer Behandlung (finanziell, zeitlich, emotional ...).

Für die Beurteilung dieser Faktoren sind weitgehend *subjektive* Gesichtspunkte auf seiten des Klienten ausschlaggebend, die das HBM bilden. Gemeinsam mit den möglichen *Erwartungen* des Klienten ergeben sich dann die Wahrscheinlichkeiten für ein bestimmtes Verhalten, das vom Therapeuten berücksichtigt werden muß. Nach der „Theory of Reasoned Action" (Ajzen & Fishbein, 1980) entscheiden sich Menschen für oder gegen ein bestimmtes Verhalten, indem sie die *Implikationen* ihres Verhaltens (zumindest implizit) berücksichtigen.

*Beispiel:* Eine Person nimmt an, daß ihre Probleme für die berufliche Weiterentwicklung eine gewisse *Gefahr* darstellen (etwa durch die Abwesenheit von der Arbeit, durch mehrere Klinikaufenthalte usw.). Die Person bekommt nun Informationen darüber, daß ein psychologisches Interventionsverfahren unter Umständen eine Hilfe bei der Lösung ihrer Probleme darstellen könnte (= *Effektivität*sannahme). Diese Information wird deshalb als wichtig angesehen und aufgegriffen, weil bisherige eigene Bewältigungsversuche nicht zielführend waren (= *Fähigkeit* zum Umgang mit einem Problem). Der *Aufwand* für eine psychologische Behandlung scheint der Person zwar hoch (unbekannte Situation, Fahrt in die nächste Stadt zu einem Therapeuten ...), angesichts der Bedeutung der Störung und der wahrgenommenen Chance für eine Veränderung jedoch vertretbar und sinnvoll.

Das Beispiel soll verdeutlichen, daß nicht so sehr Effektivitätswerte bestimmter psychologischer Interventionsverfahren die Indikation im Vorfeld der Therapie festlegen, sondern Aspekte des HBM eines Klienten. Wenn man sich das Stufenmodell des therapeutischen Prozesses von Kanfer & Grimm (1981) vor Augen hält, so wird deutlich, daß solche Aspekte des HBM bereits ganz zu Beginn einer Intervention geklärt werden müssen (vgl. dazu auch Kap. 2).

### 3.2.4. Plausibles Ätiologie- und Änderungsmodell

Die Suche eines Klienten nach einer Erklärung seiner Problematik wird als zentraler Aspekt seines Health-Belief-Models (s.o.) angesehen. Gerade in einem therapeutischen Ansatz, in dem Kognitionen eine wichtige Variable darstellen, müssen diese Suche nach Ursachen und das Bedürfnis des Klienten nach plausiblen Erklärungen aufgegriffen werden. Auch in Problemlöseansätzen (Dörner, 1979) und in Motivationstheorien (Heckhausen, 1980) wird dieses Bedürfnis nach Erklärungen immer wieder betont.

Verschiedene Prozeßmodelle des therapeutischen Vorgehens berücksichtigen besonders das Vorfeld der Therapie, in dem mit jedem Klienten eine möglichst klare Strukturierung seiner Problemsituation vorgenommen wird. Wilson & Evans (1977) verstehen unter Strukturierung auch eine

„Erklärung für die Entwicklung, Aufrechterhaltung und Veränderung der Probleme des Patienten, eine überzeugende rationale Erklärung für die Behandlungsmethoden, die zur Anwendung gelangen sollen, eine Beschreibung der einzelnen erforderlichen Schritte und der Verantwortung und aktiven Beteiligung des Patienten in der Behandlung" (Wilson & Evans, 1977, S.555).

Schon die verhaltenstheoretische *Erklärung* einer Problematik und der Hinweis auf die *Veränderbarkeit* führen nach Wilson & Evans zu einer Veränderung der Perspektive auf seiten des Klienten. Voraussetzung dafür ist einerseits, daß der Therapeut dem Klienten Verständnis für seine Situation entgegenbringt, indem er zum Beispiel die vom Klienten vorgebrachten Probleme aufgreift und sie ihm in dessen Sprache erklärt, und andererseits, daß die Erklärung des Therapeuten als bedeutsam für diese Problematik angesehen wird.

Faßt man die Störung des Klienten unter anderem als mißlungenen Problemlöseversuch auf, so ist es notwendig, diese Schwierigkeiten nicht mehr unter der (offensichtlich ausweglosen) Perspektive des Klienten zu sehen; es ist vielmehr erforderlich, sie unter neuer, psychologischer Perspektive zu analysieren und dem Klienten diese Sichtweise als ersten Schritt zu einer möglichen Bewältigung des Problems anzubieten.

Nach Frank (1973) bestünde der erste Schritt zur Beendigung der Hilflosigkeit des Klienten darin, dem Problem einen Namen zu geben. Von mehreren Autoren (z.B. Meichenbaum, 1976; 1979; Münzel & Tunner, 1983) wird darauf hingewiesen, daß die Erklärungen, die man dem Klienten vermittelt, keineswegs Endgültigkeit beanspruchen dürfen, sondern daß es sich eben um *plausible Erklärungen* handeln muß. Für Erklärungen ätiologischer Art ergibt sich dies schon aus prinzipiellen Überlegungen: Die für die Entstehung eines Problems entscheidenden Bedingungen stellen lediglich mögliche Erklärungen dar. Westmeyer (1973) spricht in diesem Zusammenhang treffend von „Wie-es-möglich-war-daß-Erklärungen", weil die entscheidenden Adäquatheitsbedingungen für korrekte Erklärungen nicht erfüllt sind (vgl. Stegmüller, 1974).

Die mit einem Klienten aufgrund diagnostischer Informationen und des theoretischen Hintergrundwissens des Therapeuten erarbeiteten Erklärungsmodelle können somit keinesfalls Richtigkeit beanspruchen. Unter therapeutischem Gesichtspunkt stellt es sich zunächst als hinreichend heraus, wenn die Modelle einerseits *psychologisch fundiert* sind (Bedeutung des Hintergrundwissens), und wenn sie andererseits vom Klienten als *plausibel* akzeptiert werden. Damit nun ein Erklärungsmodell vom Klienten als plausibel akzeptiert wird, ist es günstig, ihn bei der Erstellung des Modells miteinzubeziehen; dabei kann auf seine bevorzugten Denkmuster zurückgegriffen werden, eigene Erklärungen des Klienten sind eventuell nur leicht zu korrigieren und ebenfalls zu berücksichtigen. Diese Erstellung und Vermittlung eines plausiblen Ätiologie- und Therapiemodells verlangt eine sensible Abstimmung zwischen den Bedürfnissen des Klienten und den Erfordernissen an eine Fundiertheit des Modells (vgl. Johnson & Matross, 1977).

*Beispiel:* Eine Person mit massiven Ängsten vor unterschiedlichen Situationen (Agoraphobie) wird vor dem Hintergrund ihres Health-Belief-Models versuchen, vermeintliche Sicherheit herzustellen, indem sie zunehmend mehr gefährlich erscheinende Auslöser vermeidet. Sie schränkt auf diese Weise ihren Lebenssspielraum immer mehr ein bis zu einem Punkt, wo dies für sie unerträglich wird und sie eventuell Hilfe bei einem professionellen Therapeuten sucht. Der Therapeut wird dem Klienten die mögliche Genese von Ängsten erklären, er wird ihm deutlich machen, daß Angst nicht vergeht wie eine Infektion oder eine Geschwulst, sondern daß die Angst bewältigt werden muß und daß dies von ihm Aufwand und Anstrengung verlangt. Wenn dem Klienten das Ätiologie- und Änderungsmodell hinreichend klar ist, kann zur konkreten Bearbeitung des Problems übergegangen werden. Die Vermittlung des Modells ist für den Klienten insofern wichtig, als er durch neue Perspektiven dazu motiviert wird, konkretes Problemlöseverhalten zu zeigen. Wenn der Klient versucht, das neue Bewältigungsverhalten zu zeigen, bilden die neuen Konsequenzen (z.B. Abnahme der Angst im Laufe eines Konfrontationsverfahrens) zusätzlich neue motivierende Faktoren.

Am Beispiel der Vermittlung plausibler Ätiologie- und Therapiemodelle zeigt sich auch, daß es wenig sinnvoll ist, kognitive *oder* behaviorale Strategien als einzig entscheidend für Prozeß und Ergebnis der Therapaie zu identifizieren. Die Plausibilität einer kognitiven Umstrukturierung (Mahoney, 1980, spricht von einer „kognitiven Revolution") ergibt sich aus einer Interaktion kognitiver und behavioraler Prozesse: Die Plausibilität und damit die pragmatische Richtigkeit unter dem Gesichtspunkt der Bearbeitung eines bestimmten Problems ergibt sich für den Klienten letztlich aus dem Feedback, das aus dem veränderten Bewältigungsverhalten entsteht.

## 3.3. Methodologie und Evaluation

In den verschiedenen Charakterisierungen der Verhaltenstherapie (vgl. dazu Kap. 1) wird die Berücksichtigung methodologischer Aspekte und die Evaluation konkreter therapeutischer Strategien als ein wichtiges Merkmal betont. Bei der Evaluation stellt sich als zentrale Frage, ob sich therapeutische Veränderungen (als abhängige Variable) auf die Intervention (als unabhängige Variable) zurückführen lassen. Dabei zeigt sich, daß sich dieser Nachweis streng genommen nicht führen läßt: Ein noch so präzise geplantes und durchgeführtes experimentelles Design gestattet lediglich den Ausschluß von plausiblen Alternativhypothesen, die für eine therapeutische Veränderung in Frage kommen. Campbell & Stanley (1963) bzw. Cook & Campbell (1976; 1979) haben gezeigt, daß der Bereich von Alternativhypothesen zur Erklärung eines Effektes prinzipiell unbegrenzt ist. Die Aufgabe des empirischen Forschers besteht darin, durch die Wahl eines adäquaten experimentellen Designs laufend einzelne Alternativhypothesen auszuschließen, die die Validität von Untersuchungsergebnissen beeinflussen können (vgl. dazu auch Petermann, 1977). Auf solche Ansätze wird unten (Kap. 3.3.2) Bezug genommen; zunächst sollte jedoch der methodologische Rahmen für die empirische Forschung in der Verhaltenstherapie abgesteckt werden.

### 3.3.1. Methodologischer Behaviorismus

Von den verschiedenen Facetten des Behaviorismus (vgl. Westmeyer, 1981a) wird hier lediglich auf die Variante des methodologischen Behaviorismus eingegangen. Wenn man für die Verhaltenstherapie weniger eine inhaltliche, sondern eher eine methodologische Kennzeichnung zugrunde legt, so kommt man um eine Berücksichtigung der Annahmen eines methodologischen Behaviorismus nicht herum. Es handelt sich dabei um eine Art Rahmen für eine empirische Forschungsmethodologie; charakteristisch dafür ist unter anderem, daß bestimmte Inhalte und Gegenstandsbereiche keinesfalls aus der Betrachtung ausgeschlossen werden (z.B. Kognitionen, Phänomene der therapeutischen Interaktion usw.), sondern daß diese Inhalte unter methodologischen Kriterien untersucht werden.

Bei der Präzisierung entscheidender Annahmen des methodologischen Behaviorismus wird auf eine Darstellung bei Mahoney (1974) Bezug genommen; einige Details werden unter wissenschaftstheoretischen Aspekten präzisiert und verändert:

1. Methodologischer Behaviorismus unterstellt einen *makroskopischen Determinismus,* das heißt, daß zwischen Ereignissen gewisse systematische Beziehungen bestehen. Andernfalls hätte es wenig Sinn, nach diesen Regelmäßigkeiten zu suchen und Gesetze darüber aufzustellen.
2. Es wird prinzipielle *Beobachtbarkeit* angenommen, das heißt, daß es zwar eine Reihe von unbeobachtbaren Zusammenhängen zwischen Ereignissen geben mag, – diese Ereignisse müssen jedoch auf irgendeine Weise mit beobachtbaren Daten verknüpft sein.
3. Methodologischer Behaviorismus fühlt sich in pragmatischer Hinsicht dem Prinzip des *Operationismus* verbunden. Verschiedene Variablen können so konkretisiert werden, daß sie beobachtet, erfaßt und gemessen werden können. Theoretischen Begriffen wird auf diese Weise ein beobachtbares Korrelat zugeordnet, ohne daß damit die gesamte Bedeutung des theoretischen Begriffes abgedeckt wäre.
4. Theoretische Annahmen (Hypothesen) müssen prinzipiell *überprüfbar* sein; dies unterscheidet empirische Hypothesen von metaphysischen Annahmen. Diese Überprüfbarkeit sollte gewährleisten, daß Hypothesen durch Daten belegt bzw. widerlegt werden können.
5. Eine Korrektur und Verbesserung unseres Wissens sollte durch *kontrolliertes Experimentieren* erfolgen. Ergebnisse dieser Experimente tragen zur Veränderung unserer theoretischen Annahmen bei, die in einem solchen Rückkoppelungsprozeß laufend der Kritik, Korrektur und Verbesserung unterzogen werden können.
6. Methodologischer Behaviorismus beachtet eine *unabhängige Replikation* und mögliche *Verallgemeinerung* von Forschungsergebnissen. Das soll die Gewähr dafür geben, daß ein Resultat nicht aufgrund einer einmaligen (zufälligen) Konstellation durch einen Forscher zustande gekommen ist.
   (Vgl. dazu Mahoney, 1974, S. 16 u. 17; Bunge, 1967.)

Die Kriterien des methodologischen Behaviorismus bilden *Standards* für das wissenschaftliche Vorgehen in der Verhaltenstherapie. Es wurde bereits darauf hingewiesen, daß dadurch der *Bereich,* mit dem sich die Verhaltenstherapie beschäftigen sollte, nicht in restriktiver Weise einzuschränken ist (z.B. Gedanken, Emotionen, Tagträume, Vorstellungen von Klienten usw.). Therapeuten ebenso wie Forscher sollten allerdings versuchen, den Standards nahezukommen, um dadurch die Qualität ihrer Tätigkeit zu erhöhen.

Bei der Durchsicht einzelner verhaltenstherapeutischer Methoden wird auffallen, daß es verschiedene Bereiche gibt, in denen die Standards des methodologischen Behaviorismus nur schwer einzuhalten sind. Dies gilt insbesondere für Verfahren, die kognitive Techniken mit einschließen, besonders aber für Selbstkontrollmethoden. Hier ist der therapeutische Prozeß eventuell gar nicht beobachtbar (außer von der Person selbst), und der Gesichtspunkt des kontrollierten Experimentierens ist kaum zu realisieren.

Auch wenn solche Verfahren sehr „datenfern“ arbeiten, sollte der methodologische Behaviorismus dafür weiterhin die *Rahmenkonzeption* darstellen. Gerade in letzter Zeit wurden für das verhaltenstherapeutische Vorgehen Methoden neu entdeckt und weiterentwickelt, die eine Individualisierung ebenso erlauben wie eine Einhaltung methodologischer Standards: In Einzelfallanalysen können individuelle Charakteristika erfaßt, beschrieben und einer methodologischen Beurteilung unterzogen werden; darauf wird im folgenden näher eingegangen.

### 3.3.2. Aspekte der Evaluation

Eine wichtige (wenn auch nicht hinreichende) Voraussetzung für die Evaluation von Prozeß und Ergebnis in der Verhaltenstherapie bildet eine sensible Erfassung und Abbildung des therapeutischen Geschehens. Die Komplexität dieses Geschehens macht es jedoch notwendig, sich bei der Erfassung auf einige zentrale Variablen zu beschränken. In Anlehnung an Kiesler (1966), der ein Abgehen von globalen Fragestellungen hin zur *differentiellen Psychotherapieforschung* gefordert hatte, werden folgende Variablen als zentral für Prozeß und Ergebnis angesehen:

1. *Klienten-Variable:* Eine differentielle Erfassung verlangt die Beschreibung des problematischen Verhaltens auf mehreren Ebenen (vgl. Lang, 1968), von relativ stabilen Persönlichkeitscharakteristika (im Sinne eines interaktionistischen Ansatzes) sowie von Merkmalen der sozialen, kulturellen und ökonomischen Umgebungsbedingungen.
2. *Therapeuten-Variable:* Hier sind Persönlichkeitscharakteristika des Therapeuten zu erfassen, ebenso wie Variable der Umgebung, des Settings, der therapeutischen Ausbildung und Erfahrung usw.
3. *Therapietechnik:* Zu beschreiben ist sowohl, welches therapeutische Verfahren zur Anwendung gelangte, als auch die Art und Weise, in der diese Technik in der Interaktion von Klient und Therapeut ausgestaltet wurde (z.B. Art der Instruktionen durch den Therapeuten, Übernahme von Behandlungselementen durch den Klienten und dergleichen).
4. *Zeit-Variable:* Hierunter versteht man die Beschreibung des strukturierten Verlaufs einer Intervention im zeitlichen Verlauf (z.B. Anzahl und Verteilung der Sitzungen, Erstkontakt, Beendigung der Behandlung, Nachbehandlung und Follow-up, vgl. Paul, 1969a).
5. *Änderungskriterien:* Hier ist anzugeben, welche Kriterien einer therapeutischen Veränderung zugrunde gelegt werden. Die Wahl adäquater Veränderungskriterien bildet ein großes Problem (vgl. Kazdin & Wilson, 1978). Es ist für eine differentielle Psychotherapieforschung jedoch unumgänglich, daß die Kriterien der Veränderung explizit angegeben werden, weil sich nur so ein Urteil über die Effektivität einer Behandlung abgeben läßt.

Wenn man die fünf angegebenen Variablenbereiche betrachtet, wird schnell klar, daß man in einer einzelnen Studie niemals *alle* Gesichtspunkte erfassen kann (vgl. Kiesler, 1971; Yates, 1976). Deshalb läßt sich über die Effektivität einer Behandlung kein *endgültiges* Urteil abgeben. Dies enthebt jedoch nicht der Verpflichtung, nach einer Absicherung der internen und externen Validität der Untersuchungen zu streben.
Unter *interner Validität* versteht man die Möglichkeit, die in einer Untersuchung gewon-

nenen Ergebnisse auf die systematische Variation der im Experiment realisierten Bedingungen zurückzuführen.
Unter *externer Validität* versteht man die Übertragbarkeit erzielter Ergebnisse auf Bedingungen, die nicht direkt im Experiment vorlagen, also auf andere Störungsbereiche, Personen, Kriterien und Bedingungen (Generalisierbarkeit).

Zur Evaluation von verhaltenstherapeutischen Strategien wurden nun unterschiedliche Untersuchungsdesigns herangezogen; diese Designs lassen sich grob einteilen in a) parametrische Studien (Gruppendesigns) und b) kontrollierte Einzelfallstudien.

a) *Parametrische Studien:* In der Verhaltenstherapieforschung wurde dieser Ansatz sehr häufig realisiert. Das Prinzip solcher Studien besteht darin, daß eine oder mehrere angenommene Wirkvariablen (unabhängige Variablen) kontrolliert variiert werden und daß die Auswirkung auf erwartete Veränderungen (abhängige Variablen) erfaßt wird (vgl. Paul, 1969; Yates, 1976; Gottman & Markman, 1978).
Die Absicherung der internen und externen Validität kann in parametrischen Studien unterschiedlich streng erfolgen, abhängig davon, ob man ein Einzel-Gruppen-Design, ein Kontroll-Gruppen-Design oder eine faktorielle Gruppenstudie plant und durchführt. Die prinzipielle Brauchbarkeit parametrischer Studien für die Psychotherapieforschung steht zwar außer Frage, dennoch gibt es eine ganze Reihe von Problemen, die den allgemeinen Wert solcher Studien einschränken (vgl. Yates, 1976). Auch für den Praktiker, dem an der Kontrolle seines therapeutischen Vorgehens gelegen ist, sind faktorielle Studien kaum durchführbar.

b) *Kontrollierte Einzelfallstudien:* Dieser Ansatz hat eine lange Tradition (vgl. Bernard, 1865), war lange Zeit in Vergessenheit geraten und speziell mit dem Aufkommen der operanten Technologie wieder zur Blüte gekommen (vgl. Sidman, 1960; Baer, Wolf & Risley, 1968; Leitenberg, 1973; Hersen & Barlow, 1976). Das Prinzip des einzelfallanalytischen Vorgehens besteht darin, daß man den Einfluß einer speziellen therapeutischen Intervention bei einem einzelnen Klienten nachzuweisen versucht; dabei werden unabhängige und abhängige Variablen kontinuierlich beobachtet und registriert, so daß aus der zeitlichen Kovariation der einzelnen Variablen auf einen Wirkzusammenhang geschlossen werden kann.
Die Durchführung von Einzelfallstudien braucht keineswegs als Verfahren zweiter Wahl angesehen zu werden, wenn eine parametrische Studie nicht realisierbar ist; es läßt sich vielmehr zeigen, daß Einzelfall- und Gruppenstudien nicht konkurrieren, sondern daß sie sich auf unterschiedliche *Erkenntnisziele* richten (vgl. Westmeyer, 1979; Baumann & Reinecker-Hecht, 1986). In der neueren Entwicklung der Verhaltenstherapie gibt es eine ganze Reihe von Publikationen, die in grundsätzlichen (methodologischen) oder technischen Abhandlungen auf die Vorteile und Durchführungsmöglichkeiten von Einzelfallstudien hinweisen (Hersen & Barlow, 1976; Kazdin, 1976; 1980; 1982; Petermann & Hehl, 1979; Kratochwill, 1978; Huber, 1973; 1978; Wallace & Elder, 1980; Edgington, 1984; Glass, Willson & Gottman, 1975). Dabei werden auch Probleme behandelt, die mit der Durchführung von Einzelfallstudien verbunden sind. Das größte Problem besteht wohl in der Sicherung der externen Validität: Die Übertragung der gewonnenen Ergebnisse läßt sich nur durch gelungene Replikationen einigermaßen sichern. Genau dieser Aspekt aber bildet eine optimale Chance für eine Verbindung der Intentionen von Forschung und Praxis in der Verhaltenstherapie.

Abschließend soll auf das Konzept der *kontrollierten Praxis* hingewiesen werden (vgl. Petermann, 1982): Hier werden dem Praktiker Rahmenbedingungen für die Falldokumentation und Verlaufskontrolle vorgegeben, die auch unter konkreten Versorgungsbedingungen einzuhalten sein müßten. Das Konzept verlangt vom Klienten ein hohes Ausmaß an Mitarbeit und vom Therapeuten einen gewissen Aufwand für die Dokumentation und Erfahrungsverwertung. Nur durch eine transparente Form der Dokumentation allerdings kann die Rechtfertigung für unser therapeutisches Handeln geleistet werden; eine solche Legitimation sind wir unseren Klienten, der Gesellschaft und nicht zuletzt der Qualität unseres therapeutischen Handelns schuldig.

# Kapitel 4

# Methoden der Verhaltenstherapie

*Hans Reinecker*

## 4.1. Konfrontationsverfahren

Unter diesem Begriff verstehen wir eine sehr heterogene Gruppe von verhaltenstherapeutischen Verfahren, die sich in erster Linie auf die Behandlung von Ängsten richten. Im Bereich der klinischen Psychologie spielt Angst bei einer ganzen Reihe von Störungen eine zentrale Rolle (z.B. Phobien, Zwänge, soziale Unsicherheit, psychosomatische Beschwerden usw.) und läßt sich auch häufig als Komponente eines Problems ansehen. Die verschiedenen Versuche zur Analyse und die Methoden zur Bewältigung der Angst müssen als wichtiges Element des verhaltenstherapeutischen Vorgehens angesehen werden. Daher erscheint es sinnvoll, sich zunächst kurz mit dem Problem der Angst aus verhaltenstherapeutischer Sicht zu beschäftigen.

### 4.1.1. Zur verhaltenstherapeutischen Analyse von Angst

Angst wird als theoretisches Konstrukt aufgefaßt, das auf verschiedenen Ebenen zu operationalisieren ist; in der Verhaltenstherapie bezieht man sich üblicherweise auf die drei Ebenen, die von Lang (1968) folgendermaßen charakterisiert wurden:

a) *Subjektiv-erlebnismäßige Ebene:* Diese umfaßt kognitive Komponenten der Einschätzung einer Situation oder des eigenen Zustandes, Gefühle einer inneren Unruhe und die Antizipation einer Schädigung. Zu dieser Ebene lassen sich auch negative Selbsteinschätzungen, Einengung der Aufmerksamkeit oder Aussagen wie „... ich fürchte mich ...“ oder „ich traue mich nicht ...“ anführen.

b) *Verhaltensebene:* Dazu gehören alle beobachtbaren Handlungen eines Individuums, die von einfachen motorischen Reaktionen (z.B. Zittern, Körperhaltung ...) bis hin zu komplexen Verhaltensmustern reichen (z.B. Flucht- und Vermeidungsstrategien).

c) *Physiologische Ebene:* Hier lassen sich eine Reihe von körperlichen Veränderungen beschreiben, die man als Korrelat von Angst ansehen kann (die allerdings nicht angstspezifisch sind), zum Beispiel Reaktionen des vegetativen Nervensystems (Schwitzen, Erröten, Übelkeit usw.).

Die Informationen zu den einzelnen Ebenen werden unterschiedlich erfaßt: Die Erfassung der Angst auf der subjektiv-erlebnismäßigen Ebene erfolgt zumeist in verbalen Berichten, aber auch in Angaben auf standardisierten Verhaltensinventaren usw. Auf der Verhaltensebene wird Angst durch verschiedene Verfahren der Verhaltensbeobachtung erfaßt; einen besonderen Rang nehmen dabei Ansätze der systematischen Beobachtung ein (vgl. z.B. Schulte & Kemmler, 1974). Die Erfassung physiologischer Reaktionen erfordert zumeist den Einsatz von speziellen Meßgeräten (vgl. dazu Kap. 6).

Die Operationalisierung von Angst auf diesen drei Ebenen ist nicht so unproblematisch, wie sie auf den ersten Blick erscheinen mag: Die drei Ebenen der Angst sind üblicherweise nicht gleich stark ausgeprägt und verlaufen kaum parallel, sie sind vielmehr *asynchron*. Gemeint ist damit, daß die Drei-Komponenten-Analyse der Angst vor dem Problem steht, daß jede der drei Ebenen im Verlaufe der Zeit eine bestimmte Variation und Verlaufscharakteristik zeigt. Durch die verschiedenen Variations- und Kombinationsmöglichkeiten ergeben sich nun häufig sehr spezifische Muster, die es sowohl in der Analyse als auch bei der Therapie von Angst zu beachten gilt. Eine grundlegende Diskussion des Problems der Desynchronizität der Angstkomponenten findet sich bei Hodgson & Rachman (1974) und Rachman & Hodgson (1974).

Eine Übersicht über theoretische Beschreibungs- und Erklärungsmodelle zur Angst findet sich bei Krohne (1976), Marks (1978a), Butollo (1979), Izard (1981), Birbaumer (1977), Rachman (1975), Strian (1983) sowie Tuma & Maser (1985).

#### 4.1.1.1. Angst und Phobie

Die Begriffe werden in der Literatur sehr unterschiedlich gekennzeichnet; Leitenberg (1976) etwa charakterisiert die Phobie als eine extreme Angst vor und eine Vermeidung von spezifischen Objekten und Situationen.
Nach Marks (1969) spricht man dann von einer Phobie als einer speziellen Form der Angst, wenn

1. die subjektiven, physiologischen und verhaltensmäßigen Reaktionen der Situation nicht angemessen sind,
2. die Zustände zeitlich überdauernd sind,
3. die Zustände zu einer deutlichen Beeinträchtigung anderer Lebensbereiche führen (etwa durch massive Vermeidung) und
4. eigene Erklärungs- und Bewältigungsversuche nicht zum Ziel einer Beeinflussung führen.

Die Angst vor Objekten oder Situationen ist *selektiv*, das heißt, daß wir nicht vor beliebigen Situationen Angst entwickeln, sondern daß dieser Auswahl offensichtlich ein Prinzip zugrunde liegt: Seligman (1971) hatte gemeint, daß wir vor solchen Gegenständen oder Situationen Angst entwickeln, die zumindest *potentiell* gefährlich sind: In Situationen, die biologisch-evolutionäre Bedeutsamkeit besitzen, entwickelt der Organismus sehr schnelle und stabile Vermeidungsreaktionen. So zeigte sich in einer Studie von DeSilva, Rachman & Seligman (1977), daß sich die Angstinhalte von 69 Phobikern in 66 Fällen auf Gegenstände von eindeutig evolutionärer Bedeutung bezogen. Es ist zwar möglich, experimentell vor praktisch allen Gegenständen Angst auszuformen, diese Angst verschwindet jedoch wieder sehr schnell; auch Ängste vor Türklinken, Schreibmaschinen oder Pyjamas mögen zwar kurzfristig auftreten, solche Ängste bilden jedoch keinen verhaltenstherapeutischen Arbeitsbereich. Hier haben wir es vielmehr mit einem speziellen Bereich von Ängsten zu tun, mit Ängsten, in deren Kern eine biologische (im Sinne der Lebenserhaltung für den prä-technologischen Menschen) oder psychologische Bedeutsamkeit vorliegt.

Die häufigsten Phobien sind sogenannte Agoraphobien (zunächst als Angst vor weiten Plätzen, Straßen usw. verstanden); man versteht darunter allerdings auch massi[illegible] stark generalisierte Phobien (vgl. dazu u.a. Mathews, Gelder & Johnson, 1981; bless & Goldstein, 1982; Thorpe & Burns, 1983; Öst & Hugdahl, 1983; Fisher &

1985; Himadi, Boice & Barlow, 1985); daneben bilden auch Klaustrophobien (Angst vor geschlossenen Räumen oder Enge), Todes-, Krankheits- oder Verletzungsphobien, soziale Phobien, Tierphobien und Sexualphobien wichtige verhaltenstherapeutische Arbeitsbereiche (vgl. Rachman & Bergold, 1976).

Am Beispiel einer Agoraphobie und einer Klaustrophobie soll gezeigt werden, wie Angst konkret aussehen kann; die beiden Beispiele stammen aus Rachman & Bergold (1976):

Beispiel 1: Agoraphobie

Der Klient ist ein 45 Jahre alter, verheirateter Mann, der an einer schweren chronischen Agoraphobie leidet. Die Symptome haben vor zehn Jahren begonnen. Der Klient klagt über die Unfähigkeit, über die Straße zu laufen und eine Angst vor dem Alleinsein. Versucht er, das Haus alleine zu verlassen, bekommt er schwere Angstanfälle. Er fühlt sich, als ob ihm etwas Schreckliches zustoßen werde.

Er hat in der Tat einige Panikanfälle erlebt, während derer er geglaubt hat zu sterben (wegen einer Herzattacke). Diese subjektiven Befürchtungen wurden von folgenden autonomen Reaktionen begleitet – Atemlosigkeit, Herzklopfen und einem Schweregefühl, das ihn zwang, an der nächsten Wand Halt zu suchen. Der motorische Anteil sieht so aus: Er vermeidet eine große Anzahl von Situationen und wählt, wenn er das Haus einmal wirklich verlassen muß, nur solche Straßen, entlang derer es genügend Wände zum Festhalten gibt. Das heißt, wenn er aus dem Haus geht, kriecht er an den Wänden entlang und berührt sie bei jedem Schritt.

Beispiel 2: Klaustrophobie

Es handelt sich um eine Klientin von 32 Jahren, die an einer Klaustrophobie leidet. Subjektiv berichtet sie, daß sie während der Attacken entsetzliche Angst hat zu ersticken. Die autonomen Reaktionen, die dieses Gefühl begleiten, sind Herzklopfen, Muskelschwäche, stechendes Kopfweh, Übelkeit, Trockenheit im Mund. Die motorischen Reaktionen auf diese Gefühle bestehen in Fluchtreaktionen. Sie beschreibt eine Reihe von Gelegenheiten, in denen sie sich durch ihre Angst gezwungen fühlte, Kinos, Kirchen oder andere geschlossene Räume fluchtartig zu verlassen. Wenn eine solche Flucht nicht möglich war, verstärkte sich das Schwächegefühl und sie glaubte, ohnmächtig zu werden oder sterben zu müssen.

### 4.1.1.2. Zur Klassifikation von Phobien

Phobische Zustände wurden bereits um die Jahrhundertwende ihrem Inhalt nach mit griechischen Bezeichnungen versehen. Marks (1969) führt eine umfangreiche Liste solcher Einteilungen an; neben den auch heute noch gebräuchlichen Begriffen der Agora- oder Klaustrophobie finden sich dort Bezeichnungen wie: Ailurophobie (Angst vor Katzen), Arachnophobie (Angst vor Spinnen), Nyctophobie (Angst vor Dunkelheit), Trichophobie (Angst vor Haaren) oder Xenophobie (Angst vor Fremden) usw. (Marks, 1969, S. 104). Diese Klassifikation nach den Inhalten und die Etikettierung mit griechischen Namen wird heute nicht mehr als zielführend angesehen. Es stellt sich als wichtiger heraus, die jeweiligen Auslöser für die Phobie exakt zu bestimmen.

Dazu liegt es nahe, *situations-* und *objektbezogene* Angstreaktionen von *situationsunspezifischen* Angstreaktionen zu unterscheiden; bei der ersten Gruppe wiederum kann der Bezug zur jeweiligen Situation oder zum Objekt stark variieren, wobei man von einem Kontinuum einfacher (monosymptomatischer, das heißt nur auf ein Objekt bezogener) hin zu komplexen Phobien sprechen kann.

Einfache Phobien (z.B. Hundephobie, Spinnenphobie, Bakterienphobie ...) sind dadurch gekennzeichnet, daß der Klient unter einer speziellen Angst leidet; alle Angstreaktionen beziehen sich auf eine Klasse von Reizen (Objekten oder Situationen), die eine geringe Generalisierung aufweisen. Beim Umgang mit solch eingegrenzten Phobien ist insbesondere darauf zu achten, daß die Phobie häufig eine spezifische *Funktion* im Lebenskontext eines Klienten aufweist (z.B. Familie, Beruf, Partnerschaft ...). Allerdings zeigt das Angstniveau bei solch spezifischen Phobien häufig große Schwankungen, so daß eine starke Beeinträchtigung der Lebenssituation nicht ausgeschlossen werden kann.

Bei den komplexen Phobien sind zu unterscheiden
a) Phobien, die sich auf eine ganze Reihe von Reizen beziehen und
b) Phobien, bei denen sich kaum noch Verbindungen zu auslösenden Reizen feststellen lassen.

Zur ersten Gruppe zählen etwa komplexe Situations- oder Objektphobien, aber auch soziale Ängste, die durch eine Vielzahl von Situationen ausgelöst werden können; da hier die auslösenden Bedingungen zumeist nicht klar festliegen, sind sie häufig schwer zu analysieren. Die Angst tritt in einer Vielzahl von Situationen auf, wobei die Angst hinsichtlich einer Reihe von Variablen schwanken kann (Beispiel: Die Angst, in der Öffentlichkeit eine Rede zu halten schwankt hinsichtlich Dauer der Rede, Anzahl der Zuhörer, Art der Zuhörer, Bedeutung der Konsequenzen der Rede usw.).
Ob sich die zweite Gruppe, nämlich Phobien ohne Verbindung zu auslösenden Reizen, überhaupt noch in diese Gruppe einordnen läßt, ist zumindest umstritten. Als Argument *für* die Einordnung läßt sich anführen, daß es sich um Phobien handelt, die einen solch starken Grad an Generalisierung und Vermeidung aufweisen, daß die Verknüpfung mit den (ursprünglich vorhandenen) Reizen nicht mehr erfaßt werden kann (z.B. Wolpe, 1973). Als Argument *gegen* die Betrachtung unter dem Etikett der Phobien kann man anführen, daß man von „frei flottierenden Ängsten" bzw. Panikattacken unabhängig von der Koppelung an spezifische Reize sprechen kann. Für diese Gruppe von Phobien ist es schwierig, theoretische Modelle zur Erklärung bzw. befriedigende therapeutische Ansätze anzuführen. Dennoch findet auch dieses Störungsbild in der Verhaltenstherapie zunehmend Beachtung (vgl. Hare & Levis, 1981; Brehony & Geller, 1981).

### 4.1.2. Systematische Desensibilisierung

Das Therapieverfahren der Systematischen Desensibilisierung (SD) wurde in den 50er Jahren von Joseph Wolpe aufgrund theoretischer Überlegungen und experimenteller Untersuchungen entwickelt; lange Zeit galt die Systematische Desensibilisierung als die wichtigste Methode der Verhaltenstherapie, ja, sie wurde teilweise sogar mit der Verhaltenstherapie gleichgesetzt.

#### 4.1.2.1. Theoretische Grundlagen

Den Ausgangspunkt für die Entwicklung der Systematischen Desensibilisierung bildeten Wolpes Untersuchungen über experimentell induzierte Ängste bei Katzen; dabei konnte er sich bereits auf Überlegungen und Versuchsanordnungen von Pawlow (1927), M.C. Jones (1924) bzw. von Watson (1913) stützen (vgl. Kap. 1).

Wolpe führte zu Beginn der 50er Jahre eine Reihe von Experimenten über die künstliche Induktion neurotischer Störungen bei Katzen durch. Nach dem Aufbau der „experimentellen Neurose" bei den Tieren suchte Wolpe nach einem Weg zum Abbau, zum Verlernen der Angst. Er fütterte die neurotischen Katzen zunächst in einer Umgebung, die von der traumatischen Situation (Käfig) deutlich verschieden war. Diese erste Situation durfte so gut wie keine gemeinsamen Charakteristika mit der von den Katzen gefürchteten Situation aufweisen. In den nächsten Stufen, die Wolpe sorgfältig hierarchisierte, wurde die Umgebung der Fütterung nach und nach immer mehr der angstbesetzten Situation ähnlich gestaltet. Durch die Fütterung in Käfigen, die immer mehr der ursprünglich gefürchteten Situation ähnelten, fanden die Katzen schrittweise zu ihrem früheren Verhalten auch in der vorher traumatischen Situation zurück.

Wolpe (1958) betrachtete den Prozeß der laufenden Abnahme von Angst als einen Prozeß der Hemmung: Seiner Auffassung nach kann eine Angstreaktion gehemmt werden, wenn gleichzeitig mit der Angstreaktion eine antagonistische Reaktion hervorgerufen wird. In seinen Tierversuchen wählte Wolpe die Gabe von Futter bzw. die damit verbundene Freßreaktion der Katzen als antagonistische Reaktion. Bei der Übertragung des Modells in den Humanbereich erweist sich die Wahl von Eßreaktionen kaum als sinnvoll. Bei der Suche nach möglichen Angst-Antagonisten stieß Wolpe auf die Arbeiten von Jacobson (1938); dieser hatte ein Entspannungsverfahren entwickelt, mit dem ein Klient nach nur wenigen Übungsstunden einen ausreichenden Grad an Entspannung erreichen kann.

Die therapeutische Wirkung der Systematischen Desensibilisierung ist nach Wolpe (1958, 1973) in einer wiederholten *Hemmung* der Angst zu sehen. Durch die Darbietung einzelner leicht angstauslösender Szenen in der Vorstellung des Klienten wird bei diesem ein geringes Maß an Angst ausgelöst. Durch die antagonistische Wirkung der gleichzeitigen Entspannung wird somit die Angst schrittweise abgebaut. Wolpe erklärt den Angstabbau in der Systematischen Desensibilisierung mit dem Prinzip der *konditionierten Hemmung* (Hull, 1943): Jede Dämpfung einer Angstreaktion trägt zum Aufbau einer konditionierten Hemmung bei.

Das Verfahren der Systematischen Desensibilisierung wurde von Wolpe (1958) zunächst für die Vorstellung konzipiert; er selbst schlug bald die Desensibilisierung *in vivo* vor, in der die Präsentation angstauslösender Situationen in der Realität geschieht. Im Laufe der Zeit erfuhr das Verfahren eine Reihe von Modifikationen und Abwandlungen in technischer Hinsicht; auch die theoretischen Grundlagen der Systematischen Desensibilisierung wurden bald kritisiert und in Frage gestellt. Zunächst soll jedoch eine Beschreibung des Verfahrens geliefert werden, wie es von Wolpe (1958) entwickelt worden war.

#### 4.1.2.2. Darstellung des Verfahrens

Das Prinzip der Systematischen Desensibilisierung besteht darin, Therapiebedingungen zu schaffen, unter denen ein Klient massive Angstreaktionen schrittweise bewältigen kann. Er wird dabei langsam an die ursprünglich angstauslösende Situation herangeführt.

Die drei nach Wolpe (1958, 1973) notwendigen und hinreichenden therapeutischen Maßnahmen sind:
1. Entspannungstraining;
2. Erstellung einer oder mehrerer individueller Angsthierarchien;
3. Darbietung der einzelnen Items unter Entspannung.

Als Vorstufe der eigentlichen Therapie wurde schon von Wolpe (1958) gefordert, die Systematische Desensibilisierung nur auf der Grundlage einer exakten und detaillierten Verhaltensanalyse durchzuführen. Auch Florin & Tunner (1975) weisen schon in ihren Anfangsbemerkungen darauf hin, daß zu Beginn der Therapie eine sorgsame Instruktion zu stehen hat, damit der Klient Vertrauen in die Therapie gewinnt; nur so kann hinreichende Motivation geschaffen werden, um die notwendige Mitarbeit des Klienten zu sichern. Wenn der Therapeut aufgrund der Informationen von seiten des Klienten eine Systematische Desensibilisierung durchzuführen beabsichtigt, wird bereits der geplante Therapieverlauf mit ihm besprochen. Wichtig ist dabei, dem Klienten zu erklären, auf welchen Prinzipien die Therapiemethode beruht, welche Funktion dem Entspannungstraining, der Hierarchiebildung und der Darbietung der Items zukommt. Auch die Notwendigkeit einer kontinuierlichen, aktiven Mitarbeit des Klienten wird betont; diese Mitarbeit ist von der ersten Therapiestunde an gefordert, wenn es um die Identifikation und Abstufung der einzelnen angstbesetzten Situationen geht. Daß die Instruktion und die Durchführung der Therapie in einer dem Klienten verständlichen Weise geschehen sollte, liegt auf der Hand. Florin & Tunner (1975) haben dieses Vorgehen in exemplarischer – sicher flexibel anzuwendender – Weise dargestellt (vgl. auch Foa, Steketee & Ascher, 1980).

*ad 1 Entspannungstraining*

Die Notwendigkeit zum Entspannungstraining, also zur Ausformung einer angstantagonistischen Reaktion, ergibt sich aus Wolpes (1958) theoretischen Grundannahmen: Wenn es möglich ist, bei einem Individuum eine Reaktion hervorzurufen, die antagonistisch zur Angstreaktion ist und die gleichzeitig mit angstauslösenden Stimuli auftritt, dann wird es zu einer teilweisen oder völligen Unterdrückung der Angstreaktion kommen und die Verknüpfung zwischen den angstauslösenden Stimuli und den Angstreaktionen wird abgeschwächt.

Wolpe hat für die Systematische Desensibilisierung auf die „Progressive Muskelrelaxation" von Jacobson (1938) zurückgegriffen; der Vorteil von Entspannung als angstantagonistisches Verfahren besteht gegenüber anderen Möglichkeiten (Essen, sexuelles Verhalten ...) darin, daß sie ausgesprochen vielseitig eingesetzt werden kann. Das Ziel des Entspannungstrainings besteht im Erlernen der willkürlichen Kontrolle von Spannung und Entspannung einzelner Muskelgruppen.

In das Entspannungstraining werden schrittweise die einzelnen Körperteile einbezogen:
- An- und Entspannung der Arme,
- An- und Entspannung der Füße,
- An- und Entspannung der Brustmuskulatur (Atmung),
- An- und Entspannung der Stirn, der Augenpartie, des Nackens,
- An- und Entspannung des Bauches, des unteren Rückens,
- An- und Entspannung der Lenden, Schenkel, Waden.

Die Notwendigkeit zur Anspannung einzelner Muskelpartien vor der Entspannung kann man dem Patienten mit dem „Pendelbeispiel" erklären: Um ein Pendel zum Schwingen zu bringen, ist es günstig, es auf einer Seite anzuheben (entspricht der Anspannung), es dann loszulassen, damit es nach der anderen Seite auspendeln kann (Entspannung).

Nach dem Entspannungstraining sollte der Klient in der Lage sein, auf die entsprechende Instruktion des Therapeuten hin mit allgemeiner körperlicher Entspannung zu reagieren; er sollte die Entspannung als einen allgemein angenehmen Zustand erleben. Wichtig ist der Hinweis, daß der Klient die Übungen zur Entspannung auch zwischen den Sitzungen durchführen sollte, um einen optimalen Lernerfolg sicherzustellen.

## *ad 2 Erstellung der Angsthierarchie(n)*

Zur Erstellung einer individuellen Angsthierarchie werden die Daten aus der Exploration, aus verschiedenen Angstfragebögen sowie aus Verhaltensbeobachtungen und Situationstests herangezogen. Dabei werden die Angstbereiche, die man in der Verhaltensanalyse möglicherweise nur grob erhoben hatte, so aufgeschlüsselt, daß sich eine Hierarchie ergibt, auf der immer stärker angstbetonte Situationen angeführt sind. Die einzelnen Reizsituationen werden dabei nach qualitativen und quantitativen Merkmalen analysiert. Wolpe (1958, 1973) hat der Erstellung einer individuellen Angsthierarchie größte Bedeutung beigemessen, da sich nur auf der Grundlage einer präzise erstellten und für den Klienten zutreffenden Angsthierarchie ein Behandlungserfolg einstellt.

Die spezifischen Situationen werden gemeinsam von Klient und Therapeut zu einer oder mehreren Angsthierarchien zusammengestellt. Eine Hierarchie besteht aus einem Kontinuum von der schwierigsten bis zur leichtesten Situation; die Abstufung soll der Klient so vornehmen, daß die problematischste Situation mit der Zahl 100 SUDs („subjective **u**nits of **d**isturbance"), diejenige, in der keine Angst empfunden wird, mit der Zahl 0 versehen wird. Auf diese Weise ergibt sich eine Reihe von Situationen (meist ca. 10 – 15), die als Angsthierarchie bezeichnet wird. Vor die Präsentation der am wenigsten angstauslösenden Situation wird häufig eine sogenannte Ruheszene gestellt, die keinen Bezug zur Angsthierarchie hat und zur Entspannung verwendet wird.

Die Abstände zwischen den einzelnen Items sollten nicht zu groß und in etwa gleich sein. Es ist auch wichtig, daß die Items konkret gehalten werden; der Klient soll sich die einzelnen Szenen lebhaft vorstellen können; zusätzlich sollten die Items Bedeutung für das Alltagsleben des Klienten besitzen (vgl. unten: In-vivo-Desensibilisierung, Kap. 4.1.2.3).

Die Erstellung der Angsthierarchien geschieht parallel zum Erlernen der Entspannung.

*Beispiel* für eine Angsthierarchie bei einer Klientin mit Agoraphobie:
100 allein im Supermarkt einkaufen, belebt, Schlange stehen
90 allein im Supermarkt einkaufen, ruhig (Vormittag)
80 in die Stadt gehen, in mehreren Geschäften einkaufen
70 in die Stadt gehen, in einem Geschäft einkaufen
60 in einem Geschäft in der Nachbarschaft einkaufen
50 in einem kleinen bekannten Geschäft Schlange stehen müssen
35 allein einkaufen in einem bekannten Geschäft
25 mit der Tochter einkaufen gehen
20 Vorbereitungen zum Einkaufen, Liste machen
10 Gedanke an bevorstehenden Einkauf
0 Ruheszene: Liegen im Garten, den Wolken nachschauen

Bei Angstzuständen mit komplexer Thematik besteht die Notwendigkeit, *mehrere* Angsthierarchien zu erstellen; die Unterscheidung zwischen den einzelnen Themen sowie die Zuordnung einzelner Situationen zu einer speziellen Hierarchie ist nicht immer einfach. Grundsätzlich sollten zuerst die einzelnen Situationen gesammelt und erst in einem zweiten Schritt zu verschiedenen Themen zugeordnet werden; entscheidend ist jeweils der Gesichtspunkt des Klienten.

## *ad 3 Darbietung der einzelnen Items*

Damit eine Desensibilisierung in der Vorstellung gelingen kann, ist es notwendig, daß sich der Klient die einzelnen Szenen lebhaft vorstellt. Manche Personen haben damit gewisse Schwierigkeiten, so daß über Vorstellungsübungen erst die Voraussetzungen geschaffen werden müssen (z.B. über Vorstellungen neutraler oder sehr angenehmer Situationen; Vorstellen von Bewegungen wie Schütteln eines Apfelbaumes, Heben eines schweren Steines).

Die Therapie sollte in einem Raum stattfinden, in dem man von Geräuschen und Störungen abgeschirmt ist; der Klient sollte in einem bequemen Stuhl Platz nehmen (Entspannungsstuhl). Zwischen Klient und Therapeut wird auch ein Zeichen vereinbart, wenn die Darbietung einer Szene der Hierarchie trotz Entspannung zu Angst führt (meist: Heben eines Fingers).

Vor jeder Sitzung erhält der Klient einen kurzen Überblick über die bevorstehende Aufgabe, zumeist wird in Stichworten noch einmal das Prinzip der Systematischen Desensibilisierung erläutert. In der Therapie beginnt man mit dem ersten Item, welches die geringste Angst hervorruft. Wenn trotz der vorherigen Entspannung bei der Vorstellung Angst auftritt, so wird die Vorstellung abgebrochen und zur Entspannung übergeleitet, um dann wieder mit dem Item zu beginnen. Die einzelnen Szenen der Angsthierarchie werden mehrmals durchgearbeitet, bis die Situation angstfrei erlebt wird und man zum nächsten Item übergehen kann.

Die Dauer der Vorstellung liegt im Bereich von etwa 20 Sekunden (Paul, 1969b, gibt eine Streuung von 1–60 Sekunden an); für die Entspannung zwischen den einzelnen Items benötigt man ca. 10–40 Sekunden. Die Präsentation eines Items sollte zumindest so oft erfolgen, bis der Klient mehrfach (ca. dreimal) angibt, daß das Item keine Angst mehr auslöst; wird ein spezielles Item auch nach häufiger Präsentation nicht angstfrei erlebt, so ist es notwendig, ein sogenanntes Zwischen-Item zu erstellen (speziell dann, wenn der Abstand an erlebter Angst zum vorherigen Item zu groß war).

Die Dauer einer Desensibilisierungssitzung (zumeist nur Teil einer Therapiestunde) erstreckt sich von ca. 15–30 Minuten; in einer Sitzung werden üblicherweise drei bis fünf Items der Hierarchie bearbeitet. Sehr wichtig ist, daß am Ende der Sitzung immer eine Szene steht, bei der der Klient keine Angst erlebt; wenn dies nicht möglich ist, beendet man die Sitzung mit einer Ruheszene. In der folgenden Sitzung beginnt man mit dem zuletzt bearbeiteten Item und fährt dann in der oben beschriebenen Weise fort.

Der Verlauf der einzelnen Sitzungen wird vom Therapeuten kurz protokolliert, wobei man das jeweilige Item, die Anzahl der Darbietungen, die Dauer der Exposition, das Vorliegen eines Angstsignals und verschiedene Bemerkungen notiert (vgl. Florin & Tunner, 1975, S. 260). Nach der Desensibilisierung sollte der Klient auch hinreichend Gelegenheit haben, über einzelne Aspekte der Sitzung im Detail zu berichten (z.B. Zustand der Entspannung, Art der Angstreaktionen, Vorstellungsfähigkeit usw.). Diese Angaben sind für die Feinsteuerung des therapeutischen Prozesses unumgänglich.

### 4.1.2.3. Entwicklungen und Varianten der Systematischen Desensibilisierung

Als wichtigste Weiterentwicklung der Systematischen Desensibilisierung, die auch häufig an eine Systematische Desensibilisierung in der Vorstellung angeschlossen wird, muß die *Systematische Desensibilisierung in vivo* angesehen werden. Zur Übertragung des neu gelernten Verhaltens (Angstreduktion oder Angstfreiheit) aus der Vorstellung in den realen Lebenskontext bietet sich die Systematische Desensibilisierung in vivo an: Der prinzipielle Verlauf folgt dem Vorgehen, wie es oben beschrieben wurde, allerdings erfolgt die Präsentation der einzelnen Items in der Realität. Wenn die Systematische Desensibilisierung in vivo der klassischen Systematischen Desensibilisierung angeschlossen wird, so werden in der Realität nur diejenigen Items präsentiert, die der Klient in der Vorstellung bereits erfolgreich bewältigt hat. Man bleibt mit der Darbietung in der Realität zumeist um einige Schritte hinter der Bearbeitung der Hierarchie in der Vorstellung zurück. Es sollte allerdings gesichert sein, daß der Klient nicht unkontrolliert mit Items aus der Angsthierarchie konfrontiert wird, die noch nicht bearbeitet wurden, was nicht immer ausgeschlossen werden kann.

Die Systematische Desensibilisierung in vivo wurde schon von Wolpe (1958) als besonders effizientes Verfahren zur Behandlung von Ängsten beschrieben, speziell dann, wenn der Umweg über die Bearbeitung in der Vorstellung nicht möglich oder nicht notwendig scheint. Eine spezielle Indikation für die Systematische Desensibilisierung in vivo bilden Ängste bei Kindern: Die Systematische Desensibilisierung in der Vorstellung ist bei Kindern unter ca. zehn Jahren schwierig, weil kaum gewährleistet ist, daß sich die Kinder die instruierten Szenen auch vorstellen. Zum anderen bildet auch die Durchführung eines Entspannungstrainings bei Kindern häufig Schwierigkeiten. Ein klarer Vorteil der Systematischen Desensibilisierung in vivo liegt darin, daß von Beginn der Therapie an diejenigen Situationen bearbeitet werden, die dem Klienten in seinem Alltagsleben Schwierigkeiten bereiten; man braucht somit nicht eine Generalisierung von der Vorstellung auf die Realität vorauszusetzen. Die konkrete Bewältigung einzelner vorher gefürchteter Situationen schafft beim Klienten ein Gefühl der subjektiven Kompetenz; diese Erhöhung der Motivation kommt dem Therapieprozeß insgesamt sehr zugute.

Eine weitere Variante der Systematischen Desensibilisierung bildet die *Systematische Desensibilisierung in Gruppen.* Dafür werden zumeist ökonomische Gründe (z.B. Verbesserung der Versorgungssituation) angeführt.
Zur praktischen Durchführung der Systematischen Desensibilisierung in Gruppen bieten sich zwei grundsätzliche Strategien an:

a) Man kann Klienten mit sehr ähnlichen Ängsten zu einer Gruppe zusammenfassen und auf der Grundlage einer individuellen und gemeinsamen Verhaltensanalyse eine Angsthierarchie erstellen, die von allen Mitgliedern zu bearbeiten ist. Eine solche Hierarchie wird üblicherweise mehr Items enthalten als eine individuelle Hierarchie, so daß auch Items enthalten sind, die für einzelne Personen eventuell irrelevant sind. Das Vorgehen in der Therapie orientiert sich jeweils am „schwächsten" Mitglied, weil alle Teilnehmer eine Vorstellung abzubrechen haben, wenn eine Person Angst signalisiert. Die sich daraus ergebenden Probleme eines Gruppendrucks einerseits sowie der Motivierung einzelner Patienten andererseits liegen auf der Hand.

b) Wenn man dies umgehen will, so kann man individuelle Hierarchien erarbeiten, die die Klienten jeweils auf Karten schreiben. Als Instruktion wird vom Therapeuten nun nicht mehr eine bestimmte Szene der Angsthierarchie beschrieben, sondern es erfolgt die Aufforderung, die Karte abzulesen, sich die Situation vorzustellen und bei Auftreten von Angst zur Entspannung überzugehen. Nach dreimaliger erfolgreicher Bewältigung einer Szene kann zur nächsten Karte übergegangen werden. Neben dem Vorteil individueller Hierarchien hat man hier auch die Möglichkeit, Klienten mit unterschiedlichen Ängsten zu einer Desensibilisierungsgruppe zusammenzufassen.

Eine eher theoretische Bedeutung besitzt die *automatisierte Desensibilisierung* (Donner, 1970; Kahn & Baker, 1968; Lang, 1969): Hier wurde versucht, den Therapeutenkontakt mit dem Klienten durch Vorgabe der Instruktionen per Tonband und Bearbeitung der einzelnen Items durch Kommunikation mit einem Computer zu minimieren. Praktisch alle Untersuchungen zur automatisierten Systematischen Desensibilisierung wurden allerdings als „Analogstudien" durchgeführt, das heißt, es handelte sich nicht um „klinisch relevante" Ängste, so daß Übertragungen in den klinischen Kontext nur mit Vorsicht möglich sind (vgl. Bernstein & Paul, 1977).

#### 4.1.2.4. Kontroversen um die Systematische Desensibilisierung

In seinen Schriften hatte Wolpe (1958, 1973) immer wieder darauf hingewiesen, daß die Wirkung der Systematischen Desensibilisierung auf der Theorie der reziproken Hemmung beruht. Aus diesem Grunde betrachtete er auch Abweichungen vom oben beschriebenen Vorgehen als problematisch: In einem solchen Fall würden nicht nur pragmatische Regeln, sondern Gesetze der zugrundeliegenden Theorie verletzt.

Sehr bald jedoch wurden die von Wolpe als grundlegend angesehenen Elemente der Systematischen Desensibilisierung näher untersucht (Entspannung, Hierarchie und Präsentation der Items); dies führte zur Kritik an den theoretischen Grundlagen und zur Entwicklung von alternativen Erklärungsmodellen.

Kritikpunkte an der Theorie von Wolpe liegen etwa in der ungenauen Begrifflichkeit seines Ansatzes. In der Physiologie (vgl. Sherrington, 1906) bezeichnet der Begriff „reziproke Hemmung" die Hemmung eines Spinalreflexes durch einen anderen und in diesem Sinne einen kurzfristigen reversiblen Prozeß; so wird er von Wolpe (1958) auf komplexes Verhalten übertragen. Ähnliches gilt für den Begriff „Stimulus": Wolpe verwendete diese Bezeichnung für die Vorstellung von Angstsituationen, ohne sie näher zu erläutern oder abzugrenzen (zum Begriff des Reizes vgl. etwa Gundlach, 1976).

Für die von Wolpe angeführte Theorie der Systematischen Desensibilisierung sind auch Befunde problematisch, in denen die einzelnen Bestandteile des therapeutischen Vorgehens untersucht wurden. So zeigten Studien zur Rolle der *Relaxation,* daß die Systematische Desensibilisierung offenbar auch wirkt, wenn das Relaxationstraining nicht durchgeführt wird (Agras u.a., 1971; Craighead, 1973). Andere Studien erbrachten Hinweise darauf, daß Entspannung eine zwar erleichternde, keineswegs jedoch notwendige Bedingung für die Effektivität des Verfahrens der Systematischen Desensibilisierung darstellt (Nawas u.a., 1970). Auch die *Hierarchiekonstruktion* scheint für den Erfolg der Systematischen Desensibilisierung keineswegs notwendig zu sein: Krapfl & Nawas (1970) etwa zeigten, daß es keinen Unterschied im Effekt machte, ob man die Items in auf- oder absteigender Reihenfolge darbot oder ob man sogar eine Zufallsanordnung wählte. Miller & Nawas (1970) meinten, daß es nicht einmal notwendig ist, die Angst bei einem Item reduziert zu haben, bevor man zu einem anderen übergeht.

Für die *Darbietung der Items* hatte Wolpe betont, wie wichtig ein schrittweises und langsames Vorgehen ist (auch in der Verteilung der einzelnen Sitzungen). In mehreren Studien zeigte sich, daß dies nicht unbedingt erforderlich ist: Robinson & Suinn (1969) zeigten, daß sie die Systematische Desensibilisierung auch an einem Tag mit fünf einstündigen Sitzungen erfolgreich arrangieren konnten. Auch ein Vergleich von zwei vierstündigen Sitzungen mit zehn 45minütige Sitzungen erbrachte dieselben Ergebnisse. Massierte Systematische Desensibilisierung scheint ähnlich effektiv zu sein wie die sogenannte verteilte Desensibilisierung. Kritik am schrittweisen Vorgehen kam auch von Therapeuten, die den Ansatz des „Flooding" bzw. der „Exposure" entwickelt hatten (Näheres dazu unten).

Eine genaue Analyse dieser Situation läßt Yates (1975) von „Geburt, Leben und Tod der Systematischen Desensibilisierung" sprechen. Dieser unbefriedigenden theoretischen Situation stehen allerdings die große praktische Bedeutsamkeit der Systematischen Desensibilisierung und die vielen positiven Befunde zur Effektivität in kontrollierten Untersuchungen aus den 60er und Anfang der 70er Jahre gegenüber (vgl. Paul, 1969b; Wengle, 1974; Braun & Tittelbach, 1978). In *theoretischer* Hinsicht bedarf das Modell der Systematischen Desensibilisierung allerdings der Revision – hierfür wurden auch bereits Alternativen entwickelt. Bevor einige dieser Alternativen angeführt werden, soll jedoch die Begrifflichkeit in diesem Bereich geklärt werden. In Anlehnung an Davison (1968), VanEgeren (1971) und Yates (1975) wird folgende Klärung vorgeschlagen:

*Reziproke Hemmung* beinhaltet die kurzfristige und leicht umkehrbare Hemmung eines Innervationsprozesses durch einen anderen (Beispiel: reziproke Hemmung antagonistischer Skelettmuskeln). Reziproke Hemmung wird von Wolpe (1958) als neurologische Erklärung für den Prozeß der Gegenkonditionierung verstanden.

*Gegenkonditionierung* meint die Eliminierung einer Stimulus-Response-Verbindung durch die Koppelung einer alternativen Reaktion an den Stimulus, wobei die neue Reaktion größere Stärke als die ursprüngliche Reaktion besitzt (Gegenkonditionierung als Prozeß).

*Habituation* bezeichnet die zeitweilige und umkehrbare Verminderung einer Reaktion als Folge einer wiederholten Darbietung eines Stimulus (zumeist geringer Intensität).

*Löschung* bezieht sich auf die längerfristige und möglicherweise dauernde Verminderung einer Reaktion durch ihre mehrfache Auslösung unter Bedingungen der Nichtverstärkung (Präsentation des CS im klassischen Konditionieren).

*Alternativen zur Erklärung der Wirksamkeit der Systematischen Desensibilisierung*

*Ein erstes interessantes Alternativmodell zur Interpretation der Systematischen Desensibilisierung ging von Lader & Wing (1966) bzw. von Lader & Mathews (1968) aus. Für sie ist der in der Systematischen Desensibilisierung ablaufende Lernprozeß mit dem Begriff der „einfachen Habituation" zu beschreiben. Dabei bestimmen zwei Faktoren die Fähigkeit zur Habituation:*

1. *Die angeborene Habituationsfähigkeit:* Schnelle Habituationsfähigkeit besagt, daß die wiederholte oder dauernde Darbietung eines Reizes nach kurzem Anstieg der Erregung ein rasches Wiederabsinken des Aktivitätsniveaus zur Folge hat. Langsame Habituationsfähigkeit hingegen meint eben das nur sehr verzögerte Absinken der Erregung nach mehrfacher Darbietung eines Reizes.
2. *Das Aktivierungsniveau zu einem bestimmten Zeitpunkt:* Wenn das Ausgangsniveau der Aktivierung niedrig ist, folgt ein schneller Habituationsprozeß, der sogar mit der Annäherung an das ursprüngliche Aktivationsniveau noch beschleunigt wird. Unter hoher Aktivierung ist die Habituation stark verlangsamt bzw. sie kommt eventuell gar nicht zustande.

Nach dem Modell der Habituation wird in der Systematischen Desensibilisierung der zweite Faktor entscheidend beeinflußt: Beim Klienten wird durch das Entspannungstraining ein niedriges Aktivationsniveau geschaffen, so daß die Darbietung minimal angstauslösender Situationen (Items der Angsthierarchie) rasch zur Habituation führt. In der Desensibilisierung werden somit Bedingungen „maximaler Habituation" geschaffen. Offen bleibt allerdings die Frage nach einer Erklärung von Langzeiteffekten der Systematischen Desensibilisierung, weil ja das Habituationsmodell nur von einer zeitweiligen und umkehrbaren Veränderung der Reaktion ausgeht.

Einen zweiten Versuch einer Alternativerklärung bilden *kognitiv-physiologische* Modelle (beispielsweise bei Birbaumer, 1973). An dem Ansatz ist hervorzuheben, daß hier die verschiedenen Komponenten eines Lernprozesses einbezogen werden, nämlich die Verhaltens-, die kognitive sowie die physiologische Ebene. Den Ausgangspunkt des „kognitiv-physiologischen" Modells bildet nach Birbaumer (1973) die Ansicht, daß Lernprozesse (also auch das Verlernen von Angst) eine koordinierte Aktivität weiter Teile des Zentralnervensystems (ZNS) einschließen. Ohne eine koordinierte Interaktion der zentralen Prozesse, die die subjektiven, verhaltensmäßigen und physiologischen Veränderungen während der Systematischen Desensibilisierung repräsentieren, ist nach Birbaumer (1973) die Bewältigung der Angst nicht zu erklären. Im Lernvorgang der Systematischen Desensibilisierung müssen somit neben den Gesetzen der Veränderung von offenem Verhalten auch Prinzipien kognitiver Prozesse (etwa im Sinne der Dissonanzreduktion) sowie physiologischer Vorgänge Berücksichtigung finden (z.B. die unterschiedliche Habituationsgeschwindigkeit von physiologischen Parametern).

Von mehreren Seiten wurde als dritter Versuch einer Alternativerklärung der Aspekt der *Löschung* von Angst bei der Systematischen Desensibilisierung hervorgehoben (z.B. Bandura, 1969; Rimm & Masters, 1979; Wilson & Davison, 1971). Nach Auffassung der letztgenannten Autoren stellt die Systematische Desensibilisierung eine günstige Bedingung für Löschung dar, da die Hierarchisierung der Angstitems und die Entspannung Vermeidungsverhalten zu unterbinden helfen. Als Löschung im Sinne des klassischen Konditionierens kann man den Prozeß der Abnahme von Angstreaktionen bei der Systematischen Desensibilisierung deshalb sehen, weil jeweils kleine Teile des CS dargeboten werden, denen sich das Individuum aussetzt; es macht dabei die konkrete Erfahrung, daß der CS nicht notwendigerweise mit einem UCS (Schädigung, Verletzung ...) verbunden ist, womit das Vermeidungsverhalten und die damit verbundenen kognitiven und physiologischen Komponenten der Angst gelöscht werden. Wilson & Davison (1971) weisen jedoch darauf hin, daß weder die Hierarchiebildung noch die Entspannung als notwendige Voraussetzungen für die Löschung anzusehen sind; sie bilden aber eine mögliche günstige Bedingung für die Bewältigung von Angst. Eine Besprechung der Verfahren, die direkt auf das Modell der Löschung Bezug nehmen (Flooding, Exposure), erfolgt im nächsten Abschnitt.

Als vierter Ansatz zur Erklärung von Prozessen der Systematischen Desensibilisierung läßt sich das Modell der *sozialen Verstärkung* anführen (z.B. Barlow u.a., 1970). Hier wird davon ausgegangen, daß die Klienten im Verlauf der Systematischen Desensibilisierung durch ein Shaping-Verfahren von phobischem Verhalten weg und durch soziale Verstärkung hin zu Annäherungs- bzw. Bewältigungsverhalten gebracht werden. Es besteht heute kaum Zweifel, daß eine systematische (operante) Verstärkung von Annäherungsverhalten zu größerer Annäherung an eine gefürchtete Situation und damit verbunden zu verringerter Angst führt (vgl. Barlow u.a., 1970). Es stellt sich jedoch als sehr schwierig heraus, den Faktor der operanten Verstärkung von anderen möglicherweise wirksamen Prozessen experimentell zu trennen; Yates (1975) meint zu dem Problem etwa, daß die operante Verstärkung sicherlich eine wichtige Rolle bei der Systematischen Desensibilisierung spielen kann (zumindest in der Form von Selbstverstärkung); Verstärkungsprozesse sind allein aber kaum in der Lage zu erklären, wie es zur Abnahme von Angst und zum Abbau von Vermeidungsverhalten kommt. Eine spezielle Variante des Modells der sozialen Verstärkung bilden Hinweise auf die Bedeutung von *Modellernprozessen* (vgl. Bandura, Blanchard & Ritter, 1969) bei der Systematischen Desensibilisierung; der Ansatz des Modellernens wird in einem eigenen Kapitel behandelt (Kap. 4.4).

Als fünftes Modell muß auf die Bedeutung *kognitiver Faktoren* zur Erklärung von Veränderungen in der Systematischen Desensibilisierung hingewiesen werden. Eine Hauptannahme innerhalb des kognitiven Ansatzes bildet das *Erwartungsmodell:* Demnach induzieren die verbalen Instruktionen des Therapeuten, die beruhigenden Versicherungen usw. bei Klienten eine positive Erwartung hinsichtlich einer Veränderung der Angst. Das Konzept der Erwartung wurde zumeist als die Angabe einer Änderungswahrscheinlichkeit durch den Klienten vor der Durchführung der Systematischen Desensibilisierung operationalisiert. Die empirischen Ergebnisse zur Erwartungshypothese zeigen ein äußerst inkonsistentes Bild: Nach Borkovec (1973) stützen neun Studien die Erwartungshypothese, während zehn Studien dagegen sprechen. Wilson & Thomas (1973) zeigten in einer näheren Analyse, daß die Erwartungshypothese gestützt wird, wenn man als Kriterium subjektive Angaben benutzt, bezieht man sich jedoch auf das Kriterium des Vermeidungsverhaltens, sprechen die Studien dagegen.

In anderen Untersuchungen wurde die Notwendigkeit der *Vorstellungen* in der Systematischen Desensibilisierung als kognitiver Faktor geltend gemacht; allerdings sind die Ergebnisse auch hier sehr uneinheitlich, eine Veränderung auf der Verhaltensebene korreliert jedenfalls nicht bedeutsam mit der Vorstellungsfähigkeit des Klienten. Als Folgerung läßt sich festhalten, daß eine rein kognitive Interpretation und Erklärung des Prozesses der Systematischen Desensibilisierung keine überzeugende empirische Stützung gefunden hat (vgl. Davison & Wilson, 1973; Wolpe, 1976a; 1976b). Auf der anderen Seite muß man konstatieren, daß die Rolle kognitiver Aspekte in der Systematischen Desensibilisierung als wichtige Hintergrundvariablen nicht zu vernachlässigen ist.

*Abschließende Bemerkungen zur Systematischen Desensibilisierung*

Aus der Darstellung von Theorie, Technologie und Praxis der Systematischen Desensibilisierung sollte deutlich geworden sein, daß es sich um ein klar beschriebenes therapeutisches Verfahren handelt, dessen theoretische Grundannahmen jedoch heterogen und umstritten sind. Die Systematische Desensibilisierung ist außerdem das am detailliertesten empirisch untersuchte Verfahren der Verhaltenstherapie; selbst wenn die Systematische Desensibilisierung in ihrer klassischen Form heute nicht mehr die Bedeutung besitzt wie in den 60er Jahren, ist ihr problemgeschichtlicher Stellenwert beachtlich.

Praktische Schwierigkeiten mit dem Verfahren der Systematischen Desensibilisierung (in der Vorstellung oder in vivo) können an jedem Punkt der Durchführung auftreten und werden in der Literatur eingehend diskutiert (z.B. Wengle, 1974; Rachman, 1975; Rachman & Bergold, 1976; Florin & Tunner, 1975; Wolpe & Lazarus, 1966; Foa, Steketee & Ascher, 1980).
Als Beispiel sei nur angeführt, daß es in vielen Fällen nicht möglich ist, alle Items einer Hierarchie zusammen mit dem Klienten festzulegen, da für „schwierigere“ Situationen aufgrund des langen Vermeidungsverhaltens die erforderliche Differenzierungsfähigkeit nicht mehr vorliegt. Im Sinne von Therapie als Problemlösen (vgl. Kap. 3.2, Kap. 4.7.5) kann als langfristiges Ziel die Differenzierung und Bearbeitung solcher Situationen sehr wohl aufgeschoben werden, während einfachere Items bearbeitet werden. Mit fortschreitender Bewältigung der Angst nimmt erfahrungsgemäß auch die Differenzierungsfähigkeit in schwierigeren Bereichen wieder zu, so daß auch massive Ängste mit Systematischer Desensibilisierung behandelt werden können.

### 4.1.2.5. Training zur Angstbewältigung

Verschiedene Formen von Trainings zur Angstbewältigung wurden ursprünglich als Alternativen bzw. Weiterentwicklung zur Systematischen Desensibilisierung konzipiert. Bei Suinn & Richardson (1971) etwa bestand die Variante zur Systematischen Desensibilisierung insbesondere in einem Diskriminationslernen ängstlicher Gefühle, das den Klienten zum Einsatz von Entspannung anregen sollte. Goldfried (1971) sah in der Systematischen Desensibilisierung weniger einen passiven Prozeß der Gegenkonditionierung von Angst, den der Klient quasi über sich ergehen läßt; er betonte vielmehr die mögliche *aktive* Rolle, die der Klient bei der Bewältigung der Angst einnehmen kann.

In neueren Verfahren zur Bewältigung von Angst wird neben der autonomen Komponente der Emotion auch die kognitive und häufig sprachlich vermittelte Ebene berücksichtigt (vgl. Staats, 1972; 1975; Nisbett & Wilson, 1977; Bower, 1978; Goldfried, 1979). Dabei ist von einer Interaktion kognitiver und behavioraler Prozesse einerseits und Charakteristika von Angst- und Streßbedingungen andererseits auszugehen (vgl. Lazarus, 1966; Lazarus & Launier, 1978). Die kognitive und sprachliche Ebene von Angst- und Streßreaktionen ist Interventionen besonders zugänglich, die auf Selbstmanagement und Selbstkontrolle abzielen (vgl. Goldfried & Merbaum, 1973; Mahoney & Thoresen, 1974; Deffenbacher & Suinn, 1982).

Training in Angstbewältigung ist nun keine einheitliche Methode, sondern eher ein Sammelbegriff für verschiedene Verfahren, in denen (abhängig vom Problem) unterschiedliche Schwerpunkte gesetzt werden können. Gemeinsam sind diesen Verfahren folgende Gesichtspunkte und Schritte der Durchführung:

1. Eigenständiges und frühes Erkennen von Angstsignalen in der Umgebung und anhand körperlicher Reaktionen; dies erfordert ein intensives und exaktes *Diskriminationstraining*. Unter Anleitung des Therapeuten sollte der Klient lernen, welche Bedingungen seinen problematischen Angst- und Panikreaktionen vorausgehen; zu diesem Zweck werden im Rollenspiel problematische Situationen durchgespielt, damit die entscheidenden Signale identifiziert werden können. Erforderlich ist damit häufig die Induktion von Angst unter kontrollierten (therapeutischen) Bedingungen. Durch eine frühzeitige Diskrimination bekommt der Klient eine erste Form der Kontrolle über eine Situation, die er bisher passiv erlebt hat.
2. Erlernen von *Strategien* zum Umgang und *zur Bewältigung* problematischer Angstreaktionen; das Prinzip der Angstbewältigungstrainings besteht darin, daß der Klient beim Auftauchen von Angstsignalen diese Angst nicht mehr zu vermeiden sucht, sondern daß er beginnt, sich aktiv damit auseinanderzusetzen. Wichtig ist dabei die Information an den Klienten, daß Angst auch funktionalen Charakter besitzt, indem sie uns vor gefährlichen Situationen schützt. Wenn der Klient in der ersten Stufe gelernt hat, problematische Angstsignale zu diskriminieren, so kann er ihre Gefährlichkeit besser beurteilen; in dieser zweiten Phase sollten ihm auch Möglichkeiten zum Umgang mit Angstreaktionen vermittelt werden. Solche Strategien reichen von Verfahren zur Kurzentspannung bis hin zu verschiedenen Ansätzen der kognitiven Umstrukturierung (z.B. Veränderung von Selbstverbalisationen, vgl. Meichenbaum, 1977; vgl. auch Kap. 4.7.1).
3. Die in der therapeutischen Situation gelernten Strategien sollten schließlich vom Klienten auch unter *natürlichen Bedingungen* erprobt und eingesetzt werden. Dieser Übergang zum Selbstmanagement bedeutet sowohl eine Unabhängigkeit von therapeutischen Bedingungen als auch die Einsatzmöglichkeit verschiedener Strategien in Situationen, die für den Klienten besonders kritisch sind (vgl. Deffenbacher & Suinn, 1982; vgl. auch Kap. 4.8).

In Trainings zur Angstbewältigung sollte bevorzugt auf Strategien zurückgegriffen werden, die der Klient selbst bereits als hilfreich erkannt und erlebt hat; solche Strategien bedürfen zumeist lediglich einer gewissen Korrektur durch einen professionellen Therapeuten. Das Erlernen von Möglichkeiten zum Umgang mit Angst- und Streßsituationen erhöht die persönliche Kompetenz des Klienten und bildet ferner eine Chance zur Prävention psychischer Störungen.

### 4.1.3. Exposition und Reaktionsverhinderung

Die Verfahren der Exposition und Reaktionsverhinderung (exposure and response prevention) haben in der Verhaltenstherapie große Bedeutung erlangt. Die Begriffsverwendung im Bereich der Konfrontationsverfahren ist alles andere als einheitlich, deshalb zur Orientierung zunächst einige wichtige Begriffserklärungen:

Der Begriff *Konfrontationsverfahren* ist als *Oberbegriff* für alle in diesem Kapitel behandelten verhaltenstherapeutischen Methoden zu verstehen; es mag ungewöhnlich sein, auch die Systematische Desensibilisierung hier einzuordnen, allerdings besteht auch die Systematische Desensibilisierung (in der Vorstellung oder in der Realität) in einer Konfrontation mit vorher gefürchteten Situationen – allerdings unter ganz bestimmten Bedingungen (abgestuft und unter Entspannung).

Der Begriff *Exposition* (exposure) bezeichnet die Darbietung einer vom Klienten gefürchteten Situation (in der Vorstellung, zumeist aber in der Realität); innerhalb des Expositionstrainings ergeben sich verschiedene Variationsmöglichkeiten hinsichtlich der Dauer der Darbietung, der Geschwindigkeit der Darbietung, der Exposition unter Anleitung eines Modells (zum Teil auch in Gruppen) sowie der Instruktionen über selbstkontrollierte Exposition des Individuums zwischen den therapeutischen Sitzungen (vgl. Marks, 1978). Wichtig ist auch, daß man sich in der Literatur zur Exposition fast ausschließlich auf das theoretische Erklärungsmodell der *Löschung* von Angst und Vermeidungsverhalten bezieht.

*Reaktionsverhinderung* (response prevention) meint die Prozedur der Verhinderung von Vermeidungsverhalten, wie sie bei Expositionsverfahren zumeist notwendig ist. Diese Verhinderung von Vermeidungsverhalten ist bei Verfahren in der Vorstellung natürlich sehr schwierig; in der Realität ergeben sich verschiedene Stufen der Reaktionsverhinderung – diese Verhinderung soll dem Prinzip nach zum Abbau von Vermeidungsverhalten und zur Löschung der Angst beitragen.

Unter *Reizüberflutung* (flooding) versteht man eine besonders rasche Konfrontation des Klienten mit der gefürchteten Situation; das heißt es erfolgt häufig bereits zu Beginn der Therapie eine Präsentation des sogenannten „top items" (= höchstes, vom Klienten am meisten gefürchtetes Item der Angsthierarchie). Flooding kann in der Vorstellung durchgeführt werden, bevorzugt wird jedoch die Konfrontation in der Realität (vgl. Ullrich & Ullrich de Muynck, 1974; Bartling, Fiegenbaum & Krause, 1980; Marshall, Gauthier & Gordon, 1979). Als theoretische Erklärungsmodelle werden Theorien der Habituationen von Angst (durch sehr lange Darbietungszeit) sowie Theorien der Löschung herangezogen. Wegen der massiven Angst des Klienten ist eine zumeist drastische Reaktionsverhinderung bei diesem Verfahren unumgänglich. Hinzuweisen ist auch darauf, daß die Reizüberflutung nach diesem Prinzip für den Klienten stark belastend ist; wegen der Alternativen zur Angstbehandlung ist die praktische Bedeutung des Flooding wohl stark eingeschränkt.

Das Verfahren der *Implosion* unterscheidet sich vom Flooding in mehrfacher Hinsicht:

Implosion beinhaltet die ausschließlich vorstellungsmäßige Darbietung gefürchteter Situationen, die einzelnen Szenen werden zumeist übertrieben (das heißt der Realität nicht entsprechend) präsentiert, und schließlich sind für die Implosion psychodynamische Grundlagen und Interpretationen der einzelnen Szenen wichtig (vgl. Levis, 1980). Das Verfahren der Implosion wird im nächsten Kapitel beschrieben (vgl. Kap. 4.1.4).

*Graduierte Löschung* schließlich ist ein Verfahren, das auch speziell zur Bewältigung von Angst- und Vermeidungsreaktionen entwickelt wurde; es beinhaltet die graduierte, schrittweise Konfrontation des Klienten mit den angstauslösenden Situationen. Im Unterschied zur Systematischen Desensibilisierung werden bei der graduierten Löschung keine antagonistischen Reaktionen hervorgerufen; die Information über den Behandlungsfortschritt (Feedback) spielt jedoch eine wichtige Rolle. Im Unterschied zu Exposure oder zum Flooding werden nur gering angstauslösende Situationen dargeboten, so daß eine Reaktionsverhinderung nicht notwendig wird. Wie der Begriff bereits anzeigt, beruft man sich in theoretischer Hinsicht auf das Modell der Löschung (vgl. Kap. 4.1.5).

#### 4.1.3.1. Grundlagen und Prinzipien des Expositionstrainings

Das therapeutische Verfahren der Exposition besitzt seine Grundlage in experimentellen Studien zur Ausformung und Löschung von Vermeidungsverhalten (Solomon, Kamin & Wynne, 1953; Solomon, 1964; Baum, 1970; 1973) bei Tieren. Hier zeigte sich, daß nach der Ausformung von aktivem Vermeidungsverhalten auf einen noxischen Stimulus (UCS) hin der CS sehr rasch diskriminative Funktion für stabile Vermeidung bekommt. Die Tiere hatten gelernt, daß ein bestimmter Reiz (CS) eine aversive Situation anzeigte. Solomon (1964) und Baum (1970) konnten zeigen, daß dieses Vermeidungsverhalten extrem löschungsresistent war, das heißt, das Vermeidungsverhalten (Verlassen einer bestimmten Situation) hielt an, obgleich die Situation in Wirklichkeit seit mehreren hundert Versuchsdurchgängen nicht mehr gefährlich war. Nach dem einmal ausgeformten Vermeidungsverhalten unternahmen die Versuchstiere *keine Realitätstestung* mehr; zur Erklärung der Stabilität des Vermeidungsverhaltens wurde unter anderem das Zwei-Faktoren-Modell von Mowrer (1950) herangezogen: Jede Vermeidungsreaktion eines Organismus wird demzufolge negativ verstärkt ($C^-$), indem die erwartete aversive Situation durch das Vermeidungsverhalten nicht eintritt.

Im experimentellen Bereich ergab sich nun folgende Möglichkeit zur „Behandlung" des Vermeidungsverhaltens:

Die Tiere wurden vom Experimentator in die vermeintlich gefährliche Situation zurückversetzt (Präsentation des CS), und es wurde verhindert, daß die Situation verlassen wurde (das grundlegende Prinzip von exposure und response prevention). Die Tiere reagierten anfangs mit großer Erregung, lernten aber sehr schnell, daß der CS seine Funktion als Hinweisreiz auf eine traumatische Situation (UCS) verloren hatte. Bald konnte auch die Reaktionsverhinderung aufgegeben werden, der CS löste keine Vermeidungsreaktionen mehr aus, und man konnte davon sprechen, daß sowohl das Vermeidungsverhalten als auch die mit ihm verbundenen Angstreaktionen gelöscht waren (Baum, 1970; Marks, 1978).

Wenn man das Zwei-Faktoren-Modell zur Entstehung und Aufrechterhaltung von Angst von Mowrer (1950), speziell aber auch kognitive Theorien des Vermeidungsverhaltens (Tolman, 1932) betrachtet, so ergeben sich für die Betrachtung von Ängsten und Zwängen im Humanbereich klare Analogien: So bildet sich bei Ängsten eventuell ein über Jahre dauerndes Vermeidungsverhalten aus, das ohne Therapie unverändert bleibt; erst die *Konfrontation* mit der Situation, das Erleben ihrer Ungefährlichkeit und konkrete Bewältigungsmöglichkeiten führen zu einer Löschung von Angst und Vermeidungsverhalten. Die Analogien sollten aber keinesfalls überzogen werden: Marks (1978b) etwa wies neben vielen anderen auf die Begrenztheit tierischer Modelle für menschliches Verhalten hin und entwickelte ein sogenanntes „klinisches Modell".

### 4.1.3.2. Klinisches Modell von Expositionsverfahren

Die tierexperimentellen Grundlagen des Exposure waren immer nur als *Analogien* verstanden worden, dennoch hinken auch diese Analogien in einigen Punkten, so daß es zur Entwicklung von Ansätzen kam, die zur Erklärung menschlichen Verhaltens offensichtlich adäquater sind. Als Hauptpunkte der Kritik müssen angeführt werden: (1) das Problem der Generalisierung über Arten mit unterschiedlichen Eigenheiten und Fähigkeiten sowie (2) das Problem der Übertragung von Erkenntnissen aus einer relativ restringierten experimentellen Situation auf Organismen in der natürlichen Umgebung (vgl. Kanfer, 1985a).

Als Beispiel für den ersten Punkt müssen spezielle Eigenschaften menschlicher Ängste, Phobien und Zwänge angeführt werden, ihre Einbettung in ein biologisches, soziokulturelles und selbstregulatorisches System, auch die Fähigkeit von Menschen, mit ihren Problemen in verbal-symbolischer Art umzugehen (vgl. Kanfer, 1985a). Für den zweiten Punkt läßt sich ein Argument von Marks (1978b) anführen: Im Labor und im Tierversuch besteht die Möglichkeit, Ängste bzw. stabile Vermeidungsreaktionen in sehr kurzer Zeit auszuformen (etwa innerhalb eines Tages); in derselben kurzen Zeit können die Vermeidungsreaktionen auch wieder gelöscht werden (Baum, 1970). Der Verlauf der Entwicklung von Ängsten zieht sich beim Menschen zumeist über Jahre hin, dabei zeigen sich Fluktuationen, teilweise Löschungen und Bewältigungen usw., bis ein Mensch als Klient zur Therapie kommt.

Marks (1978b; 1983) versucht auch zu zeigen, daß die alleinige Orientierung des Therapeuten am Modell des klassischen Konditionierens irreführend sein kann und nicht notwendig ist. In vielen Fällen läßt sich die dem UCS entsprechende traumatische Situation in der Lebensgeschichte des Klienten nicht mehr ausmachen (vgl. Rachman & Bergold, 1976). Für den Kliniker, so Marks (1978), ist es keineswegs notwendig, sich an der Annahme einer klassischen Konditionierung der Angst zu orientieren. Seiner Auffassung nach kann man den Begriff des UCS fallen lassen und sich in deskriptiver Weise auf den Begriff des ES (= „evoking stimulus") (Marks, 1978b, S. 172) beziehen. Aufgabe des Therapeuten ist es allerdings, diejenigen Merkmale der auslösenden Situation (ES) im Detail zu bestimmen, die zur problematischen Angstreaktion (ER, „evoked reaction") führen. Die auslösende Situation besteht etwa bei einem Agoraphobiker nicht in einem Stimulus, sondern in einer komplexen und heterogenen Menge von Situationen (allein zu sein, Straßen, autofahren, einkaufen ...); auch die phobische Reaktion ist ein komplexes Muster von Angst- und Vermeidungsreaktionen (auf der Verhaltens-, der physiologischen und der subjektiven Ebene).

Nach Auffassung von Marks (1978b) hat das „klinische ES-ER-Modell" den großen Vorteil, die Aufmerksamkeit von Therapeut und Klient auf diejenigen Komponenten der Angst zu richten, die für die Durchführung des Expositionsverfahrens entscheidend sind (z.B. Dauer der Exposition, Abstände zwischen den Sitzungen, Charakteristika des Verlaufs der Löschung auf verschiedenen Ebenen usw.). Die auslösende Situation sollte schließlich für den Klienten die Bedeutung einer therapeutischen, einer zu bewältigenden Aufgabe bekommen.

### 4.1.3.3. Anwendung von Expositionstraining und Reaktionsverhinderung

Wie beschrieben besteht das Verfahren in einer Konfrontation des Klienten mit vermiedenen Situationen; bei der Durchführung müssen allerdings einige wichtige Hinweise beachtet werden.

Die wohl wichtigste Variable ist die *Dauer* der Exposition: Wenn die Zeit zu kurz gewählt wird (wenige Minuten), so kommt es häufig zu einer massiven Angststeigerung. Ein gewisses Minimum scheint zu sein, die Exposition auf wenigstens 30 Minuten hin auszudehnen. Neueren Befunden von Marks (1975, 1978b) zufolge sind Expositionszeiten von 100 bis 120 Minuten optimal. Noch wichtiger aber als eine starre Zeitangabe ist jedoch, daß beim Klienten während der Exposition ein „Plateau" der Angst deutlich überschritten wird: Es ist ganz entscheidend, daß der Klient die Reduktion der Angst während der Exposition *erlebt* – der Klient muß die direkte und konkrete Erfahrung machen, daß die von ihm gefürchteten oder erwarteten unangenehmen Ereignisse bei einem Kontakt mit der angstauslösenden Situation *nicht* eintreten.

Zum Problem der *Angst* war man ursprünglich der Auffassung, diese sollte recht hoch sein, um einen optimalen Behandlungserfolg zu garantieren. Mit Klienten, die unter angstreduzierenden Medikamenten standen, wurde kein Expositionstraining durchgeführt. Untersuchungen zur Bedeutung angstreduzierender Medikation erbrachten aber kaum Unterschiede, so daß Anxiolytika und Tranquilizer heute manchmal dazu verwendet werden, um die unangenehmen Komponenten der Therapie abzuschwächen. Neuere Arbeiten belegen, daß das Ausmaß an erlebter Angst wohl nicht die entscheidende Variable für einen Therapieerfolg darstellt. Entscheidend ist vielmehr, daß es dem Therapeuten gelingt, effektive Reaktionsverhinderung durchzuführen (Rimm & Masters, 1979). Gegen den Einsatz von Medikamenten zur Angstbewältigung bei Exposure sprechen allerdings Überlegungen aus dem Bereich der Attributionsforschung: Der Klient sollte ja lernen, einen Behandlungserfolg auf seine eigene Leistung (Bewältigung) und nicht auf die Wirkung eines Anxiolytikums zurückzuführen.

Über das Ausmaß und die Form der *Reaktionsverhinderung* gibt es sehr unterschiedliche Angaben: Bei der Konfrontation in der Realität werden die Exposition und auch die Reaktionsverhinderung vorher zwischen Klient und Therapeut abgesprochen. Die Verhinderung von Flucht- und Vermeidungsreaktionen durch den Therapeuten geht von verbalen Instruktionen (... „versuchen Sie, die Situation noch zu ertragen, so wie wir es vereinbart hatten" ...) bis hin zu leichtem Drängen und körperlicher Einschränkung. Die Frage der Exposition und vor allem der Reaktionsverhinderung ist auch ein Problem der Vertrauensbasis zwischen Therapeut und Klient sowie eine Frage der Zumutbarkeit (was unter anderem von Standards, der Erfahrung usw. abhängt und eine sensible Supervision unumgänglich macht). Eine Verhinderung von Vermeidung im kognitiven Bereich (Ablenkung der Aufmerksamkeit usw.) ist nur sehr schwer zu kontrollieren; deshalb bevorzugt man beim Expositionstraining die Konfrontation in der Realität.

Expositionstraining wird sehr häufig in *Gruppen* durchgeführt; dies hat zum einen den Vorteil der Ökonomie, zum anderen sind Effekte des Modellernens äußerst bedeutsam (Marks, 1978b). Die Mitglieder der Gruppe lernen nicht nur voneinander, wie sie bestimmte Situationen am besten bewältigen können, sie helfen einander auch bei der Verhinderung von Vermeidungsverhalten.

Bei der Behandlung schwerer Angstzustände durch Expositionstraining und Reaktionsverhinderung ist die Kontrolle des Therapeuten zu Beginn der Therapie ausgesprochen hoch. Es wird jedoch immer wieder darauf hingewiesen, wie wichtig die Übertragung der Angstbewältigung auf den Alltag des Klienten ist. Marks (1978b) schlägt dafür den Begriff des *„home-based treatment“* (S. 208) vor; er selbst hat in einer Reihe von Studien gezeigt, daß therapeutisches Hilfspersonal (Krankenschwestern, Co-Therapeuten usw.), aber auch Personen aus der natürlichen Umgebung des Klienten dazu beitragen können, dem Klienten bei der Exposition und Reaktionsverhinderung beiseite zu stehen. Die Kontrolle der Bewältigung einzelner Situationen solte mit fortschreitender Therapie laufend und schließlich vollständig dem Klienten übergeben werden (vgl. Deffenbacher & Suinn, 1982).

*Therapiebeispiel* (Meyer u.a., 1975):

V. Meyer, von dem übrigens auch der Begriff der „response prevention“ stammt, berichtet von einer Therapie mit einer jungen Frau, die größte Ängste vor allen Dingen entwickelt hat, die mit dem Tod zu tun haben. Zur Zeit der Therapie war ihr Verlobter eine Quelle größter Angst geworden; vor der Zeit ihres Kennenlernens war seine Frau gestorben, und die Klientin assoziierte den Tod mit ihm. Alle Dinge, die nur entfernt mit dem Thema „Tod“ zu tun hatten, lösten bei der Klientin massivste Angst aus; so mußte sie sogar Zeitungen der „Reinigung“ unterziehen, weil in ihnen von Unglücksfällen oder vom Tod berichtet werden könnte. Die Therapie bestand darin, daß zuerst die Auslöser für ihre Ängste identifiziert wurden und daß sie dann wieder Kontakt mit denjenigen Dingen aufnehmen sollte, die sie seit langer Zeit vermieden hatte: Der Therapeut ging mit ihr in das Leichenschauhaus des Krankenhauses, dort betrachteten und berührten sie beide Leichname. Die Klientin betrachtete ein Bild eines Mannes, der bei einem Unfall ums Leben gekommen war. Entscheidend war auch die Reaktionsverhinderung: Der Therapeut hinderte die Klientin an den Reinigungsritualen, die zu einer Verringerung der Angst beitragen sollten. Zwölf Tage nach Beginn des Expositionstrainings lösten selbst problematische Situationen (etwa ein Koffer ihres verstorbenen Vaters mit seinen persönlichen Dingen) das Reinigungs- und Vermeidungsverhalten nicht mehr aus. Meyer u.a. (1975) berichten von einer 8monatigen Nachkontrolle; demnach war bei der Klientin zwar noch eine gewisse Angst vorhanden, ihr Vermeidungsverhalten war jedoch verschwunden und ihr Befinden befriedigend. Sie hatte ihren „kontaminierten“ Verlobten geheiratet und konnte wieder erfolgreich ihrer Arbeit nachgehen.

Abschließend sollte darauf hingewiesen werden, daß Fälle von *„Sensibilisierung“* (Verschlechterungen aufgrund der Therapie) in der Literatur nicht berichtet werden; bei einem Verfahren, das für den Klienten zum Teil ausgesprochen belastend ist, war gerade dies häufiger erwartet worden. Angesichts der Beachtung auch von Mißerfolgen der Therapie (z.B. Foa & Emmelkamp, 1983; Mays & Franks, 1985) ist diese Feststellung sicher erfreulich.

*Eine spezielle Variante von Exposure: Bereavement Therapy*

Vor dem Hintergrund praktischer Erfahrungen mit massiven, pathologischen Trauerreaktionen und der Kenntnis klinischer Angstzustände hat R.W. Ramsay Mitte der 70er Jahre versucht, die Prinzipien des Exposure-Modells auf die Behandlung von extremen und andauernden Trauerreaktionen anzuwenden. Ramsay (1979) liefert eine präzise Beschreibung des Trauerprozesses auf mehreren Ebenen und zieht insofern Parallelen zur pathologischen Angst, als Klienten häufig die (kognitive) Be- und Verarbeitung eines Verlusterlebnisses vermeiden. Ramsay weist explizit darauf hin, daß Trauerreaktionen einerseits sehr individuell und andererseits kulturell überlagert sind (Stereotypien, Riten); viele solcher Verhaltensweisen tragen dazu bei, ein schmerzliches Erlebnis zu verarbeiten.

Die extrem lange Dauer und die Belastung durch eine Trauerreaktion kann als ein Hinweis auf eine Vermeidung der Auseinandersetzung mit dem Verlusterlebnis sein; bereits die Erinnerung wird zum Hinweisreiz für die Vermeidung, womit eine Verarbeitung (Trauer, Weinen usw.) nicht erfolgen kann. Die Umgebung eines Menschen trägt dazu noch bei, indem sie das Thema in Gesprächen vermeidet usw.

Ramsay (1976; 1977; 1979) berichtet von einigen eindrucksvollen Fällen, in denen erst durch eine nachträgliche Konfrontation mit dem Verlustereignis unter zumeist hoher emotionaler Beteiligung des Klienten eine Trauerarbeit möglich war. Er stützt sich dabei selbst auf das Expositions- bzw. Löschungsmodell: Die vermiedenen Situationen (ES im Sinne von Marks, 1978a; 1978b) lösen zunächst Vermeidungs-, in der Therapie jedoch massive Trauerreaktionen aus. Erst durch das Nachholen solcher Trauerarbeit ist es möglich, daß es zu einer Löschung der übermäßigen emotionalen Reaktionen kommt. Ramsay (1979) weist darauf hin, daß zum einen erst wenig Erfahrung mit dem Ansatz vorliegt und daß zum anderen mit der Methode äußerst vorsichtig und sensibel umzugehen ist.

## 4.1.4. Implosion

Implosionstherapie ist eine Technik, die entwickelt wurde, um Vermeidungsverhalten durch den Prozeß der Löschung zu eliminieren. Eine erste Beschreibung des Verfahrens stammt von Stampfl (1961). Eine zentrale Annahme betrifft die Voraussetzung, daß das Vermeidungsverhalten in der Kindheit gelernt wurde, um den Organismus von widrigen Erfahrungen fernzuhalten.

### 4.1.4.1. Prinzipien des Verfahrens

In theoretischer Hinsicht muß auf zwei Wurzeln verwiesen werden: Zur Erklärung der *Genese* der jeweiligen Störungen hält man psychodynamische Faktoren für zentral; man bezieht sich dabei auf Situationen, in denen Kinder bestraft, abgelehnt oder depriviert wurden. Diese Umstände müssen dem Individuum nicht einmal bewußt sein (z.B. Ängste, Zurückweisungen, Konflikte bezüglich Angst oder Aggression, Themen von Sexualität und Schuld). Für die *Therapie* bezieht man sich auf lerntheoretische Faktoren; hier soll der Klient die konkrete Erfahrung machen, daß die Konfrontation mit den problematischen Situationen ungefährlicher ist als man erwartet (vgl. Hogan, 1968). Stampfl & Levis (1967) drücken dies folgendermaßen aus:

> „Die grundlegende Hypothese ist, daß es eine hinreichende Bedingung für die Löschung von Angst darstellt, die Stimuli in realer oder symbolischer Form darzubieten; diese Stimuli, auf die die Angst konditioniert wurde, werden ohne primäres Reinforcement (aktuelle Bestrafung, Zurückweisung, Deprivation) präsentiert" (S. 498–499).

Die Implosionstherapie benutzt *nur* vorgestellte Stimuli, denen der Klient ausgesetzt wird; dabei beschreibt der Therapeut die Situationen und Traumata, an die sich der Klient vielleicht nicht einmal erinnern kann, die aber für die Entstehung und für die Aufrechterhaltung der Störung (vor allem des Vermeidungsverhaltens) als zentral angesehen werden.

### 4.1.4.2. Beschreibung des Verfahrens

In der Implosionstherapie werden üblicherweise zunächst Hierarchien über die gefürchteten Situationen erstellt und dann der Reihe nach dargeboten; im Unterschied zur Systematischen Desensibilisierung wird kein angstantagonistisches Verfahren (Entspannung) eingeführt, die Stimuli werden in der Instruktion vom Therapeuten stark übertrieben präsentiert, die beim Klienten ausgelöste Angst sollte nicht unterdrückt, sondern von ihm als *sinnlos erlebt* werden. Der Klient sollte sich die Szene möglichst lebhaft und übertrieben vorstellen und dabei erfahren, daß dies nicht mit den befürchteten aversiven Konsequenzen verbunden ist.

Zu Beginn der Praxis der Implosionstherapie waren Fälle von Sensibilisierung (Steigerung der Angst auch nach der Therapie) berichtet worden; nach Auffassung der Therapeuten rührte dies daher, daß die Szenen zu kurz dargeboten worden waren (Abbruch der Vorstellung, bevor der Höhepunkt der Angst überschritten war). Über die optimale *Dauer der Darbietung* einzelner Szenen herrscht noch einige Unklarheit: So wurden etwa bei einer Präsentation von 30 Minuten Sensibilisierungen, bei 60 Minuten gute Therapieeffekte beobachtet.

Ein wichtiges Element der Implosion stellt die Verhinderung von Vermeidungsresponses dar: Wenn der Therapeut die Vermutung hat, daß der Klient während der Vorstellung die aversive Szene verläßt (z.B. indem er sich ablenkt, was aus körperlichen Bewegungen oder aus Unaufmerksamkeit, Nachlassen der Konzentration usw. geschlossen werden kann), so sollte die Vorstellung abgebrochen und neu begonnen werden. In der Implosion wird allerdings zu Recht nicht von einer Reaktionsverhinderung gesprochen, weil dies für den Bereich der Vorstellung praktisch nicht bewerkstelligt werden kann.

Die Beschreibung respektive Übertreibung der einzelnen Szenen durch den Therapeuten in der Instruktion ist lediglich durch die Phantasie des Therapeuten beschränkt. Stampfl & Levis (1967) haben jene Konfliktbereiche angeführt, die im Verlaufe der Sitzungen durch den Therapeuten thematisiert werden sollten: Szenen der Oralität, der Analität und der Sexualität, der Aggression, der Zurückweisung, des Verlustes der Impulskontrolle, der Schuld und der Reaktivität des zentralen oder autonomen Nervensystems (z.B. Angst um das Funktionieren des Gehirns, um den Verlust der Kontrolle über die Herztätigkeit).

Die angesprochene und anfangs als zentral angesehene Bindung der Szenen an Themen aus dem psychodynamischen Bereich wird von manchen Vertretern der Implosionstherapie in der Praxis nicht mehr als entscheidend angesehen (z.B. Hogan, 1968; 1969). Die Einbindung der Implosion in den verhaltenstherapeutischen Bereich wird zwar von so gut wie allen Autoren betont (Stampfl & Levis, 1967; 1968; 1969; 1973; Hogan, 1968; Hogan & Kirchner, 1967; Levis & Hare, 1977; Levis, 1980), muß jedoch aus methodologischen und theoretischen Gründen in Frage gestellt werden.

Ein *Beispiel* für die Emotionalität und für die Übertreibungen bei der Therapie einer Schlangenphobie (Hogan, 1968):

„Schließen Sie nun wieder Ihre Augen. Stellen Sie sich die Schlange vor Ihnen vor, greifen Sie nun danach. Nehmen Sie sie mit den Händen und legen Sie sie auf den Schoß. Spüren Sie, wie sie sich auf Ihrem Schoß windet und bewegt. Versuchen Sie, die Einzelheiten ihres Körpers mit Ihren Händen und den Fingern zu ertasten. Sie wehren sich dagegen, die Schlange zu streicheln; Sie zwingen sich aber dazu, die Schlange zu berühren. Greifen Sie fest nach der Schlange und drücken Sie ein wenig zu; fühlen Sie genau den Widerstand des Schlangenkörpers. Fühlen Sie, wie die Schlange in Ihrer Hand sich windet. Lassen Sie sie nun los und schauen Sie, wie sich die Schlange nun bewegt. Sie schlängelt sich um Ihr Handgelenk."

- In einer nächsten Sitzung wird das Ausmaß der Angst noch erhöht und die Geschwindigkeit der Präsentation noch vergrößert:

„Okay, strecken Sie nun Ihre Finger nach der Schlange aus und fühlen Sie, wie sie ihren Kopf hebt. Heben Sie sie auf und legen Sie sie auf den Schoß. Sie streckt den Kopf nach Ihrem Finger aus und sie beginnt, Sie in den Finger zu beißen. Strecken Sie Ihre Finger aus, lassen Sie die Schlange zubeißen, Sie schauen zu, wie die Schlange ihre Zähne genau in Ihre Haut eindringen läßt. Oh, das tut weh, Sie fühlen jetzt den Schmerz in Ihrem Finger, in der Hand und in der Schulter. Sie möchten die Hand gerne zurückziehen, zwingen Sie sich aber dazu, daß Sie sie dort lassen. Lassen Sie die Schlange in Ihren Finger nagen. Spüren Sie, wie sich die Schlange verbeißt, sie sehen, daß Blut über Ihre Hand rinnt und zu Boden tropft. Ihnen wird schon ganz übel im Magen, und Sie haben Schmerzen im Arm. Versuchen Sie, sich den blutenden Finger auszumalen: Die Giftzähne der Schlange stecken so richtig in Ihrem Finger, direkt auf dem Knochen! Es fühlt sich an, als würde die Schlange Ihren Finger zerbeißen; fühlen Sie, wie sie zubeißt und nicht locker läßt, sie schlingt sich nur um Ihren Finger und kriecht weiter die Hand herauf. Sie beißt sie nun in die Hand. Sie beißt immer und immer wieder zu. Ihre ganze Hand ist nun schon ganz zerbissen. Sie greifen nun die Schlange mit der Hand, sie beißt aber immer stärker zu, je stärker Sie die Schlange mit der Hand drücken. Versuchen Sie, die Schlange fest zu greifen, zu drücken, so daß sie immer fester zubeißt. Drücken Sie fest zu ... Okay, legen Sie die Schlange nun vor sich hin, legen Sie sie in Ihren Schoß und fühlen Sie, wie sie sich windet. Lassen Sie die Hand auf der Schlange liegen. Lassen Sie es sich gefallen, daß die Schlange sich nun Ihre Hand hinaufwindet; greifen Sie danach und fassen Sie fest zu."

- In einer weiteren Steigerung wird versucht, Szenen darzubieten, in denen die Schlange das Gesicht erreicht und es zerbeißt, ebenso den ganzen Körper ...

„Fühlen Sie nun, wie die Schlange Ihren Arm hinaufkriecht, ganz schleimig und kalt; dann legt sie sich um Ihren Hals und beißt Sie in Ihre Wange ..."

Hogan (1968): Wenn der Therapeut der Auffassung ist, daß sexuelle Themen angesprochen werden sollten, so können diese mehr in den Vordergrund gerückt werden:

„Sie liegen im Bett und plötzlich fühlen Sie, wie eine Schlange zu Ihren Füßen liegt; es ist aber nicht nur eine Schlange, sondern Sie stellen fest, daß sich in Ihrem Bett eine ganze Menge davon befindet; sie kriechen über Ihren Körper, Sie möchten aus dem Bett springen, zwingen sich aber dazu, drin zu bleiben. Sie spüren die kalten, schleimigen Schlangenkörper, die über Ihre Haut gleiten ..."

Hogan (1968): Wenn Ängste vor Verletzungen im Vordergrund stehen, so können auch diese im Verlauf der Implosion thematisiert werden.

„Greifen Sie nach der Schlange und drücken Sie fest zu; versuchen Sie, mit den nackten Füßen auf die Schlange zu treten, fassen Sie nach der Schlange, beißen Sie in den Körper der Schlange ..." (Hogan, 1968, S. 423–431).

### 4.1.4.3. Probleme der Implosionstechnik

Bei der Behandlung der Implosion fallen einige Probleme auf, die von Vertretern des Verfahrens zum Teil selbst gesehen und bearbeitet wurden (vgl. Levis, 1980). Als eine *praktische* Schwierigkeit bei der Durchführung der Implosionstechnik wird die Gefahr einer Überforderung (bzw. Verschlechterung) von Klienten gesehen: Levis (1980) weist zu Recht darauf hin, daß dies keine Frage einer Vermutung oder verbalen Feststellung bleiben dürfe, sondern durch empirische Studien abgeklärt werden muß. Er weist in der Folge nach, daß die Klienten, die mit Implosionsverfahren behandelt wurden, in keinem Falle schlechter abschnitten als Personen der Kontrollgruppen. Die höhere Varianz von Effekten der Behandlungs- versus Kontrollgruppen (vgl. Bergin & Lambert, 1978) bedingt allerdings, *daß* Verschlechterungen in den Behandlungsgruppen vorkommen. Diesem Problem wird allerdings in der Psychotherapieforschung allgemein (nicht nur in der Implosion) bisher wenig Beachtung geschenkt. (Ausnahmen: Lambert, Bergin & Collins, 1977; Foa & Emmelkamp, 1983; Mays & Franks, 1985.)

Verschlechterungseffekte zumindest vorübergehender Natur werden dann berichtet, wenn die Darbietung der Szenen zu früh abgebrochen wird; ein solch technischer Fehler führt (ähnlich wie bei Expositionsverfahren) zu einer deutlichen Erhöhung der Angst, weil der sogenannte Höhcpunkt der Angst nicht überschritten wurde. Der Klient konnte auf diese Weise nicht die entscheidende Erfahrung machen, daß die Angst ab einem gewissen Zeitpunkt nicht mehr ansteigt und daß dieser Zeitpunkt von ihm überschritten werden muß. Durch eine adäquate Ausbildung des Therapeuten, der in der Implosion große Bedeutung beigemessen wird, können solche Schwierigkeiten jedoch vermieden werden.

Ein weiteres praktisches Problem stellt die große Variabilität der Vorstellungsfähigkeit von Klienten dar; für die Durchführung der Implosion ist es unabdingbar, daß sich der Klient die einzelnen Szenen möglichst lebhaft und übertrieben vorstellt. Die Vorstellung sollte auch zwischen den Sitzungen (als Hausaufgabe) geübt werden. Es ist bisher nicht geklärt, inwieweit die Vorstellungsfähigkeit die Durchführung des Verfahrens erleichtert, erschwert oder gar verhindert. In der Praxis werden die Klienten einfach dazu angeleitet, sich die einzelnen Szenen so gut wie möglich vorzustellen (Levis, 1980).

Neben den angeführten praktischen Schwierigkeiten sind in der Implosion auch grundlegende *theoretische* Probleme noch ungeklärt (vgl. auch Rimm & Masters, 1979). Bei der Beschreibung des Verfahrens wurde gezeigt, daß der Bezug zu psychodynamischen Themen als eine wichtige Komponente angesehen wird. Die Bedeutung des Faktors ist aber selbst bei Forschern, die sich um die Entwicklung und Evaluation der Implosion verdient gemacht haben, umstritten: Hogan (1968; 1969) etwa legte auf diese psychodynamischen Faktoren bei der Durchführung der Therapie keinen Wert, womit die Notwendigkeit des Faktors für den Therapieerfolg stark in Zweifel gezogen werden muß. Insgesamt ist festzuhalten, daß klare Hinweise für oder gegen die theoretische Bedeutung psychodynamischer Faktoren bei der Implosion bisher ausstehen.

Zur Erklärung des Effektes von Implosionsverfahren können eine Reihe von Faktoren herangezogen werden, deren Bedeutung und relativer Beitrag ursprünglich kaum thematisiert wurde. Dazu gehören neben kognitiven Faktoren (z.B. Erfolgserwartung) auch Aspekte des offenen und verdeckten Modellernens (vgl. Kap. 4.4 und Kap. 4.6.5), Faktoren der Habituation an bestimmte Stressoren oder die Veränderung der Selbsteffizienz (vgl. Kap. 3.1.2) im Verlaufe des therapeutischen Prozesses. Rimm & Masters (1979) kritisieren ferner, daß für die hierarchische Abstufung und Darbietung der einzelnen Szenen keine Erklärung geliefert wird, die mit den Grundlagen der Implosionstherapie zusammenhängt (in praktischer Hinsicht wird dies auch völlig beliebig gehandhabt).

Die angesprochenen praktischen und theoretischen Probleme scheinen zwar prinzipiell lösbar; da es aber zur Behandlung der Störungen, für die Implosion einen Indikationsbereich bildet, fundierte Alternativen gibt, die nicht mit solchen Schwierigkeiten behaftet sind, stellt dies indirekt eine Bewertung des Verfahrens dar.

### 4.1.5. Graduierte Löschung

Graduierte Löschung ist ein therapeutisches Verfahren, das speziell zur Bewältigung von klinischen Angst- und Vermeidungsreaktionen entwickelt wurde. Das Vorgehen beinhaltet eine systematische und schrittweise Darbietung der gefürchteten Situationen, wobei mit extrem schwachen Reizen begonnen wird, die keinerlei Abwehr- oder Vermeidungsreaktionen auslösen, so daß langsam zu immer gefährlicheren Situationen übergegangen werden kann. Im Unterschied zu anderen Expositionsverfahren wird das Vermeidungsverhalten hier nur in dem Sinne verhindert, daß die dargebotenen Stimuli zu schwach sind, um das Vermeidungsverhalten auszulösen (vgl. Rimm & Masters, 1979).

#### 4.1.5.1. Grundlagen und Prinzipien des Verfahrens

Zur Abgrenzung der graduierten Löschung von anderen Konfrontationsverfahren sind folgende Gesichtspunkte wichtig:
Im Gegensatz zur Systematischen Desensibilisierung (in vivo) werden bei der graduierten Löschung keine antagonistischen Reaktionen zur Hemmung der Angst eingesetzt. Der Unterschied zur Exposure und Response Prevention betrifft zum einen die Tatsache, daß bei der graduierten Löschung nur Situationen präsentiert werden, die für den Klienten minimal angstauslösend sind, und zum anderen ist damit auch keine spezifische Reaktionsverhinderung nötig. Im Kontrast zur Implosion wird bei der graduierten Löschung weder eine psychodynamische Komponente bei der Entstehung von Angst und Vermeidung angenommen, noch ist dies für das Verfahren bedeutsam.

Als eine wichtige differentielle Komponente der graduierten Löschung muß auf die Bedeutung operanter Faktoren hingewiesen werden: Der Klient wird vom Therapeuten jederzeit über seinen eigenen Fortschritt (z.B. im Annäherungsverhalten) informiert. Diese operanten Faktoren sind zwar auch bei den anderen Konfrontationsverfahren vorhanden, bei der graduierten Löschung werden sie jedoch *explizit* eingesetzt.

Eine wichtige Grundlage der graduierten Löschung bilden Befunde aus dem Bereich der Bestrafung: Wenn minimal aversive Stimuli dargeboten worden sind, die keinerlei Angst oder Vermeidung mehr ausgelöst haben, so kann man davon ausgehen, daß auch gering gefährlichere Reize die Angst nicht auslösen, auch wenn man annehmen muß, daß bei der ursprünglichen (also nicht abgestuften) Präsentation des aversiven Reizes Angst ausgelöst worden wäre (vgl. Bandura, 1969; Reinecker, 1980). Eine mögliche Interpretation des Vorganges besagt, daß minimal aversive Stimuli nunmehr Alternativen zum Vermeidungsverhalten auslösen; dazu kann man annehmen, daß diese neuen Reaktionen generalisieren (auf ähnliche, gering gefährlichere Reize) und daß sie mit der Angst interferieren (Interferenztheorie der Löschung, vgl. Kimble, 1961).

Rimm & Masters (1979) sind der Auffassung, daß die graduierte Löschung günstiger ist als eine Konfrontation des Klienten mit stark angstauslösenden Situationen; ein aversiver Stimulus, der ursprünglich emotionale (Angst-) und Vermeidungsreaktionen hervorruft, kann nach dem Prinzip der Stimulussubstitution andere Reaktionen (Alternativverhalten zur Angst und Vermeidung) hervorrufen, wenn er in der Therapie in einen Kontext von Reizen eingebettet wird, die Alternativverhalten (Bewältigungsverhalten, angstfreie Reaktionen) hervorrufen. So kann dieses Prinzip der Stimulussubstitution sogar dazu führen, daß die ursprünglich angstauslösenden Reize nach der Therapie Alternativen zum Vermeidungsverhalten auslösen (vgl. Terrace, 1966).

Zur experimentellen Fundierung der graduierten Löschung verglich Poppen (1970) verschiedene Löschungsverfahren von Vermeidungsverhalten im Tierversuch: graduiertes Gegenkonditionieren, graduierte Löschung, Flooding, Gegenkonditionierung und reguläre Löschung. Er kam zu folgenden Ergebnissen: Das Verfahren der regulären Löschung war am wenigsten effektiv zum Wiederaufbau des Annäherungsverhaltens; graduiertes Gegenkonditionieren und graduierte Löschung zeigten die raschesten Effekte – bereits in der ersten Sitzung zeigten sich drastische Anstiege des Annäherungsverhaltens, das sich im Verlaufe der folgenden zehn Sitzungen aufrecht erhielt. Erst nach etwa zehn Sitzungen hatten die drei anderen Verfahren zu einer ähnlichen Löschung des Vermeidungsverhaltens und zum Aufbau des Annäherungsverhaltens geführt wie die graduierte Löschung und das graduierte Gegenkonditionieren.

#### 4.1.5.2. Durchführung des Verfahrens

Graduierte Löschung wird üblicherweise zur Behandlung von Problemen herangezogen, bei denen Angst bzw. Vermeidungsverhalten eine zentrale Rolle spielt. Für das Verfahren ist entscheidend, daß Therapeut und Klient gemeinsam das Zielverhalten in eine Reihe von graduell schwierigeren Situationen so gliedern, daß beim Übergang von einem Item zum nächstschwierigen beim Klienten nur minimale Angst (und so gut wie kein Vermeidungsverhalten) ausgelöst wird. Für die *Dauer der Präsentation* einer Situation (in vivo) gibt es keine absoluten Richtlinien: Es ist aber unabdingbar, daß die Darbietung einer Situation erst dann abgebrochen wird, wenn der Klient über ein deutliches Nachlassen von Angst berichtet.

Die Verwendung der graduierten Löschung ist offensichtlich nicht neu oder abhängig von der Entwicklung der Verhaltenstherapie: Bereits im Jahre 1941 benutzte Herzberg das Verfahren zur Behandlung einer schweren Agoraphobie: Die Klientin war außerstande, das Haus zu verlassen. Die Therapie bestand darin, daß die Klientin zuerst ganz kurz allein in einem Park spazieren gehen sollte (eine Situation, von der sie angab, daß sie nicht besonders angstauslösend war). Die Settings für die Spaziergänge wurden laufend auf andere Situationen ausgedehnt (z.B. zuerst ruhigere, dann immer belebtere Straßen und Plätze). Als Kriterium für den Übergang zu einer neuen Situation diente die subjektive Angabe der Klientin, sie könne diese vermutlich bewältigen. Auch aus den 50er Jahren gibt es einige Berichte über den Einsatz des Verfahrens (H.G. Jones, 1956; Meyer, 1957).

Ein anderes *Beispiel* schildert Grossberg (1965):

Es handelte sich um eine Studentin, die die erforderlichen Prüfungen im College nicht abschließen konnte, weil sie nicht in der Lage war, vor einem größeren Auditorium zu sprechen. Vor der verhaltenstherapeutischen Behandlung waren bereits eine Reihe von Verfahren erfolglos eingesetzt worden (Gruppentherapie, Medikation, individuelle Psychotherapie). Grossberg setzte die Studentin ganz abgestuft einem immer größer werdenden Publikum aus. So sollte sie anfangs lediglich dem Therapeuten eine kurze Stelle vorlesen, zuerst in seinem Zimmer, dann in einem kleineren leeren Seminarraum. Das Auditorium für das Vorlesen und schrittweise freie Sprechen ließ sich leicht schrittweise vergrößern, indem laufend ein paar Personen dazugenommen wurden. Mit Übungen zur Generalisierung konnte die Behandlung in 17 Sitzungen erfolgreich abgeschlossen werden.

Graduierte Löschung ist nach Rimm & Masters (1979) nicht auf den Bereich der Angstbehandlung beschränkt. Arora & Murthy (1976) demonstrierten die Behandlung eines Schreibkrampfes mit Hilfe des Verfahrens:

Der Klient, ein 19jähriger Student, verkrampfte sich beim Schreiben so sehr, daß er den Stift nur wie ein Messer (mit der Faust) in der Hand halten (und natürlich nicht schreiben) konnte. Die Behandlung begann, indem der Klient zuerst einen Malpinsel zwischen Zeige- und Mittelfinger halten sollte; so sollte er laufend immer kleinere Kreise zeichnen Langsam konnte zu Spiralen, zu Linien und später zu Großbuchstaben übergegangen werden. Dann wurde ein weicher Stift benutzt, später eine Feder. Bei der Beendigung der Behandlung (und bei der Nachkontrolle ein halbes Jahr später) war der Klient in der Lage, eine halbe Stunde lang ohne Beschwerden zu schreiben.

Der *Effektivitätsnachweis* für die graduierte Löschung ist aus mehreren Gründen recht kompliziert: Zum einen bildete die graduierte Löschung häufig eine Art Kontrollbedingung für die Untersuchung der Systematischen Desensibilisierung. Während dabei die Bedingungen für eine adäquate Durchführung der Systematischen Desensibilisierung sicherlich erfüllt waren, muß dies für die graduierte Löschung keineswegs gegeben sein (das Weglassen der Entspannung allein macht aus der Systematischen Desensibilisierung noch keine korrekte graduierte Löschung). Zum anderen läßt sich zeigen, daß in der graduierten Löschung eine Reihe von Wirkfaktoren zu berücksichtigen sind. Leitenberg u.a. (1968) demonstrierten, daß der Effekt des Verfahrens deutlich beeinträchtigt wurde, wenn die Klienten nicht über ihren Fortschritt informiert wurden; bei dieser Information müssen sowohl operante als auch kognitive Komponenten berücksichtigt werden.

## 4.2. Operante Methoden

Die Verfahren des operanten Konditionierens (vgl. Kap. 3.1.1), wie sie von Thorndike (1898) entwickelt und später vor allem von Skinner (1938; 1953; 1969), Ferster & Skinner (1957) sowie Holland & Skinner (1961) ausgearbeitet und präzisiert wurden, bilden die Grundlage für eine Reihe von therapeutischen Methoden, die für die Praxis der Verhaltenstherapie große Bedeutung gewonnen haben. Das zentrale Lerngesetz wurde von E.L. Thorndike bereits um die Jahrhundertwende formuliert und besagt, daß instrumentelles Verhalten in erster Linie durch die Konsequenzen kontrolliert wird. B.F. Skinner befaßte sich in den 30er Jahren speziell mit der Unterscheidung der Lernprinzipien des klassischen (S–R) und des operanten (R–S) Lernens (die Begriffe „instrumentell“ und „operant“ werden in der Folge synonym verwendet).

In der Verhaltensdiagnostik bzw. der Analyse von Verhalten gemäß den operanten Prinzipien bemüht man sich um eine Präzisierung des Verhaltens (als abhängige Variable) einerseits und um die Erfassung und Präzisierung derjenigen Variablen (als unabhängige Variable) andererseits, die mit dem Verhalten kovariieren. Diese *funktionale Analyse* des Verhaltens wurde in der operanten Tradition unter anderem von Baer, Wolf & Risley (1968) als zentral angesehen (vgl. etwa auch Baer, 1983).

Die operanten Methoden der Verhaltenstherapie werden auch häufig als „Anwendung“ operanter Prinzipien bezeichnet; diese Auffassung bedarf der Klärung insofern, als von einer Anwendung im engeren Sinne (d.h. logische Deduktion und Verwendung der theoretischen Begriffe im Kontext der Erklärung für Verhalten unter natürlichen Bedingungen) nicht gesprochen werden kann (vgl. Westmeyer, 1973; 1977). Von „Anwendung“ im Sinne eines heuristischen Hintergrundes und eventuell sogar als Problemlösestrategien kann aber vermutlich ausgegangen werden.

Bei der folgenden Erörterung operanter Methoden der Verhaltenstherapie werden die einzelnen Ansätze getrennt besprochen; dabei sollte klar sein, daß dies lediglich aus Gründen der Systematik und Didaktik geschieht. Auf die Bedeutung operanter Faktoren wurde auch schon im vorigen Abschnitt verwiesen (bei der Systematischen Desensibilisierung und der graduierten Löschung). Dies mag verdeutlichen, wie sehr die einzelnen Prinzipien der Verhaltenstherapie im praktischen Kontext ineinandergreifen.

Weder die Vertreter der operanten Theorie noch die Therapeuten, die sich auf die entsprechenden Verfahren stützen, sind der Auffassung, daß die jeweiligen Lernprinzipien (z.B. Gesetzmäßigkeiten über die Veränderung von Verhalten in Abhängigkeit von situativen Bedingungen) eine vollständige Beschreibung und Erklärung des komplexen menschlichen Verhaltens und Erlebens darstellen. Skinner (1969) macht im Vorwort zu „Contingencies of Reinforcement" ganz deutlich, daß es sich bei den Lernprinzipien um Vereinfachungen und Abstraktionen handelt (er bringt dazu das Beispiel aus der Physik, wonach man mit physikalischen Gesetzen wohl kaum in der Lage ist, die Flugbahn einer Fliege zu beschreiben oder zu erklären). Diesen Gesichtspunkt der Abstraktion und Idealisierung sollte man im Auge behalten, wenn man sich mit operanten Ansätzen in der Verhaltenstherapie beschäftigt.

## 4.2.1. Operante Methoden zum Aufbau von Verhalten

Unter diesen Gesichtspunkt fallen alle Methoden, die zur Ausformung nicht vorhandenen Verhaltens, zur Erhöhung der Verhaltensrate und letztlich zur Aufrechterhaltung (Stabilisierung) von Verhalten beitragen sollen. Für jedes der drei Ziele lassen sich unterschiedliche Methoden anführen.

### 4.2.1.1. Ausformen von Verhaltensfähigkeiten

Es gibt eine Reihe von Verhaltensproblemen, bei denen ein erwünschtes Zielverhalten im Repertoire des Individuums nicht vorhanden ist (Beispiele: Sprechen bei autistischen Kindern; selbständiges Verhalten bei langzeithospitalisierten Klienten usw.). Um solches Verhalten aus den vorhandenen Fertigkeiten der betreffenden Person aufzubauen, kann man auf folgende Strategien zurückgreifen.

*Shaping:* Unter Shaping versteht man den schrittweisen Aufbau von komplexen Verhaltensmustern, die im Repertoire eines Individuums gar nicht vorhanden sind, aus Bestandteilen dieser Zielreaktion. Die ersten Elemente können dabei in einer sehr entfernten Relation zum gewünschten Endverhalten stehen, sollten aber immer feiner ausdifferenziert werden, bis sie tragende Elemente des Zielverhaltens bilden. Bereits kleinste Schritte, die in Richtung des Zieles führen, werden systematisch verstärkt.

Beim Shaping wird das Zielverhalten in einzelne Schritte aufgeschlüsselt; dann werden Kriterien für die erste Annäherung festgelegt; zum Erlernen wird eine Situation ausgewählt, in der die Wahrscheinlichkeit für erste Annäherungen a priori hoch ist; einfachste Annäherungen werden differentiell verstärkt (z.B. Kind soll lernen, sich selbständig anzuziehen: Anschauen des Kleides als erster Schritt).

Das Verfahren des Shaping wird bevorzugt bei der Therapie von Kindern und dort speziell zur Ausformung kooperativen Verhaltens (z.B. Hintgen & Trost, 1966) und sprachlichen Verhaltens eingesetzt (vgl. auch Bandura, 1969; Rimm & Masters, 1979).

Wie auch bei anderen Verfahren zum Aufbau von Verhalten ist für das Shaping festzuhalten, daß es sich um ein sehr aufwendiges Verfahren handelt; gerade durch die intensive Beschäftigung mit Problemen von Klienten, die anderweitig therapeutisch vernachlässigt wurden, konnten jedoch zumeist erfreuliche Veränderungen für die betreffenden Personen erreicht werden (vgl. z.B. Lovaas & Bucher, 1974).

*Chaining:* Beim Chaining versucht man sich die Tatsache zunutze zu machen, daß menschliches Verhalten als „verkettet" aufgefaßt werden kann; eine bestimmte Reaktion dient dabei wieder als diskriminativer Hinweisreiz für die nächste Reaktion usw. Um bei einem Individuum Verhalten auszuformen, das im Repertoire nicht vorhanden ist, wird es in die einzelnen Schritte zerlegt. Bei der Therapie wird beim letzten Glied einer komplexen Kette begonnen, die dann quasi von rückwärts aufgebaut wird:

$$\begin{array}{lllll} S_1^D \rightarrow R_1 (=S_2^D) & & & & \\ \quad\downarrow & & & & \\ & R_2 \rightarrow (=S_3^D) & & & \\ & \quad\downarrow & & & \\ & & R_3 \rightarrow (=S_4^D) & & \\ & & \quad\downarrow & & \\ & & & R_4 \rightarrow (=S_5^D) & \\ & & & \quad\downarrow & \\ & & & R_5 & \end{array}$$

(Beginn)

Für das Verfahren des Chaining ist es erforderlich, ein komplexes Verhalten in kleine Einheiten (Ketten) aufzugliedern; es muß bestimmt werden, welche Teile der Kette im Repertoire bereits vorhanden sind und welche eventuell erst durch Shaping aufgebaut werden müssen; begonnen wird mit dem letzten Element, das unter eindeutige Stimuluskontrolle gebracht wird (z.B. verbale Aufforderung); die Kette wird schrittweise zurückgearbeitet, bis die erforderlichen Verhaltensweisen unter der Stimuluskontrolle der vorausgehenden Reaktionen stehen.

Als *Beispiel* läßt sich der Aufbau des Verhaltens „sich selbständig anziehen" bei einem retardierten autistischen Mädchen durch L.S. Watson (1973) anführen:

Das Zielverhalten wurde zunächst in die einzelnen Schritte aufgegliedert; auf die verbale Instruktion hin „zieh Dich an" begann der Therapeut, dem Kind beim Anziehen behilflich zu sein, allerdings nur bis zum letzten Schritt (Anziehen der Schuhe), den das Kind auf die Instruktion hin selbst bewältigen sollte (auch dieser Schritt ließe sich, falls er zu schwierig ist, wieder in Teilziele aufgliedern). Für diesen Schritt wurde das Kind verstärkt (Lächeln, Lob). Auf diese Weise konnte man sich über Hosen, Socken, Hemd usw. so weit vorarbeiten, daß das Kind in der Lage war, die gesamte Kette selbst zu bewältigen.

Beim Chaining macht man von dem Prinzip Gebrauch, daß wir beim Erlernen einer komplexen Handlung üblicherweise nicht für den Beginn, sondern erst für den Abschluß verstärkt werden.

*Fading und Prompting:* Diese beiden Strategien tragen speziell dazu bei, daß das Zielverhalten unter die Kontrolle der relevanten Stimuli gelangt. Gerade im sozialen Bereich gibt es eine Reihe von auslösenden Reizen differentieller Natur, auf die hin ganz spezielle Reaktionen gesetzt werden sollten.

Unter *Prompting* versteht man verbale oder verhaltensmäßige Hilfestellungen, die die Aufmerksamkeit des Lernenden auf das gewünschte Verhalten lenken sollen (Beispiel: Vormachen des erwünschten Verhaltens; eindeutige Instruktionen; auf Objekt, Körperteil usw. hinzeigen und ähnliches).

*Fading* bedeutet das graduelle Ausblenden von Hilfsstimuli, bis die lernende Person nur mehr auf die in minimaler Ausprägung vorhandenen Reize reagiert, die auch in der natürlichen Umgebung vorhanden sind. Fading spielt auch eine wichtige Rolle beim Übergang von therapeutischen Bedingungen (unter denen eine Reihe von Hilfestellungen für neues Verhalten vorhanden sind) auf die sogenannten natürlichen Bedingungen, unter denen die therapeutischen Hilfsstimuli schrittweise entfallen.

Ein *Beispiel* für Fading wäre das Erlernen von Vokabeln beim Erwerb einer Fremdsprache: Anfangs steht der zu erlernende Begriff unter der Kontrolle des entsprechenden deutschen Ausdrucks, und erst langsam lernt man die neue Vokabel „auswendig", das heißt, ihre Verwendung im natürlichen Kontext ist nicht mehr davon abhängig, daß wir das Wort ablesen, es aus dem Deutschen übersetzen und dergleichen.

Ein therapeutisches *Beispiel* dazu wird von Haupt, VanKirk & Terraciano (1975) berichtet:

Ein 9 Jahre altes Mädchen war nicht in der Lage, die einfachsten Rechenoperationen durchzuführen (kleines Einmaleins). Unter den Fading-Bedingungen wurden die Rechnungen mit den Ergebnissen dargeboten, das Kind konnte die Ergebnisse sehen, ablesen und benennen. Dann wurden durchsichtige Folien auf die Ergebnisse gelegt, so daß der relevante Hilfsstimulus (= Ergebnis) langsam ausgeblendet wurde; die Folien wurden laufend undurchsichtiger, das Kind wurde für jede richtige Antwort verstärkt und lernte nach wenigen Sitzungen, richtig zu multiplizieren.

#### 4.2.1.2. Erhöhung der Wahrscheinlichkeit erwünschten Verhaltens

Viele Verhaltensweisen sind im Repertoire eines Individuums zwar vorhanden, treten aber zu selten auf, mit anderen Worten: Es stellt sich als notwendig heraus, die Auftrittshäufigkeit einer speziellen Verhaltensklasse zu erhöhen.

*Positive Verstärkung:* Die positive Verstärkung ist das wohl gängigste und wichtigste Hilfsmittel, um die Auftrittshäufigkeit erwünschten Verhaltens zu erhöhen. Es ist dabei wichtig, darauf hinzuweisen, daß der Begriff der Verstärkung nicht mit dem der Belohnung gleichgesetzt werden darf: Die Wirksamkeit eines Verstärkers läßt sich im Prinzip nur empirisch bestimmen (d.h. aus seiner Fähigkeit, die Auftretenswahrscheinlichkeit einer operanten Klasse zu erhöhen).

Die Methode der positiven Verstärkung hat therapeutisch einen sehr breiten Anwendungsbereich; so verwendeten O'Leary & Becker (1967) die kontingente Verstärkung kooperativen, angemessenen Verhaltens im Klassenzimmer, um dadurch indirekt die Häufigkeit störenden Verhaltens zu senken. Das störende Verhalten, das vor der Intervention noch 66% bis 91% der Zeit beansprucht hatte, fiel durch die Belohnung angemessenen Verhaltens schließlich auf 3% bis 32% ab.

Bei der Anwendung der positiven Verstärkung sollten folgende Hinweise beachtet werden: In einer funktionalen Analyse sind zunächst die relevanten Verstärker zu identifizieren; Verstärkung sollte kontingent und sofort verabreicht werden; nach der kontinuierlichen Verstärkung in der Anfangsphase sollte (zur Stabilisierung des Verhaltens) auf intermittierende Verstärkung übergegangen werden; Verstärker sollten flexibel verwendet und nach Möglichkeit zusammen mit sozialem Reinforcement verwendet werden.

Als Verstärker können auch Verhaltensweisen des Individuums eingesetzt werden, die eine höhere natürliche Auftretensrate haben (z.B. Duschen, Fernsehen usw. als Verstärker für die Erledigung einer Aufgabe). Man macht sich dabei das sogenannte Premack-Prinzip (vgl. Premack, 1965) zunutze (vgl. Kap. 4.6.6).

*Negative Verstärkung:* Für ein Individuum, das unter aversiven Bedingungen steht, wirken alle Aktivitäten, die zu einer Milderung oder Beendigung seines Zustandes beitragen, verstärkend. So wird die Flucht vor bzw. Vermeidung einer unangenehmen Stimulation (z.B. Schmerzen) negativ verstärkt. Die Anwendung des Verfahrens der negativen Verstärkung setzt immer zunächst die Einführung eines aversiven Zustandes voraus.

Aus dem Alltagsleben lassen sich genügend Beispiele für negative Verstärkung finden: Die Mutter, die dem Kind Schokolade gibt, damit es aufhört zu schreien oder zu quengeln, wird für ihr Verhalten negativ verstärkt (sie beendet den für sie unangenehmen Zustand; das Kind wird für sein Schreien/Quengeln allerdings positiv verstärkt); das Mitnehmen eines Schirms oder Regenmantels wird durch die Erwartung von Regen ausgelöst und durch den Eintritt von Regen negativ verstärkt (man vermeidet, naß zu werden) usw.

Aus dem therapeutischen Bereich läßt sich folgendes *Beispiel* anführen:

Denholtz (1972) behandelte einen 17jährigen „Pyromanen". Durch sein Verhalten stand er vor der Gefahr, den natürlichen Kontingenzen (Gerichtsverhandlung, Strafe, soziale Ächtung ...) ausgesetzt zu werden. Die Therapeutin ließ ihn Dias mit brennenden Gegenständen kurze Zeit lang beobachten (dies war für ihn äußerst angenehm). Er hatte selbst die Möglichkeit, mittels eines Knopfes auf eine neutrale Szene umzuschalten, andernfalls wurde er nach wenigen Sekunden durch einen leichten Stromschlag für das Betrachten der Szene bestraft. Er besaß also die Möglichkeit, sich für das Betrachten neutraler Szenen selbst negativ zu verstärken (indem er die aversive Situation vermied). Der Junge konnte die Prozedur zu Hause mehrere Wochen lang durchführen. Bei Beendigung der Therapie und bei einer Nachkontrolle nach zwei Jahren war eine vollständige Besserung eingetreten.

Das Beispiel erfordert zwei Anmerkungen: Zum ersten handelt es sich nicht um eine Prozedur, in der lediglich negative Verstärkung eine Rolle spielte, sondern sie war mit einem Bestrafungsverfahren gekoppelt. Zum zweiten erfordert gerade dieser Einsatz von Bestrafung ethische Reflexionen (Näheres dazu unter dem Kapitel „Bestrafungs- und Aversionsverfahren" 4.3).

*Stimuluskontrolle:* Für jedes Verhalten gibt es bestimmte Stimulusbedingungen, unter denen die Wahrscheinlichkeit seines Auftretens erhöht ist. Tritt Verhalten zu selten auf, so liegt es nahe, für das Verhalten günstige Stimulusbedingungen zu schaffen. Diejenigen Schlüsselreize, die eine Verstärkung des Verhaltens anzeigen, nennt man diskriminative Stimuli (Symbol: $S^D$). Ein $S^\Delta$ hingegen zeigt an, daß das Verhalten bestraft werden wird.

Typische Beispiele für die Einführung von Stimuluskontrolle bilden konsumatorische Verhaltensweisen (Essen, Rauchen, Trinken), aber auch Studienprobleme (z.B. Konzentration usw.). Bei der Therapie des Übergewichts etwa wird davon ausgegangen, daß das Essen nicht unter adäquater Stimuluskontrolle steht (sondern daß an verschiedensten Orten, zu verschiedensten Zeiten usw. gegessen wird). Ziel der Stimuluskontrolle muß es sein, eine Reihe von diskriminativen Hinweisreizen einzuführen, unter denen erwünschtes Verhalten hoch wahrscheinlich auftritt (und umgekehrt).

Am *Beispiel* der Studienprobleme läßt sich diese Komponente von Verhaltensdefiziten verdeutlichen:

Der Student zeigt zwar eine Reihe von zielführenden Verhaltensweisen (Lesen von Büchern, Exzerpieren, Lernen, Besuch von Lehrveranstaltungen usw.). Viele dieser an sich erwünschten Strategien treten unter ungünstigen Stimulusbedingungen und damit ohne den gewünschten Erfolg auf (z.B. Lernen in einem belebten Lokal, nach dem Trinken von Alkohol, bei Radiomusik usw.). Das Ziel der Stimuluskontrolle muß nun darin bestehen, diejenigen Reize auszublenden, die von konzentriertem Arbeiten ablenken, und Situationen zu arrangieren, die solches Arbeiten erleichtern und damit wahrscheinlicher machen.

Zum Einsatz von Stimuluskontrolle als therapeutische Strategie (meist in Kombination mit anderen Verfahren) sind einige Hinweise notwendig: In einem ersten Schritt ist es unabdingbar, in einer präzisen Verhaltensanalyse die funktionalen Zusammenhänge zwischen vorausgehenden Situationen und dem relevanten Verhalten zu bestimmen; Schlüsselreize für unerwünschtes Verhalten sollten entfernt, solche für das Zielverhalten eingeführt werden (z.B. Radio, Zeitschriften, Telefon auf dem Schreibtisch als $S^{\Delta}$ für konzentriertes Lernen – eine bestimmte Uhrzeit, ein Schreibtisch mit wichtigen Unterlagen als $S^{D}$ für konzentriertes Arbeiten); auch andere Personen können als Hinweisreiz für Verhalten dienen; die Stimuluskontrolle sollte schrittweise in die Verantwortung des Klienten übertragen werden.

### 4.2.1.3. Aufrechterhaltung eines Verhaltens

Therapeuten sind üblicherweise nicht nur daran interessiert, Verhalten nach den genannten Methoden auszuformen oder aufzubauen, sondern auch daran, daß das erwünschte Zielverhalten aufrechterhalten bleibt. Dies ist häufig ein Punkt, auf den man bei der Beendigung einer Therapie zu wenig achtet – offensichtlich *hofft* man dabei auf eine Aufrechterhaltung eines Effektes, anstatt ihn aktiv zu *planen*.

Die Beendigung einer ambulanten Therapie und noch mehr die Entlassung eines Klienten aus dem stationären Setting stellt nach operanter Auffassung geradezu eine Art Umkehrdesign (Baer, Wolf & Risley, 1968; Leitenberg, 1973) dar: *Vor* der Therapie herrschten für den Klienten Bedingungen, die für die Entstehung und Aufrechterhaltung seines Problems zumindest mit verantwortlich waren; *während* der Therapie steht der Klient (zumindest teilweise) unter therapeutischen Stimulusbedingungen (vgl. oben, Stimuluskontrolle); und *nach* der Therapie kehrt der Klient häufig in die problematischen Umgebungsbedingungen zurück, womit ein „Rückfall" geradezu programmiert ist.

Damit ein solcher „Rückfall" nicht passiert und ein Aufrechterhalten des therapeutischen Fortschrittes zumindest prinzipiell gesichert ist, sollten einige Punkte beachtet werden, die sich aus Überlegungen der operanten Methodik ergeben:

Wenn in der Therapie operante Ansätze verwendet wurden, so sollte gegen Ende der Therapie zu *intermittierender Verstärkung* übergegangen werden; Verhaltensweisen, die durch intermittierende Verstärkung aufgebaut wurden, erweisen sich als besonders löschungsresistent. Kanfer & Phillips (1975) etwa meinen, daß es ein Therapieziel sein müsse, dem Klienten durch variable Verstärkungspläne Stabilität in seinem neuen Verhalten zu vermitteln.

Die oben ausgeführte Methode des *Fading* spielt nicht nur eine Rolle beim Aufbau, sondern auch bei der Aufrechterhaltung eines Fortschrittes: In der Therapie werden die therapeutischen Hilfsstimuli schrittweise ausgeblendet, das heißt, der Klient sollte lernen, ein bestimmtes Verhalten nicht nur dann zu zeigen, wenn er dazu vom Therapeuten instruiert oder angeleitet wurde oder wenn der Therapeut anwesend ist, er sollte das Kriteriumsverhalten vielmehr auch außerhalb des therapeutischen Settings ausführen.

Die *Umstrukturierung der sozialen Umgebung* stellt häufig selbst einen therapeutischen Schritt dar; dies beinhaltet eine Veränderung der problematischen Bedingungen, die mit zum Problem beigetragen haben. Beispiele hierfür wären Elterntrainings, aber auch Partner- und Familientherapie. An welchem Punkt die Analyse und Veränderung makrosozialer Strukturen endet, ist wohl nicht einfach zu entscheiden (vgl. Holland, 1978).

Die wohl wichtigste Möglichkeit bildet der schrittweise Übergang der therapeutischen in die *Selbstkontrolle* des Klienten. So werden mit dem Klienten nicht nur spezifische Strategien eingeübt, er sollte vielmehr frühzeitig lernen, diese Strategien möglichst flexibel einzusetzen. Als optimale Möglichkeit bieten sich vermutlich Problemlösestrategien (vgl. D'Zurilla & Goldfried, 1971) an: Hier lernt der Klient auf flexible Weise, mit seinem jetzigen Problem umzugehen, dieses zu verändern, aber auch, die prinzipielle Strategie auf zukünftige Probleme zu übertragen (vgl. z.B. Marlatt & Gordon, 1985).

Den Gebieten der Selbstkontrolle und des Problemlösetrainings sind jeweils eigene Abschnitte gewidmet (vgl. Kap. 4.8 und Kap. 4.7.5).

## 4.2.2. Operante Methoden zum Abbau von Verhalten

Operante Methoden zum Abbau der Auftrittshäufigkeit von Verhalten spielen dann eine Rolle, wenn das Problem in einem Verhaltensexzeß besteht, das heißt, daß das Problemverhalten zu häufig auftritt (vgl. Verhaltensanalyse). Zur Reduktion dieser Auftrittshäufigkeit gibt es verschiedene Verfahren, die im folgenden besprochen werden.

### 4.2.2.1. Bestrafung von Verhalten

Unter Bestrafung versteht man die kontingente Anwendung eines aversiven Reizes auf ein bestimmtes Verhalten; die funktionale Fassung der Bestrafung verzichtet auf die Kennzeichnung eines Reizes als „aversiv" und bezeichnet Bestrafung als denjenigen Prozeß, bei dem die Auftrittshäufigkeit eines Verhaltens einer bestimmten operanten Klasse als Folge der reaktionskontingenten Anwendung eines Stimulus sinkt (Azrin & Holz, 1966; vgl. auch Kap. 4.3).
Die Anwendung von Bestrafungsverfahren sollte generell nur unter eingehender Berücksichtigung ethischer Überlegungen erfolgen (vgl. dazu Kap. 4.3.4).
Ein völliger Verzicht auf aversive Verfahren wäre allerdings auch problematisch, weil man einen Klienten in einem solchen Fall unter Umständen den noch deutlich aversiveren „natürlichen" Bedingungen überließe (vgl. Reinecker, 1980; 1981).

Als wichtige Hinweise für die Durchführung von Bestrafungsverfahren müssen folgende Gesichtspunkte berücksichtigt werden: Die Bestrafung (Darbietung eines aversiven Reizes auf ein bestimmtes Verhalten) sollte nur in Verbindung mit der differentiellen positiven Verstärkung von Alternativverhalten durchgeführt werden. Bestrafung hat in diesem Falle, wie Azrin & Holz (1966) sowie Holz & Azrin (1962) nachgewiesen haben, einen wichtigen diskriminativen Effekt für das lernende Individuum. Der Strafreiz sollte dem unerwünschten Verhalten kontingent und sofort folgen; die Bestrafung sollte klarerweise nur in Absprache mit dem Klienten erfolgen.

Als *Beispiel* für die genannten Überlegungen läßt sich der Fall eines 6jährigen hyperaktiven Mädchens anführen, das auf viele Gegenstände kletterte und sich durch das Herunterfallen bereits häufig gravierend verletzt hatte. Alle anderen Methoden (Time-out, Löschung, Verstärkung inkompatibler Verhaltensweisen) hatten versagt. Die Bestrafung bestand darin, daß der Therapeut sofort nach Beginn des Verhaltens (Klettern) ein lautes „Nein" in sehr scharfem Tone zum Kind schrie. Die Prozedur konnte auch von der Mutter des Kindes durchgeführt werden. Zuerst gab es gewisse Schwierigkeiten mit der Generalisierung, das heißt, das Mädchen kletterte dann, wenn Therapeut oder Mutter nicht im Raum waren. Innerhalb von vier Tagen der Behandlung fiel die Häufigkeit des Verhaltens von vorher 29mal auf 2mal täglich (Risley, 1968).

Bucher & Lovaas (1968) berichten von einem 7jährigen Kind, das sich innerhalb von einer Stunde ca. 2000mal schlug, wenn es nicht körperlich daran gehindert wurde. Dieses Problemverhalten dauerte bereits seit fünf Jahren an. Innerhalb von nur vier therapeutischen Sitzungen mit jeweils 12 leichten elektrischen Schlägen als Folge des selbstdestruktiven Verhaltens konnte das Problem fast vollständig eliminiert werden.

### 4.2.2.2. Löschung von Verhalten

Löschung bedeutet die Reduktion der zukünftigen Auftrittshäufigkeit von Verhalten einer operanten Klasse durch die Entfernung der positiven Verstärker, die dieses Verhalten aufrechterhalten. Dem zu löschenden Verhalten sollten in Zukunft lediglich „neutrale" Konsequenzen folgen.

Es ist wichtig, darauf hinzuweisen, daß Löschung keineswegs in einer sofortigen Unterdrückung oder Eliminierung des Problemverhaltens resultiert; zumeist steigt das Verhalten in seiner Häufigkeit sogar noch an. Therapeuten, Klienten (bzw. die Eltern) sollten darauf vorbereitet werden, daß die Löschungskurve eine Funktion der vorangegangenen Verstärkungsgeschichte ist.

Zur Durchführung von operanten Löschungsverfahren sollten folgende Hinweise beachtet werden:
Löschung (d.h. die Entfernung von positiven Verstärkern) sollte immer nur in Verbindung mit der positiven Verstärkung von Alternativverhalten erfolgen; in der Verhaltensanalyse müssen *alle* Verstärker identifiziert worden sein, damit sie entfernt werden können und das Verhalten löscht; das Problemverhalten sollte von allen Personen der relevanten Umgebung gelöscht werden (vgl. Intervention in der natürlichen Umgebung, Tharp & Wetzel, 1975); Löschung ist dann unangemessen, wenn das Problemverhalten sofort unterbunden werden soll (z.B. bei physischer Gefahr für den Klienten).

Als *Beispiel* für die Löschung problematischen Verhaltens sei die Untersuchung von Ayllon & Haughton (1964) angeführt:

Drei hospitalisierte Klientinnen produzierten unverständliches, sogenanntes psychotisches Sprechen, das durch Nichtbeachtung des Personals sowie durch die Instruktion an die Mitklienten, das Verhalten ebenfalls nicht zu beachten, gelöscht werden konnte. Damit den Klientinnen nicht nur Verstärkung (Zuwendung, Beachtung) entzogen wurde, wurden sie bereits für Ansätze sinnvoller Kommunikation differentiell verstärkt (vgl. Shaping).

### 4.2.2.3. Response Cost

Unter Response Cost versteht man ein operantes Bestrafungsverfahren, bei dem bereits erhaltene generalisierte Verstärker (Token, Geld) für unangemessenes Verhalten entzogen werden. Kazdin (1972) berichtet in einer Übersicht, daß Response-Cost-Verfahren nicht die unerwünschten Nebeneffekte direkter Bestrafung haben, was ihren Einsatz im therapeutischen und im pädagogischen Bereich wohl weniger problematisch gestaltet.

Zur Durchführung von Response Cost müssen einige Voraussetzungen und Hinweise berücksichtigt werden:
Zum ersten muß ein positiver (generalisierter) Verstärker vorhanden sein, damit dieser auch entzogen werden kann; der Klient muß seinerseits wieder Gelegenheit haben, Verstärker zu erwerben; der Erwerb von Verstärkern sollte an erwünschtes Alternativverhalten geknüpft sein; das Response-Cost-Verfahren sollte so angelegt sein, daß es in etwa den natürlichen Kontingenzen entspricht; der Verlust des Verstärkers sollte sofort nach dem unerwünschten Verhalten erfolgen.

Phillips (1968) benutzte ein Response-Cost-System in einem Heim für prädelinquente Jugendliche. Die Jugendlichen hatten für verbale Aggressionen und Beschimpfungen einen vorher festgelegten Betrag an Tokens abzugeben. Das Response-Cost-Verfahren wurde eingeführt, weil alternative Möglichkeiten (Instruktionen, Löschung) versagt hatten. Die Jugendlichen hatten die Möglichkeit, die Verstärker (Tokens) durch kooperatives Verhalten wieder zu erwerben. Phillips (1968) berichtet, daß es ihm in kurzer Zeit gelang, das störende verbal-aggressive Verhalten auf ein für das Zusammenleben im Heim erträgliches Maß zu senken.

Zur Reduktion des Zigarettenkonsums benutzten Elliot & Tighe (1968) ebenfalls ein Response-Cost-System. Die Teilnehmer des Programms verloren für jede gerauchte Zigarette eine beträchtliche Summe an Geld, das sie aber wieder zurückgewinnen konnten, wenn sie es eine vorher vereinbarte Zeit ohne Zigarette ausgehalten hatten. Die Autoren berichten über eine Reduktion des Zigarettenkonsums um 84% bei den Teilnehmern nach 16 Wochen.

#### 4.2.2.4. Time-out

Beim Verfahren des Time-out wird eine Reduktion des Problemverhaltens dadurch erreicht, daß man *alle* potentiellen Verstärker des Verhaltens unerreichbar macht. Time-out ist gegenüber dem Verfahren des Response Cost insbesondere dann angezeigt, wenn es nicht möglich ist, die dem Problemverhalten folgenden Verstärker zu identifizieren. Ein Unterschied zur Response Cost besteht allerdings darin, daß dort die relevanten Verstärker für ein Verhalten bereits im Besitz des Individuums waren, während hier verhindert wird, daß die Person für unangemessenes Verhalten überhaupt Verstärker erhält. Time-out besteht in vielen Settings darin, daß die betreffende Person sofort nach einem Problemverhalten aus der Situation entfernt und in eine neutrale Umgebung gebracht wird; damit soll verhindert werden, daß die sogenannten natürlichen Kontingenzen das Problemverhalten verstärken.

*Hinweise zur Durchführung von Time-out:*

Time-out sollte in Kombination mit positiver Verstärkung von Alternativverhalten eingesetzt werden; die neutrale Umgebung sollte keine verstärkenden Eigenschaften aufweisen; Time-out sollte unmittelbar nach der problematischen Reaktion eingesetzt werden; der Einsatz von Time-out sollte durch klare Instruktionen angekündigt werden; der Einsatz von Time-out ist nicht angezeigt, wenn dies eine Flucht des Individuums aus einer aversiven Situation darstellt (negative Verstärkung).

Tyler & Brown (1967) berichten von einer erfolgreichen Anwendung des Time-out-Verfahrens bei einer Gruppe verhaltengestörter Jugendlicher im Alter von 13 bis 15 Jahren.

Nach einer exakten Bestimmung der problematischen Verhaltensweisen (einen Streit beginnen, mit Billardstöcken schlagen usw.) wurden die Jugendlichen als sofortige Folge einer Verletzung dieser Regeln für 15 Minuten in einen Time-out-Raum gebracht. Dieser Raum war rasch zu erreichen und enthielt keine Verstärker für die Jugendlichen, ohne daß die Situation sonstwie aversiv war. Trotz der berichteten geringen personellen Mittel konnten die Autoren mit Hilfe des Time-out das Problemverhalten erfolgreich kontrollieren. Wichtig ist auch, daß diese Form des Verhaltensabbaus für die Jugendlichen keineswegs entwürdigend war und zu keinerlei negativen emotionalen Effekten führte.

#### 4.2.2.5. Sättigung und Beschränkung

Wenn eine bestimmte Reaktion sehr häufig gezeigt wird und wenn dieser Verhaltensweise immer derselbe Verstärker folgt, so tritt mit der Zeit Sättigung ein. Aus einer prinzipiell angenehmen Aktivität wird so mit der Zeit eine unangenehme Betätigung.

In einem Therapiebericht einer psychiatrischen Klientin verdeutlicht Ayllon (1963) die Vorgehensweise:

Die Klientin hatte die Angewohnheit, Handtücher zu sammeln und in ihrem Zimmer zu stapeln. Zunächst entfernte das Personal die Handtücher immer wieder aus dem Zimmer der Klientin. Im Rahmen der Therapie wurden ihr jedoch beliebig viele Handtücher zur Verfügung gestellt: In der ersten Woche täglich 7, nach drei Wochen bereits 60 pro Tag. Als sich insgesamt 625 Handtücher im Zimmer angesammelt hatten, begann die Klientin von selbst, diese wieder zurückzubringen. Nach der Phase der Sättigung brachte die Klientin innerhalb von 11 Wochen alle Handtücher zurück und begann auch später nicht wieder, Handtücher zu horten.

In einem solchen Fall muß allerdings angenommen werden, daß neben dem Faktor der Sättigung auch andere Faktoren wirksam waren, etwa die operante Löschung durch die Nichtbeachtung des Personals.

Eine kurzfristige Reduktion unerwünschten Verhaltens ist auch dadurch zu erreichen, daß die Ausführung des Verhaltens physikalisch behindert wird. In besonders schweren Fällen, zum Beispiel aggressiven Verhaltens mag es sinnvoll sein, die Person daran zu hindern, eine bestimmte Reaktion zu zeigen.

Beschränkung kann wohl kaum als spezielle verhaltenstherapeutische Methode angesehen werden, weil damit beim betreffenden Individuum kaum Veränderungen (Lerneffekte) zu erwarten sind. Physikalische Beschränkung kann bestenfalls ein erster Schritt oder ein Hilfsmittel zur kurzfristigen Unterdrückung von Verhalten sein, um anschließend mit anderen Methoden erwünschtes Alternativverhalten auszuformen.

### 4.2.3. Kontingenzmanagement

Kontingenzmanagement bezeichnet die systematische Darbietung bzw. Entfernung positiver bzw. aversiver Stimuli, wie sie im obigen Schema (vgl. Kap. 4.2) verdeutlicht wurde. Die Durchführung des Kontingenzmanagements kann nun vom Therapeuten, von der betreffenden Person selbst oder von Personen der sozialen Umgebung durchgeführt werden. Im ersten Fall handelt es sich um die in Kap. 4.2.1 und 4.2.2 behandelten Bereiche, zum Teil auch um Token Economies (Kap. 4.2.3.1); bei konsequenter Durchführung durch die Person selbst sind die Verfahren als Selbstkontroll- bzw. Selbstmanagement zu bezeichnen; im dritten Fall handelt es sich um die Anwendung von Prinzipien des operanten Konditionierens in der natürlichen Umgebung (Kap. 4.2.3.3).

Kontingenzmanagement setzt eine exakte Verhaltensbeobachtung und Verhaltensanalyse zur Bestimmung der jeweiligen Verhaltensexzesse und -defizite voraus; erst auf dieser Grundlage kann eine Zielbestimmung und eine Planung des systematischen Auf- bzw. Abbaus des Verhaltens erfolgen (vgl. Rimm & Masters, 1979).

Das Prinzip des Kontingenzmanagements hat außerhalb des klinischen Bereichs große Bedeutung: Zur Veränderung des Verhaltens beim Verbrauch von Energie, bei der Beseitigung von Abfällen usw. wird auf Ansätze aus den Lerntheorien zurückgegriffen. Durch die Schaffung besserer Bedingungen (z.B. Ausbau öffentlicher Verkehrsnetze als Alternativen zum Individualverkehr; direkte Rückmeldung über den Energieverbrauch; Erleichterung der Abfallbeseitigung und des Recycling usw.) lassen sich solche für unser Zusammenleben bedeutsamen Verhaltensweisen direkt beeinflussen (vgl. Kazdin, 1977). Das „Journal of Applied Behavior Analysis" enthält laufend Beiträge, in denen die Beachtung solch ökologisch relevanter Bereiche unter dem Aspekt des Kontingenzmanagements im Zentrum von Überlegungen und empirischen Untersuchungen steht.

### 4.2.3.1. Token Economies

Eine spezielle Variante des Kontingenzmanagements bildet der Einsatz von Token Economies (übersetzt etwa: Münz-/Eintausch-Verstärkungssystem): Unter einem Token versteht man ein Objekt mit Tauschwert (einfachstes Beispiel: Geld), in der Sprache des operanten Konditionierens formuliert sind Tokens generalisierte konditionierte Verstärker. Gegenüber primären Verstärkern besitzen sie den Vorteil, kontingent einsetzbar zu sein, außerdem besteht kaum die Gefahr einer Sättigung (d.h., die Wirkung ist relativ unabhängig vom motivationalen Zustand).

Die Einführung von Token-Systemen erfolgte zunächst in relativ abgeschlossenen Institutionen (z.B. psychiatrischen Kliniken), in denen die Aufgabe einer Motivierung der langzeithospitalisierten Patienten für bestimmte Aktivitäten bestand (vgl. Ayllon & Azrin, 1968).

Für die *Durchführung eines Token-Programms* legten Ayllon & Azrin (1968) folgende Schritte fest:

1. Auswahl und Präzisierung des gewünschten Zielverhaltens;
2. Bestimmung von Art und Anzahl der Tokens bezogen auf spezifische Formen oder Ausprägungen des Zielverhaltens;
3. Registrieren des zu bekräftigenden Zielverhaltens;
4. Regeln für den Eintausch der Tokens gegen primäre Verstärker (z.B. Festlegen des zeitlichen Abstands zwischen dem Erwerb der Tokens und dem Eintausch). Steht der Klient noch auf einem sehr niedrigen Verhaltensniveau, ist es günstig, ihn jede Marke unmittelbar eintauschen zu lassen. Später kann die Verstärkung über den Erwerb mehrerer Marken, das heißt mit zeitlicher Verzögerung, zugänglich gemacht werden. Die Klienten lernen, für eine spätere Verstärkung zu sparen und auf eine unmittelbare Befriedigung ihrer Bedürfnisse zu verzichten.

Die Autoren, die Token Economies entwickelt und in unterschiedlichen Settings angewendet haben, warnen jeweils vor einer naiven Anwendung des Verfahrens. So schreibt etwa Agras (1978), daß Token Economies nicht einfach in der kontingenten Anwendung von Tokens auf ein bestimmtes Zielverhalten hin bestehen; bei der Einführung des Systems muß *sensibel* und *flexibel* vorgegangen werden, man hat auf die Bedürfnisse der betreffenden Personen (Klienten) ebenso Rücksicht zu nehmen, wie auf ihre Motivation, die Fähigkeit zu lernen usw. Dies alles macht Token Economies keinesfalls zu einem leicht anwendbaren Instrument für unerfahrene Therapeuten.

Neben dem Einsatz in psychiatrischen Institutionen wurden Token Economies vor allem im Bereich der Schule und in Heimen zur Intervention bei sogenannten prädelinquenten Jugendlichen eingesetzt (z.B. Phillips u.a., 1971; O'Leary & O'Leary, 1972; 1977). Hier erbrachten die Token-Systeme nicht nur eine Verbesserung des Problemverhaltens, sondern gerade durch die Spezifikation der Verstärkungsbedingungen eine erhöhte Aufmerksamkeit und Zuwendung von seiten der Lehrer und Erzieher gegenüber denjenigen Kindern und Jugendlichen, die vorher diese Beachtung missen mußten. Dies verdeutlicht auch, daß die soziale Verstärkung im Token-System eine entscheidende Bedingung für dessen Wirksamkeit darstellt.

Token Economies wurden auch in völlig geschlossenen Institutionen angewendet, zum Beispiel in Gefängnissen (Kennedy, 1976; Bassett & Blanchard, 1977). Solche Anwendungen bedürfen besonders sorgfältiger Überlegungen und der Berücksichtigung ethischer Bedenken. Wenn etwa Cotter (1967) die Patienten eines vietnamesischen Hospitals dadurch zur Arbeit zwang, daß er ihnen andernfalls elektrische Schocks androhte, so kann wohl nicht von Verhaltenstherapie, sondern bestenfalls von deren Mißbrauch gesprochen werden (vgl. Krasner, 1976). Als Cotter (1967) weiterhin anordnete, daß Essen nur für Arbeit verabreicht werden sollte und stolz berichtet, daß die letzten Patienten nach drei Tagen Hunger zur Arbeit bereit waren, hat er in seinem Vorgehen grundlegende Prinzipien der Menschenrechte mißachtet. Daß man sich von einem solchen Vorgehen nur distanzieren kann und daß man hier keinesfalls von Kontingenzmanagement sprechen sollte, braucht wohl nicht eigens betont zu werden.

Die Anwendung von Token Economies in geschlossenen Institutionen (zu einem Überblick vgl. Matson, 1980; Lutzker, Martin & Rice, 1981) ist insofern problematisch, als die Vergabe von Verstärkern prinzipiell auch kontingent auf angepaßtes Verhalten erfolgen kann. Token Economies dienen in diesem Falle nicht mehr zur individuellen Therapie, sondern werden zur Aufrechterhaltung der Ordnung auf einer Station herangezogen. Eine solche Anwendung stellt einen klaren *Mißbrauch* der prinzipiellen therapeutischen Möglichkeiten von Token Economies dar und sollte aufgrund ethischer Überlegungen nicht mehr als Verhaltenstherapie bezeichnet werden.

#### 4.2.3.2. Kontingenzverträge

Verträge („contingency contracting") zwischen Therapeuten und Klienten bilden eine spezielle Form des Kontingenzmanagements: Hier werden die relevanten Bedingungen der Intervention in einer Vereinbarung klar festgelegt (Problemverhaltensweisen, Ziele, Aufgaben des Therapeuten, Aufgaben des Klienten). Verträge über die Aufstellung und Einhaltung bestimmter Bedingungen wurden für verschiedene Problembereiche entwickelt und erprobt, etwa für Partnerprobleme (Stuart, 1969), delinquentes Verhalten (Stuart & Lott, 1972; Weathers & Liberman, 1975), Alkoholismus (P.M. Miller, 1972), Gewichtskontrolle (Stuart, 1971; Mann, 1972) und andere mehr.

Kontingenzverträge beinhalten im Prinzip lediglich eine genaue Spezifikation des Zielverhaltens sowie eine Festlegung der Verstärker, die dafür verabreicht werden sollen.

Stuart (1971) legte als Voraussetzungen für Kontingenzverträge fest, daß Verstärker für ein bestimmtes Verhalten *verdient* werden sollten (anstelle von freier Zugänglichkeit), daß der Vertrag natürlich *gegenseitige* Verpflichtungen für alle Parteien enthält, daß die Verpflichtungen *ausbalanciert* sein sollten und daß letztlich das Festlegen von Regeln nicht als Zwang, sondern als eine Chance für den Ausbau persönlicher *Freiheit* geschehen sollte. Die für Verträge wichtigen Bestandteile, Aspekte der Durchführung und Beispiele sowie Untersuchungsergebnisse sind unter anderem bei Kirschenbaum & Flanery (1983; 1984) referiert. Da Verhaltensverträge auch im Rahmen von Selbstkontrolle bedeutsam sind, wird auf einige Aspekte dort noch näher eingegangen.

#### 4.2.3.3. Kontingenzmanagement in der natürlichen Umgebung

Für den Therapeuten bildet die Analyse und eventuelle Veränderung von Problemverhalten im therapeutischen Setting nicht das Ziel, sondern lediglich den ersten Schritt seiner Intervention. Das Kriterium einer erfolgreichen Veränderung ist die sogenannte zeitliche und situationale Stabilität, mit anderen Worten die Aufrechterhaltung des Erfolges unter natürlichen Bedingungen.

Solche Überlegungen bildeten die Grundlage für die Entwicklung von Interventionsansätzen in der natürlichen Umgebung; dies beinhaltet die funktionale Analyse eines Problems sowie dessen Veränderung nicht durch einen Experten, sondern durch Personen der natürlichen Umgebung. Das Konzept wurde von Tharp & Wetzel (1975) zunächst auf Interventionen bei Kindern zugeschnitten, es ist aber vom Prinzip her keineswegs darauf beschränkt. Tharp & Wetzel (1975) waren der Auffassung, daß Personen aus der natürlichen Umgebung eines Klienten (Zielperson) besser dazu in der Lage sind, die Rolle des Therapeuten zu übernehmen: Sie verfügen über die relevanten Verstärker und können diese auch kontingent einsetzen. Der Therapeut ist mit einer Zielperson im besten Falle einige Stunden pro Woche in Kontakt, ob er über die relevanten Verstärker verfügt, ist eher fraglich.

Die Personen der natürlichen Umgebung müssen für die Erfüllung ihrer Aufgabe vom Fachmann vorbereitet werden: Das Erlernen der Verhaltensbeobachtung und funktionalen Verhaltensanalyse gehört ebenso dazu wie das Erlernen der Fähigkeit, Zielprobleme zu identifizieren und für Zielverhaltensweisen die adäquaten Verstärker zu verabreichen.

Tharp & Wetzel (1975) gehen in ihrem sogenannten Mediatorenmodell davon aus, daß die Beratungsdyade zwischen dem Therapeuten und dem Klienten erweitert werden sollte und gelangen zum *triadischen Modell:*

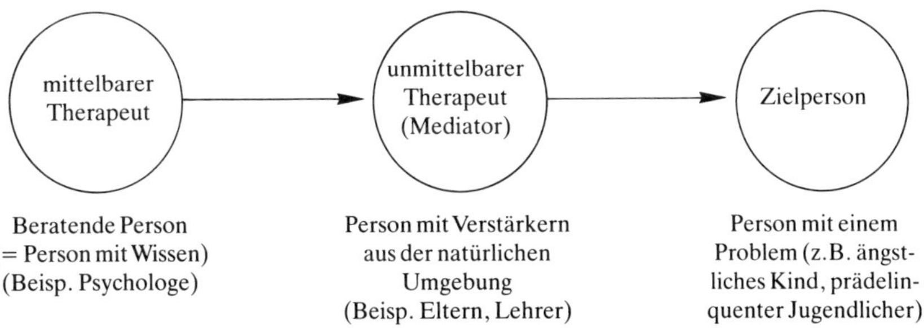

In vielen Fällen muß man davon ausgehen, daß nicht einfach von einem Problem der Zielperson gesprochen werden kann, sondern daß das Problem in einer Interaktionsstörung zwischen Personen der natürlichen Umgebung besteht. Selg (in: Mees & Selg, 1977) schlägt deshalb vor, die Glieder „Mediator" und „Zielperson" zum „Feld der Interaktionsstörung" zusammenzufassen:

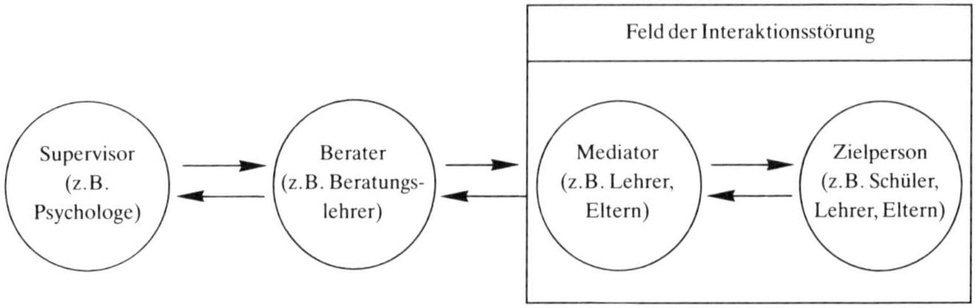


(In: Mees & Selg, 1977, S. 138)

Eine Veränderung wird in diesem Falle auch vom Mediator verlangt, weil er vermutlich durch sein bisheriges Verhalten zur Ausformung und Aufrechterhaltung der Störung im Interaktionsfeld beigetragen hat. Einem Psychologen kommt in diesem Modell lediglich die Funktion der Supervision zu, während der Berater den direkten Kontakt zum Mediator sowie zur Zielperson hält.

Tharp & Wetzel (1975) schildern in ihrem Buch eine Reihe von Beispielen der Anwendung für das Kontingenzmanagement in der natürlichen Umgebung, wobei sie auch deutliche empirische Argumente für das Mediatorenmodell beibringen.

Als eine wichtige und konsequente Weiterentwicklung von Interventionen in der natürlichen Umgebung kann man sogenannte *gemeindepsychologische Ansätze* ansehen (vgl. Sommer & Ernst, 1977; Sommer u.a., 1978; vgl. Kap. 7). Gemeindepsychologie bedeutet ein Abgehen von einem rein psychologisch verstandenen Interventionsbegriff, vor allem aber ein Abgehen von einer rein kurativen Haltung. Demgegenüber müssen *präventive* Aufgaben im Rahmen der psychosozialen Versorgung weiter ausgebaut werden (Beispiel: Betreuung von Risikogruppen; Verbesserung sozialer und interpersonaler Kompetenzen usw.).

## 4.3. Aversionsverfahren

Der Begriff der Aversions- bzw. Bestrafungstechniken wird in der Verhaltenstherapie nicht einheitlich verwendet; so gehen die Ansichten schon grundlegend dabei auseinander, ob das Kriterium der Aversivität durch die Eigenschaften eines bestimmten Reizes oder durch seine Funktion der Reduktion der Verhaltensrate festgelegt werden sollte. In der Verhaltenstherapie scheint die funktionale Fassung (vgl. Azrin & Holz, 1966) eine Reihe von Vorteilen zu haben; sie ist außerdem insofern grundlegender, als sich die *Qualität* „aversiv" über die *Funktion* eines Reizes bestimmen läßt (z.B. daß er in der Lage ist, die Verhaltensrate zu senken bzw. daß er kosistent gemieden wird). In funktionaler Fassung versteht man unter Bestrafung eine Reduktion der zukünftigen Auftrittswahrscheinlichkeiten von Verhalten einer bestimmten operanten Klasse als Folge einer kontingenten Darbietung des Reizes auf diese Reaktion (vgl. Azrin & Holz, 1966; Reinekker, 1980).

Im Alltagsleben spielen aversive Situationen und Strategien ihrer Vermeidung eine große Rolle: Kälte, Hitze, Unfälle, Verletzungen, Kritik und Enttäuschungen sind bei der Verhaltenskontrolle ebenso zu beachten wie Situationen, die wir gerne aufsuchen (Nahrungsaufnahme, Zuwendung, Lob usw.) (vgl. z.B. Miller, 1975).

In der Verhaltenstherapie greift man auf unterschiedliche Prinzipien der aversiven Verhaltenskontrolle zurück: Nach dem Modell des klassischen Konditionierens kann die Attraktivität eines Stimulus oder eines Verhaltens durch Koppelung mit einem aversiven Reiz gesenkt werden (Kap. 4.3.1). Nach dem Modell des operanten Konditionierens kann die zukünftige Auftrittswahrscheinlichkeit eines Verhaltens durch kontingente Darbietung eines aversiven Reizes gesenkt werden (Kap. 4.3.2). Im Sinne einer Kombination der beiden Modelle kann die Darbietung oder Ankündigung eines aversiven Reizes zu Flucht- bzw. Vermeidungsverhalten sowie zum Aufbau von Verhaltensalternativen führen (Kap. 4.3.3). Neben diesem prinzipiellen Vorgehen und einigen Beispielen muß das Problem der Ethik und der Vertretbarkeit aversiver Verhaltenskontrolle diskutiert werden (Kap. 4.3.4).

## 4.3.1. Aversionstherapie

Unter Aversionstherapie versteht man die Darbietung aversiver Stimuli nach dem Modell des klassischen Konditionierens (vgl. Hallam & Rachman, 1976). Als Beispiel dafür läßt sich die Aversionstherapie bei Alkoholismus heranziehen:

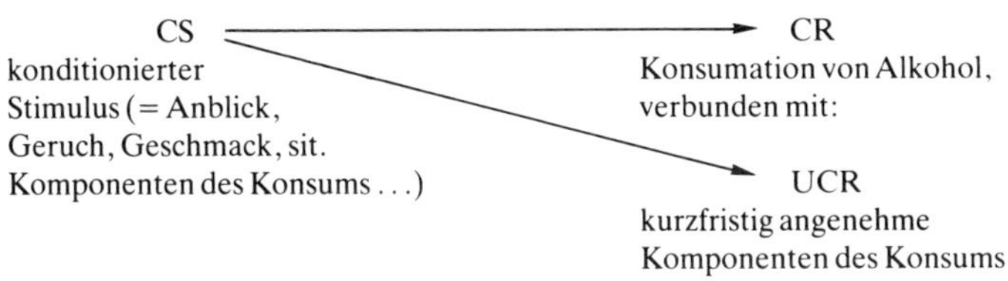


**Therapie:**

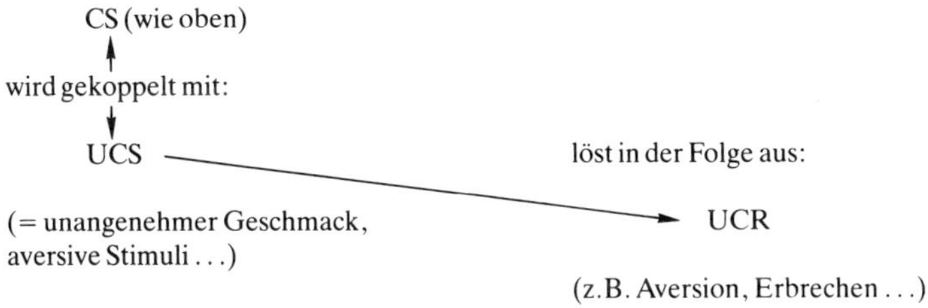


Durch eine mehrfache Koppelung des CS (Geruch und Geschmack von Alkohol) mit unangenehmen Zuständen und Reaktionen (UCR, vgl. oben) löst allein die Darbietung von CR eine neue konditionierte Reaktion (Aversion) aus. Hier stehenzubleiben wäre problematisch, weil die aversive Reaktion durch den Wegfall des UCS langsam gelöscht würde: Es ist vielmehr erforderlich, daß der CS langsam zum diskriminativen Hinweisreiz ($S^D$)für Vermeidungs- und Alternativreaktionen (z.B. Trinken nichtalkoholischer Getränke) wird.

Zur Unterscheidung der Aversionstherapie von Bestrafungsverfahren nach dem Modell des operanten Konditionierens ist es wichtig zu sehen, daß hier der aversive Stimulus (UCS) kontingent auf einen anderen Stimulus (CS) verabreicht wird. Das Ziel besteht darin, daß der CS seine attraktiven Komponenten verliert und langsam zum Hinweisreiz für Alternativreaktionen wird (Prinzip der Stimulussubstitution). Im operanten Modell folgt die Darbietung des aversiven Reizes hingegen kontingent auf eine Reaktion, deren Auftrittswahrscheinlichkeit man in Zukunft zu senken beabsichtigt.

Aversionstherapie des Alkoholismus mit Hilfe von aversiven chemischen Stoffen, die dem Alkohol beigemengt waren und die Aversion (Erbrechen) auslösten, wurde bereits vor und unabhängig von der Entwicklung in der Verhaltenstherapie durchgeführt (vgl. Kantorovich, 1928; Lemere & Voegtlin, 1950). Übersichten zur Aversionstherapie (auch bei anderen Problembereichen) nach dem Modell des klassischen Konditionierens finden sich bei Rachman & Teasdale (1969), Hallam & Rachman (1976) und Reinecker (1981).

In praktischer Hinsicht hat die Aversionstherapie in der Verhaltenstherapie aus mehreren Gründen an Bedeutung verloren: Zum einen zeigten sich sowohl theoretische als auch praktische Probleme der Durchführung (z.B. Probleme bei der Aufrechterhaltung der Abstinenz). Zum anderen wurden Alternativen zur Aversionsbehandlung entwikkelt, in denen die aversive Komponente bestenfalls noch einen Teil des komplexen Behandlungsprogramms ausmacht (Entwicklung von Problemlösestrategien; Selbstsicherheitstraining; Selbstkontrollverfahren usw.). Beispiele für solche Ansätze finden sich bei Marlatt & Nathan (1978), Nathan & Marlatt (1978) und Petry (1985).

### 4.3.2. Bestrafungsverfahren

Verfahren der Bestrafung stützen sich auf das Modell des operanten Konditionierens und beinhalten eine verhaltenskontingente Darbietung eines aversiven Reizes mit dem Ziel der Senkung der zukünftigen Auftrittswahrscheinlichkeit dieses Verhaltens. So würde bei Bestrafung des Alkoholkonsums nicht der Geruch oder Geschmack mit einem aversiven Reiz gekoppelt, sondern das Verhalten, also der Alkohol*konsum* würde von einem aversiven Reiz gefolgt werden. Gerade im Bereich des Alkoholismus wird darauf hingewiesen, daß sich die Verfahren der Aversionstherapie und der Bestrafung nur schwer trennen lassen, weil auch eine Bestrafung der Reaktion beim Alkoholkonsum eine (klassische) aversive Konditionierung der auslösenden Stimuli zur Folge hat (vgl. Barlow, 1978).

Die einzelnen therapeutischen Verfahren, die man dem Prinzip des operanten Konditionierens zuordnen kann, wurden bereits in Abschnitt 4.2.2 besprochen.
Hingewiesen sei lediglich auf einen interessanten Vorschlag von Yulevich & Axelrod (1983): Sie vertreten die Auffassung, daß der Begriff der Bestrafung („punishment") ähnlich verwirrend und unpräzise sei wie der Begriff der Belohnung. Während man jedoch für den Begriff der Belohnung das präzisere Konzept der Verstärkung („reinforcement") eingeführt hat, ist man problematischerweise beim Alltagsbegriff der Bestrafung geblieben. Yulevich & Axelrod (1983) schlagen vor, den Begriff der Bestrafung im

wissenschaftlichen Kontext nicht mehr zu verwenden, weil dadurch unter anderem die Konnotationen von „gut" versus „schlecht" in die Wissenschaftssprache aufgenommen werden, die sich in dieser Form nicht halten lassen. Ihr konkreter Vorschlag lautet, in Zukunft von „deinforcement" (S. 377) zu sprechen; nach einer brauchbaren Übersetzung habe ich bisher jedoch vergeblich gesucht.

### 4.3.3. Vermeidungstraining

Vermeidungstraining zählt insofern zu den Aversionsverfahren, als der Klient einen aversiven Stimulus vermeiden kann, indem er (innerhalb einer bestimmten Zeitspanne) Alternativverhalten zeigt. So muß der Klient mit dem aversiven Stimulus gar nicht in Kontakt kommen, wenn er zum Beispiel bei der Therapie des Alkoholismus anstelle eines alkoholischen Getränkes ein nichtalkoholisches auswählt und konsumiert.

Zu Beginn der Vermeidungsprozedur ist aber zumeist der Einsatz von Fluchttraining erforderlich: Hier setzt der aversive Stimulus ein, solange die Person das Problemverhalten zeigt; durch Flucht kann der aversive Stimulus jedoch beendet werden. Durch die Ausformung von diskriminativen Hinweisreizen kann die Person bald sogar das Einsetzen des aversiven Stimulus vermeiden, indem auf diese diskriminativen Reize hin mit Alternativverhalten reagiert wird (vgl. Barlow, 1978).

Vermeidungstraining spielt in einigen Therapieverfahren als Bestandteil komplexerer Strategien (Hallam & Rachman, 1976; Ferguson & Birchler, 1978) insofern eine Rolle, als durch den Einsatz aversiver Stimuli erst diskriminative Hinweisreize für erwünschtes Verhalten gesetzt werden. In den wenigsten Fällen jedoch ist es hinreichend, die Ausformung von Alternativverhalten mit dem Einsatz eines Vermeidungstrainings zu beenden. Hier spielt die positive Verstärkung des neuen Verhaltens, das Erleben neuer Konsequenzen dieses Verhaltens, die Erweiterung des Verhaltensspielraums und anderes mehr eine wesentliche Rolle.

### 4.3.4. Ethische Probleme von Aversionsverfahren

Bei der Betrachtung von Störungen, die vorwiegend durch den Einsatz von aversiven Stimuli behandelt werden, fällt auf, daß es fast ausschließlich Bereiche sind, die von der Gesellschaft sanktioniert werden (Alkoholismus, sexuelle Abweichungen, Delinquenz, Drogenabhängigkeit). Ethische Probleme tauchen aber nicht erst dort auf, wo es um Probleme des Einsatzes aversiver Stimuli, Probleme der Anpassung an gesellschaftliche Normen oder um problematische Nebeneffekte von Bestrafungsverfahren (vgl. Walters & Grusec, 1977) geht.

Ethische Überlegungen müssen Bestandteil *jedes* therapeutischen Vorgehens sein: Die Ziele der Therapie sind keinesfalls mit einer noch so detaillierten oder sensiblen Verhaltensanalyse gegeben, sondern die Formulierung der Ziele erfordert *immer* den Rückgriff auf normative Prinzipien (vgl. Morscher, 1974). Dies wird klar, wenn man sich vor Augen hält, daß Beschreibungen von Problemen als Deskriptionen (Ist-Sätze) aufzufassen sind, Beschreibungen von Zielen jedoch Normen (Soll-Sätze) enthalten. Eine direkte Transformation (Ableitung, Reduktion) ist nach keiner Seite möglich und wird als „naturalistischer Fehlschluß" bezeichnet (vgl. auch Kap. 2.2).

*Beispiele:* Die Feststellung, daß das Kind X wöchentlich viermal einnäßt, sowie die Er-

fassung aller relevanten Bedingungen dieses Problems legt noch nicht fest, daß das Kind in die Richtung eines bestimmten Zieles (Blasenkontrolle, Veränderung der elterlichen Erziehungseinstellungen usw.) therapiert werden *soll.* Dazu müssen konkrete Entscheidungen normativer Art getroffen werden, die sich keinesfalls aus der Beschreibung des Problemzustandes allein ergeben.
Die Feststellung, daß eine Person als delinquent beurteilt wird, sowie auch die Analyse aller Bedingungen dieses Problems legen noch keineswegs das Therapie*ziel* fest; dazu sind wiederum normative Überlegungen unumgänglich.

Im Rahmen von Aversionsverfahren springt die Bedeutung normativer und ethischer Gesichtspunkte deshalb besonders ins Auge, weil nicht nur die Frage der Rechtfertigung bestimmter *Ziele* geklärt werden muß; das Problem verkompliziert sich, weil zusätzlich die Frage geklärt werden muß, ob man einem Klienten aversive, schmerzhafte Erfahrungen zumuten kann, um bestimmte Ziele zu erreichen. Yulevich & Axelrod (1983) ziehen eine Parallele zur Medizin: Das Verabreichen einer Injektion, eine Blinddarmoperation oder gar die Amputation einer Extremität läßt sich nicht *als solche* beurteilen. Man kann höchstens feststellen, daß es sich um ausgesprochen aversive Ereignisse handelt, würde sie jedoch in keinem Falle als „Bestrafung“ bezeichnen. Eine Beurteilung erfolgt jeweils unter Berücksichtigung bestimmter Zielvorstellungen: Die Injektion wird durch das Ziel der Fiebersenkung gerechtfertigt, die Blinddarmoperation durch das Abwenden eines Durchbruchs und die Amputation eines Beines dient der Lebensrettung des betroffenen Individuums.

Auch in der Psychologie sollten wir uns daran gewöhnen, Verfahren nicht als solche, sondern unter Berücksichtigung der *Ziele* einer ethischen Beurteilung zu unterziehen (vgl. Begelman, 1975). Für die Beurteilung ihres Einsatzes kann man meines Erachtens folgende Kriterien anlegen:
a) Zur Kontrolle des Problemverhaltens gibt es *keine* nichtaversive *Alternative;*
b) das Verhalten ist extrem *selbst- oder fremdgefährdend;*
c) das Verfahren erweist sich als *effektiv;*
d) der *Klient und* zwei erfahrene *Therapeuten* erachten den Einsatz des Verfahrens als *sinnvoll.* Die Aufklärung des Klienten muß dabei im Sinne des „informed consent“ (Hersen, 1978) erfolgen.

Die Bedeutung von aversiven Verfahren ist aus theoretischen, empirischen und vor allem ethischen Gründen stark eingeschränkt. Eine Anwendung der Verfahren (z.B. bei der Therapie sexueller Abweichungen) sollte nur im *Extremfall* erfolgen und bedarf strenger wissenschaftlicher und öffentlicher Kontrolle.

## 4.4. Modellernen

Ansätze des Modellernens spielen in einer Reihe verhaltenstherapeutischer Methoden eine wichtige Rolle; Modellernen basiert auf der Beobachtung, daß sich der Mensch komplexe Verhaltensweisen durch Nachahmung sehr zeitökonomisch aneignen kann.

Nach Bandura (1969) liegt Modellernen dann vor, wenn ein Individuum sich aufgrund der Beobachtung des Verhaltens anderer Individuen und der darauf folgenden Konsequenzen neue Verhaltensweisen aneignet oder wenn schon bestehende Verhaltensweisen in Richtung des Modells verändert werden. Beim Vorgang des Modellernens (als Prozeß) sind folgende Gesichtspunkte zu unterscheiden:

a) Der Beobachter erwirbt neue Verhaltensweisen, die in seinem Repertoire bisher nicht vorhanden waren.
b) Durch das Verhalten des Modells werden beim Beobachter vorhandene Verhaltensweisen gestärkt oder abgeschwächt. Beobachtung negativer Verhaltenskonsequenzen führt zur Hemmung, Beobachtung positiver Konsequenzen zur Enthemmung des entsprechenden Verhaltens.
c) Das Verhalten des Modells besitzt lediglich die Funktion eines diskriminativen Hinweisreizes ($S^D$), der das Auftreten schon vorher gelernter Verhaltensweisen derselben Klasse erleichtert.

Grundlegende theoretische und empirische Fundierungen des Modellernens wurden von Bandura (1969; 1976) und seiner Forschergruppe geleistet; im deutschen Sprachraum haben Vogl (1974) und Bauer (1979) wichtige Übersichtsarbeiten vorgelegt.

Bei der Beschäftigung mit dem Modellernen fällt auf, daß es eine Reihe von Begriffen gibt, die zur Beschreibung bzw. Erklärung des Modellernens oder seiner Teilprozesse herangezogen werden: Beobachtungslernen, stellvertretendes Lernen, soziales Lernen, Imitation, Identifikation, soziale Erleichterung, Verhaltensansteckung.

Allen diesen Begriffen ist gemeinsam, daß sie die *sozialen Bedingungen* des Lernens herausstellen, die das Lernen erst ermöglichen, es fördern oder die Ausführung schon gelernten Verhaltens erleichtern oder hemmen. Nach Kanfer & Phillips (1975) können die Begriffe als gleichbedeutend angesehen werden, solange es keine hinreichenden theoretischen und empirischen Differenzierungen gibt. Dies ist insofern verwirrend, als die Begriffe sehr wohl unterschiedliche Aspekte eines sehr komplexen Prozesses bezeichnen. So liegt der Schwerpunkt einmal eher bei der Modellperson, dann mehr beim Lernenden und ein anderes Mal beim sozialen Kontext des Lernprozesses.

*Imitation* etwa beschreibt lediglich die Wiederholung fremden Verhaltens, ohne daß damit die Bedingungen näher spezifiziert wären. Die Begriffe der sozialen Erleichterung (Zajonc, 1968) und Verhaltensansteckung (Wheeler, 1966) werden als Teilprozesse des Modellernens angesehen. Der Begriff des *sozialen Lernens* ist als übergeordnet anzusehen, weil dieser alle Lernprozesse erfaßt, die sich im sozialen Kontext vollziehen.

Modellernen ist ein sehr alter Ansatz in der Verhaltenstherapie, auf den man zum Beispiel bei der Therapie von Kindern schon sehr häufig zurückgegriffen hat; bei der Erklärung des Modellernens zeigt sich, daß man auf unterschiedliche Theorien Bezug nimmt (vgl. unten). Kognitive Erklärungen, zumindest von Teilprozessen des Modellernens, spielen dabei eine entscheidende Rolle. Aus diesem Grunde kann das Modellernen wohl als eine Art Schnittstelle von sogenannten traditionellen Ansätzen zu rein kognitiven Therapieverfahren betrachtet werden. Es ist allerdings erfreulich, daß die Frage der behavioralen oder kognitiven Erklärung einzelner therapeutischer Verfahren (auch sogenannter „klassischer" Techniken) bis auf wenige Ausnahmen (z.B. Wolpe, 1976a; 1976b) wohl kein Streitpunkt mehr ist. Dabei soll das Gewicht bzw. die Bedeutung einzelner Faktoren für verschiedene Verfahren (allerdings im Sinne eines Kontinuums) keineswegs nivelliert werden.

### 4.4.1. Grundlagen und Erklärungsansätze des Modellernens

Wie in vielen Bereichen der Psychologie gibt es auch zur Erklärung des Modellernens keine umfassende und befriedigende Theorie. Die einzelnen Erklärungsansätze stammen aus dem Bereich der Instinkttheorien, aus dem operanten und klassischen Konditionieren sowie aus kognitiven Theorien. Bandura (1969; 1971; 1977) hat versucht, das Modellernen in den Rahmen seiner „Sozialen Lerntheorie" zu stellen.

#### 4.4.1.1. Instinkttheorien

Frühe Erklärungsansätze des Modellernens gehen davon aus, daß sie die Fähigkeit zur Nachahmung als eine angeborene Neigung bzw. Disposition ansehen (sie werden deshalb auch als „nativistische" Theorien bezeichnet). Die Theorien verweisen bestenfalls auf genetische oder artspezifische Voraussetzungen (vgl. Morgan, 1896; Tarde, 1903; McDougall, 1908), können aber weder die Bedingungen noch den Prozeß des Modellernens erklären. Bauer (1979) etwa schreibt ihnen lediglich historische Bedeutung zu.

#### 4.4.1.2. Assoziationstheorien

Der Grundgedanke dieser theoretischen Ansätze ist, Modellernen durch Prinzipien der Assoziation zu erklären (Humphrey, 1921; Allport, 1924; Holt, 1931; Guthrie, 1952). Als hinreichende Bedingung gilt die zeitliche und räumliche Kontiguität (= Nähe) zwischen den Modellreizen und der Nachahmungsreaktion des Beobachters. So erschrickt beispielsweise ein Individuum, wenn es die Schreckreaktion einer anderen Person (ohne den Schreckreiz) beobachtet. Die lernende Person mag beobachtet haben, daß das Modell bei einem auch für sie erschreckenden Reiz eine solche Reaktion zeigt. Das Schreckverhalten des Modells wird so mit dem Reiz assoziiert und zu einem CS höherer Ordnung.

Die Assoziation spielt für das Modellernen wohl eine wichtige Rolle (Bandura, 1976), sie vermag aber die Übernahme neuer Reaktionen und vor allem deren Modifikation durch den Lernenden nicht zu erklären.

#### 4.4.1.3. Verstärkungstheorien

Das Prinzip des operanten Konditionierens wurde erstmals von Miller & Dollard (1941) zur Erklärung des Modellernens herangezogen. Sie sind der Ansicht, daß das Verhalten eines Modells für das Entstehen des imitativen Verhaltens eines Individuums als Hinweisreiz (für Verstärkung) dient. Miller & Dollard (1941) nahmen auch an, daß das Imitationsverhalten selbst zu einem sekundären Trieb wird, wenn darauf häufig positive Verstärkung erfolgt. Auch Skinner (1953) nimmt an, daß für das Auftreten von Modellernen die Bestimmungsstücke Hinweisreiz ($S^D$), Reaktion (R) und Verstärkung ($C^+$) ausreichend sind. Intervenierende Variablen (etwa im Sinne des Erwartungskonstrukts von Tolman, 1932) erachtet er als überflüssig zur Erklärung.

In seinem Buch „Contingencies of Reinforcement" unterscheidet Skinner (1969) allerdings zwischen (a) kontingenzgeformtem und (b) regelgesteuertem Verhalten. Während er in „Science and Human Behavior" (1953) das Imitationslernen noch als kontingenzgeformtes Verhalten analysiert hatte, kann es sich beim Modellernen nach seiner neueren Auffassung um regelgesteuertes Verhalten handeln. Die Bedingung dafür ist, daß das Individuum Verstärkungskontingenzen analysiert und daraus *Regeln* bildet; diese Regeln können informative Funktion (nach Skinner: über Verstärkungskontingenzen) besitzen.

Der operante Ansatz sieht in der Verstärkung eine notwendige Bedingung für Modellernen. Man hat davon auszugehen, daß das Individuum im Laufe seiner Lerngeschichte durch diskriminative Lernvorgänge ein Repertoire von Imitationsreaktionen entwickelt. Diese Reaktionen werden durch die Umwelt verstärkt; die Verstärkung wird für das Individuum zu einem generalisierten Hinweisreiz für die Verstärkung von Imitationsverhalten (Imitation wird sozusagen zur Regel, mit deren Hilfe man in den Genuß von Verstärkung gelangt). Ungeklärt bleibt allerdings, *wie* der Beobachter aus den Verhaltensweisen eines Modells neue Verhaltensweisen (aus seinem bisherigen Repertoire) bilden kann.

### 4.4.1.4. Theorien des affektiven Feedback

Ein Vertreter dieses theoretischen Ansatzes ist O.H. Mowrer (1960a; 1960b): Auch er betont die Bedeutung der operanten Verstärkung für das Modellernen, geht aber von zwei Stufen des Prozesses aus. In einem ersten Schritt werden Gefühle durch die Koppelung mit positiven oder negativen Konsequenzen klassisch konditioniert. Die emotionalen Reaktionen veranlassen die Person zu Annäherungs- bzw. Vermeidungsverhalten.

Im Unterschied zum Lernen von Habits erhält das von einem Modell ausgeführte Verhalten durch die klassische Konditionierung sekundären Verstärkerwert für den Beobachter, und er neigt dazu, dieses Verhalten auch selbst auszuführen. Die Ausführung des Verhaltens wird nun selbst (intermittierend) verstärkt.

Eine zweite Form des Imitationslernens bildet nach Mowrer (1960a; 1960b) das empathische (einfühlende) Lernen: Durch sensorisches Feedback erfährt ein Beobachter die Reaktionen einer Modellperson (z.B. Äußerungen des Unbehagens bzw. der Freude bei unangenehmen bzw. angenehmen Konsequenzen der Handlung). Die oben angeführte affektive Konditionierung veranlaßt nun den Beobachter, diejenigen Reaktionen nachzuahmen, die mit positivem sensorischem Feedback verbunden waren; die Ausführung von Reaktionen hingegen, die als bestraft wahrgenommen wurden, werden beim Beobachter gehemmt.

### 4.4.1.5. Kognitiv-soziale Lerntheorie

Unter kognitiven Theorien werden mit Baldwin (1969) solche verstanden, die zwischen den Elementen „Reiz“ und „Reaktion“ Begriffsbildungs- und Kodierungsprozesse annehmen; diese Prozesse stellen wichtige Elemente der Theorie dar. Als kognitiv-sozial wird die Theorie nach Bandura (1969; 1971; 1977) deshalb bezeichnet, weil zur Erklärung des Lern- und Veränderungsprozesses sowohl die kognitiven Komponenten als auch die sozialen Bedingungen herangezogen werden.

Für den kognitiven Bereich nimmt etwa Aronfreed (1969) an, daß der Beobachter kognitive Schablonen des beobachteten Verhaltens anlegt. Diese Schemata werden nicht direkt mit den Aspekten der beobachteten Situation gekoppelt (also nicht unbedingt konditioniert); reproduziert wird das Verhalten dann, wenn ein Abgehen vom bisherigen Verhaltensrepertoire potentiellen Verstärkerwert besitzt.

Bandura (1969) postuliert ein *kognitives Vermittlersystem* zwischen der Wahrnehmung des Modellverhaltens und der Reproduktionsreaktion. Die Prozesse des Modellernens können demnach nur adäquat erklärt werden, wenn Annahmen über kognitive Vorgänge getroffen werden; diese Prozesse beinhalten die Informationsaufnahme, die Speicherung der Information, die Aktivierung der Information sowie motivationale Bedingungen. Auf diese Teilprozesse ist noch zurückzukommen.

Ein wichtiges Charakteristikum kognitiver Lerntheorien bildet die Unterscheidung zwischen den Prozessen der *Aneignung* (acquisition) einer Reaktion und der *Ausführung* (performance) dieses Verhaltens. In der Aneignungsphase erwirbt die Person aufgrund zeitlicher Kontiguität begriffliche Vermittler (Schemata). Das Modellverhalten wird durch die bloße Beobachtung ohne Einübung (no-trial learning) in kognitiver, begrifflicher Form gespeichert.

In einer Reihe von Forschungsarbeiten zu Charakteristika des Modellernens konnten in der Gruppe um Bandura Nachweise dafür gefunden werden, daß sich die Bedeutung der Verstärkung nicht so sehr auf die Aneignungs-, sondern fast ausschließlich auf die Ausführungsrate des Verhaltens bezieht. Verstärkung scheint demnach für die Aneignung (acquisition) neuen Verhaltens nicht notwendig zu sein. Bandura (1969) zeigte damit, daß zwischen dem Erwerb und der Ausführung einer Verhaltensweise unterschieden werden muß, wobei der Verstärkung nur bei der Aufrechterhaltung der Verhaltensweise Bedeutung zukommt, während der Prozeß der Übernahme (Speicherung usw.) eines Modellverhaltens nicht auf verstärkende Reize angewiesen ist.

Die in der kognitiv-sozialen Lerntheorie bedeutsamen Prozesse sind nun näher zu erläutern:

*Aufmerksamkeitsprozesse:* Bei der Informationsaufnahme sind bereits Prozesse der Selektion (Auswahl) bedeutsam, weil ein Beobachter nur einen Bruchteil der ihm dargebotenen Stimuli registrieren kann. Bandura (1969) konnte zeigen, daß es verschiedene Faktoren gibt, die den Aufmerksamkeitsprozeß beeinflussen. Dazu zählen in erster Linie motivationale Bedingungen, Merkmale des Modells und des Beobachters, Strukturen sozialer Interaktion und individuelle Assoziationsmuster. Diese Assoziationsmuster werden durch die bisherigen Lernerfahrungen im sozialen Kontext determiniert.

*Behaltensprozesse:* Nach Bandura (1969) führt das Verhalten eines Modells in der Phase der Aneignung zu intern vorgestellten Reaktionen beim Beobachter. Das Verhalten wird also in kognitiv repräsentierter Form erworben. Die Annahme von Prozessen der Speicherung der Information ist besonders deshalb nötig, weil das Verhalten eines Modells unter Umständen stark zeitlich verzögert nachgeahmt wird. Bei der Speicherung sind zwei Systeme zu unterscheiden, ein bildliches und ein verbales Begriffssystem.

Die *bildliche Vorstellung* kommt durch sensorische Konditionierung zustande, das heißt, während der Beobachtung lösen die Modellstimuli Wahrnehmungsreaktionen aus, die assoziiert und zentral gespeichert werden. Dauerhafte wiederherstellbare Bilder von komplexen Mustern eines Modellverhaltens entstehen dann, wenn diese perzeptionellen Sequenzen wiederholt ausgelöst werden und bereits ein Teilstimulus die Fähigkeit besitzt, die Bilder der assoziierten Ereignisse hervorzurufen.

Das *verbale Begriffssystem* erklärt die Schnelligkeit des Modellernens und die Speicherung komplexer und umfangreicher Information über längere Zeit, da verbale Chiffren offensichtlich viel Information optimal speichern können (vgl. Paivio, 1971).

Die Einprägung eines Modellverhaltens bedeutet also keineswegs eine schematische, passive Abbildung des Beobachteten, sondern erfordert einen *aktiven* Kodierungs- und Speicherungsprozeß. Für das Behalten der Information spielen nach Bandura (1977) auch Prozesse der verdeckten (d.h. rein kognitiven) Übung eine wesentliche Rolle; solche Übungen spielen in der kognitiven Verhaltensmodifikation (vgl. unten, „cognitive modeling") eine wichtige Rolle.

*Reproduktionsprozesse:* Eine wichtige Voraussetzung für die Nachahmung von Modellverhalten bildet die Fähigkeit, das beobachtete Verhalten auch motorisch zu reproduzieren. Dazu müssen die physischen Möglichkeiten zur Nachahmungsreaktion bereitstehen. Ein Beispiel dafür bildet die Nachahmung von sprachlichem Verhalten: Ein Kind kann Wörter oder Sätze, die es beobachtet hat, erst dann nachsprechen, wenn die einzelnen Laute beherrscht werden. Die Aktivierung komplexen Verhaltens, die Umsetzung der kodierten Information in konkrete Nachahmungsreaktionen gelingt bei komplexen Mustern zumeist nur unvollständig (Beispiele: Lernen sportlicher Aktivitäten). Hier müssen häufig Bestandteile der komplexen Reaktion erst geübt und durch informatives Feedback soweit verbessert werden, daß diese Reaktion auch produziert werden kann.

*Motivationsprozesse:* Motivationale Bedingungen des Lernens spielen bei allen vorangegangenen Prozessen eine ausschlaggebende Rolle: Nicht alles, was um uns herum vorgeht, wird beobachtet (selektive Aufmerksamkeit), von dem Beobachteten wird nur ein Teil – und dies unterschiedlich lange – gespeichert, und auch die Reproduktion ist starken motivationalen Bedingungen unterworfen.
Für die Äußerung von Verhalten sind vor allem bisherige oder erwartete Verstärkungsprozesse bedeutsam.

(Für eine fundierte und detaillierte Analyse motivationaler Prozesse vgl. Heckhausen, 1980).

### 4.4.2. Methoden des Modellernens

Bei der grundsätzlichen Betrachtung des Modellernens wurden eingangs drei wichtige Gesichtspunkte unterschieden. Modellernen dient zum einen als Hilfe beim Aufbau neuen Verhaltens, zum anderen kann man von hemmenden (abschwächenden) oder enthemmenden (erleichternden) Effekten sprechen, und zum dritten besitzt das Modellernen die Funktion der Schaffung diskriminativer Hinweisreize. In jedem der drei Punkte wurden Methoden entwickelt, die therapeutisch nutzbar gemacht wurden (vgl. dazu auch Rosenthal, 1976).

#### 4.4.2.1. Beobachtungslerneffekt

Unter diesem Begriff versteht man den Aufbau neuer Verhaltensweisen durch die Nachahmung des Modellverhaltens. Das therapeutische Ziel ist dabei die Vermittlung und Aufrechterhaltung neuer sozialer Fertigkeiten.

Ein großer Vorzug des „Lernens am Modell" besteht nach Bandura (1969) darin, daß neue, komplexe Verhaltensweisen vergleichsweise rasch gelernt werden können. Die Konsequenzen für die Therapie liegen auf der Hand. Dafür lassen sich verschiedene *Beispiele* angeben:

*Veränderung von Verhaltensmustern durch symbolisches Modellernen*
Bei diesen therapeutischen Interventionen geht es darum, fest ausgebildete Muster problematischen Verhaltens zu verändern. Die dazu bereits besprochenen Methoden bestehen im „shaping" bzw. in der Verstärkung von Alternativverhalten. Bei komplexen Mustern greift man allerdings häufig auf das Modellernen zurück.

Sarason (1976) etwa entwickelte ein Trainingsprogramm zur Behandlung jugendlicher Delinquenten. Das Ziel des Therapieprogramms bestand im Aufbau neuer Verhaltensweisen sowie darin, daß diese Verhaltensweisen auch ausgeführt wurden. Das Training wird eingesetzt, um unabhängiges, selbständiges Verhalten gegenüber den Forderungen anderer Personen einzuüben. Die von Sarason (1976) beschriebene Behandlungsmethode hat sich in mehreren Untersuchungen zur Veränderung des Verhaltens und der Einstellung als höchst wirksam erwiesen.

Auch verschiedene Verfahren von Selbstsicherheitstrainings (vgl. Ullrich de Muynck & Ullrich, 1976; Hinsch & Pfingsten, 1983; Rimm & Masters, 1979; Goldstein-Fodor, 1980) greifen zur Vermittlung sozial angemessenen Verhaltens auf das Modellernen zurück. Hier spielt das Modellernen zumeist die Rolle einer Komponente eines komplexen Therapieprogramms, das im nächsten Abschnitt (Kap. 4.5) näher besprochen wird.

*Stellvertretende Konditionierung emotionaler Reaktionen*

Eine Reihe von Untersuchungen zeigt, daß emotionale Reaktionen stellvertretend über die Darbietung emotionaler Reaktionen von Modellpersonen gelernt werden können. Obwohl viele emotionale Reaktionen mittels klassischer Konditionierung auf direktem Wege erworben werden, geschieht das Lernen affektiver Reaktionen auch häufig auf stellvertretender Basis: Nicht die eigenen emotionalen Reaktionen auf Menschen, Tiere und Objekte, sondern die von Modellpersonen sind die Grundlage für bestimmte eigene emotionale Reaktionen. Anders wären etwa bestimmte Abneigungen, Ängste, Vorlieben gegenüber Situationen nicht zu erklären, mit denen man bisher noch keinerlei Kontakt hatte (z.B. Flugangst, Schlangenangst usw.). Die Forschung um das Modellernen hat sich ausführlich mit dem symbolischen Erlernen aversiver Reaktionen wie Angst und Schmerz befaßt (vgl. Bandura, 1969); ähnliche Prinzipien gelten allerdings auch für das Modellernen positiver emotionaler Reaktionen wie Freude, gute Stimmung oder sexuelle Erregung.

In der Therapie von Ängsten etwa macht man sich das Prinzip des Modellernens explizit zunutze (vgl. Bandura, Blanchard & Ritter, 1969; Bauer, 1979; speziell aber den nächsten Punkt!).

*Stellvertretende Löschung*

Verhaltensmuster emotionaler Reaktionen können auch auf stellvertretender Basis gelöscht werden. Die stellvertretende Löschung von emotionalen Reaktionen kann dadurch erreicht werden, daß man Personen beobachtet, die als Modelle Annäherungsverhalten an furchtauslösende Objekte demonstrieren.

Die Veränderung des Verhaltens führt Bandura (1969) auf drei Prozesse zurück, die beim stellvertretenden und teilnehmenden Modellernen eine Rolle spielen:

- Wiederholtes Darbieten von Annäherungsverhalten senkt das Erregungspotential aversiver Situationen unter die Schwelle entsprechender Vermeidungsreaktionen.
- Ängstliche Personen werden dadurch in die Lage versetzt, selbst Annäherungsverhalten zu praktizieren.
- Der direkte Kontakt mit den bedrohlichen Situationen führt zu einer Reihe von neuen Erfahrungen, die zur Löschung von Vermeidungsverhalten beitragen.

In vielen Untersuchungen erwies sich die therapeutische Anwendung des Modellernens bei der Behandlung von Ängsten als sehr effektiv (Rachman, 1972; Rosenthal, 1976).

*Beispiel:* Eine Untersuchung von Bandura, Blanchard & Ritter (1969) stellt eine erfolgreiche Anwendung von Techniken des Modellernens bei der Behandlung von Schlangenphobien dar. Beobachtet jemand mit einer Schlangenphobie, wie eine Modellperson sicher mit einer Schlange umgeht, wird die Angst des Beobachters gelöscht, weil die Reaktionen des Modells keine aversiven Konsequenzen haben. Entscheidend ist, daß das Vermeidungsverhalten des Phobikers, das ihn davon abhält, neue Konsequenzen zu erleben, so weit gelöscht wird, daß er nun selbst versucht, das beobachtete Verhalten auszuführen. Wichtig für den therapeutischen Prozeß ist dabei die geeignete Auswahl, Beobachtung und Darbietung des Modells, dazu das Schaffen von Anreizen, die vom Modell erlernten Verhaltensweisen auch auszuführen und der Einsatz von stellvertretender und direkter Verstärkung.

Bei einer solchen sogenannten *Kontakt-Desensibilisierung* führt ein Modell (z.B. der Therapeut) erwünschtes Verhalten von wachsender Schwierigkeit aus. Der Klient sollte das Verhalten nach jedem Item nachvollziehen. Wenn dies nicht oder nur schwer gelingt, so führen Modell und Klient das Annäherungsverhalten gemeinsam durch, indem der Therapeut während der Durchführung zusätzlichen physischen Kontakt mit dem Klienten aufnimmt (z.B. Führen der Hand). Ganz wichtig ist, daß dem Klienten bei der Nachahmung des Modellverhaltens, also bei der konkreten Bewältigung der aversiven Situationen, Erfolgserlebnisse vermittelt werden. Erste Erfolgserlebnisse mag noch der Therapeut im Sinne von Feedback, Lob und Anerkennung der richtigen Durchführung vermitteln; das für den Klienten jedoch wichtigste Erfolgserlebnis bildet die neue Erfahrung mit ungewohntem Verhalten und die Wahrnehmung der Erweiterung seines Verhaltensspielraums.

Modellernen im Sinne der Vermittlung neuer Strategien im Umgang mit unangenehmen Situationen wurde unter anderem auch bei der Therapie von Zwangsverhalten erfolgreich eingesetzt (vgl. Rachman & Hodgson, 1980; Emmelkamp, 1982; Marks, 1975).

Mit dem Verfahren des Modellernens konnte sozial zurückgezogenen Klienten aus der Unterschicht die Fähigkeit zu sozialer Interaktion vermittelt werden (vgl. Goldstein, 1973); autistische oder retardierte Kinder wurden in den Grundfunktionen des Sprechens trainiert (Martin, 1973), und hospitalisierte psychotische Klienten wurden dazu angeleitet, wie sie sich in einer Reihe von neuen sozialen Situationen verhalten sollten, denen sie vermutlich bei ihrer Rückkehr in den Alltag begegnen würden (Paul & Lentz, 1977).

*Andere therapeutische Anwendungen*

Verschiedene etablierte Behandlungsmethoden verwenden Prinzipien des Modellernens. Dazu gehört zum Beispiel die „fixed-role therapy“ von G.A. Kelly (1955). Hier wird einem Klienten das erwünschte Verhalten in einem Rollenskript vorgegeben; er hat die Möglichkeit, es in der therapeutischen Situation zu üben, und versucht anschließend, es in den Alltag zu übertragen.

In diesen Bereich fallen auch Ansätze der „Verhaltensübung“ (A.A. Lazarus, 1966; 1972; 1976) und des Rollenspiels. Das Rollenspiel ist zentraler Bestandteil des Selbstbehauptungs- bzw. Selbstsicherheitstrainings (vgl. Kap. 4.5). Hier werden Variablen wie die Modelleigenschaften, die optimalen Anregungsbedingungen einer Gruppenzusammensetzung, die Fokussierung der Aufmerksamkeit, die optimale Kodierung und spätere Ausführung des Verhaltens exakt geplant und therapeutisch eingesetzt. Ein ganz wichtiger Gesichtspunkt ist natürlich die *Modellfunktion des Therapeuten* selbst. Seit den Ergebnissen von Rosenthal (1955) über die Annäherung der moralischen Normen des Klienten an die des Therapeuten ist diese Frage immer wieder thematisiert und untersucht worden (Zusammenfassung etwa bei Kanfer & Phillips, 1975; deVoge & Beck, 1978; Wilson & Evans, 1977).

### 4.4.2.2. Hemmende und enthemmende Effekte

Der zweite genannte Effekt des Modellernens bezieht sich auf die Einwirkung auf Verhaltensweisen, die beim Beobachter gehemmt (beschränkt) sind oder die zu häufig auftreten. Es ist davon auszugehen, daß das (Problem-)Verhalten bereits *vor* der Darbietung eines Modells vom Beobachter erlernt wurde. Das Ziel der Modellbeobachtung besteht nun in der Senkung bzw. Erhöhung der Verhaltenshäufigkeit. Dabei spielt die Beobachtung der Konsequenzen, die das Modell als Folge seines Verhaltens erfährt, eine bedeutende Rolle. Positiv verstärkte Verhaltensweisen des Modells bewirken ein häufigeres Auftreten dieser Verhaltensmuster beim Beobachter. Umgekehrt zeigt sich, daß eine Einschränkung von unerwünschten Verhaltensweisen durch die Darbietung bestrafter Modelle, aber auch durch die Darbietung von inkompatiblen (verstärkten) Verhaltensweisen durch Modelle möglich ist (Vermittlung alternativer Problemlösungen).

Von einem enthemmenden Effekt kann gesprochen werden, wenn solche Verhaltensweisen als Folge der Beobachtung eines Modells häufiger auftreten, die früher beim Beobachter gehemmt oder eingeschränkt waren. Bandura und seine Mitarbeiter (z.B. Bandura, Ross & Ross, 1963) konnten diese Annahme für aggressives Verhalten von Kindern belegen: Kinder, die in einem Film oder in der Realität ein belohntes aggressives Modell gesehen hatten, zeigten mehr physisches und verbal-aggressives Verhalten als Kinder, deren Modell für aggressives Verhalten bestraft worden war.

In einer zweiten Untersuchung (Bandura u.a., 1967) zeigte sich, daß die Darbietung eines angstfreien Modells gegenüber einem Hund zu einer deutlichen Enthemmung (des bisher seltenen) Annäherungsverhaltens führte, als dies in verschiedenen Kontrollgruppen der Fall war. Kinder, die ein angstfreies Modell im Umgang mit dem Hund gesehen hatten, waren nunmehr selbst in der Lage, sich dem Tier zu nähern (Streicheln, Füttern).

Besonders bei der Therapie von Kindern macht man sich diese Prinzipien enthemmender Effekte der Darbietung eines angstfreien Modells zunutze (vgl. Morris & Kratochwill, 1983; Ollendick & Hersen, 1983; Ollendick & Cerny, 1981).

Einige Untersuchungen zur Verwendung von Hemmungseffekten des Modellernens liegen auch für Klienten mit problematischen sozialen Verhaltensweisen vor (z.B. Alkoholiker, Delinquente). Die Hemmung, solche Verhaltensweisen auszuführen, kann unter anderem dadurch erreicht werden, daß die Klienten ein Modell beobachten, das bei der Ausführung der entsprechenden Reaktionen negative Konsequenzen erlebt. Es ist zusätzlich hilfreich, Informationen und Modelle für zielführende Alternativen zu vermitteln.

### 4.4.2.3. Reaktionserleichternde Effekte

Die dritte Wirkung des Modellernens bezeichnet man als den reaktionserleichternden Effekt. Der Einfluß des Modellernens besteht hier nicht darin, daß die Häufigkeit bereits erlernten Verhaltens verändert werden soll. Der Effekt beruht darauf, daß eine Information gegeben wird, unter welchen (situativen) Bedingungen ein Verhalten beim

Beobachter gezeigt werden sollte. Das Modellverhalten kann dabei als diskriminativer Reiz zur Auslösung des entsprechenden Verhaltens beim Beobachter verstanden werden.

Im alltäglichen Leben stellt diese Reaktionserleichterung wohl eine häufige Situation dar, in der Modellernen zum Tragen kommt, ohne daß dies bewußt zu werden braucht. Dabei zeigt sich, daß die Modellerneinflüsse nicht einfach zu operationalisieren sind. Aus dem Bereich der Tierpsychologie lassen sich einige Beispiele angeben, etwa das Auffliegen von Vögeln oder das Wandern von Fischen und Säugetieren. Im Humanbereich können mehrere Erscheinungen anhand des reaktionserleichternden Effektes erklärt werden, etwa das Ausführen altruistischen (helfenden) Verhaltens, die Auswahl bestimmter Moden oder Speisen, die freiwillige Meldung zum Kriegsdienst oder verschiedene Gruppenaktivitäten.

Die gezielte Anwendung im therapeutischen Bereich bezieht sich vorwiegend auf rasches und effizientes Diskriminationslernen in komplexen (sozialen) Situationen. Dabei ist davon auszugehen, daß die entsprechenden Verhaltensweisen im Prinzip im Repertoire des Individuums vorhanden sind; in der Therapie bedarf es lediglich einer Information über diejenigen Situationen, in denen das Verhalten gezeigt oder gehemmt werden sollte. Die Erfolge von Gruppentherapien mit extrem gehemmten und leicht aggressiven Kindern (vgl. Petermann & Petermann, 1978; U. Petermann, 1983) lassen sich zumindest teilweise durch reaktionserleichternde Effekte erklären. In einer gemischten Gruppe wird das leicht aggressive Verhalten des einen Kindes zum diskriminativen Hinweisreiz für das Verhalten eines gehemmteren Kindes. Es lernt so, sich in bestimmten Situationen auch anders als durch sozialen Rückzug und Hemmung interaktiver Verhaltensweisen zu bewegen.

Einen speziellen Bereich für die therapeutische Nutzung reaktionserleichternder Effekte bildet wiederum das Selbstsicherheits- bzw. Soziale Kompetenztraining; viele andere therapeutische Ansätze in der Verhaltenstherapie greifen implizit (Therapeut als Modell) oder explizit (z.B. bei der Therapie von Angst) auf Modellernen zurück. Beim Selbstsicherheits- bzw. Sozialen Kompetenztraining allerdings ist das Modellernen als ein unverzichtbarer Bestandteil anzusehen. Dieses Verfahren wird auch als ein Beispiel für ein komplexes Therapieprogramm vorgestellt, bei dem eine ganze Reihe unterschiedlicher Verfahren zur Anwendung gelangen.

## 4.5. Training in Selbstsicherheit

Das Training in Selbstsicherheit ist ein Beispiel für ein komplexes verhaltenstherapeutisches Programm, bei dem eine Reihe von unterschiedlichen Techniken zum Einsatz kommen. Die unterschiedlichen Begriffe (Training sozialer Kompetenz, Assertiveness-Trainings-Programm – ATP, Ausformung sozialer Sensibilität und sozialer Fertigkeiten ...) verweisen auf das Ziel einer Verbesserung der sozialen Interaktion. Dabei steht zum einen die Behandlung der sozialen Angst und zum anderen der Aufbau adäquater sozialer Fertigkeiten im Vordergrund.

Bei der Begriffsbestimmung für selbstsicheres (assertives) Verhalten lassen sich folgende gemeinsame Elemente anführen:

1. Assertives Verhalten ist interpersonales Verhalten, das in einer ehrlichen und relativ direkten Äußerung von Gedanken und Gefühlen besteht.
2. Assertives Verhalten ist sozial angemessenes Verhalten.
3. Assertives Verhalten einer Person berücksichtigt sowohl die eigenen Bedürfnisse als auch die Gefühle und das Befinden anderer Personen.

Alberti & Emmons (1978) haben darauf hingewiesen, daß selbstsicheres Verhalten keinesfalls mit rücksichtsloser Durchsetzung oder aggressivem Verhalten gleichzusetzen ist. Sie gaben auch klare Richtlinien für die Unterscheidung von (a) nonassertivem (= passivem, unsicherem), (b) assertivem (= selbstsicherem, der Situation angemessenem) und (c) aggressivem Verhalten an. Recht klar kommt dies auch in der Definition von Rich & Schroeder (1976) zum Ausdruck:

„Assertives Verhalten beinhaltet die Fähigkeit, in einer interpersonalen Situation nach Verstärkung zu streben, sie aufrechtzuerhalten oder zu vermehren; dies geschieht durch den direkten Ausdruck von Gefühlen oder Wünschen, wobei der Ausdruck solcher Wünsche mit dem Risiko des Verlustes von Verstärkung oder sogar mit Bestrafung verbunden ist" (1976, S. 1082).

Das Selbstsicherheitstraining ist ein Ansatz innerhalb des Verhaltenstherapie, der stark popularisiert wurde und auch einen Bestandteil vieler nichtklinischer Trainingsprogramme bildet; Goldstein-Fodor (1980) weist darauf hin, daß bis Ende der 70er Jahre ca. 250 Bücher und Artikel zu dieser Thematik veröffentlicht wurden. Die meisten Publikationen sind dabei in den letzten fünf Jahren erschienen. Wenn man die Veröffentlichungen aus den zehn Jahren vorher dazunimmt, wird ein kurzer Überblick fast unmöglich.

Das Aufkommen und die Verbreitung von Selbsicherheitstrainings hängt auch mit gesellschaftlichen Vorstellungen über adäquates Sozialverhalten zusammen: Assertiveness bildet gleichsam den Bestandteil einer Lebensphilosophie. Alberti & Emmons (1978) sowie Lange & Jakubowski (1976) betonen, daß jede Person ein *Recht* auf assertives Verhalten habe. Der Aufbau und die Äußerung assertiven Verhaltens wird damit zur Norm, zur Soll-Forderung, was eine „assertive-neurosis" (vgl. Rimm & Masters, 1979) zur Folge haben kann. Wichtig scheint es jedoch, auf den instrumentellen Charakter selbstsicheren Verhaltens hinzuweisen, auf die möglichen Folgen neuen Verhaltens in sozialen Situationen. In diesem Sinne kann man auch darauf hinweisen, daß Selbstunsicherheit auf die Dauer selbstschädigende Folgen hat, während Übungen in Selbstsicherheit und der Ausdruck sozial sicheren Verhaltens dazu führen, daß man zufriedener wird, ohne daß dies auf Kosten der sozialen Umgebung geht.

**Historischer Hintergrund**

Als Begründer des Ansatzes wird heute A. Salter (1949) angesehen; in seinem Buch „Conditioned reflex therapy" lehnt er sich an die Theorie der höheren Nerventätigkeit von Pawlow (1927) an, die Erregung und Hemmung als grundlegende Steuerungsprozesse neuronaler Abläufe im Gehirn postuliert. Analog dazu betrachtet Salter die Behandlung psychologischer Probleme als eine „Korrektur der Erregungs- und Hemmungsbalance" (Salter, 1949, S. 197).

Salter (1949) beschreibt den gehemmten Menschen als eine unsichere Persönlichkeit, die nicht spontan ist, die Schwierigkeiten hat, die eigenen Gefühle auszudrücken, und die nicht in der Lage ist, nach den eigenen Bedürfnissen zu leben. Der selbstsichere Mensch dagegen ist ehrlich und offen im Gefühlsausdruck, spontan und in der Lage, flexibel zu handeln (vgl. Zimmer, 1978).

Ohne daß Salter (1949) eine begriffliche und theoretische Verbindung zwischen den physiologischen und psychologischen Konzepten der Erregung und Hemmung herstellt, entwickelte er für den Aufbau von Selbstsicherheit ein „expressive training", das folgende Verhaltensregeln beinhaltet:

1. Ausdruck von Gefühlen, ein explizites Äußern von erlebten Emotionen, speziell im Bereich sozialer Beziehungen.
2. Mimischer Ausdruck, der eine explizite mimische und gestische Darstellung erlebter Gefühle beinhaltet.
3. Widersprechen und Angreifen, wobei erlebte Differenzen im interpersonalen Bezug explizit zum Ausdruck gebracht werden.
4. Gezielter Gebrauch des Pronomens „Ich", wobei dieses „Ich" als Subjekt von Aussagen und Handlungen explizit gemacht wird.
5. Zustimmung und Lob durch andere soll angenommen werden; dazu gehört auch Selbstlob und Anerkennung eigener Leistungen.
6. Fähigkeit zur Improvisation und Flexibilität, dies erfordert einen aktiven und spontanen Handlungsvollzug.

Nach Salter (1949) führt die Realisierung einer oder mehrerer dieser Regeln bereits zu einer Veränderung der Selbstsicherheit; das Umsetzen der Regeln führt zur Aktualisierung von Emotionen, die bisher gehemmt waren und durch das Befolgen der obigen Regeln enthemmt werden sollen (vgl. Braun & Tittelbach, 1978; Zimmer, 1978).

Es ist wissenschaftsgeschichtlich interessant, daß Salter (1949) mit seinem Ansatz zunächst kaum Wirkung hatte. Der Ansatz wurde erst ca. zehn Jahre später rezipiert und erlangte unter anderem durch die Ausführungen von Wolpe (1958) Bedeutung. Als Gründe für die verzögerte Rezeption des Ansatzes von Salter (1949) führen Rimm & Masters (1979) an, daß zum ersten im Jahre 1949 der Boden für eine lerntheoretisch orientierte Psychotherapie noch nicht vorbereitet war. Zum zweiten setzte sich das Selbstsicherheitstraining mit der Rezeption der Systematischen Desensibilisierung (SD) durch; die Verbindung des Ansatzes von Salter (1949) mit der Systematischen Desensibilisierung von Wolpe (1958) kam der Durchsetzung des Selbstsicherheitstrainings sehr zugute. Als drittes führen Rimm & Masters (1979) an, daß Salter zu seiner Zeit als „wild man" galt, vor allem weil er die Psychoanalytiker scharf angriff, daher versuchte man ihn zu isolieren und nicht zu rezipieren.

Für Wolpe (1958) besteht die Ursache der Selbstunsicherheit in sozialer Angst. Der selbstunsichere Mensch wird aufgrund von Angstreaktionen in bestimmten zwischenmenschlichen Situationen abgehalten, das zu tun, was sozial angemessen wäre und den eigenen Gefühlen und Bedürfnissen entspräche. Durch die Angst ist die Person nicht in der Lage, Ärger auszudrücken und selbstsichere Reaktionen zu zeigen, die mit der Angst prinzipiell inkompatibel wären. So hat Wolpe (1958; 1973) als angstantagonistische Reaktion im sozialen Bereich neben der Entspannung auf die Bedeutung selbstsicherer Reaktionen verwiesen. Wenn eine Hemmung der Angst durch das Äußern selbstsicheren Verhaltens gelingt, so kommt es nach Wolpe (1973) auch zu einer operanten Verstärkung dieses neuen Verhaltens – anfangs durch den Therapeuten, durch die soziale (Therapie-)Gruppe und schließlich durch die natürliche Umwelt der Person.

Nach Wolpe (1958) sind folgende Techniken für das Selbstsicherheitstraining bedeutsam:

1. Ermutigung zur Selbstbehauptung durch den Therapeuten, verbale Instruktion und Information.
2. Verhaltensübungen, die nach Schwierigkeit hierarchisch geordnet sind. In der Verhaltensübung sollte der Klient schrittweise die bisher gehemmten Gefühle direkt äußern.
3. Soziale Verstärkung bei Äußern neuen Verhaltens; dieses neue Verhalten sollte auch der „Lebensphilosophie", dem Recht auf die Durchsetzung adäquater Forderungen, entsprechen.

Die theoretischen Annahmen des Selbstsicherheitstrainings nach Wolpe (1958; 1973) wurden ebenso kritisiert, wie dies bei der Systematischen Desensibilisierung der Fall war. Zur Kritik zentraler Annahmen bei Wolpe vgl. etwa Zimmer (1978).

A.A. Lazarus, ein früher „Weggefährte" von Wolpe wendet sich ebenso entschieden dagegen, das Selbstsicherheitstraining als die Vermittlung aggressiver, rücksichtsloser Verhaltensweisen zu verstehen. Ein reines Training in „Durchsetzung" führt zwar zu gesteigerter Selbstbehauptung des einzelnen, gleichzeitig jedoch zu zwischenmenschlicher Distanz und Entfremdung (Lazarus, 1971). Genau dies kann nicht als Ziel des Selbstsicherheitstrainings angesehen werden.

Aufgrund seiner langen klinischen Erfahrungen prägt Lazarus (1973) den Begriff der „Sozialen Kompetenz" und versteht darunter
- die Fähigkeit, „nein" zu sagen,
- die Fähigkeit, Bitten, Wünsche und Forderungen zu äußern,
- die Fähigkeit, positive und negative Gefühle zu äußern, sowie
- die Fähigkeit, Gespräche anzuknüpfen, sie fortzuführen und zu beenden (vgl. Lazarus, 1973, S. 697).

Nach Lazarus (1973) bedarf jedes spezifische Defizit einer selbstunsicheren Person einer eigenen Analyse und eines eigenen Trainings; die vier genannten Bereiche gelten als relativ unabhängig voneinander, so daß eine Generalisierung von einer zur anderen Verhaltensklasse in nur begrenztem Maße stattfindet. Er hebt auch hervor, daß die genannten Fähigkeiten nicht nur auf der Verhaltensebene zu fassen sind. Sie müssen vielmehr im Zusammenhang mit kognitiven Mustern, Einstellungen, Bewertungen und der Lebensphilosophie gesehen werden (vgl. Lazarus, 1971).

Nach Rimm & Masters (1979) können noch folgende Quellen als historische und konzeptuelle Vorläufer des Selbstsicherheitstrainings angesehen werden:
Moreno (1946; 1955) hat mit der Entwicklung des *„Psychodrama"* eine Möglichkeit zum direkten (insbesondere nonverbalen) Ausdruck von Gefühlen geschaffen.
G.A. Kelly (1955) hat mit seinem Ansatz der *„fixed-role therapy"* bereits eine Verbindung zwischen Verhaltens- und kognitiver Therapie vorbereitet (Vorstellen eines Modells als Vorbereitung einer Verhaltensänderung).
Ellis (1962; 1973) betont in seiner *„Rational-emotiven Therapie"* die problematische Funktion bestimmter Kognitionen und Fehleinstellungen für die Ausformung und Aufrechterhaltung problematischer Verhaltensweisen. Der Ansatz wird im Abschnitt „Methoden der kognitiven Umstrukturierung" (Kap. 4.7.3) näher besprochen.

### 4.5.1. Grundlagen und Elemente von Selbstsicherheitstrainings

Es wurde bereits darauf hingewiesen, daß in Selbstsicherheitstrainings eine Reihe von verhaltenstherapeutischen Strategien zur Anwendung gelangen. Daß damit die Evaluation einzelner Komponenten schwierig wird, liegt auf der Hand und wird auch von den einzelnen Autoren zugestanden.

Wenn man eine Präzisierung des Begriffs Selbstsicherheit versucht, so lassen sich daran verschiedene Bereiche unterscheiden, nämlich 1) die *subjektive Einstellung* zu sich selbst, 2) der Aspekt der *sozialen Fertigkeiten* und die Fähigkeit, diese auch adäquat einzusetzen und 3) die Komponente der *sozialen Angst* und Hemmung (vgl. Ullrich & Ullrich de Muynck, 1975; Ullrich de Muynck & Ullrich, 1976). Bei Selbstsicherheitstrainings sind alle Bereiche (in unterschiedlicher Gewichtung) zu berücksichtigen; sie stellen Elemente der einzelnen Ansätze dar, für die jeweils auf die entsprechenden theoretischen Grundlagen verwiesen wird. Deshalb sollen diese einzelnen Bereiche näher betrachtet werden.

#### 4.5.1.1. Subjektive Einstellung

Ein negatives Selbstkonzept, entstanden etwa durch das wiederholte Erleben sozialer Unsicherheit, durch Erziehungseinflüsse oder durch die Fortführung von Mißerfolgen, führt zu Minderwertigkeitsgefühlen und behindert die Entwicklung angemessener Verhaltensweisen im Umgang mit anderen Personen.

Sowohl in ätiologischer als auch in therapeutischer Hinsicht kann hier auf das Konzept der *„self-efficacy"* (Bandura, 1977; Kap. 3.1.2) verwiesen werden: Die Antizipation von Mißerfolg, die Selbstabwertung eigener Fähigkeiten, die Abwehr von Lob und die Selbstabwertung in Gedanken, all dies beeinflußt die zukünftigen Perspektiven und Möglichkeiten. Angst, Vermeidung, Ungeschicklichkeit als Folge von Mißerfolgserwartung führen dann häufig zu tatsächlichem Mißerfolg in sozialen Situationen. Diese konkreten (negativen) Erfahrungen bestätigen die abwertende Sicht der eigenen Fähigkeiten („efficacy expectations" im Sinne von Bandura, 1977) und stehen angemessenem Verhalten in ähnlichen Situationen im Wege.

Beim Erlernen und bei der Veränderung spielen kognitive Prozesse im Sinne der Selbstbestätigung bzw. Selbstabwertung also eine wesentliche Rolle. In diesem Sinne sollte eine Person lernen, zum Teil automatisierte kognitive Abläufe zu erkennen (z.B. „das werde ich nie schaffen" ... „das wird mir nicht gelingen" ... usw.) und sie zu unterlassen. Gerade Befunde kognitiver Therapien (Näheres vgl. Kap. 4.7) haben auf die Bedeutung abwertender versus zuversichtlicher Selbstverbalisationen hingewiesen (z.B. Meichenbaum, 1977).

Die Veränderung dieser kognitiven Komponente erfordert auch ein Training in adäquater Wahrnehmung eigener und fremder Reaktionen und Situationen (Training sozialer Sensibilität). So sollte eine Person im Laufe des Selbstsicherheitstrainings die eigenen Fortschritte auch als solche sehen und beurteilen können.

#### 4.5.1.2. Soziale Fertigkeiten

Soziale Fertigkeiten bilden die wesentlichen Elemente unseres Zusammenlebens; unter sozialen Fertigkeiten im engeren Sinne des Selbstsicherheitstrainings versteht man verbale, motorische und mimisch-gestische Fähigkeiten (Verhaltensweisen), die an die soziale Umwelt gerichtet sind und von dieser im Sinne sozialer Verstärkung aufrechterhalten werden (vgl. Ullrich de Muynck & Forster, 1974).

Vorhandene soziale Fertigkeiten allein garantieren jedoch noch nicht soziale Kompetenz. Es muß überdies gelernt werden, diese Fertigkeiten auch richtig einzusetzen (soziales Diskriminationslernen). Fähigkeiten, die in einer Situation zweckmäßig und effektiv sind, können sich an anderer Stelle als unzureichend und ineffektiv erweisen. Starre und inflexible Verhaltensmuster verunsichern das Individuum und schränken seinen Verhaltensspielraum entscheidend ein.

Eine sehr häufige Form inadäquater sozialer Fertigkeiten besteht im sogenannten aggressiven Verhalten; dabei wird keineswegs unterstellt, das Auftreten aggressiver Gefühle als solches sei inadäquat. Wenn der Ausdruck dieser Gefühle jedoch in anklagender und den Sozialpartner verletzenden Form erfolgt, so handelt es sich um eine grundsätzlich mißverstandene Form von Selbstbehauptung. Selbstsicherheit zeichnet sich vielmehr dadurch aus, daß zwar die eigenen Gefühle und Bedürfnisse wahrgenommen und auch direkt geäußert werden, daß dies aber nicht in anklagender oder verletzender Form erfolgt (vgl. Schwäbisch & Siems, 1974; Ullrich de Muynck & Ullrich, 1976). Verstecktes und indirektes feindliches Verhalten, zynische Bemerkungen, anklagend vorgebrachte Anschuldigungen, alles dies ist Verhalten, das zur Lösung zwischenmenschlicher Probleme nicht geeignet ist. Im Selbstsicherheitstraining kommt es darauf an, Fertigkeiten zu vermitteln, die es ermöglichen, soziale Probleme *konstruktiv* anzugehen. Selbstsicheres Verhalten bedeutet nicht, aggressive Gefühle nicht zuzulassen, es beinhaltet vielmehr eine Reduktion des aggressiven Ausdrucks dieser Gefühle.

Inadäquates soziales Verhalten ist dann gegeben, wenn eine Person gelernte Fähigkeiten ungeschickt einsetzt. Handlungen am falschen Ort, zur falschen Zeit und stereotypes Verhalten ohne ein sensibles Berücksichtigen der sozialen Situation gehören dazu. Auch ständiges Sich-Entschuldigen, linkisches Auftreten, Meinungs- und Entscheidungslosigkeit sind Komponenten inadäquaten Sozialverhaltens und erhöhen die Wahrscheinlichkeit unangenehmer Konsequenzen für das Verhalten der betreffenden Person.

Zum Aufbau adäquaten sozialen Verhaltens ist die Schulung in sozialer Wahrnehmung und Differenzierung ein erster Schritt; weitere wichtige Elemente sind Instruktionen und Informationen über adäquates Verhalten in neuen Situationen, Rollenspiel und Modellernen (vgl. oben).

#### 4.5.1.3. Soziale Angst und Hemmung

Soziale Angst wurde insbesondere von Wolpe (1958) als ätiologischer Faktor selbstunsicheren Verhaltens angesehen; die Ausformung assertiven Verhaltens führt demnach zu einer Hemmung der sozialen Angst und zum Äußern bisher nicht gezeigter Verhaltensweisen. Soziale Ängste, das Erleben der Unfähigkeit adäquaten Handelns in komplexen sozialen Situationen aufgrund der Antizipation von Mißerfolg wird ganz allgemein als eine wichtige Komponente der Selbstunsicherheit angesehen. Soziale Angst als das Erleben unangenehmer Gefühle in sozialen Situationen kann sich auf verschiedene Bereiche beziehen:

a) *Auslösende Situation:* Diese kann für eine Person bereits angstbesetzt sein, etwa im Sinne von
   - Angst vor öffentlicher Beachtung, vor Mißerfolg und Kritik und Angst vor Versagen;
   - Angst und Befangenheit im sozialen Kontakt;
   - Angst, Forderungen und Bitten abzuschlagen, Schwierigkeiten beim Ablehnen und „nein" sagen;
   - Angst vor eigenen Ansprüchen oder Schwierigkeiten beim Formulieren und Durchsetzen eigener Ansprüche;
   - Angst vor Verletzung von Normen und Anstandsregeln (vgl. Ullrich de Muynck & Ullrich, 1977).

b) *Gefürchtete Reaktionen:* Dies meint die Antizipation von unangenehmen Reaktionen, die bereits bei der Vorstellung eigenen Verhaltens in sozialen Situationen auftreten (z.B. Befangenheit, innere Unruhe, Angst ...). Häufig sind solche Reaktionen bereits stark generalisiert, das heißt, sie treten bei sehr vielen sozialen Situationen auf (z.B. Aufforderung von Freunden zu einer gemeinsamen Unternehmung, Telefonanruf, Treffen von Personen des anderen Geschlechts usw.).
   Je undifferenzierter und bedrohlicher die eigenen Reaktionen wahrgenommen werden, um so stärker schränken sie den Verhaltensspielraum ein; auch Veränderungsmöglichkeiten und konstruktive Problemlösungen werden kaum noch wahrgenommen.

c) *Vermeidungsstrategien:* Vermeidung bildet eine gemeinsame Komponente praktisch aller Ängste: Die gefürchtete Situation wird nicht mehr aufgesucht, weil aversive Konsequenzen antizipiert werden. Das Vermeiden wird noch negativ verstärkt, weil dadurch die gefürchteten aversiven Konsequenzen (vermeintlich) umgangen werden.
   Beispiele für Flucht- und Vermeidungsverhalten in sozialen Situationen:
   - Unmittelbare Fluchtreaktion in aktuell bedrohlichen Situationen;
   - Abbrechen unangenehmer sozialer Kontakte, Flucht vor Problemen;
   - Vermeiden von Situationen durch Verstecken, Abwenden und Ersatzverhalten.

   Während diese Strategien als „aktive Vermeidungsstrategien" angesehen werden können, besteht die „passive Vermeidung" zum Beispiel in folgenden Reaktionen:
   - Gedankliche Abwesenheit, Schweigen, sich nicht melden, usw.

Die Vermeidung von unangenehmen Situationen ist Bestandteil eines verhängnisvollen Kreislaufes, der die Selbstunsicherheit, Ungeschicklichkeit, Angst und Isolation einer Person aufrechterhält und verschlimmert. Unangenehme Gefühle werden in Gedanken vorweggenommen, obwohl sie der Betreffende real nie erlebt zu haben braucht und allenfalls in ähnlichen Situationen negative Erfahrungen gemacht hat, die er nun generalisiert. Bei der Vermeidung kommt es nicht zur Angstminderung, die Person erlebt die Angst in Gedanken immer wieder. Diese *„Angst vor der Angst"* entsteht in Gedanken, wird aber eventuell an unangenehme Situationen geknüpft, die der Betreffende dann gar nicht mehr aufsucht. Er isoliert sich damit und schließt von vorneherein die Möglichkeit aus, positive Erfahrungen zu machen.

Eine sozial unsichere Person wehrt emotionalen Kontakt ab, verhält sich anderen gegenüber distanziert und kühl, begründet aber ihr Verhalten zumeist nicht mit den Ursachen (nämlich sozialer Angst), sondern mit „anderen Interessen" und dergleichen. Sie verliert so ihre Schwierigkeiten zunehmend aus dem Auge und hat durch die Verkennung der Realität immer weniger Möglichkeiten, ihre Situation zu verändern.

Die wichtigste therapeutische Strategie zum Aufbrechen des sozialen Rückzugs und der damit verbundenen Folgeprobleme bildet die Bewältigung von Angst durch schrittweisen Abbau von Vermeidungsstrategien und durch den Aufbau aktiven Bewältigungsverhaltens (vgl. Kap. 4.1).

### 4.5.2. Modelle von Selbstsicherheitstrainings

Nach der historischen Entwicklung der Technik des Selbstsicherheitstrainings durch Salter (1949), Wolpe (1958) und Lazarus (1963; 1964) wurden die einzelnen Elemente des Programms zu verschiedenen Modellen weiterentwickelt. In diesen Modellen bezieht man sich zwar weiterhin auf die oben angeführten Grundlagen des Selbstsicherheitstrainings, setzte aber unterschiedliche Schwerpunkte. Einige dieser Ansätze gehören heute zum Standardrepertoire von Verhaltenstherapeuten und sollen im folgenden (allerdings unterschiedlich differenziert) besprochen werden.

#### 4.5.2.1. Das Assertiveness-Trainings-Programm (ATP)

Das ATP wurde zu Beginn der 70er Jahre von Ullrich & Ullrich de Muynck entwickelt, standardisiert, empirisch überprüft und in mehreren Bänden publiziert (1976). Im deutschen Sprachraum erfuhr das ATP sehr weite Verbreitung, unter anderem wohl auch wegen des breiten Indikationsbereiches, der im Untertitel des Buches aufscheint: „Einübung in Selbstvertrauen und sozialer Kompetenz."

Gegenstand der Therapie bilden die bereits angesprochenen Aspekte der subjektiven Einstellung zu sich selbst (4.5.1.1), der sozialen Fertigkeiten (4.5.1.2) sowie der sozialen Angst und Hemmung (4.5.1.3).

Zu Beginn der Therapie werden mit jedem einzelnen Klienten durch gezielte Selbstbeobachtung des eigenen Verhaltens die Probleme beschrieben und in ihrem funktionalen Zusammenhang analysiert. Aufgrund dieser funktionalen Analyse läßt sich eine Zielbestimmung („Erlern-/Verlernliste") festlegen. Diese Liste ist im Laufe der Therapie veränderbar, eventuell zu erweitern; durch die explizite Liste können auch individuelle Lernfortschritte festgehalten und Veränderungen konkret beurteilt werden.

Einen Kernbereich des ATP bilden 127 soziale Situationen, die im Rollenspiel eingeübt und anschließend in den In-vivo-Übungen trainiert und umgesetzt werden sollen. Die Übungen umfassen vier Hauptkategorien sozialer Kompetenz:
1. Stellen von Forderungen;
2. Nein sagen und kritisieren;
3. Herstellen von Kontakten;
4. sich öffentlicher Beachtung aussetzen und sich Fehler erlauben (vgl. Ullrich de Muynck & Forster, 1974).

Diese Hauptkategorien sozialer Kompetenz sollen im Verlaufe des Erlernens von Selbstsicherheit in folgenden Situationen geübt bzw. trainiert werden: Straße, Verkehrsmittel, Geschäfte, Lokale, öffentliche Veranstaltungen und Behörden. Einbezogen werden dabei Nachbarn, Freunde und Bekannte, der Arbeitsbereich sowie die eigene Familie.

Die verbalen und nonverbalen Fertigkeiten, die in einer vorgegebenen Situation trainiert werden sollen, werden in der Anleitung genau benannt, und die im Theorieteil allgemein formulierten Therapieziele werden für jede Übung bzw. jeden Übungsteil entsprechend konkretisiert. Komplexe soziale Situationen, wie sie beim Aufbau sozialen Verhaltens vorkommen, werden in einen größeren Bezugsrahmen gestellt (z.B. Arbeitsbereich, Bereich Familie), damit der Teilnehmer des Programms seine persönlichen Probleme auch in den Zusammenhang zu makrosozialen (gesellschaftlichen) Bedingungen stellen kann.

Es wurde bereits angeführt, daß Trainings in Selbstsicherheit *komplexe Therapieprogramme* darstellen und dabei eine ganze Reihe unterschiedlicher Techniken zur Anwendung gelangt. Daß damit große Probleme bei der Evaluation der Einzelbestandteile verbunden sind, liegt auf der Hand.

Für das ATP führen Ullrich de Muynck & Ullrich (1977) folgende *Prinzipien* an, die einen Beitrag zur Ausformung sozialer Kompetenz beim Lernenden leisten sollen:

1. Verhaltensübung und Rollenspiel;
2. In-vivo-Training (Hausaufgaben in konkreten Situationen);
3. Prinzipien der Verstärkung (operantes Konditionieren);
4. Vermittlung unmittelbaren Video-Feedbacks;
5. Sukzessive Approximation an problematische Situationen;
6. Instruktion des Therapeuten;
7. Liste von zu erlernenden und zu verlernenden Bereichen;
8. Therapiekontrakt;
9. Modellernen;
10. Durchführung des ATP in Gruppen;
11. Selbstinstruktionen.

Die Liste enthält zahlreiche verhaltenstherapeutische Strategien, die zum Teil schon besprochen wurden bzw. noch besprochen werden. Auf diese einzelnen Komponenten soll nicht mehr eingegangen werden. Hervorzuheben ist allerdings, daß das ATP in seiner standardisierten Form üblicherweise in *Gruppen* durchgeführt wird. Dies erfordert nähere Betrachtung.

*ATP als Gruppentherapie*

Ullrich de Muynck & Ullrich (1977) sehen psychische Störungen als *soziale* Probleme; die Therapieziele des ATP legen eine Konzipierung des ATP als Gruppentherapie nahe, weil eine Gruppensituation am ehesten die Bedingungen herstellt, denen sich ein Klient in seinem täglichen Leben gegenübersieht (vgl. auch Grawe, 1980).

Das gruppentherapeutische Vorgehen bildet eine Reihe von Vorteilen beim Erlernen sozial kompetenten Verhaltens (vgl. Rose, 1977; Grawe, 1980):

- Wenn ein Teilnehmer anderen Personen in der Gruppe Zuwendung vermittelt (in Form von Beachtung, Diskussionsbemerkungen, Feedback ...), so stellt dies bereits eine Stufe beim Aufbau gewünschten Verhaltens dar (aktive Beteiligung in einer sozialen Situation).
- In einer Gruppensituation orientieren sich die Teilnehmer nicht nur am Therapeuten, sondern auch an den anderen Mitgliedern der Gruppe. Dies bildet eine prinzipielle Unabhängigkeit von den Ziel- und Wertvorstellungen des Therapeuten; dies sollte allerdings nur dann als besonderer Vorteil angesehen werden, wenn nicht die Gruppe ihrerseits Standards oder Normen vermittelt, die der Erreichung eines Therapieziels bei einer einzelnen Person im Wege stehen.
- Die in einer Gruppe erlernten Interaktionsfähigkeiten lassen sich leichter auf reale Interaktionen übertragen als solche, die in einer Einzeltherapie gelernt wurden (Gruppe als Modell sozialer Interaktionen). Auch wenn die Gruppe eine Art künstlicher (geschützter) Situation darstellt, lassen sich hier doch eher reale Interaktionsmuster modellieren und üben.

Zur Durchführung eines verhaltenstherapeutischen Trainings in Gruppen sollten jedoch

einige Bedingungen beachtet werden, die Grundvoraussetzungen für eine effiziente Durchführung bilden:
Rein formal gesehen sollte sich die Größe der Gruppe zwischen sieben und neun Personen bewegen. Die Zusammensetzung der Gruppe sollte unter Berücksichtigung der Erfahrung des Therapeuten, der Komplexität zu bearbeitender Probleme, der Homogenität bzw. Heterogenität der Einzelprobleme sowie der Anzahl der Therapeuten entschieden werden. Für die Durchführung des ATP werden zumeist zwei Therapeuten empfohlen (vgl. Rose, 1977), die sich in der Leitung der Gruppe und bei der Bearbeitung auftauchender Probleme gegenseitig beobachten und unterstützen können.
Eine Gruppe zur Durchführung eines ATP sollte nicht so heterogen sein, daß die Teilnehmer keine gemeinsame Sprache bzw. vergleichbare Lebenserfahrungen haben. Klienten mit massiven psychischen Störungen oder Personen mit großen Ängsten vor der Gruppensituation sollten eventuell vorher in Einzeltherapie behandelt und erst dann in eine Selbstsicherheitsgruppe übernommen werden.

Zimmer & Fiedler (1975) stellten einige Spielregeln für eine effektive Gruppenarbeit zusammen (vgl. auch Grawe, 1980):

- Die Atmosphäre in einer verhaltenstherapeutischen Gruppe sollte akzeptierend und freundlich sein; sachliche und persönliche Kontroversen werden nicht verschleiert, sondern angesprochen und verlieren damit die unproduktive Problematik von Konflikten.
- Die Gruppenmitglieder sollten lernen, sich gegenseitig für positives Verhalten zu verstärken. Notwendige Kritik kann auch als Korrektur an Verhaltensweisen, nicht an Personen formuliert werden. Auf diese Weise entsteht ein Klima der Kooperation, der Arbeit an einem gemeinsamen Problem.
- Wenn bei einem Teilnehmer Langeweile oder Ärger aufkommen, so sollte er seine Gefühle und Bedürfnisse möglichst konkret verbalisieren. Im Sinne der operanten Verstärkung werden dabei auch konkret und nicht anklagend vorgebrachte Beiträge erlernt und geübt.
- Organisatorische Aspekte sollten eindeutig festgelegt sein (z.B. zu spät kommen, Nichtausführen von Hausaufgaben usw.) und werden im Sinne eines Kontraktes mit eindeutigen Konsequenzen belegt.

Es liegt auf der Hand, daß an die Therapeuten bei der Durchführung des ATP hohe Anforderungen gestellt sind: Der Therapeut muß nicht nur mit den auftauchenden Problemen, wie sie in einer Einzeltherapie üblich sind, sondern auch mit speziellen Problemen einer Gruppensituation vertraut sein. Als günstige Möglichkeit zum Erlernen solcher Fertigkeiten bietet sich an, an Gruppenarbeiten nichtklinischer Zielrichtungen teilzunehmen, Videoaufzeichnungen von Gruppentherapien eingehend zu studieren und schließlich selbst als Co-Therapeut an einer ATP-Gruppe teilzunehmen.

Die Durchführung des ATP nach Ullrich de Muynck & Ullrich (1977) ist relativ stark standardisiert; die damit verbundene Inflexibilität wird allerdings dadurch aufgehoben, daß es sich bei den einzelnen Situationen um Bereiche handelt, die von allen Personen geübt werden sollten. Möglichkeiten zur Vermeidung einzelner Situationen (indem etwa bestimmte Bereiche als „irrelevant" erklärt werden) sind damit stark eingeschränkt. Dieser Vorteil der Standardisierung schlug sich etwa in einer leichten Überlegenheit des ATP bei psychiatrischen Klienten gegenüber einem Therapieprogramm nieder, in dem die Situationen individuell abgestimmt werden konnten (vgl. Bernard, 1984).

Auf die Schwierigkeit der empirischen Überprüfung einzelner Bestandteile des ATP wurde bereits hingewiesen; man kann vermutlich nicht davon ausgehen, daß sich die Wirksamkeit des ATP aus der Summe der Effektivität der Einzelbestandteile ergibt.

Das ATP bildet allerdings eine wichtige Komponente von sogenannten Breitbandprogrammen in der Verhaltenstherapie und hat sich in empirischer Hinsicht als äußerst brauchbar herausgestellt (vgl. Ullrich, Ullrich de Muynck, Grawe & Zimmer, 1980).

#### 4.5.2.2. Verhaltenstrainingsprogramm zum Aufbau sozialer Kompetenz (VTP)

Das Ziel des von Feldhege & Krauthan (1979) entwickelten VTP besteht im Aufbau effizienter Verhaltensstrategien im Sozialbereich. Dem Teilnehmer soll ferner eine eigenständige Kontrolle über die wichtigsten internen und externen Stimulus- und Verstärkerbedingungen ermöglicht werden. Ansatzpunkte des VTP bilden folgende vier Verhaltensbereiche:

1. die Verbesserung der Beziehung zu Partnern, Freunden und Bekannten (Kommunikation);
2. das Aufnehmen und Aufrechterhalten von Kontakten zu fremden Personen (Kontakt);
3. das Durchsetzen von berechtigten Ansprüchen und Forderungen (Selbstbehauptung) und
4. die Bewältigung von Belastungssituationen (Belastung).

Von der Methode her gesehen ist das VTP ein verhaltenstherapeutisch orientiertes Gruppenmodell. Defizite im sozialen Verhalten sollen durch sogenannte Wissens- und Verhaltenstechniken ausgeglichen bzw. bearbeitet werden. Eine *Wissenstechnik* besteht aus Informations- oder Wisseneinheiten, die die kognitiven Voraussetzungen für eine Person bilden, sich in einem Verhaltens- und Situationsbereich zu orientieren. Eine *Verhaltenstechnik* besteht aus bestimmten zusammenhängenden und aufeinander aufbauenden Verhaltensweisen und Handlungssequenzen, deren Anwendung zu den vorher festgelegten Zielen führt.

Nach Feldhege & Krauthan (1979) sind die Wissenstechniken den Verhaltenstechniken insofern vorgeordnet, als zunächst Information über ein angestrebtes Ziel verfügbar sein muß, ehe man zweck- und zielgerichtet handeln kann. Zu jedem Verhaltensbereich gehört eine bestimmte Anzahl von Wissens- und Verhaltenstechniken, die nach dem Prinzip der sukzessiven Annäherung an ein Zielverhalten zusammengestellt werden. Die Durchführung der Verhaltenstechniken erfolgt in der Regel in der Interaktion mehrerer Individuen (Gruppensituation).

Die Items für die Wissenstechniken sind beim VTP nicht (wie beim ATP) standardisiert vorgegeben, sondern sollen selbständig (in der Gruppe) erarbeitet werden und bilden zusammen mit den einzelnen Übungssituationen den Kern des VTP.

Ebenso wie beim ATP müssen beim VTP eine Reihe von verhaltenstherapeutischen Veränderungsprinzipien angeführt werden, die zur Anwendung gelangen. Im einzelnen sind dies Modellernen, Verhaltensinstruktionen, gezielte Hilfestellungen während der Übungen, direkte praktische Anleitung zur Erreichung eines Zielverhaltens, sukzessive Ausformung des Zielverhaltens, Verkettung einzelner Verhaltenssegmente, verschiedene Formen des Feedback, kognitive Umstrukturierung (z.B. Zukunftsplanung, Attributionsänderung), In-vivo-Übungen und Hausaufgaben.

Für den *Ablauf des Trainingsprogramms* werden folgende organisatorische Hinweise gegeben:

1. Einführung in den jeweiligen Verhaltensbereich;
2. Erarbeiten von Wissenstechniken für den Verhaltensbereich;
3. Erarbeiten der Übungssituationen zu den Verhaltenstechniken des Verhaltensbereichs und Durchführen von Rollenspielen;
4. Erarbeiten und Durchführen weiterer Übungssituationen mit ansteigendem Schwierigkeitsgrad zu den Verhaltenstechniken des jeweiligen Verhaltensbereichs;
5. In-vivo-Übungen zu den Verhaltenstechniken des jeweiligen Verhaltensbereichs;
6. Wiederholung des Lernstoffs des Verhaltensbereichs;
7. Interaktionszentrierte Gruppensitzungen (im Anschluß an jeden Verhaltensbereich).

Für die Gruppenzusammensetzung wird empfohlen, Personen mit möglichst ähnlicher Problematik zu berücksichtigen. Die Indikation zum VTP erfolgt aufgrund einer genauen individuellen Verhaltensanalyse; bei Problemen im Bereich sozialer Interaktion stellt das VTP eventuell die einzige Therapiemaßnahme dar; handelt es sich um eine komplexe Problematik, so stellt das VTP unter Umständen nur einen Baustein der Therapie dar. Die Gruppe sollte hinsichtlich des Alters der Teilnehmer homogen sein, nach Möglichkeit gemischt geschlechtlich und sieben bis neun Teilnehmer umfassen.

Anzahl und Dauer der Gruppensitzungen: zwei bis drei Sitzungen pro Woche, je 1 1/2 Stunden. Das Tempo des Vorgehens richtet sich nach den Bedürfnissen der Teilnehmer. Zur Kontrolle des Verlaufs und Effektes der Intervention werden von Feldhege & Krauthan (1979) verschiedene Evaluationsvorschläge gemacht.

Feldhege & Krauthan (1979) räumen bei der Durchführung des VTP mehrere Modifikationsmöglichkeiten ein:
- Veränderung der Reihenfolge und Auswahl einzelner Trainingsabschnitte (je nach Problematik der Teilnehmer);
- Einsatz standardisierter Übungssituationen (bei gravierenden Schwierigkeiten in der sozialen Wahrnehmung sowie bei der Erfassung einzelner Defizite);
- Auffrischen einzelner Verhaltenstechniken und Trainingsabschnitte (Wiederholungen während des Trainings);
- die Durchführung des Trainings ist auch in sogenannten „offenen“ Gruppen möglich (z.B. Neuaufnahme von Teilnehmern bei stationären oder ambulanten Einrichtungen);
- Möglichkeit der Anwendung des Trainingsprogramms in der Einzeltherapie;
- Einbezug von Sozialpartnern in das Training;
- Einbezug von Therapiehelfern, insbesondere zur Hilfestellung bei Übungen außerhalb der Gruppensituation.

Gegenüber dem Assertiveness-Trainings-Programm von Ullrich de Muynck & Ullrich (1977) fällt am VTP in erster Linie die Flexibilität in der Gestaltung und Durchführung der einzelnen Übungen auf. Diese Flexibilität bildet für Teilnehmer und Therapeuten eine Chance zur individuelleren und freieren Gestaltung des Therapieverlaufs, erfordert aber auch die Fähigkeit zur Gestaltung dieser Bereiche.

#### 4.5.2.3. Prinzip der „minimal effektiven Verhaltensweise“

Bei der Erörterung verschiedener Ansätze zum Selbstsicherheitstraining weisen Rimm & Masters (1979) auf einen Gesichtspunkt hin, der beim Erlernen sozialen Verhaltens generell berücksichtigt werden sollte: die Regel der „minimal effektiven Verhaltensweise".

Rimm & Masters (1979) gehen ähnlich wie andere Autoren davon aus, daß assertives Verhalten den direkten Ausdruck eigener Gefühle und Handlungen beinhaltet. Sie meinen allerdings, daß es in vielen Situationen grundlegend ist zu entscheiden, welche *Verhaltensweise* in einer spezifischen Situation am *angemessensten* ist, auch wenn dies unter Umständen nicht die selbstsicherste Reaktion wäre. Die minimal effektive Verhaltensweise ist dasjenige Verhalten, das mit einer hohen Wahrscheinlichkeit zur gewünschten Zielerreichung führt und das gleichzeitig mit einem Minimum an Aufwand und negativen Emotionen verbunden ist.

*Beispiele* für minimal effektive Verhaltensweisen:
Wenn sich Personen im Kino, im Restaurant usw. zu laut unterhalten, so daß man sich gestört fühlt, so kann man diese Personen darauf aufmerksam machen und sie ersuchen, leiser zu sein; es ist vermutlich nicht unbedingt notwendig, den Geschäftsführer zu holen. Oder: Wenn man der Auffassung ist, der Kellner habe sich bei der Rechnungstellung geirrt, so kann man ihn eventuell bitten, die Rechnung nochmals zu prüfen; es ist nicht unbedingt notwendig, Wirbel zu schlagen.

Minimal effektives Verhalten verlangt hohe *soziale* und *interpersonale Sensibilität* (Stimulusdiskrimination). Man sollte es aber keinesfalls mit zurückgezogenem oder scheuem Verhalten verwechseln, das keinesfalls assertiv wäre!

Wenn das minimal effektive Verhalten nicht zum Ziel führt, so erweist es sich unter Umständen als notwendig, auf der Durchsetzung seiner Ziele zu bestehen; Rimm & Masters (1979) bezeichnen dies als *Eskalation.* Diese Eskalation verlangt von der Person vermehrte Selbstsicherheit, das heißt das Wissen um die Durchsetzung sowie die dazu notwendigen Fertigkeiten.

Für assertives Verhalten sollten die Voraussetzungen sowohl auf der Wissens- als auch auf der Verhaltensebene vorhanden sein (vgl. VTP, Feldhege & Krauthan, 1979). Wichtig ist allerdings der Hinweis des Therapeuten, daß Eskalation nur in ganz seltenen Ausnahmefällen realisiert werden muß, wenn vorher minimal effektives Verhalten gezeigt wurde. Im Prinzip sollte dieses Verhalten jedoch beherrscht werden, weil dies die Effektivität sozial sensibleren Verhaltens sichert.

### 4.5.3. Hinweise zur differentiellen Indikation

Mangelnde bzw. vorhandene Selbstsicherheit kann nicht im Sinne einer stabilen Persönlichkeitseigenschaft angesehen werden; zur Beurteilung von Verhalten als assertiv versus unsicher muß vielmehr auf die Situationsangemessenheit Bezug genommen werden. Es wurde bereits darauf hingewiesen, daß bei der Behandlung des Bereiches Selbstsicherheit folgende drei Hauptgesichtspunkte unterschieden werden müssen (vgl. McDonald, 1976; Goldstein-Fodor, 1980):

1. ein *Defizit* in sozialen und interpersonalen Fertigkeiten; viele Personen wissen nicht, wie sie sich in komplexen Situationen verhalten sollen; viele Personen wissen dies zwar, sind aber nicht in der Lage, ihr Wissen auch in Handeln umzusetzen;
2. inadäquate *Stimulus-Diskrimination:* Viele Personen sind nicht dazu in der Lage zu unterscheiden, welches Verhalten in welchen Situationen angemessen ist bzw. zum Ziel führt (z.B. Schwanken zwischen aggressivem und submissivem Verhalten);

3. soziale *Angst* vor realen oder vorgestellten Konsequenzen eigenen Verhaltens in sozialen Situationen. Dies kann zum einen generelle Ängstlichkeit sein, oder aber spezifisch soziale Angst, die Zuwendung anderer Personen zu verlieren (zu riskieren), falls man seine eigenen Wünsche und Bedürfnisse bzw. Meinungen direkt äußert.

Der therapeutische Ansatzpunkt im Selbstsicherheitstraining ist danach zu wählen, welches Problem bei einer bestimmten Person im Vordergrund steht. Dies läßt sich nur aufgrund einer differenzierten und individuellen Verhaltensanalyse entscheiden.

*ad 1) Defizite in sozialen Fertigkeiten*

- Personen, die diese Fertigkeiten aufgrund sozialer oder geographischer Isolation nicht erlernt haben bzw. nicht erlernen konnten (Beispiel: Schichtzugehörigkeit).
- Personen, die lange Zeit in Institutionen gelebt haben und die aufgrund ihrer Zurückgezogenheit notwendige soziale Fertigkeiten nicht erlernen konnten (Beispiel: langzeithospitalisierte Patienten beim Übergang in eine Wohngemeinschaft).
- Exzessiv schüchterne Personen, deren Vermeidung sozialer Situationen durch die Biographie begründet ist (z.B. bei Schwierigkeiten, Freunde zu gewinnen).
- Frauen, die aus ihrer hergebrachten Rolle auszubrechen wünschen und die aufgrund ihrer Sozialisation nicht über die entsprechenden Fertigkeiten verfügen (dies verdeutlich auch die normative Komponente sozialer Beurteilung).
- Personen, die aus verschiedenen Gründen aus althergebrachten Rollen auszubrechen wünschen bzw. dies müssen (Beispiel: Menschen, die bis zum 40. Lebensjahr bei ihren Eltern gelebt haben und die zukünftig auf sich allein gestellt leben wollen oder müssen).

*ad 2) Inadäquate Stimulusdiskrimination*

- Probleme des Kontrollverlustes bei aggressiven Gefühlen; Selbstunsicherheit, die in diesem Falle darin besteht, daß sich Personen lange Zeit nicht äußern (sich sehr viel gefallen lassen, viel „schlucken") und die zu einem gewissen Zeitpunkt dann unkontrolliert aggressiv reagieren („explodieren"). (Beispiel: Jemand übernimmt über einen langen Zeitraum hin Überstunden, ohne etwas dagegen zu sagen; bei einer neuerlichen Aufforderung zu Überstunden schreit er plötzlich seinen Vorgesetzten an und macht ihm verschiedenste Vorwürfe.)
- Ungeduldige, überaus irritierbare Personen, die sich stets angegriffen fühlen und meinen, ihrerseits nur durch Angriff reagieren zu können. In einem solchen Fall steht das Erlernen adäquater, sensibler Stimulusdiskrimination im Vordergrund.
- Impulsive Personen, die ihre Reaktionen nicht hinreichend kontrollieren, die „überschießend" reagieren. Dazu gehören auch Strategien zum Erlernen angemessener Reaktionen auf einzelne Situationen (Flexibilität!).
- Selbstunsichere Personen, die Anforderungen oder Wünsche ihrer Sozialpartner als absolut ansehen und meinen, ihnen auf jeden Fall nachkommen zu müssen oder keine Möglichkeit der Entgegnung sehen (was letztlich zu Konflikten führt). Hier steht die Vermittlung adäquater Strategien der Durchsetzung auch eigener Wünsche und Bedürfnisse in bestimmten Situationen im Vordergrund.

*ad 3) Soziale Angst*

- Personen mit Angst vor Kontrollverlust, auch mit Angst, eigene Gefühle zu zeigen und Wünsche zu äußern, weil man meint, damit besonders verletzbar zu sein.
- Üblicherweise bei Personen, die keine Mängel im Wissen oder in den Fertigkeiten haben, die selbstsicheren Responses werden aber zurückgehalten, weil man fürchtet, jemanden zu verletzen oder zu kränken. (Beispiel: „Das kann man nicht machen ..."; Angst, nicht mehr anerkannt zu werden, wenn man seine Gefühle zeigt.)
- Angst vor den Konsequenzen selbstsicheren Verhaltens, wobei diese Konsequenzen eher vorgestellt als real sind. (Beispiel: „Wenn ich als Frau mehr Rechte fordere, werde ich von Männern

nicht mehr akzeptiert"; oder: „Wenn ich in einem Restaurant das Essen kritisiere, werde ich als inkompetent angesehen.")
- Angst vor den vorgestellten unberechenbaren Reaktionen anderer Personen, wenn man seine Gefühle und Wünsche äußert. Gerade diese Angst läßt sich nur durch mehrmalige positive (gegenteilige) konkrete Erfahrung angenehmer Konsequenzen assertiven Verhaltens widerlegen und abbauen.

### 4.5.4. Anmerkungen zum Training in Selbstsicherheit

Bei der Besprechung theoretischer Grundlagen und klinischer Anwendungen des Trainings in Selbstsicherheit wurde auf eine ganze Reihe von Ansätzen verwiesen, die alles andere als einheitlich sind. Einige zentrale Aspekte sollen hier noch einmal kurz zusammengefaßt werden; dabei werden auch offene Fragen im Rahmen des Selbstsicherheitstrainings angeschnitten.

1. Die Voraussetzung für den Erwerb von befriedigenden Interaktionsfertigkeiten ist die Bereitschaft einer Person, sich mit unangenehmen Situationen auseinanderzusetzen. Diese Auseinandersetzung beinhaltet im Prinzip eine (schrittweise) *Konfrontation* mit bisher vermiedenen sozialen Situationen. Die graduierte Annäherung an komplexe und schwierige Interaktionssituationen erleichtert die Überwindung bisherigen Vermeidungsverhaltens (vgl. auch die Ausführungen zum Prinzip der graduierten Löschung, Kap. 4.1.5).
2. Das Ziel des Trainings in Selbstsicherheit besteht nicht nur im Abbau von Vermeidungsverhalten, sondern auch im aktiven Erwerb von sozialen *Fertigkeiten*. Durch das neue soziale Verhalten soll die Person vermehrt positive Konsequenzen erfahren, ohne daß diese Verstärker durch soziale Angst, Vermeidung, Isolation und Selbstabwertung erkauft werden. Die positiven Verstärker in der sozialen Interaktion sollen dabei so umgruppiert werden, daß damit partnerschaftliche Interaktionen insgesamt befriedigender gestaltet werden.
3. Training in Selbstsicherheit impliziert das Erlernen sozial sensiblen Verhaltens gegenüber den Interaktionspartnern. Wie dieses Verhalten konkret auszusehen hat, ist Gegenstand der Zielanalyse und *Zielbestimmung,* in die normative Gesichtspunkte und gesellschaftliche Standards entscheidend einfließen. Eine allgemein verbindliche Festlegung von Kriterien für selbstsicheres Verhalten in komplexen sozialen Situationen ist deshalb weder sinnvoll noch möglich.
4. Mit dem Erlernen sozialer Kompetenz erwirbt die Person einen *Verhaltensspielraum,* der es ihm ermöglicht, das ihm zur Verfügung stehende Verstärkerpotential optimal zu nutzen. Angestrebt wird eine Zufriedenheit des Individuums in dem Sinne, daß bei der Gesamtbilanz positiver und negativer Erlebnisse (Verhalten und seine Konsequenzen) die positiven überwiegen. Das Verhaltensrepertoire einer selbstsicheren Person ist dadurch gekennzeichnet, daß es dem Individuum möglich ist, zum Ausdruck seiner Wünsche und Bedürfnisse (bzw. zur Realisierung derselben) auf unterschiedliche Verhaltensalternativen zurückzugreifen. Training in Selbstsicherheit erweitert somit den Verhaltensspielraum einer Person und seiner Interaktionspartner.
5. Trainingsprogramme zum Erlernen selbstsicheren Verhaltens haben eine große *Verbreitung* erfahren (vgl. Alberti & Emmons, 1974; Fensterheim & Baer, 1975; dt. 1982; Hinsch & Pfingsten, 1983). Auch die Literatur zur empirischen Überprüfung von Selbstsicherheitstrainings ist inzwischen äußerst umfangreich: Twentyman & Zimering (1979) etwa führen 124 empirische Vergleichsstudien von Trainings in Assertive-

ness mit anderen Verfahren an. Zur Verbreitung des Ansatzes hat die nachgewiesene Effektivität wohl ebenso beigetragen wie der hohe Plausibilitätscharakter und die Bedeutung selbstsicheren Verhaltens für das menschliche Zusammenleben (vgl. Galassi, Galassi & Fulkerson, 1984).

6. Die eben erwähnte Plausibilität und auch die Effektivität von Selbstsicherheitstrainings sollte nicht darüber hinwegtäuschen, daß eine Reihe von Fragen keineswegs geklärt sind. Solch *offene Fragen* beziehen sich auf die Generalisierung von Trainingsinhalten, auf die Erfassung (Messung) assertiven Verhaltens sowie auf Probleme der differentiellen Indikation, die oben angesprochen wurden. Im Zentrum der Betrachtung stehen neuerdings vermehrt kognitive Faktoren in verschiedenen Ansätzen: Wenn man der Analyse von Stefanek & Eisler (1983) folgt, so spielen solch kognitive Faktoren für Prozeß und Ergebnis von Selbstsicherheitstrainings eine entscheidende Rolle (vgl. auch Linehan, Goldfried & Goldfried, 1979; Heimberg & Becker, 1981). Auf solch kognitive Aspekte und Faktoren kann hier nur hingewiesen werden, eine ausführlichere Erörterung erfolgt in den nächsten Kapiteln.

Abschließend muß darauf hingewiesen werden, daß Training in Selbstsicherheit nicht nur eine Vermittlung neuer Verhaltensweisen sein kann, sondern daß damit auch Einsicht in *objektive Abhängigkeiten* und *individuelle Spielräume* geboten wird. Die verschiedenen Trainingsprogramme verfolgen damit einen emanzipatorischen Anspruch und einen Versuch zur Erhöhung der persönlichen Freiheit des Individuums. Dem einzelnen werden seine eigenen Wünsche und Bedürfnisse nähergebracht, es werden ihm Möglichkeiten zum Ausdruck und zur Realisierung dieser Wünsche und Bedürfnisse vermittelt. Das sensible Erkennen eigener und fremder Bedürfnisse soll die Chance für ihre Realisierung unter Berücksichtigung subjektiver und objektiver Grenzen schaffen.

## 4.6. Verdecktes Konditionieren

Die verschiedenen Modelle des verdeckten Konditionierens betrachten innere Ereignisse (Gedanken, Vorstellungen ...) analog zu beobachtbaren Prozessen. Zentral hierfür ist die sogenannte *Kontinuitätsannahme:* Die Gedanken, Vorstellungen ... sind unter die Prinzipien offenen Verhaltens zu subsumieren. Kognitive Prozesse sind in Entstehung und Aufrechterhaltung durch die Prinzipien des respondenten und operanten Konditionierens sowie durch Modellernen zu beschreiben und zu erklären (vgl. Ullmann, 1970). Die Kognitionen besitzen nach diesem Modell die Funktion einer Vermittlung zwischen äußeren, beobachtbaren Reizen (Situationen) einerseits und äußeren, beobachtbaren Reaktionen andererseits. Kognitionen können demzufolge auch in der Sprache des Konditionierens als verdeckte Reize, verdeckte Reaktionen oder verdeckte Konsequenzen beschrieben werden:

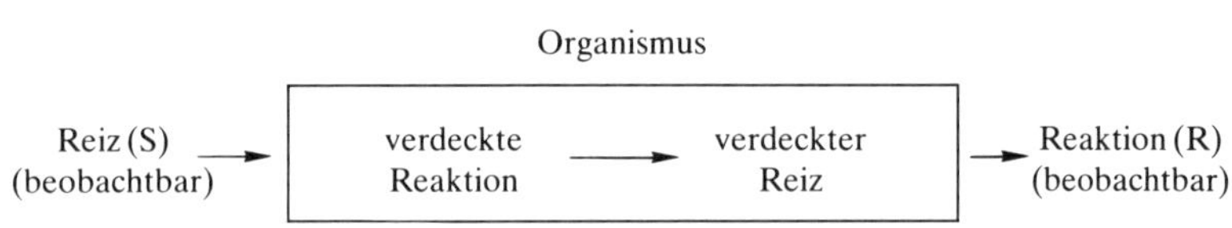


In den Vermittlungsmodellen des verdeckten Konditionierens werden die kognitiven Elemente als ebenso veränderbar angesehen, wie dies für offenes Verhalten gilt. Das

Konzept bildet die theoretische Grundlage für eine Reihe von verhaltenstherapeutischen Interventionsverfahren, die im folgenden darzustellen sind. Modelle des verdeckten Konditionierens sind insofern als „kognitiv“ anzusehen, als verdeckte Prozesse direkt zum Gegenstand von Interventionen werden (als Reize, Reaktionen und Konsequenzen). Die Ansätze sind aber von rein kognitiven oder kognitiv-verhaltenstherapeutischen Verfahren insofern abzugrenzen, als man sich zur Beschreibung und Erklärung der betreffenden Prozesse nicht auf kognitive, sondern auf Konditionierungstheorien bezieht (vgl. auch Kap. 3.1.1, vgl. Homme, 1965; Cautela, 1971; 1972; Mahoney, 1977; Cautela & Wall, 1980).

### 4.6.1. Verdecktes Gegenkonditionieren

Die Veränderung offener (beobachtbarer) Verhaltensweisen durch verdeckte Reize (Gedanken, Vorstellungen, aber auch Reaktionen) wird als verdecktes Gegenkonditionieren bezeichnet (vgl. Cautela, 1971). Grundlegend dafür ist die Annahme, daß verdeckte Stimuli offenes und verdecktes Verhalten verändern können.

Kennzeichnend für diese Methode ist die Koppelung eines verdeckten (z.B. aversiven) Reizes mit einem anderen verdeckten (aber angenehmen, positiven) Reiz mit dem Ergebnis, daß der anfänglich aversive Stimulus einen neutralen oder sogar positiven Wert erhalten kann (vgl. Mahoney, 1977). Das Prinzip des verdeckten Gegenkonditionierens kommt unter anderem in der Systematischen Desensibilisierung in der Vorstellung (Wolpe, 1958; 1969) zur Anwendung; bei der Systematischen Desensibilisierung allerdings erfolgt die Koppelung der beiden (*auch* verdeckt dargebotenen Reize) unter speziellen Bedingungen, die in Abschnitt 4.1.2 besprochen wurden.

Das Vorgehen des verdeckten Gegenkonditionierens wurde schon sehr früh verwendet, wie das *Beispiel* von Lazarus & Abramovitz (1962) zeigt:

Die Autoren demonstrierten dabei die Behandlung von Dunkelangst bei einem zehnjährigen Jungen (Lazarus & Abramovitz bezeichneten ihr Verfahren als „emotive imagery“). Die Dunkelheit, die sich der Junge vorzustellen hatte (als verdeckter aversiver Reiz), wurde durch Instruktionen des Therapeuten mit sehr angenehmen Vorstellungen gekoppelt (der Junge sollte in die Rolle eines sehr beliebten Comic-Helden schlüpfen, der einen bestimmten Auftrag durchzuführen hat). Diese positive Vorstellung (verdeckter Reiz, aber auch eine Reihe von verdeckten Reaktionen) führte zur schrittweisen Bewältigung des Stimulus „Dunkelheit“ bei dem Jungen nach lediglich drei Sitzungen. Die Autoren berichten ferner eine Aufrechterhaltung des Therapieerfolges nach elf Monaten und eine Verbesserung der Entwicklung in mehreren Bereichen.

Lazarus & Abramovitz (1962) erklären das Vorgehen durch die reziproke Hemmung von Angst – allerdings nicht durch Muskelrelaxation, sondern durch positive, emotionsbesetzte vorgestellte Szenen (= Übertragung von Lernprinzipien auf die Veränderung verdeckten Verhaltens).

### 4.6.2. Verdeckte Sensibilisierung

Verdeckte Sensibilisierung (covert sensitization) besteht in der Vorstellung angenehmer Aktivitäten oder Reize, die allerdings Auslöser für langfristige Verhaltensprobleme bilden (Alkohol, Rauchen, Essen), und in der gleichzeitigen Vorstellung aversiver Szenen (z.B. Übelkeit). Durch eine Koppelung der Auslöser problematischen Verhaltens mit aversiven Szenen sollen diese für die Person ebenfalls unangenehm oder zumindest neutral werden (vgl. Cautela, 1966; 1967; 1970a; 1971).

Im Vorgehen müssen folgende *Schritte* realisiert werden:
Zunächst stellt sich der Klient die (zumeist langfristig) problematische, für ihn aber kurzfristig sehr angenehme Aktivität oder Szene (z.B. Genuß von Alkohol) möglichst intensiv und lebhaft vor. Diese Vorstellung wird mit einem für den Klienten sehr aversiven Ereignis (z.B. Übelkeit, Erbrechen ...) ebenfalls vorstellungsmäßig gekoppelt. Durch diese Koppelung werden die aversiven Komponenten der zweiten Szene auch auf die vorher angenehme Aktivität konditioniert. Wenn das störende Verhalten (Trinken von Alkohol) in der Vorstellung unterbrochen wird, ist auch die Vorstellung der aversiven Szene zu unterbrechen (Prinzip der Aversionserleichterung). Die Beendigung der problematischen Vorstellung wird somit ebenfalls angenehm erlebt.

Für die Behandlung problematischen Eßverhaltens zitiert Mahoney (1977) folgendes *Beispiel:*

„Ich möchte, daß Sie sich vorstellen, Sie hätten gerade Ihre Hauptmahlzeit beendet und wollen gerade mit Ihrer Nachspeise, einem Apfelstrudel, beginnen. In dem Moment, in dem Sie sich eine Gabel nehmen wollen, bekommen Sie in der Magengegend ein komisches Gefühl. Sie beginnen sich unwohl, übel und völlig schlecht zu fühlen. Wenn Sie Ihre Gabel berühren, fühlen Sie einige Essensstücke, die sich Ihren Hals hinaufschieben. Sie sind schon fast dabei, sich zu übergeben. Wie Sie die Gabel in den Strudel hineinstechen, kommt Ihnen das Essen in den Mund. Sie versuchen, Ihren Mund geschlossen zu halten, weil Sie Angst haben, das Essen überall hin zu spucken. Sie bringen das Stück Strudel immer näher an Ihren Mund. Gerade, als Sie den Mund öffnen wollen, erbrechen Sie. Sie spucken alles über Ihre Hände, Ihre Gabel und über den Strudel. Es breitet sich über den ganzen Tisch aus und über das Essen der anderen Leute. Ihre Augen tränen. Schleim ist überall in Ihrem Mund und in Ihrer Nase. Ihre Hände fühlen sich klebrig an. Es gibt einen fürchterlichen Geruch. Wenn Sie diese Schweinerei anschauen, müssen sie einfach immer wieder kotzen, bis nur noch wässeriges Zeug herauskommt. Alle Leute schauen Sie ganz schockiert an. Sie wenden sich von dem Essen ab und beginnen sich sofort besser zu fühlen. Sie rennen aus dem Zimmer, und während Sie herausrennen, fühlen Sie sich immer wohler. Sie waschen sich und richten sich her und fühlen sich wunderbar (Cautela, 1967, S. 462).“ (Mahoney, 1977, S. 109).

Die Durchführung von verdeckter Sensibilisierung stellt unter Umständen eine brauchbare Alternative zu offenen Aversionsverfahren dar (vgl. Reinecker, 1981), weil dadurch die problematische Darbietung aversiver Reize in der Realität entfällt. Es handelt sich aber immer noch um ein für den Klienten unangenehmes Verfahren, so daß die in Kapitel 4.3.4 angeführten ethischen Überlegungen unbedingt zu beachten sind.

Neben den für die verdeckte Sensibilisierung angeführten Wirkmechanismen (aversive Konditionierung von Annäherungsverhalten) muß vermutlich auf einen anderen Faktor hingewiesen werden: Die frühe Unterbrechung einer problematischen (häufig automatisierten) Verhaltenskette schafft die Möglichkeit zum Aufbau von alternativen Reaktionen. Die therapeutische Wirksamkeit des Verfahrens allein wurde zwar in einer ganzen Reihe von Untersuchungen nachgewiesen (vgl. Rimm & Masters, 1979), dennoch bietet sich eher der Einbau der verdeckten Sensibilisierung als Element in eine komplexe therapeutische Strategie an.

### 4.6.3. Verdeckte Verstärkung

Bei der Methode der verdeckten Verstärkung handelt es sich um eine Verknüpfung vorgestellten Verhaltens mit einer vorgestellten Verstärkung (Cautela, 1970b). Die zugrundeliegende Kontinuitätsannahme ist hier besonders augenfällig.

Analog zur offenen Verstärkung lassen sich auch hier
a) verdeckte positive Verstärkung und
b) verdeckte negative Verstärkung unterscheiden.

Bei der ersten Variante wird eine vorgestellte Szene oder Aktivität als symbolischer Verstärker für ein erwünschtes Verhalten eingeführt, das ebenfalls in der Vorstellung durchzuführen ist. Der Wechsel von der Vorstellung des erwünschten Verhaltens zur Vorstellung der angenehmen Situation erfolgt am Anfang der Behandlung durch den Therapeuten, der ein vereinbartes Signal für die Vorstellung dieser angenehmen Szene gibt. Dieser Prozeß der symbolischen Verstärkung für gedanklich ausgeführtes erwünschtes Verhalten soll schrittweise vom Klienten selbst durchgeführt werden.

Mahoney (1977) verdeutlicht den Aufbau erwünschten Verhaltens durch verdeckte positive Verstärkung anhand des folgenden *Beispiels:*

„Eine Beschreibung der verdeckten positiven Verstärkung liefert uns Cautela (1970b) mit der Behandlung eines Studenten mit Prüfungsangst. Der Klient war dreimal durch seine Abschlußprüfung bei der Promotion durchgefallen und hatte sehr große Angst um den Erfolg seiner letzten Gelegenheit. Zuerst lernte er durch Training, sich vorzustellen, daß ‚er mit Skiern einen Berg hinunterfahre und sich sehr heiter fühle', und zwar als Reaktion auf das Aussprechen des Wortes ‚Verstärkung' durch den Therapeuten. Dann wurde diese positive Vorstellung mit dem Verhalten in der Vorstellung gepaart:
Wir wollen jetzt an der Examenssituation arbeiten. Es ist der Tag der Prüfung, und Sie fühlen sich zuversichtlich (‚Verstärkung'). Sie betreten das Gebäude, in dem die Prüfung stattfinden wird (‚Verstärkung'). Denken Sie daran, daß Sie versuchen sollten, sich in allen Szenen zuversichtlich zu fühlen. Jetzt betreten Sie das Gebäude und gehen zum Seminarraum (‚Verstärkung'). Sie setzen sich hin und blödeln etwas mit einem anderen Studenten, der ebenfalls an der Prüfung teilnimmt. Sie haben ein gutes Gefühl; Sie wissen, daß Sie vorbereitet sind (‚Verstärkung'). Der Aufsichtsführende verteilt die Prüfungsaufgaben (‚Verstärkung'). Sie lesen die Fragen und können alles beantworten (‚Verstärkung').
Jetzt machen wir das noch einmal. Diesmal schauen Sie die Fragen durch, und Sie sind sich bei einer Frage nicht ganz sicher, aber Sie sagen sich ‚Ach ja, ich kann die Prüfung auch noch bestehen, wenn ich diese Frage nicht beantworte' (‚Verstärkung'). – Also gut, diesmal schauen Sie sich die Prüfungsaufgaben an, und Sie entdecken zwei Fragen, über die Sie sich nicht ganz sicher sind, und Sie sagen ‚Ach ja, ich kann die Prüfung immer noch bestehen, wenn ich mir Zeit lasse und mich entspanne' (‚Verstärkung'). (Cautela, 1970b, S. 39)". (Mahoney, 1977, S. 121f.)

An diesem Beispiel fallen Querverbindungen zum Prinzip der Veränderung der Privatsprache („innerer Monolog") bei Meichenbaum (1977) auf. Gerade bei Verfahren, die auf eine Veränderung von Vorstellungen abzielen, sind die Prozesse schwer zu trennen.

Bei der zweiten Variante, der verdeckten negativen Verstärkung besteht das Prinzip darin, daß sich die Person für ein Zielverhalten (vorgestellt) dadurch verstärkt, daß eine ebenfalls vorgestellt aversive Szene beendet wird. Diese Beendigung der aversiven Szene erfolgt anfangs ebenfalls auf das Signal des Therapeuten hin, später durch die Person selbst (vgl. Cautela, 1970b).

Ein gewisses theoretisches und Durchführungsproblem besteht bei der verdeckten negativen Verstärkung darin, daß sich der Klient zunächst (überschneidend?) eine aversive Szene vorstellen soll, die durch die Vorstellung des Zielverhaltens beendet wird. (Mit anderen Worten: Die Ausführung des Zielverhaltens wird auf die Beendigung einer unangenehmen Szene konditioniert).

### 4.6.4. Verdeckte Löschung

Unter verdeckter Löschung (covert extinction) versteht Cautela (1971) den Wegfall von (vorgestellten) Konsequenzen eines (vorgestellten) Verhaltens.
Zu unterscheiden ist dabei allerdings zwischen der Löschung von Annäherungs- und der Löschung von Vermeidungsverhalten. Im ersten Fall beinhaltet die Löschung eine Vorstellung über den Wegfall positiver Konsequenzen eines Verhaltens; im zweiten Fall hat sich die Person vorzustellen, daß das Vermeidungsverhalten nun nicht mehr durch das Ausbleiben erwarteter aversiver Konsequenzen aufrechterhalten wird.

Wie bei der offenen Löschung erfordert die Reduktion des Problemverhaltens gleichzeitig die Ausformung von Alternativen, die durch positive Verstärkung aufrechterhalten werden. Bei dieser Umgruppierung von Verstärkern für *neues* Verhalten ist besonders im Fall der verdeckten Löschung wohl nur schwer zu entscheiden, ob ein therapeutischer Effekt durch die Löschung oder durch die Ausformung von Alternativverhalten zustande kommt.

Zur Löschung von Annäherungsverhalten führt Cautela (1971) folgendes *Beispiel* an: Störendes Verhalten eines Jungen wurde in der Schule durch die Aufmerksamkeit des Lehrers sowie durch das Lachen der Mitschüler positiv verstärkt. In dem beschriebenen Fall war es offensichtlich nicht möglich, diese positive Verstärkung durch eine Kooperation des Lehrers und der Mitschüler auszuschalten (direkte Löschung). In der verdeckten Löschung wurde der Junge dazu angehalten, sich das störende Verhalten lebhaft vorzustellen, sich aber zusätzlich vorzustellen, dieses Verhalten werde in keiner Weise beachtet. Cautela (1971) berichtet, daß das Störverhalten innerhalb von drei Wochen eliminiert werden konnte.

### 4.6.5. Verdecktes Modellernen

Verdecktes Modellernen (covert modeling) stellt eine Technik zum Aufbau erwünschten Verhaltens dar, indem sich die Person vorstellt, wie sie selbst oder eine andere Person diese angemessene Reaktion ausführt.

Dem verdeckten Modellernen liegt die Annahme zugrunde, daß die Durchführung komplexen Verhaltens in der Vorstellung geübt und so leichter in die Realität umgesetzt werden kann. Cautela (1971) hat dieses Verfahren beschrieben und in erster Linie als Vorstufe (Vorbereitung) für komplexe Verhaltensänderungen vorgeschlagen.

Die vorstellungsmäßige Bewältigung schwieriger Situationen wurde auch von Kazdin (1973; 1974) als Anwendung des Prinzips des verdeckten Modellernens angesehen. In Anlehnung an Meichenbaum (1971a; 1977) unterschied er zwei Varianten: In einem Fall hatte sich die Person ein *meisterndes* (mastery) Modell vorzustellen, das in jedem Fall kompetente (optimale) Reaktionen zeigt, keine Angst hat und die einzelnen Lösungsschritte für eine Aufgabe problemlos beherrscht. Die zweite Variante beinhaltet die Vorstellung eines *bewältigenden* (coping) Modells, das angesichts einer Aufgabe zunächst ängstlich reagiert, dann jedoch einzelne Schritte bewältigt und langsam zu einer erfolgreichen Bearbeitung der Aufgabe übergeht.

Für die offene Vorgabe von Modellen hat sich die Darbietung bewältigender Modelle in vielen Fällen als überlegen erwiesen; solche Befunde stehen für einen Vergleich der beiden Varianten verdeckten Modellernens noch aus. Dies mag vor allem mit methodologischen Schwierigkeiten (die einzelnen Teilprozesse sind prinzipiell nicht beobachtbar) zusammenhängen (vgl. Kazdin, 1977).

### 4.6.6. Coverant-Kontrolle

Der Begriff Coverant wurde von Homme (1965) eingeführt und beinhaltet eine Kontamination aus den beiden Wörtern Covert Operant. Coverant dient als ein Kürzel für die Beschreibung verdeckter Aktivitäten, zum Beispiel von Gedanken, Vorstellungen, Selbstgesprächen usw. Solche Coverants bilden nach Homme (1965) wichtige Elemente komplexer Verhaltensketten; das Ziel einer Intervention bei problematischen Verhaltensweisen besteht nun darin, auch oder ausschließlich an diesen Coverants anzusetzen.

*Beispiel:* Das unerwünschte Verhalten „Rauchen" könnte durch eine verdeckte Selbstverbalisation: „Nach dem Essen brauche ich erst einmal eine Zigarette" in Gang gesetzt werden.

Als Vertreter der oben angeführten Kontinuitätsannahme geht Homme (1965) davon aus, daß Coverants durch Prinzipien der Verstärkung ebenso kontrolliert werden können wie offenes Verhalten. Eine problematische Verhaltenskette (z.B. Rauchen, Überessen ...) sollte zudem an möglichst früher Stelle unterbrochen werden.

Coverant-Kontrolle besteht nun in der Produktion negativer Gedanken beim Auftreten von Reizen, die üblicherweise zum Problemverhalten führen. Da solch problematisierende Gedanken natürlich sehr selten auftreten, muß ihre Auftrittshäufigkeit durch Prinzipien der Verstärkung erhöht werden. In einem Schema könnte dieser Ablauf folgendermaßen aussehen:

| 1 | 2 | 3 | 4 |
|---|---|---|---|
| Reize für das Problem- oder Zielverhalten (ZV) | Anti-ZV-Coverant | Pro-non-ZV-Coverant | Verstärkung |
| Beispiel: Zigarettenschachtel; „ich brauche eine Zigarette" ... | Rauchen verursacht Krebs; ... | Nichtrauchen spart Geld; ich werde gesund leben; ich will unabhängig von Zigaretten bleiben ... | Kaffee trinken; „das habe ich gut gemacht" ... |

Nach dem Prinzip der Coverant-Kontrolle sollen die Reize für das bisherige Problemverhalten durch den Anti-ZV-Coveranten an Attraktivität verlieren. Gedanken, die mit dem Problemverhalten unvereinbar sind (Pro-non-ZV-Coverants), werden durch das Prinzip der Verstärkung wahrscheinlicher.

Zur Veränderung störender bzw. für den Aufbau erwünschter Coverants benutzt Homme (1965) die Verstärkungshypothese von Premack (1959; 1965): Reaktionen mit hoher Auftrittswahrscheinlichkeit (high probability behavior, HPB) können als Verstärker für Verhaltensweisen mit niedriger Auftrittswahrscheinlichkeit (low probability behavior, LPB) eingesetzt werden. Coverants stehen in einer Kette mit offenem und verdecktem Verhalten; die Auftrittswahrscheinlichkeit erwünschter (aber seltener) Coverants könnte dadurch erhöht werden, daß sie ausgeführt werden, *bevor* das Individuum Reaktionen mit hoher Auftrittswahrscheinlichkeit zeigt. *Beispiel:* Die Auftretenshäufigkeit erwünschter Coverants wie „Ich werde gesund bleiben, wenn ich nicht mehr rauche", oder „Das habe ich gut gemacht" usw. läßt sich erhöhen, wenn sie *vor* hochwahrscheinlichem Verhalten auftreten (z.B. Essen, Trinken, Telefonieren usw.).

Wenn es gelungen ist, das Auftreten erwünschter Coverants in einer Verhaltenskette zu stabilisieren bzw. umgekehrt unerwünschte Coverants seltener zu machen, können diese Kognitionen ihrerseits in eine Sequenz von Coverants zur Veränderung problematischen Verhaltens eingesetzt werden. Eine genauere Erörterung von Randbedingungen für die Anwendung des *Premack-Prinzips* und einiger damit verbundener Probleme findet sich bei Danaher (1974) und Reinecker (1978).

## 4.6.7. Gedankenstop

Die Technik des Gedankenstop (vgl. auch Kap. 4.8.3.3) geht auf Bain (1928) zurück und wurde durch Wolpe (1958; 1969) in das Repertoire verhaltenstherapeutischer Methoden aufgenommen (vgl. Braun & Tittelbach, 1978). Das Ziel des Verfahrens besteht in einer Veränderung verdeckten Verhaltens (z.B. störende Zwangsgedanken) durch ebenfalls verdeckte Reize.

Das Durchführen des Gedankenstop erfordert vorheriges Einüben, wobei die störenden Gedanken durch einen externen Reiz unterbrochen werden: Zunächst sollte sich der Klient diese Gedanken sehr lebhaft vorstellen und sie eine kurze Zeit gedanklich zulassen.

Der Klient sollte dem Therapeuten durch ein Signal anzeigen, daß er sich die störenden Gedanken gerade lebhaft vorstellt. In diesem Augenblick ruft oder schreit der Therapeut ein lautes „Stop!", eventuell verbunden mit einem Geräusch (Händeklatschen oder Schlagen auf den Tisch). Diese Prozedur unterbricht den Verlauf der störenden Gedanken beim Klienten, zumindest für kurze Zeit. Die Prozedur wird sofort einige Male wiederholt, und wenn der Klient berichtet, daß es gelungen ist, durch das „Stop!" des Therapeuten die störenden Gedanken zu unterbrechen, wird das Verfahren in die Kontrolle des Klienten übergeben. Er soll sich wieder die störenden Gedanken vorstellen, ruft aber selbst das „Stop!" – zuerst laut, dann leise und schließlich nur mehr verdeckt (d.h. nur mehr für ihn selbst beobachtbar).

Bei dem Verfahren des Gedankenstop handelt es sich um ein Selbstkontrollverfahren, das die Personen situationsunabhängig einsetzen können. Die Effektivität hängt in starkem Maße auch davon ab, inwiefern es gelingt, im Moment des Unterbrechens einer problematischen Verhaltenskette eine alternative, erwünschte Kette in Gang zu setzen (vgl. Mahoney, 1974).

Gedankenstop wurde bevorzugt zum Unterbrechen störender Zwangsgedanken eingesetzt, die anderweitig nur schwer zugänglich sind (vgl. Rimm & Masters, 1979; Rachman & Hodgson, 1980). Die Behandlung von Zwangsgedanken wird aber insgesamt eher pessimistisch beurteilt (vgl. Rachman, 1983).

Das Verfahren des Gedankenstop wird so gut wie nie als einzige Technik eingesetzt; auch der Einbau in ein komplexeres Therapieprogramm wird sehr unterschiedlich beurteilt. Dies mag auch damit zusammenhängen, daß sich weder die Wirkungsweise des Gedankenstop noch die zugrundeliegenden theoretischen Prinzipien präzise angeben lassen (vgl. Mahoney, 1974; Cautela & Wisocki, 1977; Braun & Tittelbach, 1978).

## 4.7. Methoden der kognitiven Umstrukturierung

Die in diesem Abschnitt zu besprechenden Verfahren berufen sich auf Modelle des kognitiven Lernens, in denen Prozesse der Informationsaufnahme und Informationsverarbeitung als entscheidende Kenngrößen angesehen werden. Einstellungen, Erwartungen, Attributionen, Selbstgespräche und andere kognitive Aktivitäten werden als entscheidende Variable für die Entstehung und für die therapeutische Veränderung pathologischen Verhaltens angesehen (vgl. Kendall & Hollon, 1979; Kendall, 1982; 1983).

Man kann nun sicherlich nicht davon sprechen, daß diese „vermittelnden Variablen" bei eher verhaltensorientierten Theorien und Methoden generell vernachlässigt worden wären. Bei genauer Betrachtung auch älterer Ansätze der Verhaltenstherapie läßt sich nachweisen, daß kognitive Komponenten *immer* eine zentrale Rolle gespielt haben (vgl. Murray & Jacobson, 1978). Wenn man der Argumentation von Bandura (1977) folgt, so läßt sich die Interaktion von verhaltens- und kognitiv orientierten Ansätzen folgendermaßen charakterisieren: Verhaltensaspekte sind besonders für die *Verfahren* (procedures) von Bedeutung, während kognitive Gesichtspunkte eher für den *Prozeß* (process) der Veränderung als bedeutsam angesehen werden (vgl. auch Meichenbaum & Cameron, 1982).

Mahoney (1978) hat die grundlegenden Vorstellungen, auf denen die kognitive Verhaltenstherapie basiert, folgendermaßen umrissen:

„1. Der menschliche Organismus reagiert vor allem auf die kognitive (‚innere') Repräsentation, also die Darstellung oder Abbildung seiner Umgebung, und nicht auf die Umgebung selbst.
2. Diese kognitiven Repräsentationen sind funktional mit den Lernprozessen verbunden.
3. Menschliches Lernen ist zum Großteil kognitiv vermittelt.
4. Gedanken, Gefühle und Verhalten sind interaktiv, sie bedingen einander" (Mahoney, 1978, S. 69).

Verfahren der kognitiven Umstrukturierung beabsichtigen eine möglichst *direkte* Veränderung derjenigen kognitiven Komponenten (Gedanken, Einstellungen, Erwartungen ...), die als verantwortlich für die Entstehung und Aufrechterhaltung der jeweiligen Probleme angesehen werden.

Für einige Therapieansätze in diesem Abschnitt wird auch häufig der Begriff *„kognitive Therapie"* verwendet; auf diesen Terminus wurde als Oberbegriff verzichtet, weil er eher irreführend scheint. Bei der Besprechung der einzelnen Ansätze wird deutlich werden, daß eine klare Trennung von behavioralen und kognitiven Methoden künstlich und in der Praxis gar nicht möglich wäre. Auch wenn man die historische Entwicklung der Verhaltenstherapie betrachtet (vgl. Kazdin, 1978; Schorr, 1984) fällt auf, daß man sich auf theoretische Ansätze bezieht, für die eine explizite Bearbeitung kognitiver Phänomene das zentrale Anliegen war (z.B. bei Rotter, 1954; Kelly, 1955; Tolman, 1932). Auch in einem der frühen Lehrbücher der Verhaltenstherapie („Principles of behavior modification") von Bandura (1969) gehörte die Betrachtung kognitiver, symbolischer Prozesse zur Selbstverständlichkeit. Dies ist auch einer der Gründe, warum eine Trennung in sogenannte klassische (d.h. non-kognitive, behaviorale) und kognitive Ansätze hier gar nicht in Erwägung gezogen wird (vgl. dazu auch die Argumentation in Kap. 3).

### 4.7.1. Die Veränderung von Selbstverbalisationen

Unter Selbstverbalisationen versteht man mit Meichenbaum (1977) eine spezielle Form von Kognitionen, nämlich das sogenannte internalisierte Sprechen zu sich selbst. Die Rolle solcher „innerer Monologe“ bei verschiedenen psychischen Störungen wurde von Meichenbaum und seiner Forschergruppe in den 70er Jahren thematisiert. Meichenbaum (1977) baut dabei in erster Linie auf den Arbeiten zum „inneren Sprechen“ von Luria (1961, erstmals 1945) sowie Vygotsky (1962, erstmals 1934) auf (vgl. dazu auch Kap. 5 über die kognitiven Störungstheorien).

Meichenbaum (1974) selbst spricht von „Cognitive-behavior modification“ bzw. von „Cognitive-behavior therapy“ (Meichenbaum & Cameron, 1982), um seinen Ansatz zu kennzeichnen. Damit wird bereits deutlich, daß es sich um keinen rein *kognitiven*, sondern um einen verhaltenstherapeutischen Therapieansatz handelt, in dem eben kognitive Aspekte eine zentrale Rolle spielen (vgl. Meichenbaum, 1976; 1977; Meichenbaum & Asarnow, 1979; Meichenbaum, Burland, Gruson & Cameron, 1982; Meichenbaum & Gilmore, 1982; Meichenbaum & Cameron, 1982).

Neben der Störungstheorie (z.B. für Prüfungsangst) spielen zwei von Meichenbaum und seinen Mitarbeitern entwickelte Therapiemodelle in der neueren Verhaltenstherapie eine wichtige Rolle: das Selbstinstruktionstraining und das Streß-Impfungs-Training.

#### 4.7.1.1. Selbstinstruktionstraining

Das Selbstinstruktionstraining wurde von Meichenbaum vor allem in Zusammenarbeit mit Goodman (Meichenbaum & Goodman, 1969; 1971) zur Intervention bei sogenannten impulsiven Kindern entwickelt. Dabei zeigte sich, daß Kinder ihre Sprache in unterschiedlicher Weise zur Steuerung ihres Verhaltens einsetzen können. Die Vermittlung aufgabenrelevanten Sprechens sollte dabei zu einer verbesserten Problemlösung beitragen.

Meichenbaum (1975) beschreibt die Technik des Selbstinstruktionstrainings bei Kindern in fünf Schritten:

1. Modellernen: Ein Erwachsener führt unter lautem Sprechen eine Aufgabe durch.
2. Das Kind versucht anschließend, dieselbe Aufgabe zu lösen, indem es den lauten Instruktionen des Modells folgt (offene externale Führung).
3. Das Kind bewältigt die Aufgabe, indem es sich selbst die Instruktionen laut erteilt (offene Selbstführung).
4. Das Kind führt die Aufgabe durch, wobei es sich flüsternd instruiert (ausblendende offene Selbstführung).
5. Das Kind geht die Aufgabe durch und lenkt dabei sein Verhalten durch lautlose Selbstverbalisationen (verdeckte Selbstinstruktionen).

Die einzelnen Instruktionen beinhalten eine Beschreibung der Aufgabe, einzelne Schritte der Planung und des Probierens, eine Beschreibung der Durchführung einzelner Schritte zur Lösung des Problems und schließlich eine Selbstverstärkung. An folgendem *Beispiel* läßt sich das Vorgehen verdeutlichen:

„Gut, was muß ich tun? Du willst, daß ich das Bild mit den verschiedenen Linien abzeichne. Ich muß langsam und vorsichtig sein. Gut, ich ziehe die Linien nach unten, gut; dann nach rechts, so; nun noch etwas nach unten und dann nach links. Gut, bis jetzt mache ich das schon recht ordentlich. Denk daran, langsam zu zeichnen. Nun wieder nach oben. Nein, ich sollte nach unten gehen. Das ist richtig. Radiere die Linie sorgfältig aus ... Gut. Auch wenn ich einen Fehler mache, kann ich langsam und sorgfältig sein. Gut, nun nach unten. Ende. Ich habe es geschafft" (Meichenbaum, 1971b, zit. nach Mahoney, 1977, S. 216).

Das Selbstinstruktionstraining wurde bei einer Reihe kindlicher Verhaltensstörungen zur Vermittlung aufgabenrelevanter Kognitionen und zur Bewältigung von Konfliktsituationen eingesetzt. Besonders interessante und therapeutisch fruchtbare Varianten, in denen die von D'Zurilla & Goldfried (1971) entwickelte Problemlösetechnik in Form eines Selbstinstruktionstrainings Eingang findet, sind das Aufmerksamkeitstraining für impulsive Kinder (Wagner, 1976), die sogenannte „Schildkrötentechnik für impulsiv-aggressive Kinder (vgl. Schneider & Robin, 1975; Schlottke, 1980) und das „Think-Aloud-Program" (Camp & Bash, 1981).

Der Einsatz des Selbstinstruktionstrainings bei Erwachsenen bezieht sich hauptsächlich auf die Analyse und Veränderung problemrelevanter Selbstinstruktionen (z.B. problematische innere Monologe bei ängstlichen Personen) (vgl. kritisch dazu Jaeggi, 1979). Bei einer Reihe psychischer Störungen bildet das Selbstinstruktionstraining zwar nicht den einzigen therapeutischen Zugang, stellt aber eine Komponente eines zumeist komplexen Therapieprogramms dar (vgl. Kendall & Hollon, 1979; Foreyt & Rathjen, 1979; Craighead, 1982; Kendall, 1985; Copeland, 1983).

#### 4.7.1.2. Streß-Impfungs-Training

Unter Streß-Impfungs-Training versteht Meichenbaum (1974; 1977; 1985) ein Verfahren zur Bewältigung von Streßsituationen allgemeiner Natur. Den Ansatzpunkt bilden auch hier die einer Situation vorausgehenden, sie begleitenden oder nachfolgenden Selbstverbalisationen.

Der Ablauf des therapeutischen Prozesses beinhaltet mehrere Phasen: In der Phase des *Unterrichts* werden die auftretenden Probleme analysiert und Bewältigungsmöglichkeiten didaktisch aufgezeigt. Daran schließt sich in der *Übungsphase* eine konkrete Erprobung unter herbeigeführten (allerdings kontrollierbaren) Streßbedingungen. In der *Anwendungsphase* schließlich sollen die gelernten Bewältigungsfertigkeiten eingesetzt werden.

*Unterrichtsphase*

Das Ziel dieser Phase besteht darin, daß der Klient ein rationales Verständnis für die Entstehung und Aufrechterhaltung seiner Streßreaktion gewinnt. Gleichzeitig werden vom Therapeuten konkrete Ansatzpunkte zur Bewältigung problematischer Situationen vermittelt.

Die Phase beginnt mit einer differenzierten Problemanalyse, bei der vor allem darauf geachtet wird, was die Person in der kritischen Situation zu sich selber sagt und welche Gedanken und Selbstverbalisationen ihr durch den Kopf gehen.

Meichenbaum (1977) nennt verschiedene diagnostische Hilfsmittel, um die problematischen Verhaltensweisen, insbesondere aber das verdeckte Sprechen der betreffenden Person herauszufinden:
- Exploration,
- diagnostische Verhaltensproben,
- Gruppendiskussionen,
- Situationsanalysen und
- Hausaufgaben.

Im Anschluß an die funktionale Analyse der Streßsituation beschreibt der Therapeut die Reaktion des Klienten anhand des Modells emotionaler Erregung nach Schachter (vgl. Schachter, 1966; Schachter & Singer, 1962; Reisenzein, 1983): Demnach ist an Emotionen neben einer autonom-physiologischen Komponente die kognitive Etikettierung der Erregung für ein Gefühl ausschlaggebend.

Die Selbstverbalisationen des Klienten sind wesentliche Komponenten des kognitiven Anteils von Emotionen. Wenn es gelingt, diese Selbstinstruktionen zu verändern, tritt damit auch eine Veränderung des autonomen Anteils und der gesamten Emotion ein. In dieser Phase soll der Klient auch für Hinweisreize aufkommender Angst sensibilisiert werden, damit er Streßsituationen und die damit verbundenen Reaktionen frühzeitig erkennen und alternativ darauf reagieren kann.

*Übungsphase*

In dieser zweiten Stufe werden dem Klienten mehrere Möglichkeiten an die Hand gegeben, mit deren Hilfe er aufkommende Angst bzw. Streßreaktionen kontrollieren kann. Neben dem Sammeln von Informationen über eine problematische Situation gehört dazu auch das Erlernen eines Entspannungstrainings (vgl. Fliegel u.a., 1981).

Besonders wichtig aber sind nach Meichenbaum die kognitiven Bewältigungsreaktionen (vgl. Meichenbaum, 1977; Novaco, 1979). Der Prozeß der kognitiven Bewältigung läßt sich dabei in vier zeitlich überlappende Schritte einteilen; für jeden der Schritte sind unterschiedliche Stressoren und Bewältigungsmöglichkeiten charakteristisch:

1. **Vorbereitung auf einen Stressor:** Hier versucht sich der Klient zu orientieren, stellt klar, was zu tun ist, und versichert sich der einzelnen Verhaltensmöglichkeiten (Beispiel: „Was ist als nächstes zu tun?“, „Du kannst eine Strategie zur Bewältigung entwickeln!“, „Aufregen nützt nichts, denk nach, was du tun kannst“ usw.).
2. **Phase der Konfrontation mit dem Stressor:** Der Klient sollte sich dabei daran erinnern, was er angesichts einer stressenden Situation tun sollte, zum Beispiel sich in kleinen Schritten der Situation aussetzen, sich entspannen, nicht in Panik verfallen (Beispiel: „Du kannst mit der Herausforderung fertigwerden!“, „Eins nach dem anderen, die Situation ist zu bewältigen!“, „Atme einmal tief durch, du kannst die Situation kontrollieren!“ usw.).
3. **Phase des Gefühls, überwältigt zu werden:** Hier wird eine Art Ernstfall vorweggenommen und drohende Panik antizipiert (Beispiel: „Konzentriere dich auf das Wesentliche!“, „Was ist als nächstes zu tun?“, „Die Angst ist zwar nicht abzuschalten, aber ich kann damit umgehen“, „Meine Angst ist ein Signal, daß ich mich entspannen sollte!“, „Es geht gleich vorbei, es war schon schlimmer“ usw.).
4. **Phase der Selbstverstärkung:** Selbstverstärkung soll dazu dienen, das Bewältigungsverhalten im Repertoire der Person zu stabilisieren (Beispiel: „Es hat geklappt!“, „Ich habe es geschafft!“, „Jedesmal, wenn ich übe, geht es besser“, „Ich kann auf meinen Fortschritt wirklich stolz sein!“ usw.).

Bei der Erarbeitung konkreter Selbstverbalisationen sollte der Therapeut den Klienten zwar anleiten, die wirksamsten Bewältigungsstrategien werden jedoch üblicherweise vom Klienten selbst entwickelt. Die Inhalte der Sätze sollten deshalb nicht starr festgelegt sein. Als Hilfe beim Erlernen in dieser Übungsphase stellen sich kleine schriftliche Unterlagen („Zettel“ in der Brieftasche, Notizen auf einer Streichholzschachtel usw.) häufig als sehr hilfreich heraus.

In der Übungsphase wird vom Therapeuten eine leichte Streßsituation hergestellt; der Klient kann in dieser Situation konkret üben, wie er Selbstinstruktionen zur Bewältigung einsetzt. Welche Streßsituationen eingesetzt werden, sollte nur in Übereinstimmung mit dem Klienten festgelegt werden (z.B. belastende soziale Streßsituationen; erwartete Mißerfolge; Vorstellung einer Blamage usw.).

*Anwendungsphase*

Ziel dieser Phase ist es, daß die neu gelernten und in kontrollierten Situationen geübten Bewältigungsfertigkeiten praktisch eingesetzt werden. Dazu muß die Person selbst Streßsituationen im Alltag herstellen oder aufsuchen.

In dieser Phase liegt auch die Begründung für die Benennung des Therapieansatzes als Streß-Impfungs-Training (SIT): Meichenbaum (1977) geht davon aus, daß durch dieses Vorgehen eine gewisse immunisierende Wirkung für Streß- und Angstsituationen im allgemeinen erreicht werden kann. Der Klient hat von vorneherein gelernt, seine Techniken variabel einzusetzen und verschiedene Hinweisreize als Auslöser für kognitive Bewältigungsreaktionen zu benutzen.

Eine Fundierung und Begründung des Ansatzes ergibt sich auch mit Untersuchungen aus dem Bereich der Bestrafung (vgl. Azrin & Holz, 1966; Wagner, 1969; Reinecker, 1980): Streßsituationen, an die ein Organismus „gewöhnt" ist, lösen offensichtlich geringere emotionale Reaktionen aus, weil hierfür bei früheren Konfrontationen Bewältigungsmechanismen erworben werden konnten.

Im SIT wird nach Meichenbaum (1977) die sogenannte immunisierende Wirkung gegenüber Streß-, Angst- und Schmerzsituationen (vgl. Turk & Genest, 1979; Turk, Meichenbaum & Genest, 1982) dadurch erreicht, daß der Klient bereits *vor* dem Einsetzen dieser kritischen Situationen lernt, die einzelnen Kognitionen sehr variabel einzusetzen. Die Person ist nach der Unterrichts-, Übungs- und Anwendungsphase nicht mehr allein von äußeren Situationen abhängig, sondern kann ihre emotionalen Reaktionen als Hinweisreize für die kognitive Bewältigung benutzen (vgl. Meichenbaum & Jaremko, 1983; Meichenbaum, 1985).

Die empirische Fundierung des SIT und des Selbstinstruktionstrainings steht noch weitgehend am Anfang, was angesichts der kurzen Zeit der Anwendung wenig wundert. Erfreulich ist allerdings das stetige Bemühen der Forscher aus dem Bereich der kognitiven Verhaltensmodifikation um eine kritische Evaluation des Ansatzes (vgl. verschiedene Zeitschriften, in denen laufend einschlägige Untersuchungen publiziert werden, insbesondere „Cognitive Therapy and Research", aber auch die Reihe „Advances in Cognitive-Behavioral Research and Therapy" von Kendall, 1982; 1983).

### 4.7.2. Kognitive Intervention bei Depressionen

Eine Reihe von Untersuchungen über die Entstehung und Veränderung von Depressionen durch A.T. Beck in den 50er Jahren und zu Beginn der 60er Jahre war von ihm als Versuch einer Bestätigung psychoanalytischer Theorien angelegt, führte aber in der Folge zur Ausarbeitung eines eigenen theoretischen Ansatzes. In diesem Ansatz (vgl. Beck, 1967; 1972; 1976) wurde die Entstehung und Aufrechterhaltung der Depression auf die Existenz und Wirkung typischer Denkinhalte und Denkmuster zurückgeführt. Kennzeichnend dafür ist die negative Sicht des depressiven Menschen 1) von sich selbst, 2) von seiner Umwelt und 3) von der Zukunft *(„kognitive Triade")* sowie verschiedene systematische Denkfehler (z.B. selektive Wahrnehmung, willkürliches Schlußfolgern usw.). Zur Theorie der Entstehung und Aufrechterhaltung der Depression nach Beck vgl. Kap. 5.1.

Beck (1976) sowie Beck & Greenberg (1979) und Beck, Rush, Shaw & Emery (1981) entwickelten konsequenterweise ein Interventionsverfahren für Depressive, das eine Korrektur dieser negativen und unlogischen Denkweise bezweckt. Der Ansatz wird häufig auch als „kognitive Therapie" bezeichnet; diese Kennzeichnung ist in mehrfacher Hinsicht irreführend (vgl. dazu auch die Argumentation zu Beginn von Kap. 4.7): Faßt man „kognitive Therapie" im weiteren Sinne auf, so handelt es sich um Verfahren, die zum einen auf kognitiver Ebene intervenieren (z.B. Gesprächspsychotherapie, Psychoanalyse, zum Teil auch Verhaltenstherapie), und die zum anderen eine Veränderung kognitiver Muster (Denkprozesse) anstreben (z.B. Rational-emotive Therapie). „Kognitive Therapie" im engeren Sinne beabsichtigt eine Veränderung der Kognitionen des Klienten sowie eine Modifikation der Einstellungen, die diesen Kognitionen zugrunde liegen (vgl. Hoffmann, 1979). Man könnte den Ansatz von Beck (1976) eventuell als „kognitive Therapie" in diesem engeren Sinne ansehen; auch diese bleibt irreführend, weil man „kognitive Therapie" auch als Oberbegriff einer Reihe von Ansätzen ansehen kann (z.B. bei Meichenbaum, Mahoney u.v.a.m.). Bei genauerer Betrachtung des Therapieansatzes von Beck (1976) fällt auch auf, daß zwar das *Ziel* in einer Veränderung von Kognitionen und zugrundeliegenden Einstellungen besteht, daß aber als *Verfahren* dazu auf eine sehr heterogene Palette verhaltenstherapeutischer Techniken zurückgegriffen wird.

#### 4.7.2.1. Zielsetzung des Ansatzes von Beck

Depressive Störungen sind durch Probleme auf unterschiedlichen Ebenen zu kennzeichnen: Lewinsohn (1975) unterschied Verhaltensexzesse, Verhaltensdefizite, somatische Beschwerden, emotionale Probleme und kognitive Probleme (vgl. dazu auch Hoffmann, 1976; Hautzinger & Hoffmann, 1979).

Das *Ziel* der kognitiven Intervention nach Beck (1976) sowie Beck & Greenberg (1979) besteht in einer Veränderung der gedanklichen Muster (= kognitive Ebene), die der depressiven Störung zugrunde liegen. Zu Beginn der Therapie stellt sich eine solche Bearbeitung der gedanklichen Abläufe eines Klienten meist als nicht möglich heraus, zum einen, weil die depressiven Denkmuster vom Klienten als realistisch betrachtet werden, und zum anderen, weil kurzfristige Strategien andere Interventionen erfordern (z.B. Selbstmordverhütung, vgl. Hoffmann, 1976).

Zu Beginn der Therapie werden (auch im kognitiven Interventionsmodell) bevorzugt verhaltenstherapeutische Maßnahmen eingesetzt, um den Klienten zu aktivieren und die schwerwiegenden Affektstörungen zumindest ansatzweise in den Griff zu bekommen (Aufzeichnungen alltäglicher Aktivitäten, Erledigen kleiner Aufgaben usw.). Eine Verbesserung in diesem Funktionsbereich vermittelt dem Klienten das Gefühl, die Umgebung wieder durch seine Aktivitäten beeinflussen zu können (vgl. Seligman, 1975).

Mit der schrittweisen Erhöhung der Rate aktiven Verhaltens und den damit einhergehenden Stimmungsveränderungen können allmählich die kognitiven Techniken zur Anwendung gelangen. Beck (1976) schlägt dafür vor, zunächst Kognitionen zu sammeln, die mit der depressiven Verstimmung einhergehen (situationsspezifische Gedanken). Mit einer Klassifikation, Kategorisierung und Analyse dieser Inhalte lassen sich depressionsfördernde Gedanken und logische Denkfehler erkennen und durch realitätsgerechtere ersetzen.

Die beiden genannten Interventionen stellen Vorstufen zum zentralen Ziel der *kognitiven Bearbeitung der systematischen Denkfehler* und der zugrundeliegenden negativen Annahmen dar. Wenn der Klient sieht, welche kognitiven Muster und systematischen Denkfehler zu verschiedenen Komponenten seines depressiven Zustandsbildes beitragen, können diese Gedanken verändert werden. Eine Modifikation der Denkinhalte und der Denkmuster führt nach der Depressionstheorie von Beck (1976) zu einer Verbesserung in den anderen Bereichen (Verhaltensbereich, Emotion, Motivation, somatische Beschwerden). Die Therapie sollte dem Klienten letztlich dazu verhelfen, das Auftreten problematischer Kognitionen selbst zu erkennen und Maßnahmen zu ihrer Veränderung einzuleiten; damit wird der Klient in die Lage versetzt, sein eigener Therapeut zu sein (vgl. Fiedler, 1981).

#### 4.7.2.2. Methoden der kognitiven Intervention

Zu Beginn der Therapie erklärt der Therapeut dem Klienten kurz die theoretischen Grundlagen des Depressionsmodells und den Ablauf des therapeutischen Prozesses (vgl. Kap. 3.2). Wichtig ist hier besonders der Hinweis an den Klienten, daß mit dem Therapieansatz bereits vielen Depressiven geholfen werden konnte (Schaffen einer Zukunftsperspektive); gleichzeitig sollten aber die Erwartungen des Klienten realistisch gehalten werden.

Der therapeutische Ansatz von Beck (1976; Beck & Greenberg, 1979; Beck u.a., 1981) sieht für die Intervention eine strukturierte Abfolge vor, die sich aus der obigen Zielsetzung ergibt. Diese einzelnen Interventionstechniken werden im folgenden dargestellt; dabei sollte klar sein, daß eine starre Abfolge und strenge Einhaltung der einzelnen Schritte im praktischen Vorgehen nicht möglich ist. Insofern handelt es sich also um eine idealisierte Darstellung aus systematischen und didaktischen Gründen.

*1. Graduierte Aufgabenstellung/Erfolgstherapie*

Diese Technik läßt sich sowohl in den Therapiesitzungen als auch zur Erledigung sogenannter Hausaufgaben verwenden. Das Ziel der Strategie besteht in einem ersten Durchbrechen der Inaktivität und Passivität des Klienten bis zum Erreichen eines adäquaten Aktivitätsniveaus. Mit Hilfe dieser Methode soll es dem Klienten ermöglicht werden, *konkrete Erfolge* zu erleben; die Technik wird deshalb auch „Erfolgstherapie“ genannt. Der Therapeut beginnt mit einer einfachen Aufgabe, von der angenommen werden kann, daß sie vom Klienten erfolgreich erledigt werden kann. In der therapeutischen Zusammenarbeit werden dann eine Anzahl von Aktivitäten benannt, die nach und nach mehr Zeit und Aufwand erfordern und auch komplexer werden (z.B. zunächst Tischdekken, langsam übergehen zum Kochen einer ganzen Mahlzeit).

Es stellt sich als sinnvoll heraus, den Klienten die begleitenden Kognitionen registrieren zu lassen. Dadurch kann man ihm vor Augen führen, wie einzelne Kognitionen seine (durchaus bestehenden) Erfolge unterhöhlen und subjektiv zunichte machen. Auf diese Weise kann er ganz konkret erfahren, welcher Zusammenhang zwischen seinen Kognitionen und seinem Verhalten besteht (vgl. Beck, Rush & Kovacs, 1977). Das Ziel einer Einstellungsänderung beim Klienten kann so durch systematisch herbeigeführte konkrete Erfolge bewirkt oder zumindest unterstützt werden.

*2. Planung von (erfreulichen) Aktivitäten*

Der depressive Mensch erlebt sich selbst als völlig ineffektiv; daher ist es für ihn wichtig, *Eigenaktivitäten* zu entwickeln, damit er sich prinzipiell effektiv erleben kann. Ein Aktivitätsplan hilft dem Klienten, den Tag zu strukturieren. Depressive Klienten widersetzen sich häufig den Ansätzen zur

Aktivierung, und deshalb ist es von entscheidender Bedeutung, für diese Aktivierung eine Reihe von Anreizen zu setzen. Es ist wichtig darauf hinzuweisen, daß der Klient eine Aufgabe nicht deshalb erledigen sollte, *weil* sie ihm Freude macht, sondern er sollte sich an die Aufgabe machen, *damit* er seine Unzufriedenheit reduziert und langsam Freude gewinnt.

Bei Klienten mit einem insgesamt hinreichenden Aktivitätsniveau gilt es eventuell nur, ein ausgewogenes Verhältnis von erfreulichen (verstärkenden) und weniger erfreulichen (aber notwendigen) Aufgaben herzustellen. Hier geht es darum, gezielt und konkret verstärkende Aktivitäten in den Tages- und Wochenplan des Klienten einzubauen, um so eine Stimmungsaufhellung zu erreichen.

*3. Mastery und Pleasure Therapie*

Viele depressive Personen klagen nicht über einen gravierenden Verlust von Verstärkern insgesamt, sondern über eine Reduktion der *Verstärkerwirksamkeit* (vgl. Costello, 1972; Blöschl, 1979). Die prinzipiell erfreulichen Erfahrungen werden vom Depressiven nicht mehr als solche erfahren und erlebt.

In der Theorie von Beck (vgl. Rush, Khatami & Beck, 1975) wird dieser Verlust der Verstärkerwirksamkeit auf kognitive Einstellungen zurückgeführt, etwa auf den Satz „Mir macht überhaupt nie mehr etwas Spaß!" Um nun diese Einstellung an der Realität zu überprüfen – mit dem Ziel, den Klienten für positive Erfahrungen zu sensibilisieren –, werden sie angehalten, über ihre täglichen Aktivitäten genau Buch zu führen: Aufgaben, die gemeistert wurden, können mit einem M (für mastery), solche, die auch Spaß gemacht haben, mit einem P (für pleasure) gekennzeichnet werden.

Beck (1976; Beck u.a., 1981) berichtet, daß depressive Menschen sich erst auf diese Weise ihrer positiven Erfahrungen klar werden, was ein Gefühl der Zufriedenheit nach sich zieht. Eine Folge davon ist auch, daß der Klient konkret erlebt, daß verloren geglaubte Kompetenzen zur Bewältigung auch komplexer und schwieriger Situationen bei ihm vorhanden sind und daß er sie auch effizient einsetzen kann.

*4. Sammeln automatischer Gedanken*

Automatische Gedanken sind Interpretationen eigener Fähigkeiten, von Ereignissen in der Umwelt, oder es sind Einschätzungen der Zukunft (vgl. „kognitive Triade"). Diese automatischen Gedanken werden als Ursache für die Entstehung und Aufrechterhaltung der Depression angesehen (Beck, 1976).

Die auftretenden automatischen Gedanken führen in jedem Fall zu einem unangenehmen Gefühl. Wenn der Klient nun seine Gedanken sammelt, wird ihm bewußt, daß solche Selbstverbalisationen auftreten und daß sie seinen Gefühlszustand beeinflussen. Die automatischen Gedanken treten immer wieder auf, sie sind stereotyp, irrational und voller kognitiver Verzerrungen (vgl. Theorie der Depression). Die Sammlung dieser Gedanken kann unterschiedlich erfolgen:

a) Der Klient versucht, zu einer festgesetzten Zeit daran zu denken, und schreibt sie dann auf (z.B. jeden Abend, jede halbe Stunde).
b) Sammeln der Gedanken zu einem Zeitpunkt gravierender Mißstimmung/Depression.
c) Versuch einer Erfassung der Gedanken in Abhängigkeit von auslösenden (internen oder externen) Situationen (schriftlich).
d) Identifikation der Gedanken in einer therapeutischen Sitzung.

Die Sammlung der Gedanken soll den Klienten dazu bringen, daß er sie als psychische Wirklichkeiten erkennt, die sein Leben beeinflussen. Der Therapeut soll den Klienten darauf hinweisen, daß die Gedanken zum einen unrealistisch und zum anderen vorwiegend negativer Art sind (z.B.: „Mir wird nie etwas gelingen" oder „Ich werde den Tag nicht durchstehen können" usw.). Während zu Beginn der Therapie vor allem der Therapeut auf die Unhaltbarkeit solchen Denkens hinweist, sollte der Klient lernen, sich schrittweise selbst immer mehr rational mit seinen automatischen Gedanken auseinanderzusetzen.

### *5. Auseinandersetzung mit den Gedanken/Zweispaltentechnik*

Wenn der Klient seine (selbstschädigenden, negativen, irrationalen) Gedanken gesammelt hat, kann er im nächsten Schritt versuchen, rational darauf zu antworten (zumeist als Hausaufgabe). In einem Schema trägt er auf der linken Seite seine Kognitionen ein, und in der rechten Spalte antwortet er darauf mit einer rationalen Erwiderung. Der Klient soll angeleitet werden, möglichst viele Antworten auf seine Kognitionen zu liefern. Diese Zweispaltentechnik führt dem Klienten auch vor Augen, daß es mehrere Möglichkeiten der Auseinandersetzung mit den automatischen Gedanken gibt. Eine Möglichkeit der rationalen Erwiderung auf die jeweiligen Kognitionen ergibt sich auch durch die Erweiterung: Der Klient kann zusätzlich eine *Uminterpretation* der entsprechenden Umweltereignisse vornehmen (Dreispaltentechnik).

### *6. Identifizierung verzerrter Kognitionsmuster*

Wenn eine hinreichende Anzahl von Kognitionen gesammelt ist, werden diese von Klient und Therapeut gemeinsam zu einzelnen *Themen* zusammengefaßt (etwa: „verlassen worden zu sein", „beruflich ein Versager zu sein", „im sozialen Bereich unzulänglich zu sein" usw.). Bei diesen Themen kristallisieren sich die kognitiven Verzerrungen heraus, die die Sichtweise des Klienten determinieren.

Jede einzelne Kognition kann vom Klienten auf logische Fehler in ihrer Entwicklung untersucht werden, wobei die Art des Fehlers angegeben werden kann (vgl. Störungstheorie). Auf diese Weise werden dem Klienten seine verzerrten Denkmuster und ihre problematischen Auswirkungen vor Augen geführt.

### *7. Austesten von Kognitionen*

Wenn der Klient gelernt hat, die charakteristischen Inhalte seiner Kognitionen zu erkennen, sollte er vom Therapeuten in der *Bewertung* trainiert werden. Dieser Prozeß ist ein Kern der Technik von Beck (1976). Zur Bewertung und Modifikation der problematischen Kognitionen können unterschiedliche Strategien herangezogen werden:

a) *Die Unterscheidung von Vorstellungen und Fakten:* Dem Klienten soll verdeutlicht werden, daß Gedanken kein Abbild der externen Realität sind. Er soll lernen, zwischen Tatsachen einerseits und ihrer Bewertung durch Gedanken andererseits zu unterscheiden. Eine konkrete Überprüfung dieser Gedanken kann dabei wertvolle Hilfe leisten (z.B. Überprüfung der vom Klienten unterstellten Generalisierungen bei Mißerfolgen).
b) *Überprüfung von Beobachtungen:* Die Interpretationen und Urteile des Klienten sollten direkt und konkret auf ihre Genauigkeit und Vollständigkeit an der Realität überprüft werden. Besonders zu achten ist auf die „arbiträre Inferenz", das heißt ungerechtfertigte Schlüsse des Klienten aufgrund ungenügender Datenbasis.

Das Austesten von Kognitionen stellt eine Kombination kognitiver und verhaltensorientierter Strategien dar: Durch eine Konfrontation in der Realität soll der Klient prüfen, ob seine Kognitionen (Erwartungen usw.) gerechtfertigt sind.

### *8. Entwicklung von Alternativen*

Ein bisher „geschlossenes" System eines depressiven Menschen beginnt sich zu öffnen, wenn er seine Denkmuster identifiziert hat und Antworten auf seine Kognitionen gibt. Zuvor unlösbar erscheinende Probleme werden umstrukturiert, so daß konstruktives Handeln und ein Meistern der Probleme erleichtert wird. Dieser Ansatz konstruktiven Problemlösens und der Entwicklung von Alternativen bietet sich insbesondere bei selbstmordgefährdeten Personen an, die im Suizid die einzige Alternative sehen.

### *9. Umattribution*

Aufgrund eines gängigen kognitiven Musters schreibt sich ein Klient alle Schuld und Verantwortung selbst zu. Er ist zumeist blind für solche Anteile an einem (negativen) Ereignis, die auf einen Zufall oder andere Personen zurückzuführen sind (vgl. Untersuchungen zur Attributionsforschung; Weiner, 1976; Debler, 1984; Försterling, 1986). Wenn das verzerrte Gedankenmuster identifiziert ist, führen Therapeut und Klient gemeinsam eine Auflistung und Einschätzung derjenigen Faktoren herbei, die zu der Situation beigetragen haben können.

Klienten, die sich selbst ein unzumutbares Maß an Verantwortlichkeit zuschreiben, stellen ihre Wünsche und Bedürfnisse (und damit auch deren Umsetzung) völlig in den Hintergrund. Umattribution soll den Klienten dazu veranlassen, seine eigenen Wünsche und Bedürfnisse zu identifizieren und sie in Abwägung mit Anforderungen der Situation oder anderen Personen auch zu realisieren.

*10. Technik der Entkatastrophisierung*

Eine häufige kognitive Verzerrung depressiver Klienten liegt darin, daß sie eine Katastrophe befürchten, wenn bestimmte Dinge nicht eintreten oder sich in einer bestimmten Weise weiterentwikkeln (z.B. Verlassenwerden). In solchen Fällen ist eine realistische Einschätzung der Folgen solcher Ereignisse notwendig; erst dies ermöglicht dem Depressiven eine realistischere Sichtweise eines Ereignisses.

Der Klient setzt sich mit realen Folgen eines Ereignisses gar nicht auseinander (Vermeidung), er entwickelt auch keine Alternativen (Katastrophisieren). Aufgabe des Therapeuten ist es hier, den Klienten zu einer *realistischen Auseinandersetzung* mit (gerade traumatischen) Ereignissen zu veranlassen. (Beispiele: „Was wäre, wenn Sie diese Stelle nicht bekommen?", „... Sie von den Kindern verlassen werden?" usw.).

*11. Aufbau von Erwartungen*

Die negative Sicht über die Zukunft bei depressiven Klienten besteht darin, daß sie grundsätzlich pessimistische Vorhersagen machen bzw. von einem Fortbestehen der für sie ungünstigen Bedingungen ausgehen. Eine logische Überprüfung von zugrundeliegenden Kognitionen soll helfen, diejenigen Variablen aufzufinden, die eine positive Veränderung in der Zukunft versprechen.

Die im einzelnen angeführten Methoden sollen dazu herangezogen werden, die Annahmen, die der Depressive auf sich, seine Umwelt und seine Zukunft bezieht, grundlegend zu verändern. Diese Annahmen sind durch die Lerngeschichte des Klienten sehr stabil, und Änderungen bedürfen großer Anstrengungen von seiten des Therapeuten.

Die kognitiven Verzerrungen zeigen im Verlauf der Therapie unterschiedliche Merkmale, wobei Beck (1976) drei Dimensionen unterscheidet: Zeit, Generalisierung und Gewißheit.

a) *Aspekt der Zeit:* Der Klient mißdeutet etwa eine *gegenwärtige* Erfahrung oder ein einzelnes Ereignis (z.B.: „Was ich soeben tue, ist meinem Freund gegenüber unfair").
Der Klient mißdeutet *vergangene* und gegenwärtige Ereignisse, die sich auf einen gemeinsamen Sachverhalt beziehen (z.B.: „Ich bin meinem Freund gegenüber unfair gewesen, und das war ich früher ja auch immer").
Eine Mißdeutung bezieht sich auf *zukünftige* Ereignisse, indem vergangene und gegenwärtige Einstellungen extrapoliert werden (z.B.: „Ich bin meinem Freund gegenüber unfair, genau wie ich es immer schon war, und ich sehe auch nicht, wie sich dies jemals ändern soll").

b) *Generalisierung:* Dies bezeichnet den *Grad der Verallgemeinerung,* in dem ein Ereignis vom Klienten gesehen wird. Ein Einzelereignis wird hier als allgemein gültig und unveränderbar angesehen, wobei sich das Selbstbild des Klienten immer mehr verändert (Beispiel: Von „ich habe x getan, und dies war schlecht" gelangt der Depressive zu „Ich bin eine Person, die immer nur x tun kann, und daher bin ich schlecht").

c) *Gewißheit:* Ein Klient, der lange Zeit depressiv war, hält sehr stabil an seinen Ansichten und Schlußfolgerungen fest. Aufgrund seiner Kognitionen macht er problematische Lernerfahrungen, und es ist unwahrscheinlich, daß er seine automatisierten Gedanken und Einstellungen in Frage stellt. Er betrachtet es als einen gegen sich gerichteten Angriff, wenn der Therapeut die Richtigkeit seiner Annahmen und Gültigkeit seiner Schlußfolgerungen in Frage stellt. Nach Beck u.a. (1977) ist die *Gewißheit,* mit der der Klient an seinen selbstdestruktiven Gedanken festhält, proportional zur *Intensität* der Störung. Dies bedeutet, daß die Dauer und Intensität der Störung einen Einfluß darauf haben, wie leicht bzw. schwer der Therapeut die zugrundeliegenden Annahmen in Frage stellen kann. Dies ist beim Vorgehen bzw. bei den Erwartungen des Therapeuten an einen Fortschritt zu berücksichtigen.

### 4.7.2.3. Anmerkungen zur Beurteilung des Ansatzes

Zur Untersuchung der Brauchbarkeit kognitiver Intervention bei depressiven Störungen liegen mittlerweile eine Reihe von Studien vor (Rush, Khatami & Beck, 1975; Gioe, 1975; Taylor & Marshall, 1977; Shaw, 1977; Kovacs & Rush, 1976; Rush, Beck, Kovacs & Hollon, 1977). Alle Studien zeigen, daß kognitive Therapie den Kontrollbedingungen (zumeist Wartekontrollgruppen, zum Teil auch Chemotherapie) anscheinend überlegen war.

Bei genauer Betrachtung des Ansatzes von Beck (1976) sowie der in den einzelnen Studien durchgeführten Therapieansätze kann man von einem *Beleg* der Effektivität *kognitiver Intervention* im engeren Sinne wohl nicht sprechen (abgesehen davon, daß die Angabe globaler Besserungsraten immer problematisch bleibt). Sowohl bei Beck (1976; Beck, Rush, Shaw & Emery, 1981) als auch in den angeführten Studien kann von einer rein kognitiven Intervention keinesfalls gesprochen werden. Die empirischen Studien belegen somit den verwendeten Therapieansatz, den man am ehesten als *„kognitive Verhaltenstherapie"* bezeichnen kann.

In einer Übersicht über Effektivitätsstudien zur verhaltenstherapeutischen Therapie bei Depressionen zeigen Rehm & Kornblith (1979), daß die meisten Untersucher auf einen Therapieansatz zurückgreifen, der eine Intervention auf mehreren Ebenen einschließt (z.B. Aktivierung, kognitive Intervention, medikamentöse Therapie, Selbstkontrolle). Daß dies eine differentielle Einschätzung erschwert, liegt auf der Hand (vgl. Whitehead, 1979; Teasdale, 1985).

Die wohl umfassendste und differenzierteste Übersicht zur Effektivität psychologischer Therapieansätze bei Depressionen stammt von Niebel (1984). Hier erwiesen sich kombinierte verhaltenstherapeutisch-kognitive Methoden als zumindest ebenso effektiv wie medikamentöse Therapie. Eine Kombination (Addition) psychologischer und medikamentöser Verfahren muß sehr heterogen beurteilt werden (wobei auch unterschiedliche Kriterien angelegt werden müssen). Niebel (1984) weist auf die Notwendigkeit hin, die verschiedenen *Ebenen* der Störung zu berücksichtigen, da eine Intervention auf einer Modalität (z.B. rein kognitiv) nicht unbedingt alle anderen Aspekte der Störung positiv beeinflußt.

Es ist aber sicherlich ein Verdienst von Beck und seiner Forschergruppe, die Bedeutung kognitiver Variablen für Theorie und Therapie der Depression differenziert erarbeitet zu haben. Bei der Therapie depressiver Klienten stellen die von Beck (1976) vorgestellten therapeutischen Schritte wertvolle Hilfen dar.

## 4.7.3. Rational-emotive Therapie (RET)

Die RET wurde von Ellis bereits Ende der 50er Jahre entwickelt (vgl. Ellis, 1957; 1958; 1962). Ausgangspunkt der Überlegungen war die Annahme, daß die *Ursache* psychischer Störungen in *irrationalen Denkmustern* zu suchen sei (vgl. dazu ältere Publikationen, etwa Korzybski, 1933). Zum Verständnis des Therapieansatzes der RET ist es sinnvoll, sich zunächst mit der Theorie psychischer Störungen von Ellis auseinanderzusetzen (Kap. 5.1.5).

### 4.7.3.1. Lebensphilosophische Annahmen der RET

In Anlehnung an seine A-B-C-Theorie psychischer Störungen postuliert Ellis (1977) als Hauptziel der RET, den Klienten von seinen irrationalen Auffassungen abzubringen und ihm eine rationale Lebensanschauung zu vermitteln. Rationale Vorstellungen und angemessene Emotionen und Verhaltensweisen helfen dem Menschen, seine Ziele zu erreichen (vgl. auch Ellis & Harper, 1976; Ellis, 1984).

Der Therapeut in der RET gibt sich nicht damit zufrieden, gegenwärtige Probleme durch eine Veränderung der funktionalen Bedingungen zu beeinflussen; in der RET besteht das Ziel in einer grundlegenden Veränderung irrationaler Einstellungen („belief system"), die für die Entstehung und Aufrechterhaltung des Problems verantwortlich sind.

Die lebensphilosophischen Annahmen von Ellis (1970; 1973) lassen sich mit dem System der Stoa im Altertum vergleichen. Demzufolge gibt es keine rationalen Gründe, über Tatsachen unglücklich zu sein. Auch bei Emotionen wie Angst, Depression, Ärger usw. ist zumindest derjenige Teil der Emotion nicht gerechtfertigt, der sich auf eine falsche Wahrnehmung, eine verzerrte Interpretation und auf unlogische Annahmen über die entsprechenden Tatsachen zurückführen läßt. Mit Hilfe der RET soll der Klient in die Lage versetzt werden, sich zu einem rational denkenden, fühlenden und handelnden Menschen zu entwickeln.

*Beispiele für irrationale Annahmen (Ellis, 1970)*

- Es ist eine irrationale Annahme, wenn man meint, es sei eine Katastrophe, wenn Umstände und Situationen nicht nach unseren Vorstellungen gestaltet sind. Rational wäre es vielmehr, problematische Zustände durch eigene Anstrengungen zu verändern und, falls dies nicht möglich ist, die kognitive Dissonanz zwischen den eigenen Wünschen und den Tatsachen zu ertragen.
- Es ist eine irrationale Annahme zu meinen, man müsse in jeder Hinsicht kompetent, intelligent und perfekt sein. Rational wäre es, sich selber als unvollständigen Menschen mit Stärken, Kompetenzen, aber auch mit Fehlern und Schwächen und bestimmten Grenzen zu sehen und zu akzeptieren.
- Es ist eine irrationale Annahme zu meinen, man müsse in allen Situationen Kontrolle über interne und externe Zustände besitzen, und man müsse diese Zustände immer in die erwünschte Richtung beeinflussen können. Rational ist vielmehr die Annahme, daß eine Reihe von Dingen in unserem Leben vom Zufall gesteuert werden, daß wir aber dennoch gut und glücklich leben können.

Die lebensphilosophischen Auffassungen der RET haben im Laufe der Zeit viele Umarbeitungen erfahren; die Kernannahmen über den problematischen Charakter der irrationalen Annahmen und die Notwendigkeit ihrer Veränderung blieben jedoch erhalten (vgl. Ellis, 1962; 1970; 1973; 1977; Ellis & Harper, 1976; v. Quekelberghe, 1979; Ellis & Grieger, 1979; Försterling, 1986).

### 4.7.3.2. Zur Methode der RET

Für die Intervention in der Rational-emotiven Therapie hat Ellis (1977) eine spezielle Abfolge vorgeschlagen, die *A-B-C-D-E-Interventionstechnik*. In der Regel beginnt der Therapeut bereits zu Beginn der Therapie, dem Klienten die zentralen Annahmen der A-B-C-Theorie psychischer Störungen zu vermitteln: Nicht die aktivierenden Erfahrungen oder konkreten Ereignisse (A) in der Vergangenheit oder Gegenwart bewirken seine emotionalen Konsequenzen (eC) und die behavioralen Konsequenzen (bC); diese Probleme kommen erst durch kognitive Prozesse, in erster Linie durch *Bewertungen* von A entsprechend bestimmter rationaler Meinungen (beliefs) (rB) und irrationaler Meinungen (beliefs) (iB), zustande. Während die emotionale Belastung durch rationale Beliefs (rB) angemessen ist, führen irrationale Beliefs (iB) zu psychischen Störungen. Gleichzeitig wird dem Klienten auch gesagt, daß eine Therapie seiner psychischen Probleme die Distanzierung von seinen bisherigen falschen Denkmustern erfordert; die bisherigen Beliefs, die seine Probleme verursacht haben, müssen in Zukunft durch eine wissenschaftlich überprüfte, logische und realitätsadäquate Lebensphilosophie ersetzt werden. Dies kann nur auf dem Wege einer konsequenten und harten Arbeit auf *mehreren Ebenen* (s.u.) erreicht werden.

In der nächsten Phase, der *Disputation* (D), soll der Klient lernen,

1. durch welche unlogischen Selbstindoktrinationen (z.B.: „Ich hätte mein Leben auch ohne Therapie zufriedenstellend gestalten müssen", oder: „Es ist schrecklich, daß ich solche Probleme habe" usw.) seine unangemessenen Emotionen (Gefühle der Wertlosigkeit, der Angst, der Depression) hervorgerufen werden,
2. welche Irrglauben solchen Sätzen zugrunde liegen und
3. wie er umdenken, ihnen widersprechen und sie durch rationale Ideen und Einstellungen ersetzen kann.

Es handelt sich hierbei nicht nur um eine *Diskussion* zwischen Klient und Therapeut bezüglich der konkreten Sätze und der damit verbundenen irrationalen Ideen, die RET beabsichtigt vielmehr ein systematisches Ankämpfen gegen irrationale Beliefs. Das Ziel der Disputation besteht darin, daß der Klient den destruktiven Charakter seiner zugrundeliegenden Auffassungen erkennt, daß er diese Auffassungen in Zukunft aufgibt und sie durch alternative, rationalere Denkmuster ersetzt. Die Überprüfung der problematischen Annahmen des Klienten (iB) geschieht nicht nur während der therapeutischen Sitzung, sondern auch mit Hilfe von Hausaufgaben, in denen der Klient sich selbst die Sinnlosigkeit und den problematischen Charakter seiner Annahmen vor Augen führen soll.

Die *Phase E* hat nun zum Ziel, die kognitiven Effekte (cE) des Disputierens durch konkrete Umsetzung in der Realität (Ausprobieren) zu festigen. Mit Hilfe einer Reihe begleitender und unterstützender Techniken (z.B. graduierte Annäherung, Selbstverstärkung usw.) soll es dem Klienten ermöglicht werden, die Folgen einer kognitiven Umstrukturierung handelnd zu erfahren. Die neuen Denkmuster lösen neue emotionale Effekte (eE) und behaviorale Effekte (bE) aus, die der Klient konkret erfahren und in sein Leben einbauen soll.

### 4.7.3.3. Ebenen der Methode der RET

Ellis (1977) unterscheidet in der RET zwischen einer kognitiven, einer emotional-evokativen und einer Verhaltensebene. Für jede dieser Ebenen schlägt er unterschiedliche Methoden vor, die ihren spezifischen Ansatzpunkt besitzen. Die einzelnen Methoden werden gemäß dem Konzept der RET sowohl in den Therapiestunden als auch außerhalb der Sitzungen angewendet („Hausaufgaben").

*Kognitive Methoden*

Das Ziel der therapeutischen Arbeit auf der kognitiven Ebene besteht in der RET darin, mit dem Klienten einzelne Aspekte verstandesmäßig zu erarbeiten, nämlich:

- Einsichtsvermittlung in die RET, vor allem in die A-B-C-Theorie psychischer Störungen;
- Auffinden und Bewußtmachen der Sätze und Denkmuster, die im Zusammenhang mit problematischen Emotionen auftreten;
- Aufdecken der irrationalen Annahmen, die den einzelnen Sätzen zugrunde liegen;
- Attackieren und Widerlegen der irrationalen Annahmen;
- Ersetzen der problematischen Annahmen durch eine rationale Lebensphilosophie.

Die von Ellis (1962; 1970; 1973; 1977) entwickelten und benutzten kognitiven Techniken sind zentraler Bestandteil des Methodeninventars der RET:

- Durch Bücher, Tonbänder, Filme, Diagramme, aber auch durch erklärende Gespräche mit dem Therapeuten (in Gruppentherapien mit anderen Gruppenmitgliedern) wird der Klient in die theoretischen und praktischen *Grundlagen der RET* eingeführt.
- Die zentrale kognitive Methode der RET besteht in einem *didaktischen, sokratischen Gespräch* zwischen dem Klienten und dem Therapeuten. Der Therapeut übernimmt dabei besonders in der Anfangsphase eine stark aktive, direktive und pädagogisch-dozierende Rolle, weil dem Klienten die konkreten Zusammenhänge seiner Probleme mit zugrundeliegenden irrationalen Denkmustern noch unklar sind. Die Methode ist gekennzeichnet durch eine direkte Exploration der einzelnen Emotionen, der irrationalen Sätze und Annahmen; häufig erfolgt eine Konfrontation mit tatsächlichen und möglichen Selbstverbalisationen oder widersprüchlichen Äußerungen des Klienten. Gegensuggestion, Gegenpropaganda wird eingesetzt, um das irrationale Belief-System des Klienten zu erschüttern. Der Therapeut macht Vorschläge über rationale Alternativen und über Techniken, wie diese vom Klienten übernommen werden können. Von Beginn an wird dem Klienten die Möglichkeit und Notwendigkeit zur Eigenkontrolle von Emotionen und Verhaltensweisen nahegelegt, damit auch seine Motivation für eine kontinuierliche und aktive Beteiligung am Therapieprozeß erhöht wird. Die Äußerungen des Therapeuten bestehen in einer Vermittlung von Information, in Aufforderungen zum Nachvollzug und im Extremfall in direkten Anweisungen und Befehlen an den Klienten.
- Eine weitere bedeutende kognitive Methode in der RET besteht in der Anwendung von *Vorstellungstechniken*. Der Therapeut kann den Klienten dazu veranlassen, eine bestimmte Aufgabe in der Vorstellung zu lösen (vgl. oben, „covert modeling", Kap. 4.6.5) und dabei eventuell seinen Standpunkt zu verändern.

  Mit Hilfe des Verfahrens der „negativen Vorstellung" wird der Klient dazu angehalten, sich in Gedanken in die Details eines unangenehm aktivierenden Ereignisses (A) zu versetzen und die dabei auftretenden gefühlsmäßigen Konsequenzen (C) kurzfristig zu ertragen (z.B. depressive Gefühle). Dann wird der Klient dazu angeleitet, das unangenehme Gefühl verstandesmäßig so zu verändern, daß dabei wichtige emotionale Komponenten wegfallen (daß man sich nur noch traurig oder enttäuscht fühlt). Gelingt dem Klienten eine solche Veränderung in der Vorstellung, so hat er als nächstes herauszufinden, welche kognitiven Prozesse bei ihm abgelaufen sind, die ihn nun angemessener empfinden lassen. Der Klient sollte durch diese Technik erkennen, daß er eine Veränderung seines Gefühls durch eine Veränderung seiner irrationalen Beliefs (iB) erreicht hat.

  Ähnlich verläuft auch der Einsatz der Methode der „positiven Vorstellung": Ausgegangen wird von unangemessenen Emotionen (C), wobei sich der Klient die damit zusammenhängenden irrationalen Beliefs (iB) vor Augen halten und disputieren sollte. Während der Phase D (Disputation) kommt es nun darauf an, daß er sich möglichst lebhaft vorstellt, wie sich seine Gefühle verändern, wenn er die irrationalen Beliefs durch rationalere ersetzt hat. Wichtig ist dabei, daß die neuen Konsequenzen (C) vom Klienten als angemessener und befriedigender erlebt werden.

– Zur Unterstützung des Klienten bei der Suche nach seinen irrationalen Annahmen sowie als Hilfe bei der späteren Disputation dieser Beliefs schlägt der RET-Therapeut verschiedene *Hausaufgaben* für den Klienten vor:
  a) Ellis (1975) bezeichnet es als äußerst hilfreich, wenn sich der Klient selbst die auf Tonband aufgenommenen Therapiesitzungen zu Hause anhören kann. Dies stellt eine intensivere therapeutische Beschäftigung des Klienten mit seinen Problemen dar.
  b) Eine zweite Technik zum Erlernen und Verbessern des Disputierens besteht in der Verwendung eines Instruktionspapiers. Dieses enthält mehrere Fragen, mit denen sich der Klient auch zwischen den einzelnen Sitzungen konfrontieren und die er beantworten soll (schriftlich oder auf Tonband gesprochen) (vgl. dazu „Disputing Irrational Beliefs", Ellis & Harper, 1976).
  c) Die RET arbeitet mit schriftlichen Aufzeichnungen über diverse Probleme zwischen den einzelnen Sitzungen. Ein solcher Bericht enthält problematische Gefühle, denen der Klient ausgesetzt ist, ebenso seine entsprechenden Selbstverbalisationen und Beschreibungen seiner Handlungen. Er sollte selbst diejenigen irrationalen Beliefs entdecken, die seinen Gefühlen und Handlungen zugrunde liegen.
  Eine Seite eines solchen Berichts enthält auch das A-B-C-Schema der RET, mit dem sich der Klient auseinanderzusetzen hat. Die Aufzeichnungen des Klienten stellen konkrete Übungen zwischen den Therapiesitzungen dar und können mit dem Therapeuten besprochen und korrigiert werden.

*Emotiv-evokative Methoden*

Verfahren auf der Erlebnis- und Gefühlsebene werden in der RET mit dem Ziel eingesetzt, eine langfristige kognitive Umstrukturierung in Gang zu setzen (Ellis & Harper, 1976). Mit affektiven Methoden allein lassen sich nach Ellis (1977) die psychischen Probleme eines Klienten nicht beheben, da sie nicht zum Kern der irrationalen Denkmuster des Klienten vordringen. Sie bilden aber dennoch einen notwendigen Bestandteil einer effizienten Therapie (vgl. Zusammenhänge zur Störungstheorie, Kap. 5).

Emotionale Techniken spielen in der RET insofern eine Rolle, als der Therapeut zum Ausdruck bringen sollte, daß er den Klienten keinesfalls ablehnt oder verurteilt, selbst wenn seine Vorstellungen, Gedanken und Handlungen als irrational beurteilt werden. Diese Grundhaltung des Therapeuten bezeichnet Ellis als „nichtverdammende Akzeptierung" (Ellis, 1977). Die Herstellung einer tragfähigen Therapeut-Klient-Beziehung wird somit – wie generell in der Verhaltenstherapie (vgl. DeVoge & Beck, 1978; Wilson & Evans, 1977) – als eine unabdingbare Voraussetzung für das Gelingen einer therapeutischen Intervention angesehen (vgl. auch Kanfer & Grimm, 1981; Goldstein, 1975).

Wird die RET in einer Gruppe durchgeführt, so tragen neben der „nichtverdammenden Akzeptierung" unter den Gruppenmitgliedern auch non-verbale Übungen zum Hemmungsabbau bei. Auch dem non-verbalen und verbalen Risikoverhalten im Bereich des Gefühlsausdrucks kommt für die Gruppe große Bedeutung zu (vgl. auch Lieberman, 1975; Grawe, 1980).

Emotiv-expressive Übungen sollen dem Klienten auch dazu verhelfen, sich in seinen Gefühlen direkt und differenziert auszudrücken; die geschützte Gruppenatmosphäre bildet dazu ein optimales Übungsfeld. In solchen Übungen werden dem Klienten häufig zugrundeliegende emotionale Probleme deutlich und werden somit einer Veränderung zugänglich. Ziel der RET ist es, vor allem die irrationalen kognitiven Anteile an problematischen Gefühlen zu identifizieren und sie durch rationalere (vgl. Lebensphilosophie) zu ersetzen.

Neben den verbalen und non-verbalen Übungen werden zum Ziel der Veränderung irrationaler Beliefs sehr oft *Rollenspiele* eingesetzt. Diese oft stark konfrontierenden Verfahren sollen dem Klienten zeigen, welches seine „falschen" Ideen sind und wie diese seine Beziehungen zu anderen Menschen beeinträchtigen. Übungen und Rollenspiele (Ellis, 1975, nennt sie auch „pleasure-giving-techniques", S. 183), zielen nicht so sehr darauf ab, etwa Bedürfnisse nach Körperkontakt oder emotionaler Bestätigung zu befriedigen. Sie dienen vielmehr dazu, beim Klienten neue Lernerfahrungen in Gang zu setzen: Sie sollen ihm zeigen, daß er in neuer Weise handeln kann, ohne daß er damit von anderen abgelehnt wird. Auch wenn der Klient einmal solche Ablehnungen riskiert oder erfährt, sind sie keineswegs als Katastrophe auszufassen.

Die RET greift auf der emotional-evokativen Ebene auch auf Techniken des *Modellernens* zurück; damit soll dem Klienten ein breiteres, alternatives Spektrum emotionaler Erlebnisweisen vor Augen geführt werden.

*Methoden auf der Verhaltensebene*

Ellis (1975) betont, daß eine dauerhafte Übernahme neuer Denkmuster und rationaler Einstellungen nicht allein durch rationale Einsicht erreicht werden kann, sondern daß dazu handelnde Erprobung (vgl. dazu etwa Butollo & Höfling, 1984) und übende praktische Erfahrung erforderlich sind. Die konkrete Fähigkeit, sich in verschiedenen Situationen *neu* zu verhalten (was früher aufgrund irrationaler Ideen unterlassen wurde), wird als direkte Erfahrung der Erweiterung des Verhaltensspielraums und als Widerlegung irrationaler Beliefs angesehen.

Eine wichtige Rolle bei verhaltensmäßigen Methoden spielen *konkrete Übungen* (abgestuft) in vorher gefürchteten oder vermiedenen Situationen. Durch die graduierte Annäherung an die Situationen macht der Klient die konkrete Erfahrung, daß seine (irrationalen) Erwartungen nicht eintreffen (vgl. dazu auch das Prinzip der graduierten Löschung, Kap. 4.1.5). Der Klient wird zwar in der therapeutischen Situation zu solchen Übungen angeleitet, die Durchführung geschieht jedoch vorwiegend in sogenannten Hausaufgaben.

Auch in der RET wird im Laufe des Therapieprozesses die Übernahme der Verantwortung durch den Klienten selbst angeregt (Ziel: Selbstkontrolle, vgl. Kap. 4.8).

### 4.7.3.4. Zur Beurteilung der RET

Es ist sicher nicht ganz unumstritten, die RET als *eine* Methode der Verhaltenstherapie anzuführen (Ellis, 1973, hatte dies selbst sogar umgekehrt gesehen). Ein besonderes Nahverhältnis liegt wohl darin, daß RET-Therapeuten sehr bemüht waren und sind, den Therapieansatz auch einer *empirischen Evaluation* zu unterziehen (vgl. Trexler & Karst, 1972; Russell & Brandsma, 1974; DiGiuseppe & Miller, 1977; DiGiuseppe, Miller & Trexler, 1977; Zettle & Hayes, 1980; Kessler & Hoellen, 1982; Lipsky, Kassinove & Miller, 1980).

Der RET-Therapeut macht in sehr pragmatischer Weise Gebrauch von verhaltenstherapeutischen Strategien, wie sie in den obigen Kapiteln beschrieben wurden (Rollenspiel, Modellernen, operante Verstärkung, verdeckte Verfahren usw.). In der klinischen Praxis verwischen sich damit auch die Grenzen zur Verhaltenstherapie im engeren Sinne (vgl. Kessler & Hoellen, 1982). Entscheidend für die RET ist allerdings sowohl der therapeutische *Ansatzpunkt* (vgl. A-B-C-Theorie psychischer Störungen) als auch das *Ziel* der Interventionen auf verschiedenen Ebenen (Veränderung der irrationalen Beliefs hin zu rationalem Denken).

Ohne auf einzelne Differenzierungen bei der Beurteilung von Psychotherapie näher einzugehen (vgl. Kazdin & Wilson, 1978; Garfield & Bergin, 1978; Reinecker, 1983) muß man sowohl das Bemühen der RET als auch die einzelnen empirischen Ergebnisse positiv würdigen. Daß eine ganze Reihe von Fragen noch ungeklärt ist, etwa das Problem der Wirkfaktoren oder der differentiellen Indikation (vgl. dazu etwa Baumann, 1981), ist keine Besonderheit der RET – dies gilt wohl für die meisten, wenn nicht alle therapeutischen Verfahren. In den ersten Metaanalysen (Smith & Glass, 1977) liegen die empirischen Studien zur RET durchaus im Spitzenfeld der untersuchten therapeutischen Verfahren (vgl. Zettle & Hayes, 1980).

Ein anderer Aspekt der Beurteilung hat die Annahmen der Störungstheorie von Ellis (1961; 1973; Ellis & Grieger, 1979) zum Gegenstand: Sowohl die fast axiomatische Voraussetzung von der ätiologischen Bedeutung irrationaler Ideen für die Entstehung und Aufrechterhaltung von psychischen Störungen als auch der damit verbundene Rationalitätsbegriff bildeten und bilden den Gegenstand von Kontroversen (vgl. Zettle & Hayes, 1980; Kessler & Hoellen, 1982). Dabei ist der RET zumindest zugute zu halten, daß die theoretischen und philosophischen Grundannahmen *expliziert* sind, was bei weitem nicht für alle Therapieverfahren zutrifft.

### 4.7.4. Attribution und Attributionstherapie

In den vergangenen Jahren wurden die Untersuchungen aus dem weiten Feld der Attributionstheorien (die selbst als ein Teilbereich der kognitiven und sozialpsychologischen Theorien anzusehen sind) für die Verhaltenstherapie nutzbar gemacht. Attributionstheorien gehen davon aus, daß unser Verhalten dadurch beeinflußt wird, daß wir einem Ereignis in unserer Umgebung eine bestimmte Ursache zuordnen (Kausalattribution) (vgl. dazu Heider, 1958; Valins & Nisbett, 1971; Weiner, 1974; 1985; Heckhausen, 1980, Kap. 11; Debler, 1984; Försterling, 1985; 1986).

Jemand, der die Zahl 13 für eine Unglückszahl hält, wird möglicherweise auf einer Treppe die 13. Stufe deshalb überspringen, weil ihm dieser Schritt möglicherweise Unheil bringen könnte. Ebenso wird jemand, der den Grund für sein Übergewicht in den Erbanlagen sieht, wenig unternehmen, um diesen Zustand zu verändern. Die Forschung um das Gebiet des *„Health Belief Model"* (vgl. Kap. 3.2.3) hat auch gezeigt, daß die von den Klienten für ihre Störung angenommenen Ursachen von großer Bedeutung für die entsprechende Intervention sind (vgl. Becker, 1974; Rosenstock, 1974; DiMatteo & DiNicola, 1982; Farina & Fisher, 1982).

Für das Individuum stellen eventuell aufgefundene Ursachen von Ereignissen bedeutsame Variablen dar, mit deren Hilfe sich die (sozaile) Umwelt kontrollieren läßt. Der Prozeß des Suchens nach den Ursachen von Ereignissen wird mit dem Begriff „Attribution" bezeichnet und bildet einen Eckpfeiler der sogenannten Attributionstheorien.

Im Bereich der Attribution sollte man ganz grundsätzlich zwischen
a) der *Entstehung* von Attributionen, also Attributionen als abhängige Variable und
b) den *Auswirkungen* von Attributionen, also aufgefaßt als unabhängige Variable unterscheiden.

Die Zuschreibung von Gründen und Erklärungen zu bestimmten Ereignissen wird als ein wichtiges Bedürfnis des Menschen aufgefaßt (vgl. Dörner, 1979; Heckhausen, 1980). Nach Heider (1958) meint Attribution auch, wie sich ein „naiver Alltagsmensch" eigenes und fremdes Verhalten erklärt. Den Attributionen kommt für das Individuum ordnende Funktion zu: Der Zweck der Attribuierung besteht in der Reduktion einer Informationsmenge für das Individuum angesichts einer begrenzten Wahrnehmungskapazität (Kelley, 1971). Mit einer gelungenen Attribuierung gelingt der Person auch eine gewisse Erklärung und Vorhersage von Verhalten (vgl. Otto, 1979).

Die Art der Attribuierung, die von einer Person vorgenommen wird, hängt sowohl von früheren Erfahrungen in ähnlichen Situationen wie auch von der Beschaffenheit der gegenwärtigen Information ab.

### 4.7.4.1. Erlebte Kontrolle

In engem Zusammenhang mit der besprochenen Kausalattribuierung steht die sogenannte *Kontrollattribution*, das heißt die subjektiv erlebte Fähigkeit (bzw. Unfähigkeit), auf bestimmte Ereignisse bzw. Verhaltensweisen Einfluß nehmen zu können. Rotter (1966) unterschied zunächst zwischen internaler und externaler Kontrolle (als eindimensionale Persönlichkeitskonstrukte): *Internale Kontrolle* bedeutet, daß Individuen die Kontrolle von Verhalten und Ereignissen überwiegend der Eigeninitiative zuschreiben; *external kontrollierte Personen* sehen ihr Schicksal als abhängig von externen Bedingungen (Glück oder Zufall), sie erleben ihre Umgebung als höchst komplex und unbeeinflußbar (vgl. Dorrmann & Hinsch, 1983).

Ausgehend von aktiver versus passiver Orientierung einer Person und ihren Annahmen über den Ort der Kontrolle ihrer Handlungen beschäftigt sich die experimentelle Attributionsforschung vorwiegend mit dem Bereich der Fähigkeit zur Kontrolle aversiver Ereignisse. So konnte etwa Lefcourt (1973) zeigen, daß Personen, die unangenehme Ereignisse oder Streßsituationen für kontrollierbar hielten, die Situation deutlich weniger unangenehm empfanden als Personen, die sich denselben Situationen hilflos ausgeliefert erlebten.

Die Beeinflußbarkeit von Handlungen aufgrund der *Annahme* der Kontrollierbarkeit unangenehmer Ereignisse durch die Person selbst stellt für die klinische Forschung einen bedeutsamen Faktor dar: Wenn man Gesichtspunkte der Attribution berücksichtigt, sollte die Therapie dazu beitragen, daß Personen einerseits nach den Ursachen ihres Problems selbst zu suchen angeleitet werden (Kausalattribution), sie sollten aber auch dazu angehalten werden, die betreffende Störung nicht als unbeeinflußbar und unveränderbar zu sehen (Kontrollattribution).

*Beispiel:* Klienten mit Angstattacken suchen zumeist vergebens nach Ursachen ihrer Probleme, und sie sehen zu Beginn einer Intervention auch nicht, wie sie selbst zu einer Veränderung beitragen könnten. Aufgabe eines sensiblen Therapeuten ist es, gemeinsam mit dem Klienten mögliche Ursachen der Problematik aufzuspüren (Kausalattribution) und ihm möglichst bald das Erleben subjektiver Kontrolle zu ermöglichen (Kontrollattribution). Bereits das Wahrnehmen von Schwankungen der Problematik, differenziertere Beurteilungen der Probleme und das subjektive Gefühl der Veränderbarkeit bilden einen ersten Ansatzpunkt für die Therapie.

### 4.7.4.2. Attributionstherapie

Ansätze zur Attributionstherapie gehen auf kognitive Emotionstheorien zurück: Bereits in den Emotionstheorien von James (1884; 1890) und C. Lange (1922) war die Bedeutung kognitiver Faktoren für die Entstehung und Ausdifferenzierung von Emotionen thematisiert worden (vgl. kritisch dazu W.B. Cannon, 1927). In etwas veränderter Form wurde die Theorie wieder aufgegriffen: Nach Schachter & Singer (1962) sind für die Entstehung kognitiver Prozesse zwei Determinanten entscheidend:

1. ein relativ undifferenzierter physiologischer Erregungszustand, und
2. kognitive Prozesse, die eine inhaltliche Spezifizierung für den betreffenden Erregungszustand abgeben.

Schachter (1966; 1970) nimmt nun an, daß ein Zustand physiologischer Erregung bei der Person einen Suchprozeß nach einer Erklärung für diese Erregung in Gang setzt. In den meisten Fällen liegt die Erklärung auf der Hand (z.B. körperliche oder situationale Bedingungen). Schachters Theorie bezieht sich in erster Linie auf Fälle, in denen eine solche Erklärung (z.B. Trauer bei Tod eines Angehörigen) nicht augenfällig ist. In diesen Fällen, so die Annahme, wird die *Situation,* in der die Erregung erlebt wird, zur Erklärung der eigenen körperlichen Veränderungen herangezogen (vgl. Reisenzein, 1980; 1983). Die von Schachter (vgl. Schachter & Singer, 1962; Schachter & Wheeler, 1962) durchgeführten Versuche sollten beweisen, daß bei einer induzierten physiologischen Erregung und gleichzeitiger Abwesenheit objektiver Beurteilungsmöglichkeiten das Verhalten anderer Personen bzw. situative Merkmale als Interpretation für den eigenen Erregungszustand herangezogen wird.

In dem *Experiment* bekamen drei Gruppen von Versuchspersonen die gleiche Menge Epinephrin injiziert, was eine Erhöhung des Blutdrucks und der Herzschlagfrequenz zur Folge hatte. Versuchspersonen einer Kontrollgruppe erhielten eine Injektion neutraler Kochsalzlösung. Unterschiedlich waren allerdings die experimentell induzierten Informationen: Während eine Gruppe über die Wirkung des Epinephrin richtig informiert wurde, erhielt eine andere Gruppe falsche und eine dritte Gruppe gar keine Informationen. Während einer „Wartezeit" wurden die Versuchspersonen mit einem Vertrauten des Versuchsleiters zusammengebracht, der durch sein Modellverhalten unterschiedliche Stimmungen induzieren sollte (ärgerlich, euphorisch oder neutral).

Die Resultate der Studie zeigten unabhängig von der Art der Information eine Veränderung des Blutdrucks und der Herzschlagfrequenz bei der Epinephrin-Injektion. Diejenigen Personen, die entweder falsch oder gar nicht informiert waren, zeigten sowohl in der Ärger- als auch in der Euphoriesituation eine stärkere Angleichung an das Verhalten der „Modellperson", als dies bei der korrekt informierten bzw. bei der Kontrollgruppe der Fall war. Die falsch oder nicht informierten Versuchspersonen hatten zur Erklärung ihrer physiologischen Erregung mangels anderer Information also auf situative Variablen zurückgegriffen.

Die therapeutische Relevanz dieser Befunde ergibt sich daraus, daß *Emotionen* offensichtlich eine entscheidende *kognitive Komponente* besitzen, die im Verlaufe der Entstehung der (problematischen) Gefühle und klarerweise auch bei deren Veränderung berücksichtigt werden muß. Eine Reihe von attributionstheoretisch orientierten Forschern versuchte in der Folge, körpereigene Vorgänge durch *falsche* Rückmeldung zu verändern. Ausgegangen wurde dabei von der Frage, ob Personen dazu gebracht werden können, a) eine physiologische Erregung zumindest teilweise einer nicht emotionalen Ursache zuzuschreiben und b) falls dies möglich ist, ob dies zu einer Reduktion der Intensität des emotionalen Zustandes führte.

Verschiedene experimentelle Ergebnisse (z.B. Nisbett & Schachter, 1966; Valins & Nisbett, 1971, Weiner, 1974; Storms & Nisbett, 1970; Liebhart, 1974; 1976 u.v.a.m.) weisen in die Richtung einer kognitiven Beeinflußbarkeit von Emotionen durch den Prozeß der Umattribution. Ross, Rodin & Zimbardo (1969) etwa sprechen bereits von einer „*Attributionstherapie*“, was sich angesichts der weiteren wissenschaftlichen Entwicklung als verfrüht herausgestellt hat. Eine äußerst differenzierte Besprechung der einzelnen Untersuchungen von Grundlagen der Attributions- und Mißattributionstherapie findet sich bei Reisenzein (1980). Er sieht die Möglichkeiten einer direkten Umsetzung der Befunde aus der Attributionsforschung sehr kritisch (vgl. auch Maslach, 1979); von einem eigenen Ansatz der *Attributionstherapie* zu sprechen, ist beim heutigen Stand der Dinge wohl nicht sinnvoll. Dabei steht die Bedeutung attributionstheoretischer Befunde für einzelne Stufen des therapeutischen Prozesses (vgl. Kanfer & Grimm, 1981) außer Frage.

#### 4.7.4.3. Selbstwahrnehmung

In inhaltlicher Nähe zur Attributionstheorie steht die sogenannte Selbstwahrnehmungstheorie (Bem, 1967; 1970; 1972; Grabitz, 1978). In der Theorie geht man von der Überlegung aus, daß Personen ein Urteil über ihre Einstellungen, ihre Gefühle und ihr Verhalten dadurch gewinnen, daß sie ihr eigenes Verhalten in einer Situation beobachten und daraus Schlußfolgerungen ziehen. In diesem Sinne unterscheidet sich der Selbstbeobachter nicht prinzipiell von einem externen Beobachter, dem dieselben externen Hinweisreize (Verhalten und Situationen) zur Verfügung stehen (vgl. dazu auch Skinner, 1953; 1969).

Als *Beispiel* dafür führt Mahoney (1974) den Läufer an, der täglich am Abend seine Runden zieht: Die Person selbst, aber auch ein externer Beobachter kann daraus wohl den Schluß ziehen, daß körperliche Fitneß für sie eine große Bedeutung besitzt.

Kognitive und soziale Faktoren beeinflussen die Selbst- und Fremdattribution in unterschiedlicher Weise: Jones & Nisbett (1971) zeigten, daß der Handelnde selbst die Ursachen für sein Verhalten eher in situationalen Bedingungen sieht, während ein Beobachter dasselbe Verhalten eher auf dispositionale Ursachen zurückführt. Eine Erklärung dafür könnte in zwei Quellen zu suchen sein: Der externe Beobachter besitzt lediglich Information über beobachtbares Verhalten und über normative Charakteristika; der Handelnde selbst aber hat auch Informationen über sein vergangenes Verhalten, und er kann sein gegenwärtiges Handeln anhand der Kriterien der Konsistenz und Distinktheit (Kelley, 1967) beurteilen.

*Beispiele* für die unterschiedliche Selbstattribution angesichts von kausalen Schemata bilden Untersuchungen zur Zuschreibung von Motivation: Nach Lepper & Greene (1976) gibt es für eine Person zumindest zwei Gründe, eine Aufgabe durchzuführen: intrinsische und extrinsische Motivation. Falls die extrinsische Motivation hoch ist (etwa durch massive Belohnung), wird ein Beobachter das Verhalten einer Person vermutlich auf diese Belohnung und nicht auf intrinsische Gründe zurückführen. Kann der Beobachter aber keine extrinsischen Bedingungen ausmachen, so führt er das Verhalten der Person (unter Umständen fälschlicherweise) auf intrinsische Gründe (z.B. hohe Motivation) zurück (vgl. Heckhausen, 1980; Cantor & Kihlstrom, 1982).

Auch Aspekte der Selbstdarstellung (Laux, 1983; 1986), die in der kognitiven Sozialpsychologie und Persönlichkeitsforschung vermehrt thematisiert werden, dürfen in ihrer Bedeutung für das klinische Handeln nicht vernachlässigt werden.

### 4.7.5. Training in Problemlösen

Zu Beginn der 70er Jahre wurde von mehreren Autoren vorgeschlagen, Psychotherapie als die Vermittlung von Problemlösestrategien aufzufassen (Murray & Jacobson, 1971; Urban & Ford, 1971; D'Zurilla & Goldfried, 1971). Während sich die beiden erstgenannten Arbeiten auf eher *allgemeine* Perspektiven des psychotherapeutischen Prozesses bezogen, haben D'Zurilla & Goldfried (1971) vorgeschlagen, Klienten mit psychischen Störungen in *spezifischen* Problemlösefertigkeiten zu trainieren. In einer Reihe von Studien hatte sich nämlich gezeigt, daß bei psychiatrischen Patienten ein Defizit hinsichtlich effektiver, vermittelnder Schritte für die Lösung lebensnaher Problemsituationen besteht.

Das ineffektive Umgehen mit problematischen (sozialen) Situationen wird von D'Zurilla & Goldfried (1971) als ein wichtiges gemeinsames Charakteristikum psychiatrischer Patienten angesehen. Ein ineffektives Verhalten in schwierigen Situationen kann unterschiedliche Gründe haben: Manche Klienten verfügen über angemessene Problemlösefertigkeiten, die jedoch aufgrund von Hemmungen oder sozialer Angst nicht umgesetzt werden. In solchen Fällen ist auch nach D'Zurilla & Goldfried (1971) eine gestufte Aufgabenstellung zum Abbau sozialer Angst und Hemmungen angezeigt (vgl. auch Kap. 4.5).

Andere Klienten verfügen zwar über ein sozial adäquates Repertoire von Verhaltensweisen, es mangelt ihnen aber an selbständigen Problemlösefertigkeiten. Bei solch eher inflexiblen Klienten muß das Behandlungsziel darin bestehen, die Fertigkeiten zur *selbständigen* Lösung von Problemen zu trainieren.

Ein Training *allgemeiner Problemlösestrategien* sollte Klienten in die Lage versetzen, möglichst verschiedene, komplexe Schwierigkeiten des alltäglichen Lebens selbständig zu meistern. Beim Training in Problemlösen geht es also nicht um die Vermittlung spezifischer Verhaltensweisen, sondern um das Einüben von Strategien, die zur Lösung *unterschiedlicher* Probleme einsetzbar sind. Durch solch kognitive Strategien zur Lösung von Problemen wird die Unabhängigkeit und Selbständigkeit des Klienten und seine Fähigkeit zur Selbstkontrolle gesteigert (vgl. auch Kap. 4.8).

#### 4.7.5.1. Therapie als Problemlösen

Beim Problemlösetraining greift man in erster Linie auf die Forschung in der allgemeinen und kognitiven Psychologie zurück, die sich ausführlich mit Aspekten menschlicher Problemlösung beschäftigt hat (vgl. z.B. Newell & Simon, 1972; Dörner, 1974; 1979; König, 1979). Eine Situation wird von einer Person dann als *Problem* erlebt, wenn eine Reaktion verlangt wird, die der Person nicht unmittelbar zur Verfügung steht.

Ganz allgemein unterscheidet man die Komponenten des problematischen *Ausgangszustandes,* eines *Zielzustandes* und einer endlichen Menge von *Transformationen,* mit deren Hilfe ein Ausgangszustand in einen Zielzustand umgewandelt werden sollte. Dieser Überführung in den Zielzustand stehen üblicherweise bestimmte Barrieren entgegen, die für einen Klienten unterschiedlicher Natur sein können:

a) Das Problem kann für den Klienten darin bestehen, daß er nicht in der Lage ist, seinen Ausgangszustand klar und präzise zu analysieren.
b) Die Schwierigkeit besteht eventuell auch darin, daß keine genauen Vorstellungen über den Zielzustand vorliegen.

c) Probleme können schließlich auch dadurch charakterisiert sein, daß der Klient zwar über den Ausgangs- und Zielzustand klare Vorstellungen hat, daß er aber nicht über die Mittel (Methoden) verfügt, um diese Überführung zu bewerkstelligen.

Die *Problemsituation* ist nach D'Zurilla & Goldfried (1971) als psychologische, nicht als rein physikalische Situation aufzufassen; relevant für die Problemsituation sind nicht nur die äußeren Bedingungen, sondern auch alle Hinweisreize, die durch das eigene Verhalten hervorgebracht worden sind (Gedanken, emotionale Reaktionen ...). Unter Problemlösen versteht man nun eine Kette von Verhaltensweisen, die eine Situation so umstrukturieren, daß Möglichkeiten für den Umgang mit dieser Situation generiert werden. Außerdem ist für die Lösung des Problems ein Entscheidungsprozeß zwischen verschiedenen Alternativen erforderlich (Auswahl einer effektiven Strategie) (vgl. D'Zurilla & Goldfried, 1971; Goldfried & Goldfried, 1979; D'Zurilla & Nezu, 1982).

### 4.7.5.2. Stufen des Problemlöseprozesses

Bei der Vermittlung von Problemlösestrategien sollten mit den Klienten folgende fünf Stufen trainiert werden (vgl. D'Zurilla & Goldfried, 1971):

*1. Allgemeine Orientierung*

Darunter versteht man die Identifikation einer Situation als „Problem" bzw. die Einstellung, mit der Klienten an Probleme herangehen sollten. Folgende Schritte begünstigen das selbständige Lösen von Schwierigkeiten:

a) Akzeptieren, daß Probleme zum täglichen Leben gehören, und der Hinweis darauf, daß viele von diesen gelöst werden können.
b) Problematische Situationen sollten von der Person möglichst rasch und sensibel erkannt und nicht übergangen werden; eigene emotionale Reaktionen können dabei ein Hinweis auf solche Probleme sein.
c) Bisherige ineffektive Reaktionen („automatisches Reagieren") sollten ausbleiben, weil solch überstürztes Reagieren eine effiziente Problemlösung erschwert. Dies schließt zum Beispiel das kurzfristige Ertragen einer unangenehmen Problemsituation mit ein.

*2. Beschreibung des Problems*

Darunter versteht man die präzise Beobachtung und Erfassung einzelner Bestandteile des Problems (möglichst von mehreren Standpunkten aus). Da Alltagsprobleme in der Regel nur sehr vage sind, besteht der erste Schritt zur Lösung in einer möglichst konkreten und präzisen Beschreibung.
Nach der Beschreibung der einzelnen Elemente der Problemsituation sollte bereits eine Trennung in relevante und irrelevante Informationen vorgenommen werden; dazu gehört auch eine Unterscheidung in vorrangige und nachrangige Problembereiche.

*3. Erstellen von Alternativen*

Wenn das Problem klar beschrieben ist, sollen im nächsten Schritt möglichst viele Lösungswege entwickelt werden, die eventuell zur Problemlösung beitragen könnten. Hier geht es ausdrücklich noch nicht um eine Bewertung der einzelnen Lösungsmöglichkeiten oder gar um eine Entscheidung, sondern es sollten viele Handlungsalternativen entwickelt werden, über die erst in einem nächsten Schritt zu entscheiden ist.

Als Methode zur Gewinnung möglichst vieler Handlungsalternativen wird häufig das Verfahren des „*Brainstorming*" (Osborn, 1963) verwiesen. Beim Brainstorming sollten möglichst viele Ideen generiert und aufgeschrieben werden, wobei folgende Regeln wichtig sind:

a) Kritik und Bewertung der Ideen sollte unterbleiben; eine frühzeitige Kritik würde möglicherweise kreative, aber noch vage Lösungswege unterbinden.
b) Ausgefallene und „verrückte" Ideen sind erwünscht. Ungewöhnliche Ideen können in einem späteren Schritt leicht strukturiert, vereinfacht oder eventuell ausgesondert werden.

c) Quantität ist wichtig: Je mehr Lösungswege gefunden werden, desto größer ist auch die Wahrscheinlichkeit, darunter die eine oder andere brauchbare Strategie zu finden.
d) Kombinationen bzw. Verbesserung möglicher Lösungen sind sehr erwünscht. Verbindungen zwischen mehreren Ideen durch Analogisieren oder durch das Übertragen alter Lösungen auf neue Probleme schaffen eventuell neue Reaktionsalternativen.

*4. Treffen einer Entscheidung*

Aus den vorher entwickelten Alternativen soll nunmehr nach bestimmten Optimierungsprinzipien eine Auswahl getroffen werden. Grundlage der Entscheidung ist die Bestimmung des Nutzens einer Strategie im Hinblick auf die Zielvorstellungen des Klienten (vgl. Schmelzer, 1985; 1986). Bei den Konsequenzen einer Entscheidung sind sowohl die kurz- als auch die langfristigen Folgen zu berücksichtigen (persönliche, soziale Konsequenzen usw.). Diese Überlegungen machen eine Entscheidung zu einem komplexen Prozeß.

Für den Entscheidungsprozeß müssen konkret die Alternativen mit den möglichen Folgen in Betracht gezogen werden. Die einzelnen möglichen Konsequenzen sind vom Klienten einerseits zu bewerten, andererseits muß die Wahrscheinlichkeit ihres Eintretens geschätzt werden. Die Kombinationen des Wertes mit der Auftrittswahrscheinlichkeit können in einer Matrix festgehalten werden, so daß ein Vergleich der verschiedenen Alternativen möglich wird.

Nach diesen Überlegungen sollte vom Klienten diejenige Alternative ausgewählt werden, die aus seiner Sicht ein Optimum an Konsequenzen bringt. Der Vollzug einer solchen Entscheidung gestaltet sich häufig deshalb schwierig, weil durch eine konkrete Handlung (Umsetzen der Entscheidung) eventuell neue Konflikte und Probleme generiert werden können, die (zum Teil aufgrund der Komplexität menschlicher Interaktion) nicht in die Entscheidung miteinbezogen werden konnten.

*5. Überprüfung*

Wenn sich der Klient für eine Verhaltensalternative zur Lösung seines Problems entschieden hat, so muß diese Reaktion konkret ausgeführt werden (z.B. im Rollenspiel oder in der konkreten Lebenssituation). Bei der Ausführung ist zu überprüfen, ob sich die gewählte Alternative als so zielführend herausstellt, wie dies angenommen worden ist.

Es ist für eine Überprüfung notwendig, daß der Klient möglichst die Konsequenzen seines neuen Verhaltens beobachtet und registriert, damit die Effektivität neuer Problemlösungen beurteilt werden kann (z.B. Selbstbeobachtung in sozialen Situationen). Hat sich eine Verhaltensalternative als nicht so brauchbar herausgestellt, wie dies beabsichtigt war, so ist unter Umständen wieder auf frühere Stufen des Problemlöseprozesses zurückzugehen; einzelne Stadien können neu durchlaufen werden, bis für den Klienten ein gewisses Optimum der Problemlösung erreicht ist (vgl. Kanfer & Busemeyer, 1982).

### 4.7.5.3. Anmerkungen zum Problemlösen

Der Ansatz des Problemlösetrainings wurde ziemlich bald zur Therapie unterschiedlicher Störungen herangezogen, zum Beispiel zur Vermittlung sozialer Fertigkeiten bei Kindern (vgl. Shure & Spivack, 1978; Kendall & Finch, 1979; Urbain & Kendall, 1980). Eine Reihe von positiven Erfahrungen gibt es dazu vor allem für sogenannte prädelinquente bzw. delinquente Jugendliche (vgl. Spivack, Platt & Shure, 1976; Little & Kendall, 1979). In derselben Forschergruppe (Platt & Spivack, 1972) wurde das Problemlösen auch als allgemeine Strategie zur Verbesserung der Lebensbedingungen psychiatrischer Klienten eingesetzt. In so gut wie allen kognitiv orientierten Therapieansätzen wird auf verschiedene Aspekte des Problemlösetrainings Bezug genommen (vgl. König, 1979; Goldfried & Goldfried, 1979).

Eine gewisse Schwierigkeit für die Therapieforschung bildet die Analyse der Effektivität einzelner Schritte des Problemlösetrainings; die Frage, welche Komponenten in den oben beschriebenen Stufen entscheidende Variable für den Therapieerfolg sind, wird allerdings zunehmend Gegenstand von Untersuchungen (vgl. z.B. Kelly u.a., 1985). Als besonders schwierig stellt es sich dabei jedoch heraus, die einzelnen Schritte einerseits so zu isolieren, daß ihre differentielle Effektivität erforscht werden kann, und andererseits die einzelnen Komponenten noch in einer sinnvollen Verbindung zu anderen Elementen zu belassen.

Auf die Bedeutung des Problemlösens quasi als Metamodell für die Verhaltenstherapie wurde bereits eingangs hingewiesen (Kap. 3.2). Dies hebt auch Gesichtspunkte hervor, wie sie von Murray & Jacobson (1971) sowie von Urban & Ford (1971) thematisiert worden sind. Demnach besteht die Aufgabe des Therapeuten ganz allgemein darin, ein vom Klienten als unlösbar dargestelltes Problem („psychische Störung") in der therapeutischen Interaktion gemeinsam so zu verändern, daß eine Veränderung in Richtung eines therapeutischen Zieles ermöglicht wird.

## 4.8. Selbstkontrolle

In der Verhaltenstherapie gewinnen Ansätze der Selbstkontrolle zunehmend an Bedeutung; in den 70er Jahren sind dazu eine Reihe von einschlägigen Arbeiten erschienen (Kanfer, 1970a; Kanfer & Karoly, 1972; Hartig, 1973; 1974; Mahoney & Thoresen, 1974; Thoresen & Mahoney, 1974; Braun & Tittelbach, 1978; Reinecker, 1978; Kanfer, 1977; 1979). Keupp & Bergold (1972) haben schon sehr früh darauf hingewiesen, daß Verfahren der Selbstkontrolle eine Möglichkeit zum Abbau des Machtgefälles zwischen Therapeut und Klient darstellen.

Die offensichtliche Bedeutung des Ansatzes steht in einem gewissen Kontrast zu der uneinheitlichen Begriffsverwendung in diesem Bereich, die für den Lernenden geradezu verwirrend sein muß. So besteht bei den einzelnen Autoren weder eine Einigkeit über die Intension, noch über die Extension des Begriffes; dies hat zur Folge, daß unterschiedliche theoretische Ansätze und technische Verfahren unter dem Dach „Selbstkontrolle" vereinigt werden. Es ist daher notwendig, zunächst eine Begriffsklärung vorzunehmen.

### 4.8.1. Selbstmanagement, Selbstregulation, Selbstkontrolle

Bei der Begriffsklärung und auch bei folgenden Ausführungen wird stark auf die verschiedenen Arbeiten von F.H. Kanfer Bezug genommen; Kanfer ist (zum Teil zusammen mit einigen anderen Autoren) für die Entwicklung des Selbstkontrollansatzes der bedeutendste Forscher.

Kanfer (vgl. Kanfer, 1970a; Kanfer & Karoly, 1972; Kanfer, 1977a) versuchte der Tatsache einer multiplen Kontrolle unseres Verhaltens Rechnung zu tragen, indem er zunächst die Begriffe von Selbst- und Fremdkontrolle vermied; seiner Auffassung nach lassen sich zumindest drei Determinanten der Kontrolle für menschliches Verhalten identifizieren: $\alpha$, $\beta$, $\gamma$.

*Alpha* bezeichnet dabei die multiplen Einflußmöglichkeiten, die durch die äußere Umgebung gegeben sind (im Sinne von situationalen Bedingungen). Der Begriff *Beta* umschließt die vielfältigen psychischen Prozesse, aufgrund deren Information aufgenommen, gespeichert und weiterverarbeitet wird; mit Wimmer & Perner (1979) könnte man auch den Begriff der „Kognition" einsetzen: Die Autoren verstehen darunter „alle Vorgänge, welche die Information transformieren, reduzieren, ausarbeiten, abspeichern, abrufen, weiterverwenden und dergleichen mehr. Psychische Aktivitäten wie Wahrnehmen, Vorstellen, Erinnern, Denken, Problemlösen und Handeln werden als mögliche Schritte im Vorgang der Informationsverarbeitung aufgefaßt" (Wimmer & Perner, 1979, S. 11). Der Begriff *Gamma* steht für die biologischen Bedingungen (im Sinne von Hintergrundvariablen), in die das menschliche Verhalten eingebettet ist.

Aus diesen Ausführungen sollte klar geworden sein, daß Selbst- bzw. Fremdkontrolle nicht als Alternativen anzusehen sind, sondern daß menschliches Verhalten unter multipler Kontrolle der genannten Variablen steht, die einander zum einen gegenseitig beeinflussen können, und die zum anderen mehr im Vordergrund oder Hintergrund stehen können. Aus der Unterscheidung in $\alpha$-, $\beta$- und $\gamma$-Variablen folgt auch, daß man am ehesten von einem *Kontinuum* der Selbst- bzw. Fremdkontrolle sprechen sollte: Das Ausmaß an Selbstkontrolle wäre damit durch die Beteiligung von $\beta$-Variablen gegeben.

Die Interaktion der drei Variablen wird von Kanfer anhand folgenden Beispiels erläutert; es geht um die Erklärung, ob jemand in einer Bäckerei Brot stiehlt oder nicht:

„Sind die Alpha-Variablen (z.B. leichte Erreichbarkeit des Brotes) stark vertreten, und weisen die Gamma-Variablen (z.B. der anhaltende Hunger) ebenfalls eine erhebliche Stärke auf, kann die Intensität der Beta-Variablen (z.B. anerzogene Einstellung zur Unmoral des Stehlens, Erfahrungen von Schuldgefühlen oder Versuche, sich selbst abzulenken) nicht ausreichen, um das Verhalten des Stehlens zu unterbinden. Und ein mäßig hungriger Mensch, dessen vergangene Erfahrungen, die mit Stehlen zu tun hatten, relativ positiv verstärkt worden sind, kann den Laib Brot auch dann stehlen, wenn die Werte der Gamma-Variablen ziemlich niedrig sind" (Kanfer, 1977a, S. 802).

Der Begriff *Selbstmanagement* bezeichnet ganz allgemein die Fähigkeit einer Person, eigenes Verhalten durch den Einsatz konkreter Strategien zu steuern bzw. zu verändern. Selbstmanagement ist ein Oberbegriff für den dynamischen Interaktionsprozeß von Alpha-, Beta- und Gamma-Variablen im Repertoire eines Individuums; vorausgesetzt wird dabei allerdings, daß Beta-Variablen zumindest im Sinne einer Strukturierung zukünftiger Prozesse zeitweilig im Vordergrund stehen. Selbstmanagement ist also keine Bezeichnung für ein konkretes Therapieverfahren, sondern eine Art „Metamodell des Therapieprozesses" (Hecht, 1984, S. 403). Von Selbstmanagement würde man etwa auch sprechen, wenn ein Individuum in der Lage ist (zum Teil auch unter therapeutischer Anleitung), verschiedene verhaltenstherapeutische Strategien zur Kontrolle bzw. Veränderung eigenen Verhaltens einzusetzen (vgl. Karoly & Kanfer, 1982).

Der Begriff der *Selbstregulation* beinhaltet eine Beschreibung und theoretische Erklärung jener psychischen Vorgänge, mit deren Hilfe eine Person eigenes Verhalten steuert. Im Prozeß der Selbstregulation unterscheidet Kanfer (1977b) drei Stufen, nämlich die *Selbstüberwachung* (auch Selbstbeobachtung), die *Selbstbewertung* und die Stufe der *Selbstverstärkung*. Kanfer (1977b) verdeutlicht dies anhand folgenden Modells (vgl. Abb. 4.1).

Das Modell der Selbstregulation beschreibt diejenigen Prozesse, die beim Unterbrechen einer Verhaltenskette auftreten: In einer kritischen Situation (vgl. „Entscheidungssituation") richtet die Person ihre Aufmerksamkeit auf das eigene Verhalten und die Bedingungen dieses Verhaltens.

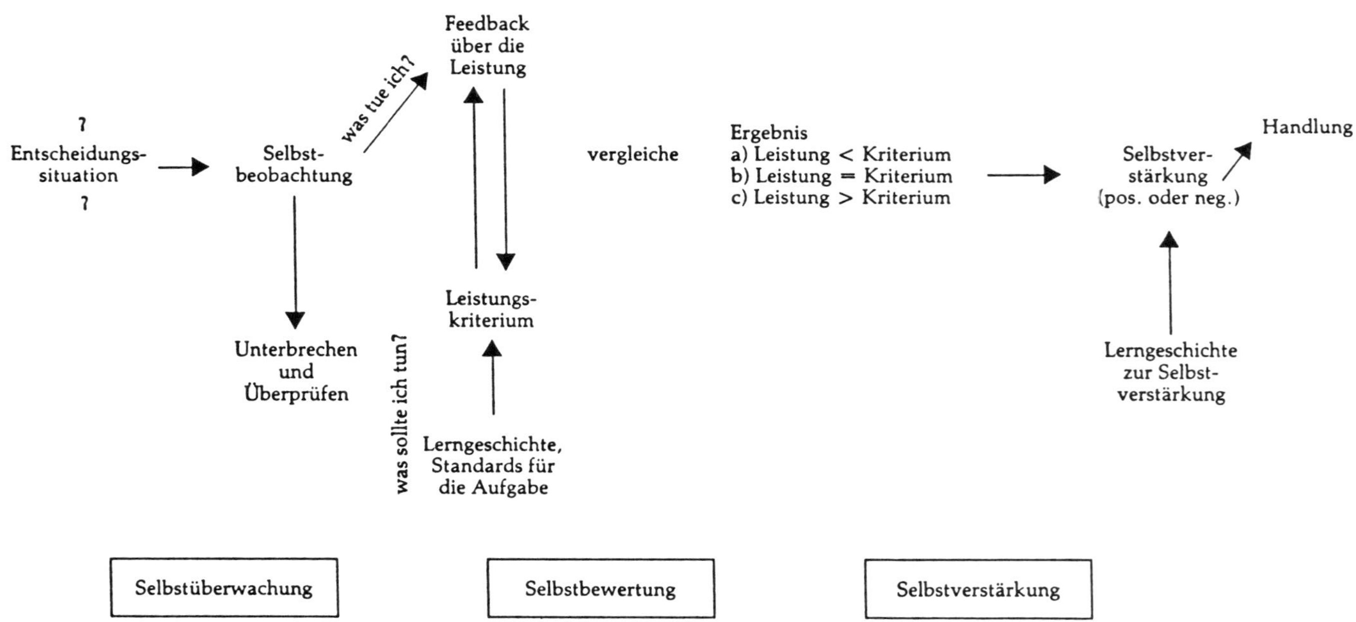


**Abbildung 4.1.:** Theoretisches Gebäude der Selbstregulation
(aus: Kanfer, F.H.: Selbstmanagement-Methoden. In: Kanfer, F.H. & Goldstein, A.: Möglichkeiten der Verhaltensänderung. München: Urban & Schwarzenberg, 1977, S. 355, Abb. 10.1)

*Beispiel:* Ein Autofahrer hat sich – von seinem Beifahrer in eine Diskussion verwickelt – verfahren und findet sich in einer Straße wieder, die er nicht kennt. Hier wird die Verhaltenskette unterbrochen, und es setzt ein Prozeß der *Selbstbeobachtung* ein, das heißt, die Person wird ihre Aufmerksamkeit auf das eigene Verhalten richten und versuchen, sich neu zu orientieren. Dieses erste Stadium der Selbstregulation wird als *Selbstüberwachung* (self-monitoring) bezeichnet.

Das Ergebnis der Selbstüberwachung wird in der zweiten Stufe mit einem bestimmten Kriterium verglichen, das heißt, es setzt ein Prozeß der *Selbstbewertung* (self-evaluation) ein. Selbstbewertung beinhaltet einen Vergleich dessen, was man gerade tut mit den ursprünglichen Zielen des Verhaltens. (In unserem Beispiel würde der Autofahrer feststellen, daß er eine gewisse Zeit quasi automatisch gefahren ist und daß er sich in einer unbekannten Gegend befindet; ein Vergleich mit seinen Zielen sagt ihm sehr schnell, daß eine große Diskrepanz zwischen seinem Vorhaben – etwa zur Arbeit zu fahren – und seinem aktuellen Verhalten bzw. Zustand besteht.) Ein wichtiges Element für diese Phase der Selbstbewertung bilden somit die Standards, die man für die Erfüllung einer Aufgabe hat.

Abhängig vom Grad der Abweichung von den eigenen Standards setzt in der dritten Phase der Selbstregulation ein motivationaler Prozeß der *Selbstverstärkung* (self-reinforcement) ein: Je nach Übereinstimmung des eigenen beobachteten Verhaltens mit bestimmten Standards wird die Person zufrieden oder unzufrieden sein. (Der Autofahrer könnte feststellen, daß er sich gar nicht wirklich verfahren hat, sondern daß er nur eine andere, vielleicht sogar schnellere Route gewählt hat; im Falle großer Diskrepanz mit den Standards werden jedoch eine Reihe von Verhaltensweisen eingesetzt, um den vorliegenden Fehler zu korrigieren, zum Beispiel Hervorholen des Stadtplans, Fragen von Passanten usw.) Der Prozeß der Selbstregulation kann auf diese Weise mehrmals durchlaufen werden, bis ein befriedigender Grad der Übereinstimmung zwischen dem eigenen Verhalten und den selbstgewählten Standards vorliegt.

Der Begriff der *Selbstkontrolle* kann als Spezialfall der Selbstregulation angesehen werden und meint das Unterbrechen einer Verhaltenskette beim Vorliegen eines *Konfliktes*. Die zur Lösung dieses Konfliktes herangezogenen Verhaltensweisen werden als Methoden der Selbstkontrolle bezeichnet. Man unterscheidet zwischen zwei Arten eines Konfliktes:

a) Der erste Typus läßt sich als „*Widerstehen einer Versuchung*" kennzeichnen: Eine Person führt eine Handlung trotz einer hohen Auftrittswahrscheinlichkeit nicht aus (Beispiel: Nicht rauchen, obwohl die Zigarettenschachtel in der Nähe liegt).
b) Der zweite Typus wird auch als „*heldenhaftes Verhalten*" bezeichnet und meint die Tatsache, daß eine Person ein Verhalten trotz seiner kurzfristig unangenehmen Konsequenzen ausführt (Beispiel: Zum Zahnarzt gehen, obwohl man im Augenblick keine Schmerzen verspürt).

Von verschiedenen Autoren wird in diesem Zusammenhang auf das *Paradoxon* hingewiesen; der Prozeß der Selbstkontrolle im Rahmen operanter Lerntheorien (sensu Skinner, 1953; 1969) wirft das Problem, daß eine Person nicht diejenigen Verhaltensweisen zeigt, die aufgrund externer Bedingungen zu erwarten wären (also in den obigen Beispielen „Rauchen" angesichts der Zigarettenschachtel und eines entsprechenden Verlangens bzw. Vermeiden des Zahnarztes, weil man ja keine Schmerzen verspürt). Hartig

(1973) verdeutlicht dies folgendermaßen: „Wir sind der Ansicht, daß jeder Versuch, das Problem der Selbstkontrolle anzugehen, ohne ein bewußtseinsfähiges Individuum in Rechnung zu stellen, das sich von seinem Verhalten distanzieren, Konflikte bewußt erleben, reflektieren, mögliche Verhaltensweisen seines Verhaltens bewußt antizipieren, Entschlüsse fassen und diese verwirklichen kann, unweigerlich in eine Sackgasse führen muß" (Hartig, 1973, S. 16). Im Rahmen der Selbstkontrolle ist somit zwischen einem *kognitiv-motivationalen Geschehen* einerseits und einer *Durchführung des Selbstkontrollverhaltens* andererseits zu unterscheiden. Bei den im folgenden zu besprechenden Grundlagen und Voraussetzungen der Selbstkontrolle werden solch kognitive, motivationale und behaviorale Komponenten gleichermaßen zu berücksichtigen sein.

## 4.8.2. Grundlagen der Selbstkontrolle

Die verhaltenstherapeutische Betrachtung der Selbstkontrolle geht auf die Analyse von Skinner (1953) zurück: Er verstand unter Selbstkontrolle die Fähigkeit eines Individuums, ein bestimmtes problematisches Verhalten (kontrollierte Response, zumeist konflikthafter Natur) durch ein anderes selbsterzeugtes Verhalten (kontrollierende Response) zu verändern. Unter einer *„kontrollierten Verhaltensweise"* versteht man ein Verhaltensmuster, dessen Auftrittswahrscheinlichkeit man in Zukunft zu verändern wünscht (z.B. Essen, Trinken, Angstreaktionen, störende Gedanken usw.). Unter einer *„kontrollierenden Verhaltensweise"* versteht man diejenigen Verhaltensweisen eines Individuums, die geeignet sind, die zukünftige Auftrittshäufigkeit eines Problemverhaltens (das man zu kontrollieren wünscht) zu verändern (z.B. Veränderung der Situation, Unterbrechen einer Verhaltenskette, Selbstverbalisationen usw.).

Bei Skinner wird das *„Selbst"* als System interagierender und funktional verbundener Reaktionen innerhalb des Repertoires einer Person verstanden. Für die Selbstkontrolle bedeutet dies, daß sich

a) die einzelnen Reaktionssysteme im Repertoire eines Individuums gegenseitig beeinflussen können; Aktivitäten einer Person werden zu auslösenden oder kontrollierenden Reizen für andere Selbst-Systeme und
b) Selbstkontrolle ist aus funktionaler Sicht von Fremdkontrolle nicht zu unterscheiden, Selbstkontrolle ist vielmehr ein Spezialfall der Fremdkontrolle (kontrollierendes Subjekt und die kontrollierten Verhaltensweisen sind in einer Person vereinigt) (vgl. Hartig, 1973).

Es wurde bereits darauf hingewiesen, daß diese Betrachtungsweise nicht erklären kann, warum eine Person eine Reaktionskette mit hoher Auftrittswahrscheinlichkeit unterbricht und eine kontrollierende Reaktion setzt. Die Analyse von Selbstkontrolle erfordert auch eine Berücksichtigung des kognitiven und motivationalen Geschehens, das dem konkreten Selbstkontrollverhalten vorausgeht und es begleitet (vgl. Hartig, 1973; Reinecker, 1978). Einige dieser Grundlagen werden in den folgenden Abschnitten besprochen.

### 4.8.2.1. Reziproker Determinismus und Interaktionismus

In einer Reihe von Arbeiten hat vor allem Bandura (1969; 1974; 1977) darauf hingewiesen, daß das menschliche Verhalten keineswegs als Produkt eines einseitigen Einflusses der Umgebung angesehen werden kann. Die Bedeutung der Verhaltenskontrolle durch externe Bedingungen steht zwar außer Frage, nach Bandura (1974) sind dies jedoch weder die einzigen Einflußgrößen, noch geschieht dieser Einfluß automatisch. Gerade Untersuchungen im Rahmen kognitiver Lerntheorien (vgl. Mackintosh, 1977) haben gezeigt, daß kognitive Prozesse (Denken, Erwartung, Vorstellung ...) bedeutsame intervenierende Variablen für menschliches Lernen darstellen. Für die Betrachtung der Selbstkontrolle bedeutet dies, daß man von der Vorstellung eines Menschen als eines informationsverarbeitenden Wesens auszugehen hat (wie dies auch für Modelle der kognitiven Umstrukturierung bereits betont wurde).

Das Prinzip eines reziproken Determinismus besagt, daß zwar ein bedeutsamer Einfluß von Umgebungsvariablen auf menschliches Verhalten (und Denken) besteht, daß aber auch unser Verhalten (und Denken) wiederum die Umgebung beeinflußt (Bandura, 1974). Ohne eine solche Annahme eines reziproken Determinismus wird eine Analyse der Selbstkontrolle sehr schwierig: Erst wenn man annimmt, daß Menschen in der Lage sind, ihre Umgebung selbst so zu strukturieren, daß sie sich dann in dieser Situation anders verhalten können, kann man von Selbstkontrolle sprechen. Für diese interaktionistische Sichtweise hat Kanfer (vgl. Kanfer & Karoly, 1972) eine Analyse der verschiedenen Einflußgrößen in Alpha-, Beta- und Gamma-Variablen vorgeschlagen (vgl. Kap. 4.8.1).

Eine interaktionistische Sichtweise trägt auch einer neueren Sicht von *Persönlichkeit* Rechnung: Menschliches Verhalten läßt sich weder durch stabile Persönlichkeitsmerkmale (sogenannte Traits) noch als das Ergebnis rein situationaler Einflüsse erklären; Mischel (1973) hat gezeigt, daß man von einer begrenzten Menge von Interaktionskompetenzen ausgehen kann, die am besten der Variabilität und Vielfältigkeit menschlichen Verhaltens gerecht werden (vgl. auch Lantermann, 1980; Pervin, 1981). R.S. Lazarus (1981) hat für diese Perspektive den Begriff der Transaktion vorgeschlagen.

#### 4.8.2.2. Kognitive Kontrolle und kognitives Lernen

Bereits bei der Analyse des Modellernens (Kap. 4.4) war auf einige kognitive Grundlagen verwiesen worden (Prozesse der Aufmerksamkeit, der kognitiven Strukturierung, Gedächtnisprozesse und Fähigkeit zur Reproduktion). Im Rahmen von Ansätzen zur kognitiven Umstrukturierung (Kap. 4.7) wurden Prozesse des Problemlösens, der Attribuierung usw. besprochen. Alle diese Faktoren gewinnen bei der Analyse der Selbstkontrolle insofern Bedeutung, als man sich gerade bei diesem Ansatz auf unterschiedliche theoretische Perspektiven aus dem Gesamtbereich der Psychologie bezieht.

In neuerer Zeit werden Probleme des kognitiven Lernens bevorzugt unter dem Schlagwort der *Informationsverarbeitung* (bezogen auf das Selbstmangement vgl. Carver & Scheier, 1982) behandelt (vgl. auch Kanfer & Hagerman, 1984). Die starke Betonung kognitiver Aspekte des Lernens in jüngster Zeit verstellt etwas den Blick auf die Tatsache, daß kognitive Lerntheorien eine lange Tradition besitzen (z.B. Tolman, 1932). Von einigen Forschern – unter anderem von F.H. Kanfer (vgl. Kanfer & Phillips, 1966; 1970) oder auch Rotter (1954) – wurde dies immer betont und gesehen. Gerade wenn Kanfer von „Lernen“ spricht (vgl. Kanfer, 1979), versucht er die verschiedenen *Ebenen des Lernprozesses* zu berücksichtigen: Das Charakteristikum der Verhaltenstherapie bleibt die Annahme (die auch hinreichend belegt ist), daß das *Wissen* um ein Problemverhalten keine hinreichende Bedingung für eine Veränderung darstellt. Auch wenn Kognitionen wichtige Determinanten des Verhaltens darstellen, ist es in klinischer Hinsicht zumeist unumgänglich, für die Veränderung die kognitive *und* die Verhaltensebene zu berücksichtigen. Neuere Abhandlungen zu den Grundlagen der kognitiven Verhaltenstherapie bearbeiten allerdings bevorzugt Aspekte aus dem Bereich der kognitiven Psychologie (vgl. Arnkoff & Glass, 1982; Turk & Speers, 1983).

#### 4.8.2.3. Selbstregulation und Handlung

Für die Analyse der Selbstregulation wird häufig auf den Begriff der *Handlung* Bezug genommen. Mit diesem Begriff versucht man der Tatsache gerecht zu werden, daß menschliches Verhalten absichtsvoll, zielgerichtet und von komplexer Natur ist (hierarchische Organisation von Verhalten).

Den Kernbereich einer Handlung macht die sogenannte *TOTE-Einheit* aus (Test-Operate-Test-Exit) (vgl. Miller, Galanter & Pribram, 1960). In dieser einfachen Rückmeldeschleife bedeutet das „Test" einen Vergleichsprozeß mit einer binären Entscheidungsmöglichkeit (Kongruenz oder Inkongruenz mit einem Sollwert). Auf der Grundlage dieser Entscheidung wird zu einer Operation („Operate") übergegangen, in der eine Veränderung in Richtung des Sollwertes vorgenommen werden soll. Eine neuerliche Prüfung des Zustandes („Test") soll ergeben, inwieweit die Operation bereits befriedigend verlaufen ist: Im negativen Fall wird der Prozeß noch mehrmals durchlaufen (iteriert), im positiven Fall ist der Zielzustand erreicht („Exit"). Die Kontrolle wäre für diese Rückmeldeschleife beendet, und es besteht die Möglichkeit, zu einer nächsten Entscheidung überzugehen.

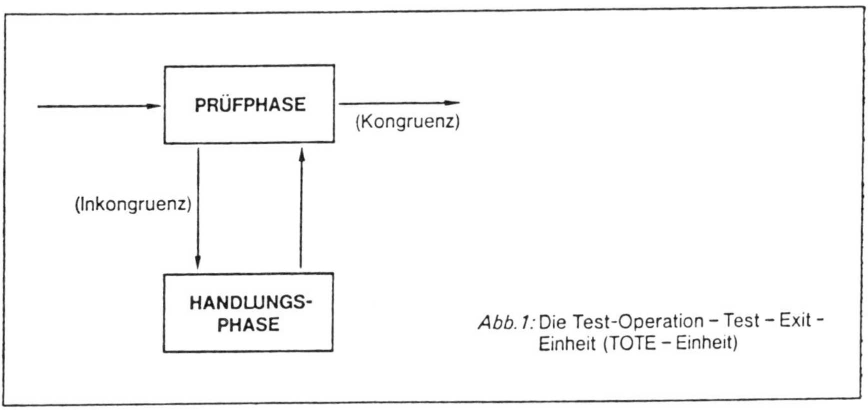


**Abbildung 4.2.:** TOTE-Einheit
(aus: Miller, Galanter & Pribram, 1960, dt. 1973, S. 34)

Sowohl im Modell von Miller u.a. (1960) als auch bei der Anwendung des Modells für die Selbstregulation (vgl. Carver & Scheier, 1981; 1982; 1983) ist eine einzelne Feedback-Schleife in einen ganzen Entscheidungsbaum eingebunden. Es scheint auch klar, daß die Analyse menschlichen Verhaltens nach diesem mechanistischen Modell lediglich eine Hilfskonstruktion für das Verständnis von Selbstregulationsprozessen darstellt. In verschiedenen Bereichen (etwa bei der Analyse menschlicher Probleme nach hierarchischen Gesichtspunkten) hat sich das Modell jedoch als durchaus brauchbar erwiesen (vgl. Semmer & Frese, 1979; Bartling u.a., 1980; Caspar & Grawe, 1982; Kanfer,

1985b; 1985c). Gerade für die Selbstregulation ist es sinnvoll, von einer *hierarchischen Organisation* menschlichen Verhaltens auszugehen: Hier wird es möglich, konflikthafte Strategien (ein entscheidendes Charakteristikum für Selbstkontrolle) zu identifizieren und dem Aspekt der *Entscheidung* in der Selbstkontrolle Rechnung zu tragen.

### 4.8.3. Methoden der Selbstkontrolle

Es sollte ein grundsätzliches Ziel verhaltenstherapeutischen Vorgehens sein, daß der Klient gegen Ende einer Intervention befähigt wird, mit seinen Problemen selbst besser umzugehen. Die Strategie des Selbstmanagements trägt diesem Gesichtspunkt insofern Rechnung, als von Beginn der Behandlung an große Bedeutung auf die aktive Beteiligung des Klienten an der Veränderung gelegt wird (vgl. Kanfer & Grimm, 1981). In diesem Sinne kann der Klient einzelne Elemente der Intervention selbst übernehmen, so daß auch Veränderungen auf die eigenen Bemühungen attribuiert und so leichter aufrechterhalten werden (vgl. Goldstein & Kanfer, 1979). Neben den verschiedenen verhaltenstherapeutischen Strategien, die der Klient erlernen und selbst anwenden sollte (im Sinne des „personal scientist", vgl. Mahoney, 1976), und die zu vermehrter Selbstkontrolle (in der Sprache von Kanfer: $\beta$-Kontrolle) beitragen, gibt es einige Strategien, die man zum engeren Repertoire von Selbstkontrollverfahren zählt.

Nach der obigen Begriffsklärung sind folgende Gesichtspunkte für das Vorliegen von Selbstkontrolle entscheidend:

a) Das Problemverhalten hat *konflikthafte* Konsequenzen (z.B. kurzfristig angenehme, langfristig unangenehme);
b) zur Veränderung des Problemverhaltens werden Verhaltensweisen eingesetzt, die man als *kontrollierende Responses* ansehen kann;
c) das Selbstkontrollverhalten steht nicht unter direkter Kontingenzkontrolle, sondern wird durch *selbsterzeugte* Bedingungen ausgelöst bzw. aufrechterhalten (vgl. Thoresen & Mahoney, 1974; Kanfer, 1977b).

Bei der Durchführung von Methoden der Selbstkontrolle sollte die therapeutische Hilfestellung schrittweise in den Hintergrund treten; Aufgabe des Therapeuten ist es allerdings, 1) den Klienten durch anfängliche Hilfestellung und Information zu motivieren, ein Selbstkontrollprogramm durchzuführen, 2) dem Klienten verschiedene Strategien zur Veränderung seiner Probleme beizubringen und 3) ihn gerade in der Anfangsphase bei der Durchführung der ersten Schritte des Selbstkontrollprogramms zu unterstützen (vgl. Kanfer, 1977b, S. 360).

#### 4.8.3.1. Selbstbeobachtung

In praktisch allen Studien zur Selbstkontrolle dient die Selbstbeobachtung des problematischen Verhaltens und seiner Bedingungen als eine erste Stufe eines Änderungsprogramms (vgl. Mahoney & Thoresen, 1974; Thoresen & Mahoney, 1974; Watson & Tharp, 1972; Kanfer, 1977b; Thoresen & Coates, 1976). Durch die Selbstbeobachtung sollte der Klient in die Lage versetzt werden, sein Problem zu spezifizieren, die Ziele für eine Veränderung zu präzisieren und Ansatzpunkte für die Veränderung zu finden.

Für die Selbstbeobachtung lassen sich folgende technische Hilfsmittel einsetzen:

- *Verhaltenstagebuch:* Neben einer präzisen Beschreibung des Verhaltens sind hier auch die vorausgehenden und nachfolgenden Bedingungen aufzunehmen und eventuell zu kommentieren.

- *Zählapparate* als technische Verfeinerungen von Strichlisten: Hier kann die Auftrittshäufigkeit kritischer Verhaltensweisen (in einer Zeiteinheit) relativ präzise festgehalten werden (z.B.: Zahl gerauchter Zigaretten usw.).
- *Stoppuhren* zur Beobachtung eines bestimmten Problemverhaltens (z.B. zwanghaftes Grübeln, konzentriertes Arbeiten usw.): Das Verhalten kann unter Umständen auch kumulativ registriert werden.
- *Graphische Schemata,* in denen die Häufigkeit eines Verhaltens eingetragen werden kann: Die Abszisse gibt üblicherweise die Zeitachse wieder, auf der Ordinate wird die Häufigkeit des kritischen Verhaltens eingetragen.

Neben der Fähigkeit zur Protokollierung (Registrieren) des eigenen Verhaltens ist ein wichtiges Ziel der Selbstbeobachtung, daß der Klient lernt, eine Verhaltensanalyse eigenständig durchzuführen (vgl. dazu Kap. 2). Wenn der Klient nach der Erstellung eines hypothetischen Bedingungsmodells für sein eigenes Verhalten vermehrt Klarheit über die Determinanten seines Problems gewinnt, stellt dies eine wichtige Voraussetzung für eine Veränderung dar. Er wird so in die Lage versetzt, die Ziele einer Veränderung anzugeben und sie konkret anzusteuern.

Für Selbstbeobachtungen müßten im Prinzip die Qualitätsforderungen gelten, wie dies für die Fremdbeobachtung der Fall ist, nämlich Reliabilität und Validität der erhobenen Daten. In der Literatur besteht jedoch weitgehend Einigkeit darüber, daß diese Forderungen nur begrenzt einzuhalten sind, weil Selbstbeobachtungen zumeist *reaktiven* Charakter besitzen (vgl. Kazdin, 1974; Kanfer, 1970b; Thoresen & Mahoney, 1974; Hecht, 1979). Unter *Reaktivität* versteht man die Tatsache, daß die Beobachtung und Registrierung eigenen Verhaltens zu einer Veränderung des beobachteten Verhaltens führt. So kommt es in den meisten Fällen zu einer Konfundierung von Effekten der Selbstbeobachtung mit Effekten von Selbstkontrollmethoden.

Reaktive Effekte von Selbstbeobachtungen lassen sich unterscheiden in a) Unterbrechen einer (problematischen) Verhaltenskette durch Aufzeichnungen und b) verstärkende oder bestrafende Effekte, die eine Beobachtung auf die beobachtete Reaktion ausübt. Die Selbstbeobachtung wird so zu einem Element der Behandlung.

Es gibt inzwischen eine ganze Reihe von Studien zu den reaktiven Effekten von Selbstaufzeichnungen (für eine Übersicht vgl. Hecht, 1979); in so gut wie allen Fällen zeigten sich zwei Trends:
1) Die Veränderung des Problemverhaltens als Folge der Selbstaufzeichnung verläuft in die *therapeutische Richtung,* stellt somit eine erwünschte erste Stufe in Selbstkontrollverfahren dar.
2) Die reaktiven Effekte von Selbstaufzeichnungen sind von zeitlich *begrenzter Dauer:* Das Registrieren ist ein neues Verhalten im Repertoire einer Person, das seinerseits durch bestimmte Kontingenzen stabilisiert werden muß. Daraus folgt, daß Selbstbeobachtung *allein* in den wenigsten Fällen eine hinreichende therapeutische Strategie darstellt.

Trotz umfangreicher Forschungsarbeiten zum Thema der Selbstbeobachtungen besteht keine Einigkeit darüber, *welches* Verhalten aufgezeichnet werden sollte (z.B. Problemverhalten versus erwünschtes Zielverhalten); es gibt bisher auch nur grobe Hinweise darauf, *wann* die Beobachtungsreaktion erfolgen sollte (z.B. vor oder nach dem Auftreten eines problematischen Verhaltens). Die angesprochenen groben Hinweise besagen, daß *Problem*verhalten *vor* dem Auftreten registriert werden sollte (um die problematische Verhaltenskette zu unterbrechen), während das *Ziel*verhalten *nach* dem Auftreten festgehalten wird (weil die Aufzeichnung als operante Verstärkung oder zumindest als diskriminativer Hinweisreiz auf eine solche angesehen werden kann).

Neben den technischen und praktischen Problemen, die mit der Selbstbeobachtung verbunden sind, erhebt sich als zentrale Frage, wie die reaktiven Effekte *erklärt* werden können. Es handelt sich dabei offensichtlich um Ereignisse, die mit einer gewissen Regelmäßigkeit auftreten und die einer theoretischen Perspektive bedürfen. Kazdin (1974) führt zur Erklärung zum einen die Theorie operanter Konsequenzen und zum anderen die Theorie des Feedback bzw. der Selbstregulation an. Dabei handelt es sich allerdings eher um zwei Theorien, die unterschiedliche Aspekte eines Lernprozesses (einmal eher den motorischen und einmal den kognitiv-informativen Aspekt) betonen. In einer neueren Studie (Mace & Kratochwill, 1985) wurden verschiedene Theorien geprüft; offensichtlich erklären verschiedene Theorien (kognitiv-meditationale Modelle, operante Ansätze, Theorie multipler Hinweisreize) unterschiedliche Aspekte eines komplexen Vorganges. Interessanterweise kann allerdings die „klassische" operante Theorie als ein bedeutsamer Faktor nachgewiesen werden (vgl. dazu auch Hecht, 1979; Rachlin, 1978; Nelson, 1978; Nelson & Hayes, 1981; Reinecker, 1978).

#### 4.8.3.2. Stimuluskontrolle

Das Prinzip der Stimuluskontrolle (vgl. Kap. 4.2.1.2) besteht darin, daß eine Person ihre (physikalische oder soziale) Umgebung in einer Weise verändert, daß damit das Zielverhalten wahrscheinlicher wird (bzw. das Problemverhalten nicht mehr ausgelöst wird).

*Beispiele:* Förderung konzentrierten Arbeitsverhaltens durch Aufräumen des Schreibtisches, Entfernung von ablenkenden Hinweisreizen wie Essen, Radiohören usw.; Senken der Häufigkeit des Rauchens durch Entfernen relevanter Hinweisreize, keine Zigaretten zu Hause haben, Wegräumen der Aschenbecher, Information der Sozialpartner, bei eventuellem Rauchen entsprechend zu reagieren usw.

Die naheliegendste Kontrolle problematischen Verhaltens besteht in einer *physikalischen Beschränkung:* Durch Versperren eines Schrankes mit alkoholischen Getränken und Übergabe des Schlüssels an eine andere Person kann ein bestimmtes unerwünschtes Verhalten gar nicht mehr auftreten (ein anderes Beispiel wäre das Anbringen eines Zeitschlosses an der Kühlschranktür zur Kontrolle des Eßverhaltens, vgl. Goldfried & Merbaum, 1973). Das große Problem solch physikalischer Beschränkung bildet die Tatsache, daß eine Verhaltensänderung üblicherweise zeitlich beschränkt bleibt, weil eine Aufhebung der Beschränkung zugleich das Ende der Kontrolle darstellt.

Um dieses grundsätzliche Problem zu vermeiden und um optimale Lernbedingungen für die Selbstkontrolle herzustellen, sollte die Person die diskriminativen Hinweisreize für das Zielverhalten selbst produzieren. Solche Stimulusbedingungen werden zumeist (verdeckter) verbaler Natur sein (vgl. dazu Meichenbaum, 1974; 1977). Durch verbale Selbstinstruktionen kann die Person selbst eine erwünschte Verhaltenskette einleiten, die andernfalls eher unwahrscheinlich wäre (Beispiel: Aufforderung zu einer sportlichen Aktivität, wenn gerade der Wunsch nach einer Zigarette aufkommt – die in Gang gesetzte erwünschte Verhaltenskette wäre in diesem Fall mit dem Problemverhalten inkompatibel). Durch Selbstinstruktionen kann die Person selbst Hinweisreize auf langfristige Konsequenzen setzen, die andernfalls für das Verhalten kaum bedeutsam wären

(Beispiele: Verbale Hinweisreize auf die langfristigen Folgen von Zigarettenkonsum; verbale Selbstinstruktionen als Hinweis auf langfristige Folgen des – gegenwärtig eher aversiven – Arbeitsverhaltens usw.).

Die Einführung verbaler Selbstinstruktionen zur Stimuluskontrolle bietet sich insbesondere dann an, wenn die physikalische oder soziale Umgebung von der Person selbst nicht zu verändern ist. Verbale Stimuli, die von der Person *selbst* produziert werden können und die eine erwünschte Verhaltenskette in Gang setzen bzw. eine problematische Verhaltenskette unterbrechen, stellen eine Erhöhung der $\beta$-Kontrolle (im oben besprochenen Sinne) dar. Daß damit andere kontrollierende Bedingungen ($\alpha$- und $\gamma$-Kontrolle) nicht außer Kraft gesetzt sind, liegt auf der Hand.

*Beispiele* für Stimuluskontrolle finden sich in der Verhaltenstherapie besonders für typisch konflikthafte Verhaltensweisen: Ferster, Nurnberger & Levitt (1962) haben in ihrer Studie eine ganze Reihe von Stimuli identifiziert, die für das (problematische) Eßverhalten als Hinweisreize dienten (Beispiel: Essen beim Fernsehen ...). Durch eine Einschränkung der externen Stimulusbedingungen, die die übergewichtigen Personen selbst vorzunehmen hatten, wurde die Selbstkontrolle des Eßverhaltens erhöht (vgl. auch Goldfried & Merbaum, 1973; Mahoney & Thoresen, 1974; Thoresen & Mahoney, 1974). In anderen Studien zum problematischen Zigarettenkonsum wurde eine laufende Einschränkung derjenigen Stimulusbedingungen vorgenommen, unter denen geraucht werden durfte: Das Rauchen durfte nur in einem dafür bestimmten Stuhl erfolgen, so daß andere Situationen als diskriminative Hinweisreize ausgeblendet wurden. Das Rauchen konnte insofern weiter eingeschränkt werden, als der „Raucherstuhl" in immer unattraktivere Räume gestellt werden mußte (letztlich in die Garage!) (vgl. Nolan, 1968; Roberts, 1969).

Prinzipien der Stimuluskontrolle finden in einer ganzen Reihe von verhaltenstherapeutischen Strategien Anwendung: Unter einem funktionalen Gesichtspunkt sollten durch den Therapeuten oder durch den Klienten selbst (und dies bestimmt dann den *Grad der Selbstkontrolle*) Bedingungen geschaffen werden, die das Auftreten des Zielverhaltens wahrscheinlicher machen oder erleichtern. Die Bedeutung diskriminativer Hinweisreize für Abhängigkeiten wurde unter anderem von Wikler (1976) in einer ausgesprochen überzeugenden Analyse betont. Bei der Therapie von *Abhängigkeiten* (Alkoholismus, Übergewicht, Rauchen, Drogenkonsum) gehört ein Rückgriff auf Methoden der *Stimuluskontrolle* inzwischen zur Selbstverständlichkeit (vgl. Foreyt & Kondo, 1984; Stitzer, Bigelow & McCaul, 1983; Bellack, 1977; Lovibond, 1977; Marlatt & Gordon, 1985; Petry, 1985).

Für die praktische Durchführung von Stimuluskontrolle ist ein Hinweis sehr wichtig: Der Therapeut sollte den Klienten anleiten, eine problematische Verhaltenskette möglichst *früh* zu unterbrechen; wenn die Durchführung eines bestimmten Problemverhaltens (z.B. Trinken von Alkohol) bereits sehr weit fortgeschritten ist, stellt sich ein Unterbrechen und die Einführung von Alternativverhalten üblicherweise als sehr schwierig heraus.

*Beispiel:* Es ist günstiger, keine Zigaretten zu kaufen oder die Streichhölzer frühzeitig zu verstekken als zu versuchen, die Verhaltenskette zu unterbrechen, wenn man sich gerade eine Zigarette angezündet hat.

Von verschiedenen Autoren (Kanfer, 1977b; Thoresen & Mahoney, 1974) wird darauf hingewiesen, daß Stimuluskontrolle *allein* zur stabilen Veränderung problematischen (konflikthaften) Verhaltens in den wenigsten Fällen ausreicht. Eine Kombination mit anderen Strategien der Selbstkontrolle, aber auch mit Methoden der kognitiven Umstrukturierung oder der Veränderung des Problems unter Hilfestellung eines Therapeuten bietet sich deshalb an.

#### 4.8.3.3. Selbstverstärkung und Selbstbestrafung

Von *Selbstverstärkung* spricht man dann, wenn sich eine Person als Konsequenz eines Verhaltens einen (offenen oder verdeckten) Stimulus darbietet, so daß die zukünftige Auftrittswahrscheinlichkeit von Verhalten derselben operanten Klasse ansteigt. Der entscheidende Unterschied zur externen Verstärkung besteht darin, daß die *Person selbst* über die Verstärkung (bzw. Nichtverstärkung) entscheidet. Eine Erweiterung gegenüber der externen Verstärkung ergibt sich bei der Selbstverstärkung insofern, als hier auch verdeckte (= verbal-symbolische) Reize als Verstärker verabreicht werden können (z.B. Selbstlob für eine Leistung).

Die verschiedenen Möglichkeiten und Kombinationen von Selbstverstärkung und Selbstbestrafung werden von Kanfer (1977b) in folgendem Schema verdeutlicht:

**Tabelle 4.1.:** Kombinationen der Selbstverstärkung (aus: Kanfer, 1977b)

| | **Konsequenz** | |
|---|---|---|
| **Qualität der Konsequenz** | Darbieten | Entfernen |
| positiv | Positive Selbstverstärkung<br>a) selbst dargeboten<br>b) verbal-symbolisch | Verdeckte Löschung<br>Selbst auferlegtes Time-out<br>(zeitlich beschränkt) |
| aversiv | Selbstbestrafung<br>a) selbst dargeboten<br>b) verbal-symbolisch | Negative Selbstverstärkung<br>a) selbst dargeboten<br>b) verbal-symbolisch |

Mit Thoresen & Mahoney (1974) sollte man bei der Selbstverstärkung die folgenden beiden Fälle unterscheiden:

1) Die Person verstärkt sich selbst durch einen außergewöhnlichen Reiz, der nicht alltäglich ist (z.B. Kauf eines besonders schönen Gegenstandes; Besuch einer attraktiven Veranstaltung usw.).
2) Die Person enthält sich eine gewisse Zeit bestimmter alltäglicher Verstärker (z.B. eine Tasse Kaffee, eine kleine Arbeitspause machen usw.) und verabreicht sich diese kontingent für ein erwünschtes Zielverhalten.

Während Untersuchungen zur offenen Selbstverstärkung analog zu Experimenten für Fremdverstärkung durchzuführen sind (eine Übersicht dazu findet sich bei Reinecker, 1978), stellt sich die Erforschung von Prozeß und Ergebnissen der verdeckten (= verbal-symbolischen) Form als sehr schwierig heraus. Es ist allerdings für die Durchführung von Strategien der Selbstkontrolle wichtig und erfreulich, daß Selbstverstärkung zumindest ähnlich *effektiv* ist wie Fremdverstärkung (vgl. Kanfer, 1977b). Auch vom *Prozeß* der Verstärkung her sind die beiden Varianten vergleichbar, weil sich auch bei der Selbstverstärkung sowohl eine Erhöhung der Rate des verstärkten Verhaltens einerseits als auch eine Bereitschaft zu neuem Lernen (Motivation) andererseits ergibt (vgl. z.B. Kanfer & Duerfeldt, 1967; Montgommery & Parton, 1970).

*Selbstbestrafung* als Darbietung eines aversiven Reizes durch die Person selbst hat den Effekt einer Unterbrechung der Verhaltenskette und einer Senkung der zukünftigen Auftrittshäufigkeit von Verhalten derselben operanten Klasse. Für die Selbstanwendung eines leicht aversiven Reizes als Folge eines unerwünschten Problemverhaltens läßt sich das Beispiel von Mahoney (1971) anführen:

Der Autor beschreibt die Behandlung eines Klienten mit Zwangsgedanken. Die Selbstbestrafung bestand darin, daß sich der Klient selbst beim Auftreten dieser störenden Gedanken durch Anziehen und Loslassen eines Gummibandes an seinem Handgelenk bestrafen sollte. Mahoney (1971) berichtet, daß sich durch diese Selbstkontrollprozedur die Rate der störenden Gedanken innerhalb weniger Tage vollständig reduzieren ließ und daß dieser Erfolg durch zusätzliche therapeutische Interventionen aufrechterhalten werden konnte.

In verschiedenen Untersuchungen zur Bestrafung (vgl. Holz & Azrin, 1961; für eine Übersicht vgl. Reinecker, 1980) wird darauf hingewiesen, daß Bestrafung eines Verhaltens neben der Senkung der zukünftigen Auftrittsrate vor allem *diskriminative* Funktion besitzt: Durch einen aversiven Reiz wird eine (häufig automatisierte) Verhaltenskette unterbrochen, so daß eine alternative (erwünschte) Verhaltensweise initiiert werden kann.

Dieser Aspekt des Unterbrechens eines problematischen Verhaltens läßt sich auch für eine Technik geltend machen, die gelegentlich als Selbstbestrafung angeführt wird, nämlich das *Gedankenstoppen* (vgl. auch Kap. 4.6.7). Dieses Verfahren wird sehr häufig zur Kontrolle von problematischen Verhaltensweisen herangezogen, die sich einem Zugang durch einen Therapeuten entziehen und die deshalb durch Selbstkontrolle verändert werden sollten (Beispiel: störende Gedanken, Phantasien usw.). Das Schreien eines „NEIN" – zuerst durch den Therapeuten, später durch den Klienten selbst – bildet eher eine Unterbrechung einer problematischen Verhaltenskette als eine Form der Selbstbestrafung. Die theoretische Einordnung des Gedankenstoppens wird in der Verhaltenstherapie allerdings recht uneinheitlich gehandhabt (vgl. Wolpe, 1969; Cautela, 1969; Rimm & Masters, 1979).

Die Bedeutung kognitiv-motivationaler Faktoren bei der Selbstbestrafung kann am Beispiel der Kontrolle eines Problemverhaltens durch freiwillige Abgabe positiver Verstärker verdeutlicht werden: Wenn man sich für ein Problemverhalten (z.B. Zigarettenrauchen) dadurch selbst bestraft, daß man für jede gerauchte Zigarette eine bestimmte Summe Geldes absichtlich verliert (oder noch besser: an eine politische Partei oder Organisation spendet, mit deren Zielen man in keiner Weise einverstanden ist), so stellt dies eine massive Form der Selbstbestrafung dar. Durch eine solche Selbstkontrollstrategie könnte man sich selbst deutlich vor Augen führen, welche Präferenzen man mit seinem (bisherigen) Verhalten verfolgt; dies könnte dazu motivieren, die Bedeutung inkompatibler Pläne neu einzuschätzen und neues Verhalten in Gang zu setzen.

Die einzelnen Kombinationsmöglichkeiten von verschiedenen Formen offener/verdeckter Selbstverstärkung/Selbstbestrafung sind dem angeführten Schema zu entnehmen; Hinweise für die Prinzipien operanter Verfahren finden sich in Kapitel 4.2, Bezüge zu den Verfahren des verdeckten Konditionierens in Kapitel 4.6, solche zu den Methoden der kognitiven Umstrukturierung in Kapitel 4.7.

#### 4.8.3.4. Kontrakte in der Selbstkontrolle

Kontrakte (Verhaltensverträge) werden in der Verhaltenstherapie als eine spezifische

Form der Intervention benutzt: Durch den Vertrag werden sowohl die Verhaltensweisen als auch die zukünftigen Kontingenzen für erwünschtes Verhalten präzisiert. Kontrakte unterscheiden sich von vage abgegebenen Versprechungen dadurch, daß in einem Vertrag genaue Bedingungen für das Auftreten eines Verhaltens abgegeben werden. Ein wichtiger Aspekt bei der Abgabe von Kontrakten ist, daß durch das verbale Verhalten in der Gegenwart für die Zukunft Verhaltensweisen präzisiert werden, die kontrolliert werden sollten. Für Skinner (1953) wäre das Versprechen eine erste Form einer kontrollierenden Reaktion, die inhaltlich angesprochene Verhaltensweise wäre als kontrollierte Reaktion anzusehen.

Als besondere *Vorteile* für die Einführung von Kontrakten gibt Kanfer (1977b) folgende Punkte an: Kontrakte helfen sowohl dem Klienten als auch dem Therapeuten a) spezifische Zielverhaltensweise in Gang zu setzen, b) klare Kriterien für die Zielerreichung zu formulieren und c) die Konsequenzen für das Zielverhalten festzulegen.

Jede therapeutische Intervention beruht auf einer Art von Kontrakt über die Zusammenarbeit von Klient und Therapeut (vgl. Kap. 3). Im Rahmen des Kontingenzmanagements (vgl. Kap. 4.2.3) dienen Verträge zur Präzisierung von Verhaltensweisen und Kontingenzen zwischen den Vertragspartnern. Ein solcher Vertrag kann nun nicht nur zwischen zwei oder mehreren Partnern abgeschlossen werden: Im Rahmen von Methoden der Selbstkontrolle kann eine Person auch einen Kontrakt mit sich selbst abschließen (wobei andere Personen als zusätzliche Hilfestellung bzw. als Beobachter einbezogen werden können).

Beim Abschließen von Kontrakten ist besonders darauf zu achten, daß das Versprechen (Formulieren des Vertrages) zumeist unter anderen Kontingenzen steht als das Einhalten dieser Vorsatzerklärung (vgl. Kanfer & Karoly, 1972; Kanfer, 1977b; Reinecker, 1978).

*Beispiel:* Die Abgabe des Versprechens „Ich werde nie mehr betrunken nach Hause kommen" wird eventuell durch die Beendigung der Kritik einer Partnerin (offene negative Verstärkung) sowie durch die Abnahme eigener Schuldgefühle (verdeckte negative Verstärkung) kontrolliert. Das in dem Versprechen präzisierte Verhalten (in bestimmten sozialen Situationen kontrolliert zu trinken) steht jedoch unter multipler Kontingenzkontrolle durch Freunde und Stimuli, die das Trinkverhalten bisher ausgelöst haben usw.

Damit nicht nur die *Abgabe,* sondern auch die *Einhaltung* von Kontrakten gewährleistet ist, sollten einige Bedingungen beachtet werden (vgl. dazu auch Kanfer & Karoly, 1972; Kanfer, 1977b; Reinecker, 1978):

1. Im Vertrag sollte das zu kontrollierende Verhalten präzise beschrieben sein (zeitlich, räumlich, Häufigkeit). Zusätzlich müssen die Kontingenzen für die Einhaltung des Vertrages genau festgelegt werden.
2. Verträge beruhen üblicherweise auf Gegenseitigkeit, deshalb sollten die Bedingungen für alle beteiligten Personen festgelegt sein.
3. Im Vertrag ist sowohl die positive Konsequenz für die Einhaltung des Vertrages festzulegen als auch darauf zu achten, daß das Verhalten langfristig aufrechterhalten wird (das Zielverhalten sollte selbstverstärkend sein bzw. durch externe Verstärkung aufrechterhalten werden).
4. Das Zielverhalten sollte (zumindest von der Person selbst) beobachtet werden (vgl. oben: Selbstbeobachtung). Im Sinne eines kurzfristigen positiven Feedback motivieren die anfänglichen Erfolge zu weiteren Anstrengungen.
5. Der unangenehme Zustand, aufgrund dessen ein Versprechen abgegeben wurde, sollte nicht schon durch das Versprechen („verbal behavior"), sondern erst bei ersten Selbstkontrollschrit-

ten beendet werden. Andernfalls besteht die Gefahr, daß die negative Verstärkung lediglich die Abgabe des Kontraktes kontrolliert.

6. Beim Erstellen eines Kontraktes sollte der Therapeut der Person dabei helfen, konstruktive Elemente aus bisherigen Selbstkontrollversuchen wieder zu verwenden; häufig scheiterten solche Ansätze lediglich an kleinen Fehlern, die durch therapeutische Hilfestellung (Information) leicht korrigiert werden können, ohne daß man auf das Gesamtkonzept verzichtet, das der Klient in Eigeninitiative entwickelt hat.
7. Der von einer Person erlebte Konflikt sollte dazu benutzt werden, effektives Selbstkontrollverhalten zu etablieren. Dieser emotionale Konflikt (vgl. Dollard & Miller, 1950; Skinner, 1953) wird als ein Charakteristikum für den Beginn von Selbstkontrolle angesehen. Es ist die Aufgabe eines Therapeuten, aus diesem Konflikt heraus durch Information und therapeutische Hilfestellung einen zielführenden Kontrakt erstellen zu helfen.

Wie verschiedene andere Selbstkontrollstrategien werden auch Kontrakte häufig zusammen mit anderen verhaltenstherapeutischen Techniken eingesetzt (was die Analyse der spezifischen Wirkfaktoren sicherlich erschwert). Besonders wichtig bei Kontrakten erscheint allerdings die *motivierende Funktion* für den Klienten (vgl. Klinger, 1975; 1977; 1982): Durch die Präzisierung der Ziele und der damit verbundenen Konsequenzen und durch die Einführung einzelner Schritte zur Zielerreichung wird der Klient dazu ermutigt, einen ersten Schritt zur Änderung seines bisherigen Problemverhaltens zu setzen. Das Vorgehen ist für ihn klar und durchschaubar; *internale Kontrolle* wird dadurch sichergestellt, daß der Klient rasch über die Konsequenzen seiner Bemühungen informiert wird.

Im Rahmen eines therapeutischen Gesamtprogramms (Ferguson & Birchler, 1978) bilden Kontrakte einen wichtigen Bestandteil im Sinne eines Selbstmanagementansatzes (vgl. Kirschenbaum & Flanery, 1983; Karoly & Kanfer, 1982): Der Klient lernt zunächst in und zwischen den Sitzungen, sein Problem zu analysieren und zu strukturieren; er übt neues Verhalten schrittweise in konkreten Situationen und schafft so einen Transfer neuen Verhaltens in alltägliche Situationen; schließlich kann die motivierende, trainierende und kontrollierende Funktion des Therapeuten gänzlich ausgeblendet werden, und der Klient ist letztlich in der Lage, auch bei neu auftretenden Problemen konflikthaftes Verhalten selbst zu steuern (vgl. Modell des „personal scientist“ bei Mahoney, 1976).

### 4.8.4. Diskussion von Problemen der Selbstkontrolle

Selbstkontrollverfahren waren ursprünglich als Weiterentwicklung und Ergänzung von verhaltenstherapeutischen Strategien behandelt und betrachtet worden. Neben den Begriffserklärungen, die zu Beginn dieses Kapitels vorgenommen wurden, sollte eine ganz grundlegende Unterscheidung immer im Auge behalten werden: Man kann *Selbstkontrolle* zum einen als Therapieverfahren, *als Methode* betrachten, und man muß zum anderen von *Selbstkontrolle als Ziel* therapeutischer Intervention sprechen.

Die beiden Aspekte sind nicht aufeinander reduzierbar: Zur Fundierung von *Methoden* müssen Gesichtspunkte der *Effektivität*, zur Begründung von *Zielen* jedoch *normative Aspekte* herangezogen werden (vgl. dazu Morscher, 1974). Diese Unterscheidung sollte man unbedingt im Auge behalten, wenn man sich mit Problemen von Selbstkontrollverfahren beschäftigt.

### 4.8.4.1. Selbstkontrolle und Freiheit

Von einem strikt behavioristischen Verständnis aus wurde der Begriff der Freiheit als Illusion angesehen (vgl. Skinner, 1971): Das Denken und Verhalten der Menschen wird als von der Umgebung determiniert betrachtet, so daß für freie Entscheidungen kein Platz bleibt. Geht man jedoch von einem reziproken Determinismus (Bandura, 1974) oder von einem Modell einer multiplen Regulation unseres Verhaltens aus (Kanfer, 1977b, 1979), so können die vom Individuum selbst initiierten Aktionen als *eine* Einflußgröße aufgefaßt werden. Gerade Untersuchungen aus dem Bereich der Sozialpsychologie (vgl. Brehm, 1980; Weary & Mirels, 1982; Försterling, 1986) hatten die Aufmerksamkeit auf die von den Individuen *wahrgenommene* Kontrollmöglichkeit gelenkt: Die subjektive Überzeugung, Einfluß auf eigenes oder fremdes Verhalten bzw. auf die Umgebung ausüben zu können, bildet eine wichtige Determinante für die Analyse menschlichen Verhaltens. Die Frage, ob Menschen ihre Entscheidungen „wirklich" frei treffen, tritt demgegenüber in den Hintergrund.

Psychologische Interventionsverfahren, die dem Modell des Selbstmanagements verpflichtet sind (vgl. Kanfer & Grimm, 1978; 1981; vgl. auch Kap. 3), sehen die Erhöhung von Freiheit und Selbstkontrolle des Klienten als ein entscheidendes *Ziel* des Vorgehens an. Im Laufe der Therapie sollte den Klienten geholfen werden, ihre Zwänge, in die sie durch ihre Probleme geraten sind, abzulegen – und wo dies nicht möglich ist, zumindest besser damit umzugehen. Für einen agoraphoben Klienten stellt seine Angst eine massive Einschränkung der Freiheit dar: Er ist nicht mehr in der Lage, diejenigen Aktivitäten in Angriff zu nehmen, die für sein Leben und seinen Selbstwert wichtig wären (Beruf, Familie, Freizeit, soziale Beziehungen usw.). Im Rahmen des Selbstmanagements lernt der Klient die Bedingungen seiner Einschränkungen zu identifizieren, und er bekommt Hilfestellungen für eine Veränderung. Damit wird sein Verhaltensspielraum prinzipiell erweitert, das heißt, er kann in einer sozialen Situation wählen, welche Handlungen er setzen möchte, und ist nicht mehr durch seine pathologische Angst eingeschränkt.

Am Modell der Selbstregulation von Kanfer (1977b) läßt sich dies folgendermaßen verdeutlichen: Bei einem Klienten ist vor der Intervention der Bereich der $\beta$-Kontrolle so gering, daß dies für ihn zum Problem wird. Selbstmanagement besteht nun nicht darin, daß die $\alpha$- und $\gamma$-Kontrolle ausgeschaltet würden; man kann in der Therapie lediglich eine Erhöhung der Selbstkontrolle erzielen, weil unser Verhalten multipel determiniert ist. Es stellt jedoch bereits einen wichtigen Schritt dar, wenn der Klient von einem Ende eines *Kontinuums* (also minimaler $\beta$- bzw. Selbstkontrolle) in Richtung des anderen Pols gelangen kann. Freiheit oder Selbstkontrolle sind also keine Alles-oder-nichts-Zustände: Therapie sollte vielmehr dazu beitragen, das *relative Ausmaß* von Freiheit und Selbstkontrolle zu erhöhen.

Daß Therapeuten das Problem von Macht, Freiheit und Kontrolle diskutieren, ist in den letzen Jahren erfreulicherweise zur Selbstverständlichkeit geworden. Gerade vom Standpunkt eines methodologischen Behaviorismus (Mahoney, 1974) aus stellt sich ja nicht die Frage, *ob* menschliches Verhalten durch einen Therapeuten kontrolliert wird, sondern in welcher Weise dies geschieht, welche Mittel dazu eingesetzt und welche Ziele verfolgt werden (vgl. auch Bandura, 1969).

Die Tatsache der Kontrolle besteht nicht nur in einer individuellen Beziehung zwischen Therapeut und Klient; durch die Vernetztheit der Probleme der Klienten und die Stellung des Therapeuten besteht eine Interaktion mit gesellschaftlichen Standards und Normvorstellungen. Gerade in einem verhaltenstherapeutischen Vorgehen, das dem Ansatz des Selbstmanagements folgt, sollten solche Normvorstellungen transparent gemacht werden. Dieses Prinzip muß als ganz zentral angesehen werden (vgl. Ullmann & Krasner, 1965; 1969; Krasner & Ullmann, 1965). Von einem behavioristischen Standpunkt aus (vgl. Holland, 1978) muß das problematische Verhaltensmuster, mit dem Klienten zu einem Therapeuten kommen, als multipel determiniert angesehen werden. Daß für die Therapie klarerweise individuelle Änderungsstrategien nur *ein Element* darstellen, wird von Therapeuten selbst häufig verkannt (Holland, 1978, zeigt dies sehr deutlich am Problem des Alkoholismus und der Delinquenz).

Selbstkontrollansätze bieten jedoch die Möglichkeit, die verschiedenen Abhängigkeiten, in denen ein Mensch mit seinen Problemen steht, für diesen auch transparent zu machen. Diese Transparenz sollte sich auch auf die Kontrolle beziehen, die der Therapeut (zumindest zeitweise) auf den Klienten ausübt. Dabei sollte man die Macht des therapeutischen Einflusses in der Selbstkontrolle keineswegs überschätzen: Der Klient steht üblicherweise (zumindest im ambulanten Fall) während einer Woche nur wenige Stunden unter therapeutischem Einfluß; während der vielen anderen Gelegenheiten üben die sogenannten natürlichen Bedingungen ihren Einfluß aus.

Das Problem einer gegenseitigen Kontrolle ist, dessen sollte man sich klar sein, nicht dadurch vom Tisch zu bekommen, daß man seine Existenz nicht anerkennt oder sich nicht damit beschäftigt. Es entspricht jedoch einem höheren Maß an Freiheit und Selbstbestimmung, wenn Personen über die Gesetze unseres Verhaltens informiert werden (im Sinne von Transparenz). In der Selbstkontrolle werden die Techniken zur Erreichung bestimmter Ziele vom Klienten selbst ausgewählt und eingesetzt (vgl. „Therapieziel Selbstbehandlung“, Fiedler, 1981), womit der angesprochene (reziproke) Determinismus zwar nicht aufgehoben ist, womit man aber – relativ gesehen – ein für Therapeuten und Klienten optimales Ausmaß an Freiheit erreichen kann.

#### 4.8.4.2. Vorzüge von Selbstkontrollverfahren

Von mehreren Gesichtspunkten aus ergeben sich eine Reihe von *pragmatischen, theoretischen* und *ethischen* Vorzügen von Verfahren der Selbstkontrolle, in denen die Intervention von seiten des Therapeuten auf das notwendige Minimum beschränkt bleibt. Eine solche Auflistung muß klarerweise unvollständig bleiben, weil sich im Laufe der Entwicklung (vor allem der Psychotherapieforschung) neue Gesichtspunkte herausstellen können, die hier nicht berücksichtigt sind.

1) Ein erster Aspekt wurde bereits im vorigen Abschnitt angesprochen: In der Selbstkontrolle wird die Intervention soweit möglich vom Klienten selbst durchgeführt; damit ist der Klient ständig über seinen Fortschritt in der Intervention informiert. *Transparenz, Mitbestimmung* und *Selbstkontrolle* (hier: als Ziel!) gehen als Voraussetzungen ein, so daß auch das traditionelle Machtgefälle zwischen Therapeut und Klient minimiert werden kann.
2) Durch Selbstkontrollverfahren sind auch Probleme therapeutisch zugänglich, die üblicherweise nicht während der therapeutischen Interaktion auftreten (oder z.B. im Rollenspiel beobachtet werden können). Dazu gehören *Probleme privater* oder *intimer Natur* (z.B. sexuelle Probleme), die der Klient nach der Information und Anlei-

tung durch den Therapeuten *zwischen* den therapeutischen Kontakten selbst behandeln kann (vgl. Goldiamond, 1965).

3) Die in der Selbstkontrolle vorgeschaltete Selbstbeobachtung bildet nicht nur eine Möglichkeit der *Motivation* des Klienten, sondern auch eine *Datengewinnungsmethode* für Bereiche, die sonst nur schwer oder gar nicht zugänglich wären. Dies trifft besonders für Kognitionen (z.B. störende Gedanken, problematische Erwartungen usw.) zu, die prinzipiell nur von der betroffenen Person selbst beobachtet, registriert und mitgeteilt werden können.

4) Strategien der Selbstkontrolle können auch dann von besonderem Vorteil sein, wenn sich bestimmte Umgebungsvariablen als nicht veränderbar herausstellen, die entscheidende Determinanten eines Problems bilden (Beispiel: problematischer Alkoholkonsum – hier kann eine noch so differenziert geplante Intervention keinesfalls all diejenigen Faktoren verändern, die für den Konsum des Alkohols verantwortlich sind). In solchen und in vergleichbaren Fällen stellen Methoden der Selbstkontrolle zumindest Auswege dar, die dem Klienten ein gewisses Maß an *subjektiver Kontrolle* in einer problematischen Situation vermitteln.

5) Die Selbstanwendung der Techniken operanter Kontrolle erlaubt eine sofortige *Anwendung in natürlichen Situationen* durch den Klienten selbst; Selbstverstärkung macht die Person unabhängiger von der Kontrolle durch die natürliche Umgebung. Außerdem können die Verstärker auf das jeweilige Problem und die jeweilige Situation abgestimmt werden (z.B. Individualisierung); der sofortige Einsatz nach einer erwünschten Zielreaktion bildet einen weiteren Vorzug.

6) Zur *Aufrechterhaltung* eines *therapeutischen Erfolges* sind Strategien der Selbstkontrolle oder des Selbstmanagements praktisch die Methode der Wahl: Im Laufe eines therapeutischen Prozesses werden Fortschritte noch eher extern (durch einen Therapeuten) kontrolliert. Die Stabilisierung einer Veränderung in der natürlichen Umgebung erfordert jedoch Faktoren, die diese Veränderung aufrechterhalten; im Sinne der Stimuluskontrolle kann der Klient die Umgebung selbst verändern, und er kann im Sinne der Kontingenzkontrolle auch die aufrechterhaltenden Faktoren für das neue Zielverhalten bereitstellen (vgl. Goldstein & Kanfer, 1979; Karoly & Kanfer, 1982).

7) Wenn der Klient anhand eines bestimmten Problems gelernt hat, damit selbst umzugehen, so stellt dies eine Voraussetzung für die Bewältigung (vgl. Lazarus & Folkman, 1984) neu auftauchender Probleme dar. In der Therapie sollte der Klient somit eine *Strategie* zum Umgang mit seinen Problemen vermittelt bekommen. Das Erlernen von Bewältigungsstrategien, die bei unterschiedlichen Problemkonstellationen eingesetzt werden können, bildet einen wichtigen Baustein für eine effiziente Prävention (vgl. Kap. 7).

Die angeführten Argumente stellen wichtige Gesichtspunkte bei der Auswahl eines therapeutischen Verfahrens bei einem bestimmten Problem dar (vgl. dazu Probleme der differentiellen Indikation). Gerade Überlegungen aus dem Bereich der differentiellen Indikation (vgl. Baumann, 1981) sowie eine Neuformulierung der prinzipiellen Fragestellung (vgl. Westmeyer, 1979; 1981b) lassen jedoch viele Fragen offen. Für die pragmatische Auswahl eines Therapieverfahrens lassen sich eben lediglich „relativ rationale Argumente" (Westmeyer, 1981b) und keine Letztbegründungen angeben.

Dies gilt in besonderem Maße für die Selbstkontrolle sowie für die Strategie des Selbstmanagements (für die Steuerung bzw. Veränderung eigenen Verhaltens unter Einsatz verschiedener verhaltenstherapeutischer Strategien): Eine ganze Reihe von Fragen muß noch als offen oder zumindest noch weiterer Forschung bedürftig angesehen werden. Dazu gehören insbesondere Probleme zum *theoretischen Status* von Selbstkontrollverfahren: Mit den Begriffen „Selbst", „Kognition", „Handlung" usw. sind eine Reihe von Schwierigkeiten verknüpft, die dringend einer (zumindest vorläufigen) Klärung bedürfen. Die prinzipielle Attraktivität von Selbstkontrollverfahren darf auch nicht darüber hinwegtäuschen, daß eine Reihe *empirischer Fragen* keineswegs gelöst sind: Für die Effektivitätsprüfung bilden allerdings die ungelösten theoretischen Probleme fast unüberwindbare methodologische Schwierigkeiten. Nimmt man den Anspruch der Wissenschaftlichkeit, unter dem die Verhaltenstherapie angetreten ist (vgl. dazu Begriffsbestimmungen in Kap. 3), weiterhin auch für die Selbstkontrollforschung ernst, so bleibt wohl nichts übrig, als diese schwierigen theoretischen, methodologischen und empirischen Probleme beharrlich in Angriff zu nehmen.

# Kapitel 5

# Theorien zur Erklärung gestörten Verhaltens[1]

*Hardo Sorgatz*

In der vergleichsweise kurzen Geschichte verhaltenstherapeutischen Handelns ist eine Fülle von theoretischen Konzeptionen entstanden, mit denen die Entstehung und Aufrechterhaltung gestörten Verhaltens und der damit verbundenen subjektiven Erlebensprozesse zu beschreiben sind. Während Modelle zur Darstellung der Entstehungsbedingungen gestörten Verhaltens vor allem für die primäre und sekundäre Prävention (z.B. Psychohygiene bzw. Krisenintervention) von Bedeutung sind, richtet sich das Interesse der im Tertiärbereich (Therapie) verhaltenstheoretisch arbeitenden Therapeuten auf Konzeptionen der Aufrechterhaltung von Verhaltensstörungen. Lediglich diese sind nach verhaltenstherapeutischer Auffassung zur Entwicklung von Gegenmaßnahmen geeignet, weil therapeutische Hilfe zumeist erst bei chronifizierten Verhaltensstörungen in Anspruch genommen wird. Das Erreichen einer gewissen Einsicht in die Entstehungsbedingungen der Störung kann zwar für den Therapieverlauf von entscheidender Bedeutung sein, reicht aber im allgemeinen nicht zur vollständigen Änderung des gestörten Verhaltens aus.

Die hier vorgenommene Trennung zwischen Entstehung und Überdauern von gestörtem Verhalten wird nicht allen Konzeptionen psychischer Störungen gerecht. Es sind katastrophale Situationen denkbar, in denen das Verhaltensrepertoire der meisten Menschen nicht ausreicht, dauerhafte Folgeschäden zu verhindern (z.B. nach längeren Aufenthalten in Internierungslagern). Ebenso kann die Individualentwicklung so eingeschränkt verlaufen sein, daß schon bei geringfügigen Situationsvariationen die Verhaltenskompetenz des Individuums überfordert ist. Die für die Verhaltenstherapie formulierten ätiologischen Modelle sind Beschreibungsmuster für gestörtes Verhalten, das von statistisch normal sozialisierten Personen in gesellschaftlich üblichen Situationen entwickelt worden ist. Die Häufigkeit und das Ausmaß der subjektiven Beeinträchtigung durch diese „gewöhnliche" Form gestörten Verhaltens sind gleichfalls Beleg für die Notwendigkeit von theoretischen Erklärungsansätzen und therapeutischem Handeln.

Die Geschichte der wissenschaftlichen Verhaltenstherapie ist noch zu kurz, um abschließende Stellungnahmen darüber zu ermöglichen, welche der verschiedenen theoretischen Konzeptionen sich durchgesetzt hat. Es soll daher eine Auswahl an Theorien vorgestellt werden, die sich nicht an den Wahrheitswahrscheinlichkeiten der einzelnen Konzeptionen orientieren, sondern die geschichtliche und aktuelle Bedeutung der theoretischen Gebilde als Auswahlkriterium haben. Zur besseren Übersicht werden die Theorien in störungsunspezifische, das heißt mit großem Allgemeinheitsanspruch, und störungsspezifische Erklärungsansätze eingeteilt. Darüber hinaus werden Konzeptionen,

1) Bei diesem Kapitel handelt es sich um eine Überarbeitung von Teil V aus der 10. Auflage des *Forum für Verhaltenstherapie und psychosoziale Praxis,* Band 1.

die vorwiegend verhaltensorientiert sind, getrennt von solchen behandelt, die vom subjektiven Erleben, kognitiv und/oder emotional, des Klienten ausgehen.

### 5.1.1. Die Auffassung der Entstehung und Aufrechterhaltung psychischer Störungen bei Skinner

Skinners Auffassung über die Entstehung psychischer Störungen an den Anfang dieser Abhandlung zu stellen, ist durch den hohen Allgemeinheitsgrad seiner Überlegungen zu rechtfertigen. Nach seinem 1981 erschienenen Artikel „Selection by Consequences" (Skinner, 1984) sichern sich Lebewesen und damit auch Menschen ihre Überlebens- bzw. Reproduktionschancen in einer sich dauernd verändernden Umwelt durch eine verhältnismäßig langsam verlaufende Änderung ihrer biologischen Ausstattung und einem höchst effektiven schnellen Adaptionsprozeß, der vorwiegend auf das operante Konditionieren zurückzuführen ist. Dieses ist sowohl auf der individuellen Stufe als auch im sozialen Kontext eine Leistung des Organismus, die entscheidenden Einfluß auf die Selektion der vorhandenen Spezies und Kulturen ausgeübt hat und weiterhin wirksam ist. Störungen in diesem Gefüge aus Reiz, Reaktion und Konsequenz sind prinzipiell dann denkbar, wenn die Aufnahmeempfindlichkeit für aktuell wichtige Verstärker zu gering ist oder aber die gelernten Verhaltensweisen nicht adaptiv sind. Letzteres läßt sich erst retrospektiv entscheiden, da die Auswahl einzelner Operanten aus dem Verhaltensrepertoire mehr oder weniger zufällig erfolgen kann. Die Entscheidung über die adaptiven Qualitäten getätigter und vernachlässigter Lernerfahrungen läßt sich einmal aufgrund gelernter bzw. normativer kultureller Werte und zum anderen unter Zuhilfenahme vorwiegend angeborener Gefühlszustände treffen.

Eine psychische Störung ist bei Skinner und den Verhaltensanalytikern nicht innerhalb der eigenen theoretischen Konzeption zu definieren. Dies geschieht unter Zuhilfenahme der Äußerungen des Menschen über seine privaten Erlebnisse, die sich der objektiven Beobachtung und damit der verhaltensanalytischen Methode entziehen, und durch Anwendung von kulturellen Wertvorstellungen, die ebenfalls in ihrem qualitativen Aspekt einer verhaltensanalytischen Betrachtung nicht zugänglich sind (Scheerer, 1983).

Folglich lehnen Skinner (1953) und die Richtung der sogenannten Skinnerianer (etwa Lindsley, Skinner & Solomon, 1953; Ullmann & Krasner, 1965; Ferster, 1961; 1965; 1973; 1974 oder Fordyce, 1980) zum Beispiel eine psychoanalytische Erklärung psychischer Störungen ab, weil dafür spezielle pathogene psychische Mechanismen wie Fixierung, Regression usw. postuliert werden müssen. Entsprechendes gilt für alle Definitionen psychischer Störungen, die sich eigens dafür geschaffener theoretischer Konstrukte bedienen. Symptome und Neurosen sind daher – wie bei Eysenck und Wolpe – keine kausalanalytisch unterscheidbaren Kategorien, sondern traditionsbehaftete Begriffe, die zur Kennzeichnung von normalem dysfunktionalem Verhalten verwendet werden (vgl. Blöschl, 1978; Schulte, 1978).

Im Unterschied zu Eysenck und Wolpe ist jedoch das klinische Vorgehen der Skinnerianer dadurch gekennzeichnet, daß konsequenterweise
- nicht nur neurotisches Verhalten untersucht wird, sondern zum Beispiel auch das von Psychotikern und chronischen Schmerzpatienten;
- nicht die Lerntheorie von Hull (und Pawlow), sondern Skinners Forschungsansatz des operanten Konditionierens die Grundlage bildet.

Dem klassischen Konditionieren (nach Pawlow) schreibt Skinner (1984) eine geringere Bedeutung bei der Anpassung an Veränderungen der Umwelt zu als dem operanten Lernen, weil im ersteren lediglich naturgebundene Reaktionen einem größeren Kreis von Auslösebedingungen zugänglich gemacht werden. Durch den Vorgang des operanten Konditionierens können dagegen grundsätzlich *neue* Verhaltensweisen erlernt und damit verstärkt ausgeübt werden. Dadurch kann den Anpassungsanforderungen besser entsprochen werden als mit den relativ unveränderbaren biologisch bedingten Reflexen. Dementsprechend bewegen sich seine Vorstellungen über die Entstehung und Aufrechterhaltung von Verhaltensstörungen auch primär im operanten Modell, zu dem die Verhaltensanalytiker ein umfangreiches Methodenarsenal entwickelt haben (vgl. zum Vergleich zwischen den beiden Konditionierungstypen: Scheerer, 1983; Tarpy, 1979).

In der therapeutischen Arbeit ist das Vorgehen der Skinnerianer durch folgende Merkmale zu beschreiben (Schulte, 1978, S. 989f.):
- Beschränkung der Analyse auf unmittelbar beobachtbare und prinzipiell veränderbare Sachverhalte;
- formale Kennzeichnung des Verhaltens durch die Basisvariable „Reaktionshäufigkeit";
- formale Kennzeichnung der Umwelt durch ihre verhaltenssteuernde Funktion;
- Verwendung der funktionalen Verhaltensanalyse als Methode zur Analyse von Einzelfällen.

Als Bedingungen für das Auftreten von dysfunktionalem Verhalten gelten insbesondere zu strenge oder inkonsistente Bestrafung, emotionale Reaktionen wie Wut, Angst oder Depression und unangemessene Flucht- und Vermeidungsreaktionen. Zurückgezogenheit, Scheu und Gehemmtheit usw. können aus übergroßer Vorsicht als Mechanismus zur Vermeidung von Strafe entwickelt worden sein und in extremen Fällen zu hysterischen Sinnes- und Bewegungsstörungen führen. Eine „psychische Abhängigkeit" von Drogen kann aus einer Vermeidungsreaktion resultieren, mit der unangenehmen Selbststimulationen, zum Beispiel durch Schuldgefühle, begegnet werden soll (Blöschl, 1978).

Daneben kennen die Skinnerianer weitere Sachverhalte, die psychische Störungen verursachen können. So werden vorhandene Verhaltensdefizite darauf zurückgeführt, daß in (früheren) Sozialisationsprozessen Art und Ausmaß der Kontrolle durch wichtige Bezugspersonen wie Eltern, Spiel- und Schulkameraden, Lehrer usw. inadäquat waren. Zum Beispiel kann die nachdrückliche Belohnung unangemessener Reaktionen für deren weiteres Auftreten verantwortlich sein bzw. fehlendes Verhalten ist auf zu häufige Nichtverstärkung rückführbar.

Neben der Analyse und Behandlung speziellen dysfunktionalen Verhaltens (Zwänge, Phobien, autistische Symptome) ist die Reduktion von chronifiziertem „Krankenverhalten" von Bedeutung, das sich erst im Anschluß an eine isolierte Dysfunktionalität auf organischer oder Verhaltensebene durch Inanspruchnahme der Behandlungsinstitutionen entwickelt. Vor allem Fordyce (1980) hat die Bedeutung der „sozialen Bekräftiger aus dem Gesundheitssystem" für die Aufrechterhaltung von Verhaltensstörungen und damit für therapeutische Mißerfolge aufgezeigt, welche durch isoliertes Behandeln der „gestörten Person" entstehen können. Davor hat Skinner zuletzt 1984 in folgendem Selbstzitat eindeutig gewarnt: „So long as we sling to the view that a person is an initiating doer, actor, or causer of behavior, we shall probably continue to neglect the conditions which must be changed if we are to solve our problems" (1984, S. 481).

### 5.1.2. Bindras perceptuell-motivationale Alternative zum Response-Reinforcement-Konzept

Weniger als Kritik denn als Erweiterung der Skinnerschen Konzeption von adaptivem Verhalten sind Bindras (1978) Überlegungen zu verstehen, die sich um den (Kunst-)Begriff *PEXGO* zentrieren. Unter PEXGO versteht Bindra das durch einfache Wahrnehmungs- und komplexere kognitive Vorgänge erzeugte zentralnervöse Abbild von Umweltreizen.

Die Schwäche des operanten Ansatzes, der Vielseitigkeit beobachtbaren Verhaltens durch die mechanistischen Funktionszusammenhänge „Stimulus – Reaktion" und „Reaktion – Verstärkung" nur unzureichend zu entsprechen, wird durch die Betonung der Bedeutung des *auslösenden Stimulus* als einem Lust bzw. Unlust hervorrufenden Reizes (hedonistischer Stimulus) gemildert.

Hedonistische, das heißt lust- bzw. unlustbetonte Reize können im Unterschied zu neutralen Reizen motorische Annäherungs- oder auch Vermeidungsreaktionen auslösen und werden affektiv bewertet. Es handelt sich dabei um Stimuli, die für das Überleben der Art bedeutsam sind, zum Beispiel Nahrungsmittel, Geschlechtspartner, Kinder, Feuer und Wasser. Ihr Erscheinen führt aber nicht automatisch zu bestimmten Reaktionen (wie beim Reflexbegriff nach Pawlow), und die Auftretenswahrscheinlichkeit bestimmter Reaktionen nimmt auch nicht in mechanistischer Weise zu, wenn nach der Reaktion ein spezifisches Bedürfnis befriedigt werden kann, wie es das Verstärkungskonzept des operanten Lernens erfordert.

Ein hedonistischer Reiz und eventuell zur selben Zeit erscheinende neutrale Reize dienen dem wahrnehmenden Organismus zur Aktivierung räumlich und zeitlich verteilter intrazerebraler gnostischer Elemente (Zellen bzw. Zellverbände), in denen die Erfahrungen, die der Organismus mit ähnlichen Situationen gemacht hat, abgespeichert sind und die darüber hinaus den aktuellen motivationalen, affektiven und Bedürfniszustand angeben. Aufgrund dieser als *PEXGO* bezeichneten neuronalen Aktivitätsstruktur werden viszerale, transaktionale (konsumatorische oder Vermeidungsreaktionen) und instrumentelle motorische Programme zusammengestellt und dann aktiviert. Die Reaktion, auch das Hebeldrücken in der Skinner-Box, wird also stets aufgrund des aktuellen *PEXGOs* aus vielen muskulären Teilaktivitäten neu zusammengestellt. Da auch bei physikalisch gleicher Reizsituation kein *PEXGO* mit dem vorangegangenen identisch ist, resultiert eine größere Vielfältigkeit und damit auch stärkere adaptive Flexibilität der Reaktionen.

Die klinische Bedeutung von Bindras perceptuell-motivationaler Alternative zum Response-Reinforcement-Konzept ist vor allem in der größeren Übereinstimmung mit der therapeutischen Praxis zu sehen, ohne daß wesentliche Prinzipien der Theorien des operanten und klassischen Konditionierens aufgegeben werden müssen. Gestörtes bzw. dysfunktionales Verhalten stellt nach diesem Modell zwar wie bei Skinner keinen Sonderfall dar, ist aber grundsätzlich nicht allein auf eine bestimmte Verstärkungsfolge rückführbar und muß, ähnlich wie bei der Gestalttherapie, stets im „Hier und Jetzt" betrachtet werden. Weiter wird durch den Begriff der hedonistischen Reize dem Konzept der

„Preparedness" (Seligman, 1971) entsprochen, wodurch die Spezifität von Phobien beschreibbar ist.

Die integrative Stärke dieses Modells, das auch die Wirkung kognitiv-behavioristischer Verfahren darstellbar macht, ist gleichzeitig seine Schwäche: Es lassen sich zu viele alternative Hypothesen ableiten, deren Überprüfung aufwendigere verhaltensanalytische Prozeduren erforderlich macht als es nach dem Skinnerschen S-O-R-C-K-Schema (Schulte, 1976) notwendig gewesen ist. Vor allem prozeß- bzw. zeitreihenanalytische Verfahren müssen herangezogen werden, um vorschnelle Generalisierungen von einmal beobachtetem oder auch nur beschriebenem dysfunktionalem Verhalten zu vermeiden.

### 5.1.3. Die Entstehung dysfunktionalen Verhaltens nach der sozial-kognitiven Lerntheorie von Bandura

Nachdem Miller & Dollard (1941) versuchten, den Erwerb sozialer Verhaltensweisen durch Imitationslernen zu erklären, zeigten Bandura und seine Mitarbeiter durch Experimente auf, daß viele Lernphänomene aufgrund stellvertretender Erfahrung zustandekommen können (Bandura, 1969; Bandura & Walters, 1963). Ebenso wie Skinner formuliert Bandura (1979) keine spezifische Theorie zum Erwerb psychischer Störungen, sondern begnügt sich unter Hervorhebung der adaptiven Funktion von Lernen mit Erläuterungen, warum Verhalten dysfunktional sein kann – und welche emotionalen Konsequenzen daraus ableitbar sind. Anders als beim operanten Lernmodell wird in der sozial-kognitiven Lerntheorie nicht allein von der Skinnerschen 3-Term-Kontingenz (diskriminierender Reiz – Reaktion – Konsequenz) ausgegangen, „denn Lernen wäre ein außerordentlich mühsames Geschäft – vom Risiko ganz zu schweigen –, wenn die Menschen als einzige Richtlinie für künftiges Tun nur die Auswirkungen ihres eigenen Handelns hätten. Zum Glück werden die meisten menschlichen Verhaltensweisen durch die Beobachtung von Modellen erlernt" (Bandura, 1979, S. 31).

Die von Bandura (1977, dt. 1979) zur Beschreibung der Beobachtungslernprozesse entwickelte sozial-kognitive Lerntheorie
- „geht aus von der Einsicht, daß das Denken, die Affekte und das Verhalten des Menschen durch Beobachtung anderer ebenso entscheidend beeinflußt werden können wie durch unmittelbare Erfahrung" und
- „versucht, menschliches Verhalten unter der Annahme einer ständigen Wechselwirkung zwischen kognitiven Determinanten, Verhaltensdeterminanten und Umweltdeterminanten zu erklären" und
- „betont die Rolle, die die stellvertretenden, symbolischen und selbstregulierenden Prozesse für die psychologischen Funktionen spielen" (Bandura, 1979, S. 9f.).

Stellvertretendes Lernen folgt nach Bandura denselben Prinzipien wie instrumentelles oder klassisches Konditionieren, jedoch müssen zusätzliche psychologische Konstrukte postuliert werden, die zu Lasten der Eindeutigkeit der Theorie gehen.

Psychische Störungen können nach dieser Theorie wie auch bei Skinner lediglich durch das Erlernen dysfunktionaler Verhaltensweisen beschrieben werden. Nicht die Lernprozesse sind gestört, sondern die Lerninhalte. Eine psychische Störung kann erworben werden, indem Verhaltensweisen eines Modells kopiert werden, die sich für den eigenen Verhaltensbereich als ungünstig erweisen.

May (1950) und Sarason (1963) erwähnen Korrelationen von .65 bis .75 zwischen Ängsten von Kindern und deren Geschwistern. Windheuser (1976) stellte fest, daß Mütter phobischer Kinder Mütter von nichtängstlichen Kindern in ihrer allgemeinen Ängstlichkeit und der Zahl der spezifischen Angstreize übertreffen und daß Angstmütter in den phobischen Objekten mit ihren Kindern hochsignifikant übereinstimmen. Diese Arbeiten belegen die Hypothese, daß phobisches Verhalten durch Modellernen erworben werden kann. Dysfunktional wird das phobische Vermeidungsverhalten zum Beispiel, wenn die Gefährlichkeit der Objekte (z.B. Hunde) so reduziert ist, daß die Kosten des Vermeidungsverhaltens (Umwege) den Sicherheitsgewinn nicht mehr aufwiegen. Hat eine Mutter durch Bekanntschaft mit einem bissigen Hund ein durchaus adaptives distanziertes Umgehen mit Hunden gelernt, so bedeutet das nicht, daß dieses Verhalten auch für das Kind eine positive, das heißt adaptive Funktion hat.

Reizkonfigurationen, die beim Menschen bestimmte Erwartungen auslösen (antezedente Determinanten), haben eine wichtige Rolle in der sozial-kognitiven Lerntheorie: „Wenn die Menschen die Anforderungen bewältigen wollen, die das Leben an sie stellt, müssen sie die wahrscheinlichen Konsequenzen verschiedener Ereignisse und Handlungsverläufe antizipieren und ihr Verhalten entsprechend regulieren. Ohne die Fähigkeit zur Antizipation würden die Menschen gewissermaßen blind handeln" (Bandura, 1979, S. 65). Diese Fähigkeit ist Grundlage des Erwartungslernens, das sich wie das Beobachtungslernen zur Erklärung der Bedingungen gestörten Verhaltens eignet.

So können zufällige Ereignisse, die gemeinsam mit unangenehmen oder angstvollen Erlebnissen aufgetreten sind, die weiteren Lernerfahrungen als antezedente Determinanten in störungsbedingender Weise steuern. Dabei brauchen die aversiven Ereignisse gar nicht selbst erlebt zu werden, sondern können auf symbolischem Wege (z.B. durch Zeitungsberichte) ihre antizipatorische Bedeutung erlangt haben. Die in bestimmten Gegenden gehäuft auftretenden Schlangenphobien werden danach weniger auf die Häufigkeit von Schlangenbissen zurückgeführt, sondern auf die „schlechte Presse", die dieser Tierart seit biblischen Zeiten zuteil wird. Im Unterschied zu den Paradigmen des klassischen und operanten Konditionierens, mit denen ein Großteil der von Bandura aufgeführten Befunde ebenfalls zu erklären wären, betont die sozial-kognitive Lerntheorie die selektive Funktion der antezedenten Determinanten für bestimmte Verhaltensweisen und Konsequenzen. Die Bekräftigungswahrscheinlichkeit bestimmter individueller Verhaltensketten ist nach dieser Theorie nicht mehr allein von der Auftretenshäufigkeit angenehmer bzw. furchterregender Konsequenzen abhängig, sondern wird durch Vorerlebnisse in entscheidender Weise beeinflußt.

Ist zum Beispiel einem Kind häufig erzählt worden, mit welchen gefährlichen gesundheitlichen Folgen das Verzehren ungewaschenen Obstes verbunden ist, wird es verstärkt bereit sein, seine Körperreaktionen nach Verzehr ungewaschenen Obstes genauestens zu beobachten. Werden dabei körperliche Mißempfindungen wahrgenommen, gelten diese als direkte Folge der vernachlässigten Waschprozedur – und Wohlbefinden nach Verzehr gründlich gewaschenen Obstes verstärkt die Verhaltenskette „erst waschen, dann essen". Für ein anderes Kind, das entsprechende Vorinformationen nicht erhalten hat, ist die Verstärkungswirkung der meist minimalen Verdauungsstörungen dagegen unbedeutend, da es auf den Ursache-Wirkungs-Zusammenhang nicht hingewiesen worden ist. Dieses läuft daher weniger Gefahr, zwanghaftes Waschverhalten auszubilden, kann sich allerdings auch leichter Darminfektionen zuziehen. Bekräftiger werden nach

Banduras Theorie vorwiegend entsprechend der persönlichen Vorerfahrungen ausgewählt bzw. wahrgenommen und nicht allein aufgrund ihrer Auftretenswahrscheinlichkeit.

Diese selektive Funktion ist besonders bei auf symbolischem Wege erworbenen Erwartungshaltungen Ausdruck von und veränderbar durch vielfältige kognitive Prozesse, die jeder für sich dysfunktionales Verhalten zur Folge haben kann. Gedankliche Konzentration auf schädigende Mikroben kann so zu zwanghaftem Reinigungsverhalten führen, auch wenn die Gefahr einer Ansteckung absolut gesehen gering ist. Und, um ein weiteres Beispiel zu nennen, eine überdauernd pessimistische Zukunftsperspektive kann zu einer überzufällig häufigen Wahrnehmung von Mißerfolgserlebnissen führen, wodurch die Wahrnehmungsmöglichkeit positiver Erlebnisse drastisch eingeschränkt wird.

Zu den nachfolgenden Determinanten des sozial-kognitiven Lernprozesses gehört nach der Entwicklung von Selbstbekräftigungssystemen die Anwendung von selbstregulatorischen Verhaltensweisen. Diese zum Teil durch Beobachtungslernen erworbenen Bewertungsmuster des eigenen Verhaltens können zu unrealistischen, das heißt dysfunktionalen Einschätzungen führen. So können unnachsichtige Selbstbewertungsstandards zu depressiven Reaktionen führen oder sozial unangepaßte Selbstbekräftigungssysteme dauerhafte Konflikte innerhalb der nächsten Umgebung verursachen.

Anders als Skinner und auch Pawlow, die mit relativ wenigen Konstrukten praktisch alle menschlichen Lernvorgänge erklären wollen, versucht Bandura, die Komplexität menschlichen Lernens durch eine Vielzahl von Einzelkonzepten zu beschreiben. Er kritisiert die verbreitete Annahme, daß Lernvorgänge automatisch und mechanisch ablaufen, und betont einen starken Einfluß von Denk- und Entscheidungsprozessen (1974). Er zählt damit zu den Theoretikern, die kognitive Vermittlungsprozesse zur Erklärung von Verhalten heranziehen. Hilfestellung leistet er auch den Forschern, die die Einflüsse von Selbstverbalisationen untersuchen, wenn er betont, daß „die Information, die ein Beobachter aus dem Modellverhalten gewinnt, in verdeckte, innere Vorstellungen auf Wahrnehmungs- und Denkebene sowie in verdeckte aktionsvermittelnde Reaktionen des Probeagierens umgesetzt wird. Der Beobachter behält sie im Gedächtnis und verwendet sie später als symbolische Hinweisreize für offenes Verhalten" (1969, zit. nach Meichenbaum, 1977, S. 430).

### 5.1.4. Sozialpsychologische Theorien zur Entstehung dysfunktionalen Verhaltens: die Dissonanztheorie

Trotz der unbestrittenen Bedeutung sozialer Beziehungen für die Entstehung dysfunktionalen Verhaltens versagen die bekannten klinisch-psychologischen Theorien bei der begrifflichen Analyse von interpersonellen Problemsituationen. Mit Begriffen wie „Modell", „sozialer Reiz", „sozialer Verstärker" oder „Konflikt" lassen sich nur wenige der vielfältigen interpersonellen Prozesse adäquat beschreiben. Soziale Situationen sind häufig durch zumindest zwei kurzfristig gleich attraktiv erscheinende Verhaltensalternativen gekennzeichnet. So steht den zu erwartenden sozialen Verstärkern meistens eine Einschränkung der individuellen Verhaltensfreiheit gegenüber, da man sich zuerst auf seinen Gesprächspartner einstellen muß, bevor diese Begegnung für beide Personen einen erfreulichen Verlauf nimmt. Wird die – langfristig gesehen – falsche Alternative gewählt (z.B., daß Selbstisolation ein Höchstmaß an individueller Freiheit garantiert), kann sich dysfunktionales Verhalten als Konsequenz dieser einmaligen Entscheidung ausbilden. Die therapeutische Aufgabe besteht dann nicht lediglich im Löschen des unangemessenen Verhaltens (im oben genannten Beispiel können bizarre motorische Stereotypien auftreten, wie sie sich häufig bei langjährig in Einzelhaft gehaltenen Personen oder auch bei autistischen Kindern einstellen), sondern möglichst auch in der Revision der ursprünglichen Entscheidung.

Als Paradigma einer solchen „pathogenen" Entscheidungssituation kann die Alternative zwischen *gesund* und *krank* gelten. Sobald jemand als psychisch krank bezeichnet wird bzw. sich so einschätzt, treten Automatismen unseres Versorgungssystems in Aktion, denen sich der „Patient" dann nicht mehr ohne weiteres entziehen kann, und die in vielen Fällen zur Chronifizierung der Störung führen (Fordyce, 1980). Bei langjährigen Schmerzpatienten wurde beobachtet, daß diese nach der ursprünglich im akuten Schmerzstadium getroffenen Entscheidung, sich als Kranke dem Gesundheitsversorgungssystem anzuvertrauen, von den Agenten dieses Systems gründlich für Inaktivität (Auszeit) verstärkt werden. Nach Ausheilung der organischen Schmerzursache hat sich dann dieses bewegungsvermeidende Verhalten soweit stabilisiert, daß die Entscheidung, sich wieder als gesund zu bezeichnen, stark erschwert ist. Das Vermeidungsverhalten wird dann wiederum mit noch nicht gänzlich abgeklungenen Schmerzen begründet – und die positiven Konsequenzen des Krankenstatus können weiterhin in Anspruch genommen werden. Die gedankliche Beschäftigung mit den Schmerzempfindungen führt wahrscheinlich zu einer gesteigerten Schmerzempfindung, wodurch die Abkehr von der Krankenrolle zunehmend erschwert wird.

Aus sozialpsychologischen Untersuchungen sind theoretische Konzepte abgeleitet worden, die derartiges Entscheidungsverhalten präziser beschreiben als die tradierten lerntheoretischen Modelle und daher auch zur Erklärung des Entstehens und der Aufrechterhaltung dysfunktionalen Verhaltens geeignet sind. Drei umfangreiche Gruppierungen theoretischer Konzeptionen sind vor allem von Brehm (1980) für klinisch-psychologische Fragestellungen analysiert worden: die Dissonanz-, die Attributions- und die Reaktanztheorien. Während die Reaktanz- und Attributionstheorien besonders im therapeutischen Bereich als fruchtbare alternative Erklärungskonzepte gelten können (z.B. für das Verfahren der *paradoxen Intention* bzw. für die *kognitive Desensibilisierung*), eignen sich die Dissonanztheorien vor allem zur Erklärung der Entstehungsbedingungen dysfunktionalen Verhaltens. Die therapeutischen Konsequenzen dieser Theorie unterscheiden sich dagegen nur unwesentlich vom Konzept des operanten Lernens. Es wird daher im folgenden nur auf dissonanztheoretische Überlegungen eingegangen und bezüglich der anderen Theorien auf Brehm (1980) verwiesen.

Festinger (1957) mißt wie alle Dissonanztheoretiker dem Prozeß der „Entscheidung" eine große Bedeutung zu. Dieser Entscheidungsprozeß, der schon früh bei der Informationssammlung über mögliche Handlungsalternativen bei unvereinbaren Kognitionen einsetzt, ruft einen aversiven motivationalen Zustand hervor, der als Angst interpretierbar ist. Festinger bezeichnet diesen Zustand unvereinbarer Kognitionen als „kognitive Dissonanz". Solche Kognitionen können Erkenntnisse und Meinungen über die Umwelt, die eigene Persönlichkeit und eigenes Verhalten sein und unterliegen durch Erfahrung einer ständigen Veränderung. Festinger sieht Dissonanz als motivierenden Faktor an, der das Individuum dazu veranlaßt, wieder einen konsistenten Zustand herzustellen. Das heißt zum Beispiel in bezug auf Phobien, daß der Phobiker versuchen wird, entweder dissonanzerzeugende Ereignisse (= phobische Situationen) zu meiden oder vorhandene Dissonanz zu reduzieren, indem er zum Beispiel Zeitungsausschnitte sammelt, aus denen die Gefährlichkeit des gefürchteten Objekts hervorgeht. Dadurch wird ein Überdenken der einmal getroffenen Entscheidung, das betreffende Objekt zu fürchten, unnötig. Das Bestreben nach Dissonanzreduktion kann aber auch zum Beginnen einer Behandlung führen, wenn zum Beispiel die negativen sozialen Konsequenzen des phobischen Vermeidungsverhaltens zunehmend deutlich bewußt werden oder aber die subjektive Erfolgswahrscheinlichkeit bestimmter Therapiemaßnahmen durch Berichte ansteigt.

Singer (1968, nach Birbaumer, 1977c, S. 178f.) beschreibt mehrere Faktoren, die das Ausmaß der erlebten Aversivität bzw. kognitiven Dissonanz bestimmen:
- Je größer die *Zahl* der Dissonanz erzeugenden kognitiven Elemente ist, desto stärker ist die erlebte Spannung, desto wichtiger die Konsistenzerzeugung.
- Je größer die *Ausweitung* der Dissonanz auf andere Erlebnisbereiche ist, desto gesteigerter ist das aversive Erleben.
- Je stärker die *Inkompatibilität* der kognitiven Elemente ist, desto eher entsteht Aversion. Das heißt, je weniger kognitive Elemente die jeweiligen Alternativen gemeinsam haben, desto schwieriger ist der Entscheidungsprozeß.
- Je *wichtiger* die Entscheidung, das heißt, je größer die Ich-Beteiligung ist, desto größer ist die Dissonanz.

Befindet sich ein Individuum in einer Dissonanz erzeugenden Situation, so kann es mit drei verschiedenen Strategien die Dissonanz reduzieren: durch Änderung der verhaltens-, der umwelt- oder der kognitionsbezogenen Elemente.

Festinger gibt der kognitiven Konsistenzerzeugung den größten Stellenwert, da zum Beispiel Leugnung („denial“) dissonanter Elemente einfacher ist als willentliche Verhaltensänderung oder Änderung von Umweltvariablen. Gewählt werden seiner Meinung nach vom Individuum rasch Konsistenz erzeugende Strategien, wobei deren Wahl von Persönlichkeits- und/oder Situationsvariablen mitbeeinflußt wird. Die unangenehmen affektiven Eigenschaften des Dissonanzerlebnisses können das Individuum zur Verhaltensänderung motivieren.

Nachdem Festinger sein Konzept vorlegte, gab es umfangreiche Untersuchungen zur empirischen Absicherung, die aber immer wieder mit dem Problem konfrontiert wurden, „Dissonanz“ zu operationalisieren und quantitativ zu erfassen (vgl. Festinger, 1964; Bramel, 1962; Irle, 1975). Revisionen der Theorie stammen von Brehm & Cohen (1962) und Wicklund & Brehm (1976).

Die Dissonanztheorie unterscheidet sich besonders in einem wichtigen Aspekt von operanten Lerntheorien. Während nach dem Response-Reinforcement-Modell von Skinner Verhalten durch externe positive oder negative Konsequenzen, den Verstärkern, kontrolliert wird, verändert nach dissonanztheoretischer Konzeption das Verhalten die Einstellung zu den nachfolgenden Konsequenzen und damit letztlich auch deren Wirkung (Brehm, 1980). Dysfunktionales Verhalten entsteht, wenn nach einer Entscheidung eine Attitüdenänderung so gravierenden Einfluß gewinnt, daß allgemein als positiv erachtete Konsequenzen nunmehr aversive Qualitäten erhalten.

Weiter macht weder die Dissonanztheorie noch die Theorie des operanten Lernens Aussagen, wie ein bestimmtes Verhalten innerhalb einer therapeutischen Situation hervorgerufen werden kann. Wird das Verhalten einmal gezeigt, ist dieser Operant nach Skinnerschem Ansatz gebührlich zu bekräftigen, während Dissonanztheoretiker hier Sparsamkeit vorschreiben, damit auch wirklich eine Einstellungsänderung erfolgen kann. Erst diese, und nicht die Häufigkeit des gezeigten adaptiven Verhaltens, garantieren die Dauerhaftigkeit der Verhaltensänderung.

## 5.1.5. Die A-B-C-Theorie der psychischen Störungen und die Rational-emotive Therapie von Ellis

### 5.1.5.1. Der Zusammenhang von Kognitionen, Selbstverbalisierungen und Emotionen

Ellis (1977) postuliert aufgrund der vier menschlichen Lebensfunktionen (Sinneswahrnehmung, Bewegung, Fühlen und Denken) die Existenz von vier Hauptquellen der Emotionen:

- die sensorisch-motorischen Prozesse,
- biophysikalische Stimulierung,
- das Aktualisieren früherer emotionaler Prozesse und
- die kognitiven (Denk-)Prozesse.

Veränderbar bzw. kontrollierbar sind Emotionen demnach durch Einwirken auf ihre Quellen, im einzelnen

- über das sensorisch-motorische System (z.B. gymnastische Übungen),
- durch Verwendung von Elektrizität oder biochemischen Mitteln (z.B. Elektroschockbehandlung, Barbiturate),
- durch Mobilisierung vorhandener Gefühle und Vorurteile (z.B., wenn man sich aus Liebe zum Therapeuten ändert) und
- durch Einschalten der kognitiv-zerebralen Prozesse (z.B. Nachdenken) (vgl. Ellis, 1977b, S. 42ff.).

Besondere Bedeutung kommt nach Ellis (1977b) den kognitiv-zerebralen Vorgängen, den Gedanken, zu. Zwar ist Denken und Fühlen nicht als identischer Prozeß zu verstehen, aber es gibt häufig so deutliche Übereinstimmungen zwischen beiden Prozessen, daß sich die therapeutische Arbeitshypothese anbietet, Gefühle würden vorwiegend durch spezifische Denkprozesse eingeleitet.

Nach Ellis spielen die im Denken vorgenommenen Bewertungen eine wichtige Rolle bei der Entstehung und Aufrechterhaltung von Emotionen. Je nach positivem oder negativem Charakter solcher Gedanken bzw. Einschätzungen von tatsächlichen, aber auch vorgestellten Situationen und Ereignissen, werden positive oder negative emotionale Reaktionen ausgelöst und perpetuiert. Da sich der Denk- bzw. Bewertungsprozeß „gewöhnlich in Form von Worten, Redewendungen und Sätzen vollzieht ..., liegt der Schluß nahe, daß ein großer Teil unserer Gefühle die Form von Selbstgesprächen oder verinnerlichten Sätzen annimmt. (Und) Wenn dem so ist, dann sind die Redewendungen und Sätze, die wir uns immer wieder vorsagen, praktisch identisch mit unseren Gedanken und Gefühlen bzw. verwandeln sich in diese“ (Ellis, 1977b, S. 53).

### 5.1.5.2. Die A-B-C-Theorie der Persönlichkeit bzw. der psychischen Störungen

Kernstück der von Ellis aufgrund seiner theoretischen Überlegungen entwickelten Rational-emotiven Therapie (RET) ist die „A-B-C-Theorie der Persönlichkeit bzw. der psychischen Störungen" (Ellis, 1977b, S. 164). Die Buchstaben A, B und C stehen hierbei für:

A = activating event: aktivierende Erfahrung mit der Umwelt, auslösendes inneres oder äußeres Ereignis bzw. eigene Verhaltensweise,
B = belief system bzw. belief: Gedanken, Vorstellungen, Interpretationen und Bewertungen bezüglich A,
C = consequence: emotionale Konsequenz bzw. Reaktion, die auf A folgt.

Die Theorie besagt nun, daß „activating events" am Punkt A vom Individuum am Punkt B kognitiv bewertet werden und diese vermittelnden Kognitionen zu emotionalen Konsequenzen am Punkt C führen. So bewirkt zum Beispiel nicht der Tod eines Familienangehörigen (am Punkt A) als Konsequenz (C) Trauer oder Depression, sondern C wird ausgelöst und aufrechterhalten von den Bewertungen (B), den Gedanken und Vorstellungen des Trauernden über den Todesfall. Die häufig zu beobachtende Einschränkung des Denkens auf eine direkte Ursache/Folge-Beziehung zwischen Ereignis und Verhalten ist durch die Einbeziehung der Bewertungen zu erweitern, denn vor allem diese sind therapeutischen Maßnahmen zugänglich und können durch Verpflichtung auf die menschliche Rationalität verändert werden.

Ellis betont damit vor allem die Bedeutsamkeit kognitiver Prozesse hinsichtlich normaler, dysfunktionaler bzw. gestörter Verhaltensweisen. Die Qualität von B entscheidet über das psychische Befinden (C) einer Person und ist letztlich unabhängig von A.

Die qualitative Beschaffenheit der gefühlsauslösenden Gedanken ist Ergebnis bestimmter menschlicher Eigenarten, die Ellis thesenartig beschreibt:

- „Der Mensch ist sowohl ein immens rationales aber auch ein unerhört irrationales (und suggestibles) Wesen" (Ellis, 1977b, S. 40 und S. 104).
- Die diesem Wesen zugesprochenen „biosozialen Neigungen" und „angeborenen Eignungen" zur Rationalität und Irrationalität sind lebenslang existent und beeinflußbar (Ellis, 1975a, S. 171).
- Die Tendenz des Menschen zu irrationalem Denken, zu selbstschädigenden Gewohnheiten, zu Wunschdenken und Intoleranz wird häufig verschärft durch seine Kultur im allgemeinen und seine Familie im besonderen, vor allem in der Kindheit und Jugend, da in dieser Zeit seine Suggestibilität am größten ist (Ellis, 1975a, S. 171).

Folglich sind emotionale Störungen und damit dysfunktionales Verhalten häufig auf die irrationalen Gedanken zurückzuführen, die jeden Menschen mehr oder weniger beherrschen.

Die Entstehung und Aufrechterhaltung dysfunktionalen Erlebens und Verhaltens läßt sich nach Ellis allein aus der menschlichen Neigung zu irrationalem Denken ableiten, das häufig unkritisch von sozialen Systemen kopiert worden ist und dessen negative Folgen sich später als psychische Störungen darstellen. Folgende Gegebenheiten sind als formale Voraussetzungen zu verstehen, damit sich psychische Störungen überhaupt entwickeln können:

- Zur biologischen Beschaffenheit des Menschen gehört seine Neigung, irrational zu denken und suggestibel zu sein.
- Wiederholte unlogische, realitätsinadäquate und negative Autosuggestionen führen zu intensiven und lang anhaltenden negativen Emotionen und so zu psychischen Störungen.

- Eine Indoktrination des Menschen mit irrationalen Ideen erfolgt in der Regel zunächst in der Kindheit, insbesondere durch Familienmitglieder, aber auch durch andere Sozialisationsagenten (z.B. im Kindergarten, in der Schule und unter Freunden).
  Die Wirksamkeit dieser Indoktrination ist außerordentlich tief, da das Kind zuvor kaum mit rationaleren Denkmustern in Berührung gekommen und höchst suggestibel ist.
- Darüber hinaus findet eine ständige Indoktrination mit den gleichen irrationalen Ideen statt – und zwar das gesamte Leben hindurch über gesellschaftliche Institutionen wie zum Beispiel Massenmedien und Kirchen.
- Letztlich ist jedoch für die Verursachung und Aufrechterhaltung psychischer Störungen – vermittels der „mächtigen dreistrahligen Dauerberieselung" (Ellis, 1977b, S. 141; Eltern, Gesellschaft und Autosuggestion) – die fortgesetzte Re-Indoktrination des Individuums mit irrationalen Ideen (Irrglauben) durch Selbstverbalisation verantwortlich.

Inhaltliche Voraussetzung für das Entstehen psychischer Störungen ist die Akzeptanz von Glaubenssätzen, die zwar nicht grundsätzlich irrational sind, aber zu Verhaltensweisen führen, welche regelmäßig von Mißerfolgen begleitet sind. Diese sind dann die Quelle, aus denen negative, störungsbedingende Gefühle entstehen. Allseits und zu jeder Zeit geliebt zu werden und stets zu Höchstleistungen fähig zu sein, sind noch als die positivere Richtung der irrationalen Glaubenssätze zu betrachten. Überzeugungen, daß Veränderungen im Leben nur zu Katastrophen führen können, Missetäter stets zu bestrafen seien und jeder tatsächlichen oder nur eingebildeten Gefahr am besten durch intensive, kontinuierliche Vorbereitung zu begegnen sei, sind dagegen von eindeutig negativen Gefühlen begleitet. Sie führen häufig zur irrationalen Attribution der eigenen Schwierigkeiten auf Umweltereignisse und zu konsistentem Vermeidungsverhalten.

In diesen und weiteren irrationalen Glaubenssätzen lassen sich immer wiederkehrende Denkstrukturen erkennen, die von Ellis als biologisch-determinierte Tendenzen des Menschen angesehen werden und deren Veränderung häufig nur gegen den massiven Widerstand des Klienten bzw. seiner nächsten Umwelt durchgesetzt werden kann. Persönliche Selbstabwertung, Neigung zum Katastrophendenken, Perfektionismus, Passivität, Impulsivität und übermäßige Vorsicht sind einige dieser Denkkategorien, die im Verlauf der Individualgenese zu dysfunktionalen Emotionen und Verhaltensweisen führen können. Letztere sind dann von Konsequenzen begleitet, die wiederum Quellen neuer negativer Emotionen darstellen und so den Kreislauf zwischen Emotion und Handeln und damit auch das dysfunktionale Verhalten aufrechterhalten.

Das zur theoretischen Absicherung der Rational-emotiven Therapie von Ellis entwickelte Begriffssystem nimmt vor allem Bezug auf die älteren kognitiven Emotionstheorien von Schachter (1966) und Lazarus (1966; 1968), die sowohl von ihren empirischen Grundlagen als auch von den daraus abgeleiteten Schlußfolgerungen als überholt angesehen werden müssen. Kaum eines der neueren emotionstheoretischen Systeme von Gray (1982), Panksepp (1982) und Leventhal & Mosbach (1983) läßt ein eindeutiges Primat der Gedanken auf die verschiedenen Gefühlszustände zu. Emotion und Kognition sind vielmehr als gleichberechtigte Funktionseinheiten zu verstehen, die sich gegenseitig moderieren. Demnach ist Ellis' Konzeption zur Entstehung dysfunktionalen Verhaltens zwar nicht als falsch, wohl aber als einseitig anzusehen. Es fehlen Aussagen über den Einfluß der verschiedenen als negativ bzw. störungsbedingend angesehenen Gefühle auf kognitive Funktionen und damit letztlich auf das Verhalten.

## 5.2. Störungsspezifische Erklärungsansätze

Im Unterschied zu den in den vorangegangenen Abschnitten vorgestellten theoretischen Systemen beziehen sich die folgenden Modelle auf die Erklärung bestimmter psychologischer Störungsmuster, zum Beispiel von neurotischem und depressivem Verhalten. Dies ist mit dem Ziel verbunden, den an sich unscharfen klinischen Begriffen, hier Neurose bzw. Depression, mit Hilfe eines theoretischen Unterbaus zu klareren Definitionen zu verhelfen und darüber hinaus die psychologischen Entwicklungen von gestörtem Verhalten mit dafür spezifischen Begriffen zu erklären. Dagegen ging aus den störungsunspezifischen Modellen hervor, daß sich dysfunktionales Verhalten mit denselben Prinzipien erklären läßt, wie normales bzw. adaptives Verhalten. Das zuletzt genannte Ziel der in diesem Abschnitt zur Diskussion stehenden Theorien läßt sich im wesentlichen durch drei Zusatzannahmen erreichen, die anschließend erläutert werden:

1) Nur bestimmte Reize führen zu dysfunktionalem Verhalten.
2) Nur bestimmte Persönlichkeitseigenschaften ermöglichen psychische Störungen.
3) Spezielle Reizkonfigurationen interagieren mit einigen Persönlichkeitseigenschaften in nichtadaptiver Weise, und daraus resultiert gestörtes Verhalten.

Mit Hilfe der *ersten Zusatzannahme* kann erklärt werden, daß zum Beispiel nur wenige Reize als phobische Objekte in Frage kommen und es sich bei diesen nicht unbedingt um die bedrohlichsten Situationen des menschlichen Lebens handeln muß. Phobische Ängste vor ungefährlichen Insekten (Spinnen) oder sehr seltenen bzw. harmlosen Kriechtieren (Schlangen) sind bei uns stärker verbreitet als phobisches Vermeidungsverhalten gegenüber elektrischen Geräten (Haartrocknern) und Schwimmbädern, deren weitaus größere Gefährlichkeit nicht nur statistisch eindeutig nachweisbar ist, sondern auch während der Sozialisation und durch die Tagespresse wiederholt aufgezeigt wird. Warum sich nun bestimmte Reize besonders als phobische Objekte eignen und andere nicht, ist zur Zeit ohne Rückgriff auf phylogenetische Entwicklungen nicht erklärbar. Damit nähert sich diese an sich reizbezogene Zusatzannahme der unter 2) beschriebenen Vorstellung an: Es handelt sich bei der phobischen Qualität bestimmter Reize um art- oder auch kulturspezifische Besonderheiten des Zentralnervensystems, die nicht auf psychologische Prozesse zurückgeführt und folglich durch therapeutische Maßnahmen nicht grundsätzlich verändert werden können.

Die *zweite Zusatzannahme* betrifft die Ausprägung bestimmter Persönlichkeitsmerkmale (z.B. Neurotizismus, Psychotizismus, schwaches Nervensystem), die im zumeist einseitigen Extremfall das Entstehen psychischer Störungen erst ermöglichen. Auch dieses Konzept läßt wenig Raum für therapeutische Einflußnahme, es sei denn, Prozesse, die zum Entstehen der Extremausprägung eines Merkmals geführt haben, wären aufzeigbar. Dies wird aber bei den untenstehenden theoretischen Systemen nicht versucht und würde zu einer Zwei-Stufen-Theorie des dysfunktionalen Verhaltens führen. In der ersten Stufe wären die Prozesse aufzuzeigen, welche zu den dann art-, kultur- und persönlichkeitsspezifischen Grundvoraussetzungen der Entwicklung psychischer Störungen führen, während in Stufe 2 die situationsspezifische Entwicklung der Störung durch Definition der aktuellen Reize und angewendeten Strategien zu beschreiben wäre. Theorien, die sich auf die beiden ersten Zusatzannahmen beziehen, bleiben daher entweder unvollständig oder lassen nur wenig Raum für therapeutische Veränderungen dysfunktionalen Verhaltens.

Lediglich die *dritte Zusatzannahme* eröffnet Möglichkeiten der therapeutischen Einflußnahme. Störungsspezifische Interaktionsstrategien werden zumeist als gelernte Verhaltensmuster beschrieben, die für das störungsgenerierende Zusammentreffen einer konkreten Person mit einer speziellen Reizwelt nicht geeignet bzw. langfristig wenig adaptiv sind. Eine Person mit hohen Testwerten in einem Ängstlichkeitstest läuft in einer lebensbedrohenden Situation, zum Beispiel einem Verkehrsunfall, leicht Gefahr, die dabei gemachten Erlebnisse auf alle Straßenverkehrssituationen zu verallgemeinern bzw. diese dann zu meiden. Behandelbar ist nun weniger das aktuelle Verhalten während des Verkehrsunfalls bzw. das Persönlichkeitsmerkmal „Ängstlichkeit", sondern die Verhaltenstendenz, auf alle ähnlichen Situationen zu generalisieren. Die praktische Bedeutung der nachfolgend beschriebenen Theorien ist daher danach zu beurteilen, welche Bedeutung der dritten Zusatzannahme im Vergleich zu den beiden ersten zukommt.

### 5.2.1. Die Neurosentheorie Pawlows

Pawlows Ausführungen zur Neurosentheorie basieren auf der Erzeugung und Beobachtung experimenteller Neurosen bei Hunden sowie der klinischen Beobachtung neurotisch erkrankter Patienten. Allgemein ausgedrückt besteht eine Neurose in „einer chronischen Abweichung der höheren Nerventätigkeit von der Norm" (Pawlow, 1953, S. 431). Ausgangspunkt des Studiums der Neurose sind dabei die grundlegenden Prozesse der Nerventätigkeit wie Erregung, Hemmung und die Beweglichkeit der beiden Prozesse. Entsprechend entsteht eine Neurose:

1. bei Überbeanspruchung des Erregungsprozesses durch überstarke oder komplizierte Reize,
2. bei einer Überbeanspruchung der Hemmung durch verlängerte Einwirkung eines Differenzierungsreizes oder bei Ausarbeitung zu feiner und zu komplizierter Differenzierungen.
3. Eine Überbeanspruchung der Beweglichkeit wird erreicht „durch einen ‚Zusammenstoß' zwischen Erregungs- und Hemmungsprozeß" sowie bei einer „doppelseitigen Umarbeitung von bedingten Reflexen und einer Änderung des dynamischen Stereotyps" (Bykow & Kurzin, 1966, S. 173).

Ein die Neurose beeinflussender Faktor konstitutioneller Art ist der jeweilige Typ des Nervensystems. Vor allem Typ 4 (schwaches Nervensystem) und Typ 1 (starkes aber unausgeglichenes Nervensystem) neigen bei Vorlage der oben beschriebenen Reizkonstellation zu Überbeanspruchungsreaktionen und damit zur Ausbildung neurotischer Reaktionen, während Typ 2 und Typ 3 (ausgeglichen bewegliches bzw. träges Nervensystem) auch in solchen Situationen adäquat reagieren können.

Der Vorteil der Pawlowschen Einteilung, die sich schon bei Hippokrates und auch bei Eysenck findet, besteht in der Ableitung der Typen anhand der objektiv wissenschaftlich begründbaren Methodik der bedingten Reflexe, die sich auf das neurophysiologische Substrat psychischer Prozesse erstreckt.

Bykow & Kurzin konnten theoriekonform am häufigsten Neurosen bei den „extremen Typen des Nervensystems", „den starken, unausgeglichenen (zügellosen) und den schwachen Typen" (1966, S. 177) erzeugen. Eine Neurose kann demnach durch folgende Störungen charakterisiert werden:

1. durch Herabsetzung der Arbeitsfähigkeit der kortikalen Zellen,
2. durch eine Störung der Wechselbeziehungen zwischen dem Erregungs- und Hemmungsprozeß,
3. durch eine Störung der Wechselbeziehungen zwischen der Hirnrinde und den subkortikalen Zentren des Gehirns,
4. durch die Entwicklung langanhaltender hypnotischer Phasen,
5. durch das Auftreten einer pathologischen Labilität oder einer pathologischen Trägheit des Erregungs- und Hemmungsprozesses. (Bykow & Kurzin, 1966, S. 179)

Petrowa, eine Mitarbeiterin Pawlows, die mit ihren Arbeiten über experimentelle Neurosen an normalen und kastrierten Hunden einen wesentlichen Beitrag zu Pawlows Neurosentheorie lieferte, stellte in ihren Versuchen fest, daß bei Tieren, die an schweren experimentellen Neurosen erkrankt waren, im Gegensatz zu einer Vergleichsgruppe normaler Hunde chronische dystrophische Prozesse auftraten, die sich in Haarausfall, nässenden oder schuppenden Ekzemen und Furunkeln äußerten und die mit Ausheilung der Neurosen wieder verschwanden. Darüber hinaus fand sie gehäuftes Auftreten von Tumoren an inneren Organen, „die überwiegend malignen Charakter trugen ... (Lungen-, Harnblasen-, Schilddrüsenkarzinome mit zahlreichen Metastasen ...)" (zit. nach Bykow & Kurzin, 1966).

Da die Untersuchungsergebnisse über die experimentellen Neurosen vorwiegend an Hunden gewonnen wurden, erhebt sich die Frage nach der allgemein-biologischen Bedeutung der Befunde im Hinblick auf den Menschen. Bykow & Pschonik (1947) berichten über wesentliche Unterschiede hinsichtlich der Zeitdauer und Qualität der Neurose beim Menschen im Vergleich zu den Hunden. Beim Menschen hält sich zum Beispiel eine experimentell hervorgerufene Gefäßneurose nur viel kürzere Zeit als bei Hunden, und die vorherrschende Rolle des zweiten Signalsystems beim Menschen und seine gesellschaftlichen Lebensbedingungen sorgen eindeutig für eine soziale Determination der Neurose und damit für einen qualitativen Unterschied zu Tierneurosen. Jedoch sind die grundlegenden Gesetzmäßigkeiten der Nervenprozesse, die bei Tierexperimenten festgestellt wurden, einheitlich und unterscheiden sich hinsichtlich der phylogenetischen und ontogenetischen Entwicklungsstufe lediglich graduell.

Als Ursache für eine neurotische Erkrankung beim Menschen ist nach Pawlow eine stärkere bzw. langanhaltende Traumatisierung der kortikalen Prozesse anzusehen. Traumatische Ereignisse können zum Beispiel bestehen im „Verlust lieber Menschen, schwierigen Lebensbedingungen wie unglückliche Ehe, Kampf mit der Armut ..." (Pawlow, 1953, S. 448).

Obwohl sich die Pawlowsche Neurosentheorie zum überwiegenden Teil auf tierexperimentelle Befunde stützt, konnte ihre Bedeutsamkeit in klinischen Untersuchungen bestätigt werden. Sie gilt als historischer Einstieg in neuropsychologische Erklärungsansätze zur Entstehung einer Vielzahl von psychischen Störungen. Es hat sich allerdings gezeigt, daß das typologische Konzept der Schwäche des Nervensystems für eine genaue Verhaltensbeschreibung nicht ausreicht. Neuroanatomisch und -physiologisch präzisere Beschreibungen haben es abgelöst (Gray, 1982; Panksepp, 1982; Bindra, 1978; Rachlin, 1985). Die damit gewonnene Präzisierung hat für die verhaltenstherapeutische Praxis wenig Vorteile erbracht, wohl aber die Wirkung psychotroper Medikamente bei einigen psychischen Störungen erklären können. Aus diesem Grunde wird hier auf eine Darstellung dieser Arbeiten verzichtet.

### 5.2.2. Die Zwei-Faktoren-Theorie von Mowrer

Ausgehend von dem nie erfolgreich replizierten, aber als irrationaler Glaube häufig zitierten Watson-&-Rayner-Experiment (1920) versuchte Mowrer (1939; 1940; 1947), Watsons in den Anfängen stehengebliebene Konditionierungstheorie der Neurose aufgrund neuerer Befunde weiterzuentwickeln. Das von klinischen Beobachtungen zu sehr belastete Konzept „Neurose“ wurde dazu vom lerntheoretisch geeigneteren Begriff der „konditionierten Angst“ abgelöst. Diese ist als emotionale Komponente einer ungelernten (reflexhaften) Gesamtreaktion auf einen schmerzhaften Reiz zu verstehen und läßt sich theoretisch auf jeden beliebigen Reiz konditionieren. Mowrer hat in seiner ersten Theorie versucht, das Entstehen neurotischer Angst mit Hilfe der Triebreduktionstheorie von Hull wie folgt zu erklären:

„... Angst ist die konditionierte Form der Schmerzreaktion, die in höchst nützlicher Funktion ein Verhalten motiviert und verstärkt, das zum Vermeiden oder Verhindern des Wiederauftretens des schmerzproduzierenden (unkonditionierten) Reizes führt“ (Mowrer, 1939, S. 555).

Da Neurosen im Unterschied zu den sich schnell löschenden konditionierten emotionalen Reaktionen häufig jahrelang bestehen bleiben, wurde der Theorie 1947 als zweiter Faktor ein operanter Lernprozeß angegliedert. Nach dem Prinzip der negativen Verstärkung wird jede Reaktion, die zu einer Abnahme der konditionierten Angst führt, in ihrer Auftrittswahrscheinlichkeit erhöht. Bei Neurotikern bestehen diese Reaktionen vorwiegend in Vermeidung der angstauslösenden Situationen. Da sich die einmal eingeschlagene (Vermeidungs-)Strategie als angstreduzierend erwiesen hat, besteht für den Neurotiker auch keinerlei Veranlassung, diese zu ändern. Kennzeichen der Neurose ist nach der Zwei-Faktoren-Theorie von Mowrer (1947) das nichtadaptive Vermeidungsverhalten, das nur auf Kosten anderer Verhaltensalternativen eingesetzt werden kann.

Die von Mowrer unter Mitarbeit von Miller (1948; 1951) entwickelte Zwei-Faktoren-Theorie der Entstehung neurotischer Ängste war wegen ihrer Plausibilität lange Zeit bedeutsam für das Verständnis vor allem phobischer Verhaltensweisen. Sie kommt auf den ersten Blick ohne die drei oben beschriebenen Zusatzannahmen der störungsspezifischen Theorien zum dysfunktionalen Verhalten aus, weil sie nur allgemeingültige Lernprinzipien verwendet. Dabei wird leicht übersehen, daß Mowrers Theorie gemäß Zusatzannahme 2 Neurosen nur aufgrund bestimmter aversiver Reize (Schmerz-Reize) erklären kann, und es ist danach unerklärlich, wie Phobien bezüglich völlig ungefährlicher Objekte (z.B. Spinnen) entstehen können. Weiter sind subtraumatische bzw. Schmerzerlebnisse sowie erste Vermeidungsreaktionen aus fast jeder Individualgeschichte bekannt. Neurotische oder phobische Störungen sind dagegen verhältnismäßig selten anzutreffen. Nach der Theorie müßte im Verlauf des individuellen Lebens die Wahrscheinlichkeit von Vermeidungsreaktionen und damit von neurotischem Verhalten zunehmen, da Vermeidungsverhalten stets durch Angstreduktion negativ verstärkt wird. Da eine solche zunehmende Häufung phobischen Verhaltens bei älteren Menschen bislang nicht beobachtet werden konnte, führt die Theorie anscheinend zu fehlerhaften Prognosen, die auch ihren Erklärungswert in Frage stellen.

Von klinischer Seite ist häufig kritisch eingewendet worden, daß sich in den Anamnesen neurotischer Klienten nur selten traumatische Erlebnisse finden, die Ausgangspunkt einer neurotischen Fehlanpassung sein könnten (Marks, 1969) und daß als Zeitpunkt der Entstehung bestimmte kritische Phasen angenommen werden müssen während zu anderen Zeiten traumatische Ereignisse anscheinend völlig folgenlos verarbeitet werden. Trotz der häufig beschriebenen Unzulänglichkeiten der Zwei-Faktoren-Theorie (Rachman, 1977; Eysenck, 1979), die nur im Vergleich mit den Mängeln anderer Modelle zu bewerten sind, hat sich dieses Konzept für die Erklärung einiger phobischer Zustände durchaus bewährt. Sie kann allerdings nicht als allgültiges System auf alle neurotischen Erscheinungen mit gleicher Effizienz angewendet werden. Dies ist aber kein spezifischer Mangel dieser Theorie, sondern resultiert eher aus Vereinfachungsbestrebungen ihrer Anwender.

### 5.2.3. Das Konditionierungsmodell der Neurose nach Eysenck

Eysenck hat 1979 ein theoretisches System zur Erklärung der Entstehung und Aufrechterhaltung von Neurosen vorgestellt, mit dem von ihm selbst und von Rachman (1972) entwickelte Modelle abgelöst werden sollten. Neurotisches Verhalten wird definiert als „von starken, irrelevanten und überdauernden Emotionen begleitetes fehlangepaßtes Verhalten, das in völliger Erkenntnis der Fehlangepaßtheit und irrationalen Natur dieses Verhaltens auftritt" (Eysenck, 1979, S. 155). Als Beispiele werden „Angstreaktionen, Phobie, Zwangszustände, reaktive Depressionen und psychosomatische Symptome" (S. 155) genannt. Diese revidierte Fassung seiner Neurosentheorie soll nach seiner Auffassung das von Mowrer (1950) so bezeichnete neurotische Paradoxon aufklären, nämlich, daß nicht nur von positiven Konsequenzen begleitetes Verhalten überdauernd ausgeführt wird, sondern im Falle der Neurosen auch Verhaltensweisen, welche vorwiegend unerfreuliche Konsequenzen nach sich ziehen; und dies häufig über Jahre hinaus.

Eysencks Modell läßt sich formal durch drei Bestimmungsstücke beschreiben, die sich inhaltlich mit den weiter oben beschriebenen Zusatzannahmen der störungsspezifischen Erklärungsmodelle decken. Bei Auftreten von ganz besonderen Reizen reagieren Personen mit bestimmten Merkmalen aufgrund außergewöhnlicher Lernprozesse mit neurotischem Verhalten. Neurotisches Verhalten wird damit nicht mehr wie zum Beispiel von Skinner als Normalverhalten charakterisiert, das lediglich wegen der geringen Häufigkeit seines Auftretens und der negativen sozialen Bewertung als abnorm anzusehen ist, sondern ist von Grund auf nicht mit normalem Verhalten vergleichbar. Daher ist es auch nicht adaptiv bzw. es erweist sich als dysfunktional.

Zur Begründung des Bestimmungsstückes „besondere Reize" verweist Eysenck auf Seligmans (1970) Begriff der „preparedness". Nach der klinischen Erfahrung, daß phobische Erscheinungen sich nur auf bestimmte Objekte beziehen – Agora-, Tier-, Klaustro- und soziale Phobien sind am häufigsten (Rachman, 1975) –, und den mißlungenen Replikationsversuchen zum Experiment von Watson & Rayner (1920) mit einfachen Haushaltsgegenständen als neutralen Reizen (English, 1929; Bregman, 1934), muß nach Seligman die Gültigkeit der Konditionierungsgesetze auf alle Reizklassen bezweifelt werden. Sie gelten nur dann, wenn eine genügende Bereitschaft (preparedness) von seiten des Individuums dafür vorliegt. Diese Bereitschaft ist einmal von der Größe des für eine gleichbleibende Reaktion notwendigen Reizeinstroms (Anzahl der Lerndurchgänge, Intensität des neutralen und unkonditionierten Reizes) abhängig. Zum anderen wirken sich art- und individuumsbedingte Wahrnehmungsbereitschaften gegenüber bestimmten Reizen entweder in Richtung einer erhöhten oder vermeidenden Bereitschaft aus. Darüber hinaus kann für einige Reize überhaupt keine Bereitschaft vorliegen. Diese Affinitäten sind in den beiden entgegengesetzten Polen als genetisch verursacht anzusehen, während für Reize der mittleren Position (nicht existente Bereitschaft) Lernerfahrungen von Bedeutung sind.

Die Häufung bestimmter Reizklassen bei der Entstehung und Aufrechterhaltung neurotischen Verhaltens ist danach als weitgehend phylogenetisch entstanden zu verstehen. Ängste vor vielen Tieren, freien Plätzen und zu engen Räumen können in früheren Zeiten mit einem gewissen Reproduktionsvorteil verbunden gewesen sein, das heißt, es haben sich vor allem die Individuen vermehrt, die sich zum Beispiel aus damals begründeter Angst vor Wölfen von diesen rechtzeitig fernhielten. Die über viele Generationen entstandene Auswahl der genetischen Ausstattung äußert sich heute in einer artspezifischen, hohen Bereitschaft, anhand dieser Reize (z.B. bei Haushunden) neue Lernerfahrungen auszubilden. Dieses ist aber in den meisten Fällen, wegen der veränderten Lebensumstände, nicht mehr als adaptiv zu bezeichnen, das heißt, es schafft eher Probleme (z.B. Phobien) als eine Erhöhung der Überlebens- bzw. Fortpflanzungschancen.

Die Plausibilität dieser Überlegungen hat Seligman (1970; 1971) an vielen Beispielen aufgezeigt, sie wird zudem durch mehrere experimentelle Untersuchungen gestützt. Dagegen wurde eingewandt, daß sich Eßverhaltensstörungen und Sexualphobien nur unzureichend mit diesem Konzept erklären lassen, da sie sich eher fortpflanzungshemmend auswirken, das heißt, es müßten eher die Artvertreter phylogenetisch aussterben, die bezüglich Nahrungs- bzw. Sexualreizen besonders empfänglich sind. Durch Hinweis auf die in vielen älteren und auch zeitgemäßen Kulturen geübte Praxis, in denen extensives sexuelles Vergnügen nur dem Mächtigsten der Gemeinschaft vorbehalten war und bei den anderen strikt kontrolliert, wenn nicht gar verboten wurde, ist auch dieser Widerspruch nicht mehr als prinzipiell anzusehen. Für ausschweifendes Eßverhalten können bezugnehmend auf chronische Hungerperioden vergangener Jahrhunderte ähnliche Erklärungsmuster herbeigeführt werden.

Leichtere bzw. schnellere Konditionierbarkeit ist – unabhängig von der Reizklasse – nach Eysenck von den Personen zu erwarten, die sich aufgrund von Fragebogen- und experimentalpsychologischen Untersuchungen als hoch-N/niedrig-E erwiesen haben, wobei N den Wert der Person auf der Neurotizismus- und E ihren auf der Extraversionsdimension darstellt.

Neuropsychologisch sind diese Personen durch Überreaktivität des limbischen und des ascendierenden retikulären Aktivierungssystems zu beschreiben. Diese, als zu 50 Prozent genetisch bedingt beschriebene Überreaktivität der beiden zerebralen Systeme führt zu einer überhöhten Ansprechbarkeit des vegetativen Nervensystems bzw., wie schon Pawlow (1927) feststellte, bei erhöhter kortikaler Aktivierung zu schnellerer und überdauernderer Konditionierung. Personen mit dieser Merkmalskonfiguration (hoch-N/niedrig-E) werden daher bei Konfrontation mit neutralen Reizen schnell konditionierte Reaktionen ausbilden, die durch einen verstärkten vegetativ-emotionalen Anteil gekennzeichnet sind. Liegt für diese Reize darüber hinaus eine erhöhte art- oder individuumsspezifische Bereitschaft vor, ist der Konditionierungsprozeß kaum zu vermeiden.

Mit Grant (1964) unterscheidet Eysenck (1979) zwei Formen der klassischen Konditionierung (Typ A und Typ B) aufgrund der UCS-UCR-Beziehung. Bei Typ A (z.B. dem Glocke-Futter-Speichelfluß-Experiment) löst der UCS nur Teile der vollständigen UCR (Schnüffeln-Speichelfluß-Hinlaufen-Fressen) aus, wobei die letzten beiden Teile der Reaktionskette vom Motivations- bzw. Triebzustand des Hundes abhängen.

Konditionierungen des Typs B finden statt, wenn der UCS unabhängig von der Bedürfnisstärke und von instrumentellen Handlungen des Tieres quasi automatisch die vollständige Verhaltenskette der UCR zur Folge hat. Morphiuminjektionen führten in einem Experiment Pawlows (1927) bei Hunden regelmäßig zur vollständigen unkonditionierten Reaktion „extremer Speichelfluß, Übelkeit, Erbrechen, tiefer Schlaf“, ohne daß diese in irgendeiner Weise von instrumentellen Handlungen des Tieres abhing.

Ein weiteres Unterscheidungsmerkmal zwischen den beiden Konditionierungssystemen ist hier besonders hervorzuheben: die Verschiedenheit der konditionierten Reaktionen. Während die konditionierte Reaktion (CR) bei Typ A nur Bruchstücke der unkonditionierten Reaktion (UCR) beinhaltet, ist sie bei Typ B mit ihr fast identisch. Pawlows Hunde reagierten nach mehrtägig wiederholter Morphiuminjektion schon bei der ersten Berührung durch den Experimentator mit überstarker Speichelsekretion und deutlicher Übelkeit.

Konditionierungen vom Typ B werden vorwiegend bei der Verabreichung aversiver Reize beobachtet, denen nach Seligman eine erhöhte Bereitschaft von seiten des Individuums entgegensteht. Weiter ist zu erwarten, daß diese Konditionierungsform am ehesten bei hoch-N/niedrig-E-Personen auftritt, da verstärkt ablaufende vegetative Reaktionen bei diesem Konditionierungstyp einen wesentlichen Bestandteil der unkonditionierten Reaktion darstellen. Schlüssige experimentalpsychologische Belege dazu fehlen jedoch.

Wird im Verlauf einer Typ-B-Konditionierung, und nur diese ist für das Entstehen von Neurosen hier von Bedeutung, lediglich der CS (ohne UCS) dargeboten, löst sie als CR anfänglich ein schwaches, aber fast vollständiges Abbild der UCR aus. Die CR wird wegen ihrer zumeist aversiven Qualität (vgl. oben) von negativen Gefühlen wie Furcht/Angst begleitet. Eysenck (1979) bezeichnet die aus der Bewertung der CR resultierende emotionale (Furcht/Angst-)Reaktion mit „nocive response“. Damit wird die konditionierte Reaktion in eine reine Reaktionskomponente, die CR, und in eine Reizkomponente, eben den „nocive response“ unterteilt. Als Reiz definiert kann dieser Anteil der CR nach den Prinzipien der klassischen Konditionierung funktionell mit dem UCS verglichen werden. Der „nocive response“ wirkt demnach als von der CR produzierter Reiz wie ein (klassisch konditionierender) Verstärker der CS-CR-Verbindung, vergleichbar mit der wiederholten Darbietung der CS-UCS-Folge.

Schon nach wenigen CS-UCS-Kombinationen führt die noch schwache CR zur Ausbildung einer „nocive response“, was bei erneuter CS-Anwendung eine stärkere CR zur Folge hat. Dies bewirkt wiederum eine intensivere Angst/Furcht-Reaktion bzw. „nocive response“, und die darauffolgende CR wird erneut verstärkt. Eysenck hat diesen Prozeß, der als permanente Selbstverstärkung klassisch konditionierter Reaktionen verstanden werden kann, mit dem Ausdruck *Inkubation* bezeichnet. Dieser Inkubationsprozeß wird vorwiegend bei hoch-N/niedrig-E-Personen zu beobachten sein, die wegen ihrer besseren Konditionierbarkeit schneller die notwendigen CR ausbilden und zudem wegen ihrer stärkeren vegetativ-emotionalen Ansprechbarkeit zu intensiveren „nocive responses“ neigen. Weiter begünstigen starke UCR den Inkubationsprozeß, da nur sie zu hinreichend deutlichen CR führen, die dann als schädigend wahrgenommen zur Ausbildung von nociven Reaktionen ausreichen.

Eine Neurose *entsteht* nach dieser Theorie von Eysenck bei hoch-N/niedrig-E-Personen unter Reizsituationen, denen gegenüber eine hohe Bereitschaft zur Konditionierung besteht, auf dem Wege der klassischen Konditionierung nach Typ B. Sie wird *aufrechterhalten* durch einen Inkubationsprozeß, bei dem die Bewertung der konditionierten Reaktion, der „nocive response“, UCS-Qualität erhält. Dadurch wird gemäß dem Prinzip der klassischen Konditionierung die konditionierte Reaktion verstärkt. Für das Funktionieren des Inkubationsprozesses (CR hat UCS-Qualität, dies führt zur Neukonditionierung von CS) sind neben der Typ-B-Konditionierung spezifische Persönlichkeits- und Reizmerkmale Voraussetzung.

Für die Entstehung und *Behandlung* neurotischen Verhaltens ist folgende Ableitung aus dem Konzept der Typ-B-Konditionierung von besonderer Bedeutung. Wird der CS für längere Zeit dargeboten, habituiert die „nocive response“ (Gewöhnung), und eine Inkubation findet nicht statt. Da Personen mit neurotischen Störungen wegen ihres häufig ausgeprägten Vermeidungsverhaltens nur kurzfristige Reizkonfrontationen erleben, unterliegen sie verstärkt Inkubationsprozessen. Die oft jahrelange Persistenz neurotischen Verhaltens und auch das anfangs angeführte „neurotische Paradoxon“ werden damit ebenso verständlich wie häufige therapeutische Mißerfolge mit vorzeitig unterbrochenen Reizkonfrontationsverfahren, insbesondere den Flooding-Prozeduren. Ist die ausgelöste CR jedoch schwach, wie im Verlauf einer Systematischen Desensibilisierung zu Beginn der Hierarchie, genügt eine kurze Darbietungszeit des CS zur Löschung der ebenfalls schwachen „nocive response“. Die nach Darbietung des nächststärkeren Reizes in der Hierarchie entstehende NR ist dann um diesen schon gelöschten Betrag reduziert. Eine Inkubation findet nur dann statt, wenn die Angsthierarchie zu große Intensitätssprünge aufweist.

Eysencks hier vorgestellte Fassung seiner Neurosentheorie unterscheidet sich nur geringfügig von seinem 1976 beschriebenen Modell (Eysenck, 1976). Aufgrund neuerer bzw. neu aufgeführter experimenteller Befunde kann die Theorie jedoch besser abgesichert werden. Verglichen mit der Zwei-Faktoren-Theorie von Mowrer (1947) kommt Eysenck allein mit dem Modell des klassischen Konditionierens aus. Diese an sich erwünschte Verringerung der verwendeten theoretischen Begriffe wird jedoch durch die beschriebenen Zusatzannahmen wieder in Frage gestellt. Weiter lassen die für eine Ausbildung der „nocive responses“ unbedingt notwendigen Lernprozesse durchaus *kognitive* Interpretationsstrategien zu, obwohl sich Eysenck (1979; 1980) entschieden dagegen ausspricht. Zu Recht stellt er fest, daß allein die Bezeichnung einiger auch lerntheoretisch zu erklärender Prozesse mit dem Wort „kognitiv“ keinerlei Erkenntisgewinn bringt, da eine einheitliche Theorie der Kognition noch nicht entwickelt worden ist.

Dennoch kann Eysencks Neurosentheorie nicht mehr als Konditionierungsmodell verstanden werden. Es mußten zuviele Annahmen integriert werden, die keinerlei Bezug zum relativ strikt konzipierten Modell der klassischen Konditionierung haben. Leider ist zusätzlich zu der damit verbundenen geringeren empirischen Absicherung auch eine Einschränkung des therapeutischen Zugangs zu derart beschriebenen Neurosen zu verzeichnen. An zwei Punkten wird in dem Modell eine genetische Prädisposition vorausgesetzt, die sich prinzipiell verhaltensmodifikatorischen Strategien widersetzt. Damit eignet sich dieses Modell lediglich zur Beschreibung der Entstehung und Aufrechterhaltung dysfunktionalen Verhaltens und weniger zur Konzeption neuer verhaltenstherapeutischer Verfahren. Weiter kann mit diesem Modell nicht der Erfolg von verhaltenstherapeutischen Verfahren, zum Beispiel von Reizkonfrontationsmethoden, erlärt werden, bei denen die genetische Komponente unberücksichtigt bleiben muß. Es steht vielleicht außer Frage, daß eine genetische Komponente auch bei einigen Verhaltensstörungen wirksam ist, jedoch müßte noch abgeklärt werden, welche Bedeutung sie für die Entstehung und Aufrechterhaltung der Störung im Vergleich zu den lerntheoretisch begründbaren Anteilen hat.

### 5.2.4. Becks Modell der Depression

Während in den oben beschriebenen theoretischen Systemen zur Erklärung dysfunktionalen Verhaltens motorische (z.B. Vermeidungsverhalten) und emotionale (z.B. konditionierte Angst) Aspekte der Störung im Vordergrund standen, stellen sie bei den Kognitionstheoretikern (Beck u.a., 1979, dt. 1981; Seligman, 1975, dt. 1979) nur Folgephänomene der Grundstörung dar. Diese wird in der Hauptsache durch kognitive Fehlprozesse verursacht. In Theorien über kognitives Verhalten wird weniger die Bedeutsamkeit von Lernprozessen gänzlich in Frage gestellt als deren dominante Funktion. Sie stellen in diesem Sinne eine echte Weiterentwicklung der verhaltenstheoretischen Modelle dar und nicht nur Re-Interpretationen altbekannter Lernprozesse (Ellis, 1980).

Nach neueren Untersuchungen verfahren in den USA ungefähr 10 Prozent der psychologischen Therapeuten und Berater nach den Prinzipien der kognitiven Verhaltenstherapie (Kendall, 1983). Diese Therapierichtung gehört damit neben der Psychoanalyse zu den verbreitetsten psychologischen Interventionsstrategien. Die Akzeptanz kognitionstheoretischer Begriffe durch lerntheoretisch orientierte Psychologen hat in den letzten zehn Jahren deutlich zugenommen. Dies geschah einmal aufgrund der klinischen Erkenntnis, daß sich Verhalten von Menschen allein mit lerntheoretischen Konzepten nur höchst unzureichend beschreiben läßt. Zum zweiten haben sich durch die Entwicklung weitgehend objektiver Kodierungsverfahren für Sprache und Mimik/Gestik kognitive Beschreibungsbegriffe, nachdem sie ihre unseriöse Vieldeutigkeit abgelegt hatten und operationalisierbar geworden waren, auch in den experimentalpsychologischen Laboratorien verwenden lassen. Und drittens wurde vor allem von Meichenbaum, Ellis und Beck gezeigt, wie sich kognitive Änderungsstrategien therapeutisch nutzbar machen lassen.

Das Hauptprinzip kognitiver Interventionsstrategien und der ihr zuzuordnenden Störungsmodelle betrifft die Interaktion zwischen den sprachlich kodierbaren Gedanken und – entweder nur geplanten oder auch vollzogenen – Handlungsabläufen. Ist das Denken einer Person, zum Beispiel durch bestimmte Zielvorstellungen wie „ich *muß* geliebt werden", stark eingeschränkt, wird auch die Handlungsfähigkeit dieser Person begrenzt sein. Auf außergewöhnliche Reiz- bzw. Problemsituationen kann sie sich dann nicht mehr situationsangemessen verhalten. Das dann gezeigte Verhalten ist in zweierlei Hinsicht mit dysfunktional zu beschreiben. Einmal dient es nicht der langfristigen Anpassung an die konkreten Anforderungen der Reizsituation; zum Beispiel werden Wutausbrüche bei zu befürchtendem Verlust der Zuneigung eines Lebenspartners diesen kaum langfristig in seinen Bestrebungen ändern. Zum zweiten kann die Person selbst erkennen, daß ihr Verhalten nicht zur Befriedigung ihrer aktuellen Wünsche beiträgt, dies führt unter Umständen zu Niedergeschlagenheit, Selbstzweifeln und anderen negativen Gefühlen, die wiederum die Erreichung der angestrebten Ziele verhindern können.

Die Behandlung depressiver Menschen ist als ein Hauptgebiet kognitiv orientierter Therapeuten anzusehen (Kendall, 1983). Dies ist zum Teil auf die weite Verbreitung und damit große Bedeutung der depressiven Störungsmuster zurückzuführen. Darüber hinaus ist immer wieder auch von seiten der Psychiatrie betont worden, daß bei depressiv erkrankten Personen die Störungen des inhaltlichen Denkens im Vordergrund stehen, und weiter haben die grundlegenden Arbeiten von Seligman und vor allem von Aaron T. Beck konkrete Wege aufgezeigt, wie depressive Störungen nichtmedikamentiv in erfolgversprechender Weise zu behandeln sind. Auf diese Arbeiten soll in den folgenden Abschnitten daher genauer eingegangen werden.

Beck hat, bevor er sich zum konsequenten Kognitionstheoretiker wandelte, anfänglich Versuche unternommen, psychoanalytische Überlegungen zur Depression empirisch zu belegen (vgl. Beck & Valin, 1957; Beck & Hurvich, 1959). Das Scheitern seiner Bemühungen zur empirischen Absicherung einer psychoanalytischen Depressionstheorie gab den Anstoß, eine eigene Theorie der Depression zu entwickeln (vgl. z.B. Beck, 1963; 1967; 1970; 1976). Zwar sollte dieses kognitive Konzept auch auf andere Verhaltensstörungen (Zwänge und Phobien) übertragbar sein (vgl. Beck, 1976; Beck & Greenberg, 1979), am differenziertesten entwickelt und am gründlichsten empirisch untermauert ist bisher immer noch Becks Modell der Depressionen und die von ihm entwickelte kognitive Therapie der Depression (Beck u.a., 1981).

Der zentralen Hypothese von Becks Ansatz folgend, daß die Depression primär als eine kognitive Störung aufzufassen ist, werden drei kognitive Konzeptbereiche zur Erklärung depressiven Verhaltens eingeführt: die *Schemata,* die *kognitive Triade* und die *kognitiven Fehler.*

Während unter Kognitionen „spezifische, situationsabhängige Gedanken" (Hoffmann, 1976, S. 93) verstanden werden, sind Schemata „stabile kognitive Verarbeitungsmuster". Sie sind „die Grundlage für die Umwandlung von erlebten Tatsachen in Kognitionen (definiert als jede Vorstellung mit verbalem oder bildhaftem Inhalt)" (Beck u.a., 1981).

Ein Schema kann sich trotz seiner weitgehenden Situationsunabhängigkeit in einem aktivierten oder desaktivierten Zustand befinden. Der Typ des aktuellen Zustands ist reizabhängig. So werden Streßreize im allgemeinen andere Schemata aktivieren als Schönwetter-Bedingungen. Ein aktualisiertes kognitives Schema bestimmt, wie sich die betreffende Person in der Situation verhält.

Bei psychischen Störungen wie Depressionen geht Beck nun davon aus, daß neben funktional adäquaten auch idiosynkratische, realitätsinadäquate Schemata angeeignet wurden. Da durch sie die Abbildung der Wirklichkeit verzerrt ist, werden realitätsangemessene Reaktionen verhindert. Folgen solcher kognitiven Störungen sind dann emotionaler, motivationaler, vegetativer und motorischer Art. Je häufiger diese idiosynkratischen Schemata aktualisiert werden, um so stärker wird ihr Einfluß auf das Verhalten. Es werden dann leicht auch Situationen verzerrt wahrgenommen, damit sie mit dem dysfunktionalen Schema übereinstimmen. Besonders bei depressiven Menschen werden einige wenige ideosynkratische Schemata vorrangig aktiv sein. Sie können dann vermehrt auch durch Situationen ausgelöst werden, die in keiner logischen bzw. in einer irrationalen Beziehung zu dem Schema stehen. Spätfolge dieser Übergeneralisierung der Auslösebedingungen ist eine weitgehende Autonomie einzelner Schemata. Sie sind ständig aktiviert und damit von äußeren Reizen unabhängig. Depressive Menschen reagieren dann kaum auf eine Veränderung ihrer Umweltbedingungen.

Die für depressive Personen charakteristischen Schemata werden von Beck (1970) nach inhaltlichen und formalen Aspekten klassifiziert:

- Sie sind inhaltlich durch die sogenannte „kognitive Triade“ gekennzeichnet: Das Individuum bewertet *sich selbst,* die *Umwelt* und die *Zukunft* negativ.
- Als formale Kategorien werden sechs systematische Denkfehler aufgezählt (Beck u.a., 1981, S.44f.):
  1. willkürliche Schlußfolgerungen
  2. selektive Verallgemeinerung
  3. Übergeneralisierung
  4. Maximierung und Minimierung
  5. Personalisierung
  6. verabsolutiertes, dichotomes Denken

Dabei handelt es sich nur bei dem unter 2 genannten Fehler um ein Wahrnehmungsmuster, aufgrund dessen einzelne Aspekte aus der Gesamtsituation isoliert betrachtet werden und dann als Basis der Erfahrung gelten. Die anderen fünf kognitiven Fehler sind als situationsunabhängige reine Denkfehler zu interpretieren.

Beispiele zu diesen sechs formalen Kategorien lassen sich im Verhalten fast jedes Menschen finden. Willkürliche Schlüsse, das heißt ohne klare Beweise oder gar trotz gegenteiliger Erfahrungen, werden häufig nach erlebten Prestigeverlusten gezogen. Wenn zum Beispiel Mißerfolge im Leistungsbereich allein dem eigenen Unvermögen und nicht zufälligem Pech bzw. einer zu schwierigen Aufgabe zugeschrieben werden, ist die Folgerung „Ich bin ein Versager“ solange willkürlich, bis nachgewiesen ist, ob die Aufgabe überhaupt lösbar war bzw. ob bei ähnlichen Aufgaben früher und in Zukunft immer wieder Mißerfolge eintreten werden.

Sehr intensive Erfahrungen mit dem reizbezogenen Muster „selektive Verallgemeinerung“ werden in Stadien aktueller Verliebtheit gemacht. Dies wird erst dann bemerkt, wenn die dort erlebten Wahrnehmungen mit späteren Empfindungen verglichen werden. Dann wird häufig erkannt, wie stark man/frau von wenigen ausgewählten Eigenschaften seines daran unschuldigen Partners auf die gesamte Person dieses „Opfers“ verallgemeinert hat. Im Zusammenhang mit depressiven Störungen wird berichtet, daß Klientinnen sich selbst oder ihre Bezugspersonen (Eltern, Kinder, Ehepartner) in sehr eingeschränkter Weise wahrgenommen haben (sie sind *nur* lieb, böse, Mutter *und nie* manchmal ungerecht, ungeschickt, berufstätige Frau). Die Erwartungen an sich selbst und die Bezugspersonen werden aufgrund der selektiv verallgemeinerten Wahrnehmung entwickelt und können daher zumeist nicht erfüllt werden.

Übergeneralisation bezeichnet dagegen einen Denkstil, durch den die Auswirkungen einmaliger, zumeist negativer Erfahrungen überschätzt werden. Der Tod eines Familienangehörigen durch einen Verkehrsunfall wird zum Beispiel zum Anlaß genommen, das baldige Ableben aller geliebten Personen zu befürchten. Dagegen führen Maximierungs- und Minimierungstendenzen zu differenzierteren Verzerrungen der Wahrnehmung, weil keine neutralen Erfahrungen mehr gemacht werden. Jedes Ereignis ist entweder höchst bedeutsam für die nähere Zukunft, und sei es das Ausbleiben eines erwarteten Briefes, oder aber es ist gänzlich bedeutungslos, auch wenn es sich um einen beträchtlichen beruflichen Erfolg handelt.

Das Reaktionsmuster der Personalisierung liegt vor, wenn äußere Ereignisse ohne weitere Belege auf die eigene Person zurückgeführt werden. Der Verkehrsunfall des Familienangehörigen konnte zum Beispiel nur geschehen, weil man selbst sich nicht genügend bemüht hatte, ihn zum vorsichtigen Fahren anzuhalten.

Depressive Personen sind aufgrund der oben beschriebenen Denkfehler nicht mehr in der Lage, feine Abstufungen zwischen Extremausprägungen von Eigenschaften vorzunehmen. Alle Ereignisse und Mitmenschen werden in wenige dichotome Kategorien in verabsolutierender Weise eingeordnet. Es gibt dann nur noch ganz vollkommene oder völlig verkommene Mitmenschen, furchtbar schmutzige oder makellos saubere Wohnungen. Der depressiv erkrankte Mensch ordnet sich dabei stets den negativen Kategorien zu und ignoriert alle Reize, die diese Einordnung in Frage stellen.

Um die Entstehung von Depressionen zu erklären, beschreibt Beck mit dem Begriff der depressiven Veranlagung einen Verbund dysfunktionaler Schemata (einschließlich der „kognitiven Triade"), die zumeist zu Beginn der Individualentwicklung über die Prozesse des sozialen Lernens erworben wurden. In einer Latenzperiode sind sie deaktiviert ohne verhaltenssteuernde Funktion und werden bei einem traumatischen Ereignis, zum Beispiel Partnerverlust, ziemlich unvermittelt reaktiviert und dann übermäßig verhaltensbestimmend.

Die als Traumata bezeichneten auslösenden Ereignisse führen also in Verbindung mit der (kognitiven) prädepressiven Konstellation zu einer mehr oder weniger schnellen Veränderung der gesamten Sichtweise der depressiven Person. Die kognitive Triade wird immer dominanter und umfassender. Diesen Prozeß versucht Beck mit dem Konzept der Energetisierung, einem Rückkoppelungsmodell, zu erklären:

„Man kann annehmen, daß das Schema anfänglich durch ein psychisches Trauma energetisiert wird. Die Aktivierung dieser kognitiven Strukturen hat die Stimulation von Affekten zur Folge. Die Aktivierung von Affekten bringt einen Energieschub mit sich, der subjektiv als schmerzliche Emotion erfahren wird. Die Energie fließt dann zur kognitiven Struktur zurück und verstärkt die dort gebundene Energiemenge. Dies führt dann zur weiteren Innervation der affektiven Strukturen" (Beck, 1972, S. 289; Übersetzung aus: Hoffmann, 1976, S. 94).

Der hierbei auftretende Rückkoppelungseffekt kann nach Beck & Greenberg (1979) wie folgt interpretiert werden:
Durch die oben angeführten Auslösebedingungen (z. B. Verlust einer wichtigen Bezugsperson) werden die latenten kognitiven Schemata, die sich auf Selbstbestrafung, Verlust und negative Erwartungen beziehen, manifest. Die so hervorgerufene Aktivierung der kognitiven Triade führt zu unangenehmen Gefühlen wie Niedergeschlagenheit, Apathie, Einsamkeit oder Enttäuschung, die wiederum als Beweis für die Richtigkeit der negativen Kognitionen (wie Verlustgedanken, Fehlschlagsüberlegungen, Selbstabwertungen) gewertet werden. Das heißt, die Affekte wirken ebenfalls als depressionsfördernde Stimuli, da ihre Interpretation denselben fehlerhaften Denkoperationen folgt (vgl. die bereits erwähnten logischen Denkfehler) wie die der externen auslösenden Faktoren.

Becks Depressionsmodell hat sich, wenn die Vielzahl der in den letzten Jahren dazu erschienenen Arbeiten berücksichtigt wird, als außerordentlich fruchtbar erwiesen (Coyne & Gotlib, 1983). Es handelt sich dabei im Prinzip um ein Störungsmodell, in dem eine kognitive, depressive Veranlagung – als Diathese – die notwendige Voraussetzung für die Ausbildung depressiver Störungen darstellt. Als zweiter Faktor wird ein umweltabhängiger Streß beschrieben, der durch biochemische, hypothalamische und psychische Auswirkungen die Ausbildung von Depressionen bei vorhandener Veranlagung erst ermöglicht. Die empirische Überprüfung der Modellannahmen bezüglich der psychischen Diathese hat sich, trotz anfänglichem Optimismus, als weitgehend kompliziert erwiesen. Nicht einmal einfache Grundannahmen bezüglich der unterschiedlichen Beurteilungsschemata von depressiven und psychisch unauffälligen Personen sind befriedigend nachgewiesen worden (vgl. Sammelreferat: Coyne & Gotlib, 1983).

Weiter können zwei häufige, empirisch abgesicherte klinische Befunde durch das Modell nicht erklärt werden. Einmal, warum beim weitaus größten Teil der depressiv erkrankten Personen nach durchschnittlich sechs Monaten Spontanremissionen auftreten. Zum anderen, warum viele Klienten mit akkuraten bzw. vollständig realitätsangepaßten Bewertungsstrategien diese auch unter den unglücklichsten Lebensumständen aufrechterhalten und dennoch Depressionen entwickeln.

Zweifellos stellen die idiosynkratischen Kognitionen einen wesentlichen Faktor depressiven Verhaltens dar. Obwohl die Ursache-Wirkungs-Sequenz noch völlig ungeklärt ist, hat sich gezeigt, daß aus diesem Modell therapeutische Techniken ableitbar sind, die sich bei der Behandlung depressiver Klienten bewährt haben – wenn auch nicht als einzige Methode.

### 5.2.5. Gelernte Hilflosigkeit als Modell depressiven Verhaltens

Bei der Entwicklung seines Verständnisses von Depression ist Seligman (1975) zunächst von Tierexperimenten ausgegangen, die den Einfluß konditionierter Furcht auf instrumentelles Lernen untersuchten. Dabei fand er heraus, daß ein Organismus, wenn er unkontrollierter aversiver Stimulation ausgesetzt worden ist, in nachfolgenden Vermeidungsexperimenten mit größter Wahrscheinlichkeit nicht zu adaptivem Lernen fähig ist.

Der Erwerb einer gelernten Hilflosigkeit ist durch folgende drei Phasen zu beschreiben:

**1. Phase:** Ein Organismus erhält die Information, daß die Wahrscheinlichkeit, eine positive Verstärkung zu erhalten bzw. aversiven Reizen zu entkommen, unabhängig von einer gegebenen Reaktion ist. Dies lernt der Organismus in Situationen, in denen er keine Kontrolle ausüben kann.

**2. Phase:** Der Organismus registriert und bearbeitet diese Information kognitiv so, daß er lernt, Reaktion und Ergebnis als unabhängig voneinander zu sehen und das auch in zukünftigen Versuchen zu erwarten.

**3. Phase:** Der Organismus überträgt diese Erwartung auf neue Lernsituationen. Das Ergebnis der dritten Phase ist dann der „gelernte Hilflosigkeitseffekt" (vgl. Levis, 1976, S. 54).

In den meisten Experimenten zur gelernten Hilflosigkeit wurde der Organismus unkontrollierbar aversiver Stimulation ausgesetzt (z.B. Elektroschock, Lärm, unlösbare Probleme), und später wurde sein Verhalten in einer neuen Lernsituation (mit kontrollierbarer Stimulation) untersucht. Die Hypothese, daß es nicht der aversive Stimulus per se ist, der gelernte Hilflosigkeit bewirkt, sondern das Fehlen von Kontrolle darüber, wurde dadurch belegt, daß eine zweite experimentelle Gruppe, die den aversiven Stimulus in der ersten Phase kontrollieren konnte, beim nachfolgenden Vermeidungslernen nicht hilflos war. Diese Vergleichsgruppe und eine zusätzliche naive Gruppe (kein Training mit aversiver Stimulation) schnitten in der neuen Lernsituation gleich gut ab und waren wesentlich erfolgreicher als die Gruppe ohne Kontrollmöglichkeit. Seligman wollte damit nicht nur seine Nichtkontrollhypothese bestätigt sehen, sondern auch den Generalisierungseffekt von gelernter Hilflosigkeit (Leistungsverminderungen in der neuen Lernsituation) demonstrieren.

Aufgrund seiner Annahme, daß sich die Erfahrungen mit Tierexperimenten zur gelernten Hilflosigkeit auf menschliches Verhalten übertragen lassen, entwickelt Seligman seine Auffassung über die Entstehung und Aufrechterhaltung von Depressionen. Dabei wird betont, daß sein Modell der gelernten Hilflosigkeit nicht alle Arten depressiver Störungen erklären kann, insbesondere aber die reaktiven Depressionen. Eine Analogie zwischen reaktiver Depression und gelernter Hilflosigkeit ist nur dann anzunehmen, wenn die experimentellen Befunde zur gelernten Hilflosigkeit sowohl in den behavioralen und physiologischen Erscheinungen als auch bezüglich der Ätiologie und Therapie- bzw. Präventionsmöglichkeiten mit den depressiven Erscheinungen übereinstimmen (Seligman, 1975, S. 88).

Sechs Merkmale werden als charakteristisch für die gelernte Hilflosigkeit angesehen und mit Eigenarten der Depression verglichen:
a) verringerte Initiierung von spontanen Reaktionen
b) negativer kognitiver Set
c) zeitlicher Verlauf (phasisch bzw. biphasisch)
d) verminderte Aggressivität
e) Verlust von Appetit und Libido
f) physiologische Veränderungen

Nach einer umfangreichen experimentalpsychologischen Litertur zu diesem Thema läßt sich zusammenfassen feststellen, daß der Symptomvergleich von Depression und gelernter Hilflosigkeit zwar einige Übereinstimmungen (z.B. bezüglich Angst und motorischer Inaktivität) zeigt. Bestimmte Merkmale depressiver Menschen, wie Niedergeschlagenheit, Selbstentwertung, Weinen und Selbstmordgedanken, konnten aber in Hilflosigkeitsexperimenten am Menschen (teils aus ethischen Gründen) nicht beobachtet werden (vgl. auch Seligman u.a., 1976, S. 193).

Zur Erklärung der Entstehung depressiven Verhaltens nimmt Seligman ein traumatisches Ereignis an, das aber weniger durch die Intensität der damit verbundenen Stressoren als durch seine Nichtkontrollierbarkeit gekennzeichnet ist: „It is not trauma per se that produce interference with later adaptive responding, but not having control over trauma" (Seligman u.a., 1976, S. 193).

Ein traumatisches Erleben der Nichtkontrollierbarkeit führt zu motivationalen, kognitiven und emotionalen Effekten:
a) Motivationaler Effekt
   Wenn ein Organismus gelernt hat, daß keine seiner Reaktionen etwas Bestimmtes bewirken kann, wird er das auch in Zukunft nicht erwarten. Seine Motivation, zum Beispiel einem Schock zu entkommen oder ein Geräusch abzustellen, wird dadurch allmählich zerstört (vgl. Maier & Seligman, 1976, S. 7ff.).

b) Kognitiver Effekt
   Wenn man gelernt hat, daß Reaktion und Verstärkung unabhängig voneinander sind, wird es schwer sein zu begreifen, daß das eigene Verhalten bestimmte Wirkungen hervorrufen kann. Dieser Mechanismus erschwert allgemein Lernfortschritte (vgl. Maier & Seligman, 1976, S. 13ff.).
c) Emotionaler Effekt
   Bedingungen der Nichtkontrolle führen zu Angst, Magengeschwüren und zu Appetitverlust (vgl. Maier & Seligman, 1976, S. 14ff.).

Zusammenfassend behauptet Seligman (1975), „daß nicht nur die absolute Qualität der Erfahrung Selbstachtung und einen Sinn für die eigene Kompetenz schafft und gegen Depression schützt, sondern die Wahrnehmung, daß die eigenen Handlungen diese Erfahrung kontrollieren. In dem Maße, in dem Konsequenzen unkontrollierbar werden, seien sie traumatisch oder positiv, wird der Weg für Depressionen frei. In dem Maße, in dem kontrollierbare Konsequenzen erfahren werden, wird das Individuum ein Gefühl für Bewältigung entwickeln und Widerstand gegen Depression aufbauen" (zitiert nach deutscher Ausgabe, 1979, S. 95).

In späteren Arbeiten mußte diese Behauptung wegen nicht einordenbarer humanexperimenteller Befunde revidiert werden (Abramson, Seligman & Teasdale, 1978). In der revidierten Form des Depressionsmodells wird der funktionale Stellenwert der gelernten Hilflosigkeit bzw. erlebten Nichtkontrolle zugunsten eines Attributionskonzepts reduziert.

„Wenn eine Person sich als hilflos empfindet, fragt sie, warum sie hilflos ist. Die dazu gemachten Kausalattributionen bestimmen den Allgemeinheitsgrad und die Chronizität ihrer Hilflosigkeitsdefizite so wie seine spätere Selbstachtung" (Abramson u.a., 1978, S. 50; Übers. d. Verf.). Die Entwicklung der gelernten Hilflosigkeit führt dann von der objektiven Nichtkontrollierbarkeit im Experiment bzw. Leben zur Wahrnehmung vergangener und augenblicklicher Nichtkontrollierbarkeit. Aus den dann aufgestellten Hypothesen, worauf das Erleben der Nichtkontrollierbarkeit zurückgeführt werden kann (Ursachenzuschreibung), werden Erwartungen für zukünftige ähnliche Situationen konstruiert. Erst aus diesen Erwartungen folgen dann die dysfunktionalen Symptome der Hilflosigkeit.

Depressiv veranlagte Personen attribuieren Mißerfolge auf interne, allgemeine und stabile Faktoren, während sie Erfolge auf spezifische externe und instabile Ursachen zurückführen. Aus den mit Mißerfolgen verbundenen Attributionen folgt ein geringes Selbstwertgefühl und die Erwartung, daß in allen möglichen Situationen und zu allen Zeiten nur persönliche Mißerfolge bzw. Hilflosigkeit auftreten müssen. Es hat sich also ein kognitives Schema eingestellt, das alle Inhalte der kognitiven Triade im Sinne von Beck in sich vereinigt; nur daß bei Abramson, Garber & Seligman (1980) im Unterschied zu Beck (1981) anstelle der negativen Bewertung die Erwartung der Hilflosigkeit ein für die Entstehung von Depressionen kritischer Faktor ist.

Das revidierte Depressionsmodell auf Grundlage der Theorie der gelernten Hilflosigkeit ist wegen der Bedeutung kognitiver Faktoren weniger mittels tierexperimenteller Untersuchungen als durch Attributionsstudien am Menschen zu belegen. Diese haben jedoch zu sehr uneinheitlichen Befunden geführt, so daß von einer experimentellen Absicherung des revidierten Depressionsmodells noch nicht ausgegangen werden kann.

Unter Zuhilfenahme allgemeiner attributionstheoretischer Konzepte ergeben sich mit Hilfe der Modellannahmen Seligmans verfolgenswerte Ansätze zu neuartigen Behandlungsverfahren für depressive Klienten (vgl. Brehm, 1980). Die allgemeine Effizienz dieser Methoden muß sich allerdings noch erweisen.

# Kapitel 6

# Psychophysiologie und Verhaltensmedizin[1]

*Hardo Sorgatz*

## 6.1. Wissenschaftstheoretische Positionen der Psychophysiologie

Verhaltenstherapeutisches Handeln bezieht sich stets auf Veränderungen von Verhaltensweisen des gesamten Individuums, unabhängig von der Methode, mit dem das indizierte Verhalten beobachtbar gemacht worden ist. Mußten in den vergangenen Jahren nicht unmittelbar zu beobachtende Verhaltensweisen ausgespart werden, so war dafür eher das Fehlen eines geeigneten Beobachtungsverfahrens als Hauptgrund anzusehen und nicht die mangelnde Bedeutung des „übersehenen“ Verhaltens. Zwar ist die direkte soziale Bedeutung gestörten manifesten Verhaltens, zum Beispiel phobischer Vermeidungsreaktionen, höher anzusetzen als die von innerorganismischen Fehlregulationen (z.B. permanent erhöhter Magensäuresekretion), in den Auswirkungen auf die Befindlichkeit des Individuums unterscheidet sich aber dysfunktionales beobachtbares Verhalten prinzipiell nicht von gestörtem Verhalten, das nur mit Hilfe komplizierter Apparaturen erschlossen werden kann. Es unterliegt zudem häufig denselben Lernprozessen, auch wenn unterschiedliche anatomische Generatoren betroffen sind.

Die in der praktischen Verhaltenstherapie übliche Unterscheidung von drei Beobachtungsebenen – der verbal-subjektiven, der nonverbal-motorischen und der neurophysiologischen Ebene – ist also vorwiegend durch die verwendeten Beobachtungstechniken begründet, die sich sowohl zur Beschreibung des individuellen Verhaltens als auch der sozial-gesellschaftlichen Interdependenzen verwenden lassen (Cacioppo & Petty, 1983). Die in den letzten Jahren zunehmende Beachtung physiologischer Prozesse auch in der angewandten Verhaltenstherapie zielt nach diesen Überlegungen konsequent auf eine möglichst vollständige Verhaltensbeschreibung und ist als Folge der besseren Verfügbarkeit zumeist elektronischer Beobachtungsapparaturen zu verstehen.

Die Entwicklung dieser früher sehr aufwendigen bzw. kostenintensiven Verfahren ist historisch gesehen von Grundlagenforschern der Psychophysiologie vorangetrieben worden. Bereits in der Prägung des Begriffs Psychophysiologie kommt das Bestreben zum Ausdruck, Physiologisches und Psychologisches miteinander zu vereinen. Was jedoch auf der begrifflichen Ebene ohne weiteres möglich ist, erweist sich in der Forschungspraxis als Schwierigkeit. In der Realität unterliegt der lebende Organismus einer dualistischen Betrachtungsweise, nach der psychische und physische Prozesse auf eigenständigen Ebenen ablaufen. „Das wichtigste Kennzeichen der Psychophysiologie ist die psychologisch-physiologische Doppelbetrachtung ...“ und zur Begründung heißt es weiter bei Fahrenberg:

---

1) Bei diesem Kapitel handelt es sich um eine Überarbeitung von Teil IV aus der 10. Auflage des *Forum für Verhaltenstherapie und psychosoziale Praxis,* Band 1.

„Dieser Dualismus der Beschreibungsweisen folgt aus der historischen und teils aus erkenntnistheoretischer Sonderstellung der Methodik und Forschungsziele von Psychologie und Physiologie" (Fahrenberg, 1979, S. 93).

Während unter amerikanischen und westeuropäischen Wissenschaftlern die Vorstellung von der Parallelität psychischer und physischer Prozesse verbreitet ist (Rotschuh, 1973) oder der Epiphänomenalismus, in dem subjektives Erleben nur als Anhängsel betrachtet wird (Rohracher, 1967; Weidel, 1962; Eresmann, 1968), geht die auf der Pawlowschen Lehre beruhende sowjetische Psychologie von der Einheit und engen Wechselwirkungen beider Prozesse aus, bei der der Hirnrinde die zentrale Rolle zukommt, indem sie interozeptive und exterozeptive Reize (Reize, die aus dem Körperinnern bzw. aus der Umwelt stammen) zu einem für den Organismus günstigen Gleichgewichtszustand verarbeitet.

Einige Autoren gehen der Frage nach dem Verhältnis zwischen körperlichen und geistigen Phänomenen aus dem Weg, indem sie es als Scheinproblem ansehen und in den Bereich philosophischer Spekulationen verweisen. Wieder andere möchten es im Bereich der Sprachlogik ansiedeln (Wittgenstein, 1960). „Wissenschaft besteht aus Sätzen und nur aus Sätzen", wobei die Frage der Verankerung der Sätze in der Realität ungeklärt ist. Diese Auffassung findet sich auch bei den logischen Empiristen des Wiener Kreises (vgl. Holzkamp, 1972).

Ausführungen zur Geschichte des Leib-Seele-Problems in neuerer Zeit finden sich bei Pongratz (1967), Rohracher (1967), Rubinstein (1974), Feigl (1973) und Smirnow (1974).

Nach Birbaumer (1975) existieren im Organismus unterschiedliche Organisationsstufen, deren Interaktion einen bestimmten Verhaltensakt determinieren. Untersuchungen auf den einzelnen Stufen sind nur dann zulässig, wenn der Zusammenhang mit dem „Gesamtsystem" nicht verlorengeht. Birbaumer schließt sich dabei der Argumentation Pickenhains (1968) an. Eine Gesamtübersicht über die Organisationsstufen und Betrachtungsebenen menschlichen Verhaltens gibt Legewie (1979).

Untersuchungsgegenstand ist das individuelle Verhalten, welches durch das „Ensemble der Umweltbedingungen", also vor allem der gesellschaftlichen Bedingungen, geprägt wird. Die Verhaltensprägung wird nicht als passiv zu erduldender, rezeptiver Vorgang aufgefaßt, sondern als ein im Rahmen eines Selbstkontrollkonzeptes rückwirkender Prozeß, in dem das Individuum aktiven Einfluß auf seine Umwelt nimmt und Veränderungen in ihr bewirken kann.

Die Untersuchungsebenen lassen sich in drei Bereiche teilen:
1. die verbal-subjektive Ebene
2. die motorisch-nonverbale Verhaltensebene
3. die neurophysiologische Ebene

Auf den drei Ebenen kommen unterschiedliche Meßtechniken zur Anwendung. So werden die Ebene des subjektiven Erlebens mittels Introspektion, das heißt mit Tests, Fragebogen usw., erschlossen und die verbal-subjektiven Äußerungen einer Inhaltsanalyse unterzogen und hermeneutisch interpretiert (vgl. auch Fahrenberg, 1979). Auf der Verhaltensebene werden die klassisch-behavioristischen Erfahrungen der Verhaltensbeobachtung bzw. -beschreibung angewandt. Die durch die beschriebenen Verfahrensweisen erhobenen Daten werden teilweise einer weitergehenden statistischen Analyse unterzogen. Auf der Ebene neurophysiologischer Prozesse werden *Meßtechniken* eingesetzt, die auch in den Naturwissenschaften und der Medizin verwendet werden, wie zum Beispiel zur Messung von Hirnstrompotentialen *(EEG)*, zur Erfassung der elektrischen Leitfähigkeitsänderungen in der menschlichen Haut *(EDA)* sowie zur Erhebung von Herzfrequenz *(EKG)*, Atemfrequenz und Blutdruck. Biochemische Analyseverfahren (Katecholamine, Endorphine) gewinnen immer stärkere Bedeutung.

## 6.2. Psychophysiologische Konzepte

Breiten Raum nehmen in der psychophysiologischen Forschung die Begriffe Aktivierung, Streß und Emotion ein. Eine auch nur annähernd ausführliche Darstellung dieser weitverzweigten Gebiete würde den Rahmen dieses Einführungskapitels sprengen. Deshalb kann an dieser Stelle lediglich eine Übersicht zu diesen Themen vorgelegt werden. Eine deutschsprachige Zusammenfassung und einen Überblick geben Fahrenberg (1979), Birbaumer (1975; 1977), Haider (1969), Rogge (1981), Bösel (1981).

### 6.2.1. Psychophysiologische Aktivierung

Der Begriff Aktivierung ist in der Psychophysiologie von zentraler Bedeutung. Er kennzeichnet, wie zum Beispiel der Begriff des Lernens, universelle Funktionen des Verhaltens. Im engeren Sinne bezeichnet er die Intensität psychophysischer Prozesse. Duffy (1972) vertritt ein eindimensionales Aktivierungskonzept, nach dem Verhalten durch die beiden grundlegenden Komponenten Richtung (Annäherung und Vermeidung) und Aktivierung des Organismus beschrieben werden kann (vgl. Berlyne, 1969). Aktivierung wird hier vor allem unter dem Intensitätsaspekt betrachtet. Eine erhöhte Aktivierung führt so lange zu verbesserter kortikaler Leistungsfähigkeit, bis nach Überschreiten eines Optimums die Leistung wieder abnimmt. Die Lage des Aktivierungsoptimums ist je nach Komplexität der Leistungsanforderung unterschiedlich.

Eine wichtige Rolle bei der Aktivierung spielt das aufsteigende retikuläre Aktivierungssystem (ARAS). Seine unspezifischen Impulse bewirken eine Desynchronisation des Kortex. Die Aktivierung umfaßt sowohl Weckreaktionen mit phasischem (kurzdauerndem) Verlauf als auch die Aufrechterhaltung des kortikalen Wachzustandes auf der Basis tonischer (langanhaltender) Aktivitäten. Durch kortikofugale Hemmung der retikulären Formation und Verringerung der unspezifischen Afferenzen des ARAS kommt es zum Schlaf. Pickenhain (1977) weist der Retikulärformation (RF) als aktivierendem System die Rolle eines Teilmechanismus zu, dessen Neuronenverbände ihrerseits „zahlreichen regulierenden Einflüssen anderer Hirnabschnitte“ unterliegen (Pickenhain, 1977, S. 702).

Erweitert wurde das Konzept der retikulären Aktivierung von Olds & Milner (1954), die in den Regionen des limbischen Systems positive Verstärkerstrukturen ermittelten, welche, ebenso wie die Formatio Reticularis, EEG-Desynchronisation und Wachheit bedingen.

Ein Erklärungsversuch über bestehende Zusammenhänge zwischen den Funktionen der Retikulärformation und des limbischen Systems wurde von Routtenberg (1968) unternommen. Danach hemmen sich die beiden Systeme reziprok, das heißt, bei mittlerer Aktivierung ist das limbische System aktiv und hemmt die Aktivität der Retikulärformation und der mit ihr eng verbundenen Aversionsstrukturen des dorsalen Mittelhirns. Bei zunehmender Aktivierung der Aversionsstrukturen der Retikulärformation werden die Prozesse positiver Selbstverstärkung des limbischen Systems gehemmt. Der Hypothalamus spielt in dem System erregender und hemmender Impulse eine Zwischenrolle, da er aktivierenden Einfluß auf beide Systeme hat (vgl. Abb. 6.1).

In diesem Zusammenhang ist noch der Hippocampus zu erwähnen, da er bei Theta-Aktivität, das sind niedrigfrequente EEG-Wellen zwischen 3 Hz und 7 Hz, über das laterale Septum die Retikulärformation hemmt (nur bei mittlerer Aktivität). Unsicherheit bezüglich einer Reizsituation veranlaßt den Hippocampus, alle Reaktionen der Retikulärformation zu stoppen. Somit besitzt er für die Habituation und beginnende Lernprozesse eine wichtige Funktion.

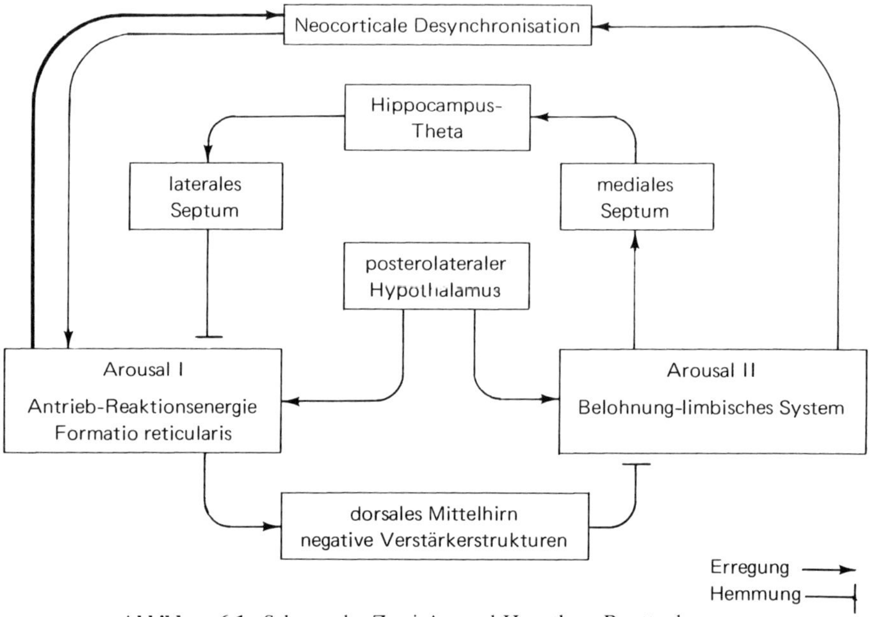


**Abbildung 6.1.:** Schema der Zwei-Arousal-Hypothese Routtenbergs. Erläuterung siehe Text. (Aus: Routtenberg, 1968.)

Routtenberg versäumt es jedoch, auf die zentrale Bedeutung kortikaler Mechanismen einzugehen. Im Kortex wird letztendlich darüber entschieden, welches von beiden Systemen zu welcher Zeit arbeiten soll. Die Tendenz, subkortikalen Hirnstrukturen die entscheidende Bedeutung bei der Realisierung von Handlungen zuzubilligen, ist zu kritisieren, reduziert sie doch die führende Rolle der Großhirnrinde (des Bewußtseins) zum Befehlsempfänger *genetisch* festgelegter Hirnstrukturen. Kritische Stellungnahmen hierzu sind von Bykow & Kurzin (1966) und Birbaumer (1975; 1977) vorgelegt worden.

In seiner Vielschichtigkeit erzeugt der Begriff Aktivierung viele theoretische Ansätze, die meist nur eine schmale empirische Basis haben. Die Theorien zur Aktivierung reichen von Autoren wie James (1890) und Lange (1887) bis hin zu Vanderwolf & Robinson (1981).

Fahrenberg (1979) klassifiziert den Begriff Aktivierung nach vier Unterscheidungsmerkmalen:

„1. Die Intensität eines Aktivierungsprozesses, welche sich in offensichtlichen Unterschieden der Aufmerksamkeit, Handlungsbereitschaft und Aktivität bei körperlicher und geistiger Tätigkeit, in Entspannung und Schlaf und in den erlebten und sichtbaren Unterschieden körperlicher Erregung zeigt.
2. Die Gerichtetheit eines Aktivierungsprozesses, welche in der Antriebsbezogenheit, zum Beispiel auf Nahrungsaufnahme, Kontaktbereitschaft, Aggressionsbereitschaft, und in der engen Koppelung mit orientierten kognitiven Prozessen erscheint, das heißt in der Verarbeitung von aktuellen Innen- und Außenreizen unter dem Einfluß der früheren Erfahrung und der bewußten Intention.
3. Die Valenz eines Aktivierungsprozesses, welche in der elementaren Erlebnisqualität angenehm – unangenehm (Lust – Unlust) und in der verhaltenstheoretisch wichtigen Verstärkerfunktion (Belohnung – Bestrafung), aber auch in der individuellen und soziokulturellen Wertorientierung gegeben ist.
4. Die Selektivität eines Aktivierungsprozesses, welche auf die Frage nach der Generalität oder Spezifität, das heißt auf die empirische Unterscheidbarkeit bestimmter Dimensionen oder Konfigurationen von Aktivierungsprozessen hinausläuft" (Fahrenberg, 1979, S. 110).

Während die Funktion des retikulären Aktivierungssystems auf subkortikal gesteuertes Verhalten allgemein akzeptiert wird, ist die Diskussion über die Wirkung der zum Kortex aufsteigenden Bahnen noch nicht abgeschlossen (Vanderwolf & Robinson, 1981; Rank, 1981; Malmo & Malmo, 1981). Einmal wird die zu enge Definition des Aktiviertheitszustandes in Anlehnung an eine EEG-Desynchronisation kritisiert, wodurch präzise Beschreibungen des hochaktivierten Verhaltens vernachlässigt worden sind. Zum anderen gibt es verschiedene Verhaltenszustände, in denen völlig unerwartet paradoxe Aktivierungsmuster im EEG auftraten (z.B. im Koma). Vanderwolf & Robinson (1981) vertreten aufgrund einer Vielzahl von tierexperimentellen Untersuchungen die Ansicht, die aufsteigenden Bahnen des retikulären Aktivierungssystems hätten keine direkten Auswirkungen auf die verschiedenen Wachheitszustände. Sie unterscheiden zwei Subsysteme des retikulären Aktivierungssystems, wobei das erste (cholinerge) sich auf reflexhaftes bzw. rein konsumatorisches Verhalten auswirkt. Das zweite, weitgehend noncholinerge Subsystem des retikulären Aktivierungssystems moduliert willkürliches motorisches Verhalten, also Verhalten, das unter operanter Kontrolle, zum Beispiel im Verlauf von Shaping-Prozeduren, stehen kann.

### 6.2.2. Streß

Während sich die Erforschung von Aktivierungsphänomenen auf relativ kurzzeitige Veränderungen des Erregungszustandes bzw. auf die Wirkung persönlichkeitsspezifischer Aktivierungszustände (z.B. Introversion nach Eysenck, 1979) beschränkt, beziehen sich Untersuchungen zum Streßkonzept auf Lebensumstände, die durch eine permanente Überlastung des Nervensystems gekennzeichnet sind.

Der Streßbegriff geht zurück auf die Lehre Selyes (1954) vom „allgemeinen Adaptionssyndrom" (Streß). Danach spielt das endokrine System (Hypophysenvorderlappen und Nebennierenrinde) bei der Verarbeitung eines aus dem äußeren Milieu stammenden Reizes, den er als „Stressor" bezeichnet, eine entscheidende Rolle. Stressoren können physikalischer (Kälte, Hitze, Strom usw.) oder biologischer (Infektion, Intoxikation) bzw. psychologischer Art (Konflikt, Arbeitsüberlastung) sein. Wirkt ein Stressor auf den

Organismus ein, kommt es zu einer „Alarmreaktion", an die sich der Komplex des allgemeinen Adaptionssyndroms anschließt (Bykow & Kurzin, 1966). Die Alarmreaktion besteht aus drei Phasen:

1. dem Stadium der Mobilisierung,
2. dem Stadium der Resistenz,
3. dem Stadium der Abwehr.

Die Adaptionsreaktion wird von Selye als hormoneller Abwehrmechanismus aufgefaßt (Selye, 1954). In neueren Untersuchungen Selyes werden als für die Streßreaktion mitverantwortliche Faktoren Persönlichkeitsmerkmale und kognitive Prozesse einbezogen (Selye, 1974). Nicht nur die Situation allein, sondern auch deren Einschätzung aufgrund früherer Lebenserfahrungen des Individuums entscheidet über die Qualität und Intensität des Stresses.

Analog zum endokrinologischen Streßmodell von Selye entwickelten Cofer & Appley (1966) ein psychologisches Streßmodell, das von einem Regulationsniveau ausgeht, bis zu dem der Organismus in der Lage ist, ungünstige Umweltreize mehr oder weniger schadlos zu integrieren. Wird die Schwelle überschritten, kommt es zu Abwehrreaktionen und schließlich zu einem pathologischen Zustand des Organismus.

„Dem Organismus stehen angeborene und erlernte Mechanismen zur Bewältigung (mastery) von Situationen zur Verfügung. Bei zunehmender Belastung reichen diese habituellen Verhaltensweisen nicht mehr aus, sondern jenseits einer Auslöseschwelle findet ein Wechsel zu neuen, probierenden Bewältigungsversuchen (coping) statt. Falls das Individuum erkennt, daß auch auf diese Weise die Situation bzw. Aufgabe nicht bewältigt werden kann, ist die Frustrationsschwelle erreicht und das aufgabenbezogene Problemlöseverhalten wird zunehmend von ichbezogenen Mechanismen abgelöst, welche die jetzt in der Überforderung erlebte Bedrohung, die Angst und Frustration zu beherrschen oder abzuwehren suchen. Führen Aufgaben und ichbezogene Bewältigungsversuche zu keiner Änderung der Belastungssituation, so ist die Streßschwelle erreicht. Die ichbezogenen Schutzreaktionen dominieren, es werden Gefahr, Verzweiflung, Panik erlebt. Schließlich kann eine Erschöpfungsschwelle überschritten und ein Zustand der Hilf- und Hoffnungslosigkeit und Ermüdung mit stark abnehmender Erregung und Aktivität erreicht werden" (Fahrenberg, 1979, S. 121).

Den Vorzug dieses Modells sieht Fahrenberg in einer verbesserten Möglichkeit der Operationalisierung, „da die Schwellen nicht nur durch veränderte subjektive Situationsbewertung, sondern auch durch den Wechsel typischer Verhaltensweisen gekennzeichnet sind" (Fahrenberg, 1979, S. 121).

Ein von Lazarus aufgestelltes Streßmodell orientiert sich hauptsächlich an der kognitiven Bewältigung von Streßsituationen. Das Streßerlebnis hängt nicht nur von der objektiven Belastungssituation und personenspezifischen Merkmalen ab, sondern wird weitgehend von der individuellen Bewertung der Gefährlichkeit der Situation bestimmt. In den Bewertungsprozeß sind Copingmechanismen eingebettet, durch die sich das Individuum mit der Belastungssituation auseinandersetzt, um eine Abänderung der Bedrohung zu erreichen. Lazarus (1966) unterscheidet dabei zwischen einer Primärbewertung, in der eine Beurteilung der Situation als bedrohlich, günstig oder unbedeutend herbeigeführt wird; einer Sekundärbewertung, die zum Ziel hat, geeignete Handlungen zur Bewältigung der Situation auszuwählen und in Anwendung zu bringen, und drittens einer Neubewertung, die Auskunft über den Erfolg der Abwehrhandlung geben soll.

Dieses dreistufige Bewertungsmodell von Streßsituationen hat zu einer Vielzahl von

Studien geführt, in denen bei objektiv gleichen Situationsparametern unterschiedliche Bewertungsstrategien simuliert werden sollten. Wird zum Beispiel ein Film mit verschiedenen Tonspuren unterschiedlichen Inhalts versehen, wird dasselbe Bildmaterial als neutral, bedrohlich oder aber belustigend empfunden. Darüber hinaus wurden Testverfahren entwickelt, mit denen persönlichkeitsspezifische Bewertungsmuster erfaßt werden sollten. Diese Arbeiten haben zu einem Katalog von Copingstrategien geführt, die zum Teil mit den Abwehrmechanismen psychoanalytischer Modelle übereinstimmen. Leider lassen sich aus dem Streßmodell von Lazarus keine theoretisch begründbaren Ordnungsschemata für die verschiedenen Bewertungsprozesse ableiten, die auch zu überprüfbaren Hypothesen bezüglich der Streßreaktionen führen. Auch hat es sich als schwierig erwiesen, die postulierten Bewertungsprozesse so weit zu operationalisieren, daß sie einer interindividuell objektiven Beobachtung zugänglich werden.

### 6.2.3. Emotionen

Die Beschäftigung mit dem Phänomen des Gefühls gehört zum unverzichtbaren Bestandteil der meisten Kulturkreise. Für die Psychologie wurde es zu einem wichtigen Untersuchungsgegenstand, über den aber lange nur metaphysische Spekulationen angestellt wurden. In der Psychophysiologie wird das Phänomen „Gefühl" in seine verschiedenen Bestandteile zerlegt und methodisch erforscht. Analysen der Emotion auf der Erscheinungsebene umfassen haupsächlich die beiden Dimensionen „angenehm/unangenehm" sowie die Intensität der beteiligten Aktivierung. Es handelt sich bei der Emotion um eine globale Beschreibungsdimension psychophysiologischer Prozesse.

Ein erster Versuch der näheren Klassifizierung von Emotionen findet sich bei Wundt (1896). Er unterscheidet zwischen Stimmungen, Gefühlen und Affekten. Stimmungen sind die am weitesten gefaßten Erlebnisqualitäten. Sie erstrecken sich auf körperliches Wohl- bzw. Unwohlbefinden, zum Beispiel Frische, Wohlbehagen sowie Müdigkeit und Schwäche. Gefühle sind stärker situationsbezogen und mit kognitiven Bewertungen verknüpft. Bei Affekten nimmt das Individuum auch die Begleitumstände körperlicher Erregung subjektiv wahr.

Von James & Lange (1922) stammt eine Theorie der Emotion, die sich an biologischen Prozessen im Organismus orientiert. Demnach führen Erregungsveränderungen im peripheren Nervensystem, die vom Individuum wahrgenommen werden, zur Entstehung eines Gefühls. Die Theorie von James & Lange ist Beispiel für einen physiologischen Reduktionismus in der Psychologie.

Cannon (1929) entwickelte im Gegensatz dazu eine thalamische Emotionstheorie. Er verlegte damit den Ort der Entstehung von Gefühlen weiter nach „oben" im Nervensystem. Er stützte sich dabei auf Experimente, in denen er bei Ausschaltung des peripheren Nervensystems (Durchtrennung des Rückenmarks und Entfernung des Grenzstranges) noch emotionales Verhalten registrierte (vgl. Lang, 1977). Die Klassifizierung der Emotionen als Aktivierung geht auf Cannon zurück, der sie als durch die Gesamtaktivität des sympathischen Nervensystems gekennzeichnet sieht. Der Gemeinsamkeit verschiedener physiologischer Erregungsmuster der Emotion kommt nach Cannon größere theoretische Bedeutung zu als den unterschiedlichen nervösen Erregungsabläufen spezifischer Emotionen.

Einen wesentlichen Beitrag zum Problem der Emotion in der Psychophysiologie liefern

Schachter & Singer (1962), indem sie die Rolle kognitiver Prozesse bei der Entstehung von Emotionen untersuchten.

„Probanden ließen sich nach einer aktivierenden Adrenalininjektion durch den Mitspieler des Experimentators relativ leichter in einen verärgerten oder in einen hypomanischen Zustand bringen, wenn ihnen vorher keine Erklärung für die auftretende körperliche Adrenalin-Reaktion gegeben war, während die Kontrollgruppen ausdrücklich mit bestimmten Erwartungen hinsichtlich der Symptomatik versehen waren bzw. nur ein Placebo erhalten hatten. Schachter und Singer behaupten nun ...: Wenn ein Zustand physiologischer Aktivierung besteht, für den das Individuum keine unmittelbare Erklärung besitzt, dann wird es diesen Zustand mit den gerade verfügbaren Wahrnehmungen beschreiben. Ein und derselbe Aktivierungszustand kann sich in Abhängigkeit von den kognitiven Aspekten einer Situation als Freude, Wut, Eifersucht oder noch abweichender beschrieben werden. Zwar wird die Möglichkeit physiologischer Differenzen zwischen verschiedenen Emotionen von den Autoren nicht ganz ausgeschlossen, sie gehen auch nicht so weit, nur eine einzige, erst durch kognitive Inhalte ausdifferenzierte Aktivierungsdimension anzunehmen, doch halten sie die kognitive Bedingtheit und Konditionierbarkeit der emotionalen Qualitäten für entscheidend ..." (Fahrenberg, 1979, S. 129f.).

Während es bei Schachter zur Entstehung einer Emotion überwiegend auf die Bedeutung aktueller Stimulusmerkmale ankommt (z.B. jemand begegnet in einer dunkeln Allee einem Mann mit einem Gewehr, so wird die Vorstellung „Mann mit Gewehr" einen unspezifischen physiologischen Arousalzustand hervorrufen, der aufgrund des Wissens über dunkle Alleen und Gewehre den qualitativen Zustand der Furcht bewirken wird), legen Arnold (1960) und Lazarus (1966) das Schwergewicht auf frühere Erfahrungen, Vorstellungen und Persönlichkeitsmerkmale der betreffenden Person als maßgebliche Parameter bei der Entstehung von Emotionen.

Die Theorie Schachters ist nicht ohne Kritik geblieben. Berkowitz (1966; 1967) und Razran (1971) zeigten, daß emotionale Reaktionen assoziativ auf direktem Wege, das heißt ohne „kortikale Vergleichssysteme" (Birbaumer, 1975, S. 212) nach dem S-R-Prinzip entstehen und eine kognitive Bewertung der Emotion nachfolgt. Reisenzein (1983) kommt nach einem umfassenden Literaturüberblick zu der Auffassung, daß Schachter die Bedeutung der psychophysiologischen Aktivierung für das Entstehen von Emotionen überschätzt hat. Nur wenn extern erzeugte Aktivierung fehlattribuiert wird, kann dieses nach den vorliegenden Untersuchungen zur Verstärkung der Emotion führen. Der Umkehrschluß Schachters, durch Aktivierungsreduktion bzw. das Zurückführen des erhöhten Aktivierungszustandes auf eine neutrale Ursache ließe sich auch die Intensität der Emotion reduzieren, hat dagegen keine empirische Bestätigung erfahren. Damit scheidet Schachters Emotionstheorie zur Erklärung der angstreduzierenden Wirkung von Entspannungsverfahren weitgehend aus. Die im Verlauf der Entspannungsübungen erlebte Aktivierungsminderung kann nicht als Ursache der Angstreduktion betrachtet werden.

Allgemein ist gegen die Emotionstheorie Schachters eingewandt worden, daß zugunsten eines weitgehend globalen Kognitionsbegriffs die spezifischen subjektiven und physiologischen Reaktionsmuster einzelner Emotionen einfach ignoriert worden sind. Die letztgenannten Prozesse bilden nach Panksepp (1982) die Basis der Emotionen, während kognitive Prozesse kortikalen Ursprungs lediglich moderierenden Einfluß haben können. Aufgrund einer Vielzahl tierexperimenteller Untersuchungen ist zwischen vier „transhypothalamischen Exekutivsystemen" zu unterscheiden, deren Erregung subjektiv als Erwartung, Wut, Furcht und Panik empfunden wird.

Das Auftreten von bestimmten Umweltreizen erfordert nach Panksepps Konzeption bei allen höheren Lebewesen rasche Anpassungsprozesse, die vorwiegend subkortikal verschaltet sein müssen. Belohnungsreize wie Wärme, Essen, Sexualpartner führen zur Erregung des Erwartungssystems und dann unmittelbar zu appetetiven Verhaltensweisen, wie motorische Annäherung und genaues Beobachten des Reizes. Einschränkungen der körperlichen Bewegung oder Frustrationen wichtiger Bedürfnisbefriedigungen führen zur Aktivierung des Wutsystems mit Angriffs- und Kampfreaktionen auf der Verhaltensebene. Das Furchtsystem wird dagegen durch Bedrohung und Schmerzreize erregt, Fluchtverhalten ist dann die häufigste Konsequenz. Der vorübergehende Verlust von Sozialpartnern ist als spezifischer Stimulus des Paniksystems anzusehen. Explosives Verhalten und heftige Unmutsäußerungen sind die direkten Konsequenzen im beobachtbaren Verhalten, wenn sich zum Beispiel die Mutter eines Säuglings nach einer längeren Zuwendungsphase abrupt von ihrem Kind entfernt.

Ein wesentliches Merkmal der vier beschriebenen emotiven Systeme ist die unmittelbare Verschaltung zwischen Reizwirkung, Emotion und Verhalten. Andere als die vier beschriebenen Emotionszustände, wie Überraschung oder Freude, führen nach dem von Panksepp vorgelegten Literaturüberblick nicht in ähnlich automatisierter Form zu bestimmten Verhaltensabläufen. Das vorgestellte Emotionsmodell gilt folglich nur für einen Teil der bekannten Gefühlsreaktionen, die aber kennzeichnend für eine Reihe emotioneller Störungen sein können. Chronische Übererregung des Erwartungssystems wird als Ursache paranoid-schizophrenen bzw. manischen Verhaltens genannt, während im entgegengesetzten Fall depressive Symptome bzw. Parkinsonismus entstehen können. Eine zu starke bzw. zu geringe Aktivität der anderen emotiven Systeme wird als mögliche Ursache der Entstehung von Neurosen, Autismus und psychopathischem Verhalten angegeben.

Abgesehen von der zur Zeit noch unbeweisbaren Zuordnung psychiatrischer Krankheitsbilder auf tonische Erregungszustände der vier beschriebenen Systeme kann Panksepps Emotionstheorie als ein Versuch der Integration einer fast unübersehbaren Vielfalt empirischer Befunde gelten. Die daraus ableitbaren Konsequenzen sind jedoch nicht so offensichtlich, wie es der Autor gewünscht hat. Es gibt zumindest im Humanverhalten nur selten Situationen, die sich eindeutig einer der vier emotiven Exekutivsysteme zuordnen lassen. Weiter werden Zusammenhänge von zum Beispiel Furcht und Erwartungsgefühlen in dem Vier-Felder-Schema einfach negiert und über konfliktbeladene Stimulussituationen (Freude vs. Furcht) kann aus der Theorie keine Aussage gemacht werden.

Der Einfluß kortikaler Funktionen konnte in der Theorie wegen fehlender empirischer Befunde nicht berücksichtigt werden, ein Umstand, der vornehmlich auf die tierexperimentellen Verfahren zurückzuführen ist. Zu fragen bleibt aber, ob der subkortikalen Reiz-Emotion-Verhaltens-Umschaltung auch bei komplexen Reizsituationen die größere adaptive Effizienz zukommt. Zumindest ebenso plausibel ist, daß gerade die phylogenetische Weiterentwicklung kortikaler Zentren der menschlichen Spezies einen wesentlichen Anpassungs- und damit auch Reproduktionsvorteil verschafft hat. Die Bedeutung der subkortikalen Emotionszentren für das Verhalten ist daher je nach untersuchter Spezies getrennt zu beweisen, eine unmittelbare Generalisierung auf die Klasse der Säugetiere führt zwar zu einfachen Modellen, kann aber wegen der fehlenden empirischen Basis nur Zufallserkenntnisse zur Folge haben.

Einen Ansatz zur Integration psychobiologischer und kognitionstheoretischer Befunde über emotionale Prozesse wird in der Perzeptuo-motorischen Emotionstheorie Leventhals beschrieben (Leventhal & Mosbach, 1983).

Auf der untersten Funktionsebene (motorisch-expressives Niveau) des hierarchisch angeordneten Affektsystems werden wie bei Panksepp subkortikale Schaltkreise postuliert, die durch eine automatische Reiz-Emotion-Reaktion-Verschaltung gekennzeichnet sind. Es handelt sich dabei um neuronale Systeme, die zum Teil angeboren sind und durch bestimmte auslösende Reize aktiviert werden.

In der mittleren Funktionsebene werden komplette Reiz-Emotion-Reaktionsverläufe abgespeichert. Ihr Speicherinhalt, die Schemata, kann unter bestimmten Umständen zu automatisch ablaufenden Reiz-Reaktionsketten einschließlich der damit kodierten emotionalen Empfindungen führen. Vor allem Reaktionen des autonomen Nervensystems (konditionierte emotionale Reaktionen) werden durch diese Schemata bewirkt, während instrumentelle Handlungen in geringerem Maße an sie gebunden sind.

Das höchste konzeptuelle Niveau beinhaltet Verhaltensregeln für emotionale Situationen sowie in größerem Umfange ein Inventar an willkürlich anwendbaren Reaktionsregeln, die auch in emotional ansprechenden Situationen abgerufen werden können. Im Unterschied zur Ebene der Schemata können die Erlebens- und Verhaltensregeln des konzeptuellen Niveaus sprachlich kodiert und damit verbal beschrieben werden. Sie werden im allgemeinen durch verbale Botschaften ausgelöst. Mit den drei in der Funktionsebene gespeicherten Verhaltensregeln sind nicht – wie in den beiden unteren Ebenen – motorische Reaktionsmuster impliziert. Emotional gefärbte motorische Reaktionen können aus den unteren Ebenen abgerufen oder aber zur Verschleierung des aktuellen emotionalen Befindens willkürlich zusammengestellt werden.

In einer typischen interpersonellen Auslösesituation trifft die verbale Botschaft auf das konzeptuelle Niveau, der Gesichtsausdruck des Gesprächspartners wird im schematischen Niveau verarbeitet, während eine bestimmte, zum Beispiel aggressive Tonlage die untere expressive-motorische Ebene aktiviert. Letztere steht in bidirektionaler Verbindung zum viszeralen System und löst auch viszerale Reaktionen aus. Die in den beiden unteren Ebenen hervorgerufenen motorischen Reaktionsmuster werden mit der von der konzeptuellen Ebene stammenden intentionalen Reaktion verglichen. Stimmen sie überein, wird eine beabsichtigte Bewegung erlebt, unterscheiden sie sich, wird eine spontane Emotion empfunden.

Im Unterschied zu kognitiven Emotionstheorien (z.B. Schachter & Singer, 1962) ist in diesem Modell die Erregung des autonomen Nervensystems keine notwendige Entstehungsbedingung von Emotionen, und rein kognitiv ausgelöste Emotionen brauchen sich in ihrer Empfindungsqualität nicht von autonom-aktivierten Gefühlen zu unterscheiden. Weiter können Emotionen auch gänzlich ohne Beteiligung kognitiver Prozesse entstehen, eben auf dem untersten Funktionsniveau.

Die Postulate der Perceptuo-motorischen Emotionstheorie ermöglichen eine zusammenfassende Interpretation von Befunden aus der tierexperimentellen Emotionsforschung, aus entwicklungspsychologischen Untersuchungen zur Entstehung von Gefühlsmustern, sowie aus Arbeiten zum Schmerzgeschehen. Darüber hinaus lassen sich aus dieser Theorie empirisch überprüfbare Aussagen ableiten, die den Thesen anderer

Emotionstheorien deutlich widersprechen. Sie ist dadurch vielen anderen Begriffssystemen deutlich überlegen.

Angewendet auf die Analyse phobischen Verhaltens ergeben sich nach der Perceptuomotorischen Emotionstheorie drei Typen von Phobien, die sich allein durch das Funktionsniveau der auslösenden Reize unterscheiden. Es sind dies Phobien, ausgelöst durch Reize, für die im Sinne Seligmans eine angeborene Bereitschaft vorliegt (z.B. Schlangen), und auch für solche Reize, die auf einmal gemachte negative Erfahrungen zurückgeführt werden können (z.B. Hundephobien) und Phobien, die rein konzeptueller Natur sind, wie zum Beispiel Ängste vor der ersten akademischen Prüfung. Für alle drei Typen gibt es spezielle verhaltenstherapeutische Verfahren, unter anderem das Habituationstraining, die Systematische Desensibilisierung und die Rational-emotive Therapie.

### 6.2.4. Habituation

Die in den Abschnitten 6.2.1 bis 6.2.3 beschriebenen Konzepte sind in vielfältiger Weise zum Beschreiben der Entstehung von dysfunktionalem Verhalten bzw. psychischen Störungen verwendet worden. Das Konzept Habituation beinhaltet psychophysiologische Prozesse, die in eine entgegengesetzte Richtung wirken, also aktivierungs-, streß- und emotions*reduzierend.* Im Unterschied zum lerntheoretisch definierten Begriff der Extinktion oder Löschung ist unter Habituation ein Vorgang zu verstehen, der keine vorangegangene Lernerfahrung voraussetzt. In der reaktions- bzw. verhaltensmindernden Wirkung sind Extinktion und Habituation dagegen als gleichwertig anzusehen, das heißt, es läßt sich nur durch Rekurs auf die vorangegangenen Erfahrungen unterscheiden, ob der eine oder aber der andere Prozeß wirksam gewesen ist. Da auch bei Extinktionsvorgängen auf eine Reizwiederholung nicht verzichtet werden kann, stellt sich Habituation als ein sehr allgemein wirkender Prozeß dar, der an jeglicher Reaktionsverminderung mitbeteiligt sein kann.

Der Begriff Habituation beschreibt demnach den Prozeß der Verminderung des ungelernten Anteils einer Reaktion nach wiederholter Darbietung eines bestimmten Reizes. Die Komplexität des Reizes bzw. der Situation ist als Parameter des Habituationsverlaufs zu verstehen: Reaktionen auf komplexe Reize unterliegen einem flacheren Reduktionsprozeß als solche nach einfachen Stimuli. Sokolov (1963) hat rein physikalische von bedeutungshaltigen Reizen mit den Ausdrücken „nonsignal"- bzw. „signal"-Stimuli getrennt. Reize ohne Signalfunktion führen zu schnelleren Habituationsvorgängen als Signalreize.

Der Begriff der Habituation dient nicht nur der Erklärung von erfolgreichen therapeutischen Maßnahmen, sondern spielt auch eine Rolle bei der Analyse der Entstehung dysfunktionalen Verhaltens. Da nach dem Habituationskonzept Reize im allgemeinen bei mehrfacher Wiederholung zu Reaktionsreduktionen (z.B. Verringerung der Aktivierung und Angst) führen müssen, sind bei der Entstehung von Phobien die Mechanismen zu analysieren, die den Habituationsprozeß nicht wirksam werden lassen. Das Entstehen von psychischen Störungen läßt sich damit zumindest teilweise auf verminderte Habituationsfähigkeit der betroffenen Personen zurückführen (vgl. Gray, 1982).

Razran (1971) sieht in dem Vorgang der Habituation einen „primitiven" phylogenetischen Anpassungsmechanismus, bei dem der Organismus nichts Neues dazulernt, sondern nur aufhört, ein bestimmtes Verhalten zu zeigen. Als Indikator wertet er die fehlende evolutionäre Entwicklung. „Die Habituationsrate ist primär durch Organ- und Funktionseigenheiten bestimmt und weniger durch den evolutionären Status des Organismus“ (Birbaumer, 1977, S. 102).

Ein duales Habituationsmodell wurde von Groves & Thompson (1970) als Zwei-Phasen-Theorie der flexiblen Antwort auf wiederholte Stimulationen vorgestellt. Zwei hypothetische Prozesse, Habituation und Sensitization, werden als voneinander unabhängige Größen im Zentralnervensystem gesehen, deren Interaktionen ein bestimmtes Verhaltensmuster als Reaktion auf die wiederholte Stimulation initiieren. Ein Habituationsprozeß ist gekennzeichnet durch Abnahme der Verhaltenshäufigkeit bei wiederholter Stimulation. Dies gilt für angeborene und gelernte Reaktionen. Sensitization ist gekennzeichnet durch Anstieg der Reaktionsrate. Beide Antwortreaktionen verlaufen im Zentralnervensystem auf gesonderten Bahnen. Der S-R-Weg, die direkte Verbindung zwischen Stimulus und Response, wird von der Habituation benutzt, während der Prozeß der Sensitization das Ergebnis des Zusammenwirkens einer Reihe von Bahnungen in verschiedenen Systemen und Regionen subkortikaler Neuronenverbände ist.

Der „Dual-Process-Theorie“ von Groves & Thompson liegt ein neurophysiologisches Modell zugrunde. Habituation und Sensitization vollziehen sich auf der Grundlage zentralnervöser Prozesse im interneuronalen Bereich. Der Habituationsprozeß kann sich bereits auf Rückenmarksebene vollziehen. Sensitization ist an kortikale Prozesse gebunden.

Sokolovs Arbeiten über die Bedingungen und Mechanismen der Orientierungsreaktion (Sokolov, 1963; 1966) führten zur Theorie des Orientierungsreflexes als „Informationsregulator“, die große Ähnlichkeit mit dem Modell der Habituation von Groves & Thompson aufweist. Die Orientierungsreaktion (OR) ist definiert als „unspezifische Reaktion auf die Neuartigkeit eines Stimulus“ (Kussmann, 1974, S. 136).

Die Identifizierung eines Stimulus als *neu* setzt voraus, daß es einen „Stereotyp“ von Reizeinwirkungen gibt, der sich aufgrund früherer Erfahrungen gebildet hat und in den der neue Stimulus eingepaßt ist bzw. an den er nicht habituiert ist. Unter Einbeziehung informationstheoretischer Gesichtspunkte kann der OR-Reflex auch verstanden werden als Regulator, „der eingeschaltet wird, sobald Unsicherheit besteht. Er trägt zur Sammlung solcher Informationen bei, die die Unbestimmtheit der Situation beseitigen“ (Kussmann, 1971, S. 141). Die OR ist um so deutlicher, je mehr der neue Stimulus von dem im Zentralnervensystem vorhandenen Modell abweicht und je länger der Prozeß der Informationsgewinnung zur Beseitigung der Unsicherheit des Reizes anhält.

Für die neuronale Realisierung der OR spielt die „Interaktion zwischen kortikalen und unspezifischen subkortikalen Aktivierungs- und Hemmungsregionen (unspezifischer Thalamus, Hippocampus, retikuläre Formation)“ (Birbaumer, 1977, S. 107) eine wichtige Rolle. Ohne Beteiligung der Großhirnrinde findet keine Unterscheidung zwischen „neuen“ und „alten“ Reizen statt, und die Orientierungsreaktion (OR) erlischt nicht; es findet keine Habituation statt.

Dem Konzept der OR stellt Sokolov (1963) die Verteidigungsreaktion (defensive reflex; DR) gegenüber, die teilweise dem Sensitizationskonzept bei Groves & Thompson entspricht. Wie bei der Sensibilisierung kommt es zu einem Anstieg der Reaktionsintensität des Defensivreflexes auch nach wiederholter Darbietung des Gefahrreizes. Sokolov (1963) hat mittels plethysmographischer Meßverfahren die unterschiedlichen Habituationseigenschaften von Orientierungs- und Defensivreaktionen darstellen können. Über die Ursachen, die manche an sich ungefährliche Reize zu Gefahrensignalen werden lassen, können aber aus dieser Theorie keine Schlußfolgerungen gezogen werden.

Bezüglich des Habituationsverlaufs bestehen nach den Modellen von Sokolov und Groves & Thompson unterschiedliche Vorstellungen. Während nach Sokolov schwache Reize stärkere OR auslösen und langsam habituieren, weil die Unsicherheit des Stimulus hoch und das neuronale Modell unpräzise ist, erfolgt nach Groves & Thompson schnellere Habituation bei schwächeren Reizen und Sensibilisierung bei stärkeren. Dieser anscheinende Widerspruch wäre im Prinzip leicht experimentell aufzuklären, wenn eine einheitliche Meßskala auch für Stimuli mit Signalcharakter zur Verfügung stände. Da dies nicht der Fall ist, bleibt die subjektiv erlebte Bedeutung des Stimulus auch für den vorwiegend reizbezogenen Habituationsprozeß als entscheidender Parameter bestehen.

## 6.3. Psychophysiologische Methodik

Psychophysisches Geschehen ist mit den üblichen psychologischen Forschungsmethoden nicht in seiner Gesamtheit zu erfassen, sondern nur durch bestimmte Methoden in Teilaspekten abbildbar. Wie in vielen anderen empirischen Wissenschaften sind auch hier Erkenntnisse über den Forschungsgegenstand prinzipiell untrennbar mit der verwendeten Methode verbunden.

Aus den theoretischen Annahmen über das Bedingungsgefüge psychophysiologischer Prozesse ergeben sich Schlußfolgerungen hinsichtlich der Untersuchungsmethode. Die Vorstellung der Komplementarität psychischer und physiologischer Prozesse führt bei Fahrenberg zur Aufstellung zweier Bezugssysteme mit jeweils unterschiedlicher Methodik:

„Die Untersuchungsmethodik muß explizit als Methodenkombination angelegt sein, das heißt, sie muß von vornherein einseitige Festlegungen vermeiden und eine ‚gleichberechtigte' Planung, Anwendung, Auswertung und auch Entwicklung spezieller Verfahrensweisen in beiden Methodenhorizonten enthalten. Minimalforderungen richten sich auf die Erkundung bzw. Definition der physiologisch-somatologisch und der psychologisch beschreibbaren Ausgangsbedingungen, situativen Bedingungen und Endbedingungen einer Untersuchung sowie auf die ausdrückliche Erkundung der individuellen Motive, Bewertungen und Hypothesenbildungen post hoc" (Fahrenberg, 1979, S. 99).

Die Erhebung psychologisch deskriptiver Daten zur Erfassung der „Innenansicht von Aktivierungszuständen" (Fahrenberg, 1979, S. 105) geschieht mittels standardisierter Fragebögen, Tests und Skalierungsmethoden (Tab. 6.1).

Die introspektive Datenerhebung birgt neben erkenntnistheoretischen und semantischen Schwierigkeiten auch Methodenprobleme. Die Interpretierbarkeit von Variablen wie „innere Erregung" ist erschwert und entspricht selten den operationalen Kriterien eines wissenschaftlichen Experiments (Lang, 1971). Die erhaltenen Daten variieren stark, und ihre statistische Weiterverarbeitung durch lineare Korrelationen mit den Daten der verhaltensphysiologischen Ebene ist fragwürdig, da einmal wegen der stark variierenden zeitlichen Latenzen zwischen den registrierten Verläufen nur instabile Kovariationen zu erwarten sind und zum anderen psychologische Beobachtungsverfahren verglichen mit physiologischen Ableitungen ein deutlich gröberes Zeitraster mit sich bringen.

**Tabelle 6.1.:** Übersicht zur Skalierung des Befindens, der Körperwahrnehmung und allgemeiner Belastungen (Fahrenberg, 1979, S. 106).

| Methodentyp | Beispiele |
|---|---|
| 1. Skalierung des Befindens | |
| Einfache Einstufungen (Ratings) | Graphische Einstufungsskala „angespannt" |
| Likert-Skalen mit homogenen Items | Stimmungswortinventar, Angstskala |
| Guttmann-Skalen mit homogenen Items | Subjektive Streß-Skala |
| Andere indirekte Urteilsmethoden | Skala allgemeiner zentraler Aktiviertheit, semantisches Differential |
| Direkte Urteilsmethoden | Fingerspannenskalierung des „Unbehagens", Größenschätzung körperlicher Anstrengung |
| 2. Skalierung der Körperwahrnehmung und des Körperschemas | Body Distortion-Questionnaire, Hypochondric-Skala Körperliche Beschwerden |
| 3. Skalierung von Belastungen und Lebensereignissen | Liste der „life events", Skalen für familiäre und berufliche Belastung |
| 4. Skalierung von Experimentalsituationen | Postexperimenteller Fragebogen zu Versuchserleben und Motivation |

### 6.3.1. Elektrophysiologische Meßverfahren

Auf der physiologischen Meßebene werden hauptsächlich elektrische Biosignale aufgezeichnet. Das folgende Schema aus Fahrenberg (1979) gibt einen Überblick über die geläufigsten Biosignale (Tab. 6.2).

**Tabelle 6.2.:** Übersicht zu psychophysiologisch interessanten Biosignalen (erweitert) (Fahrenberg, 1979, S. 106).

| Funktionssystem | Beispiele für Biosignale und Kennwerte | |
|---|---|---|
| 1. Hirnpotentiale | EEG | – Frequenzbänder |
| | EEG | – Evozierte Potentiale |
| | ECo G | – Elektrocortikogramm |
| 2. Augen-Funktionen | EOG | – Aktivität |
| | Pupillogramm | – Pupillenweite |
| 3. Muskel-Funktionen | EMG | – Myointegral |
| | Tremogramm | – Leistungsspektrum |
| 4. Herz-Kreislauf-Funktion | EKG | – Herzfrequenz |
| | Plethysmogramm | – Pulsvolumenaplitude |
| 5. Atem-Funktionen | Pneumogramm | – Atemfrequenz |
| | Gasanalyse | – $O_2$-Aufnahme |
| 6. Haut-Funktionen | EDA (PGR) | – Hautleitwert |
| | Thermogramm | – Hauttemperatur |
| 7. Magen-Darm-Funktionen | EGG | – Magenmotilität |
| 8. Urogenital-Funktionen | | – Blasendruck |

Das Kovariationsproblem, gemeint ist die Beziehung zwischen Meßgrößen aus unterschiedlichen Meßmethoden, ist ein zentrales Thema der psychophysiologischen Forschung. In ihm wird die bestehende Unzulänglichkeit der angewandten Methoden oder aber auch die zeitliche, räumliche und funktionelle Komplexität des Untersuchungsgegenstandes „psychophysicher Organismus" deutlich.

Die Kovariationshypothese wird bei intraindividuellen Untersuchungen aufgrund globaler psychophysischer Konstrukte wie Aktivierung, Angst und Streß formuliert. Physiologische Aktivierungsindikatoren sollten sich bei Aktivierungsinduktion weitgehend gleichsinnig verändern und mit der subjektiven Erregungsempfindung übereinstimmen. Ist dies nicht der Fall – und viele Untersuchungen haben dies bestätigt –, kann dies auf die unzulänglichen Meßverfahren zurückgeführt werden oder aber die Bedeutung des Aktivierungskonstrukts in Frage stellen (Vanderwolf & Robinson, 1981).

Deutliche interindividuelle Kovariationen zwischen den Meßgrößen sind zu fordern, wenn psychologisch kongruente Situationsparameter gesetzt worden sind, zum Beispiel physikalisch identische Reize, oder aber die beobachteten Individuen vergleichbare psychosomatische Syndrome entwickelt haben. Sind übereinstimmende Verläufe vergleichbarer, bei verschiedenen Individuen erhobene Meßgrößen nicht aufzeigbar, kann dieses auf eine nichtkontrollierbare, interindividuelle (Fehler-)Varianz zurückgeführt werden oder aber auf individualspezifische psychophysische Reaktionsmuster. Das Phänomen der individualspezifischen Organwahl psychosomatischer Klienten stützt eher die letztgenannte Alternative.

Allgemein herrscht die Auffassung, daß intraindividuell erhobene psychophysiologische Meßgrößen höhere Kovarianz aufweisen als interindividuelle. Sie eignen sich daher weniger zur interindividuellen Normenbildung als zur individualtypischen Beschreibung von Zustandsveränderungen, wie sie für die angewandte Verhaltensmodifikation von Bedeutung sind.

### 6.3.2. Biochemische Methoden

Prinzipiell sind biochemische Veränderungen im Organismus, soweit sie mit psychischen Prozessen kovariieren, als psychophysiologische Prozesse anzusehen. Der Unterschied zu den traditionellen Verfahren der Psychophysiologie liegt weniger in ihrer theoretischen Interpretation als in ihrer meßmethodischen Andersartigkeit begründet. Während die traditionellen psychophysiologischen Meßverfahren wie das EKG, EMG bzw. EEG als elektrophysiologische Methoden mit der Erhebung von Biopotentialveränderungen auskommen, bedarf es zur Beobachtung biochemischer Prozesse teilweise komplizierter Analyseverfahren, die erst in den letzten Jahren Psychophysiologen in größerem Umfange zugänglich gemacht werden konnten. Besonders die kontinuierliche Analyse biochemischer Veränderungen stellt ein beträchtliches meßtechnisches Problem dar, das bislang nur für einzelne Substanzen in befriedigender Weise gelöst werden konnte.

Aus diesen vorwiegend technischen Gründen ist der Einsatzbereich biochemischer Analyseverfahren in der praktischen Verhaltensmodifikation zur Zeit noch sehr eingeschränkt. In der experimentellen Verhaltensmodifikation liegen dagegen schon mehrere Berichte vor, zum Beispiel zum Einsatz biochemischer Indikatoren bei der Adipositasbehandlung (vgl. Brownell, 1985). Vergleichsweise einfach ist die Abschätzung des Effekts psychologischer Interventionsmethoden bei Zuckerkranken durch Kontrolle des Blutzuckerspiegels (Bradley, 1982; Smith, 1983).

Zu den aufregendsten Entwicklungen der letzten 15 Jahre gehören nach Engel (1985) Erkenntnisse über die mögliche Konditionierbarkeit des immunologischen Systems (Ader & Cohen, 1985), zumal ein Teil der klassischen Infektionskrankheiten nicht mehr allein im Pasteurschen Sinne auf entsprechende Erreger, sondern auch auf zeitweise Defizite des Immunsystems zurückgeführt werden können.

Die Anhedoniehypothese (Wise, 1982) ist ein weiteres Beispiel der Verknüpfung biochemischer und behavioraler Reaktionen. Nach dieser Konzeption behindern Neuroleptika die Ausbildung von operanten Reaktionsketten, und umgekehrt steht operantes Lernen unter spezifischer Kontrolle bestimmter biochemischer Substanzen, eben jener, die durch die Phenothiazine desaktiviert werden, zum Beispiel Dopamin. Dopaminaktivierende Medikamente (Amphetamine) führen bekanntlich aber bei einigen hyperaktiven Kindern zu größeren Lernerfolgen (Wender & Wender, 1980). Nach Stein (1968; 1971) sind bei Verstärkungsprozessen adrenerge (Noradrenalin, Dopamin) Synapsen beteiligt, während bei Bestrafungsvorgängen cholinerge Synapsen (Überträgersubstanz: Acethylcholin) die Erregungsverschaltung übernehmen.

Alle diese Hypothesen sind zwar erst durch vergleichsweise wenige, zumeist tierexperimentelle Untersuchungen belegt, sie können aber auf künftige Tätigkeitsfelder bzw. Leitkonzeptionen verhaltenstherapeutischen Handelns hinweisen. Erste Ansätze dazu finden sich in verhaltensmedizinischen Arbeiten, die sich, von einem interdisziplinären Anspruch ausgehend, nicht auf den Kanon der aus dem Behaviorismus und der Elektrophysiologie stammenden Beobachtungs- bzw. Meßverfahren beschränken müssen.

## 6.4. Biofeedback

Beim Biofeedback handelt es sich um das bedeutendste Anwendungsgebiet psychophysiologischer Meßverfahren innerhalb der Verhaltenstherapie. Dies ist erstaunlich, da sich diese Verfahren – vor allem, wenn nur einzelne physiologische Parameter erfaßt wurden – in diagnostischen Fragestellungen weniger bewährt, dagegen als Mittel der Verhaltensänderung im Sinne einer „ständigen Selbstdiagnose" durchaus zu Erfolgen geführt haben. „Biofeedback beschreibt ein Verfahren, bei dem physiologische Prozesse, die nicht oder nur ungenau durch die (exterozeptiven) Sinnesorgane erfaßt werden, der *bewußten* Wahrnehmung zugänglich gemacht werden" (Kröner & Sachse, 1981, S. 9). Dabei ist nicht unbedingt notwendig, daß „der physiologische Prozeß selbst als auch die Rückmeldung und die zeitliche Kontingenz ... dem Individuum ... bewußt sein" muß (Birbaumer, 1977, S. 279). Biofeedback-Verfahren werden angewandt, um den gemessenen physiologischen Prozeß zu modifizieren bzw. dem beteiligten Klienten eine Selbstkontrolle über diesen Prozeß zu ermöglichen (Olton & Noonberg, 1980). Es wird dabei erwartet, daß sich nicht nur der physiologische Prozeß isoliert verändert, sondern sich noch andere Änderungen des Erlebens und Verhaltens einstellen.

Die Rückmeldung physiologischer Prozesse kann auf optischem und akustischem Wege geschehen. Die rückgemeldete Information kann analog, binär oder digital vermittelt werden. Bei *analoger Rückmeldung* werden fortlaufend physiologische Signale in elektrische Spannung umgewandelt (z.B. Zeiger auf einer Skala, an- und abschwellender Ton). *Binäres Feedback* nimmt einen physiologischen Schwellenwert an, der bei Überschreitung ein Signal einschaltet (Ton und Licht). *Digitales Feedback* wandelt elektrische Spannungen in Zahlenwerte um, die nur auf optischem Weg wahrgenommen werden.

Die Beeinflußbarkeit körpereigener Vorgänge mittels Biofeedback wird von einigen Autoren unter dem Aspekt *operanten Konditionierens* gesehen (vgl. Kap. 3). Hume (1979) betrachtet jedoch die Frage nach der operanten Beeinflussung des autonomen Nervensystems (ANS) als akademisch, weil es nicht möglich ist, die einzelnen Einflußfaktoren gezielt zu messen. Die Modifikation physiologischer Reaktionen nach dem klassischen Lernparadigma wird vor allem bei sowjetischen Autoren (Bykow & Kurzin, 1966) vorgenommen. Einen dritten Erklärungsansatz steuert die *Kybernetik* bei, die Feedbacktechniken im Sinne des Regelkreismodells versteht (Brener, 1974; Legewie, 1969). Die in den genannten Paradigmen geltenden Lernprinzipien besitzen anscheinend ebenfalls Gültigkeit auf physiologischem Niveau (Legewie & Nusselt, 1975).

Lang (1974) konnte zum Beispiel zeigen, daß Lernen zur Erhöhung der Herzfrequenz dem „skill-learning"-Prinzip der Übung motorischer Fähigkeiten enspricht, während die Senkung der Herzrate nach operanten Mustern erfolgt. Barber (1971) wandte das Verfahren der Verhaltensformung (shaping) in einem Experiment zur stufenweisen Erhöhung bzw. Erniedrigung der Herzrate an (vgl. auch Budzynski & Stoyva, 1973). Nach Birbaumer sind „kognitive Prozesse für den Erwerb von Strategien zur Änderung des kortikalen Thetarhythmus" ausschlaggebend (Birbaumer, 1977, S. 271).

Im folgenden wird ein geraffter Überblick über die therapeutische Anwendung der verschiedenen Biofeedback-Verfahren gegeben. Die zugrunde gelegte Literatur stammt im wesentlichen von: Legewie & Nusselt (1975), Birbaumer (1977), Hume (1979) und Kröner & Sachse (1981).

Mit Biofeedback lassen sich nach Legewie & Nusselt (1975, S. 97) einzelne Fähigkeiten trainieren, die für die Therapie von Nutzen sind:

„1. Wahrnehmung physiologischer Abläufe,
2. Wahrnehmung von Situationen, die diese Abläufe verändern,
3. Selbstkontrolle physiologischer Abläufe,
4. Übertragung der im Labor erlernten Selbstkontrolle auf Alltagssituationen ohne Biofeedback.

Diese Fähigkeiten können entweder zur Symptomkontrolle oder aber zur Unterstützung anderer therapeutischer Verfahren eingesetzt werden. Die Symptomkontrolle erscheint besonders erfolgversprechend bei gestörten physiologischen Abläufen bzw. bei funktionellen Störungen (z.B. in der Psychosomatik).

Bei primär organischen Störungen mit entsprechenden Ausfallsymptomen können Biofeedback-Methoden zusätzlich eingesetzt werden, um etwa vorhandene Funktionsreserven oder Kompensationsmöglichkeiten besser auszunutzen. Zur Unterstützung anderer therapeutischer Verfahren werden Biofeedback-Methoden in bestehende Techniken wie zum Beispiel autogenes Training, Systematische Desensibilisierung oder Psychoanalyse eingebunden. Das Ziel ist hier meist eine verbesserte psychophysiologische Entspannung und/oder die Wahrnehmung physiologischer Angstreakionen."

**EMG-Biofeedback**

Beim EMG werden die elektrischen Begleiterscheinungen der Muskelaktivität registriert. Die Ableitung dieser Muskelaktionspotentiale wird in der Regel akustisch oder optisch zu einem kontinuierlichen Feedback rückgemeldet. Die Patienten lernen Kontrolle über einzelne motorische Einheiten (Haider, 1969).

Es existiert eine Vielzahl von Untersuchungen zur Kontrolle einzelner Funktionen mittels EMG-Feedback, von denen hier nur einige exemplarisch genannt werden sollen:

Budzynski, Stoyva & Adler (1970) behandelten fünf Patienten mit Spannungskopfschmerz mit akustisch-analogem Feedback:

„Es handelte sich um eine einfache Gruppen-Ergebnisstudie und zeigte, daß das Feedback verbunden war mit einem progressiven Rückgang sowohl der subjektiven Stärke der Kopfschmerzen als auch des Spannungsniveaus des M. frontalis. Die Patienten erhielten zwei bis drei halbstündige Übungssitzungen pro Woche in einem Zeitraum von vier bis acht Wochen. Nach diesem Training wurden sie aufgefordert, täglich zu Hause zu entspannen. Die Besserung, die am Ende der Übungszeit festgestellt wurde, hielt mindestens drei Monate an" (Hume, 1979, S. 26–27).

In einer kontrollierten Gruppenstudie von Budzynski u.a. (1973) konnten die Ergebnisse bestätigt werden. Die Reduktion der Symptomatik hielt über das Feedback hinaus an, was längst nicht bei allen Feedback-Untersuchungen der Fall ist.

Legewie u.a. (1975) setzten EMG-Feedback bei Stotterern ein. Ebenfalls nützlich ist EMG-Feedback bei Schreibkrämpfen und hysterischen Lähmungen sowie Parkinson-Tremor (Nusselt & Legewie, 1975). Die Behandlung von Asthma (Davis, Sounders u.a., 1973) mit M.-frontalis-Feedback ist wenig erfolgreich, kann aber entspannungsunterstützende Wirkung haben, sofern es sich nicht um schwere Fälle handelt. Dasselbe gilt für Angstsymptome; konventionelle Entspannung und M.-frontalis-Biofeedback beeinflussen chronische Angstsymptomate in positiver Weise.

„In einer Einzelfallstudie eines phobischen Patienten beschrieb Wickramasekera (1972b) die Anwendung des akustisch-analogen Feedback des M. frontalis als ein Hilfsmittel zur erfolgreichen Systematischen Desensibilisierung. Das Feedback wurde dazu benutzt, der Patientin den Niveauanstieg einer physiologischen Aktivität anzuzeigen, so daß sie die Imagination der phobischen Szene kontrollieren konnte" (Hume, 1979, S. 29).

## EKG-Biofeedback

Das größte Interesse findet, gemessen an der Zahl der Publikationen, das Biofeedback der Herzfrequenz, dem stärksten Biosignal.

Im Elektrokardiogramm (EKG) werden die Summationspotentiale der Muskelerregung der Vorhöfe und der Herzkammern registriert. Sie erscheinen im EKG als Welle, die mit der Vorhoferregung beginnt (P-Zacke), sich über die Hauptkammer ausbreitet (QRS-Komplex) und in der abschließenden T-Welle wieder zur Ruhe kommt. In der Psychophysiologie sind vor allem die Abstände zwischen den einzelnen QRS-Komplexen relevant. Das EKG wird in psychophysiologischen Untersuchungen meistens zur fortlaufenden Kontrolle der Herzfrequenz registriert (Abb. 6.2).

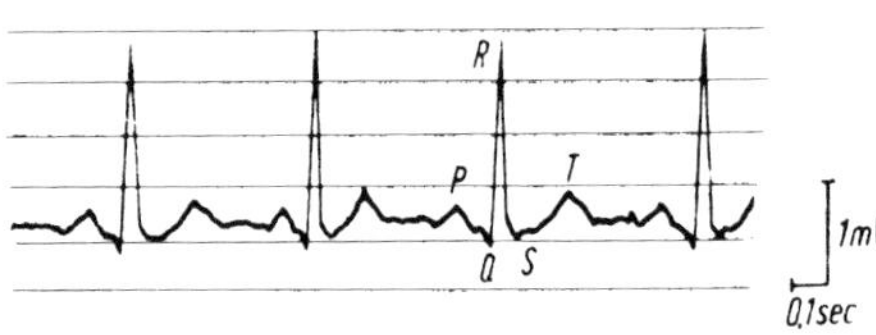


**Abbildung 6.2.:** Normales Elektrokardiogramm (EKG) in der II. Extremitätenableitung. (Die Elektroden sind an der rechten oberen und linken unteren Extremität angebracht.) Die einzelnen Ausschläge werden nach Einthoven mit P.Q.R.S. bezeichnet. P entspricht der Vorhofserregung; die folgenden Ausschläge entsprechen der Erregung der Kammern sowie dem Erregungsrückgang und werden als Ventrikelkomplex zusammengefaßt (aus: Birbaumer, 1973).

Brener & Hothersall (1966) konnten signifikante Unterschiede bei der Veränderung der Herzfrequenz nach „oben“ und „unten“ bei verschiedenen Gruppen von Versuchspersonen über operantes Vermeidungslernen reduzieren. Die folgende Darstellung ist Legewie & Nusselt (1975) entnommen. Es handelt sich dabei um eine Studie von Weiss & Engel (1971), in der Patienten mit organischem Herzleiden ihre Herzfrequenz trainieren mußten.

„Die mehrere Wochen stationär behandelten Patienten erhielten täglich eine bis drei Trainingssitzungen von etwa 80 Minuten Dauer. Die Feedback-Anordnung für die Patienten bestand aus einem Lampenfeld mit einer roten, einer grünen und einer gelben Lampe und einem Zeigerinstrument für Zeitmessung. Bei Aufleuchten der roten Lampe hatten die Patienten die Aufgabe, die Herzfrequenz zu beschleunigen, bei der grünen Lampe sollten sie die Herzfrequenz verlangsamen. Die gelbe Lampe leuchtete bei jedem Herzschlag auf, der das Kriterium erfüllte (Feedback-Signal). Das Zeigerinstrument addierte die Zeit auf, in der die gelbe Lampe eingeschaltet war (Maß für die Gesamtleistung). Die Patienten erlernten zunächst eine Herzfrequenzbeschleunigung, dann eine Verlangsamung und schließlich die Kontrolle der Frequenzstabilität. Unter der letzten Trainingsbedingung erhielten sie gleichzeitig Rückmeldung über jede vorzeitige ventrikuläre Kontraktion. Bei vier Patienten wurde nach Abschluß des Trainings in einer Abschlußphase während der Übungen allmählich die Rückmeldung abgebaut. Dabei stellte sich heraus, daß die Patienten die Herzfrequenz-Kontrolle auch ohne Feedback-Signal aufrechterhalten konnten. Fünf der acht Patienten zeigten im Verlauf des Trainings einen Rückgang der ventrikulären Extrasystolen; bei vier Patienten trat die Störung auch nach Abschluß der Behandlung nur noch selten auf. Zusätzliche pharmakologische Untersuchungen bei diesen Patienten deuteten darauf hin, daß die Abnahme der ventrikulären Extrasystolen teils durch einen verminderten Sympathikotonus, teils durch eine stärkere Innervierung des N. vagus (parasympathisch) erreicht wurde. Die Autoren betonen, daß sowohl die Zunahme als auch die Abnahme der Herzfrequenz trainiert werden müsse, damit die Patienten das Gefühl haben, tatsächlich ihre Herzfrequenz kontrollieren zu können“ (Legewie & Nusselt, 1975, S. 101).

Von Vaitl (1975) stammt eine Einzelfallstudie mit EKG-Feedback bei funktioneller Sinus-Tachykardie. Die behandelte Patientin konnte ihre Herzrate durch Gegensteuerung (verstärkte Ausatmung) reduzieren. Die Informationen über ihre aktuelle Herzrate wurden erst über ein Richtungsinformations- und danach über ein Verlaufsinformations-Feedback mit kontinuierlicher Rückmeldung gegeben.

### EEG-Biofeedback

Die Anwendung der Biofeedback-Technik zur Kontrolle von Körperfunktionen erstreckt sich auch auf die höheren Zentren des ZNS. Die elektrischen Spannungsschwankungen des Gehirns bei verschiedenen Aktivationsniveaus vom Schlaf bis zu starker Erregung können mittels EEG registriert werden. Birbaumer (1975) beschreibt das EEG folgendermaßen:

„Das Elektroencephalogramm (EEG) ist eine elektrophysiologische Methode zur Registrierung der spontanen oder ausgelösten (evozierten) elektrischen Aktivität des Gehirns, besonders der Großhirnrinde. Unter EEG versteht man im allgemeinen die von der Schädeldecke des unverletzten Lebewesens abgeleiteten ununterbrochen ablaufenden Spannungsschwankungen des unter Elektroden liegenden Kortexareales. Liegen die Elektroden direkt am Kortex auf, so spricht man von Elektrocorticogramm (ECoG).“

Das Band der Spannungsschwankungen (Wellen) reicht von niederfrequenten (0–4 Hz) Delta-Wellen bis zu Gamma-Wellen mit Frequenzanteilen über 1000 Hz. Im allgemeinen sind jedoch nur Theta-Wellen (4–7 Hz = Schlaf und tiefe Entspannung),

Alpha-Wellen (8–13 Hz = entspannter Wachzustand) und Beta-Wellen (14–40 Hz = aufmerksamer, erregter Wachzustand) therapeutisch relevant (Abb. 6.3).

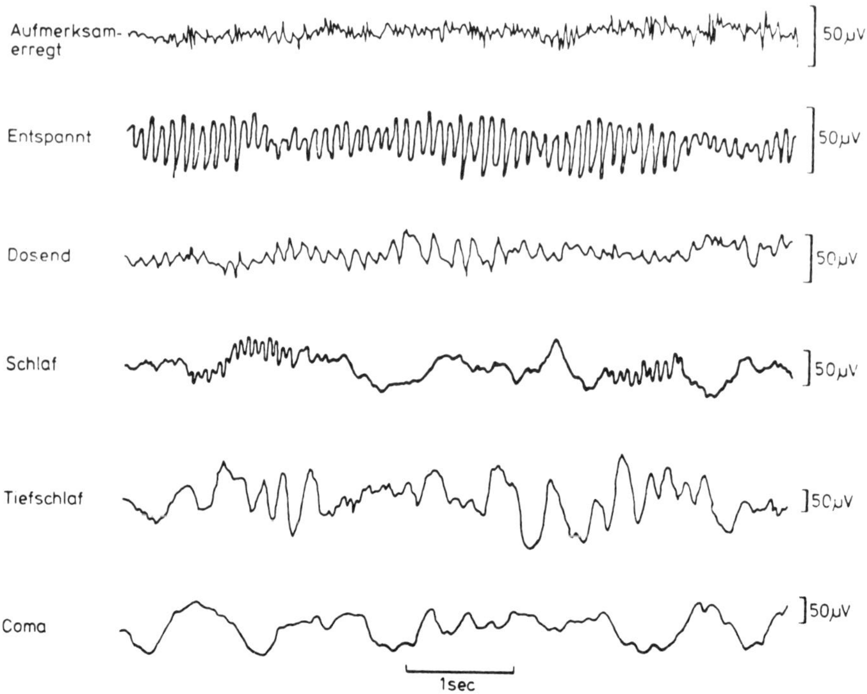


**Abbildung 6.3.:** EEG-Verläufe bei unterschiedlichen Bewußtseinszuständen. Oben Beta-, darunter Alpha-Wellen. In der Mitte der 3. Zeile Theta-Wellen, darunter Gruppen von Spindeln, in der 5. und 6. Zeile zunehmend langsamere Delta-Wellen. (Man beachte die unterschiedliche Verstärkung: Die Eichlinie rechts entspricht jeweils 50 $\mu$V.) (Aus: Penfield & Jasper, 1954) (Birbaumer, 1975, S. 26)

Haider (1979) sieht eine gewisse Berechtigung darin, die verschiedenen EEG-Niveaus mit unterschiedlichen psychologischen Zuständen zu korrelieren (Tab. 6.3).

Der Übergang von Alpha-Wellen zu schnelleren Beta-Wellen wird auch mit dem Ausdruck „Alpha-Blockade" bezeichnet. Die besondere Aufmerksamkeit im menschlichen EEG galt lange Zeit dem Alpha-Rhythmus, da man festgestellt hatte, daß Versuchspersonen in meditativer Entspannung vermehrt Alpha-Wellen produzierten (Tart, 1969). Inzwischen besitzt die Überzeugung, daß Alpha-Training zwangsläufig Entspannung und Wohlbefinden zur Folge habe, keine uneingeschränkte Gültigkeit mehr. Johnson (1976) konnte zeigen, „daß es nicht möglich ist, Alpha-Anteile zu erhöhen, wenn man mit geschlossenen Augen im Dunkeln sitzt" (Birbaumer, 1977, S. 276).

Birbaumer macht für den Entspannungseffekt Vorinformationen der Versuchspersonen und Instruktionen des Versuchsleiters verantwortlich, das heißt, der Effekt kommt über eine Placebo-Wirkung zustande. Untersuchungen von Beatty (1972) bestätigen dies.

**Tabelle 6.3.:** (aus: Haider, 1969, S. 133)

| Psychische Zustände | Elektroencephalogramm | Bewußtseinslagen | Verhalten und Leistung |
|---|---|---|---|
| Starke Gefühle Erregung und Spannung | Desynchronisiert, kleine bis mittlere Amplituden schnelle, gemischte Frequenzen | Eingeengtes Bewußtsein, Aufmerksamkeitsspaltung, Konfusion | Desorganisiert, Mangel an Kontrolle, Schreck- und Panikreaktionen |
| Wache Aufmerksamkeit | Teilweise synchronisiert, vorwiegend kleine, schnelle Spannungsschwankungen | Selektive Aufmerksamkeit, Erwartung und Antizipation, Konzentration | Gut organisiert, optimale Leistungsfähigkeit und Reaktionsbereitschaft |
| Entspannte Wachheit | Synchronisiert, optimaler Alpharhythmus | Wandernde Aufmerksamkeit, „freie" Assoziationen | Gute Routinereaktionen, schöpferische Leistungen |
| Schläfrigkeit | Desintegration des Alpharhythmus, flache Kurven, vereinzelt langsamere Wellen | Teilweise Aufmerksamkeits- und Bewußtseinsverluste, Bilddenken, Pseudohalluzinationen | Unkoordiniert, verzögerte Reaktionen, gestörte Zeitsequenzen bei Geschicklichkeitsleistungen |
| Leichtschlaf | Verschwinden des Alpharhythmus, größere, langsame Wellen, Schlafspindeln | Stark herabgesetztes Bewußtseins, erhöhte Reizschwelle | Reaktionen nur auf sehr starke oder bestimmten Einstellungen entsprechende Reize |
| Tiefschlaf | Sehr langsame und große Wellen | Bewußtseinsverlust | |
| Aktivierter Schlaf | Wachähnlich, schnellere Wellen mittlerer Amplituden | Traumaktivität, stark erhöhte Reizschwelle | |

Eine interessante Arbeit zur EEG-Forschung stammt von Sterman (1973; 1976). Er konnte einen EEG-Typ bei Epileptikern identifizieren (12–15 Hz), der in einem lokalisierten Gebiet des sensomotorischen Kortex erscheint und eindeutig mit der Unterdrükkung von Bewegungen verbunden war. Die registrierte EEG-Aktivität wird von ihm als „sensomotorischer Rhythmus" (SMR) bezeichnet. Ein Training dieses Rhythmus war verbunden mit einer deutlichen Verringerung der Anfallsfrequenz. Da es sich bei der Untersuchung um eine Gruppenergebnisstudie ohne Kontrollgruppe handelt, ist ihr Aussagewert eingeschränkt.

Ein spezielles Biofeedback-Verfahren wird von Birbaumer unter der Bezeichnung „Summen- bzw. Muster-Biofeedback" beschrieben.
Da sich die Rückmeldung autonomer Nervenprozesse auf nur einer Funktionsebene (z.B. muskulär, EMG) als unzureichend erwiesen hat (vgl. Birbaumer & Lutzenberger, 1976; Schwartz, 1972), wurden in den letzten Jahren Untersuchungen durchgeführt, die die Rückmeldung zweier oder mehrerer Funktionen umfassen. Davidson & Schwarz (1976) ließen Versuchspersonen ihren Alpha-Rhythmus und die Herzrate kontrollieren. Die gleichlaufende Kontrolle der rückgemeldeten Funktionen (z.B. Vermehrung des Alpha-Rhythmus und Senkung der Herzrate) erwies sich als schneller erlernbar und dauerhafter als die Rückmeldung gegenläufiger oder einzelner Funktionen.

Untersuchungen von Birbaumer & Lutzenberger (1976) ergaben, daß simultane Reduktion der Herzrate und des Frontalis-EMG wirkungsvoller ist und subjektiv den Eindruck erhöhter Kontrolle eigener Reaktionen vermittelt.

Die Qualität des Reaktionsmusters physiologischer Systeme auf einen einzelnen Reiz oder Reizkomplex hängt von einer Vielzahl miteinander verknüpfter Bedingungen ab, wie zum Beispiel von den Ausgangswerten, von der Höhe des Aktivierungsniveaus, von personenspezifischen Reaktionsstereotypien, Situationsstereotypien und kognitiven Bewertungen. Für die Indikation von Biofeedback-Therapien gilt es, dies zu berücksichtigen:

„a) Handelt es sich primär um eine an eine bestimmte Situation oder Kognition gebundene Funktionsstörung (Situationsstereotypie), so wird die spezifische Reagibilität eines oder mehrerer Organsysteme nur durch Modifikation der Umgebungs- oder Denkbedingungen normalisiert werden können. Dabei kann das Individuum durchaus auch Selbstkontrollstrategien für einzelne spezifische Organsysteme mit Unterstützung von Biofeedback lernen. Die Modifikation muß aber sehr spezifisch im Kontext der auslösenden Situation erfolgen.

b) Letzteres gilt wohl auch, wenn ein stereotypes, schädigendes Reaktionsmuster (etwa Blutdruck-Anstieg) über verschiedene Situationen hinweg gehäuft auftritt, dabei soll aber die Selbstkontrolle eben dieses einen spezifischen Musters relativ unabhängig von Situationen und Kognition erfolgen (z.B. BP-Feedback allein oder Muster-Feedback gegensätzlich variierender Größen, z.B. HR-Anstieg und Alpha-Zunahme).

c) Besteht schließlich ein chronisch erhöhtes Erregungsniveau (z.B. multiple Ängste) oder häufige, extrem intensive phasische Änderungen mehrerer Variablen, so wird die Aktivitätsreduktion oder -induktion vieler Größen gleichzeitig in dieselbe Richtung wichtig sein" (aus Birbaumer, 1977, S. 281f.).

Nach einer anfänglichen Begeisterung ist es um den Einsatz von Biofeedback-Verfahren wieder stiller geworden. Allgemein haben diese Verfahren nicht die gewünschten Erfolge gebracht. Dies ist vor allem auf den häufig unkritischen Einsatz von Biofeedback-Methoden durch dafür nicht speziell ausgebildete Therapeuten zurückzuführen, wodurch Mißerfolge unvermeidlich waren. Es wäre nun ebenso unüberlegt, den Biofeedback-Verfahren eine therapeutische Bedeutung gänzlich abzusprechen. Sie haben zum Beispiel bei der Behandlung spezifischer Störungen (Migräne, psychogene Lähmungen) sowie zur Unterstützung von Entspannungsverfahren durchaus positive Effekte gezeigt. Darüber hinaus haben sich Biofeedback-Methoden bei der Behandlung von psychosomatisch erkrankten Patienten, bei denen eine Steigerung des Körperempfindens notwendig war, allgemein bewährt. Als einzige Interventionsstrategie sind diese Verfahren aber bei kaum einer Störung sinnvoll einzusetzen.

## 6.5. Verhaltensmedizin: Ein Wechsel der Perspektive?

Ein Kapitel über psychophysiologische Verfahren innerhalb der Verhaltenstherapie wäre unvollständig, wenn nicht zumindest skizzenhaft auf den relativ neuen Begriff „Verhaltensmedizin" eingegangen worden ist. Alle in diesem Kapitel beschriebenen Konzepte und Methoden lassen sich auch unter „verhaltensmedizinische Strategien" subsumieren. Auf eine auch nur annähernd vollständige Beschreibung der „Verhaltensmedizin" wird hier verzichtet. Einmal, weil sie sich zum Teil mit den in diesem Buch beschriebenen Methoden deckt, und zum anderen, weil es sich bei der „Verhaltensmedizin" zur Zeit lediglich um einen neuen wissenschaftlichen Ordnungsbegriff handelt. Die Entwicklung grundsätzlich neuer Konzepte und Interventionsstrategien muß noch abgewartet werden. Der Leser wird hier auf die weiterführende Literatur zu diesem Kapitel verwiesen.

Bei dem in den letzten Jahren verstärkt verwendeten Begriff „Verhaltensmedizin" handelt es sich teilweise um die Definition eines Tätigkeitsfeldes, das bisher mit „angewandter Psychophysiologie" nur unzureichend beschrieben wurde. Ausgehend von der Erkenntnis der multifaktoriellen Bedingtheit vieler organischer Krankheiten und der Notwendigkeit des Einsatzes psychologischer Interventionsverfahren in der präventiven Medizin wurde mit Verhaltensmedizin ein Gebiet definiert, in dem sich praktisch alle bekannten Verfahren der Verhaltenstherapie und Psychophysiologie einordnen lassen. Ein wesentliches Merkmal des verhaltensmedizinischen Ansatzes ist das Plädoyer für eine interdisziplinäre Vorgehensweise von allen in der Gesundheitsversorgung tätigen Berufsgruppen mit Interventionsmethoden, die in ihrer Zuverlässigkeit den tradierten organmedizinischen Methoden weitgehend ebenbürtig sind. Dies trifft auf eine Reihe verhaltenstherapeutischer Methoden zu, aber auch auf die Biofeedback-Verfahren und anderen Indikationsmethoden der Psychophysiologie.

Der Anspruch eines interdisziplinären Vorgehens ist schon früher vor allem aus Kreisen der psychosomatischen Medizin geäußert worden, hat aber wegen des noch unzureichenden Kenntnisstandes vor allem der sozialwissenschaftlichen Disziplinen nicht verwirklicht werden können. Es ist vor allem dem auch von Vertretern anderer Fachgebiete anerkannten wissenschaftlichen Niveau der modernen Verhaltenstherapie zu verdanken, daß eine interdisziplinäre Zusammenarbeit zwischen Psychologie und Medizin unter Einschluß aller beteiligten Grundlagenwissenschaften auch praktische Bedeutung erlangt hat.

Verhaltensmedizin ist eher eine Aufgabe als ein schon erreichtes Ziel. Wie Brownell (1985) ausführt, sind mit dem interdisziplinären Anspruch Gefahren einer unzureichenden Adaption des Kenntnisstandes anderer wissenschaftlicher Disziplinen verbunden. Wer verhaltenstherapeutisch arbeitet und sich auf Herzphobiker spezialisiert hat, mag sich zwar aus werbewirksamen Gründen Verhaltenskardiologe nennen, er wird aber im Normalfall nicht das Fachwissen beherrschen, das die Bezeichnung „Kardiologe" auch nur annähernd rechtfertigt. Zum Schutze des häufig nicht hinreichend informierten Patienten sollte, wer verhaltenstherapeutisch arbeitet, sich medizinische Zusatzbezeichnungen versagen.

Weiter handelt es sich vorläufig bei der Verhaltensmedizin um eine Zielbeschreibung praktischen therapeutischen Vorgehens. „Doch es besteht die Gefahr", wie Neal Miller ausführt, „daß allzu optimistische Behauptungen oder die breite Anwendung ohne wissenschaftliche Grundlage und ausreichende Evaluation durch Pilotuntersuchungen zu Fehlschlägen und Enttäuschungen führen können. Eine solche Enttäuschung könnte die vielversprechende Entwicklung auf diesem Gebiet um eine weitere Generation aufhalten" (Miller, 1979, zit. n. Brownell, 1985, S. 172).

Eine genaue Definition des Begriffs Verhaltensmedizin wird sich erst dann ergeben können, wenn sich die interdisziplinäre Denkweise in allen an der Gesundheitsversorgung beteiligten Berufsgruppen durchgesetzt hat. Dazu ist aber, seit der ersten publizierten Verwendung des Begriffs „Behavioral medicine" als Untertitel von Birks Biofeedback-Buch (1973), noch nicht genügend Zeit verstrichen. Als heuristische Definition kann die Beschreibung von Schwartz & Weiss (1977, S. 379; Übers. d. Verf.) gelten:

„Verhaltensmedizin ist das Feld, auf dem verhaltenswissenschaftliche Kenntnisse und Verfahren entwickelt werden, die für das Verständnis physischer Gesundheit und Krankheit bedeutsam sind, und in dem diese Kenntnisse und Verfahren auf Diagnose, Prävention, Behandlung und Rehabilitation angewendet werden. Psychosen, Neurosen und Mißbrauch von Substanzen sind nur soweit eingeschlossen als sie letztlich zu einer physischen Störung beitragen."

Als Paradigma verhaltensmedizinischen Vorgehens kann die Behandlung chronischer Schmerzzustände (Brownell, 1985) oder tonischen Bluthochdrucks (Shapiro & Goldstein, 1982) angesehen werden. Für beide ursprünglich als rein organisch bezeichnete Krankheiten ist eine Vielzahl von Einflußfaktoren entdeckt worden, die ein interdisziplinäres Vorgehen unabdingbar machen. Beim Bluthochdruck werden neben Persönlichkeits-, Familien- und einer Vielzahl von Streßfaktoren das Ernährungsverhalten und die körperliche Aktivität als Wirkgrößen bezeichnet, die letztlich zu der lebensbedrohlichen Kreislaufkrankheit führen. Chronifizierter Schmerz ist definitionsgemäß weitgehend unabhängig von der ursprünglichen organischen Verletzung zu betrachten; kulturelle Faktoren, Verstärkungen durch das Gesundheitsversorgungs- und Sozialsystem sowie verschiedene verhaltenswirksame Rückkoppelungsprozesse tragen dazu bei, daß die Schmerzempfindung nach organischer Ausheilung nicht nur nicht abnimmt, sondern häufig noch an Intensität zunimmt.

Weitere Arbeitsgebiete, die der Verhaltensmedizin zugerechnet werden, betreffen praktisch alle organischen Erkrankungen des Menschen. Dabei ist noch weitgehend ungewiß, inwiefern sich die verhaltensmedizinische Vorgehensweise in ihren therapeutischen Effekten deutlich von rein organmedizinischen bzw. psychologisch begründeten Behandlungsverfahren unterscheidet und ob sich die Kombination mehrerer Interventionsstrategien aus den verschiedenen wissenschaftlichen Disziplinen nur im Sinne einer Steigerung des Therapieerfolgs auswirkt. So mag, zum Beispiel medizinisch gesehen, die Verabreichung sedierender Medikamente indiziert sein, wenn dadurch organische Heilungsprozesse beschleunigt werden können. Soll aber gleichzeitig eine berufsbezogene Rehabilitation des Patienten angestrebt werden, um einer Chronifizierung vorzubeugen, wird diese durch die Sedativa behindert. Eine Aufgabe des verhaltensmedizinischen Ansatzes besteht demnach darin, miteinander harmonisierende Interventionsstrategien aufzuzeigen und die gesteigerte Effektivität von Interventionskombinationen nachzuweisen.

Neben allgemeinen, störungs*unspezifischen* Behandlungsfeldern, die zur Zeit noch der medizinischen Psychologie zugerechnet werden (z.B. Compliance = Mitarbeit des Klienten, prä- und postoperative Betreuung, präventive Maßnahmen in der Zahnheilkunde), sind in der letzten Zeit Verfahren bei Klienten mit eng umschriebenen organischen Krankheiten angewendet worden. Am Beispiel der Zuckerkrankheit (Diabetes mellitus) ist aufgezeigt worden, wie vielseitig der Interventionsbedarf bei diesen Patienten sein kann (Hendrick, 1985). Bei der Zuckerkrankheit handelt es sich in den meisten Fällen um eine Insulinmangelerscheinung weitgehend unbekannter Ursache, die unbehandelt zum Tode des Klienten führen kann. Durch die Verordnung einer peinlich genau einzuhaltenden Diät sowie durch häufige tägliche Selbstinjektionen genau berechneter Insulindosen kann ein Stadium erreicht werden, in dem der Patient einer normalen Berufstätigkeit nachgehen kann. Die Umstellung des Eßverhaltens auf die verordnete Diät und das Akzeptieren des Status eines chronisch unheilbar Kranken führen häufig zu problematischen familiären Situationen, die wiederum den Gesundheitszustand der an Diabetes erkrankten Person ungünstig beeinflussen. Als weitere Konsequenz können sich bei langjährig an Diabetes leidenden Personen im Vergleich zu gesunden vermehrt sexuelle Funktionsstörungen entwickeln, die nur teilweise auf die organische Krankheit zurückzuführen sind. Eine verhaltensmedizinische Behandlung dieser Klienten sollte möglichst früh, bei der ersten Diagnose beginnend, diese auf die langfristig zu erwartenden Probleme vorbereiten. Dem steht entgegen, daß die Bereitschaft der Patienten, schon im frühen Stadium der Diabetes an präventiven Behandlungsmaßnahmen teilzunehmen, eher gering ist. Dies wird noch durch die schnelle organisch-kurative Wirkung der Insulinbehandlung unterstützt.

Die Verhaltensprobleme von zuckerkranken Personen in ihrem sozialen Umfeld sind schon seit langem bekannt und wurden von den Ärzten bzw. dem Pflegepersonal der Krankenhäuser zumeist mit laienhaften Änderungsprinzipien behandelt. Verdienst der verhaltensmedizinischen Strategie ist, daß diese psychosozialen Probleme der Patienten durch die Zuweisung an Experten denselben Stellenwert erhalten wie die organische Krankheit.

Weitere in der verhaltensmedizinischen Literatur diskutierte Krankheitsbilder betreffen Störungen der Nahrungsaufnahme (Anorexia nervosa, Bulimie), der Verdauungs- und Nierenfunktionen, Kreislauferkrankungen, gynäkologische Beschwerden sowie alle chronifizierten organischen Krankheiten. Idealiter müßte bei jedem Krankheitsbild die psychosoziale Situation des Patienten genau analysiert werden, da sie zum Teil auch durch die organmedizinisch notwendigen Behandlungen verändert wird. Personen mit beträchtlichen Störungen der Nierenfunktionen zum Beispiel, die sich wöchentlich einmal für mehrere Stunden auf eine Dialysestation begeben müssen, zeigen andere Verhaltensstörungen als an Rheuma erkrankte Menschen, die häufig unter starken Schmerzen leiden und sich mehrmonatigen Kuren fernab der Familie unterziehen müssen. Es ist offensichtlich, daß verhaltenstherapeutisches Arbeiten mit diesen Patienten ein breites interdisziplinäres Wissen voraussetzt. Erst wenn dieses bei den meisten in der Gesundheitsversorgung tätigen Personen gewährleistet ist, kann sich die praktische Fruchtbarkeit des Ordnungsbegriffs „Verhaltensmedizin“ erweisen.

# Kapitel 7

# Verhaltenstherapie in der psychosozialen Versorgung

*Thomas Heyden*

Während in den vorangegangenen Kapiteln dieses Buches ein umfassender Überblick gegeben wird über theoretische Ansätze, diagnostisch-therapeutische Modelle und den breit gefächerten Methodenkanon der herkömmlichen Verhaltenstherapie, steht in diesem Kapitel vor allem der Versuch im Mittelpunkt, folgende Fragen zu beantworten:

Inwieweit kann Verhaltenstherapie Beiträge liefern zu neueren, versorgungsorientierten Interventionsansätzen, die man unter dem Schlagwort „gemeindenahe Versorgung" einordnen kann?

In welchem Ausmaß ist Verhaltenstherapie tatsächlich in der realen psychosozialen Praxis (in der Bundesrepublik Deutschland) repräsentiert?

Entsprechend dieser beiden Fragen gliedert sich das Kapitel in zwei Abschnitte: Im ersten Abschnitt wird ein Überblick gegeben über *Grundlagen, Möglichkeiten und Anwendungsbeispiele von Verhaltenstherapie im Rahmen gemeindenaher Versorgung.* Im zweiten Abschnitt wird die *Einbeziehung von Verhaltenstherapie in verschiedenen psychosozialen Tätigkeitsfeldern* und die *rechtliche Situation bezüglich der Ausübung von Verhaltenstherapie* thematisiert.

## 7.1. Verhaltenstherapie und gemeindenahe Versorgung

Die Prinzipien einer gemeindenahen psychosozialen Versorgung können am besten durch folgende Leitsätze charakterisiert werden:

Gemeindenähe
Integration psychosozialer Einrichtungen in die Gemeinde, Probleme können dort angegangen werden, wo sie entstehen, Orientierung an den Lebensverhältnissen Betroffener möglich.

Ambulante Hilfe vor stationärer Behandlung
Betroffene sollen soweit wie möglich in ihrem Lebensumfeld bleiben, Abbau stationärer zugunsten dem Aufbau ambulanter, teilstationärer und komplementärer Dienste.

Präventive Orientierung
Veränderung krankmachender Bedingungen innerhalb des Lebensbereichs der Bevölkerung durch Mediatorenarbeit, Öffentlichkeitsarbeit, Neugestaltung von Lebensräumen usw. hat Vorrang vor kurativen (therapeutischen) Leistungen.

Selbsthilfe vor Fremdhilfe
Betroffene sollen möglichst unabhängig von professionellen Interventionen sein, Initiierung und Förderung von sozialen Stützsystemen und von Selbsthilfegruppen.

Orientierung an den Bedürfnissen
Psychosoziale Arbeit soll sich an den tatsächlichen Bedürfnissen der Betroffenen in einer Versorgungsregion orientieren und nicht an schematischen Planungsdaten.

In der psychologischen Wissenschaft ist die Gemeindepsychologie die Richtung, die sich weitgehend die genannten Prinzipien zur Grundlage macht. Gemeindepsychologische Orientierung bedeutet, dem Zusammenhang zwischen psychischem Leiden und gesellschaftlicher Wirklichkeit besondere Beachtung schenken, „... die Angemessenheit der gesellschaftlichen Antwort darauf in Gestalt von bestimmten Institutionen und beruflichen Kompetenzen zu überprüfen und die Möglichkeit neuer Praxisansätze auszuloten ..." (Keupp, 1982, S. 14).

Der Hauptunterschied zwischen gemeindepsychologischen und klassischen individuumzentrierten Ansätzen liegt vor allem darin begründet, daß bei der gemeindepsychologischen Herangehensweise Probleme von Menschen eher über den sozialen und gesellschaftlichen Kontext angegangen werden, in dem sie auftreten, als über das einzelne Individuum, das entsprechende Symptome oder problematische Verhaltensweisen zeigt.

Von den führenden therapeutischen Richtungen scheint die Verhaltenstherapie geradezu prädestiniert, eine Verbindung mit gemeindepsychologischen Ansätzen einzugehen. Im Gegensatz zu anderen Therapierichtungen spielen in der Verhaltenstherapie Variablen des sozialen Umfeldes eine wichtige Rolle. Schon in der herkömmlichen Verhaltenstherapie wird dem sozialen Kontext des Individuums mit problematischem Verhalten Bedeutung beigemessen. Dieser kann als (Stimulus-)Variable und im Bereich der Konsequenzen von Verhalten wichtig sein bei der Entstehung und Aufrechterhaltung von Problemen und beim Fehlschlagen von Problemlösungsversuchen und somit zumindest theoretisch logischer Ansatzpunkt für Veränderungsstrategien sein. Allerdings wurde diese Möglichkeit in Forschung und Praxis eher vernachlässigt.

Erst in den letzten Jahren hat sich mit der „behavioral community psychology" eine Richtung (aus) der Verhaltenstherapie entwickelt, die die Bedeutung des sozialen und gesellschaftlichen Kontextes von (problematischem) Verhalten betont und dort auch den Schwerpunkt für Interventionsansätze sieht (z.B. Nietzel u.a., 1977; Glenwick & Jason, 1980; Nietzel, 1983; O'Donnell, 1984).

Vertreter dieser Richtung halten eine Verbindung von verhaltentstherapeutischen und gemeindepsychologischen Ansätzen für nützlich, wobei die Verhaltenstherapie die Methodologie liefert, während die „community psychology" die Konzeptualisierung sozialer Systeme „in die Ehe" einbringt. Nietzel (1983) bezeichnet die verhaltenstheoretisch orientierte Gemeindepsychologie als eine Allianz zwischen Techniken des sozialen Lernens einerseits und der Philosophie und dem Stil der Gemeindepsychologie andererseits.

### 7.1.1. Verhaltenstheoretisch orientierte Gemeindepsychologie

„Entwicklungen in der gemeindeorientierten Gesundheitsbewegung und in der präventiven Psychologie haben zu alternativen Ansätzen und zu den zahlreichen verhaltenstherapeutisch orientierten gemeindepsychologischen Ansätzen geführt ... Verhaltenstherapeutische Techniken sind verlockend billig, dezentral, flexibel und erhaltungsfähig ... Doch ihre Einbeziehung in ein lebendiges verhaltenstherapeutisches Gemeindemodell verlangt Einfallsreichtum, Vorstellungsvermögen und Erfahrung mit einer Vielzahl von Nachbardisziplinen" (Franks u.a., 1985).

Verhaltenstheoretisch orientierte Gemeindepsychologie zeichnet sich unter anderem dadurch aus, daß Intervention in natürlicher Umgebung wie Wohnung oder Schule durchgeführt wird, wobei Verhalten indirekt modifiziert werden soll durch Veränderung von Umgebungsvariablen. Dagegen wird im klassischen individuumzentrierten Ansatz der Verhaltenstherapie in der Regel versucht, direkt das Verhalten des um Hilfe ersuchenden Klienten in dafür vorgesehenen Institutionen (Beratungsstellen, Kliniken usw.) zu ändern (O'Donnell, 1984). Nietzel (1983) sieht in der verhaltenstheoretisch orientierten Gemeindepsychologie einen brauchbaren Ansatz zur Bewältigung von sozialen Problemen. Wesentlicher Vorteil dieses Ansatzes ist für ihn seine Bescheidenheit, die er darin sieht, daß dieser keine große endgültige Lösung für soziale Probleme anbietet und auch kein absolutes Ziel hat, das auf Kosten aller weniger weitreichenden Alternativen verfolgt werden muß. Dennoch geht Nietzel davon aus, daß Verhaltenstherapie die beste Möglichkeit bietet, den Einfluß spezifischer Umweltbedingungen auf menschliches Verhalten zu analysieren und adäquate Veränderungsstrategien zu entwickeln.

In vielen Feldern wurden verhaltenstherapeutische Interventionen in natürlicher Umgebung angewendet: Häufig richten sich die Interventionen auf spezielle Personengruppen, die durch ein ihnen gemeinsames problematisches Verhalten gekennzeichnet werden können, wie aggressive Kinder, jugendliche Straffällige, Drogenabhängige und Alkoholiker, wobei in diesem Zusammenhang nicht unangemessene Etikettierungen vertreten werden sollen. Weitere Zielgruppen entsprechender Interventionen sind psychiatrische Langzeitpatienten, von sozialen Schwierigkeiten Betroffene (z.B. Arbeitslose) oder größere Bevölkerungsgruppen oder -teile, wenn es um die Modifikation des Verhaltens in Richtung auf erhöhtes Umwelt- und Gesundheitsbewußtsein geht. Ein weiterer typischer Interventionsansatz von verhaltenstheoretisch orientierter Gemeindepsychologie ist das Mediatorentraining (Lehrer, Erzieher, Berater, Sozialfürsorger, Krankenpflegepersonal) zum besseren Arbeiten mit bestimmten sozialen Gruppen in deren natürlicher Umgebung.

Nietzel (1983) schlägt vor, Interventionen (und deren Erfolg) an folgenden Standards zu messen:

1. Verfolgen die Interventionen einen präventiven Ansatz?
2. Setzen die Interventionen in dem ökologischen Kontext an, wo die Probleme entstehen und wo Veränderungen erwünscht sind?
3. Enthalten die Interventionen besondere Elemente, mit denen die Generalisierung und Beibehaltung der Veränderungen unterstützt wird?
4. Sind die Interventionen so angelegt, daß sie neben einer Beeinflussung von Individuen auch Institutionen verändern?
5. Können die Interventionen auch wichtige sozialpolitische Entscheidungen beeinflussen?
6. Spielen soziologische, juristische, politische, ökonomische und organisatorische Variablen eine aktive Rolle bei den Interventionen? (S. 36)

Zu den gesichertsten und erfolgreichsten Ansätzen einer verhaltenstheoretisch orientierten Gemeindepsychologie gehören Interventionen im Bereich Schule. Dabei ist getreu den gemeindepsychologischen Prinzipien Ansatzpunkt für Veränderungen nicht der einzelne Schüler, eine Gruppe von Schülern oder eine Schulklasse, sondern das ökologische Setting im weitesten Sinne. Entsprechende Interventionen können sich beziehen sowohl auf die Veränderung physikalischer Bedingungen (z.B. Umstrukturierung von Klassenräumen) als auch auf die Veränderung des sozialen Umfelds (z.B. Verbesserung der sozialen Beziehungen zwischen Lehrern und Schülern oder Veränderungen von Schulordnungen usw.). Besondere Bedeutung kommt hierbei dem Mediatorentraining mit Lehrern zu.

Ein bekanntes Modell für Mediatorentrainings stammt von Tharp & Wetzel (1975). Im ursprünglich für die Intervention bei Kindern entwickelten Modell, das aber auch auf andere Personengruppen übertragen werden kann, wird davon ausgegangen, daß die herkömmlichen Therapeutenfunktionen von Personen in der natürlichen Umgebung einer „Zielperson" übernommen werden. Der Fachmann (Psychotherapeut) ist „mittelbarer" Therapeut und fungiert nur noch als Berater des „unmittelbaren" Therapeuten:

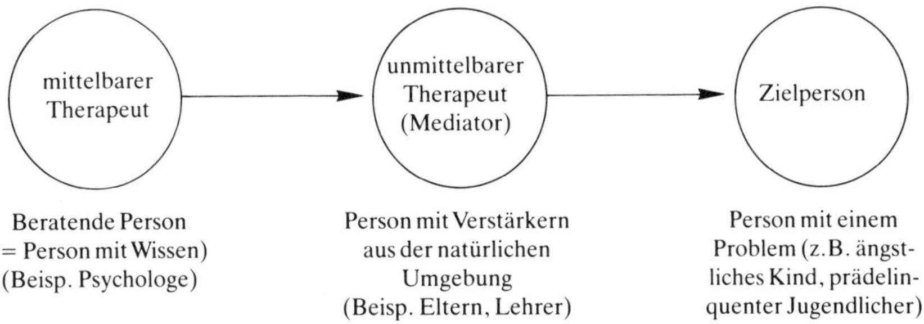


**Abbildung 7.1.** (aus: Reinecker, 1985, S. 309)

In Abänderung der Modells von Tharp & Wetzel, bei dem zwischen Therapeut und Zielperson kein direkter Kontakt vorgesehen ist, schlägt Reinecker (1985) vor, zumindest im Anfangsstadium direkten Kontakt aufzunehmen: „... ich halte eine Verhaltensanalyse, Zielanalyse und Therapieplanung durch einen professionellen Therapeuten zumindest im Anfangsstadium deshalb für wünschenswert, weil sonst die Adäquatheit der Verhaltensanalyse nicht beurteilt werden kann. Die Personen der natürlichen Umgebung mögen zwar in den Prinzipien der Beobachtung geschult sein, sie bleiben aber in das Problem involviert, und es stellt eine gewisse Hilfe dar, ihnen am Anfang von therapeutischer Seite eine Hilfestellung zu geben" (S. 309f.).

Auch im häuslichen Bereich, in der Familie setzen gemeindepsychologische Interventionen verhaltenstherapeutischer Orientierung an. Hier ist vor allem das Elterntraining bei verschiedenen Problemen von Kindern und bei unangemessenem Erziehungsverhalten hervorzuheben. Elterntrainings wurden bei einer Vielzahl von Schwierigkeiten durchgeführt und überprüft, wie zum Beispiel Autismus, aggressives Verhalten, Asthma, Übergewicht und Enuresis, aber auch allgemein zu einer Verbesserung des Eltern-Kind-Verhältnisses (Innerhofer & Warnke, 1978). Elterntrainings zeigen jedoch nicht selten geringere Erfolge als zum Beispiel Interventionen im Umfeld Schule. Mißerfolge treten vor allem dann auf, wenn das Zielproblem nur ein Problem von vielen ist, oder wenn das Problem eher in den sozialen Beziehungen der Familie zu suchen ist. In solchen Fällen dürfte die Schaffung oder Förderung zusätzlicher sozialer Stützsysteme im familiären Umfeld die geeignetere Interventionsstrategie sein. Dies gilt in besonderem Maße auch für Interventionsansätze bei Straffälligen und bei der Nachsorge bei Psychiatriepatienten und Suchtkranken, für deren „Wiedereingliederung" eine adäquate soziale Umwelt von besonderer Bedeutung ist.

Während die bisher beschriebenen verhaltenstheoretisch-gemeindepsychologischen Interventionsansätze die (indirekte) Veränderung von Verhalten spezifischer Personengruppen mit bestimmten Problemen zum Ziel haben, beschäftigt sich eine andere Klasse von verhaltenstheoretisch-gemeindepsychologischen Ansätzen mit eher allgemeinen gesellschaftlichen Problemen, d.h. mit Verhaltensänderungen bei größeren Bevölkerungsteilen. Hierzu gehören Programme, die ein erhöhtes Umwelt- und Gesundheitsbewußtsein in der Bevölkerung bewirken sollen. Derartige Programme sind entwickelt worden zum Beispiel zur Förderung von Maßnahmen zur Energieeinsparung, der Benutzung öffentlicher Verkehrsmittel, zur Förderung von Müll-Recycling oder auch für Kampagnen gegen Rauchen, Alkohol- und Drogenmißbrauch. Zu diesem Bereich gehören auch Interventionsprogramme für eng umschriebene Probleme des alltäglichen Lebens wie „Anlegen von Sicherheitsgurten" oder „unvorsichtiges Fußgängerverhalten".

Überblicke bzw. detaillierte Beschreibungen von praktischen Anwendungsbeispielen finden sich z.B. bei Nietzel u.a. (1977), Sommer & Ernst (1977), Cone & Hayes (1980), Glenwick & Jason (1980), O'Donnell (1981), Belschner u.a. (1983), Franks u.a. (1985) und im Journal of Community Psychology, 12, 1984.

Das Hauptproblem für den Erfolg von Interventionen einer verhaltenstheoretisch orientierten Gemeindepsychologie liegt – wie auch bei herkömmlichen therapeutischen Interventionen – in der Aufrechterhaltung und Generalisierung des veränderten Verhaltens (O'Donnell, 1984). Als spezifische Problembereiche nennt Franks (1985) unter anderem die Kriterien der Evaluation, Probleme der Kosteneffektivität und methodische Schwierigkeiten bei der Übertragung begrenzter Erfahrungen auf die ganze Gemeinde:

> Auf praktischer Ebene ist es notwendig, sich mit institutionellen und bürokratischen Hindernissen, mit politischem, wirtschaftlichem und bürokratischem Druck und dem Fehlen einer gemeinsamen Sprache zwischen den verschiedenen Berufsgruppen auseinanderzusetzen. Bei der Auswahl der Verfahren, der Zielgruppen und der Auswahl von Entscheidungsträgern stellen sich sowohl ethische als auch praktische Fragen ..." (S. 24).

Turkat & Forehand (1980) sehen zusätzliche Probleme darin, daß der Verhaltensbegriff der Verhaltenstheorie in manchen Fällen zum Verständnis der Komplexität von Verhalten in natürlicher Umgebung nicht ausreicht. Auch andere Vertreter einer verhaltenstheoretisch orientierten Gemeindepsychologie weisen auf Grenzen und Schwächen des verhaltensmodifikatorischen Ansatzes hin. So bemängelt Nietzel (1983) unter anderem, daß es in der Verhaltenstherapie versäumt wurde, die sozialen Aktivierungsformen in das Handeln miteinzubeziehen, und daß eine Tendenz zu beobachten war, sich auf individuelle Variablen und Lerngeschichten zu konzentrieren, was die Entwicklung umfassender, multidisziplinärer Theorien zu Gesellschaftsproblemen gehemmt hat. Im Gegensatz dazu steht die ökologische Perspektive der Gemeindepsychologie, die „... sich ausdrücklich mit den funktionalen Beziehungen zwischen der sozialen Umwelt und Problemen, die durch Ämter und Behörden erst entstehen, einerseits, und Abweichung und Opfern in bestimmten Populationsgruppen andererseits befaßt" (S. 32). Weiter kritisiert Nietzel die fast völlige Vernachlässigung von Prävention und Zusammenarbeit mit Nichtprofessionellen in manchen verhaltenstheoretisch orientierten Ansätzen. Winett (1983) sieht eine besondere Gefahr für die verhaltenstheoretisch orientierte Gemeindepsychologie in der „kognitiven Wende" in der Verhaltenstherapie, die er in Zusammenhang sieht mit der konservativen Wende in Politik und Gesellschaft. Die kognitive Orientierung führt zum einen dazu, daß der Kontext von Verhalten vernachlässigt und die Aufmerksamkeit ausschließlich auf das Individuum gerichtet wird, zum anderen führt sie zu dem gefährlichen Glauben, daß alle Arten von Problemen psychischer Gesundheit erfolgreich angegangen werden können durch „einfache" Veränderung dessen, was wir denken und fühlen. Winett plädiert daher nachdrücklich für ein Modell verhaltenstheoretisch orientierter Gemeindepsychologie, das individuelle Variablen und Umgebungsvariablen und deren Interaktion integriert.

Von Vertretern der „klassischen" Gemeindepsychologie werden gegen die verhaltenstheoretisch orientierte Gemeindepsychologie vor allem zwei Kritikpunkte vorgebracht: Es wird angezweifelt, daß eine letztlich auf der Analyse von individuellem Verhalten basierende Theorie sinnvolle Beiträge zum Verständnis von sozialen Systemen liefern kann, und es wird die Gefahr gesehen, daß die scheinbar wertfreien verhaltenstheoretisch orientierten Ansätze zur sozialen Kontrolle mißbraucht werden können. Rappaport (1977; 1984) wirft der Verhaltenstheorie vor, sie ginge davon aus, daß komplexe soziale Systeme und soziale Veränderungen nach den gleichen Prinzipien funktionieren wie individuelles Verhalten: „The ... behavior of a society is not necessarily best understood from observing one man and multiplying the principles by several million" (1984, S. 214). Weiter führt Rappaport an, daß ethische Fragen und Fragen nach sozialen Werten, wie zum Beispiel die Frage nach der Kontrolle derjenigen, die Verstärkerprogramme durchführen (Kontrolle der Kontrolleure), von der Verhaltenstheorie ausgeklammert werden, was zu Mißbrauch durch Machthaber und Zementierung sozialer Mißstände und Benachteiligungen führen kann. Rappaport hält es auch für unrealistisch, daß Verhaltensmodifikation in offenen sozialen Systemen mit Erfolg eingesetzt werden kann, da sie nur in gut kontrollierten Settings wie Krankenhaus und Klassenzimmer funktioniere.

### 7.1.2. Verhaltenstherapie und primäre Prävention

Primäre Prävention ist zentraler Bestandteil von gemeindenaher Versorgung und Gemeindepsychologie. Ziel primärer Prävention ist die Verhinderung des Auftretens von psychischen Störungen. Primäre Prävention wird begrifflich abgegrenzt von sekundärer und tertiärer Prävention, die in etwa den Begriffen Therapie und Rehabilitation gleichzusetzen sind. Unter den Begriff primäre Prävention fallen alle Interventionen, die vorbeugenden Charakter haben.

Primäre Prävention kann prinzipiell zwei Ansatzpunkte haben:
- Förderung und Entwicklung von Kompetenzen einzelner Individuen zur Bewältigung von Problemsituationen,
- Veränderung sozialer Systeme bzw. gesellschaftlicher Systeme, die im weitesten Sinne krankmachende Umwelteinflüsse produzieren.

Diese Ansatzpunkte nennt Ernst (1977) bei seinem Versuch, primäre Prävention auf zwei Dimensionen zu operationalisieren: *Systemorientierung* gegenüber *Personorientie-*

*rung*. Ansatzpunkte der Intervention sind im ersten Fall gesellschaftliche Systeme (hierzu gehören u.a. Institutionen, Organisationen und bestimmte soziale Gruppen), im zweiten Fall einzelne Menschen.

„Die Entscheidung für eine dieser Prioritäten ist abhängig von der Attribution der Ursachen eines Problems: Sind Alkoholiker zum Beispiel willensschwach, haltlos und letztlich selbst hauptverantwortlich für ihr Problem, oder verführen kulturelle Verhaltensmuster, Werbung und anderes das im Grunde ‚schuldlose' Individuum? Von der Beantwortung dieser Frage geht die Entscheidung für die Zielrichtung präventiver Aktion aus: Im ersten Fall wird man versuchen, beim Einzelmenschen ‚Sicherungen' einzubauen, ihn gegen Verlockungen oder Scheinlösungen widerstandsfähiger zu machen. Im zweiten Fall wird ein fehlerhaftes System Objekt der Präventivmaßnahmen: Man wird versuchen, Gruppennormen zu ändern (‚Trinken ist männlich'), Alkoholwerbung zu verbieten und Gesetze zu ändern" (Ernst, 1977, S. 42).

Systemorientierung und Personorientierung schließen sich nicht gegenseitig aus, sondern können als sich wechselseitig ergänzende Interventionsansätze sinnvoll angewendet werden.

Auf die Handlungsebene übertragen, beschreibt Ernst (1977) die beiden Begriffe *Streß-Reduzierung* gegenüber *Streß-Immunisierung:*

„Streß-Reduzierung will die störenden und krankmachenden ‚stressenden' Faktoren in der physischen und psychosozialen Umwelt der Menschen beseitigen oder mindestens reduzieren (abstrakter: Systeme verbessern). Streß-Immunisierung will den einzelnen Menschen widerstandsfähiger gegenüber Störfaktoren ... in seiner Umgebung machen. Er wird quasi ‚geimpft' und damit resistent" (S. 43).

Als zweite wichtige Dimension für die Erklärung des Begriffs primäre Prävention nennt Ernst (1977) *Spezifität* gegenüber *Unspezifität:*

„Spezifisch ist ein präventives Programm, wenn es sich auf eine umschriebene Störung (z.B. organisch begründete Verhaltensprobleme, entstanden etwa durch Vitaminmangel, Hormonspiegel oder ähnliches) bezieht oder sich auf eine bestimmte Zielgruppe (Risikogruppen, z.B. Kinder von Alkoholikern) konzentriert. Unspezifische Prävention hat die allgemeine Verbesserung der Lebensbedingungen ... zum Ziel" (S. 44).

Am Beispiel Alkoholismus läßt sich zeigen, wie verschiedene Präventionsstrategien den obengenannten Dimensionen zugeordnet werden können:

| | spezifisch | unspezifisch |
|---|---|---|
| person-<br>orientiert | – Modellverhalten wichtiger Bezugspersonen<br>– gezielte Aufklärung über Alkohol | – Kompetenzerhöhung zum Beispiel Erwerb von Fertigkeiten zur Problembewältigung |
| system-<br>orientiert | – Verbot der Werbung für Alkohol<br>– Verbot des Verkaufs von Alkohol<br>– Angebot von Hilfen bei Lebensproblemen<br>– Prohibition<br>– Veränderung kultureller Verhaltensmuster | – Streßreduktion in relevanten Umwelten: Arbeitsplatz, Familienkrisen<br>– Angebote zu sinnvoller Freizeitaktivität |

**Abbildung 7.2.:** Ordnungsschema von Prävention bezüglich Alkoholismus (aus: Ernst, 1977, S. 44)

Als weitere Dimension nennt Ernst schließlich noch *Eigeninitiative der Betroffenen* gegenüber *Engagement von Professionellen.*

Forgays (1983) unterscheidet je nach Zielgruppen drei Typen von primärer Prävention:
*Primäre Prävention I:* Zielgruppen sind hier Gruppen, die die allgemeine Bevölkerung repräsentieren. Beispiel: allgemeine Erhöhung von Umwelt- und Gesundheitsbewußtsein.
*Primäre Prävention II:* Zielgruppen sind hier spezielle Segmente der Bevölkerung, für die ein geringes Risiko (mild risk) in bezug auf Entwicklung von Verhaltensstörungen besteht. Als Beispiel nennt er Sexualerziehung für Kinder aus unterprivilegierten Familien.
*Primäre Prävention III:* Zielgruppen sind hier Teile der Bevölkerung, für die ein hohes Risiko besteht, schwere psychische und körperliche Störungen zu entwickeln. Als Beispiel nennt Forgays Kinder von Alkoholiker-Eltern oder Kinder, die eine traumatische Erfahrung gemacht haben (z.B. Tod der Eltern).

Kritisch angemerkt zu Konzepten von primärer Prävention wird vor allem eine nicht ausreichende theoretische und methodologische Fundierung (Kommer & Röhrle, 1981), die Gefahr, daß gesellschaftliche Problemlagen auf die Ebene individueller psychologischer und sozialer Fähigkeiten reduziert werden und daß primäre Prävention als Instrument verfeinerter sozialer Kontrolle mißbraucht werden könnte (Stark, 1982).

Die Anwendung verhaltenstherapeutischer Methodik auf den Bereich primäre Prävention, die sich erst in letzter Zeit entwickelt hat, bleibt auf die Ebene der Verhaltensprävention beschränkt (Turkat & Forehand, 1980; Poser, 1982). In einer Reihe von experimentellen Studien, die nach obiger Aufteilung in den Bereich „Personorientierung" einzuordnen sind, wurde der Versuch unternommen, lerntheoretische Prinzipien anzuwenden auf die antizipatorische Modifikation von fehlangepaßtem oder schädigendem Verhalten. Es konnte (unter Laborbedingungen) der Nachweis geführt werden, daß spätere Vermeidungsreaktionen modifiziert werden können durch präventive (unspezifische) Trainings wie Entspannungstraining sowie durch Manipulation verschiedener komplexer Stimulusvariablen wie Konfrontation mit potentiell schädigenden Umweltbedingungen (Poser, 1982). Im praktischen Feld wurden verhaltenstherapeutische Techniken zur Prävention in sehr unterschiedlichen Problembereichen angewendet. Dazu ist zum Beispiel vorbereitendes Training für Kinder vor ihrem ersten Zahnarztbesuch zu zählen, durch das sie in mehreren Sitzungen mit der Örtlichkeit und den Instrumenten einer zahnärztlichen Praxis vertraut gemacht wurden. Weitere Beispiele sind Hilfs- und Trainingsangebote für (werdende) Mütter, bei denen (nach den Ergebnissen von Voruntersuchungen bzw. der Analyse ihrer Lebensumstände) ein hohes Risiko bestand, schädigendes Erziehungsverhalten zu entwickeln, oder auch Kriseninterventionsangebote für Familien, die den plötzlichen Tod eines Familienmitglieds zu beklagen hatten (Poser, 1983). Auf die Auswirkung verhaltenstherapeutischer Theorien und Untersuchungen vor allem zum Modellernen ist zurückzuführen, daß gewalttätige Szenen aus dem amerikanischen Fernsehprogramm (vor allem aus Sendungen für Kinder) fast völlig verschwunden sind.

Die Anwendung von verhaltenstherapeutischen Prinzipien im Kontext von Programmen zur primären Prävention ist sicher noch ausbau- und entwicklungsfähig. Da primärer Prävention in der psychosozialen Versorgung zunehmend größere Bedeutung zukommt, liegt hier ein Feld, in dem die breitgefächerte Anwendbarkeit von Verhaltensmodifikation zumindest auf der Ebene der Verhaltensprävention demonstriert und nutzbar gemacht werden kann. Daß leider nur wenig Gelder für diese Bereiche zur Verfügung gestellt werden, hängt mit politischen Schwerpunktsetzungen zusammen und nicht mit der Effektivität dieser Ansätze.

## 7.2. Verhaltenstherapie in der psychosozialen Praxis

Wie im folgenden gezeigt werden soll, ist Verhaltenstherapie die verbreitetste Therapieform in der psychosozialen Versorgung in der Bundesrepublik Deutschland. Dies ist unter anderem darauf zurückzuführen, daß sich Verhaltenstherapie – im Gegensatz zu anderen Therapieformen – nicht auf eine einheitliche (und möglicherweise einschränkende) Theorie zurückführen läßt, sondern in ihr Methodeninventar wichtige Prinzipien aus allen Bereichen der Psychologie und deren Nachbardisziplinen integriert hat. Dies ermöglicht eine multifunktionale Anwendbarkeit von Verhaltenstherapie in den unterschiedlichsten Problemfeldern und bei den unterschiedlichsten Störungen. Auch die Tatsache, daß im Rahmen einer übergreifenden Nutzen-Kosten-Analyse Verhaltenstherapie in der Regel ökonomischer ist als andere Interventionstypen, führt zu der weiten Verbreitung von Verhaltenstherapie (vgl. Franks u.a., 1985). Hinzu kommt, daß Verhaltenstherapie seit 1982 als therapeutische Leistung von den Krankenkassen anerkannt und unter bestimmten Bedingungen auch finanziert wird.

Der großen Anwendungsbreite steht immer noch ein relativ negatives Image der Verhaltenstherapie in den Massenmedien, aber auch in Teilen der Fachöffentlichkeit oder bei vielen Studienanfängern im Fach Psychologie gegenüber (Turkat & Forehand, 1980; Franks, 1985; Halder-Sinn, 1985; Seiderer-Hartig, 1980). Während der Verhaltenstherapie in früheren Jahren vorgeworfen wurde, sie sei „ethisch nicht vertretbar“ und „inhuman“, und Verhaltenstherapie manchmal sogar gleichgesetzt wurde mit „Gehirnwäsche“ oder „Elektroschockbehandlung“, wird ihr heute zuweilen vorgehalten, sie führe zu „Anpassung“ und „Symptomverschiebung“. Diese und ähnliche Vorurteile werden jedoch häufig nach einer eingehenden und kritischen Beschäftigung mit den Theorien und der Praxis der Verhaltenstherapie abgebaut (vgl. Halder, 1985).

### 7.2.1. Verhaltenstherapie in verschiedenen Tätigkeitsfeldern

Die im folgenden dargestellten Zahlenwerte zur Verbreitung von Verhaltenstherapie in der psychosozialen Versorgung stammen größtenteils aus den Ergebnissen einer vom Bundesministerium für Jugend, Familie und Gesundheit in Auftrag gegebenen Untersuchung zum Ausmaß der psychotherapeutischen Versorgung durch nichtärztliche Berufsgruppen (Fichter & Wittchen, 1980; Wittchen & Fichter, 1980).
Als Folge der in Abschnitt 7.2.2 beschriebenen Veränderungen (gesetzliche Regelungen, Möglichkeit der Kassenabrechnung) hat sich die Verbreitung von Verhaltenstherapie in der Zwischenzeit sicherlich noch erhöht, jedoch gibt es darüber zur Zeit kein gesichertes Zahlenmaterial.

Von den im Jahre 1978 in der psychotherapeutischen Versorgung tätigen Personen waren etwa 40% Ärzte, und zwar Nervenärzte, Fachärzte für Kinder- und Jugendpsychiatrie und ärztliche Psychotherapeuten mit dem Zusatztitel Psychotherapie. Von den restlichen etwa 60% psychotherapeutisch Tätigen bezeichneten sich etwa 22% als Verhaltenstherapeuten bzw. haben eine entsprechende Weiterbildung absolviert, etwa 17% geben eine Kombination von Verhaltenstherapie und Gesprächspsychotherapie an. Die restlichen 61% der (nichtärztlichen) Psychotherapeuten verteilen sich auf Gesprächspsychotherapeuten (ca. 21%), Psychoanalytiker (ca. 16%), Vertreter der „humanistischen" Psychologie (Gestalttherapeuten, Transaktionsanalytiker, Psychodramaleiter, Bioenergetiker usw.) (ca. 4%), Psychagogen (ca. 4%), Eheberater (ca. 4%), Suchttherapeuten (ca. 3%) und Sonstige.

Es kann also davon ausgegangen werden, daß etwa 40% der in der psychosozialen Versorgung nichtärztlichen psychotherapeutisch Tätigen überwiegend oder zumindest zum Teil Verhaltenstherapie anwenden. Dazu kommt, daß von den nicht einer Therapierichtung zugeordneten Gruppen (wie Eheberater und Suchttherapeuten) ein nicht geringer Prozentsatz sich ebenfalls zumindest gelegentlich verhaltenstherapeutischer Methodik bedient. Weiter ist anzunehmen, daß einige hundert der ärztlichen Psychotherapeuten mit Zusatztitel Psychotherapie und ein geringer Prozentsatz der Nervenärzte ebenfalls Verhaltenstherapie anwenden.

Ein Vergleich der Prozentverteilung von Diplompsychologen mit einer Weiterbildung in einer der vier wichtigsten psychotherapeutischen Grundrichtungen (Psychoanalyse, Verhaltenstherapie, Gesprächspsychotherapie, „humanistische" Therapierichtungen) in verschiedenen Tätigkeitsfeldern ergibt folgendes Bild:
(Da die Kombination Verhaltenstherapie/Gesprächspsychotherapie häufig genannt wird, ist diese gesondert aufgeführt.)

| | |
|---|---|
| **stationäre Einrichtungen** | |
| Verhaltenstherapie | ca. 30% |
| Verhaltenstherapie/Gesprächspsychotherapie | ca. 32% |
| Gesprächspsychotherapie | ca. 26% |
| Psychoanalyse | ca. 9% |
| „humanistische" Psychotherapie | ca. 3% |
| **Heime** | |
| Verhaltenstherapie | ca. 48% |
| Verhaltenstherapie/Gesprächspsychotherapie | ca. 18% |
| Gesprächspsychotherapie | ca. 30% |
| Psychoanalyse | ca. 0% |
| „humanistische" Psychotherapie | ca. 4% |
| **Beratungsstellen** | |
| Verhaltenstherapie | ca. 38% |
| Verhaltenstherapie/Gesprächspsychotherapie | ca. 24% |
| Gesprächspsychotherapie | ca. 31% |
| Psychoanalyse | ca. 6% |
| „humanistische" Psychotherapie | ca. 1% |
| **schulpsychologische Dienste** | |
| Verhaltenstherapie | ca. 30% |
| Verhaltenstherapie/Gesprächspsychotherapie | ca. 46% |
| Gesprächspsychotherapie | ca. 19% |
| Psychoanalyse | ca. 0% |
| „humanistische" Psychotherapie | ca. 5% |
| **freiberufliche Praxis** | |
| Verhaltenstherapie | ca. 19% |
| Verhaltenstherapie/Gesprächspsychotherapie | ca. 18% |

| | |
|---|---|
| Gesprächspsychotherapie | ca. 28% |
| Psychoanalyse | ca. 32% |
| „humanistische“ Psychotherapie | ca. 3% |

Von den psychotherapeutisch Tätigen mit *Verhaltenstherapie-Ausrichtung* waren (bezogen auf Wochenarbeitsstunden) tätig:

| | |
|---|---|
| in stationären Einrichtungen | 25,7% |
| in Heimen | 15,2% |
| in Ambulanzen | 2,7% |
| in Beratungsstellen | 41,4% |
| in freier Praxis | 12,2% |
| in komplementär/rehabilitativen Einrichtungen | 2,8% |

Für die psychotherapeutisch Tätigen mit *Kombination Verhaltenstherapie/Gesprächspsychotherapie* sind die entsprechenden Prozentwerte:

| | |
|---|---|
| in stationären Einrichtungen | 30,6% |
| in Heimen | 9,9% |
| in Ambulanzen | 3,2% |
| in Beratungsstellen | 40,1% |
| in freier Praxis | 15,8% |
| in komplementär/rehabilitativen Einrichtungen | 0,5% |

(alle Angaben aus Fichter & Wittchen, 1980)

Die hier vorgestellten Zahlenwerte belegen den hohen Verbreitungsgrad von verhaltenstherapeutischer Praxis in der Bundesrepublik Deutschland. Mit der in den Statistiken enthaltenen Aufteilung nach „Therapieschulen“ soll jedoch nicht einer an jeweils nur einer Therapierichtung orientierten psychosozialen Praxis das Wort geredet werden. Integrative und eklektische und vor allem an den Anforderungsprofilen von Tätigkeitsfeldern orientierte Ansätze sind in der Regel vorzuziehen. Die Verhaltenstherapie hat ihre Stärke und Flexibilität in den letzten Jahren gerade dadurch gezeigt, daß sie ihr Konzept für wichtige Ansätze aus anderen Therapierichtungen und verschiedenen Teilgebieten der Psychologie und ihrer Nachbardisziplinen sinnvoll öffnen konnte.

Zu den Zahlenangaben zum stationären Bereich ist anzumerken, daß hier der absolute Verbreitungsgrad von Verhaltenstherapie (wie auch der anderer Psychotherapieverfahren) insgesamt nicht sehr hoch ist. Hier übersteigt der Anteil der ärztlichen Therapeuten, die meist klassisch-psychiatrische oder neurologische Konzepte und damit oft medikamentöse Therapie vertreten, den Anteil nichtärztlicher Therapeuten, die meist psychotherapeutische Konzepte vertreten, bei weitem. Dies gilt vor allem für „große“ psychiatrische Einrichtungen (z.B. psychiatrische Landeskrankenhäuser). Daß dort mancherorts immer noch (verhaltenstherapeutische) Token-Programme einzig zur Aufrechterhaltung der Ordnung auf Stationen eingesetzt werden, ist als eher negatives Beispiel der Anwendung verhaltenstherapeutischer Techniken zu werten. Es gibt in diesem Sektor allerdings auch Ansätze einer breiteren und sinnvolleren Anwendung von Verhaltenstherapie.
Dagegen ist die Verhaltenstherapie in psychosomatischen Kliniken sowie Fachkliniken für Suchtkranke sehr stark repräsentiert. Hier gibt es gut ausgearbeitete verhaltenstherapeutische Programme, die über rein therapeutische Maßnahmen im engeren Sinne hinausgehen und zum Beispiel Prävention, Angehörigenarbeit, Nachsorge und Förderung sozialer Stützsysteme miteinbeziehen. In den letzten Jahren gibt es auch Beispiele für Gründungen von rein verhaltenstherapeutischen Fachkliniken.

Der Hauptschwerpunkt der Anwendung von Verhaltenstherapie liegt jedoch (entsprechend der Verteilung nichtärztlicher Therapeuten) im ambulanten Sektor. Vor allem in den verschiedenen Arten von Beratungsstellen ist Verhaltenstherapie als bedeutendste therapeutische Grundausrichtung seit vielen Jahren etabliert. Auch an der in letzter Zeit in vielen Beratungsstellen festzustellenden Ausweitung des Angebots in Richtung auf eher gemeindepsychologische Ansätze (primäre Prävention, Elternarbeit, Mediatorentraining, Initiierung und Betreuung von Selbsthilfegruppen usw.) ist die Verhaltenstherapie beteiligt (vgl. Anneken & Heyden, 1985). Der relativ niedrige Anteil von Verhaltenstherapie in freien Praxen, die alleine von der Struktur her die psychosoziale Versorgung nur unzureichend verbessern können (z.B. geringer Versorgungsbezug, nur kurative Tätigkeiten möglich), wird vermutlich in nächster Zeit wegen anstehender rechtlicher Regelungen und Möglichkeiten der Abrechnung mit Krankenkassen deutlich ansteigen (vgl. Abschnitt 7.2.2).

### 7.2.2. Verhaltenstherapie und rechtliche Situation

Die rechtliche Situation bezüglich der Ausübung von Verhaltenstherapie bzw. allgemein der Ausübung von Heilkunde durch nichtärztliche Therapeuten kann hier nur sehr verkürzt dargestellt werden. Zu eingehender Information wird die Lektüre spezifischer Veröffentlichungen empfohlen (z.B. Freitag & Heiland, 1978; Schumacher & Schumacher-Merz, 1980; Fliegel, 1986).

Die derzeitige Situation (Anfang 1986) ist gekennzeichnet durch zwei Hauptfragen: zum einen durch die Frage, ob nichtärztliche Psychotherapeuten (selbständig) Heilkunde ausüben dürfen, zum anderen (vor allem für in freier Praxis Tätige) durch die Frage, inwieweit verhaltenstherapeutische Leistungen von Krankenkassen finanziert werden.

Paragraph 1 des als Bundesrecht geltenden Heilpraktikergesetzes vom 17.2.1939 besagt folgendes: „Wer die Heilkunde, ohne als Arzt bestallt zu sein, ausüben will, bedarf dazu der Erlaubnis. – Ausübung der Heilkunde im Sinne dieses Gesetzes ist jede berufs- oder gewerbsmäßig vorgenommene Tätigkeit zur Feststellung, Heilung oder Linderung von Krankheiten, Leiden oder Körperschäden bei Menschen ..." Daraus läßt sich ableiten, daß im Prinzip eigenverantwortliche Psychotherapie von anderen Berufsgruppen als Ärzten nicht ausgeübt werden darf und dies, obwohl (im Gegensatz z.B. zu den meisten Diplompsychologen) von einer besonderen Qualifikation zu Diagnose und Therapie psychischer Krankheiten bei Ärzten (ohne spezifische Weiterbildung) nicht ausgegangen werden kann.

Um die Rechtsunsicherheit bezüglich Ausübung von Heilkunde zu beheben, wurde 1978 von der damaligen Bundesregierung ein Referentenentwurf für ein „Psychotherapeutengesetz" vorgelegt, in dem das Recht zur selbständigen Ausübung von Psychotherapie auch Diplompsychologen mit Schwerpunktstudium Klinische Psychologie und einer Zusatzausbildung eingeräumt wurde. Als anerkannte Zusatzausbildungen waren in einem ersten Entwurf Psychoanalyse, Individualpsychologie, Gesprächspsychotherapie und Verhaltenstherapie vorgesehen, in einer späteren Revision des sich noch immer in Bearbeitung befindlichen Entwurfes sollen nur noch Psychoanalyse und Verhaltenstherapie genannt sein.

Der Entwurf, der unter anderem zeigt, daß auch der Gesetzgeber der Verhaltenstherapie große Bedeutung zumißt, wurde von allen Interessengruppen kritisiert. Neben der

Kritik der Ärzteverbände (Furcht um das ärztliche Behandlungsmonopol) und des Berufsverbandes Deutscher Psychologen (Benachteiligung der Diplompsychologen), die vor allem auf berufsständische Motive zurückzuführen ist, haben auch zahlreiche Verbände und Gesellschaften, die vor allem eine an den Bedürfnissen der Bevölkerung ausgerichtete bedarfsgerechte Versorgung fordern, so zum Beispiel die Wohlfahrtsverbände, die Gewerkschaften, die Deutsche Gesellschaft für Verhaltenstherapie und die Deutsche Gesellschaft für Soziale Psychiatrie, Kritik daran geübt.

Zentrale Punkte der Kritik waren:
- Eine berufsrechtliche Regelung kann nur Teil einer umfassenden Neuordnung der psychosozialen Versorgung sein.
- Der Gesetzentwurf verhindert strukturelle Reformen in Richtung auf eine bedarfsgerechte Versorgung.
- Integrationsbemühungen in der Psychotherapie werden durch den Gesetzentwurf verhindert.
- Der Gesetzentwurf trägt weder der wissenschaftlichen Entwicklung noch der praktischen Gestaltung psychotherapeutischer Hilfsangebote und Einrichtungen Rechnung.
- Die Beschränkung auf Diplompsychologen schließt andere ebenfalls psychotherapeutisch tätige Berufsgruppen aus.
- Der Gesetzentwurf führt zu einer Ausweitung unkontrollierter privatwirtschaftlich organisierter Aus- und Weiterbildung.
- Die durch den Gesetzentwurf geförderte freie Niederlassung verhindert wichtige Teilaspekte einer bedarfsgerechten psychosozialen Versorgung wie Prävention, Zusammenarbeit in multiprofessionellen Teams, Arbeit in sozialen Feldern usw.

Statt dessen forderten die genannten Verbände eine gemeindenahe Versorgung nach den in Abschnitt 7.2 genannten Prinzipien.

Der Gesetzentwurf wurde 1980 schließlich vom Bundesministerium für Jugend, Familie und Gesundheit zurückgezogen.

In jüngster Zeit hat das Heilpraktikergesetz für die Ausübung von Psychotherapie wieder besondere Bedeutung bekommen (vgl. Fliegel, 1986). Das Bundesverwaltungsgericht hat 1983 entschieden, daß in der Heilkunde selbständig und eigenverantwortlich tätige Diplompsychologen der Erlaubnis nach dem Heilpraktikergesetz aufgrund einer besonders zu gestaltenden Überprüfung bedürfen. Ziel war dabei, dem unkontrollierten Wildwuchs der Anwendung von Psychotherapie entgegenzuwirken und die Tätigkeit von Psychologen in freier Praxis besser kontrollieren zu können. Aufgrund dieses Urteils des Bundesverwaltungsgerichtes sahen sich die Länder in jüngster Zeit veranlaßt, entsprechende Regelungen zu erlassen, die in einer Ausweitung des Heilpraktikergesetzes (HPG) bestehen. Die Erlaubniserteilung nach dem Heilpraktikergesetz ist nicht bundeseinheitlich geregelt. In den meisten Bundesländern genügt für die Erteilung der Erlaubnis zur Ausübung von Psychotherapie die Vorlage des Diplomzeugnisses und weiterer Personalpapiere, in Nordrhein-Westfalen besteht die Regelung, daß zusätzlich eine psychotherapeutische Weiterbildung von mindestens 700 Stunden nachgewiesen werden muß und die heilkundliche Tätigkeit nur in der absolvierten psychotherapeutischen Richtung (z.B. Verhaltenstherapie) erfolgen darf.

Eine wichtige Änderung auf dem ambulanten Sektor ergibt sich durch den seit 1982 existierenden Krankenkassenvertrag zur Anwendung von Verhaltenstherapie in der kassenärztlichen Versorgung. Nach diesem Vertrag darf ein Diplompsychologe mit einer dreijährigen Zusatzausbildung und entsprechender Anerkennung durch eine kassenärztliche Vereinigung in Delegation eines Arztes Verhaltenstherapie ausüben und gegenüber der Krankenkasse abrechnen.

Schwerwiegende Folgen derartiger vertraglicher Regelungen sind abzusehen: So besteht die Gefahr, daß Beratungsstellen in kommunaler und freier Trägerschaft mit dem Argument ausgedünnt werden, daß psychotherapeutische Behandlung durch Psychologen in freier Praxis auf Kosten der Krankenkassen möglich ist. In den Hochschulen werden Psychologiestudenten wieder eine stärkere Verhaltenstherapie-Ausrichtung auf Kosten integrativer und tätigkeitsfeldorientierter Ausbildung fordern. Schon jetzt nutzen teilweise obskure Gesellschaften und Institutionen die Rechtslage aus und offerieren teure Ausbildungen, die zur Anerkennung als Verhaltenstherapeut durch die Kassen führen sollen.

So wird durch solche Regelungen der Verbreitungsgrad und die Anwendung der Verhaltenstherapie in der Bundesrepublik Deutschland zwar vergrößert, es muß jedoch bezweifelt werden, ob durch die nur sehr eingeschränkt mögliche Anwendung von Verhaltenstherapie in freien Praxen die Qualität der psychosozialen Versorgung insgesamt verbessert wird. Die in diesem Buch beschriebene multifunktionale Anwendbarkeit von Verhaltenstherapie kann am sinnvollsten in gemeindenah arbeitenden Einrichtungen genutzt werden.

# Kapitel 8

# Weiterführende Literatur


**Zu Kapitel 1:** Einführung (und Übersicht zur Verhaltenstherapie)

Braun, P. & Schermer, F.J.: Verhaltenstherapie. In: Toman, W. & Egg, R.: *Psychotherapie: Ein Handbuch.* Stuttgart: Kohlhammer, 1985.

Franks, C.M., Wilson, G.T., Kendall, P.C. & Brownell, K.D.: *Jahresüberblick der Verhaltenstherapie. Band 9.* Tübingen: DGVT, 1985.

Halder-Sinn, P.: *Verhaltenstherapie.* Stuttgart: Kohlhammer, Urban-Taschenbuch 167. 1985.

Kritz, J.: *Grundkonzepte der Psychotherapie.* München: Urban & Schwarzenberg, 1985.

Reinecker, H.: *Grundlagen und Kriterien verhaltenstherapeutischer Forschung.* Salzburg: AVM, 1983.

Seiderer-Hartig, M.: *Beziehung und Interaktion in der Verhaltenstherapie.* München: Pfeiffer (Leben Lernen 48), 1980.

**Zu Kapitel 2.:** Verhaltenstherapeutische Diagnostik

Bartling, G., Echelmeyer, L., Engberding, M. & Krause, R.: *Problemanalyse im therapeutischen Prozeß.* Stuttgart: Kohlhammer, 1980.

Caspar, F.M. (Hrsg.): *Problemanalyse in der Psychotherapie, Forum 13.* Tübingen: DGVT, 1987.

Schulte, D.: Ein Schema für Diagnose und Therapieplanung in der Verhaltenstherapie. In: Schulte, D. (Hrsg.): *Diagnostik in der Verhaltenstherapie.* München: Urban & Schwarzenberg, 1974, 75–104.

**Zu Kapitel 3:** Grundlagen verhaltenstherapeutischer Methoden

Bandura, A.: *Sozial-kognitive Lerntheorie.* Stuttgart: Klett-Cotta, 1979.

Fliegel, S., Groeger, W., Künzel, R., Schulte, D. & Sorgatz, H.: *Verhaltenstherapeutische Standardmethoden.* München: Urban & Schwarzenberg, 1981.

Kanfer, F.H. & Phillips, J.S.: *Lerntheoretische Grundlagen der Verhaltenstherapie.* München: Kindler, 1975.

Kraiker, Ch.: Bemerkungen über die empirischen und theoretischen Grundlagen der Verhaltenstherapie. In: Kraiker, Ch. (Hrsg.): *Handbuch der Verhaltenstherapie.* München: Kindler, 1974.

Lefrancois, G.R.: *Psychologie des Lernens.* Berlin: Springer, 1986[2].

Mahoney, M.: *Kognitive Verhaltenstherapie.* München: Pfeiffer, 1977.

Reinecker, H.: *Grundlagen und Kriterien verhaltenstherapeutischer Forschung.* Salzburg: AVM, 1983.

Schmelzer, D.: Problem- und zielorientierte Verhaltenstherapie. Teil I: Zu einigen Kernannahmen des aktuellen verhaltenstherapeutischen Vorgehens. *Verhaltensmodifikation,* 6, 1985, 101–151.

Schmelzer, D.: Problem- und zielorientierte Verhaltenstherapie. Teil II: Das „Optimize"-Prozeßmodell als Orientierungsrahmen für die Praxis. *Verhaltensmodifikation,* 7, 1986, 3–110.

Skinner, B.F.: *Wissenschaft und menschliches Verhalten.* München: Kindler, 1973.

Westmeyer, H. & Hoffmann, N. (Hrsg.): *Verhaltenstherapie: Grundlegende Texte:* Hamburg: Hoffmann & Campe, 1977.

**Zu Kapitel 4:** Methoden der Verhaltenstherapie

**4.1.** Konfrontationsverfahren

Bartling, G., Fiegenbaum, W. & Krause, R.: *Reizüberflutung – Theorie und Praxis.* Stuttgart: Kohlhammer, 1980.

Florin, I. & Tunner, W. (Hrsg.): *Therapie der Angst. Fortschritte der Klinischen Psychologie. Bd. 8.* München: Urban & Schwarzenberg, 1975.

Marks, I.M.: Exposure treatments: Conceptual issues. In: Agras, W.S. (Hrsg.): *Behavior modification. Principles and clinical applications.* Boston: Little, Brown & Company, 1978, 163–242.

**4.2.** Operante Methoden

Honig, W.K. & Staddon, J.E.R. (Hrsg.): *Handbook of operant behavior.* Englewood Cliffs, N.J.: Prentice-Hall, 1977.

Karoly, P.: Operante Methoden. In: Kanfer, F.H. & Goldstein, A.P. (Hrsg.): *Möglichkeiten der Verhaltensänderung.* München: Urban & Schwarzenberg, 1977.

Skinner, B.F.: *Die Funktion der Verstärkung in der Verhaltenswissenschaft.* München: Kindler, 1974.

**4.3.** Aversionsverfahren

Rachman, S. & Teasdale, J.: *Verhaltensstörungen und Aversionstherapie.* Frankfurt: Fachbuchhandlung für Psychologie, 1975.

Reinecker, H. (Hrsg.): *Bestrafung. Theorien und Experimente.* Salzburg: Otto Müller, 1980.

Reinecker, H. (Hrsg.): *Aversionstherapie. Theorie und Praxis.* Salzburg: Otto Müller, 1981.

**4.4.** Modellernen

Bandura, A.: *Principles of behavior modification.* New York: Holt, 1969.

Bauer, M.: *Verhaltensmodifikation durch Modellernen.* Stuttgart: Kohlhammer, 1979.

Rachman, S.: Klinische Anwendung von Beobachtungs-, Imitations- und Modellernen. In: Petermann, F. & Schmook, C. (Hrsg.): *Grundlagentexte der Klinischen Psychologie. Bd. 2: Ergebnisse der Klinischen Psychologie.* Bern: Huber, 1977.

**4.5.** Training in Selbstsicherheit

Feldhege, F.J. & Krauthan, G.: *Verhaltenstrainingsprogramm zum Aufbau sozialer Kompetenz (VTP).* Berlin: Springer, 1979.

Hinsch, R. & Pfingsten, U.: *Gruppentraining sozialer Kompetenzen.* München: Urban & Schwarzenberg, 1983.

Ullrich de Muynck, R. & Ullrich, R.: *Assertiveness-Training-Programm ATP: Einübung von Selbstvertrauen und sozialer Kompetenz. Teil 1–3.* München: Pfeiffer, 1976.

**4.6.** Verdecktes Konditionieren

Cautela, J.R. & Wall, C.C.: Covert conditioning in clinical practice. In: Goldstein, A. & Foa, E.B. (Hrsg.): *Handbook of behavioral interventions. A clinical guide.* New York: Wiley, 1980.

**4.7.** Kognitive Umstrukturierung (vgl. auch Kap. 5)

Beck, A.T. & Emery, G.: *Kognitive Verhaltenstherapie bei Angst und Phobien. Eine Anleitung für Therapeuten.* Tübingen: DGVT, 1981.

Hoffmann, N. (Hrsg.): *Grundlagen kognitiver Therapie. Therapeutische Modelle und praktische Anwendung.* Bern: Huber, 1979.

Meichenbaum, D.: *Kognitive Verhaltensmodifikation.* München: Urban & Schwarzenberg, 1979.

**4.8.** Selbstkontrolle

Hartig, M.: Selbstkontrolle: *Lerntheoretische und verhaltenstheoretische Ansätze.* München: Urban & Schwarzenberg, 1973.

Karoly, P. & Kanfer, F.H. (Hrsg.): *Self-management and behavior change. From theory to practice.* New York: Pergamon Press, 1982.

Reinecker, H.: *Selbstkontrolle. Verhaltenstheoretische kognitive Grundlagen. Techniken und Therapiemethoden.* Salzburg: Otto Müller, 1978.

**Allgemein:**

Fliegel, S., Groeger, W., Künzel, R., Schulte, D. & Sorgatz, H.: *Verhaltenstherapeutische Standardmethoden.* München: Urban & Schwarzenberg, 1981.

## **Zu Kapitel 5:** Theorien zur Erklärung gestörten Verhaltens

Beck, A.T., Rush, A.J., Shaw, B.F. & Emery, G.: *Kognitive Therapie der Depression.* München: Urban & Schwarzenberg, 1981.

Ellis, A. & Grieger, R.: *Praxis der Rational-emotiven Therapie.* München: Urban & Schwarzenberg, 1979.

Quekelberghe, R. van: *Modelle kognitiver Therapien. Reihe: Fortschritte der klinischen Psychologie. Bd. 20.* München: Urban & Schwarzenberg, 1979.

## **Zu Kapitel 6:** Psychophysiologie und Verhaltensmedizin

Fahrenberg, J.: Psychophysiologie. In: Kisker, K.P., Meyer, J.-E., Müller, C., Strömgren, E. (Hrsg.): *Psychiatrie der Gegenwart, Bd. I/1.* Heidelberg: Springer-Verlag, 1979², 91–210.

Miltner, W., Birbaumer, N. & Gerber, W.-D.: *Verhaltensmedizin.* Heidelberg: Springer, 1986.

Rogge, K.E.: *Physiologische Psychologie.* München: Urban & Schwarzenberg, 1981.

## **Zu Kapitel 7:** Verhaltenstherapie in der psychosozialen Versorgung

Fliegel, S. & Röhrle, B. (Hrsg.): *Gemeindepsychologische Perspektiven. Band 1–4.* Tübingen/Köln: DGVT/GwG, 1983.

Rappaport, J.: *Community psychology: Values, research, and action.* New York: Holt, Rinehart & Winston, 1977.

# Kapitel 9

# Gesamtliteraturverzeichnis


Abramson, L.Y., Garber, J. & Seligman, M.E.P.: Learned helplessness: An attributional analysis. In: Garber, J. & Seligman, M.E.P. (Hrsg.): *Human Helplessness: Theory and applications.* New York: Academic Press, 1980.

Abramson, L.Y., Seligman, M.E.P. & Teasdale, J.: Learned helplessness in humans: Critique and reformulation. *Journal of Abnormal Psychology,* 87, 1978, 49–74.

Ader, R. & Cohen, N.: CNS-immune system interactions: Conditioning phenomena. *The Behavioral and Brain Science,* 8, 1985, 3, 379–394.

Agras, W.S.: The Token Economy. In: Agras, W.S. (Hrsg.): *Behavior Modification: Principles and Clinical Applications.* Boston: Little, Brown & Company, 1978².

Agras, W.S., Leitenberg, H., Barlow, D.H., Curtis, N.A., Edwards, J. & Wright, D.: Relaxation in systematic desensitization. *Archives of General Psychiatry,* 25, 1971, 511–514.

Ajzen, I. & Fishbein, M.: *Understanding attitudes and predicting social behavior.* Englewood Cliffs, N.J.: Prentice-Hall, 1980.

Alberti, R.E. & Emmons, M.L.: *Your perfect right: A guide to assertive behavior.* San Luis Obispo, Ca.: Impact, 1970 (1978³).

Alberti, R.E. & Emmons, M.L.: *Your perfect right: A guide to assertive behavior.* San Luis Obispo, Ca.: Impact, 1974 (dt.: *Ich behaupte mich selbst.* Frankfurt: Fachbuchhandlung für Psychologie, 1977).

Allport, F.H.: *Social psychology.* Cambridge, Mass.: Riverside Press, 1924.

Anchin, J.C. & Kiesler, D.J. (Hrsg.): *Handbook of interpersonal psychotherapy.* New York: Pergamon Press, 1982.

Anneken, R. & Heyden, Th. (Hrsg.): *Wege zur Veränderung, Beratung und Selbsthilfe.* Tübingen: DGVT, 1985.

Arnkoff, D.B. & Glass, C.R.: Clinical cognitive constructs: Examination, Evaluation, and Elaboration. In: Kendall, P.C. (Hrsg.): *Advances in cognitive-behavioral research and therapy. Vol. 1.* New York: Academic Press, 1982.

Arnold, M.B.: *Emotion and Personality.* New York: Columbia University Press, 1960.

Aronfreed, F.H.: The problem of imitation. In: Lipsitt, L.P. & Reese, H.W.: *Advances in child development and behavior. Vol. IV.* New York: Academic Press, 1969, 210–319.

Arora, M. & Murthy, R.S.: Treatment of writer's cramp by progression from paintbrush in supinated hand. *Journal of Behavior Therapy and Experimental Psychiatry,* 7, 1976, 345–347.

Ayllon, T.: Intensive treatment of psychotic behavior by stimulus satiation and food reinforcement. *Behaviour Research and Therapy,* 1, 1963, 53–62.

Ayllon, T. & Azrin, N.H.: *The token economy: A motivational system for therapy and rehabilitation.* New York: Appleton-Century, 1968.

Ayllon, T. & Haughton, E.: Modification of symptomatic verbal behavior of mental patients. *Behaviour Research and Therapy,* 2, 1964, 87–97.

Azrin, N.H. & Holz, W.C.: Punishment. In: Honig, W.K. (Hrsg.): *Operant behavior. Areas of research and application.* New York, 1966.

Baer, D.M.: Applied behavior analysis. In: Wilson, G.T. & Franks, C.M. (Hrsg.): *Contemporary behavior therapy. Conceptual and empirical foundations.* New York: The Guilford Press, 1982.

Baer, D.M., Wolf, M.M. & Risley, T.R.: Some current dimensions of applied behavior analysis. *Journal of Applied Behavior Analysis,* 1, 1968, 91–97.

Bain, J.A.: *Thought control in everyday life.* New York: Funk & Wagnals, 1928.

Baldwin, A.L.: A cognitive theory of socialization. In: Goslin, D.A. (Hrsg.): *Handbook of socialization theory and research.* Chicago: Rand McNally, 1969, 325–345.

Bandura, A.: Vicarious processes: A case of no-trial learning. In: Berkowitz, L. (Hrsg.): *Advances in Experimental Social Psychology.* New York: Academic Press, 12, 1965, 1–55.

Bandura, A.: A social learning interpretation of psychological dysfunctions. In: London, P. & Rosenhan, O. (Hrsg.): *Foundations of abnormal psychology.* New York: Holt, Rinehart & Winston, 1968, 293–344.

Bandura, A.: Social learning theory of identificatiory processes. In: Goslin, D.A. (Hrsg.): *Handbook of socialization.* Chicago: Rand McNally, 1969a, 213–263.

Bandura, A.: *Principles of behavior modification.* London: Holt, Rinehart & Winston, 1969b.

Bandura, A.: *Social learning theory.* Morristown, N.J.: General Learning Press, 1971a.

Bandura, A.: Psychotherapy based upon modelling principles. In: Bergin, A.E. & Garfield, S.U. (Hrsg.): *Handbook of psychotherapy and behavior change.* New York: Wiley, 1971b, 653–708.

Bandura A.: Behavior theory and the models of man. *American Psychologist,* 29, 1974, 859–869 (dt.: Bandura u.a.: *Lernen am Modell.* Stuttgart: Klett, 1976).

Bandura, A.: *Lernen am Modell.* Stuttgart: Klett, 1976.

Bandura, A.: Self-efficacy: Toward a unifying theory of behavioral change. *Cognitive Therapy and Research,* 1, 1977a, 287–310.

Bandura, A.: *Social Learning Theory.* Englewood Cliffs, N.J.: Prentice-Hall, 1977b.

Bandura, A.: The self system in reciprocal determinism. *American Psychologist,* 33, 1978, 344–358.

Bandura, A.: *Sozial-kognitive Lerntheorie.* Stuttgart: Klett-Cotta, 1979.

Bandura, A., Blanchard, E.B. & Ritter, B.: Relative efficacy of desensitization and modeling approaches for inducing behavioral, affective, and attitudinal changes. *Journal of Personality and Social Psychology,* 13, 1969, 173–199.

Bandura, A., Grusec, J.E. & Menlove, F.L.: Vicarious extinction of avoidance behavior. *Journal of Personality and Social Psychology,* 5, 1967, 16–23.

Bandura, A., Ross, D. & Ross, S.A.: Vicarious reinforcement and imitative learning. *Journal of Abnormal and Social Psychology,* 67, 1963, 601–607.

Bandura, A. & Walters, R.H.: *Social learning and personality development.* New York: Holt, Rinehart & Winston, 1963.

Barber, T.X. u.a.: *Biofeedback and Self-Control.* Chicago: Aldine, 1971.

Barlow, D.H.: Aversive Procedures. In: Agras, W.S. (Hrsg.): *Behavior Modification: Principles and Clinical Application.* Boston: Little, Brown & Company, 1978².

Barlow, D.H.: On the relation of clinical research to clinical practice: Current issues, new directions. *Journal of Consulting and Clinical Psychology,* 49, 1981, 147–155.

Barlow, D.H., Agras, W.S., Leitenberg, H. & Wincze, J.P.: An experimental analysis of the effectiveness of „shaping“ in reducing maladaptive avoidance behavior: An analogue study. *Behaviour Research and Therapy,* 8, 1970, 165–173.

Bartling, G., Echelmeyer, L., Engberding, M. & Krause, R.: *Problemanalyse im therapeutischen Prozeß.* Stuttgart: Kohlhammer, 1980.

Bartling, G., Fiegenbaum, W. & Krause, R.: *Reizüberflutung – Theorie und Praxis.* Stuttgart: Kohlhammer, 1980.

Basler, H.D. & Florin, I. (Hrsg.): *Klinische Psychologie und körperliche Krankheit.* Stuttgart: Kohlhammer, 1985.

Basler, H.D., Otte, H., Schneller, Th. & Schwoon, D.: *Verhaltenstherapie bei psychosomatischen Erkrankungen.* Stuttgart: Kohlhammer, 1979.

Bassett, J.E. & Blanchard, E.B.: The effect of the absence of close supervision on the use of response cost in a prison token economy. *Journal of Applied Behavior Analysis,* 10, 1977, 375–379.

Bastine, R.: *Klinische Psychologie. Band I.* Stuttgart: Kohlhammer, 1984.

Bauer, M.: *Verhaltensmodifikation durch Modellernen.* Stuttgart: Kohlhammer, 1979.

Baum, M.: Extinction of avoidance responding through response prevention (flooding). *Psychological Bulletin,* 74, 1970, 276–284.

Baum, M.: Extinction of avoidance in rats: The effects of chlorpromazine and methylphenidate administered in conjunction with flooding response (prevention). *Behaviour Research and Therapy,* 11, 1973, 159–165.

Baumann, U. (Hrsg.): *Indikation zur Psychotherapie.* München: Urban & Schwarzenberg, 1981a.

Baumann, U.: Differentielle Therapiestudien und Indikation. In: Baumann, U. (Hrsg.): *Indikation zur Psychotherapie.* München: Urban & Schwarzenberg, 1981b.

Baumann, U., Hecht, Ch. & Mackinger, H.: Psychotherapieforschung: Unterschiedliche Perspektiven. In: Baumann, U. (Hrsg.): *Psychotherapie: Makro-/Mikroperspektive.* Göttingen: Hogrefe, 1984.

Baumann, U. & Reinecker-Hecht, Ch.: Psychotherapie-Evaluation. In Kisker, K.P., Meyer, J.-E., Müller, C. & Strömgren, E. (Hrsg.): *Psychiatrie der Gegenwart, Band I.* Heidelberg: Springer, 1986.

Beatty, J.: Similar effects of feedback signals and instructional information on EEG activity. *Physiology Behavior,* 9, 1972, 151–154.

Beck, A.T.: Thinking and depression. I. Ideosyncratic content and cognitive distortions. *Archives of General Psychiatry,* 9, 1963, 324–333.

Beck, A.T.: *Depression. Causes and Treatment.* Philadelphia: University of Pennsylvania Press, 1967.

Beck, A.T.: Cognitive Therapy: Nature and Relation to Behavior Therapy. *Behavioral Therapist,* 1, 1970, 184–200.

Beck, A.T.: *Depression.* Philadelphia: University of Pennsylvania Press, 1972.

Beck, A.T.: *Cognitive therapy and emotional disorders.* New York: International University Press, 1976 (dt.: *Wahrnehmung der Wirklichkeit und Neurose.* München: Pfeiffer, 1979).

Beck, A.T. & Greenberg, R.L.: Kognitive Therapie bei der Behandlung von Depressionen. In: Hoffmann, N. (Hrsg.): *Grundlagen kognitiver Therapien.* Bern: Huber, 1979.

Beck, A.T. & Hurvich, M.S.: Psychological correlates of depression. I. Frequency of „masochistic" dream content in a private practice sample. *Psychosom. Med.,* 21, 1959, 50–55.

Beck, A.T., Rush, A.J. & Kovacs, M.: *Individual treatment manual for cognitive/behavioral psychotherapy of depression.* Philadelphia: University of Pennsylvania Press, 1977 (dt.: DGVT-Materialien Nr. 5).

Beck, A.T., Rush, A.J., Shaw, B.F. & Emery, G.: *Cognitive Therapy of Depression.* New York: The Guilford Press, 1979 (dt.: Hautzinger, M. (Hrsg.): *Kognitive Therapie der Depression.* München: Urban & Schwarzenberg, 1981).

Beck, A.T. & Valin, S.: Psychologic depressive reaction in soldiers who accidentally killed their buddies. *American Journal of Psychology,* 110, 1953, 347–353.

Becker, M.H.: The health belief model and sick role behavior. *Health Education Monographs,* 2, 1974, 409–419.

Begelman, D.A.: Ethical and Legal Issues of Behavior. In: Hersen, M., Eisler, R.M. & Miller, P.M. (Hrsg.): *Progress in Behavior Modification. Vol. 1.* New York: Academic Press, 1975.

Bellack, A.S.: Behavioral Treatment for Obesity: Appraisal and Recommendations. In: Hersen, M., Eisler, R.M. & Miller, P.M. (Hrsg.): *Progress in Behavior Modification. Vol. 4.* New York: Academic Press, 1977.

Bellack, A.S. & Hersen, M.: Self-report inventories in behavioral assessment. In: Cone, J.D. & Hawkins, R.P. (Hrsg.): *Behavioral assessment: New directions in clinical psychology.* New York: Brunner/Mazel, 1977, 52–76.

Bellack, A.S. & Schwartz, J.S.: Assessment for self-control programs. In: Hersen, M. & Bellack, A.S. (Hrsg.): *Behavioral Assessment.* Oxford: Pergamon Press, 1976, 111–142.

Belschner, W., Ernst, H., Kaiser, P., Köppelmann-Baillieu, M., Rudeck, R. & Sommer, G. (Hrsg.): *Gemeindepsychologische Perspektiven I – Grundlagen und Anwendungsfelder.* Tübingen: DGVT, 1983.

Bem, D.J.: Self-perception: An alternative interpretation of cognitive dissonance phenomena. *Psychological Review,* 74, 1967, 183–200.

Bem, D.J.: *Beliefs, attitudes, and human affairs.* Monterey, Calif.: Brooks-Cole, 1970.

Bem, D.J.: Self-perception theory. In: Berkowitz, L. (Hrsg.): *Advances in experimental social psychology. Vol. 6.* New York: Academic Press, 1972.

Bergin, A.E. & Lambert, M.J.: The evaluation of therapeutic outcomes. In: Garfield, S.L. & Bergin, A.E. (Hrsg.): *Handbook of psychotherapy and behavior change. An empirical analysis.* New York: Wiley, 1978.

Bergold, J.B., Fröschen, G., Keupp, H., Klinkers, J., Kopkow, A., Mühlen, G., Permien, H., Rüggeberg, A., Stevens, U. & Zimmer, D.: Emanzipation und Verhaltensmodifikation: Widersprüche und Möglichkeiten. In: Brengelmann, J.C. & Tunner, W. (Hrsg.): *Behavior Therapy – Verhaltenstherapie.* München: Urban & Schwarzenberg, 1973.

Berkowitz, L.: Experiments on automatism and intent in human aggression. In: Clemente, C.D. & Lindsley, D.B.: *Aggression and Defense.* Berkeley: University of California Press, 1967.

Berlyne, D.E.: The reward value of indifferent stimulation. In: Tapp, I.T. (Hrsg.): *Reinforcement and behavior.* New York: Academic Press, 1969.

Bernard, C.: *Introduction à l'étude de la médecine experimentelle.* Paris, 1865 (engl.: *Introduction to the study of experimental Medicine.* New York: Dover Publications, 1957).

Bernard, K.P.: *Ein empirischer Vergleich von Selbstsicherheitstrainings, durchgeführt in der Landesnervenklinik Salzburg.* Salzburg: Unveröff. Dissertation, 1984.

Bernstein, D.A. & Paul, G.L.: Anmerkungen zu therapieanalogen Untersuchungen über „Kleintierphobien". In: Petermann, F. & Schmook, C. (Hrsg.): *Grundlagentexte der Klinischen Psychologie. Bd. 1: Forschungsfragen.* Bern: Huber, 1977 (Orig.: Some comments on therapy analogue with small animal „phobias". *Journal of Behavior Therapy and Experimental Psychiatry,* 2, 1971, 225–237.

Bindra, D.: How adaptive behavior is produced: A perceptual-motivational alternative to response-reinforcement. *The Behavioral and Brain Sciences,* 1, 1978, 41–91.

Birbaumer, N.: *Neurophysiologie der Angst.* München: Urban & Schwarzenberg, 1973.

Birbaumer, N.: *Physiologische Psychologie.* Berlin: Springer-Verlag, 1975.

Birbaumer, N. (Hrsg.): *Psychophysiologie der Angst.* München: Urban & Schwarzenberg, 1977a.

Birbaumer, N.: Wir denken häufig, bevor wir handeln. In: Birbaumer, N. (Hrsg.): *Psychophysiologie der Angst.* München: Urban & Schwarzenberg, 1977b, 170–180.

Birbaumer, N.: Die Bewältigung der Angst: Gewöhnung oder Hemmung. In: Birbaumer, N. (Hrsg.): *Psychophysiologie der Angst.* München: Urban & Schwarzenberg, 1977c, 2, 85–124.

Birbaumer, N.: Biofeedback. In: Birbaumer, N. (Hrsg.): *Psychophysiologie der Angst.* München: Urban & Schwarzenberg, 1977d, 3, 271–295.

Blanchard, E.B. & Young, L.D.: Clinical applications of biofeedback training: a review of the evidence. *Archives of General Psychiatry,* 30, 1974, 573–589.

Blöschl, L.: Lerntheoretische Grundlagen. In: Pongratz, C.J. (Hrsg.): *Handbuch der Psychologie, Band 8, Klinische Psychologie, 1. Halbband.* Göttingen: Hogrefe, 1978a, 634ff.

Blöschl, L.: *Psychosoziale Aspekte der Depression. Ein lerntheoretisch-verhaltenstherapeutischer Ansatz.* Bern: Huber, 1978b.

Borkovec, T.D.: The effects of instructional suggestion and physiological cues on analogue fear. *Behavioral Therapist,* 4, 1973, 185–192.

Bösel, R.: *Physiologische Psychologie. Einführung in die biologischen und physiologischen Grundlagen der Psychologie.* Berlin: de Gruyter, 1981.

Bower, G.H.: Contacts of cognitive psychology with social learning theory. *Cognitive Therapy and Research,* 2, 1978, 123–145.

Bramel, D.A.: A Dissonance theory approach to defensive projection. *Journal of Abnormal and Social Psychology,* 64, 1962, 121–129.

Braun, P. & Schermer, F.J.: Verhaltenstherapie. In: Toman, W. & Egg, R. (Hrsg.): *Psychotherapie. Bd. 2.* Stuttgart: Kohlhammer, 1985.

Braun, P. & Tittelbach, E.: Verhaltenstherapie. In: Pongratz, L. (Hrsg.): *Handbuch der Psychologie, Bd. 8, Klinische Psychologie, 2. Halbband.* Göttingen: Hogrefe, 1978.

Bregmann, E.: An attempt to modify the emotional attitude of infants by the conditioned response technique. *Journal of Genetic Psychology,* 45, 1934, 169–198.

Brehm, S.S.: *Anwendung der Sozialpsychologie auf die klinische Praxis.* Bern: Huber, 1980.

Brehm, J.W. & Cohen, A.R.: *Explorations in cognitive dissonance.* New York: Wiley, 1962.

Brehony, K.A. & Geller, E.S.: Agoraphobia: Appraisal of Research and a Proposal for an Integrative Model. In: Hersen, M., Eisler, R.M. & Miller, P.M. (Hrsg.): *Progress in Behavior Modification. Vol. 12.* New York: Academic Press, 1981.

Brener, J.: A general model of voluntary control applied to the phenomena of learned cardiovascular change. In: Obrist, P.A., Black, A.H., Brener, J. & Dicara, L.V. (Hrsg.): *Cardiovascular psychophysiology.* Chicago: Aldine, 1974.

Brenner, J. & Hothersall, D.: Heart rate control under conditions of augmented sensory feedback. *Psychophysiologie,* 3, 1966, 23–28.

Brownell, K.D.: Verhaltensmedizin. In: Franks, C.M., Wilson, G.T., Kendall, P.C. & Brownell, K.D.: *Jahresüberblick der Verhaltenstherapie – Theorie und Praxis, Bd. 9.* Tübingen: DGVT, 1985, 166–192.

Bucher, B. & Lovaas, O.I.: Use of aversive stimulation in behavior modification. In: Jones, M.R. (Hrsg.): *Miami Symposium on the Prediction of Behavior 1967: Aversive Stimulation.* Coral Gables, Fla.: University of Miami Press, 1968.

Budzynski, T.H. & Stoyva, J.M.: Biofeedback-Techniken in Verhaltenstherapie und im autogenen Training. In: Birbaumer, N. (Hrsg.): *Fortschritte der Klinischen Psychologie 3. Neurophysiologie der Angst.* München: Urban & Schwarzenberg, 1973, 248–268.

Budzynski, T.H., Stoyva, J.M. & Adler, C.S.: Feedback-induced muscle relaxation: Application to tension headache. *Journal of Behavior Therapy and Experimental Psychiatry,* 1970, 1.

Budzynski, T.H., Stoyva, J.M., Adler, C.S. & Mullaney, D.J.: EMG feedback and tension headache: a controlled outcome study. *Psychosomat. Medicine,* 1973, 35.

Bunge, M.: *Scientific Research. I, II.* New York: Springer, 1967.

Butollo, W.H.: *Chronische Angst: Theorie und Praxis der Konfrontationstherapie.* München: Urban & Schwarzenberg, 1979.

Butollo, W.H. & Höfling, S.: *Behandlung chronischer Ängste und Phobien: Erfahrungsorientiertes Lernen, systematische Konfrontation, kognitive Verhaltenstherapie.* Stuttgart: Enke, 1984.

Bykow, K.M. & Kurzin, I.T.: *Kortiko-viscerale Pathologie.* Berlin: VEB, 1966.

Bykow, K.M. & Pschonik, A.T.: 1947; zit. nach: Bykow, K.M. & Kurzin, I.T.: *Kortiko-viscerale Pathologie.* Berlin: VEB, 1966.

Cacioppo, J. & Petty, R.: *Social Psychophysiology.* New York: The Guilford Press, 1983.

Camp, B.W. & Bash, M.S.: *Think Aloud. Increasing social and cognitive skills – A problem solving program for children.* Champaign, Ill.: Research Press, 1981.

Campbell, D.T. & Stanley, J.S.: Experimental and quasi-experimental designs for research. In: Gage, N.L. (Hrsg.): *Handbook of research on teaching.* Chicago: Rand McNally, 1963.

Cannon, W.B.: The James-Lange-theory of emotion: A critical examination and an alternative theory. *American Journal of Psychology,* 39, 1927, 106–124.

Cannon, W.B.: *Bodily changes in pain, hunger, fear, and rage.* New York: Appleton-Century, 1929[2].

Cantor, N. & Kihlstrom, J.F.: Cognitive and Social Processes in Personality. In: Wilson, G.T. & Franks, C.M. (Hrsg.): *Contemporary Behavior Therapy. Conceptual and Empirical Foundations.* New York: The Guilford Press, 1982.

Carver, C.S. & Scheier, M.F.: *Attention and self-regulation: A control theory approach to human behavior.* New York: Springer, 1981.

Carver, C.S. & Scheier, M.F.: An information processing perspective on self-management. In: Karoly, P. & Kanfer, F.H. (Hrsg.): *Self-management and behavior change. From theory to practice.* New York: Pergamon Press, 1982.

Carver, C.S. & Scheier, M.F.: A control-theory approach to human behavior, and implicatons for problems in self-management. In: Kendall, P.C. (Hrsg.): *Advances in cognitive-behavioral research and therapy. Vol. 2.* New York: Academic Press, 1983.

Cashdan, S.: *Interactional Psychotherapy: Stages and Strategies in Behavioral Change.* New York: Grune & Stratton, 1973.

Cashdan, S.: Interactional Psychotherapy: Stages and Strategies in Behavioral Change. In: Anchin, J.C. & Kiesler, D.J. (Hrsg.): *Handbook of interpersonal psychotherapy.* New York: Pergamon Press, 1982.

Caspar, F. & Grawe, K.: *Vertikale Verhaltensanalyse.* Bern: Forschungsbericht Nr. 5 aus dem Psychologischen Institut, 1982.

Cattel, R.B. & Scheier, I.H.: *The meaning and the measurement of neuroticism and anxiety.* New York: Ronald Press, 1961.

Cautela, J.R.: Treatment of compulsive behavior by covert sensitization. *Psychological Record,* 16, 1966, 33–41.

Cautela, J.R.: Covert sensitization. *Psychological Reports,* 74, 1967, 459–468.

Cautela, J.R.: Behavior therapy and self-control: Techniques and implications. In: Franks, C.M. (Hrsg.): *Behavior therapy: Appraisal and status.* New York: McGraw Hill, 1969.

Cautela, J.R.: The use of covert sensitization in the treatment of alcoholism. *Psychotherapy: Theory, Research, and Practice,* 7, 1970a, 86–90.

Cautela, J.R.: Covert extinction. *Behavioral Therapist,* 1, 1970b, 33–50.

Cautela, J.R.: Covert conditioning. In: Jacobs, A. & Sachs, L.B. (Hrsg.): *The psychology of private events: Perspectives on covert response systems.* New York: Academic Press, 1971.

Cautela, J.R.: Rationale and procedures for covert conditioning. In: Rubin, R.D., Fensterheim, H., Henderson, J.D. & Ullmann, L.P. (Hrsg.): *Advances in behavior therapy.* New York: Academic Press, 1972.

Cautela, J.R. & Wall, C.C.: Covert conditioning in clinical practice. In: Goldstein, A. & Foa, E.B. (Hrsg.): *Handbook of behavioral interventions. A clinical guide.* New York: Wiley, 1980.

Cautela, J.R. & Wisocki, P.A.: The thought-stopping procedure: Description, application, and learning theory interpretations. *Psychological Record,* 2, 1977, 255–264.

Chambless, D. & Goldstein, A. (Hrsg.): *Agoraphobia.* New York: Wiley, 1982.

Ciminero, A.R., Calhoun, K.S. & Adams, H.E. (Hrsg.): *Handbook of behavioral assessment.* New York: Wiley, 1977.

Ciminero, A.R., Nelson, R.O. & Lipinski, D.P.: Self-monitoring procedures. In: Ciminero, A.R. Calhoun, K.S. & Adams, H.E. (Hrsg.): *Handbook of behavioral assessment.* New York: Wiley, 1977, 195–232.

Cofer, C.N. & Appley, M.H.: *Motivation: Theory and research.* New York, 1966.

Cone, J.D. & Hawkins, R.P. (Hrsg.): *Behavioral assessment. New directions in clinical psychology.* New York: Brunner/Mazel, 1977.

Cone, J.D. & Hayes, S.C.: *Environmental problems / behavioral solutions.* Belmont: Brooks-Cole, 1980.

Cook, T.D. & Campbell, D.T.: The design and conduct of quasi-experiments in field settings. In: Dunnett, M.D. (Hrsg.): *Handbook of industrial and organizational psychology.* Chicago: Rand McNally, 1976.

Cook, T.D. & Campbell, D.T.: *Quasi-experimentation. Design and analysis issues für field settings.* Boston: Houghton Mifflin, 1979.

Copeland, A.P.: Children's talking to themselves: Its developmental significance, function, and therapeutic promise. In: Kendall, P.C. (Hrsg.): *Advances in cognitive-behavioral research and therapy.* New York: Academic Press, 1983.

Corsini, R.J. (Hrsg.): *Handbook of innovative psychotherapies.* New York: Wiley, 1983.

Costello, C.G.: Depression: Loss of reinforcers or loss of reinforcer effectiveness? *Behavioral Therapist,* 3, 1972, 240–247.

Cotter, L.H.: Operant conditioning in a Vietnamese mental hospital. *American Journal of Psychology,* 124, 1967, 23–28.

Coyne, J.C. & Gotlib, I.H.: The role of cognition in depression: A critical appraisal. *Psychological Bulletin,* 94, 1983, 472–505.

Craighead, W.E.: The role of muscular relaxation in systematic desensitization. In: Rubin, R.D., Brady, J.P. & Henderson, J.D. (Hrsg.): *Advances in Behavior Therapy. Vol. 4.* New York: Academic Press, 1973.

Craighead, W.E.: A brief clinical history of cognitive-behavior therapy with children. *School Psychology Review,* 11, 1982, 5–13.

Curl, R.M.: Adherence to the legal and ethical requirements of human research. *The Behavior Therapist,* 5(4), 1982, 123–128.

Danaher, B.G.: Theoretical foundations and clinical implications of the Premack principle: Review and critique. *Behavioral Therapist,* 5, 1974, 307–324.

Davidson, R.J. & Schwartz, G.E.: Patterns of cerebral lateralization during cardiac biofeedback versus the self regulation of emotion: sex differences. *Psychophysiology,* 12, 1976, 62–68.

Davis, M.H., Saunders, D.R., Creer, T.L. & Chai, H.: Relaxation training facilitated by biofeedback apparatus as a supplemental treatment in bronchial asthma. *Journal of Psychology Research,* 17, 1973, 121–128.

Davison, G.C.: Systematic desensitization as a counterconditioning process. *Journal of Abnormal Psychology,* 73, 1968, 91–99.

Davison, G.C. & Neale, J.M.: *Klinische Psychologie – ein Lehrbuch.* München: Urban & Schwarzenberg, 1979 (amerik. Originalausgabe: *Abnormal Psychology. An experimental approach.* New York: Wiley, 1978[2]).

Davison, G.C. & Wilson, G.T.: Process of fear-reduction in systematic desensitization: Cognitive and social reinforcement factors in humans. *Behavioral Therapist,* 4, 1973, 1–21.

Debler, W.: *Attributionsforschung. Kritik und kognitiv-funktionale Reformulierung.* Salzburg: AVM-Verlag, 1984.

Deffenbacher, J.L. & Suinn, R.M.: The self-control of anxiety. In: Karoly, P. & Kanfer, F.H. (Hrsg.): *Self-management and behavior change. From theory to practice.* New York: Pergamon Press, 1982.

Denholtz, M.S.: „At home" aversion treatment of compulsive firesetting behavior: Case report. In: Rubin, R.D., Fensterheim, H., Henderson, J.D. & Ullmann, L.P. (Hrsg.): *Advances in behavior therapy.* New York: Academic Press, 1972.

DeSilva, P., Rachman, S. & Seligman, M.E.P.: Prepared phobias and obsessions: Therapeutic outcome. *Behaviour Research and Therapy,* 15, 1977, 65–77.

DeVoge, J.T. & Beck, S.: The therapist-client relationship in behavior therapy. In: Hersen, M., Eisler, R.M. & Miller, P.M (Hrsg.): *Progress in behavior modification. Vol. 6.* New York: Academic Press, 1978.

DiCara, L.V.: Learning in the autonomic nervous system. *Science,* 1970, 31–39.

DiCara, L.V.: *Learning of cardiovascular responses. A review and a description of physiological and biochemical consequences.* Trans. N.Y.: Acad. Sci., 1971, 411–422.

DiGiuseppe, R.A. & Miller, N.J.: Überblick über Untersuchungen zur Effektivität der Rational-emotiven Therapie. In: Ellis, A. & Grieger, G. (Hrsg.): *Handbook of rational-emotive therapy.* New York: Springer, 1977 (dt.: *Praxis der Rational-Emotiven Therapie.* München: Urban & Schwarzenberg, 1979).

DiGiuseppe, R.A., Miller, N.J. & Trexler, L.D.: A review of rational-emotive psychotherapy outcome studies. *Counseling Psychologist,* 1, 1977, 64–72.

DiMatteo, M.R. & DiNicola, D.D.: *Achieving patient compliance: The psychology of the medical practicioner's role.* New York: Pergamon Press, 1982.

Doleys, D.M., Meredith, R.L. & Ciminero, A.R.: *Behavioral Medicine.* New York: Plenum Press, 1982.

Dollard, J. & Miller, N.: *Personality and psychotherapy: An analysis in terms of learning, thinking, and culture.* New York: McGraw Hill, 1950.

Donner, L.: Automated group desensitization. A follow-up report. *Behaviour Research and Therapy,* 8, 1970, 241–247.

Dörner, D.: *Die kognitive Organisation beim Problemlösen.* Bern: Huber, 1974.

Dörner, D.: *Problemlösen als Informationsverarbeitung.* Stuttgart: Kohlhammer, 1976, 1979².

Dorrmann, W. & Hinsch, R.: *Entwurf für ein Manual zur Durchführung und Auswertung des IE-SV-F.* Bamberg, 1983.

Duffy, E.: Activation. In: Greenfield, N.S. & Sternbach, R.A. (Hrsg.): *Handbook of psychophysiology.* New York: Holtz, 1972.

D'Zurilla, T.J. & Goldfried, M.R.: Problem-solving and behavior modification. *Journal of Abnormal Psychology,* 78, 1971, 107–126.

D'Zurilla, T.J. & Nezu, A.: Social problem solving in adults. In: Kendall, P.C. (Hrsg.): *Advances in cognitive-behavioral research and therapy. Vol. 1.* New York: Academic Press, 1982.

Edgington, E.S.: Statistics and Single Case Analysis. In: Hersen, M., Eisler, R.M & Miller, P.M. (Hrsg.): *Progress in Behavior Modification. Vol. 16.* New York: Academic Press, 1984.

Eelen, P.: Conditioning and attribution. In: Boulougouris, J. (Hrsg.): *Learning Theory Approaches to Psychiatry.* New York: Wiley, 1982.

Elliott, R. & Tighe, T.: Breaking cigarette habit: Effects of a technique involving threatened loss of money. *Psychological Record,* 18, 1968, 503–513.

Ellis, A.: Outcome of employing three techniques of psychotherapy. *Journal of Clinical Psychology,* 13, 1957, 344–350.

Ellis, A.: Rational Psychotherapy. *Journal of General Psychology,* 59, 1958, 35–49.

Ellis, A.: *Reason and emotion in psychotherapy.* New York: Stuart, 1962 (dt.: Ellis, A.: *Die Rational-emotive Therapie. Das innere Selbstgespräch bei seelischen Problemen und seine Veränderung.* München: Pfeiffer, 1977b).

Ellis, A.: *The essence of rational psychotherapy: A comprehensive approach to treatment.* New York: Institute for Rational Living, 1970.

Ellis, A.: *Humanistic psychotherapy: The rational-emotive approach.* New York: Julian Press, 1973.

Ellis, A.: Rational-emotive Therapy. In: Corsini, R. (Hrsg.): *Currant psychotherapies.* Itasca, Ill.: Peacock, 1975, 167–206.

Ellis, A.: Übungen zum Erwachsenwerden. Die Rational-emotive Psychotherapie. *Psychologie heute,* 4, 1977a, 65–69.

Ellis, A.: *Die Rational-emotive Therapie. Das innere Selbstgespräch bei seelischen Problemen und seine Veränderung.* München: Pfeiffer, 1977b (engl.: Ellis, A.: *Reason and emotion in psychotherapy.* New York: Stuart, 1962).

Ellis, A.: Some cognitive additions to Eysenck's „The conditioning model of neurosis. *The Behavioral and Brain Sciences,* 3, 1980, 459–460.

Ellis, A.: The essence of RET. *Journal of Rational-Emotive Therapy*, 2, 1984, 19–25.

Ellis, A. & Grieger, R. (Hrsg.): *Praxis der Rational-emotiven Therapie*. München: Urban & Schwarzenberg, 1979.

Ellis, A. & Harper, R.A.: *A new guide to rational living*. Hollywood: Wilshire-Edition, 1976.

Emmelkamp, P.M.G.: Recent developments in the behavioural treatment of obsessive-compulsive disorders. In: Boulougouris, J.C. (Hrsg.): *Learning theory approaches to psychiatry*. London: Wiley, 1982.

Engel, B.T.: Immune behavior. *The Behavioral and Brain Sciences*, 8, 1985, 3, 340–399.

English, H.B.: Three cases of „conditioned fear response". *Journal of Abnormal and Social Psychology*, 34, 1929, 221–225.

Eresmann, T.H.: *Zwischen Technik und Psychologie*. Berlin: Springer, 1968.

Ernst, H.: Primäre Prävention: Möglichkeiten und Grenzen einer Strategie. In: Sommer, G. & Ernst, H. (Hrsg.): *Gemeindepsychologie*. München: Urban & Schwarzenberg, 1977, 40–50.

Estes, W.K. (Hrsg.): *Handbook of learning and cognitive processes. Vol. 2: Conditioning and behavior theory*. New York: Wiley, 1975.

Evans, I.M.: Building systems models as a strategy for target behavior selection in clinical assessment. *Behavioral Assessment*, 7, 1985, 21–32.

Eysenck, H.J.: *The dynamics of anxiety and hysteria*. London: Routledge & Kegan Paul, 1957.

Eysenck, H.J.: Spontaneous remission in neuroses. In: Dent, O.B. (Hrsg.): *Critical issues in clinical psychology*. London, 1966.

Eysenck, H.J.: Psychological aspects of anxiety. In: Lader, M.H. (Hrsg.): *Studies of anxiety*. Ashford/Kent: Headley Bros., 1969, 7–20.

Eysenck, H.J.: The learning theory model of neuroses – a new approach. *Behaviour Research and Therapy*, 14, 1976, 251–267.

Eysenck, H.J.: The conditioning model of neurosis. *The Behavioral and Brain Sciences*, 2, 1979, 155–199.

Eysenck, H.J.: Conditioning, cognition, and neurosis. *The Behavioral and Brain Sciences*, 3, 1980, 463–465.

Eysenck, H.J. & Eysenck, S.B.: *The description and measurement of personality*. London, 1968.

Eysenck, H.J. & Rachman, S.: *Neurosen – Ursachen und Heilmethoden*. Berlin: VEB Deutscher Verlag der Wissenschaften, 1967.

Fahrenberg, J.: Psychophysiologie. In: Kisker, K.P., Meyer, J.-E., Müller, C. & Strömgren, E. (Hrsg.): *Psychiatrie der Gegenwart*. Berlin: Springer, 1979.

Farina, A. & Fisher, J.D.: Beliefs about mental disorders: Findings and implications. In: Weary, G. & Mirels, H.L. (Hrsg.): *Integrations of clinical and social psychology*. New York: Oxford University Press, 1982.

Feigl, H.: Leib – Seele, kein Scheinproblem. In: Gadamer & Vogler (Hrsg.): *Psychol. Anthropol.* Stuttgart: Thieme, 1973.

Feldhege, F. & Krauthan, G.: *Verhaltenstrainingsprogramm zum Aufbau sozialer Kompetenz*. Berlin: Springer, 1979.

Feldman, M.P.: Social psychology and the behavior therapies. In: Feldman, M.P. & Broadhurst, A. (Hrsg.): *Theoretical and experimental bases of the behaviour therapies*. New York: Wiley, 1976, 227–268.

Fensterheim, H.: Introduction to behavioral psychotherapy. In: Fensterheim, M. & Glazer, H.I. (Hrsg.): *Behavioral psychotherapy*. New York: Brunner/Mazel, 1983, 5–21.

Fensterheim, D. & Baer, J.: *Sag nicht ja, wenn Du nein sagen willst*. München: Mosaik Verlag, 1982[2] (Orig.: *Don't say yes when you want to say no*. New York: McKay, 1975).

Ferguson, J.M & Birchler, G.R.: Therapeutic Packages: Tools for Change. In: Agras, W.S. (Hrsg.): *Behavior Modification: Principles and Clinical Application*. Boston: Little, Brown & Company, 1978[2].

Ferster, C.B.: Positive reinforcement and behavioral deficits of autistic children. *Child Development*, 32, 1961, 437–456.

Ferster, C.B.: Classification of behavioral pathology. In: Krasner, C. & Ullmann, L.P. (Hrsg.): *Research in behavior modification*. New York: Holt, Rinehart & Winston, 1967, 6–26.

Ferster, C.B.: A functional analysis of depression. *American Psychologist*, 28, 1973, 857–870.

Ferster, C.B.: Behavioral approaches to depression. In: Friedman, R.J. & Katz, M.M. (Hrsg.): *The psychology of depression: Contemporary theory and research*. Washington: Winston & Wiley, 1974, 29–53.

Ferster, C.B., Nurnberger, J.I. & Levitt, E.B.: The control of eating. *Journal of Mathetics*, 1, 1962, 87–109.

Ferster, C.B. & Skinner, B.F.: *Schedules of reinforcement.* New York: Appleton-Century, 1957.

Festinger, L.: *Theory of cognitive dissonance.* Evanstone, Ill.: Row & Peterson, 1957.

Festinger, L.: *Conflict, decision, and dissonance.* Stanford: Stanford University Press, 1964.

Fichter, M.M. & Wittchen, H.-U.: *„Nichtärztliche" Psychotherapie im In- und Ausland.* Weinheim: Beltz, 1980.

Fiedler, P.A.: Gesprächsführung bei verhaltenstherapeutischen Explorationen. In: Schulte, D. (Hrsg.): *Diagnostik in der Verhaltenstherapie.* München: Urban & Schwarzenberg, 1974, 128–151.

Fiedler, P.A.: Diagnostische und therapeutische Verwertbarkeit kognitiver Verhaltensanteile. In: Hoffmann, N. (Hrsg.): *Grundlagen kognitiver Therapie.* Bern: Huber, 1979, 205–251.

Fiedler, P.A. (Hrsg.): *Psychotherapieziel Selbstbehandlung.* Weinheim: Edition Psychologie, 1981.

Filipp, S.H. (Hrsg.): *Kritische Lebensereignisse.* München: Urban & Schwarzenberg, 1981.

Fisher, L.M. & Wilson, G.T.: A study of the psychology of Agoraphobia. *Behaviour Research and Therapy,* 23, 1985, 97–107.

Fliegel, S.: *Zur Wirksamkeit von Selbstverbalisationen bei der Verhaltenstherapie phobischer Ängste.* Bochum: Unveröffentlichte Dissertation, 1978.

Fliegel, S.: Psychotherapie und Recht – Eine kommentierte Einführung. *Verhaltenstherapie & psychosoziale Praxis,* 18, 1986, 55–62.

Fliegel, S., Groeger, W., Künzel, R., Schulte, D. & Sorgatz, H.: *Verhaltenstherapeutische Standardmethoden.* München: Urban & Schwarzenberg, 1981.

Fliegel, S. & Röhrle, B. (Hrsg.): *Gemeindepsychologische Perspektiven, Band 1–4.* Tübingen/Köln: DGVT/GwG, 1983.

Florin, I. & Tunner, W. (Hrsg.): *Therapie der Angst: Systematische Desensibilisierung.* München: Urban & Schwarzenberg, 1975.

Foa, E.B. & Emmelkamp, P. (Hrsg.): *Failures in Behavior Therapy.* New York: Wiley, 1983.

Foa, E.B., Steketee, G.S. & Ascher, S.M.: Systematic Desensitization. In: Goldstein, A. & Foa, E.B. (Hrsg.): *Handbook of behavioral interventions. A clinical guide.* New York: Wiley, 1980.

Fordyce, W.E.: Verhaltenstheoretische Konzepte bei chronischen Schmerzen und Krankheiten. In: Davidson: *Angst, Depression und Schmerz.* München: Pfeiffer, 1980, 199–250.

Foreyt, J.P. & Kondo, A.T.: Advances in Behavioral Treatment of Obesity. In: Hersen, M., Eisler, R.M. & Miller, P.M. (Hrsg.): *Progress in Behavior Modification. Vol. 16.* New York: Academic Press, 1984.

Foreyt, J.P. & Rathjen, D.P. (Hrsg.): *Cognitive behavior therapy. Research and applications.* New York: Plenum Press, 1979.

Forgays, D.G.: Primary prevention of psychopathology. In: Hersen, M., Kazdin, A.E. & Bellack, A.S. (Hrsg.): *The clinical psychology handbook.* New York: Pergamon Press, 1983, 701–734.

Försterling, F.: Attributional retraining: A review. *Psycological Bulletin,* 98, 1985, 495–512.

Försterling, F.: *Attributionstheorie in der Klinischen Psychologie.* München: Urban & Schwarzenberg, 1986.

Frank, J.D.: *Persuasion and healing: A comparative study of psychotherapy.* Baltimore: The John Hopkins University Press, 1973 (dt.: *Die Heiler.* Stuttgart: Klett, 1985).

Franks, C.M.: 2081: Will we be many or none? *Behavioral Psychotherapy,* 9, 1981, 287–290.

Franks, C.M.: The place of theory and concept in a world of practice and doing: A clinician's guide to the behavior galaxy. In: Franks, C.M. (Hrsg.): *New developments in behavior therapy: From research to practical application.* New York: Haworth, 1983.

Franks, C.M.: Verhaltenstherapie: Ein Überblick. In: Franks, C.M., Wilson, G.T., Kendall, P.C. & Brownell, K.D.: *Jahresüberblick der Verhaltenstherapie. Band 9.* Tübingen: DGVT, 1985, 3–38.

Franks, C.M. & Barbrack, C.R.: Behavior therapy with adults: An integrative perspective. In: Hersen, M., Kazdin, A.E. & Bellack, A.J. (Hrsg.): *The clinical psychology handbook.* New York: Pergamon Press, 1983.

Franks, C.M. & Wilson, G.T.: *Preface. Annual review of behavior therapy: Theory and practice. Vol. 1.* New York: Brunner/Mazel, 1973.

Franks, C.M. & Wilson, G.T.: Ethical and related issues in behavior therapy. In: *Annual review of behavior therapy: Theory and practice. Vol. 3.* New York: Brunner/Mazel, 1975.

Franks, C.M. & Wilson, G.T.: Jahresüberblick der Verhaltenstherapie 1978. Entwicklungen in Theorie, Forschung und Praxis. In: Deutsche Gesellschaft für Verhaltenstherapie e.V. (Hrsg.): *Sonderheft III/1979 der Mitteilungen der DGVT,* 1979.

Franks, C.M., Wilson, G.T., Kendall, P.C. & Brownell, K.D.: *Annual Review of Behavior Therapy – Theory and Practice. Vol. 9.* New York: The Guilford Press, 1983 (dt.: *Jahresüberblick der Verhaltenstherapie. Band 9.* Tübingen: DGVT, 1985).

Freitag, H.O. & Heiland, C.P.: *Zur psychologischen Behandlung durch nichtärztliche Psychotherapeuten. Rechtswissenschaftliches Gutachten.* Tübingen: DGVT, 1978.

Galassi, J.P., Galassi, M.D. & Fulkerson, K.: Assertive Training in Theory and Practice: An Update. In: Franks, C.M. (Hrsg.): *New Developments in Behavior Therapy: From Research to Clinical Application.* New York: The Haworth Press, 1984.

Garcia, J. & Koelling, R.: Relation of cue to consequence in avoidance learning. *Psychodynamic Science,* 4, 1966, 123–124.

Garfield, S.L. & Bergin, A.E. (Hrsg.): *Handbook of psychotherapy and behavior change: An empirical analysis.* New York: Wiley, 1978².

Geuter, U.: *Die Professionalisierung der deutschen Psychologie im Nationalsozialismus.* Frankfurt: Suhrkamp, 1984.

Gewirtz, J.L.: Levels of conceptual analysis in environment-infant interaction research. *Merrill-Palmer Quarterly of Behavior & Development,* 15, 1969, 7–47.

Gioe, V.J.: *Cognitive modification and positive group experience as a treatment for depression.* Paper presented at AABT, San Francisco, December 1975.

Glass, G.V., Willson, V.L. & Gottman, J.M.: *Design and analysis of time-series experiments.* Boulder: Colorado Associated University Press, 1975.

Glenwick, D. & Jason, L. (Hrsg.): *Behavioral community psychology: Progress and prospects.* New York: Praeger, 1980.

Goldfried, M.R.: Systematic desensitization as a training in self-control. *Journal of Consulting and Clinical Psychology,* 37, 1971, 228–234.

Goldfried, M.R.: Behavioral assessment. In: Weiner, J.B. (Hrsg.): *Clinical methods in psychology.* New York: Wiley, 1976.

Goldfried, M.R.: Anxiety reduction through cognitive-behavioral intervention. In: Kendall, P.C. & Hollon, S.D. (Hrsg.): *Cognitive-behavioral interventions: Theory, research, and procedures.* New York: Academic Press, 1979.

Goldfried, M.R. & Davison, G.C.: *Clinical behavior therapy.* New York: Holt, Rinehart & Winston, 1976.

Goldfried, M.R. & Goldfried, A.P.: Cognitive change methods. In: Kanfer, F.H. & Goldstein, A.P.: *Helping People Change.* New York: Pergamon Press, 1979².

Goldfried, M.R. & Kent, R.N.: Traditional versus behavioral personality assessment: A comparison of methodologial and theoretical assumptions. *Psychological Bulletin,* 77, 1972, 409–420 (dt. in: Schulte, D. (Hrsg.): *Diagnostik in der Verhaltenstherapie.* München: Urban & Schwarzenberg, 1974, 3–23).

Goldfried, M.R. & Merbaum, D. (Hrsg.): *Behavior change through self-control.* New York: Holt, Rinehart & Winston, 1973.

Goldfried, M.R. & Merbaum, M.: Mechanismen und Selbstkontrolle. In: Petermann, F. & Schmook, C. (Hrsg.): *Grundlagentexte der klinischen Psychologie. Band 2.* Bern: Huber, 1977.

Goldfried, M.R. & Sprafkin, J.N.: *Behavioral personality assessment.* Morristown, N.J.: General Learning Press, 1974.

Goldiamond, I.: Self-control procedures in personal behavior problems. *Psychological Reports,* 17, 1965, 851–868.

Goldstein, A.P.: *Structured learning therapy: Toward a psychotherapy for the poor.* New York: Academic Press, 1973 (dt.: *Strukturierte Lerntherapie: Ansätze zu einer Psychotherapie der sozial Benachteiligten.* München: Urban & Schwarzenberg, 1975).

Goldstein, A.P.: Relationship-enhancement methods. In: Kanfer, F.H. & Goldstein, A.P. (Hrsg.): *Helping people change: A textbook of methods.* New York: Pergamon Press, 1975.

Goldstein, A.P., Heller, K. & Sechrest, L.B.: *Psychotherapy and the psychology of behavior change.* New York: Wiley, 1966.

Goldstein, A.P. & Kanfer, F.H.: *Maximizing Treatment Gains. Transfer Enhancement in Psychotherapy.* New York: Academic Press, 1979.

Goldstein, A.P. & Simonson, N.: Social psychological approaches to psychotherapy research. In: Bergin, A.E. & Garfield, S.L. (Hrsg.): *Handbook of psychotherapy and behavior change: An empirical analysis.* New York: Wiley, 1971.

Goldstein, A.P. & Stein, N.: Einführung. In: Goldstein, A.P. & Stein, N. (Hrsg.): *Maßgeschneiderte Psychotherapien*. Darmstadt: Steinkopff, 1980, 4–22.

Goldstein-Fodor, I.: The treatment of communication problems with assertiveness training. In: Goldstein, A.P. & Foa, E.B. (Hrsg.): *Handbook of behavioral interventions. A clinical guide*. New York: Wiley, 1980.

Gottman, J.M. & Markman, H.J.: Experimental designs in psychotherapy research. In: Garfield, S.L. & Bergin, A.E. (Hrsg.): *Handbook of psychotherapy and behavior change: An empirical analysis*. New York: Wiley, 1978².

Grabitz, H.-J.: Die Theorie der Selbst-Wahrnehmung von Bem. In: Frey, D. (Hrsg.): *Kognitive Theorien der Sozialpsychologie*. Bern: Huber, 1978.

Grant, D.A.: Classical and operant conditioning. In: Melton, A.W. (Hrsg.): *Categories of human learning*. New York: Academic Press, 1964.

Grawe, K.: Indikation in der Psychotherapie. In: Pongratz, L.J. (Hrsg.): *Klinische Psychologie. Handbuch der Psychologie, Band 8, Klinische Psychologie, 2. Halbband*. Göttingen: Hogrefe, 1978, 1849–1883.

Grawe, K. (Hrsg.): *Verhaltenstherapie in Gruppen*. München: Urban & Schwarzenberg, 1980a.

Grawe, K.: Die diagnostisch-therapeutische Funktion der Gruppeninteraktion in verhaltenstherapeutischen Gruppen. In: Grawe K. (Hrsg.): *Verhaltenstherapie in Gruppen*. München: Urban & Schwarzenberg, 1980b, 88–223.

Grawe, K. & Dziewas, H.: Interaktionelle Verhaltenstherapie. In: Deutsche Gesellschaft für Verhaltenstherapie (Hrsg.): *Fortschritte der Verhaltenstherapie. Kongreßbericht Berlin 1977. Bd. 1*. Tübingen: DGVT, 1978, 27–49.

Gray, J.: *Angst und Streß. Entstehung und Überwindung von Neurosen und Frustrationen*. München: Kindler, 1971.

Gray, J.A.: Precis of the neuropsychology of anxiety: An enquiry into the functions of the septo-hippocampal system. *The Behavioral and Brain Sciences*, 5, 1982, 469–534.

Groeben, N. & Scheele, B.: *Argumente für eine Psychologie des reflexiven Subjekts*. Darmstadt: Steinkopff, 1977.

Groeger, W.M.: *Zur Funktion kognitiver Bewältigungsstrategien in Angstsituationen*. Bochum: Unveröffentlichte Dissertation, 1977.

Groeger, W.M.: Verhaltenstherapie. In: Bastine, R., Fiedler, P.A., Schmidtchen, S. & Sommer, G. (Hrsg.): *Grundbegriffe der Psychotherapie*. Weinheim: Edition Psychologie, 1982.

Grossberg, J.M.: Behavior therapy: A review. *Psychological Bulletin*, 62, 1964, 73–88.

Grossberg, J.M.: Successful behavior therapy in a case of speech phobia („stage fright"). *Journal of Speech and Hearing Disorders*, 30, 1965, 285–288.

Groves, P.M. & Thompson, R.F.: Habituation: A dual process theory. *Psychological Review*, 1970, 419–450.

Gundlach, H.: *Reiz – zur Verwendung eines Begriffes in der Psychologie*. Bern: Huber, 1976.

Guthrie, E.R.: *The Psychology of Human Learning*. New York: Harper, 1935.

Guthrie, E.R.: *The psychology of learning*. New York: Harper, 1952.

Haider, M.: Elektrophysiologische Indikatoren der Aktiviertheit. In: Schönpflug, W. (Hrsg.): *Methoden der Aktivierungsforschung*. Bern: Huber, 1969.

Halder-Sinn, P.: *Verhaltenstherapie*. Stuttgart: Kohlhammer, Urban-Taschenbuch, 1985.

Hallam, R.C. & Rachman, S.: Current Status of Aversion Therapy. In: Hersen, M., Eisler, R.M. & Miller, P.M. (Hrsg.): *Progress in Behavior Modification. Vol. 2*. New York: Academic Press, 1976.

Hare, N. & Levis, D.J.: Pervasive („free-floating") anxiety: A search for a cause and treatment approach. In: Turner, S.M., Calhoun, K.S. & Adams, H.E. (Hrsg.): *Handbook of Clinical Behavior Therapy*. New York: Wiley, 1981.

Hartig, M.: *Selbstkontrolle: Lerntheoretische und verhaltenstherapeutische Ansätze*. München: Urban & Schwarzenberg, 1973.

Hartig, M.: Die Anwendung von Techniken der Selbstkontrolle in der Verhaltenstherapie. In: Kraiker, Ch. (Hrsg.): *Handbuch der Verhaltenstherapie*. München: Kindler, 1974.

Hartig, M. (Hrsg.): *Selbstkontrolle*. München: Urban & Schwarzenberg, 1975.

Haupt, E.J., VanKirk, M.J. & Terraciano, T.: An Inexpensive Fading Procedure to Decrease Errors and Increase Retention of Number Facts. In: Ramp, E. & Semb, G. (Hrsg.): *Behavior Analysis Areas of Research and Application*. Englewood Cliffs, N.J.: Prentice-Hall, 1975.

Hautzinger, M. & Hoffmann, N.: *Depression und Umwelt.* Salzburg: Otto Müller, 1979.

Haynes, S.N.: *Principles of behavioral assessment.* New York: Gardner Press, 1978.

Hearst, E.: The classical-instrumental distinction: Reflexes, voluntary behavior, and categories of associative learning. In: Estes, W.K. (Hrsg.): *Handbook of learning and cognitive processes. Vol. 2: Conditioning and behavior theory.* New York: Wiley, 1975.

Hecht, Ch.: *Selbstaufzeichnungen und deren reaktive Effekte.* Salzburg: Unveröff. Dissertation, 1979.

Hecht, Ch.: Kognitive Verhaltenstherapie. Selbstmanagement-Therapie. Ich will mich ändern. In: Petzold, H. (Hrsg.): *Wege zum Menschen. Methoden und Persönlichkeiten moderner Psychotherapie. Ein Handbuch. Band II.* Paderborn: Junfermann-Verlag, 1984, 397–488.

Heckhausen, H.: *Motivation und Handeln.* Berlin: Springer, 1980.

Heider, F.: *The psychology of interpersonal relations.* New York: Wiley, 1958.

Heimberg, R.G. & Becker, R.E.: Cognitive and behavioral models of assertive behavior: Review, analysis, and integration. *Clinical Psychology Review,* 1, 1981, 353–373.

Hendrick, S.S.: Behavioral Medicine Approaches to Diabetes Mellitus. In: Schneidermann, N. & Tapp, J.: *Behavioral Medicine.* Hillsdale, N.J.: Lawrence Erlbaum, 1985.

Hersen, M.: Aversive techniques. In: Bellack, A.S. & Hersen, M. (Hrsg.): *Behavior Modification: An Introductory Textbook.* Baltimore: Williams & Wilkins, 1978.

Hersen, M. & Barlow, D.H.: *Single case experimental designs: Strategies for studying behavior change.* New York: Pergamon Press, 1976.

Hersen, M. & Bellack, A.S. (Hrsg.): *Behavioral assessment: A practical handbook.* Oxford: Pergamon Press, 1976.

Hersen, M. & Bellack, A.S.: Assessment for social skills. In: Ciminero, A.R., Calhoun, K.S. & Adams, H.E. (Hrsg.): *Handbook of behavioral assessment.* New York: Wiley, 1977, 509–554.

Herzberg, A.: Short treatment of neuroses by graduated tasks. *British Journal of Medical Psychology,* 19, 1941, 36–51.

Hilgard, E.R. & Marquis, D.G.: *Conditioning and learning.* New York: Appleton-Century, 1940.

Himadi, W.G., Boice, R. & Barlow, D.H.: Assessment of Agoraphobia: Triple Response Measurement. *Behaviour Research and Therapy,* 23, 1985, 311–323.

Hinsch, R. & Pfingsten, U.: *Gruppentraining sozialer Kompetenzen.* München: Urban & Schwarzenberg, 1983.

Hintgen, J.N. & Trost, F.C.: Shaping cooperative responses in early childhood schizophrenics: II. Reinforcement of mutual physical contact and vocal responses. In: Ulrich, R, Stachnik, T. & Mabry, J. (Hrsg.): *Control of human behavior.* Glenview, Ill.: Scott, Foresman, 1966.

Hodgson, R. & Rachman, S.: Desynchrony in measures of fear. *Behaviour Research and Therapy,* 12, 1974, 319–326.

Hoffmann, N.: *Depressives Verhalten. Psychologische Modelle der Ätiologie und der Therapie.* Salzburg: Otto Müller, 1976.

Hoffmann, N. (Hrsg.): *Grundlagen kognitiver Therapie.* Bern: Huber, 1979.

Hogan, R.A.: The implosive technique. *Behaviour Research and Therapy,* 6, 1968, 423–431.

Hogan, R.A.: Implosive oriented behavior modification: Therapy considerations. *Behaviour Research and Therapy,* 7, 1969, 177–184.

Hogan, R.A. & Kirchner, J.H.: A preliminary report of the extinction of learned fears via short term implosive therapy. *Journal of Abnormal Psychology,* 72, 1967, 106–111.

Holland, J.G.: Behaviorism: Part of the problem or part of the solution? *Journal of Applied Behavior Analysis,* 11, 1978, 163–174.

Holland, J.G. & Skinner, B.F.: *The analysis of behavior.* New York: McGraw Hill, 1961 (dt.: *Analyse des Verhaltens.* München: Urban & Schwarzenberg, 1971).

Holt, E.B.: *Animal drive and the learning process.* New York: Holt, Rinehart & Winston, 1931.

Holz, W.C. & Azrin, N.H.: Interactions between the discriminative and aversive properties of punishment. *Journal of Experimental Analysis of Behavior,* 5, 1962, 229–234.

Holzkamp, K.: *Kritische Psychologie.* Fischer, 1972.

Homme, L.E.: Perspectives in psychology: XXIV. Control of coverants, the operants of the mind. *Psychological Record,* 15, 1965, 501–511.

Honig, W.K. & Staddon, J.E.R. (Hrsg.): *Handbook of operant behavior.* Englewood Cliffs, N.J.: Prentice-Hall, 1977.

Huber, H.P.: *Psychometrische Einzelfalldiagnostik.* Weinheim: Beltz, 1973.

Huber, H.P.: Kontrollierte Fallstudie. In: Pongratz, L.J. (Hrsg.): *Handbuch der Psychologie, Band 8, Klinische Psychologie, 2. Halbband.* Göttingen: Hogrefe, 1978.

Hull, C.L.: *Principles of Behavior.* New York: Appleton-Century, 1943.

Hull, C.L.: *Essentials of behavior.* New Haven: Yale UP, 1951.

Hull, C.L.: *A behavior system.* New York: Yale UP, 1952.

Hume, W.: *Biofeedback, Forschung und Therapie.* Bern: Huber, 1979.

Humphrey, G.: Imitation and the conditioned reflex. *Pedag. Sem.*, 28, 1921, 1–21.

Innerhofer, P. & Warnke, A.: *Eltern als Co-Therapeuten.* Berlin: Springer, 1978.

Irle, M.: *Lehrbuch der Sozialpsychologie.* Göttingen: Hogrefe, 1975.

Izard, C.E.: *Patterns of emotions: A new analysis of anxiety and behavior.* New York: Academic Press, 1972.

Izard, C.E.: *Die Emotionen des Menschen.* Weinheim und Basel: Beltz, 1981.

Jacobson, E.: *Progressive relaxation.* Chicago: University of Chicago Press, 1938.

Jaeggi, E.: *Kognitive Verhaltenstherapie. Kritik und Neubestimmung eines aktuellen Konzepts.* Weinheim: Beltz, 1979.

James, W.: What is an emotion? *Mind,* 2, 1884, 188–205.

James, W.: *Principles of psychology.* New York: Holt, 1890, 1–2.

James, W. & Lange, C.G.: *The emotions.* Baltimore, 1922.

Jason, L.A.: Prevention and environmental modification in a behavioral community model. *Behavioral Counseling Quarterly,* 1, 1981, 97–107.

Jason, L.A. & Glenwick, D.S.. Future directions: A critical look at the behavioral community approach. In: Glenwick, D.S. & Jason, L.A. (Hrsg.): *Behavioral community psychology: Progress and prospects.* New York: Praeger, 1980.

Johnson, D.W. & Matross, R.: Interpersonal influence in psychotherapy: A social psychological view. In: Gurman, A.S. & Razin, A.M. (Hrsg.): *Effective psychotherapy.* New York: Pergamon Press, 1977.

Johnson, L.E.: Learned control of brain wave activity. In: Beatty, J. (Hrsg.): *Biofeedback and behavior.* New York: Plenum Press, 1976.

Jones, E.E. & Nisbett, R.E.: *The actor and the observer: Divergent perceptions of the causes of behavior.* New York: General Learning Press, 1971.

Jones, H.G.: The application of conditioning and learning techniques to the treatment of a psychiatric patient. *Journal of Abnormal and Social Psychology,* 52, 1956, 414–419.

Jones, M.C.: The elimination of children's fears. *Journal of Experimental Psychology,* 7, 1924, 383–390.

Jones, R.: Functional analysis: Some cautionary notes. *Bulletin of the British Psychological Society,* 36, 1983, 237–238.

Kahn, M. & Baker, B: Desensitization with minimal therapist contact. *Journal of Abnormal Psychology,* 73, 1968, 198–200.

Kaminski, G.: *Verhaltenstheorie und Verhaltensmodifikation.* Stuttgart: Klett, 1970.

Kanfer, F.H.: Self-regulation: Research issues and speculations. In: Neuringer, C. & Michael, J.L. (Hrsg.): *Behavior modification in clinical psychology.* New York: Appleton-Century, 1970a.

Kanfer, F.H.: Self-monitoring: Methodological limitations and clinical applications. *Journal of Consulting and Clinical Psychology,* 35, 1970b, 148–152.

Kanfer, F.H.: The maintenance of behavior by self-generated stimuli and reinforcement. In: Jacobs, A. & Sachs, L.B. (Hrsg.): *Psychology of private events.* New York: Academic Press, 1971, 39–57.

Kanfer, F.H.: Self-management methods. In: Kanfer, F.H. & Goldstein, A.P. (Hrsg.): *Helping people change. A textbook of methods.* New York: Pergamon Press, 1975.

Kanfer, F.H.: The many faces of self-control, or behavior modification changes its focus. In: Stuart, R.G. (Hrsg.): *Behavioral self-management.* New York: Brunner/Mazel, 1977a.

Kanfer, F.H.: Selbstmanagement-Methoden. In: Kanfer, F.H. & Goldstein, A.P. (Hrsg.): *Möglichkeiten der Verhaltensänderung.* München: Urban & Schwarzenberg, 1977b (Orig.: *Helping people change. A textbook of methods.* New York: Pergamon Press, 1975).

Kanfer, F.H.: Self-management. Strategies and tactics. In: Goldstein, A.P. & Kanfer, F.H. (Hrsg.): *Maximizing treatment gains. Treatment enhancement in psychotherapy.* New York: Academic Press, 1979.

Kanfer, F.H.: The Limitations of Animal Models in Understanding Human Anxiety. In: Tuma, A.H. & Maser, S.D. (Hrsg.): *Anxiety and the anxiety disorders.* Hillsdale, N.J.: Lawrence Erlbaum, 1985a.

Kanfer, F.H.: Die Bedeutung von Informationsverarbeitungsmodellen für das diagnostisch-therapeutische Gespräch. *Verhaltensmodifikation,* 6, 1985b, 1, 3–19.

Kanfer, F.H.: Target Selection for Clinical Change Programs. *Behavioral Assessment,* 7, 1985c, 7–20.

Kanfer, F.H. & Busemeyer, J.R.: Problemlösen und Entscheidungsfindung in der Verhaltenstherapie. *Verhaltensmodifikation,* 3, 1982, 3, 140–156 (Orig.: The use of problem-solving and decision-making in behavior therapy. *Clinical Psychology Review,* 2, 1982, 239–266).

Kanfer, F.H. & Duerfeldt, P.H.: Effects of retention of externally or self-reinforcement. *Journal of Personality and Social Psychology,* 2, 1967a, 164–168.

Kanfer, F.H. & Duerfeldt, P.H.: Motivational properties of selfreinforcement. *Perceptual and Motor Skills,* 25, 1967b, 237–246.

Kanfer, F.H. & Grimm, L.G.: Behavioral analysis. Selecting target behaviors in the interview. *Behavior Modification,* 1, 1977, 7–28.

Kanfer, F.H. & Grimm, L.G.: Freedom of choice and behavioral change. *Journal of Consulting and Clinical Psychology,* 46, 1978, 873–878.

Kanfer, F.H. & Grimm, L.G.: Bewerkstelligung klinischer Veränderungen: Ein Prozeßmodell der Therapie. *Verhaltensmodifikation,* 2, 1981, 3, 125–136 (Orig.: Managing clinical change: a process model of therapy. *Behavior Modification,* 4, 1980, 419–444).

Kanfer, F.H. & Hagerman, S.M.: Behavior Therapy and the Information Processing Paradigm. In: Reiss, S. & Bootzin, R.R. (Hrsg.): *Theoretical Issues in Behavior Therapy.* New York: Academic Press, 1984.

Kanfer, F.H. & Karoly, P.: Self-control: A behavioristic excursion into the lion's den. *Behavioral Therapist,* 3, 1972, 398–416 (dt.: Selbstkontrolle: Ein behavioristischer Ausflug in die Höhle des Löwen. In: Petermann, F. & Schmook, C. (Hrsg.): *Grundlagentexte der Klinischen Psychologie. Band 2: Ergebnisse der Klinischen Psychologie.* Bern: Huber, 1977).

Kanfer, F.H. & Phillips, J.S.: Behavior therapy: A panacea for all ills or a passing fancy? *Archives of General Psychiatry,* 5, 1966, 114–128.

Kanfer, F.H. & Phillips, J.S.: *Lerntheoretische Grundlagen der Verhaltenstherapie.* München: Kindler, 1975 (amerik. Originalausgabe: *Learning foundations of behavior therapy.* New York: Wiley, 1970).

Kanfer, F.H. & Saslow, G.: Behavioral analysis. *Archives of General Psychiatry,* 12, 1965, 529–538.

Kanfer, F.H. & Saslow, G.: Behavioral diagnosis. In: Franks, C.M. (Hrsg.): *Behavior therapy: Appraisal and status.* New York: McGraw-Hill, 1969, 417–443 (dt. in: Schulte, D. (Hrsg.): *Diagnostik in der Verhaltenstherapie.* München: Urban & Schwarzenberg, 1974, 24–59).

Kantorovich, N.V.: An attempt of curing alcoholism by associated reflexes. *Novoye Refleksologii nervunoy i Fiziologii Sistemy,* 3, 1928, 436–445 (zit. nach Razran, G.H.S.: Conditioned withdrawal responses with shock as the conditioning stimulus in adult human subjects. *Psychological Bulletin,* 31, 1934, 111–143).

Karoly, P.: Operant methods. In: Kanfer, F.H. & Goldstein, A.P. (Hrsg.): *Helping people change: A textbook of methods.* New York: Pergamon Press, 1975 (dt.: Operante Methoden. In: Kanfer, F.H. & Goldstein, A.P. (Hrsg.): *Möglichkeiten der Verhaltensänderung.* München: Urban & Schwarzenberg, 1977).

Karoly, P. & Kanfer, F.H. (Hrsg.): *Self-management and behavior change: From theory to practice.* New York: Pergamon Press, 1982.

Katschnig, H. (Hrsg.): *Sozialer Streß und psychische Erkrankung. Lebensverändernde Ereignisse als Ursache seelischer Störungen.* München: Urban & Schwarzenberg, 1980.

Kazdin, A.E.: Response cost: The removal of conditioned reinforcers for therapeutic change. *Behavioral Therapist,* 3, 1972, 533–546.

Kazdin, A.E.: Covert modeling and the reduction of avoidance behavior. *Journal of Abnormal Psychology,* 81, 1973. 78–95.

Kazdin, A.E.: Covert modeling, model similarity, and the reduction of avoidance behavior. *Behavioral Therapist,* 5, 1974a, 325–340.

Kazdin, A.E.: Self-monitoring and behavior change. In: Mahoney, M.J. & Thoresen, C.E. (Hrsg.): *Self-control: Power to the person.* Monterey, Calif.: Brooks-Cole, 1974b.

Kazdin, A.E.: Statistical analyses for single-case experimental designs. In: Hersen, M & Barlow, D.H. (Hrsg.): *Single-case experimental designs: Strategies for studying behavior change*. New York: Pergamon Press, 1976.

Kazdin, A.E.: Extensions of Reinforcement Techniques to Socially and Environmentally Relevant Behaviors. In: Hersen, M., Eisler, R.M. & Miller, P.M. (Hrsg.): *Progress in Behavior Modification. Vol. 4*. New York: Academic Press, 1977a.

Kazdin, A.E.: Research issues in covert conditioning. *Cognitive Therapy and Research*, 1, 1977b, 45–58.

Kazdin, A.E.: *History of behavior modification*. Baltimore: University Park Press, 1978.

Kazdin, A.E.: *Research design in clinical psychology*. New York: Harper & Row, 1980.

Kazdin, A.E.: Single-case experimental designs. In: Kendall, P.C. & Butcher, J.N. (Hrsg.): *Handbook of research methods in clinical psychology*. New York: Wiley, 1982a.

Kazdin, A.E.: Symptom substitution, generalization, and response covariation: Implications for psychotherapy outcome. *Psychological Bulletin*, 91, 1982b, 349–365.

Kazdin, A.E.: Psychiatric diagnosis, dimensions of dysfunction, and child behavior therapy. *Behavioral Therapist*, 14, 1983, 73–99.

Kazdin, A.E. & Wilson, G.T.: Criteria for evaluating psychotherapy. *Archives of General Psychiatry*, 35, 1978, 407–416.

Kelley, H.H.: *Attribution Theory in Social Psychology. Nebraska Symposium on Motivation*. Lincoln: University of Nebraska Press, 1967, 14, 192–241.

Kelley, H.H.: Attribution in social interaction. In: Jones, E.E. u.a.: *Attribution: Perceiving the causes of behavior*. New York: General Learning Press, 1971.

Kelly, G.A.: *The psychology of personal constructs. Vol. II*. New York: Norton, 1955.

Kelly, M.L., Scott, W.O.M., Prue, D.M. & Rychtarik, R.G.: A Component Analysis of Problem-Solving. *Cognitive Therapy and Research*, 9, 1985, 429–441.

Kemmler, L. & Echelmeyer, L.: Anamnese-Erhebung. In: Pongratz, L.J. (Hrsg.). *Klinische Psychologie Handbuch der Psychologie, Band 8, Klinische Psychologie, 2. Halbband*. Göttingen: Hogrefe, 1978, 1628–1648.

Kendall, P.C. (Hrsg.): *Advances in Cognitive-Behavioral Research and Therapy. Vol. 1, Vol. 2*. New York: Academic Press, 1982, 1983.

Kendall, P.C.: Kognitive Prozesse und Verfahren in der Verhaltenstherapie. In: Franks, C.M., Wilson, G.T., Kendall, P.C. & Brownell, K.D.: *Jahresüberblick der Verhaltenstherapie. Band 9*. Tübingen: DGVT, 1985.

Kendall, P.C. & Finch, A.J.: Developing nonimpulsive behavior in children: Cognitive-behavioral strategies for self-control. In: Kendall, P.C. & Hollon, S.D. (Hrsg.): *Cognitive-behavioral interventions: Theory, research, and procedures*. New York: Academic Press, 1979.

Kendall, P.C. & Hollon, S.D. (Hrsg.): *Cognitive-behavioral interventions: Theory, research, and procedures*. New York: Academic Press, 1979.

Kennedy, R.E.: Behavior modification in prisons. In: Craighead, W.E., Kazdin, A.E. & Mahoney, M.J. (Hrsg.): *Behavior Modification: Principles, issues, and applications*. Boston: Houghton Mifflin, 1976.

Kessler, B.H. & Hoellen, B.: *Rational-emotive Therapie in der klinischen Praxis*. Weinheim: Beltz, 1982.

Keupp, H.: *Verhaltensstörungen und Sozialstruktur. Epidemiologie: Empirie, Theorie und Praxis*. München: Urban & Schwarzenberg, 1974.

Keupp, H. (Hrsg.): *Normalität und psychische Abweichung*. München: Urban & Schwarzenberg, 1979.

Keupp, H.: Einleitende Thesen zu einer radikalen gemeindepsychologischen Perspektive psychosozialer Arbeit. In: Keupp, H. & Rerrich, D. (Hrsg.): *Psychosoziale Praxis*. München: Urban & Schwarzenberg, 1982, 11–20.

Keupp, H. & Bergold, J.B.: Probleme der Macht in der Psychotherapie unter spezieller Berücksichtigung der Verhaltenstherapie. In: Bachmann, C.H. (Hrsg.): *Psychoanalyse und Verhaltenstherapie*. Frankfurt: Fischer, 1972.

Kiesler, D.J.: Some myths of psychotherapy research and the search for a paradigm. *Psychological Bulletin*, 65, 1966, 110–136 (dt.: Die Mythen der Psychotherapieforschung und ein Ansatz für ein neues Forschungsparadigma. In: Petermann, F. (Hrsg.): *Psychotherapieforschung*. Weinheim und Basel: Beltz, 1977).

Kiesler, D.J.: Experimental designs in psychotherapy research. In: Bergin, A.E. & Garfield, S.L. (Hrsg.): *Handbook of psychotherapy and behavior change: An empirical analysis*. New York: Wiley, 1971.

Kimble, G.A.: *Hilgard and Marquis' Conditioning and Learning*. New York: Appleton-Century, 1961.

Kirschenbaum, D.S. & Flanery, R.C.: Behavioral Contracting: Outcomes and Elements. In: Hersen, M., Eisler, R.M. & Miller, P.M. (Hrsg.): *Progress in Behavior Modification. Vol. 15*. New York: Academic Press, 1983.

Kirschenbaum, D.S. & Flanery, R.C.: Toward a psychology of behavioral contracting. *Clinical Psychology Review*, 4, 1984, 597–618.

Kitchener, R.F.: A critique of Skinnerian ethical principles. *Counseling and Values*, 23, 1979, 138–147.

Kitchener, R.F.: Ethical relativism and behavior therapy: A reply to Ward. *Journal of Consulting and Clinical Psychology*, 48, 1980a, 1–7.

Kitchener, R.F.: Ethical relativism, ethical naturalism and behavior therapy. *Journal of Consulting and Clinical Psychology*, 48, 1980b, 14–16.

Kitchener, R.F.: Ethical skepticism and behavior therapy. A reply to Ward. *Journal of Consulting and Clinical Psychology*, 48, 1980c, 649–651.

Klinger, E.: Consequences of commitment to and disengagement from incentives. *Psychological Review*, 82, 1975, 1–25.

Klinger, E.: *Meaning and void: Inner experience and the incentives in people's lives*. Minneapolis, Minn.: University of Minnesota Press, 1977.

Klinger, E.: The self-management of mood, affect, and attention. In: Karoly, P. & Kanfer, F.H. (Hrsg.): *Self-management and behavior change. From theory to practice*. New York: Pergamon Press, 1982.

Kommer, D. & Röhrle, B.: Handlungstheoretische Perspektiven primärer Prävention. In: Minsel, W.-R. & Scheller, R. (Hrsg.): *Brennpunkte der klinischen Psychologie. Band 2: Prävention*. München: Kösel, 1981.

Korzybski, A.: *Science and sanity: An introduction to non-Aristotelian systems and general semantics*. Lancaster, Pa.: Science Press Printing Company, 1933.

Kovacs, M. & Rush, A.J.: Cognitive-behavior psychotherapy versus antidepressant medication in the treatment of depression. In: Beck, A.T. (Chair): *Current developments in the psychotherapy of depression. Symposium at the meeting of the Eastern Psychological Association*. New York, April 1976.

Knight, J.A.: The essence of ethical codes and oaths. *Journal of Clinical Psychiatry*, 42, 1981, 222–223.

Koffka, K.: *Principles of Gestalt Psychology*. London: Routledge & Kegan Paul, 1935.

König, F.: Problemlösen und kognitive Therpie. In: Hoffmann, N. (Hrsg.): *Grundlagen kognitiver Therapie*. Bern: Huber, 1979.

Krapfl, J.E. & Nawas, M.M.: Client-therapist relationship factor in systematic desensitization. *Journal of Consulting and Clinical Psychology*, 33, 1969, 435–439.

Krasner, L.: Behavior therapy. *Annual Review of Psychology*, 22, 1971, 483–552.

Krasner, L.: Behavior modification: Ethical issues and future trends. In: Leitenberg, H. (Hrsg.): *Handbook of behavior modification and behavior therapy*. Englewood Cliffs, N.J.: Prentice-Hall, 1976.

Krasner, L.: Behavior therapy and clinical psychology: A historical perspective. In: Wilson, G.T. & Franks, C.M. (Hrsg.): *Contemporary Behavior Therapy: Conceptual and empirical Foundations*. New York: The Guilford Press, 1982.

Krasner, L. & Ullmann, L.P. (Hrsg.): *Research in behavior modification*. New York: Holt, 1965.

Kratochwill, T.R. (Hrsg.): *Single subject research. Strategies for evaluating change*. New York: Academic Press, 1978.

Kratochwill, T.R.: Selection of target behaviors in behavioral consultation. *Behavioral Assessment*, 7, 1985, 49–61.

Krohne, H.W.: *Theorien zur Angst*. Stuttgart: Kohlhammer, 1976.

Kröner, B. & Sachse, R.: *Biofeedback-Therapie. Klinische Studien, Anwendung in der Praxis*. Stuttgart: Kohlhammer, 1981.

Kussmann, Th.: *Sowjetische Psychologie. Auf der Suche nach der Methode*. Bern: Huber, 1974.

Lacey, J.J.: Psychophysical approaches to the evaluation of psychotherapeutic process and outcome. In: Rubinstein, E.A. & Parloff, M.B. (Hrsg.): *Research in psychotherapy. Bd. 1*. Washington, D.C.: American Psychological Association, 1959.

Lader, M.H. & Mathews, A.M.: A psychophysiological model of phobic anxiety and desensitization. *Behaviour Research and Therapy*, 6, 1968, 411–421 (dt.: Ein physiologisches Modell der phobischen Angst und Desensibilisierung. In: Birbaumer, N. (Hrsg.): *Psychophysiologie der Angst*. München: Urban & Schwarzenberg, 1977).

Lader, M.H. & Wing, L.: *Physiological measures, sedative drugs and morbid anxiety.* London: Oxford University Press, 1966.

Lambert, M., Bergin, A. & Collins, J.: Therapist induced deterioration in psychotherapy. In: Gurman, A.S. & Razin, A.M. (Hrsg.): *Effective Psychotherapy.* Oxford: Pergamon Press, 1977.

Lang, P.J.: Fear reduction and fear behavior: Problems in treating a construct. In: Shlien, J.M. (Hrsg.): *Research in psychotherapy. Vol. 3.* Washington, D.C.: American Psychological Association, 1968.

Lang, P.J.: The on-line computer in behavior therapy research. *American Psychologist,* 24, 1969, 236–239.

Lang, P.J.: The application of psychophysiological methods to the study of psychotherapy and behavior change. In: Bergin, A.E. & Garfield, S.L. (Hrsg.): *Handbook of psychotherapy and behavior change: An empirical analysis.* New York: Wiley, 1971.

Lang, P.J.: Learned Control of human heart rate in a computer directed environment. In: Obrist, P.A. (Hrsg.): *Cardiovascular Psychophysiology.* Chicago: Aldine, 1974.

Lang, P.J.: Imagery in therapy: An information processing analysis of fear. *Behavioral Therapist,* 8, 1977, 862–886.

Lange, A.J. & Jakubowski: *Responsible assertive behavior.* Champaign, Ill.: Research Press, 1976.

Lange, C.: *Om sindsbevaegelser, et psyko-fysiologisk studie. Übers.: Über Gemüthsbewegungen. Eine psychophysiologische Studie.* Leipzig: Thomas, 1887.

Lange, D.: The emotions. In: Dunlap, K. (Hrsg.): *The Emotions.* Baltimore: Williams & Wilkins, 1922.

Lantermann, E.D.: *Interaktionen. Person, Situation und Handlung.* München: Urban & Schwarzenberg, 1980.

Lanyon, R.I. & Lanyon, B.J.: Behavioural assessment and decision-making: The design of strategies for therapeutic behaviour change. In: Feldman, M.P. & Broadhurst, A. (Hrsg.): *Theoretical and experimental bases of the behavior therapies.* London: Wiley, 1976, 289–329.

Laux, L.: Psychologische Streßkonzeptionen. In: Thomae, H. (Hrsg.): *Enzyklopädie der Psychologie. Theorien und Formen der Motivation. Bd. I. Motivation und Emotion.* Göttingen: Hogrefe, 1983.

Laux, L.: A self-presentational view of coping with stress. In: Appley, M.H. & Trumbull, R. (Hrsg.): *Dynamics of stress.* New York: Plenum Press, 1986.

Lazarus, A.A.: The results of behavior therapy in 126 cases of severe neurosis. *Behaviour Research and Therapy,* 1, 1963, 69–79.

Lazarus, A.A.: Crucial procedural factors in desensitization therapy. *Behaviour Research and Therapy,* 2, 1964, 65–70.

Lazarus, A.A.: Behavior rehearsal vs. nondirective therapy vs. advice in affecting behavior change. *Behaviour Research and Therapy,* 4, 1966, 209–212.

Lazarus, A.A.: *Behavior therapy and beyond.* New York: McGraw-Hill, 1971.

Lazarus, A.A.: *Clinical behavior therapy.* New York: Brunner/Mazel, 1972.

Lazarus, A.A.: Multimodal behavior therapy: Treating the „Basic ID". *Journal of Nervous & Mental Disease,* 56, 1973a, 404–411.

Lazarus, A.A.: On assertive behavior: A brief note. *Behavioral Therapist,* 4, 1973b, 697–699.

Lazarus, A.A.: *Multimodal behavior therapy.* New York: Springer, 1976.

Lazarus, A.A. & Abramovitz, A.: The use of „emotive imagery" in the treatment of children's phobias. *Journal of Mental Science,* 108, 1962, 191–195.

Lazarus, R.S.: *Psychological stress and the cognitive process.* New York: Holt, Rinehart & Winston, 1966.

Lazarus, R.S.: Emotions and adaptation: Conceptual and empirical relations. In: Arnold, W.J. (Hrsg.): *Nebraska Symposium on Motivation.* Lincoln: University of Nebraska Press, 1968, 175–270.

Lazarus, R.S.: Streß und Streßbewältigung – ein Paradigma. In Filipp, S.H. (Hrsg.): *Kritische Lebensereignisse.* München: Urban & Schwarzenberg, 1981.

Lazarus, R.S., Averill, J.R. & Opton, E.M.: Ansatz zu einer kognitiven Gefühlstheorie. In: Birbaumer, N. (Hrsg.): *Psychophysiologie der Angst.* München: Urban & Schwarzenberg, 1977, 182–207.

Lazarus, R.S. & Folkman, S.: Coping and adaption. In: Gentry, W.D. (Hrsg.): *Handbook of behavioral medicine.* New York: The Guilford Press, 1984.

Lazarus, R.S. & Launier, R.: Stress-related transactions between person and environment. In: Pervin, L.A. & Lewis, M. (Hrsg.): *Perspectives in Interactional Psychology.* New York: Plenum Press, 1978.

Lazarus-Mainka, G.: *Psychologische Aspekte der Angst.* Stuttgart: Kohlhammer, 1976.

Lefcourt, H.M.: The function of the illusions of control and freedom. *American Psychologist*, 28, 1973, 417–425.

Legewie, H.: Indikatoren von Kreislauf, Atmung und Energieumsatz. In: Schönpflug, W. (Hrsg.): *Methoden der Aktivierungsforschung*. Bern: Huber, 1969.

Legewie, H.: Psychologische Grundlagen. In: Kisker, K.P., Meyer, J.-E., Müller, C. & Strömgren, E. (Hrsg.): *Psycniatrie der Gegenwart*. Berlin: Springer, 1979.

Legewie, H. & Nusselt, L.: *Biofeedback-Therapie*. München: Urban & Schwarzenberg, 1975.

Leitenberg, H.: The use of single-case methodology in psychological research. *Journal of Abnormal Psychology*, 82, 1973, 87–101.

Leitenberg, H.: *Handbook of Behavior Modification and Behavior Therapy*. Englewood Cliffs, N.J.: Prentice-Hall, 1976.

Leitenberg, H., Agras, S., Thompson, L.E. & Wright, D.E.: Feedback in behavior modification: An experimental analysis in two phobic cases. *Journal of Applied Behavior Analysis*, 1, 1968, 131–137.

Lemere, F. & Voegtlin, W.L.: An evaluation of the aversion treatment of alcoholism. *Quarterly Journal of Studies on Alcohol*, 11, 1950, 199–204.

Lepper, M.R. & Greene, D.: On undermining children's intrinsic interest with extrinsic rewards: A test of the overjustification hypothesis. *Journal of Personality and Social Psychology*, 28, 1973, 129–137.

Leventhal, H. & Mosbach, P.A.: The perceptual-motor theory of emotion. In: Cacioppo, J. & Petty, R. (Hrsg.): *Social Psychophysiology*. New York: The Guilford Press, 1983, 353–388.

Levine, F.M. & Sandeen, E.: *Conceptualization in psychotherapy: The models approach*. Hillsdale, N.J.: Lawrence Erlbaum, 1985.

Levis, D.J.: Learned helplessness: A reply and an alternative S-R interpretation. *Journal of Experimental Psychology*, 105, 1976, 47–65.

Levis, D.J.: Implementing the technique of implosive therapy. In: Goldstein, A. & Foa, E.B. (Hrsg.): *Handbook of behavioral interventions. A clinical guide*. New York: Wiley, 1980.

Levis, D.J. & Hare, N.A.: A review of the theoretical rational and empirical support for the extinction approach of implosive (flooding) therapy. In: Hersen, M., Eisler, R.M. & Miller, P.M. (Hrsg.): *Progress in Behavior Modification. Vol. 4*. New York: Academic Press, 1977.

Lewinsohn, P.M.: The behavioral study and treatment of depression. In: Hersen, M., Eisler, R.M. & Miller, P.M. (Hrsg.): *Progress in Behavior Modification. Vol. 1*. New York: Academic Press, 1975.

Lieberman, M.A.: Group methods. In: Kanfer, F.H. & Goldstein, A.P. (Hrsg.): *Helping people change: A textbook of methods*. New York: Pergamon Press, 1975.

Liebhart, E.H.: Attributionstherapie. Beeinflussung herzneurotischer Beschwerden durch Externalisierung kausaler Zuschreibungen. *Zeitschrift für Klinische Psychologie*, 3, 1974, 71–94.

Liebhart, E.H.: Attributionstherapie. Stabilisierung der Besserung herzneurotischer Beschwerden durch Internalisierung kausaler Zuschreibungen. *Zeitschrift für Klinische Psychologie*, 5, 1976, 287–306.

Lindsley, D.B.: The role of nonspecific reticulo-thalamo cortical systems in emotion. In: Black, P. (Hrsg.): *Physiological correlates of emotion* New York: Academic Press, 1970.

Lindsley, D.R.: Direct measurement and prosthesis of retarded behavior. *Journal of Education*, 147, 1964, 62–81.

Lindsley, O.R., Skinner, B.F. & Solomon, H.L.: *Studies in Behavior Therapy. Status Report I*. Waltham, Mass.: Metropolitan State Hospital, 1953.

Lineham, M.M.: Issues in behavioral interviewing. In: Cone, J.D. & Hawkins, R.P. (Hrsg.): *Behavioral assessment: New directions in clinical psychology*. New York: Brunner/Mazel, 1977, 30–51.

Lineham, M.M, Goldfried, M.R. & Goldfried, A.P.: Assertion therapy: skill training or cognitive restructuring. *Behavioral Therapist*, 10, 1979, 372–388.

Lipsky, M.J., Kassinove, J. & Miller, N.J.: Effects of rational-emotive therapy, rational role reversal and rational-emotive imagery on the emotional adjustment of community mental health center patients. *Journal of Consulting and Clinical Psychology*, 48, 1980, 366–374.

Little, V. & Kendall, P.: Cognitive-Behavioral Interventions with Delinquents: Problem-Solving, Role-Taking, and Self-Control. In: Kendall, P.C. & Hollon, S.D. (Hrsg.): *Cognitive-Behavioral Interventions*. New York: Academic Press, 1979.

Lovaas, O.I. & Bucher, B.D.: *Perspectives in behavior modification with deviant children*. Englewood Cliffs, N.J.: Prentice-Hall, 1974.

Lovibond, S.H.: Behavioral Control of Excessive Drinking. In: Hersen, M., Eisler, R.M. & Miller, P.M. (Hrsg.): *Progress in Behavior Modification. Vol. 5.* New York: Academic Press, 1977.

Lück, H.E., Miller, R. & Rechtien, W.: *Geschichte der Psychologie. Ein Handbuch in Schlüsselbegriffen.* München: Urban & Schwarzenberg, 1984.

Luria, A.R.: The directive function of speech in development.*Word,* 15, 1959, 341–352.

Luria, A.R.: *The role of speech in the regulation of normal and abnormal behavior.* New York: Liveright, 1961 (erstmals: Oxford: Pergamon, 1945).

Lutz, R.: *Das verhaltensdiagnostische Interview.* Stuttgart: Kohlhammer, 1978.

Lutzker, J.R., Martin, J.A. & Rice, J.M.: Behavior Therapy in Rehabilitation. In: Hersen, M., Eisler, R.M. & Miller, P.M. (Hrsg.): *Progress in Behavior Modification. Vol. 12.* New York: Academic Press, 1981.

Mace, F.C. & Kratochwill, T.R.: Theories of Reactivity in Self-Monitoring. A Comparison of Cognitive-Behavioral and Operant Models. *Behavior Modification,* 9, 1985, 323–343.

Mackintosh, N.J.: Kognitive Lerntheorien. In: Zeier, H. (Hrsg.): *Die Psychologie des 20. Jahrhunderts. Bd. IV. Pawlow und die Folgen.* München: Kindler, 1977.

Mahoney, M.J.: The self-management of covert behavior: A case study. *Behavioral Therapist,* 2, 1971, 575–578.

Mahoney, M.J.: *Cognition and Behavior Modification.* Cambridge, Mass.: Ballinger Publishing Comp., 1974 (dt.: Mahoney, M.: *Kognitive Verhaltenstherapie.* München: Pfeiffer, 1977).

Mahoney, M.J.: Entwurf einer experimentellen Analyse der Coverant-Kontrolle. In: Hartig, M. (Hrsg.): *Selbstkontrolle.* München: Urban & Schwarzenberg, 1975, 177–189.

Mahoney, M.J.: *Scientist as subject: The psychological imperative.* Cambridge, Mass.: Ballinger Publishing Comp., 1976.

Mahoney, M.J.: *Kognitive Verhaltenstherapie.* München: Pfeiffer, 1977 (Orig.: *Cognition and Behavior Modification.* Cambridge, Mass.: Ballinger Publishing Comp., 1974).

Mahoney, M.J.: Tendenzwende in der Verhaltenstherapie. *Psychologie heute,* 5, 1978, 67–74.

Mahoney, M.J. (Hrsg.): *Psychotherapy process. Current issues and future directions.* New York: Plenum Press, 1980.

Mahoney, M.J. & Thoresen, C.E.: *Self-control: Power to the person.* Monterey, Calif.: Brooks-Cole, 1974.

Maier, S.F. & Seligman, M.E.P.: Learned helplessness: Theory and evidence. *Journal of Experimental Psychology,* 105, 1976, 3–46.

Maikowski, R., Matthes, P. & Rott, G.: *Psychologie und ihre Praxis. Materialien zur Geschichte und Funktion einer Einzelwissenschaft in der Bundesrepublik.* Frankfurt: Fischer, 1976.

Malmo, R.B. & Malmo, H.P.: Needed: More data on the reticular information. *The Behavioral and Brain Sciences,* 4, 1981, 485–486.

Mann, R.A.: The behavior-therapeutic use of contingency contracting to control an adult behavior problem: Weight control. *Journal of Applied Behavior Analysis,* 5, 1972, 99–109.

Marks, I.M.: *Fears and Phobias.* London: Academic Press, 1969.

Marks, I.M.: Behavioral treatment of phobic and obsessive-compulsive disorders: A critical appraisal. In: Hersen, M., Eisler, R.M. & Miller, P.M. (Hrsg.): *Progress in Behavior Modification. Vol. I.* New York: Academic Press, 1975.

Marks, I.M.: Exposure Treatments: Conceptual Issues. In: Agras, W.S. (Hrsg.): *Behavior Modification: Principles and Clinical Applications.* Boston: Little, Brown & Company, 1978²a.

Marks, I.M.: Behavioral psychotherapy of adult neurosis. In: Garfield, S.L. & Bergin, A.E. (Hrsg.): *Handbook of psychotherapy and behavior change. An empirical analysis.* New York: Wiley, 1978²b.

Marks, I.M.: Behavioral Concepts and Treatment of Neuroses. In: Rosenbaum, M., Franks, C.M. & Jaffe, Y. (Hrsg.): *Perspectives on Behavior Therapy in the Eighties.* New York: Springer, 1983.

Marlatt, G.A. & Gordon, J.R.: *Relapse Prevention. Maintenance Strategies in the Treatment of Addictive Behaviors.* New York: The Guilford Press, 1985.

Marlatt, G.A. & Nathan, P.E. (Hrsg.): *Behavioral approaches to alcoholism.* New Brunswik, New York: Rutgers Center of Alcohol Studies, 1978.

Marlatt, G.A. & Parks, G.A.: Self-management of addictive disorders. In: Karoly, P. & Kanfer, F.H. (Hrsg.): *Self-management and behavior change. From Theory to Practice.* New York: Pergamon Press, 1982.

Marshall, W.L., Gauthier, J. & Gordon, A.: The Current Status of Flooding Therapy. In: Hersen, M., Eisler, R.M. & Miller, P.M. (Hrsg.): *Progress in Behavior Modification. Vol. 7.* New York: Academic Press, 1979.

Martin, M.: *Verhaltensmodifikation bei mongoloiden Kindern mit der Methode des Modellernens.* München: Unveröffentlichte Dissertation, 1973.

Mash, E.J.: Some comments on target selection in behavior therapy. *Behavioral Assessment,* 7, 1985, 63–78.

Mash, E.J. & Terdal, L.G. (Hrsg.): *Behavior therapy assessment.* New York: Springer, 1976 (dt.: *Kompendium der verhaltenstherapeutischen Diagnostik.* Frankfurt: Fachbuchhandlung für Psychologie, 1980).

Maslach, C.: The emotional consequences of arousal without reason. In: Izard, C.E. (Hrsg.): *Emotions in personality and psychopathology.* New York: Plenum Press, 1979.

Massermann, J.H.: *Behavior and Neuroses.* University of Chicago Press, 1943.

Massermann, J.H.: Experimental neuroses. *Scient. American,* 443, 1950, 1–7.

Mathews, A.M, Gelder, M.G. & Johnson, D.W.: *Agoraphobia: Nature and Treatment.* New York: The Guilford Press, 1981.

Matson, J.L.: Behavior Modification Procedures for Training Chronically Institutionalized Schizophrenics. In: Hersen, M., Eisler, R.M. & Miller, P.M. (Hrsg.): *Progress in Behavior Modification. Vol. 9.* New York: Academic Press, 1980.

May, R.: *The meaning of anxiety.* New York: Ronald Press, 1950.

Mays, D.T. & Franks, C.M. (Hrsg.): *Negative Outcome in Psychotherapy and what to do about it.* New York: Springer, 1985.

McClure, L., Cannon, D., Allen, S., Belton, E., Connor, P., D'Ascoli, C., Stone, P., Sullivan, B. & McClure, G.: Community psychology: Concepts and research base. *American Psychologist,* 35, 1980, 1000–1011.

McDonald, M.L.: Teaching assertion: a paradigm for therapeutic intervention. *Psychotherapy: Theory, Research, and Practice,* 1976, 12.

McDougall, W.: *An introduction to social psychology.* London: Methuen, 1908.

Mees, U. & Selg, H. (Hrsg.): *Verhaltensbeobachtung und Verhaltensmodifikation.* Stuttgart: Klett, 1977.

Meichenbaum, D.H.: Examination of model characteristics in reducing avoidance behavior. *Journal of Personality and Social Psychology,* 17, 1971a, 298–307.

Meichenbaum, D.H.: *The nature and modification of impulsive children.* Paper presented to the Society for Research in Child Development. Minneapolis, 1971b.

Meichenbaum, D.H.: *Cognitive behavior modification.* Morristown, N.J.: General Learning Press, 1974.

Meichenbaum, D.H.: Self-instructional methods. In: Kanfer, F.H. & Goldstein, A.P. (Hrsg.): *Helping people change.* Elmsford, N.Y.: Pergamon Press, 1975 (dt.: Methoden der Selbstinstruktion. In: Kanfer, F.H. & Goldstein, A.P. (Hrsg.): *Möglichkeiten der Verhaltensänderung.* München: Urban & Schwarzenberg, 1977).

Meichenbaum, D.H.: A cognitive-behavior modification approach to assessment. In: Hersen, M. & Bellack, A.S. (Hrsg.): *Behavioral Assessment.* Oxford: Pergamon Press, 1976, 143–171.

Meichenbaum, D.H.: *Cognitive-behavior modification.* New York: Plenum Press, 1977 (dt.: *Kognitive Verhaltensmodifikation.* München: Urban & Schwarzenberg, 1979).

Meichenbaum, D.H.: *Stress inoculation training.* New York: Pergamon Press, 1985.

Meichenbaum, D.H. & Asarnow, J.: Cognitive-behavior modification and meta-cognitive development: Implications for the classroom. In: Kendall, P.C. & Hollon, S.D. (Hrsg.): *Cognitive-behavioral interventions: Theory, research, and procedures.* New York: Academic Press, 1979.

Meichenbaum, D.H., Burland, S., Gruson, D. & Cameron, R.: Metacognitive assessment. In: Yussen, S. (Hrsg.): *Growth of insight.* New York: Academic Press, 1982.

Meichenbaum, D.H. & Cameron, R.: Cognitive-behavior therapy. In: Wilson, G.T. & Franks, C.M. (Hrsg.): *Contemporary behavior therapy: Conceptual and empirical foundations.* New York: The Guilford Press, 1982.

Meichenbaum, D.H. & Gilmore, J.B.: Resistance: From a cognitive-behavioral perspective. In: Wachtel, P. (Hrsg.): *Resistance: A behavioral and psychodynamic analysis.* New York: Plenum Press, 1982.

Meichenbaum, D.H. & Goodman, J.: Reflection, impulsivity, and verbal control of motor behavior. *Child Development,* 40, 1969, 785–797.

Meichenbaum, D.H. & Goodman, J.: Training impulsive children to talk to themselves: A means of developing self control. *Journal of Abnormal Psychology,* 77, 1971, 115–126.

Meichenbaum, D.H. & Jaremko, M.E.: *Stress Reduction and Prevention.* New York: Plenum Press, 1983.

Melamed, B.G. & Siegel, L.J.: *Lehrbuch der Verhaltensmedizin.* Stuttgart: Kohlhammer, 1983.

Meyer, V.: The treatment of two phobic patients on the basis of learning principles. *Journal of Abnormal and Social Psychology,* 55, 1957, 261–266.

Meyer, V., Liddell, A. & Lyons, M.: Behavioral interviews. In: Ciminero, A.R., Calhoun, K.S. & Adams, H.E. (Hrsg.): *Handbook of behavioral assessment.* New York: Wiley, 1977, 117–152.

Meyer, V., Robertson, J. & Tatlow, A.: Home treatment of an obsessive-compulsive disorder by response prevention. *Journal of Behavior Therapy and Experimental Psychiatry,* 6, 1975, 37–38.

Meyer, V. & Turkat, I.D.: Behavioral analysis of clinical cases. *Journal of Behavioral Assessment,* 1, 1979, 259–270.

Michelson, L., Hersen, M. & Turner, S.M. (Hrsg.): *Future perspectives in behavior therapy.* New York: Plenum Press, 1981.

Milan, M.A. & McKee, J.M.: The cellblock token economy: Token reinforcement procedures in a maximum security correctional institution for adult male felons. *Journal of Applied Behavior Analysis,* 9, 1976, 253–275.

Miller, G.A., Galanter, E. & Pribram, K.: *Plans and the structure of behavior.* New York: Holt, Rinehart & Winston, 1960 (dt.: *Pläne und Strukturen des Verhaltens.* Stuttgart: Klett, 1973).

Miller, H.R. & Nawas, M.M.: Control of aversive stimulus termination in systematic desensitization. *Behaviour Research and Therapy,* 8, 1970, 57–61.

Miller, L.K.: *Principles of everyday behavior analysis.* Monterey, Calif.: Brooks-Cole, 1975.

Miller, N.E.: Studies of fear as a learnable drive: I. Fear as motivation and fear reduction as reinforcement in the learning of new response. *Journal of Experimental Psychology,* 38, 1948, 89–101.

Miller, N.E.: Learnable drives and rewards. In: Stevens, S.S. (Hrsg.): *Handbook of experimental psychology.* New York: Wiley, 1951.

Miller, N.E. & Dollard, J.: *Social learning and imitation.* New Haven: Yale University Press, 1941.

Miller, P.M.: The use of behavioral contracting in the treatment of alcoholism: A case report. *Behavioral Therapist,* 3, 1972, 593–596.

Mischel, W.: *Personality and assessment.* New York: Wiley, 1968.

Mischel, W.: Toward a cognitive social learning reconceptualization of personality. *Psychological Review,* 80, 1973, 252–283.

Mischel, W.: On the future of personality measurement. *American Psychologist,* 4, 1977, 246–254.

Montgommery, G.T. & Parton, D.H.: Reinforcement effect of self-reward. *Journal of Experimental Psychology,* 84, 1970, 273–276.

Morgan, C.L.: *Habit and instinct.* London: Arnold, 1896.

Moreno, J.L.: *Psychodrama. Vol. I.* New York: Beacon House, 1946.

Moreno, J.L.: The discovery of the spontaneous man with special emphasis upon the technique of role reversal. *Group Psychotherapy,* 8, 1955, 103–129.

Morganstern, K.P.: Behavioral interviewing: The initial stages of assessment. In: Hersen, N. & Bellack, A.S. (Hrsg.): *Behavioral assessment: A practical handbook.* Oxford: Pergamon Press, 1976, 51–76.

Morris, R.J. & Kratochwill, T.R.: *Treating Children's fears and phobias: A behavioral approach.* Elmsford, N.Y.: Pergamon Press, 1983.

Morscher, E.: Das Sein-sollen-Problem logisch betrachtet. Eine Übersicht über den gegenwärtigen Stand der Diskussion. *Conceptus,* 8, 1974, 5–29.

Mowrer, O.H.: A stimulus-response analysis of anxiety and its role as a reinforcement agent. *Psychological Review,* 46, 1939, 553–556.

Mowrer, O.H.: Anxiety reduction and learning. *Journal of Experimental Psychology,* 27, 1940, 497–516.

Mowrer, O.H.: On the dual nature of learning – a reinterpretation of conditioning and problemsolving. *Harvard Educaction Review,* 1947, 102–148.

Mowrer, O.H.: *Learning theory and personality dynamic.* New York: Ronald Press, 1950.

Mowrer, O.H.: *Learning theory and behavior.* New York: Wiley, 1960a.

Mowrer, O.H.: *Learning theory and the symbolic processes.* New York: Wiley, 1960b.

Münzel, K. & Tunner, W.: Lerngeschichtliche Interpretation und Probehandeln: Eine Therapievergleichsstudie. *Zeitschrift für Klinische Psychologie,* 12, 1983, 245–272.

Murray, E.J. & Jacobson, L.: The nature of learning in traditional psychotherapy. In: Bergin, A.E. & Garfield, S.L. (Hrsg.): *Handbook of Psychotherapy and Behavior Change.* New York: Wiley, 1971 (1978²).

Murray, E.J. & Jacobson, L.: Cognition and learning in traditional and behavioral psychotherapy. In: Garfield, S.L. & Bergin, A.E. (Hrsg.): *Handbook of Psychotherapy and Behavior Change. An Empirical Analysis.* New York: Wiley, 1978².

Napalkov, A.V.: Information process of the brain. In: Wiener, N. & Schade, J.P. (Hrsg.): *Progress in brain research.* Amsterdam: Elsevier, 1963², 59–69.

Nathan, P.E. & Marlatt, G.A. (Hrsg.): *Alcoholism: New directions in behavioral research and treatment.* New York: Plenum Press, 1978.

Nawas, M.M., Welsch, W.V. & Fishman, S.T.: The comparative effectiveness of pairing aversive imagery with relaxation, neutral tasks and muscular tension in reducing snake phobia. *Behaviour Research and Therapy,* 6, 1970, 63–68.

Nelson, R.O.: Assessment and therapeutic functions of self-monitoring. In: Hersen, M., Eisler, R.M. & Miller, P.M. (Hrsg.): *Progress in Behavior Modification. Vol. 5.* New York: Academic Press, 1978.

Nelson, R.O.: Behavioral assessment: Past, present, and future. *Behavioral Assessment,* 5, 1983, 195–206.

Nelson, R.O. & Hayes, S.: Theoretical explanations for reactivity in self-monitoring. *Behavior Modification,* 5, 1981, 3–14.

Newell, A. & Simon, H.A.: *Human problem solving.* Englewood Cliffs, N.J.: Prentice-Hall, 1972.

Niebel, G.: Ergebnisse und Probleme vergleichender Therapieforschung bei depressiven Störungen. *Verhaltensmodifikation,* 5, 1984, 3–45.

Nietzel, M.T.: Verhaltenstheoretisch orientierte Gemeindepsychologie. In: Belschner, W., Ernst, H., Kaiser, P., Köppelmann-Baillieu, M., Rudeck, P. & Sommer, G. (Hrsg.): *Gemeindepsychologische Perspektiven 1 – Grundlagen und Anwendungsfelder.* Tübingen: DGVT, 1983, 26–43.

Nietzel, M.T., Winett, R.A., MacDonald, M.L. & Davidson, W.S.: *Behavioral approaches to community psychology.* New York: Pergamon Press, 1977.

Nisbett, R.E. & Schachter, S.: Cognitive manipulation of pain. *Journal of Experimental Social Psychology,* 2, 1966, 227–236.

Nisbett, R. & Wilson, G.T.: Telling more than we can know: Verbal reports on mental processes. *Psychological Review,* 84, 1977, 231–259.

Nolan, D.J.: Self-control procedures in the modification of smoking behavior. *Journal of Consulting and Clinical Psychology,* 32, 1968, 92–93.

Novaco, R.: The Cognitive Regulation of Anger and Stress. In: Kendall, P.C. & Hollon, S.D. (Hrsg.): *Cognitive-Behavioral Interventions.* New York: Academic Press, 1979.

Nusselt, L.H. & Legewie, H.: Biofeedback und Systematische Desensibilisierung bei Parkinson-Tremor. *Zeitschrift für Klinische Psychologie,* 4, 1975, 112–123.

O'Donnell, C.R.: Behavioral community psychology and the natural environment. In: Franks, C.M. (Hrsg.): *New developments in behavior therapy: From research to clinical application.* New York: The Haworth Press, 1984, 495–524.

Olds, J. & Milner, P.: Positive reinforcement produced by electrical stimulation of septal area and other regions of rat brain. *Journal of Comparative Physiological Psychology,* 47, 1954, 419–427.

O'Leary, K.D. & Becker, W.C.: Behavior modification of an adjustment class: A token reinforcement program. *Exceptional Children,* 33, 1967, 637–642.

O'Leary, K.D. & O'Leary, S.G.: *Classroom management: The successful use of behavior modification.* New York: Pergamon Press, 1972.

O'Leary, K.D. & Wilson, G.T.: *Behavior Therapy. Application and Outcome.* Englewood Cliffs, N.J.: Prentice-Hall, 1975.

O'Leary, S.G. & O'Leary, K.D.: Ethical issues of behavior modification research in schools. *Psychology in the Schools,* 14, 1977, 3, 299–307.

Ollendick, T.H. & Cerny, J.: *Clinical behavior therapy with children.* New York: Plenum Press, 1981.

Ollendick, T.H. & Hersen, M.: *Handbook of Child Psychopathology.* New York: Plenum Press, 1983.

Olton, D.S. & Noonberg, A.R.: *Clinical Applications in Behavioral Medicine.* Englewood Cliffs, N.J.: Prentice-Hall, 1980.

Osborn, A.F.: *Applied imagination: Principles and procedures of creative problem-solving.* New York: Scribners, 1963³.

Öst, L.-G. & Hugdahl, K.: Acquisition of Agoraphobia. Mode of onset and anxiety response patterns. *Behaviour Research and Therapy*, 21, 1983, 623–631.

Otto, J.: Attribuierungsproblematik und kognitive Therapie. In: Hoffmann, N. (Hrsg.): *Grundlagen kognitiver Therapie*. Bern: Huber, 1979.

Paivio, A.: *Imagery and verbal processes*. New York: Holt, Rinehart & Winston, 1971.

Panksepp, J.: Toward a general psychological theory of emotions. *The Behavioral and Brain Sciences*, 5, 1982, 407–567.

Paul, G.L.: Behavior modification research: Design and tactics. In: Franks, C.M. (Hrsg.): *Behavior therapy: Appraisal and status*. New York: McGraw Hill, 1969a.

Paul, G.L.: Outcome of systematic desensitization II.: Controlled investigations of individual treatment, technique variations and current status. In: Franks, C.M. (Hrsg.): *Behavior therapy: Appraisal and status*. New York: McGraw Hill, 1969b.

Paul, G.L. & Lentz, R.J.: *Psycholsocial treatment of chronic mental patients*. Cambridge: Harvard University Press, 1977.

Pawlow, I.P.: *Conditioned Reflexes*. London: (OUP), 1927.

Pawlow, I.P.: *Gesammelte Werke. Bd. III. (1953–1956)*. Berlin: Akademie-Verlag, 1953.

Peele, S.: Reductionism in the psychology of the eighties: Can biochemistry eliminate addiction, mental illness, and pain? *American Psychologist*, 36, 1981, 807–818.

Perrez, M.: Symptomverschiebung – Ein Mythos oder ein unklar gestelltes Problem? In: Perrez, M. & Otto, J. (Hrsg.): *Symptomverschiebung*. Salzburg: Otto Müller, 1978.

Perrez, M.: Was nützt die Psychotherapie? *Psychologische Rundschau*, 33, 1982, 121–127.

Pervin, L.: *Persönlichkeitspsychologie in Kontroversen*. München: Urban & Schwarzenberg, 1981.

Petermann, F. (Hrsg.): *Methodische Grundlagen klinischer Psychologie*. Weinheim, Basel: Beltz, 1977.

Petermann, F.: *Veränderungsmessung*. Stuttgart: Kohlhammer, 1978.

Petermann, F.: *Einzelfalldiagnose und klinische Praxis*. Stuttgart: Kohlhammer, 1982.

Petermann, F. & Hehl, F.J. (Hrsg.): *Einzelfallanalyse*. München: Urban & Schwarzenberg, 1979.

Petermann, F. & Petermann, U.: *Training mit aggressiven Kindern*. München: Urban & Schwarzenberg, 1978.

Petermann, U.: *Training mit sozial unsicheren Kindern*. München: Urban & Schwarzenberg, 1983.

Petrowka, M.K.: zit. nach Bykow, K.M. & Kurzin, I.T.: *Kortiko-viscerale Pathologie*. Berlin: VEB, 1966.

Petry, J.: *Alkoholismustherapie. Vom Einstellungswandel zur kognitiven Therapie*. München: Urban & Schwarzenberg, 1985.

Phillips, E.L.: Achievement place: Token reinforcement procedures in a home-style rehabilitation setting for „predelinquent" boys. *Journal of Applied Behavior Analysis*, 1, 1968, 213–223.

Phillips, E.L., Phillips, E.A., Fixen, D.L. & Wolf, M.M.: Achievement place: Modification of the behaviors of pre-delinquent boys within a token economy. *Journal of Applied Behavior Analysis*, 4, 1971, 45–59.

Pickenhain, L.: Methodologische Probleme der Untersuchung biologischer Faktoren bei psychischen Erkrankungen. In: Pickenhain, L. & Thom, A.: *Beiträge zu einer allgemeinen Theorie der Psychiatrie*. Jena: VEB Fischer, 1968.

Pickenhain, L.: Das Verhalten. In: Biesolt, D. & Mattaies, H.: *Neurobiologie*. Stuttgart: Fischer, 1977.

Platt, J.J. & Spivack, G.J.: Problem-solving thinking of psychiatric patients. *Journal of Consulting and Clinical Psychology*, 39, 1972, 148–151.

Plessen, U.: Möglichkeiten einer therapiezielorientierten Einzelfalldiagnostik. In: Bommert, H. & Hockel, M. (Hrsg.): *Therapieorientierte Diagnostik*. Stuttgart: Kohlhammer, 1981, 68–93.

Plaum, E.: Thesen zur klinisch-psychologischen Diagnostik. In: Plaum, E. (Hrsg.): *Diagnostik zwischen Grundlagenforschung und Intervention. Versuche einer Standortbestimmung*. Weinheim: Beltz, 1982, 13–34.

Pongratz, L.J.: *Problemgeschichte der Psychologie*. Bern: Francke, 1967.

Poppen, R.L.: Counterconditioning of conditioned suppression in rats. *Psychological Reports*, 27, 1970, 659–671.

Poser, E.G.: Principles of behavior change and primary prevention. In: Rosenbaum, M., Franks, C.M. & Jaffe, Y. (Hrsg.): *Perspectives on behavior therapy in the eighties*. New York: Springer, 1983, 430–445.

Premack, D.: Toward empirical behavioral laws I.: Positive reinforcement. *Psychological Review*, 66, 1959, 219–233.

Premack, D.: Reinforcement theory. In: Levine, D. (Hrsg.): *Nebraska Symposium on Motivation*. Lincoln: University of Nebraska Press, 1965.

Quekelberghe, R. van: Grundlegung und Entwicklung von kognitiven Therapien. In: Quekelberghe, R. van (Hrsg.): *Modelle kognitiver Therapien*. München: Urban & Schwarzenberg, 1979.

Rachlin, H.: Self-control: Part I. In: Catania, A.C. & Brigham, T.A. (Hrsg.): *Handbook of applied behavior analysis. Social and instructional processes*. New York: Irvington, 1978.

Rachlin, H.: Pain and behavior. *The Behavioral and Brain Sciences*, 8, 1985, 43–83.

Rachman, S.: Clinical applications of observational learning, imitation, and modeling. *Behavioral Therapist*, 3, 1972, 379–397.

Rachman, S.: *Angst. Formen, Ursachen und Therapie*. München: Urban & Schwarzenberg, 1975.

Rachman, S.: The conditioning theory of fear-acquisitation: A critical examination. *Behaviour Research and Therapy*, 15, 1977, 175–388.

Rachman, S.: Obstacles to the successful treatment of obsessions. In: Foa, E.B. & Emmelkamp, P.M.G. (Hrsg.): *Failures in behavior therapy*. New York: Wiley, 1983.

Rachman, S. & Bergold, J.B.: *Verhaltenstherapie bei Phobien*. München, Berlin, Wien: Urban & Schwarzenberg, 1976.

Rachman, S. & Costello, C.G.: The aetiology and treatment of children's phobias: a review. *American Journal of Psychology*, 118, 1961, 97.

Rachman, S. & Hodgson, R.H.: Synchrony and desynchrony in fear and avoidance. *Behaviour Research and Therapy*, 12, 1974, 311–318.

Rachman, S. & Hodgson, R.H.: *Obsessions and compulsions*. Englewood Cliffs, N.J.: Prentice-Hall, 1980.

Rachman, S. & Teasdale, J.: *Aversion therapy and behaviour disorders: An analysis*. Coral Gables, Fla.: University of Miami Press, 1969.

Ramsay, R.W.: A case study in bereavement therapy. In: Eysenck, H.J. (Hrsg.): *Case studies in behaviour therapy*. London: Routledge & Kegan Paul, 1976.

Ramsay, R.W.: Behavioural approaches to bereavement. *Behaviour Research and Therapy*, 15, 1977, 131–135 (dt.: Verhaltenstherapeutische Ansätze bei Trauerreaktionen. In: de Jong, R., Hoffmann, N. & Linden, M (Hrsg.): *Verhaltensmodifikation bei Depressionen*. München: Urban & Schwarzenberg, 1980.

Ramsay, R.W.: Bereavement: A behavioral treatment of pathological grief. In: Sjöden, P.-O., Bates, S. & Dockens, W.S. (Hrsg.): *Trends in behavior therapy*. New York: Academic Press, 1979.

Ranck jr., J.B.: An obituary for old arousal theory. *The Behavioral and Brain Sciences*, 4, 1981, 487–488.

Rappaport, J.: *Community psychology: Values, research and action*. New York: Holt, Rinehart & Winston, 1977.

Rappaport, J.: Seeking justice in the real world: A further explication of value contexts. *Journal of Community Psychology*, 12, 1984, 208–216.

Raush, H.L.: Research, practice, and accountability. *American Psychologist*, 29, 1974, 678–681.

Razran, G.: *Mind in Evolution*. Boston: Houghton Mifflin, 1971.

Rehm, L.P. & Kornblith, S.J.: Behavior Therapy for Depression: A Review of Recent Developments. In: Hersen, M., Eisler, R.M. & Miller, P.M. (Hrsg.): *Progress in Behavior Modification. Vol. 7*. New York: Academic Press, 1979.

Reinecker, H.: *Selbstkontrolle: Verhaltenstheoretische und kognitive Grundlagen, Techniken und Therapiemethoden*. Salzburg: Otto Müller, 1978.

Reinecker, H.: *Bestrafung. Experimente und Theorien*. Salzburg: Otto Müller, 1980.

Reinecker, H. (Hrsg.): *Aversionstherapie. Theorie und Praxis*. Salzburg: Otto Müller, 1981.

Reinecker, H.: *Grundlagen und Kriterien verhaltenstherapeutischer Forschung*. Salzburg: AVM-Verlag, 1983.

Reinecker, H.: Verhaltenstherapie. In: Dörner, D. & Selg, H. (Hrsg.): *Psychologie*. Stuttgart: Kohlhammer, 1985, 300–312.

Reinecker, H.: *Grundlagen der Verhaltenstherapie*. München: Urban & Schwarzenberg, 1987, im Druck.

Reisenzein, R.: *Kognitive Ansätze in der Emotionsforschung unter spezieller Berücksichtigung der Attributionstheorie*. Salzburg: Unveröff. Dissertation, 1980.

Reisenzein, R.: The Schachter theory of emotion: Two decades later. *Psychological Bulletin*, 94, 1983, 2, 239–264.

Reiss, M. u.a. (Hrsg.): *Verhaltenstherapie in der Praxis*. Stuttgart: Kohlhammer, 1976.

Rich, A.R. & Schroeder, H.E.: Research issues in assertiveness training. *Psychological Bulletin*, 83, 1976, 1081–1096.

Richardson, F.C.: *Theoretical foundation and tactic values of behavior therapy: Some criticisms.* Paper presented at the annual meeting of the Association of Advancement of Behavior Therapy. Toronto, Ontario: November 1981.

Rimm, D.C. & Masters, J.C.: *Behavior Therapy. Techniques and empirical findings.* New York: Academic Press, 1979[2].

Risley, T.R.: The effects and side effects of punishing the autistic behaviors of a deviant child. *Journal of Applied Behavior Analysis*, 1, 1968, 21–34.

Roberts, A.H.: Self-control procedures in modification of smoking behavior: Replication. *Psychological Report*, 24, 1969, 675–676.

Robinson, C. & Suinn, R.M.: Group desensitization of a phobia in massed sessions. *Behaviour Research and Therapy*, 7, 1969, 319–321.

Rogge, K.E.: *Physiologische Psychologie.* München: Urban & Schwarzenberg, 1981.

Rohracher, H.: *Die Arbeitsweise des Gehirns und die psychischen Vorgänge.* München: Barth, 1967[4].

Rose, S.D.: *Group Therapy. A behavioural approach.* Englewood Cliffs, N.J.: Prentice-Hall, 1977.

Rosenstock, I.M.: Historical origins of the health belief model. *Health Education Monographs*, 2, 1974, 328–335.

Rosenthal, D.: Changes in some moral values following psychotherapy. *Journal of Consulting and Clincal Psychology*, 19, 1955, 431–436.

Rosenthal, T.L.: Modeling therapies. In: Hersen, M., Eisler, R.M. & Miller, P.M. (Hrsg.): *Progress in Behavior Modification. Vol. 2.* New York: Academic Press, 1976.

Ross, L., Rodin, J. & Zimbardo, P.H.: Toward an attribution therapy: The reduction of fear through induced cognitive-emotional misattribution. *Journal of Personality and Social Psychology*, 12, 1969, 279–288.

Rothschuh, K.E.: Zu einer Einheitstheorie der Verursachung und Auslösung von somatischen und psychischen Krankheiten. *Hippokrates*, 44, 1973, 3, 17.

Rotter, J.B.: *Social learning and clinical psychology.* Englewood Cliffs, N.J.: Prentice-Hall, 1954.

Rotter, J.B.: Generalized expectancies for internal vs. external control of reinforcement. *Psychological Monographs*, 80, 1966, 1–28.

Routtenberg, A.: The two-arousal-hypothesis: Reticular and limbic system. *Psychological Review*, 75, 1968, 51–80.

Rubinstein, S.L.: *Sein und Bewußtsein.* Gravenhagel, 1974[2].

Rush, A.J., Beck, A.T., Kovacs, M. & Hollon, S.D.: Comparative efficacy of cognitive therapy and pharmacotherapy in the treatment of depressed outpatients. *Cognitive Therapy and Research*, 1, 1977, 17–38.

Rush, A.J., Khatami, M. & Beck, A.T.: Cognitive and behavior therapy in chronic depression. *Behavioral Therapist*, 6, 1975, 398–404.

Russell, P.L. & Brandsma, J.M.: A theoretical and empirical integration of the rational-emotive and classical conditioning theories. *Journal of Consulting and Clinical Psychology*, 42, 1974, 389–397.

Sachse, R.: *Praxis der Verhaltensanalyse.* Stuttgart: Kohlhammer, 1979.

Salter, A.: *Conditioned reflex therapy.* New York: Capricorn, 1949.

Sarason, I.G.: Test anxiety and intellectuell performance. *Journal of Abnormal and Social Psychology*, 66, 1963, 73–75.

Sarason, I.G.: Using modeling to strengthen the behavioral repertory of the juvenile delinquent. In: Krumboltz, J.D.& Thoresen, C.E. (Hrsg.): *Counseling methods.* New York: Holt, Rinehart & Winston, 1976.

Schachter, S.: The interaction of cognitive and physiol. determinants of emotional state. In: Berkowitz, L. (Hrsg.): *Advances in experimental social psychology.* New York: Academic Press, 1964.

Schachter, S.: The interaction of cognitive and physiological determinants of emotional state. In: Spielberger, C.D. (Hrsg.): *Anxiety and behavior.* New York: Academic Press, 1966.

Schachter, S.: The assumption of identity and peripheralist-centralist controversies in motivation and emotion. In: Arnold, M.B. (Hrsg.): *Feelings and emotions.* New York: Academic Press, 1970.

Schachter, S.: *Emotion, obesity and cream.* New York: Academic Press, 1971.

Schachter, S.: Cognition and peripheralist-centralist controversies in motivation and emotion. In: Gazzangia, M.S. & Blakemore, C. (Hrsg.): *Handbook of psychobiology.* New York: Academic Press, 1975.

Schachter, S. & Singer, J.E.: Cognitive, social and physiological determinants of emotional states. *Psychological Review*, 69, 1962, 379–399.

Schachter, S. & Wheeler, L.: Epinephrine, chlorpromazine, and amusement. *Journal of Abnormal and Social Psychology*, 65, 1962, 121–128.

Schaller, S. & Schmidtke, A.: Verhaltensdiagnostik. In: Groffmann, K.-J. & Michel, L. (Hrsg.): *Verhaltensdiagnostik. Enzyklopädie der Psychologie. Serie II (Bd. 4)*. Göttingen: Hogrefe, 1983, 489–701.

Scheerer, E.: *Die Verhaltensanalyse*. Berlin: Springer, 1983.

Schindler, L. & Hohenberger-Sieber, E.: *Die Bedeutung der Therapeut-Klient-Interaktion für den Therapieerfolg: Erste Ergebnisse einer Therapie-Prozeß-Studie*. Vortrag auf der 15. Jahrestagung der Europäischen Gesellschaft für Verhaltenstherapie. München, 1985.

Schlottke, P.F.: Verbale Selbstinstruktion und Verhaltenskontrolle. In: Schlottke, P.F. & Wetzel, H. (Hrsg.): *Psychologische Behandlung von Kindern und Jugendlichen*. München: Urban & Schwarzenberg, 1980.

Schmelzer, D.: Problem- und zielorientierte Verhaltenstherapie. Teil I: Zu einigen Kernannahmen des aktuellen verhaltenstherapeutischen Vorgehens. *Verhaltensmodifikation*, 2, 1985, 101–151.

Schmelzer, D.: Problem- und zielorientierte Verhaltenstherapie. Teil II: Das „OPTIMIZE“-Prozeßmodell als Orientierungsrahmen für die Praxis. *Verhaltensmodifikation*, 7, 1986, 3–110.

Schneider, M. & Robin, A.L.: *The Turtle Technique: A method for the self-control of impulsive behavior*. New York: Stony Brook, 1975.

Schneider, M. & Robin, A.L.: The Turtle Technique: A method for the self-control of impulsive children. In: Krumboltz, J.D. & Thoresen, C.E. (Hrsg.): *Counseling methods*. New York: Holt, Rinehart & Winston, 1976.

Schneiderman, N. & Tapp, J.T. (Hrsg.): *Behavioral Medicine. The Biopsychosocial Approach*. Hillsdale, N.J.: Lawrence Erlbaum, 1985.

Schorr, A.: *Die Verhaltenstherapie. Ihre Geschichte von den Anfängen bis zur Gegenwart*. Weinheim, Basel: Beltz, 1984.

Schulte, B. & Thomas, B.: Verhaltensanalyse und Therapieplanung bei einer Patientin mit multiplen Ängsten. In: Schulte, D. (Hrsg.): *Diagnostik in der Verhaltenstherapie*. München: Urban & Schwarzenberg, 1974, 105–128.

Schulte, D.: Der diagnostisch-therapeutische Prozeß in der Verhaltenstherapie. In: Brengelmann, J.C. & Tunner, W. (Hrsg.): *Behavior Therapy – Verhaltenstherapie*. München: Urban & Schwarzenberg, 1973, 28–39.

Schulte, D.: *Diagnostik in der Verhaltenstherapie*. München: Urban & Schwarzenberg, 1974, 1976[2].

Schulte, D.: Ein Schema für Diagnose und Therapieplanung in der Verhaltenstherapie. In: Schulte, D. (Hrsg.): *Diagnostik in der Verhaltenstherapie*. München: Urban & Schwarzenberg, 1974, 75–104.

Schulte, D.: Psychodiagnostik zur Erklärung und Modifikation von Verhalten. In: Pawlik, K. (Hrsg.): *Diagnose der Diagnostik*. Stuttgart: Klett, 1976, 149–176.

Schulte, D.: Theoretische Grundlagen der Verhaltenstherapie. In: Pongratz, L.J. (Hrsg.): *Handbuch der Psychologie, Band 8, Klinische Psychologie, 1. Halbband*. Göttingen: Hogrefe, 1977, 981–1026.

Schulte, D.: Diagnostik in der Klinischen Psychologie: Problemanalyse und Therapieplanung. In: Schulz, W. & Hautzinger, M. (Hrsg.): *Klinische Psychologie und Psychotherapie. Indikation, Diagnostik, Psychotherapieforschung Bd. 2*. Tübingen: DGVT, 1980, 163–175.

Schulte, D.: *Schema für Problemanalyse und Therapieplanung*. Bochum: Maschinenmanuskript, 1981.

Schulte, D.: Standortbestimmung der diagnostisch-therapeutischen Problemanalyse. In: van Quekelberghe, R. & van Eickels, N. (Hrsg.): *Handlungstheorie und psychotherapeutische Problemanalyse*. Landau: EWH-Schriften, 1983, 97–102.

Schulte, D.: Indicacion de metodos terapeuticos: Problemas en la practica clinica y en la investigacion. *Evaluacion Psicogica/Psychological Assessment*, 1, 1985, 267–281.

Schulte, D.: *Problemanalyse und Therapieplanung*. In Vorbereitung.

Schulte, D. & Kemmler, L.: Systematische Beobachtung in der Verhaltenstherapie. In: Schulte, D. (Hrsg.): *Diagnostik in der Verhaltenstherapie*. München: Urban & Schwarzenberg, 1974, 152–195.

Schumacher, D. & Schumacher-Merz, I.: Rechtliche Probleme der Psychotherapieausübung. In: Wittling, W. (Hrsg.): *Handbuch der Klinischen Psychologie, Band 6: Klinische Psychologie in Forschung und Praxis*. Hamburg: Hoffmann und Campe, 1980, 177–224.

Schwäbisch, L. & Siems, M.: *Anleitung zum sozialen Lernen für Paare, Gruppen und Erzieher.* Reinbek bei Hamburg: Rowohlt, 1974.

Schwartz, G.E.: Voluntary control of human cardiovascular integration and differentation through feedback and reward. *Science,* 1972, 175.

Schwartz, G.E.: Integrating Psychobiology and Behavior Therapy: A Systems Perspective. In: Wilson, G.T. & Franks, C.M. (Hrsg.): *Contemporary Behavior Therapy: Conceptual and Empirical Foundations.* New York: The Guilford Press, 1982.

Schwartz, G.E. & Weiss, S.M.: *Proceedings of the Yale conference on behavioral medicine.* (U.S. Department of Health, Education, and Welfare Publication, No. (NIH) 78–1424.) Washington, D.C: U.S. Government Printing Office, 1977.

Seidenstücker, G. & Baumann, U.: Multimethodale Diagnostik. In: Baumann, U., Berbalk, H. & Seidenstücker, G. (Hrsg.): *Klinische Psychologie. Trends in Forschung und Praxis. Bd. 1.* Bern: Huber, 1978, 134–182.

Seiderer-Hartig, M.: *Beziehung und Interaktion in der Verhaltenstherapie.* München: Pfeiffer (Leben Lernen 48), 1980.

Seligman, M.E.P.: On the generality of the laws of learning. *Psycholgical Review,* 77, 1970, 406–418.

Seligman, M.E.P.: Phobias and preparedness. *Behavioral Therapist,* 2, 1971, 307–320.

Seligman, M.E.P.: Phobias and preparedness. In: Seligman, M.E.P. & Hager, J.L. (Hrsg.): *Biological boundaries of learning. (ACC)* New York, 1972, 451–462.

Seligman, M.E.P.: *Helplessness. On depression, development, and death.* San Francisco: Freeman, 1975 (dt.: *Erlernte Hilflosigkeit.* München: Urban & Schwarzenberg, 1979).

Seligman, M.E.P. & Johnson, J.C.A.: A cognitive theory of avoidance learning. In: McGuigan, F.J. & Lumsden, D.B. (Hrsg.): *Contemporary approaches to conditioning and learning.* New York: Wiley, 1975.

Seligman, M.E.P., Klein, D.C. & Miller, W.R.: Depression. In: Leitenberg, H. (Hrsg.): *Handbook of behavior modification and behavior therapy.* Englewood Cliffs, N.J.: Prentice-Hall, 1976, 168–210.

Selye, H.: *Report from the partitioner symposium on stress.* 1954.

Selye, H.: *Streßbewältigung und Lebensgewinn.* München: Piper, 1974.

Semmer, N. & Frese, M.: Handlungstheoretische Implikationen für kognitive Therapie. In: Hoffmann, N. (Hrsg.): *Grundlagen kognitiver Therapie. Theoretische Modelle und praktische Anwendung.* Bern: Huber, 1979.

Sidman, M.: *Tactics of scientific research.* New York: Basic Books, 1960.

Shapiro, D. & Goldstein, I.B.: Biobehavioral Perspectives on Hypertension. *Journal of Consulting and Clinical Psychology,* 50, 1982, 6, 841–858.

Shaw, B.F.: Comparison of cognitive therapy and behavior therapy in the treatment of depression. *Journal of Consulting and Clinical Psychology,* 45, 1977, 543–551.

Sheldon-Wildgen, J.: Avoiding legal liability: The rights and responsabilities of therapists. *The Behavior Therapist,* 5, 1982, 5, 165–169.

Sherrington, C.S.: *The integrative action of the nervous system.* New Haven: Yale University Press, 1906.

Shure, M.B. & Spivack, G.: *Problem-solving techniques in childrearing.* San Francisco: Jossey-Bass, 1978.

Singer, J.E.: The Bothersomeness of inconsistenca. In: Abelson, R.P. u.a. (Hrsg.): *Theories of cognitive consistency.* Chicago: Rand McNally, 1968.

Skinner, B.F.: *The behavior of organisms.* New York: Appleton-Century, 1938.

Skinner, B.F.: *Science and Human Behavior.* London: Macmillan, 1953.

Skinner, B.F.: *Contingencies of reinforcement. A theoretical analysis.* New York: Appleton-Century, 1969.

Skinner, B.F.: *Beyond freedom and dignity.* New York: Appleton-Century, 1971.

Skinner, B.F.: The phylogeny and ontogeny of behavior. *The Behavioral and Brain Sciences,* 7, 1984, 669–711.

Smirnow, A.A.: *Lenins philosophisches Erbe und Ergebnisse der sowjetischen Psychologie.* Berlin: VEB Deutscher Verlag der Wissenschaften, 1974.

Smith, M.L. & Glass, G.V.: Meta-analysis of psychotherapy outcome studies. *American Psychologist,* 32, 1977, 752–760.

Sokolov, E.N.: *Perception and the conditioned reflex.* New York: Pergamon Press, 1963.

Sokolov, E.N.: Neuronal mechanisms of the orienting reflex. In: *Orienting Reflex, Alertness, and Attention. Symposium 5, XVIII International Congress of Psychology.* Moscow, 1966.

Solomon, R.L.: Punishment. *American Psychologist,* 19, 1964, 239–253.

Solomon, R.L., Kamin, L.J. & Wynne, L.C.: Traumatic avoidance learning: The outcomes of several extinction procedures with dogs. *Journal of Abnormal Psychology,* 48, 1953, 291–301.

Sommer, G.: Hilfe zur Selbsthilfe. In: Hornstein, W. u.a. (Hrsg.): *Beratung und Erziehung.* Frankfurt: Fischer, 1977, 609–638.

Sommer, G. u.a.: Gemeindepsychologie. In: Pongratz, L.J. (Hrsg.): *Handbuch der Psychologie, Band 8, Klinische Psychologie, 2. Halbband.* Göttingen: Hogrefe, 1978.

Sommer, G. & Ernst, H. (Hrsg.): *Gemeindepsychologie.* München: Urban & Schwarzenberg, 1977.

Sorenson, R.L., Gorsuch, R.L. & Mintz, J.: Moving targets: Patient's changing complaints during psychotherapy. *Journal of Consulting and Clinical Psychology,* 53, 1985, 49–54.

Spivack, G., Platt, J.J. & Shure, M.B.: *The problem-solving approach to adjustment.* San Francisco: Jossey-Bass, 1976.

Staats, A.W.: Language behavior therapy: A derivative of social behaviorism. *Behavioral Therapist,* 3, 1972, 165–192.

Staats, A.W.: *Social behaviorism.* Homewood, Ill.: Dorsey, 1975.

Stampfl, T.G.: Implosive therapy: A learning theory derived psychodynamic therapeutic technique. In: Lebarba & Dent (Hrsg.): *Critical issues in clinical psychology.* New York: Academic Press, 1961.

Stampfl, T.G. & Levis, D.J.: Essentials of implosive therapy: A learning-theory-based psychodynamic behavioral therapy. *Journal of Abnormal Psychology,* 72, 1967, 496–503.

Stampfl, T.G. & Levis, D.J.: Implosive therapy – A behavioral therapy? *Behaviour Research and Therapy,* 6, 1968, 31–36.

Stampfl, T.G. & Levis, D.J.: Learning theory: An aid to dynamic therapeutic practice. In: Eron, L.D. & Callahan, R. (Hrsg.): *Relationship of theory and practice in psychotherapy.* Chicago: Aldine, 1969.

Stampfl, T.G. & Levis, D.J.: *Implosive therapy: Theory and technique.* Morristown, N.J.: General Learning Press, 1973.

Stark, W.: Prävention. Fortschrittsmythos, Allmachtsphantasien, Gefahren und realistische Ansatzpunkte. In: Keupp, H. & Rerrich, D. (Hrsg.): *Psychosoziale Praxis.* München: Urban & Schwarzenberg, 1982, 131–139.

Stefanek, M.E. & Eisler, R.M.: The Current Status of Cognitive Variables in Assertiveness Training. In: Hersen, M., Eisler, R.M. & Miller, P.M. (Hrsg.): *Progress in Behavior Modification. Vol. 15.* New York: Academic Press, 1983.

Stegmüller, W.: *Probleme und Resultate der Wissenschaftstheorie und Analytischen Philosophie. Band I: Erklärung, Begründung, Kausalität.* Berlin: Springer, 1974².

Stein, L.: Chemistry of reward and punishment. In: Effron, D. (Hrsg.): *Psychopharmacology: A Review of Progress.* Washington: U.S. Government Printing Office, 1968, 105–123.

Stein, L.: Possible etiology of schizophrenia: Progressive damage to the noradrenergic reward system by 6-hydroxy-dopamin. *Science,* 1971, 171.

Sterman, M.B.: Neurophysiologic and clinical studies of sensorimotor EEG biofeedback training: some effects on epilepsy. *Seminars in Psych.,* 5, 1973, 507–525.

Sterman, M.B.: Effects of sensorimotor EEG feedback training on sleep and clinical manifestations of epilepsy. In: Beatty, J. (Hrsg.): *Biofeedback and behavior.* New York: Plenum Press, 1976.

Stitzer, M.L., Bigelow, G.E. & McCaul, M.E.: Behavioral Approaches to Drug Abuse. In: Hersen, M., Eisler, R.M. & Miller, P.M. (Hrsg.): *Progress in Behavior Modification. Vol. 14.* New York: Academic Press, 1983.

Storms, M.D. & Nisbett, R.E.: Insomnia and the attribution process. *Journal of Personality and Social Psychology,* 16, 1970, 319–328.

Strian, F.: *Angst. Grundlagen und Klinik.* Berlin: Springer, 1983.

Strong, S.R.: Social psychological approach to psychotherapy research. In: Garfield, S.L. & Bergin, A.E. (Hrsg.): *Handbook of psychotherapy and behavior change. An empirical analysis.* New York: Wiley, 1978.

Strong, S.R.: Emerging integrations on clinical and social psychology: A clinical perspective. In: Weary, G. & Mirels, H.L. (Hrsg.): *Integrations of clinical and social psychology.* New York: Oxford University Press, 1982.

Stuart, R.B.: Token reinforcement in marital treatment. In: Rubin, R.D. & Franks, C.M. (Hrsg.): *Advances in behavior therapy.* New York: Academic Press, 1969.

Stuart, R.B.: *Trick or treatment: How and when psychotherapy fails.* Champaign, Ill.: Research Press, 1970.

Stuart, R.B.: A three-dimensional program for the treatment of obesity. *Behaviour Research and Therapy,* 9, 1971, 177–186.

Stuart, R.B. & Lott, L.A.: Behavior contracting with delinquents: A cautionary note. *Journal of Behavior Therapy and Experimental Psychiatry,* 3, 1972, 161–169.

Suinn, R.M. & Richardson, F.: Anxiety management training. A non-specific behavior therapy program for anxiety control. *Behavioral Therapist,* 2, 1971, 498–510.

Sweet, A.: The therapeutic relationship in behavior therapy. *Clinical Psychology Review,* 4, 1984, 253–272.

Szasz, T.S.: The myth of mental illness. *American Psychologist,* 15, 1960, 113–118.

Szasz, T.S.: *Ideology and Insanity.* New York: Doubleday, 1970 (dt.: *Psychiatrie. Die verschleierte Macht.* Frankfurt am Main: Fischer, 1978).

Tarde, G.: *The laws of imitation.* New York: Holt, Rinehart & Winston, 1903.

Tarpy, R.M.: *Lernen. Experimentelle Grundlagen.* Berlin: Springer, 1979.

Tart, Ch.T.: *Altered States of Consciousness.* New York: Wiley, 1969.

Taylor, F.G. & Marshall, W.L.: Experimental analysis of a cognitive-behavioral therapy for depression. *Cognitive Therapy and Research,* 1, 1977, 59–72.

Teasdale, J.T.: Psychological treatments for depression: How do they work? *Behaviour Research and Therapy,* 23, 1985, 157–165.

Terrace, H.S.: Stimulus control. In: Honig, W.K. (Hrsg.): *Operant behavior.* New York: Appleton-Century, 1966.

Tharp, R.G. & Wetzel, R.J.: *Verhaltensänderungen im gegebenen Sozialfeld.* München: Urban & Schwarzenberg, 1975.

Thoresen, C.E. & Coates, T.J.: Behavioral self-control: Some clinical concerns. In: Hersen, M., Eisler, R.M. & Miller, P.M. (Hrsg.): *Progress in Behavior Modification. Vol. 2.* New York: Academic Press, 1976.

Thoresen, C.E. & Mahoney, M.J.: *Behavioral self-control.* New York: Holt, Rinehart & Winston, 1974.

Thorndike, E.L.: Animal intelligence: An experimental study of the associative processes in animals. *Psychological Review Monographs Supplement,* 2, 1898, 4, Whole No. 8.

Thorpe, G. & Burns, L.: *The Agoraphobic Syndrome.* Chichester: Wiley, 1983.

Tolman, E.C.: *Purposive Behavior in Animals and Men.* New York: Appleton-Century, 1932.

Trexler, L.D. & Karst, J.O.: Rational-emotive therapy, placebo, and no-treatment effects on public-speaking anxiety. *Journal of Abnormal Psychology,* 79, 1972, 60–67.

Tuma, A.H. & Maser, J.D. (Hrsg.): *Anxiety and the anxiety disorders.* Hillsdale, N.J.: Lawrence Erlbaum, 1985.

Turk, D.C. & Genest, M.: Regulation of Pain: The Application of Cognitive and Behavioral Techniques for Prevention and Remediation. In: Kendall, P.C. & Hollon, S.D.(Hrsg.): *Cognitive-Behavioral Interventions. Theory, Research, and Procedures.* New York: Academic Press, 1979.

Turk, D.C., Meichenbaum, D. & Genest, M.: *Pain and behavioral medicine.* New York: The Guilford Press, 1982.

Turk, D.C. & Speers, M.A.: Cognitive schemata and cognitive processes in cognitve-behavioral interventions: Going beyond the information given. In: Kendall, P.C. (Hrsg.): *Advances in cognitive-behavioral research and therapy. Vol. 2.* New York: Academic Press, 1982.

Turkat, I.D. & Forehand, R.: The future of behavior therapy. In: Hersen, M., Eisler, R.M. & Miller, P.M. (Hrsg.): *Progress in Behavior Modification. Vol. 9.* New York: Academic Press, 1980, 1–47.

Twentyman, D.T. & Zimering, R.T.: Behavioral training of social skills: a critical review. In: Hersen, M., Eisler, R.M. & Miller, P.M. (Hrsg.): *Progress in Behavior Modification. Vol. 7.* New York: Academic Press, 1979.

Tyler, V.O. & Brown, G.D.: The use of swift, brief isolation as a group control device for institutionalized delinquents. *Behaviour Research and Therapy,* 5, 1967, 1–9.

Tymchuk, A.J.: Ethical decision making and psychological treatment. *Journal of Psychiatric Treatment and Evaluation,* 3, 1981, 507–513.

Ullmann, L.P.: On cognitions and behavior therapy. *Behavioral Therapist,* 1, 1970, 201–204.

Ullmann, L.P. & Krasner, L.: *Case Studies in Behavior Modification.* New York: Holt, Rinehart & Winston, 1965.

Ullmann, L.P. & Krasner, L.: *A psychological approach to abnormal behavior.* Englewood Cliffs, N.J.: Prentice-Hall, 1969.

Ullrich, R. & Ullrich de Muynck, R.: Implosion, Reizüberflutung, Habituationstraining. In: Kraiker, Ch.: *Handbuch der Verhaltenstherapie.* München: Kindler, 1974.

Ullrich, R. & Ullrich de Muynck, R.: Selbstsicherheit kann man lernen. *Psychologie heute,* 2, 1975, 33–40.

Ullrich, R., Ullrich de Muynck, R., Grawe, K. & Zimmer, D. (Hrsg.): *Soziale Kompetenz. Experimentelle Ergebnisse zum Assertiveness-Training-Programm ATP. Band II: Klinische Effektivität und Wirkfaktoren.* München: Pfeiffer, 1980.

Ullrich de Muynck, R. & Forster, T.: Selbstsicherheitstraining. In: Kraiker, Ch. (Hrsg.): *Handbuch der Verhaltenstherapie.* München: Kindler, 1974.

Ullrich de Muynck, R. & Ullrich, R.: *Das Assertiveness-Training-Programm ATP: Einübung von Selbstvertrauen und sozialer Kompetenz. Teil I.* München: Pfeiffer, 1976.

Ullrich de Muynck, R. & Ullrich, R.: *Der Unsicherheitsfragebogen – Testmanual U.* München: Pfeiffer, 1977.

Urbain, E.S. & Kendall, P.C.: Review of social-cognitive problem-solving interventions with children. *Psychological Bulletin,* 88, 1980, 109–143.

Urban, H.B. & Ford, D.H.: Some historical and conceptual perspectives on psychotherapy and behavior change. In: Bergin, A.E. & Garfield, L.S. (Hrsg.): *Handbook of Psychotherapy and Behavior Change.* New York: Wiley, 1971.

Vaitl, D.: Biofeedback-Einsatz in der Behandlung eines Patienten mit Sinustachykardie. In: Legewie, H. & Nusselt, L. (Hrsg.): *Biofeedback-Therapie.* München: Urban & Schwarzenberg, 1975.

Valins, S. & Nisbett, R.E.: Attribution processes in the development and treatment of emotional disorders. In: Jones, E.E. u.a. (Hrsg.): *Attribution: Perceiving the causes of behavior.* Morristown, N.J.: General Learning Press, 1971.

Vanderwolf, C.H. & Robinson, T.E.: Reticulo-cortical activity and behavior: A critique of arousal theory and a new synthesis. *The Behavioral and Brain Sciences,* 4, 1981, 459–514.

VanEgeren, L.F.: Psychophysiological aspects of systematic desensitization: Some outstanding issues. *Behaviour Research and Therapy,* 9, 1971, 65–77.

Vogl, S.: Modellernen. In: Kraiker, Ch. (Hrsg.): *Handbuch der Verhaltenstherapie.* München: Kindler, 1974.

Vygotsky, L.S.: *Thought and language.* New York: Wiley, 1962 (erstmals: 1934; dt.: *Denken und Sprechen.* Frankfurt: Fischer, 1969).

Wagner, A.R.: Frustrative nonreward: A variety of punishment. In: Campbell, B.A. & Church, R.M. (Hrsg.): *Punishment and aversive behavior.* New York: Appleton-Century, 1969.

Wagner, I.: *Aufmerksamkeitstraining mit impulsiven Kindern.* Stuttgart: Klett, 1976.

Wallace, C.J. & Elder, J.P.: Statistics to Evaluate Measurement Accuracy and Treatment Effects in Single-Subject Research Designs. In: Hersen, M., Eisler, R.M. & Miller, P.M. (Hrsg.): *Progress in Behavior Modification. Vol. 10.* New York: Academic Press, 1980.

Walls, R.T., Werner, T.J., Bacon, A. & Zane, T.: Behavior Checklists. In: Cone, D. & Hawkins, R.P. (Hrsg.): *Behavioral assessment: New directions in clinical psychology.* New York: Brunner/Mazel, 1977, 77–146.

Walters, G.C. & Gruse, J.E.: *Punishment.* San Francisco: W.H. Freeman, 1977.

Ward, L.Ch.: Behavior therapy and ethics. A response to Kitchener. *Journal of Consulting and Clinical Psychology,* 48, 1980, 646–648.

Watson, D.L. & Tharp, R.G.: *Self-directed behavior: Self-modification for personal adjustment.* Monterey, Calif.: Brooks-Cole, 1972.

Watson, J.B.: Psychology as the behaviorist views it. *Psychological Review,* 20, 1913, 158–177.

Watson, J.B. & Rayner, R.: Conditioned emotional reactions. *Journal of Experimental Psychology,* 3, 1920, 1–14.

Watson, L.S.: *Child behavior modification: A manual for teachers, nurses, and parents.* New York: Pergamon Press, 1973.

Weary, G. & Mirels, H.L. (Hrsg.): *Integrations of clinical and social psychology.* New York: Oxford University Press, 1982.

Weathers, L. & Liberman, R.P.: Contingency contracting with families of delinquent adolescents. *Behavioral Therapist,* 6, 1975, 356–366.

Weidel, W.: Kybernetik und psychophysisches Grundproblem. *Kybernetik I.*, 1962, 165–170.

Weiner, B.: *Achievement motivation and attribution theory.* Morristown, N.J.: General Learning Press, 1974.

Weiner, B.: *Theorien der Motivation.* Stuttgart: Klett, 1976 (Orig.: *Theories of motivation: From mechanism to cognition.* New York: Markham, 1972).

Weiner, B.: An Attributional Theory of Achievement Motivation and Emotion. *Psychological Review,* 92, 1985, 548–573.

Weiss, T. & Engel, B.T.: Operant conditioning of heart rate in patients with premature ventricular contractions. *Psychosomatic Medicine,* 33, 1971, 301–321.

Wender, P.H. & Wender, E.H.: *Das hyperaktive Kind und das Kind mit Lernstörungen. Ein Handbuch für Erzieher, Kinderärzte und Psychologen.* Ravensburg: Otto Maier Verlag, 1980.

Wengle, E.M.: Die Systematische Desensibilisierung. In: Kraiker, Ch. (Hrsg.): *Handbuch der Verhaltenstherapie.* München: Kindler, 1974.

Westmeyer, H.: *Kritik der psychologischen Unvernunft. Probleme der Psychologie als Wissenschaft.* Stuttgart: Kohlhammer, 1973.

Westmeyer, H.: Verhaltenstherapie: Anwendung von Verhaltenstheorien oder kontrollierte Praxis? Möglichkeiten und Probleme einer theoretischen Fundierung der Verhaltenstherapie. In: Westmeyer, H. & Hoffmann, N. (Hrsg.): *Verhaltenstherapie: Grundlegende Texte.* Hamburg: Hoffmann & Campe, 1977.

Westmeyer, H.: Wissenschaftstheoretische Grundlagen der Einzelfallanalyse. In: Petermann, F. & Hehl, F.J. (Hrsg.): *Einzelfallanalyse.* München: Urban & Schwarzenberg, 1979a.

Westmeyer, H.: Die rationale Rekonstruktion einiger Aspekte psychologischer Praxis. In: Albert, H. & Stapf, K.H. (Hrsg.): *Theorie und Erfahrung. Beiträge zur Grundlagenproblematik in den Sozialwissenschaften.* Stuttgart: Klett, 1979b.

Westmeyer, H.: Von den Schwierigkeiten, ein Behaviorist zu sein oder: Auf der Suche nach einer behavioristischen Identität. In: Lenk, H. (Hrsg.): *Handlungstheorien – interdisziplinär. Band 3.* München: Fink, 1981a.

Westmeyer, H.: Allgemeine methodologische Probleme der Indikation in der Psychotherapie. In: Baumann, U. (Hrsg.): *Indikation zur Psychotherapie. Perspektiven für Praxis und Forschung.* München: Urban & Schwarzenberg, 1981b.

Westmeyer, H.: Diagnostik und therapeutische Entscheidung: Begründungsprobleme. In: Jüttemann, G. (Hrsg.): *Neue Aspekte klinisch-psychologischer Diagnostik.* Göttingen: Hogrefe, 1984, 77–101.

Westmeyer, H. & Hoffmann, N. (Hrsg.): *Verhaltenstherapie. Grundlegende Texte.* Hamburg: Hoffmann & Campe, 1977.

Wheeler, L.: Toward a theory of behavioral contagion. *Psychological Review,* 73, 1966, 179–192.

Whitehead, A.: Psychological treatment of depression: A review. *Behaviour Research and Therapy,* 17, 1979, 495–509.

Wicklund, R.A. & Brehm, J.W.: *Perspectives on cognitive dissonance.* Hillsdale, N.J.: Lawrence Erlbaum, 1976.

Wickramasekera, I.E.: Instructions and EMG feedback in systematic desensitization: a case report. *Behavioral Therapist,* 3, 1972, 4, 0–465.

Wikler, A.: Einige lerntheoretische Überlegungen zum Problem der Drogenabhängigkeit. In: Ferst, R. & Kraemer, S. (Hrsg.): *Abhängigkeiten. Ansätze zur Verhaltensmodifikation.* München: Urban & Schwarzenberg, 1976.

Wilson, G.D.: Funktion. In: Arnold, W., Eysenck, H.-J. & Meili, R. (Hrsg.): *Lexikon der Psychologie.* Freiburg: Herder, 1971, 662.

Wilson, G.T.: Toward specifying the „nonspecific" factors in behavior therapy. In: Mahoney, M.J. (Hrsg.): *Psychotherapy process.* New York: Plenum Press, 1980.

Wilson, G.T.: Praktische Probleme und Verfahren der angewandten Verhaltenstherapie. In: Franks, C.M. u.a.: *Jahresrückblick der Verhaltenstherapie. Theorie und Praxis. Band 9. Forum für Verhaltenstherapie und psychosoziale Praxis, Band 7.* Tübingen: DGVT, 1985 (Orig.: *Annual Review of Behavior Therapy – Theory and Practice, Volume 9.* New York: The Guilford Press, 1983).

Wilson, G.T. & Davison, G.C.: Processes of fear reduction in systematic desensitization. *Psychological Bulletin,* 76, 1971, 1–14.

Wilson, F.E. & Evans, I.N.: The reliability of target-behavior selection in behavioral assessment. *Behavioral Assessment,* 5, 1983, 15–32.

Wilson, G.T. & Thomas, M.G.W.: Self versus drug-produces relaxation and the effects of instructional set in standardized systematic desensitization. *Behaviour Research and Therapy,* 11, 1973, 279–288.

Wilson, G.T. & Evans, I.M.: The therapist-client relationship in behavior therapy. In: Gurman, A.S. & Razin, A.M. (Hrsg.): *Effecitve psychotherapy.* Oxford: Pergamon Press, 1977.

Wimmer, H. & Perner, J.: *Kognitionspsychologie.* Stuttgart: Kohlhammer, 1979.

Windheuser, J.: *Mütter als Modelle für Angst und Angstbewältigung.* Bochum: Unveröffentlichte Dissertation, 1976.

Winett, R.A.: Behavioral community psychology: Some thoughts on current status and realistic expectations. *The Behavior Therapist,* 2, 1979, 2, 14–15.

Winett, R.A.: Cognitive perspectives: Dangers of neglecting the context. *Behavioral Counseling and Community Interventions,* 3, 1983, 7–11.

Wise, R.A.: Neuroleptics and operant behavior: The anhedonia hypothesis. *The Behavioral and Brain Sciences,* 5, 1982, 39–87.

Wittchen, H.-U. & Fichter, M.M.: *Psychotherapie in der Bundesrepublik.* Weinheim: Beltz, 1980.

Wittgenstein, L.: *Tractatus logico-philosophicus.* Frankfurt am Main: Schriften, 1960, 7–83.

Wolpe, J.: Experimental neuroses as learned behavior. *British Journal of Medical Psychology,* 43, 1952, 243–268.

Wolpe, J.: *Psychotherapy by Reciprocal Inhibition.* Stanford: Stanford University Press, 1958.

Wolpe, J.: Learning therapies. In: Howles, J.G. (Hrsg.): *Modern perspective in world psychiatry.* Edinburgh, 1968, 557–576.

Wolpe, J.: *The Practice of Behavior Therapy.* New York: Pergamon Press, 1969 (dt.: *Praxis der Verhaltenstherapie.* Bern, 1972).

Wolpe, J.: *The practice of behavior therapy.* Oxford: Pergamon Press, 1973².

Wolpe, J.: Behavior therapy and its malcontents I.: Denial of its bases and psychodynamic fusionism. *Journal of Behavior Therapy and Experimental Psychiatry,* 7, 1976a, 1–5.

Wolpe, J.: Behavior therapy and its malcontents II.: Multimodal eclecticism, cognitive exclusivism and „exposure" empiricism. *Journal of Behavior Therapy and Experimental Psychiatry,* 7, 1976b, 109–116.

Wolpe, J. & Lazarus, A.A.: *Behavior Therapy Techniques.* Oxford: Pergamon Press, 1966.

Wolpe, J. & Rachman, S.: Psychoanalytic evidence: a critique based on Freud's case of little Hans. In: Rachman, S. (Hrsg.): *Critical essays on psychoanalysis.* Oxford: Pergamon Press, 1960.

Wundt, W.: *Grundriß der Psychologie.* Leipzig: Engelmann, 1896.

Wygotski, L.S.: *Denken und Sprechen.* Frankfurt am Main, 1972 (erstmals 1934).

Yates, A.J.: *Theory and practice in behavior therapy.* New York: Wiley, 1975.

Yates, A.J.: Research methods in behavior modification: A comparative evaluation. In: Hersen, M., Eisler, R.M. & Miller, P.M. (Hrsg.): *Progress in Behavior Modification. Vol. 2.* New York: Academic Press, 1976.

Yulevich, L. & Axelrod, S.: Punishment: A concept that is no longer necessary. In: Hersen, M., Eisler, R.M. & Miller, P.M. (Hrsg.): *Progress in Behavior Modification. Vol. 14.* New York: Academic Press, 1983.

Zajonc, R.B.: Social facilitation in cockroaches. In: Simmel, E.C., Hoppe, R.A. & Milton, G.A. (Hrsg.): *Social facilitation and imitative behavior.* Boston: Allyn & Bacon, 1968.

Zettle, R.D. & Hayes, S.C.: Conceptual and empirical status of rational-emotive therapy. In: Hersen, M., Eisler, R.M. & Miller, P.M. (Hrsg.): *Progress in Behavior Modification. Vol. 9.* New York: Academic Press, 1980.

Zielke, M. & Kopf-Mehnert, C.: *Der Veränderungsfragebogen des Erlebens und Verhaltens (VEW).* Weinheim: Beltz, 1978.

Zimmer, D.: Die Entwicklung des Begriffs der Selbstsicherheit und sozialen Kompetenz in der Verhaltenstherapie. In: Ullrich, R. & Ullrich de Muynck, R. (Hrsg.): *Soziale Kompetenz: Experimentelle Ergebnisse zum Assertiveness-Training-Programm ATP. Bd. 1.* München: Pfeiffer, 1978.

Zimmer, D. (Hrsg.): *Die therapeutische Beziehung.* Weinheim: Edition Psychologie, 1983a.

Zimmer, D.: Die Therapeut-Klient-Beziehung in der Verhaltenstherapie. In: Zimmer, D. (Hrsg.): *Die therapeutische Beziehung.* Weinheim: Edition Psychologie, 1983b.

Zimmer, D.: *Die Gestaltung der therapeutischen Beziehung in der Verhaltenstherapie – Gedanken zur Problemstellung.* Vortrag auf der 15. Jahrestagung der Europäischen Gesellschaft für Verhaltenstherapie. München, 1985.

Zimmer, D. & Fiedler, P.A.: Verhaltenstherapeutische Gruppen. Neue Möglichkeiten – Neue Probleme. *Mitteilungen der GVT,* 7, 1975, 19–31.

# Englisch-deutsches Fachwortverzeichnis

| | |
|---|---|
| acquisation | Aneignung |
| activating event | aktivierendes Ereignis |
| assertiveness | Selbstsicherheit |
| baseline | Grundrate |
| behavioral analysis | Verhaltensanalyse |
| behavioral community psychology | verhaltensorientierte Gemeindepsychologie |
| behavioral medicine | Verhaltensmedizin |
| behavior therapy | Verhaltenstherapie |
| belief | Gedanke, Vorstellung, Annahme, Interpretation, auch Bewertung |
| belief system | Einstellungs-, Meinungs-, Glaubenssystem |
| Bereavement Therapy | bereavement = schmerzlicher Verlust, Trauerfall |
| chaining | Verhaltensverkettung |
| cognitive behavior modification | kognitive Verhaltensmodifikation |
| cognitive behavior therapy | kognitive Verhaltenstherapie |
| cognitive modeling | Modellernprozesse auf kognitiver Ebene |
| community psychology | Gemeindepsychologie |
| compliance | Einwilligung, bereitwilliges Befolgen von therapeutischen Maßnahmen |
| conditioned response | konditionierte Reaktion |
| conditioned stimulus | konditionierter Reiz |
| consequence | Konsequenz |
| contingency contracting | Kontingenzvertrag (zwischen Therapeut und Klient) |
| coping | bewältigend |
| covert conditioning | verdecktes Konditionieren |
| covert extinction | verdeckte Löschung |
| covert modeling | verdecktes Modellernen |
| covert sensitization | verdeckte Sensibilisierung |
| defensive reflex | Verteidigungs-, Defensivreaktion |
| denial | Leugnung |
| efficacy expectations | Effizienzerwartung |
| emotive imagery | auf Emotionen ausgerichtete Vorstellungsübung; etwa: Verfahren des emotionsbesetzten Vorstellens |
| evoked reaction | ausgelöste Reaktion |
| evoking stimulus | auslösender Reiz |
| exposure | Aussetzen, Ausgesetztsein |
| exposure prevention | Expositionsverhinderung |
| expressive training | Ausdruckstraining |
| fading | graduelles Ausblenden von Hilfsstimuli |
| fixed-role therapy | Ausprobieren vorher festgelegter Rollen |
| flooding | Reizüberflutung |
| follow up | Nachkontrolluntersuchung |
| Health-Belief-Model | Annahmen und Erklärungen des Patienten über bzw. für seine Störung; etwa: Modell der Störungsursachen |
| high probability behavior | Verhalten mit hoher Auftrittswahrscheinlichkeit |
| home based treatment | Behandlung, bei der eine Übertragung des Gelernten auf den Alltag des Klienten stattfindet |

| | |
|---|---|
| implosion | Verfahren, bei dem Angststimuli in der Vorstellung, jedoch in voller Intensität und zum Teil ins Unrealisitsche übersteigert, dargeboten werden |
| informed consent | informierte Zustimmung |
| inner event | inneres Ereignis |
| low probability behavior | Verhaltensweise mit niedriger Auftrittshäufigkeit |
| mastery | gut beherrschend |
| nocive response | emotionale schädigende Reaktion |
| no-trial learning | Lernen durch Beobachtung ohne Einübung |
| performance | Ausführung |
| personal scientist | Idealvorstellung von einer Person mit genauen rationalen Kenntnissen über sich selbst |
| pleasure giving techniques | Techniken, die dem Klienten gezielt Freude bereiten sollen |
| prepared | in etwa: prädisponiert |
| preparedness | Bereitschaft |
| prompting | Hilfestellung |
| reinforcement | Bekräftigung |
| response | Reaktion |
| response cost | operantes Bestrafungsverfahren, bei dem bereits erhaltene generalisierte Verstärker (Token, Geld) für unangemessenes Verhalten entzogen werden |
| response covariation | Verhaltenskovariation |
| response prevention | Reaktionsverhinderung |
| self-efficacy | Selbsteffizienz |
| self-evaluation | Selbstbewertung |
| self-monitoring | Selbstüberwachung, Selbstbeobachtung |
| self-reinforcement | Selbstverstärkung |
| self-report | Eigenbericht |
| shaping | Verhaltensformung |
| stimulus | Reiz |
| subjective units of disturbance | subjektiver Wert auf einer gedachten Einschätzskala der Beeinträchtigung |
| target behavior, response | Zielverhalten, -reaktion |
| time out | vorübergehender Verstärkerentzug |
| token economies | Münz-/Eintausch-Verstärkungssystem |
| top items | vom Klienten am meisten gefürchtete Items einer Angsthierarchie |
| trait | Eigenschaft |
| treatment validity | Behandlungsvalidität |
| unconditioned response | unkonditionierte Reaktion |
| unconditioned stimulus | unkonditionierter Reiz |

# Abkürzungsverzeichnis

| | |
|---|---|
| AABT | Association for Advancement of Behavior Therapy |
| A-B-C-Theorie | Theorie von Albert Ellis<br>A = activating event<br>B = belief system bzw. belief<br>C = consequence |
| ANS | autonomes Nervensystem |
| ARAS | aufsteigendes retikuläres Aktivierungssystem |
| ATP | Assertiveness-Training-Programm |
| AV | abhängige Variable |
| BP | blood pressure |
| $C^+$ | positive Verstärkung |
| $C^{\not+}$ | indirekte Bestrafung |
| $C^-$ | direkte Bestrafung |
| $C^{\not-}$ | negative Verstärkung |
| CR | konditionierte Reaktion (conditioned response) |
| CS | konditionierter Reiz (conditioned stimulus) |
| DR | Verteidigungsreaktion (defensive reflex) |
| DSM III | Diagnostic and Statistical Manual of Mental Disorders (3. Version) |
| ECoG | Elektrocorticogramm |
| EDA | elektrodermale Aktivität |
| EEG | Elektroencephalogramm |
| EKG | Elektrokardiogramm |
| EMG | Elektromyogramm |
| ER | ausgelöste Reaktion (evoked response) |
| ES | auslösender Reiz (evoking stimulus) |
| HBM | Health-Belief-Model |
| HPB | high probability behavior |
| HR | Herzrate |
| ICD-Schlüssel | Diagnoseschlüssel und Glossar psychiatrischer Krankheiten der WHO (= International Classification of Diseases) |
| LPB | low probability behavior |
| NR | nocive response |
| NS | Nervensystem |
| OR | Orientierungsreaktion |
| R | Reaktion (response) |
| $R\uparrow$ | Erhöhung der Auftrittshäufigkeit von Verhalten |
| $R\downarrow$ | Senkung der Auftrittshäufigkeit von Verhalten |
| $R^+$ | Zielverhalten |
| $R^-$ | Problemverhalten |
| $R'$ | Alternativverhalten |
| S | Reiz (stimulus) |
| $S^D$, $S^\Delta$ | diskriminativer Reiz (Stimulus) |
| SD | Systematische Desensibilisierung |
| S-O-R-C-K-Verhaltensgleichung | Die Verhaltensgleichung beinhaltet die für eine Verhaltensanalyse als notwendig betrachteten Komponenten:<br>S = Reiz (stimulus)<br>O = Organismus (organism)<br>R = Reaktion (response)<br>C = Konsequenz (consequence)<br>K = Kontingenz |
| SMR | sensomotorischer Rhythmus |
| SUD | subjective units of disturbance (subjektiver Wert auf einer gedachten Einschätzskala der Beeinträchtigung) |
| TOTE-Einheit | **T**est-**O**perate-**T**est-**E**xit-Einheit |
| UCR | unkonditionierte Reaktion (unconditioned response) |
| UCS | unkonditionierter Reiz (unconditioned stimulus) |
| UV | unabhängige Variable |
| VT | Verhaltenstherapie |
| VTP | Verhaltenstrainingsprogramm zum Aufbau sozialer Kompetenz |
| ZNS | Zentralnervensystem |
| ZV | Zielverhalten |

# Personenregister

(Autoren-Angaben im Literaturverzeichnis wurden nicht berücksichtigt.)

# Sachregister

# Zu den Autoren

Dr. Thomas Heyden
wissenschaftlicher Angestellter am Psychologischen Institut der Westfälischen-Wilhelms-Universität Münster, Abteilung für Klinische Psychologie.
Arbeits- und Forschungsschwerpunkte: Psychologische Intervention, psychosoziale Versorgung, Suchtverhalten, Schlafforschung.
Anschrift: Psychologisches Institut der Universität Münster
Schlaunstr. 2
4400 Münster

Prof. Dr. Hans Reinecker
Lehrstuhlinhaber für Klinische Psychologie an der Universität Bamberg.
Arbeits- und Forschungsschwerpunkte: Grundlagen klinischer Psychologie, insbesondere Verhaltenstherapie und kognitive Verfahren in der Verhaltenstherapie. Prozeßforschung therapeutischer Änderungen, Ängste, Zwänge, psychosomatische Störungen.
Anschrift: Lehrstuhl Psychologie III, Universität Bamberg
Steinertstr. 1
8600 Bamberg

Prof. Dr. Dietmar Schulte
Lehrstuhlinhaber für Klinische Psychologie an der Fakultät für Psychologie der Ruhr-Universität Bochum.
Arbeits- und Forschungsschwerpunkte: Verhaltenstherapie, insbesondere Problemanalyse und verhaltenstherapeutische Diagnostik, Indikationsforschung, Motivation des Hilfesuchens, Behandlung phobischer Ängste.
Anschrift: Fakultät für Psychologie, Ruhr-Universität Bochum
Postfach 10 21 48
4630 Bochum 1

Prof. Dr. Hardo Sorgatz
Professor für Klinische Psychologie am Institut für Psychologie der Technischen Hochschule Darmstadt.
Arbeits- und Forschungsschwerpunkte: Psychologische Intervention, Psychophysiologie, Schmerzforschung, Schizophrenie, Psychopharmakologie.
Anschrift: Institut für Psychologie, Technische Hochschule Darmstadt
Steubenplatz 12
6100 Darmstadt

Redaktionskommission der DGVT
Irmtraud Beerlage, Franz Caspar, Gabi Elke, Steffen Fliegel, Alexa Franke, Ingrid Jost
c/o DGVT, Postfach 1343, 7400 Tübingen

# Deutsche Gesellschaft für Verhaltenstherapie e.V. (DGVT)

| | |
|---|---|
| Sitz: | Tübingen |
| Geschäftsstelle: | Neckarhalde 55<br>Postfach 1343<br>7400 Tübingen<br>Telefon: 07071/41211<br>Telefax: 07071/45021 |
| Konten (Verein): | Volksbank Tübingen, BLZ 64190110<br>Konto-Nr. 19706014<br>Postgiroamt Stuttgart, BLZ 60010070<br>Konto-Nr. 282585-709 |
| Konten (Literaturkauf): | Volksbank Tübingen, BLZ 64190110<br>Konto-Nr. 19706022<br>Postgiroamt München, BLZ 70010080<br>Konto-Nr. 134947-807 |
| Vorstandsmitglieder:<br>– Stand 2/92 – | Gerhard Brückner<br>Cornelia Paulus<br>Peter Schulz<br>Ute Sonntag<br>Bernd Stefanides |

Aus- und Weiterbildungskommission, Anerkennungskommission und Redaktionskommission sind über die Adresse der Geschäftsstelle zu erreichen.

## Wer ist die DGVT?

In der DGVT sind gegenwärtig über 6000 Mitglieder aus unterschiedlichen psychosozialen Berufsgruppen organisiert. Sie wurde 1968 als Gesellschaft zur Förderung der Verhaltenstherapie (GVT) gegründet und gab sich 1976 nach dem Zusammenschluß mit dem Deutschen Berufsverband der Verhaltenstherapeuten (DBV) den Namen DGVT.

## Welche Ziele hat die DGVT?

Satzungsgemäß tritt die „DGVT ein für die Verwirklichung einer psychosozialen Versorgung, die den Interessen der Bevölkerung entspricht. Im Vordergrund stehen Maßnahmen präventiver Art, die auf die Veränderung krankmachender Umweltbedingungen abzielen".

Im Rahmen dieser allgemeinen gesundheitspolitischen Zielsetzungen setzt sich die DGVT für die „Förderung der Verhaltenstherapie und -modifikation in Forschung, Lehre und Praxis ein".

Die DGVT vertritt ein sozialwissenschaftliches Krankheitsmodell, das die sozialen Bedingungen psychischer Störungen in den Vordergrund stellt.

Der Einsatz von Methoden zur Verhütung und Behandlung von psychischen Störungen auf der Grundlage der empirischen Verhaltens- und Sozialwissenschaften setzt, um effektiv zu sein, die Schaffung gemeindenaher psychosozialer Einrichtungen mit klar beschriebenen Versorgungsaufträgen voraus. Neue Finanzierungsmöglichkeiten müssen dafür entwickelt werden. Damit auch präventive Arbeit bezahlt werden kann, dürfen Finanzierungsmodalitäten nicht nur am Einzelfall orientiert sein.

Da es für BeraterInnen und TherapeutInnen schwierig ist, alle Bedingungen psychischen Leidens in der präventiven, therapeutischen und rehabilitativen Praxis zu berücksichtigen, ist eine berufsübergreifende Teamarbeit notwendig.

## Wie ist die DGVT aufgebaut?

Der Verein ist bundesweit organisiert. Die Verbandsorgane werden von der Mitgliederversammlung jeweils für die Dauer von zwei Jahren gewählt. Zu den Aufgaben des **Vorstandes** gehört es, die Ziele des Vereins nach innen und außen zu vertreten. Er ist der **Mitgliederversammlung** gegenüber verantwortlich, die mindestens einmal jährlich einberufen wird.

Die **Aus- und Weiterbildungskommission** (AWK) hat den satzungsgemäßen Auftrag, Lernziele und Curricula für Aus-, Fort- und Weiterbildung im psychosozialen Bereich zu erarbeiten und Fort- und Weiterbildungsveranstaltungen durchzuführen.

Die **Anerkennungskommission** (ANK) entscheidet über die Anträge zur Anerkennung der Fort- und Weiterbildung nach den gültigen Richtlinien. Sie ist mit der ständigen Weiterentwicklung der Anerkennungskriterien befaßt und stimmt diese mit der AWK ab.

Die **Redaktionskommission** (RDK) hat laut Satzung die Aufgabe, die Zeitschrift **Verhaltenstherapie und psychosoziale Praxis** (VPP) sowie die Veröffentlichungsreihen und einzelne Publikationen des **DGVT-Verlages** herauszugeben. Seit 1984 wird die Arbeit der RDK von einem **wissenschaftlichen Beirat** beratend unterstützt. Die vierteljährlich erscheinende Fachzeitschrift VPP ist gleichzeitig das Mitteilungsorgan der DGVT.

Mitgliederversammlung und Vorstand können für besondere Aufgaben **Arbeitsgruppen** einsetzen. Wichtige Gruppen waren z.B. die Berufsverbote-, die Arbeitslosen- und die gesundheitspolitische Kommission.

Seit mehreren Jahren besteht die Arbeitsgemeinschaft **„Frauen in der psychosozialen Versorgung"**. Die AG will auf die besondere Situation von Frauen im psychosozialen Bereich aufmerksam machen. Dabei ist die Diskriminierung in der psychologisch/therapeutischen Theorie und Praxis ein wichtiger Ansatzpunkt, ebenso auch die Diskriminierung von Frauen in ihrer konkreten Arbeitssituation. Ein weiteres Ziel ist es, die Frauenforschung im psychosozialen Bereich zu unterstützen.

Seit 1990 besteht die Arbeitsgruppe **„Gesundheits- und Sozialpolitik"**. Sie möchte die sozial- und gesundheitspolitische Diskussion innerhalb der DGVT (aber auch nach außen) anregen. Sie hat Kriterien erarbeitet, die als Anforderungen an eine angemessene Versorgung angelegt werden können (müssen?).

**deutsche gesellschaft für verhaltenstherapie e.v.**

Geschäftsstelle: Neckarhalde 55 · 7400 Tübingen · Telefon (07071) 41211 · Telefax (07071) 45021

## BEITRITTSERKLÄRUNG

Hiermit erkläre ich gegenüber dem Vorstand der DGVT meinen Beitritt zur DGVT gemäß § 5 der DGVT-Satzung ab ______________

Bearbeitungsvermerke:

| | |
|---|---|
| Mitglieds-nummer | |
| Beitrag | |

______________________ ______________________
Ort, Datum Unterschrift

______________________________________________
Zuname, Vorname

______________________________________________
PLZ, Ort Straße

______________________ ______________________
Beruf bzw. bei Studenten Fachrichtung Geburtsdatum

| | |
|---|---|
| Eingabe | |
| Belast. | |
| Bestät. | |

Für Beitragsermäßigung bitte **Studien-/Arbeitslosenbescheinigung** bzw. **Teilzeitbeschäftigungsnachweis** beilegen!

Ich bin Mitglied im Arbeitskreis ______________________ seit ______________

Falls Sie keine Einzugsermächtigung erteilen, möchten wir Sie bitten, den Mitgliedsbeitrag erst nach Erhalt der Mitgliedschaftsbestätigung unter Angabe Ihrer Mitgliedsnummer zu bezahlen.

Bestand früher eine Mitgliedschaft? ○ ja Mitgl.-Nr.: ______________ ○ nein

# EINZUGSERMÄCHTIGUNG

Hiermit ermächtige ich die DGVT (Deutsche Gesellschaft für Verhaltenstherapie) e.V. bis auf Widerruf, den von mir zu entrichtenden Jahresbeitrag an die DGVT jährlich mittels Lastschrift einzuziehen bei

________________________________________

genaue Bezeichnung des kontoführenden Kreditinstitutes

Bankleitzahl

Kontonummer

Wenn mein Konto nicht die erforderliche Deckung aufweist, besteht seitens des obigen Kreditinstitutes keine Verpflichtung zur Einlösung.

Name

Unterschrift

PLZ, Ort

Datum

Straße

**Bitte beachten Sie unsere organisatorischen Informationen zur Einzugsermächtigung!**

## Mitgliedschaft in der DGVT

Mitglieder sind vorrangig Personen, die im psychosozialen Bereich in Praxis, Forschung und Lehre tätig sind bzw. sich in einer entsprechenden Ausbildung befinden.

Der jährliche Mitgliedsbeitrag beträgt z.Z. (1992) für Berufstätige 180,– DM, für Teilzeitbeschäftigte bis 20 Std./Woche Arbeitszeit 110,– DM, für Studenten/Arbeitslose 80,– DM pro Jahr. Für die Beitragsermäßigung muß jedes Jahr ein entsprechender Nachweis erbracht werden. Der Beitrag ist erst nach Beitrittsbestätigung unter Angabe der Mitgliedsnummer zu bezahlen.

## Die DGVT bietet ihren Mitgliedern:

***Informationen:***

„Verhaltenstherapie und psychosoziale Praxis"
Diese Zeitschrift erscheint vierteljährlich und wird den Mitgliedern kostenlos zugesandt. (Nichtmitglieder können sie für 20,– DM pro Heft bei der Geschäftsstelle gegen Vorauskasse anfordern.) Sie informiert über die Praxis der Verhaltensmodifikation, über Neuheiten auf dem Zeitschriften- und Büchermarkt, und sie soll ein Diskussionsforum zur Gesundheitspolitik und zur Aus-, Fort- und Weiterbildung psychosozialer Berufsgruppen sein. Sie soll die Klammer zwischen der psychosozialen Praxis der Mitglieder und der wissenschaftlichen Diskussion bilden. Studentische Mitglieder finden im „Forum Hochschule" zusätzliche Informationen und eine Plattform, um ihre Aktivitäten darzustellen.

„Forum für Verhaltenstherapie und psychosoziale Praxis"
Besonders wichtige Arbeiten zu diesen Themen erscheinen in dieser Schriftenreihe. Hefte dieser Reihe und ein Verzeichnis aller derzeit lieferbaren Titel sind bei der Geschäftsstelle anzufordern und sind für Mitglieder verbilligt zu beziehen.

***Kontakte:***

Die DGVT hält durch Geschäftsstelle, AWK, ANK und RDK sowie über die regionalen AKs Kontakt zu ihren Mitgliedern. Für Auskünfte über regionale AKs und Ausbildungsfragen ist die AWK zuständig. Auskünfte zur Anerkennung der Weiterbildung in VT erteilt die ANK. Für Fragen, die die Zeitschrift der DGVT betreffen, wendet man sich an die RDK. Mitgliedsfragen, Adressennachfragen und alles weitere regelt die Geschäftsstelle. Über sie sind auch die Mitglieder des Vorstandsteams zu erreichen.

***Forschungsunterstützung und Projektförderung:***

Die DGVT unterstützt durch Publikationen und – soweit es die Finanzlage des Vereins erlaubt – durch finanzielle Zuschüsse Forschungsvorhaben und Projekte aus den Gebieten der Psychotherapieforschung und der Weiterentwickung der psychosozialen Praxis.

# Reihe „Forum für Verhaltenstherapie und psychosoziale Praxis"

**Forum 2:** Renaud van Quekelberghe / Norbert van Eickels
**Handlungstheorien, Tätigkeitstheorie und Psychotherapie**
*Tübingen 1982, 193 S., kt., 17,– DM f. Mitglieder / 23,– DM f. Nichtmitglieder*
*ISBN 3-922686-51-6*
In diesem Band werden verschiedene Beiträge zu theoretischen und methodischen Problemen klinisch-psychologischer Wissenschaft und Praxis dokumentiert. Das Buch entstand aus den Referaten und Diskussionen eines Symposiums zu handlungstheoretischen Perspektiven in der Klinischen Psychologie, das im Mai 1981 in Landau stattfand.

**Forum 3:** M. Bärsch / J. Herl / B. Röhrle / H. Willershäuser
**Skizzen zur ambulanten psychosozialen Versorgung**
*Tübingen 1982, 279 S., kt., 24,– DM f. Mitglieder / 32,– DM f. Nichtmitglieder*
*ISBN 3-922686-52-4*
In diesem Band wird ein Überblick über die derzeitige Situation der ambulanten psychosozialen Versorgung gegeben, auch in Bereichen, die in der Enquete nur wenig berührt sind. Es wird über Initiativen zur Verbesserung der ambulanten Versorgung berichtet und diese kritisch bewertet.
Für eine optimale ambulante psychosoziale Versorgung werden Kriterien erarbeitet, vor allem aber wird ein Überblick über alternative ambulante Dienste gegeben (sozialpsychiatrische Dienste mit verschiedener Trägerschaft, gemeindepsychologisch orientierte Beratungsstellen, psychosoziale Kontaktstellen, Kriseninterventionsdienste, Gesundheitszentren und Gruppenpraxen). Im Anhang befindet sich ein Dokumentationsteil mit Adressen, Erfahrungsberichten, Gesetzesauszügen und wichtigen Dokumenten.

**Forum 5:** Bernie Zilbergeld
**Männliche Sexualität** – Was (nicht) alle schon immer über Männer wußten ...
*Tübingen 1983, 18. Auflage 1990, 280 S., kt., 22,– DM f. Mitglieder / 29,– DM f. Nichtmitglieder*
*ISBN 3-922686-64-8*
Der Band, der sich sowohl dem Laien als auch dem professionell Interessierten anbietet, beschränkt sich in seinen Informationen und Anleitungen nicht auf bloße Regieanweisungen, sondern stellt mit teilweise drastischen Veranschaulichungen gängige Stereotypen in Frage, konfrontiert den Leser mit den überraschend durchsetzungsstarken Leistungsnormen der pornographischen Literatur und versucht, denen ein differenziertes (Manns-)Bild der sexuellen Genußfähigkeit entgegenzusetzen. Ein Buch, das verständlich geschrieben ist und sich so auch als therapiebegleitende Lektüre eignet.

**Forum 6:** H. Zygowski (Hrsg.)
**Erziehungsberatung in der Krise. Analysen und Erfahrungen.**
*Tübingen 1984, 207 S., kt., 19,– DM f. Mitglieder / 25,– DM f. Nichtmitglieder*
*ISBN 3-922686-65-6*
Nicht allein die staatlichen Mittelkürzungen im Sozialbereich entziehen der institutionellen Erziehungsberatung zunehmend die Grundlage. Auch Konzepte und Methoden der Erziehungsberatung bedürfen einer kritischen Überprüfung. Die Beiträge dieses Bandes
- geben einen Überblick über Geschichte, Funktion und Organisationsstruktur institutioneller Erziehungsberatung;
- analysieren Beratung, Testdiagnostik und Familientherapie;
- vermitteln Hintergründe zu den Zugangsproblemen von Unterschichtfamilien, dem Fehlen politischer Zielsetzungen und der „Verkrankung" abweichender Verhaltensweisen von Kindern;
- stellen Überlegungen zur konzeptuellen Weiterentwicklung von Erziehungsberatungsstellen und zur Neustrukturierung dieses Versorgungsbereiches an.

**Forum 7:** C.M. Franks / G.T. Wilson / P.C. Kendall / K.D. Brownell
**Jahresüberblick der Verhaltenstherapie Bd. 9** – Theorie und Praxis
*Tübingen 1985, 380 S., kt., 26,– DM f. Mitglieder / 33,– DM f. Nichtmitglieder*
*ISBN 3-922686-70-2*
Überblick:
Kapitel 1: Verhaltenstherapie: Ein Überblick
Kapitel 2: Verhaltensmessung und methodische Fragen
Kapitel 3: Verfahren zur Angstreduktion und die Behandlung von Angststörungen
Kapitel 4: Kognitive Prozesse und Verfahren in der Verhaltenstherapie
Kapitel 5: Verhaltensmedizin
Kapitel 6: Die Abhängigkeiten
Kapitel 7: Verhaltenstherapie mit Kindern und Jugendlichen
Kapitel 8: Praktische Probleme und Verfahren der angewandten Verhaltenstherapie

**Forum 8:** H. Keupp / D. Kleiber / B. Scholten (Hrsg.)
**Im Schatten der Wende** – Helferkrisen – Arbeitslosigkeit – Berufliche Rehabilitation
*Tübingen 1985, 202 S., kt., 20,80 DM f. Mitglieder / 26,– DM f. Nichtmitglieder*
*ISBN 3-922686-71-0*
Teil 1: Helferkrisen – Helfer in der Krise – Hrsg. Heiner Keupp
In diesem Teil des Buches werden die persönlichen Krisen der Helfer („Burn-out-Effekt") und die Krise der Helfer, die durch die wirtschaftliche und soziale Krise hervorgerufen wird, durch Beiträge folgender Autoren beschrieben: Cornelia Brandt, Franz Breuer, André Büssing, Axel Dinslage, Uwe Flick, Heiner Keupp, Wolfgang Schmidtbauer.
Teil 2: Arbeit, Arbeitslosigkeit und Persönlichkeitsentwicklung – Hrsg. Dieter Kleiber
Die psychischen und sozialen Auswirkungen der Arbeitslosigkeit auf die Persönlichkeitsentwicklung werden von den folgenden Autoren dargestellt: Christoph F. Büchtemann, Marie Jahoda, Thomas Kieselbach, Dieter Kleiber, Willi Körner und Hans Zygowski, Walter Volpert, Ali Wacker, Erich Wulff.
Teil 3: Die Bedeutung von Arbeit in der klinischen Praxis und in der Rehabilitation – Hrsg. Bernhard Scholten
Praktiker aus dem sozialpsychologischen Bereich schildern ihre Erfahrungen und Erkenntnisse zu diesem Themenbereich.